비잔틴
살인사건

Meurtre à Byzance

Meurtre à Byzance

Written by Julia KRISTEVA

World copyright©Librairie Arthème Fayard, 2004
Korean Translation Copyright©2007, Sodam&Taeil Publishing House

비잔틴 살인사건

Meurtre à Byzance

줄리아 크리스테바 지음

이 원 복 옮김

소담출판사

비잔틴 살인사건

펴낸날 | 2007년 7월 16일 초판 1쇄
        2007년 10월 1일 초판 2쇄

지은이 | 줄리아 크리스테바
옮긴이 | 이원복
펴낸이 | 이태권
펴낸곳 | 소담출판사
        서울시 성북구 성북동 178-2 (우)136-020
        전화 | 745-8566~7 팩스 | 747-3238
        e-mail | sodam@dreamsodam.co.kr
        등록번호 | 제2-42호(1979년 11월 14일)
        홈페이지 | www.dreamsodam.co.kr

ISBN 978-89-7381-879-2 03860

● 책 가격은 뒤표지에 있습니다.

"나를 따르려는 사람은 누구든지 자기를 버리고
제 십자가를 지고 따라야 한다."

_「마태오 복음서」 16장 24절

주요 등장인물

- **세바스찬 크레스트 존스** : 산타바르바라 대학교 '이주사 연구소' 교수, 역사학자, 실베스터의 사생아, 노드롭 릴스키의 외삼촌. 자신의 연구소 조교이자 정부인 파 창을 죽이고 비잔틴으로 떠남.

- **실베스터 크레스트** : 세바스찬의 아버지. 불가리아의 플로브디프(필리포폴리스)에서 산타바르바라로 이주. 의사.

- **에르민** : 세바스찬 크레스트 존스의 부인. 발랄하고 수다스런 경박한 여인.

- **피노 미날디** : 세바스찬의 교활한 조교. 에르민의 정부.

- **스테파니 들라쿠르** : 「레벤망 드 파리」 지의 기자.

- **제리** : 참수당한 글로리아의 아들. 스테파니의 양아들.

- **노드롭 릴스키** : 애칭 노르디 혹은 노르. 산타바르바라의 강력계 반장. 스테파니의 애인. 세바스찬의 조카.

- **넘버8** : 본명 샤오 창, 별명 '무한'. 파 창의 쌍둥이 오빠. 중국인 연쇄살인범, 수학전공자, 조류학자, 반세계주의자, 마약중독자.

- **파 창** : 샤오 창의 쌍둥이 여동생. 세바스찬의 조교이자 정부.

- **포포프** : 노드롭 릴스키 반장의 부하.

- **에스텔 판코프** : 유대인 정신분석학자.

- **오드레** : 「레벤망 아르티스티크」 지의 경영자. 스테파니의 친구

주요 역사 인물

· **안나 콤네나(1083~1148?)** : 비잔틴 황제 알렉시우스 1세의 딸. 부친의 사후(1118년) 남편 니케포루스 브리엔니우스를 제위에 앉히려 했으나 실패함. 남동생 요한네스 2세가 즉위하자 어머니와 함께 수도원으로 들어가 남편이 남긴 미완의 역사서를 이어받아 15권의 『알렉시아스』를 완성함.

· **알렉시우스 1세(1048~1118, 재위 1081~1118)** : 동로마제국의 제76대 황제. 콤네누스 왕조의 창립자.

· **아데마르 드 몽테유(?~1098)** : 프랑스 르퓌의 주교. 1095년 11월 교황 우르바누스 2세의 요청으로 교황특사와 제1차 십자군의 지도자로 임명됨.

· **고드프루아 드 부용** : 로렌 공(公). 제1차 십자군 전쟁(1096~1099) 때 4만 명의 군사를 거느리고 참가했고, 예루살렘을 공략하여 이스라엘 왕국의 기초를 쌓아 군주로 선출되었지만 '성묘의 수호자'라는 칭호만을 받았음.

· **고티에 상자부아르(?~1096)** : 푸아시의 영주, 기사. 1095년 제1차 십자군 전쟁 때 민중 십자군 부대를 지휘했으나 대부분의 병사들은 콘스탄티노플에 도착하기 전에 살해됨.

· **레몽 4세(1041~1105)** : 별칭은 레몽 드 생질. 툴루즈 백작(1093~1105), 프로방스 후작(1066~1105), 트리폴리의 레몽 1세(1102~1105). 서유럽의 통치자들 가운데 가장 먼저 십자군 원정에 참여함.

목차

피로 쓴 숫자 8

대양은 소금기를 머금은 굵은 이슬비로 그의 얼굴을 후려치고 있었다. 몰아치는 돌풍에 숨이 막히고 머리가 어지러웠다. 젖은 모래 속에서 금색과 회색 색종이 테이프처럼 오그라든 기억, 멀리 사라진 파도에 대한 기억이 그의 발자국을 삼켜버리겠노라고 위협하고 있었다. 도망자는 정지된 하늘에서 바람도 비껴가듯 꼼짝도 않는 측백나무의 검푸른 꼭대기를 바라보면서 비틀거리는 몸을 간신히 가눴다.

남자는 일이 끝난 후 희생자 앞에서 자신의 복면을 벗는 순간을 좋아했다. 그런 다음 양심에 거리낄 게 없음을 과시하듯 당당하게 돌아가곤 했다. 하지만 쓸데없는 짓이었다. 새벽 밀물이 닥치기 전 발렌 등대 근처에서 살아 있는 사람과 마주칠 위험은 전혀 없었다. 축축한 모래언덕은 서리를 맞으면서 고요히 잠든 황량한 소금 늪지대와 붙어 있었다. 어쩌다가 넙적부리오리나 찾아오는 습지였다. 갈매기들의 절망적인 울음소리 또는 장난기 섞인 울음소리는 보이스카우트의 걸음걸이로 고독하게 걷는 이 남자를 몹시 기쁘게 했다. 그곳에서 몇 킬로미터 떨어진 해양신전, 즉 신(新)판테온교의 겨울 본부에 로버트슨의 시신이 나뒹굴고 있었다. 로버트슨은 이 교단의 부패한 지도자 가운데 한 사람이었다.

넘버8은 단도로 찢기고 피로 물든 셔츠만을 챙겨왔다. 등대에 도착한 살인자는 군용 배낭에서 이 유품이 들어 있는 작은 비닐봉지를 꺼내기 전에 두 번째 유액(乳液) 장갑을 꼈다. 그리고 지금은 폐쇄된 문 앞에 이 전리품을 내려놓았다. 문 앞에는 여름철에만 문을 여는 맨 위층의 카페테리아에서 사용하는 빈 쓰레기통이 놓여 있었다.

한 가지 생각이 그를 괴롭혔다. 이 두 켤레의 장갑은 가증스러운 사이비 종교 집단에 만연해 있는 에이즈, 간염, 결핵, 뇌막염으로부터 자신을 충분히 보호해줄 수 있을까? 다음부터는 병리해부학자들이 사용하는 녹슬지 않는 강선 장갑을 마련해야 하지 않을까? 강선으로 만든 쇠사슬 갑옷은 중세의 기막힌 작품이었다. '강철 장갑', '강철 장갑', 이 단어는 결국 그의 생각을 얼어붙게 했다. 넘버8이 단도로 악당의 목을 찌른 후로는 어떤 다른 이미지도 그의 뇌에 새겨지지 않았다.

넘버8은 회오리바람에 날아가지 않게 셔츠를 두 개의 큼직한 돌 밑에 쑤셔 넣었다. 그리고 야릇한 눈웃음을 지었다. 시체의 피로 쓴 아라비아 숫자 8이 셔츠 등에 박혀 있었기 때문이다. 끔찍한 장난으로 앙갚음을 한 소년처럼 만족감을 느꼈다. 숫자 8은 그가 칼끝으로 타락한 로버트슨의 통통한 등줄기에 직접 새긴 숫자였다.

늙은 마피아의 끝없는 부패, 정화자(淨化者)의 끝없는 복수! 넘버8은 더러워진 장갑을 치우고 사람들이 평소에 알고 있는 얼빠진 조류학자의 표정을 지었다. 그리고 가마우지의 울음소리를 흉내 내면서 왔던 길을 되짚어, 늪지를 가로질러 자신의 레인저 자동차로 갔다. 그는 운전대를 잡고 몽유병자처럼 달렸다. 그리고 산타바르바라의 평범한 주택가에 불쑥 솟은 펠리시다드 타워의 주차장에 침착하게 주차했다. 40층에 있는 자신의 아파트로 돌아오자마자 텔레비전을 켰다.

엷은 금발 머리를 짧게 깎은 여자 아나운서─라라 크로프트(툼레이더 시리즈의 주인공─옮긴이)와 아나노바(세계 최초로 인터넷에 데뷔한 여성 사이버 뉴스캐스터─옮긴이)를 합성해놓은 듯한─는 짐짓 놀란 표정을 지으면서 방금 가장 유명한 사이비 종교인 신판테온교의 지도자 가운데 한 명인 로버트슨 씨의 벌거벗은 시신이 발견되었다고 보도했다. 이제 이 교단의 희생자─모두 고위 성직자였다─의 수는 일곱 명에 이르렀다. 이번 일곱 번째 희생자의 몸에도 동일범의 서명이 새겨져 있었다. 다른 가혹행위─특히 성폭행─없이 잔인하게 난자된 시신에서 셔츠가 없어졌다. 경찰은 산타바르바라 지역에서 희생자의 피로 숫자 8을 쓴 셔츠를 또 다시 찾아낼 수 있을 거라고 확신했다.

엷은 금발 아나운서는 이렇게 강조했다.

"시청자 여러분이 알고 있다시피 이번 범행 수법은 살해된 신판테온교의 다른 지도자들의 경우와 똑같습니다."

탐욕스러운 입술로 아나운서의 역할에 열중하고 있는 합성 인형은 다시

12

이렇게 재잘거렸다.

"시사평론가들은 아주 특이한 이 연쇄살인범에게 '넘버8'이라는 별명을 붙여주었습니다."

여덟 번째 희생자—사람들이 마지막 희생자이기를 바랄 법한—를 발견하게 될 거라고 예상하느냐는 질문에, 이 사건을 담당하고 있는 수사반장 릴스키는, 아직 살인자 혹은 살인자들의 신상 및 살인동기에 대해 밝혀진 바가 없으며, 따라서 이 연쇄살인이 언제 끝날 것인지에 대한 불확실한 온갖 추측을 경계해야 한다고 말했다.

넘버8은 텔레비전을 끄고 아리송한 미소를 지으며 잠자리에 들었다. 그 미소는 실제로 사건이 끝나려면 아직 멀었다는 것을 의미할 수도 있었다.

제1장

"나는 능숙한 글솜씨를 자랑하려는 것이 아니라 몹시 중요한 한 인물이 미래의
세대 앞에서 증인 없이 사라지지 않도록 이 글을 쓰고자 한다……. 노르만인들은
모든 사람들에게 극히 잔인하게 굴면서 니케아(오늘날의 터키 북서부에 있는 이즈니
크—옮긴이) 주변을 약탈하기 시작했다. 예를 들면 젖먹이들은 신체 일부를 훼손
하거나 꼬챙이에 꿰어 불에 구웠다. 나이 많은 사람들에게는 온갖 고문을 자행했
다……. 만일 내가 강철처럼 단단하지 않았더라면, 혹은 다른 어떤 기질을 타고
나지 않았더라면 이방인이라는 이유로 곧장 죽었을 것이다."

—안나 콤네나, 『알렉시아스』 중에서

산타바르바라를 향해

나의 직장상사는 다시 한 번 피할 수 없는 짐을 내게 떠맡겼다.

"우리 「레벤망 드 파리」는 당신, 스테파니 들라쿠르가 필요해요. 산타바르바라로 곧장 떠나세요! 친애하는 스테파니, 대서특필할 수 있는 특종을 부탁해요. 사이비 종교에 대해서 말입니다. 내 말, 알겠어요? 지금으로선 다른 방법이 없어요. 솔직히 말해서 당신이 아니면 누구도 산타바르바라에서 벌어지고 있는 암울한 속임수를 파헤칠 수 없을 겁니다. 암 그렇고말고요. 이번 일을 맡아주겠어요?"

맡아주겠냐고? 내게는 선택의 여지가 없었다. 늘 그랬던 것처럼. 취재가 안전해 보이지 않는 만큼 사건이 대수롭지 않을 가능성은 적었다. 산타바르바라는 세계를 휩쓸고 있는 정치경제적 과도기에 빠져 움짝달싹 못할 뿐 아니라 이미 마피아와 사이비 종교의 천국으로 변해버렸다. 이 두 집단은 서로 뒤엉켜 있었다. 그 따위 천국이라면 산타바르바라만이 아니라 세계 도처에 널려 있다고 반박할 사람이 있을지도 모르겠다. 물론 그렇다. 아무튼 내가 여기서 이야기하고 있는 산타바르바라의 위치를 언젠가는 여러분이 찾아낼 수 있기를 바란다!

나는 이미 몇 차례 산타바르바라에 특파된 적이 있기 때문에 이 고장을 속속들이 알고 있었다. 중유 냄새와 재스민 향기로 포화된 햇볕, 정당과 석유회사들이 은폐하고 있는 범죄행위들, 텔레비전 때문에 이제 아무도 책을 읽지 않는 나라에서 문학 작품 번역에 몰두했던, 고인이 된 나의 친구 글로리아 해리슨처럼 참수당한 여인들…….

글로리아의 아들 제리는 결국 나의 양아들이 되었다. 연약한 꽃 같은 제리가 어떻게 그 궁지에서 빠져나왔는지 아무도 모른다. 내가 구출한 이 아이는 이제 내 생명을 구하고 있다. 이것은 끊임없이 기록되고 있고 또한 나를 지탱해주고 있는 또 다른 이야기다. 요컨대 나는 산타바르바라의 일원이다. 농담이 아니다!

다소 공상적인 종교 지도자들은 이 썩어빠진 나라에서 어찌할 바를 모르는 시민들이 급증하는 인플레이션, 엄청난 부패, 혼란스러운 행정, 희망 없는 미래 따위를 잊는 데 꼭 필요한 칵테일을 만들기 위해 온갖 종교에서 비교(秘敎)적인 성분을 끌어내고 있었다.

　　마약 밀매상들은 끊임없이 약을 요구하는 절대적 구매자들에게 아주 비싼 가격으로 마약을 팔아먹음으로써 이들을 더욱 중독시켰다. 한편 부동산 투기꾼들과 무기상들은 온갖 부류의 종교 지도자들이 신전에서 사제 노릇을 하지 않을 때를 이용해서 농간을 부렸다. 수지맞는 공동 술책은 사이비 종교와 마피아 간의 격렬한 적대관계가 살인과 고소로 악화되지 않는 한 결코 세상에 드러나지 않았다. 정부는 어떻게든 살아남기 위해 국제단체의 재정 원조를 필요했기 때문에 이들의 실태를 조사하고, 고소를 하고, 자문위원회를 만들지 않을 수 없었다. 한 마디로 마약 밀매와 사이비 종교를 엄중히 다스려야만 했다.

　　모두 이 취재가 아이들 장난이 아니라는 사실을 즉시 깨달았다. 지방 신문 「르마탱」 지의 사장인 내 친구 레리 스미르노프는 사이비 종교를 취재하던 잔키오티라는 기자를 잃었다. 잔키오티는 자신의 집 욕조에서 머리에 두 발의 총을 맞고 쓰러진 채 발견되었다. 레리는 내게 전화를 걸어 약간의 블랙유머도 쓰지 않고 이렇게 내뱉었다.

　　"어쩐지 사흘 전부터 말 한 마디 없이 입을 다물고 있더라구. 이제야 그 이유를 알겠어."

　　파리에서 「레벤망 아르티스티크(예술사건)」 지를 경영하고 은근히 나에게 호감이 있는 오드레는 세상 끝에 있는 산타바르바라로 가려는 나의 의욕을 꺾으려고 고심했다. 그녀는 나의 팔을 쓰다듬으면서 이렇게 중얼거렸다.

　　"불쌍한 스테파니, 그곳에 갔다가 예전 모습 그대로 돌아온 사람은 없어. 너에게 애정이 있기 때문에 해주는 말이야."

　　릴스키 반장이 나를 맞으러 공항까지 나온 것은 이번 살인사건 때문이었을까? 아니면 이상하게도 그 중요성이 점점 더 커지고 있는 지나친 예의범절 때문이었을까? 어쨌든 나는 그런 친절이 필요했다. 그럴 자격이 있으니까 대우를 해주겠지. 홀쭉해진 몸매, 구릿빛으로 그을린 피부, 깜짝 놀랄 만큼 매력적이고 근엄한 모습.

나는 그의 변한 모습을 보고 놀라지 않을 수 없었다. 노드롭은 캐리 그랜트(1904~1986. 영국 출생 미국 영화배우—옮긴이) 풍의 알파카 코트 대신에 중국산 생사로 만든 헐렁한 양복을 입고 있었다. 나는 이렇게 고민에 빠진 노드롭의 얼굴을 본 적이 없다. 그는 자신이 심리학을 싫어하고 감수성도 풍부하지 않다고 주장했다. 경찰복을 입고 있을 때에도 그는 신중하기만 했다. 그렇다면 오늘 그를 다시 젊어지게 하고 이처럼 적극적인 사람으로 만든 것은 두려움이란 말인가?

까만 메르세데스에 올라타자마자 노드롭은 나의 임무가 얼마나 위험한 것인지 주의를 주었다. 「르마탱」 지에 근무하던 그 선량한 잔키오티가 자신의 욕조에서 머리를 쏘아 자살했다는 것이다. 그것도 기꺼이 말이다. 나는 알고 있다는 뜻으로 머리를 끄덕였다. 그러니 내가 경찰의 손길이 별로 미치지 않는 빈민가의 허름하고 외딴, 밤의 작업실에 머무른다는 것은 생각할 수 없는 노릇이었다. 나는 산타바르바라(내가 잘 아는 구역이 몇 군데 있다. 나는 이곳을 자주 드나들기 때문에 여느 기자들처럼 호텔에 숙박하지 않으리라는 사실을 다들 짐작할 수 있을 것이다!)에서 임무를 수행할 때마다 그곳에서 지냈다.

노드롭은 자신의 손님용 방에서 묵는 것이 최선책이라고 주장했다. 물론 그의 아파트는 별 세 개짜리 호텔은 아니다. 하지만 내가 조용히 머무를 수 있고 게다가 따로 욕실도 있다는 것이었다. 나는 그를 잘 알고 있었고, 또 어찌나 자신 있게 큰소리를 치는지 그가 손님들의 완벽한 '사생활'을 보장하기 위해 만반의 준비를 해놓았다고 짐작하지 않을 수 없었다. 내가 그렇게 말하자 그는 두 말하면 잔소리라고 장담했다.

산타바르바라에 올 때마다 재스민 향기와 먼지바람 그리고 찌는 듯한 열기로 정신이 얼떨떨해지면서 얼굴이 후끈거리곤 했는데 이번에는 다른 이유 때문에 얼굴이 빨개졌다. 신중한 경찰관의 설득에 넘어가서라기보다는 예상치 못한 노드롭의 매력에 빠져들어서 마음이 약해진 것은 아닌지 자문하면서, 딱 잘라 그의 제안을 거절하지 못했다. 더구나 나는 별로 엉뚱한 생각을 하지 않았는데도 운전 중인 노드롭이 모종의 관심을 나타내며 곁눈질로 나를 뜯어보고 있다는 사실을 알아챘다. 요즘 내 컨디션이 좋은 것은 사실이었다. 바로 어제도 오드레는 내가 계속 젊어지는 것 같다고 말하지 않았던가! 귀여운 오드레는 살짝 미소를 지으며 "아마 글을 쓰기 때문이겠지"라며 나를 추켜세웠다.

반장은 나를 널따란 펜트하우스로 안내했다. 가본 적이 있는 곳이었다. 반장은 몇 년 전 부모님이 돌아가시자 그곳에 가구를 들여놓았다. 그는 잠시 머무는 손님들을 위해 원룸으로 꾸며놓은 구석방으로 나를 데려갔다. 원룸은 상당히 잘 꾸며졌고 쾌적했다. 욕실의 간결한 도미노식 장식은 이 현학적인 독신자의 고리타분한 취향과 그런대로 어울렸다. 그는 내게 언제나 현학적으로 굴었다. 어쨌든 세련되긴 했다. 아마도.

노드롭은 굉장히 진지한 태도로 야성적인 얼룩 고양이 미누샤를 소개해주었다. 녀석은 반장의 발목에 몸을 비비더니 집을 비운 것에 대한 벌이라도 주듯 가볍게 물어뜯었다. 내가 샤워를 하고 옷을 갈아입자마자 노드롭은 나를 부르더니 무기를 하나 고르라고 했다. 나는 그가 내민 차가운 진토닉을 단숨에 들이켰다. 그는 가짜 벽난로 속에 숨겨놓은 금고를 열었다.

"스테파니, 당신이 총을 쏠 줄 안다고 생각했어요. 그런데 취재할 때 보니까 무기를 소지하지 않았더군요."

내가 타고난 총잡이라는 사실―나는 청소년 시절에 사격을 즐겼다―은 어느 시골 장터에서 드러났다. 어머니의 말씀에 따르면 나는 외할아버지의 능란한 사격솜씨를 그대로 물려받았다고 한다. 외가쪽은 모두 러시아 평원의 뛰어난 사냥꾼이었다. 딸의 타고난 솜씨에 감동한 어머니는 한 음절 한 음절 강조하며 이렇게 말했다.

"얘야, 이건 유전적 재능이야."

지난번 산타바르바라에 머무를 때는 노드롭의 부하인 포포프가 새로운 사격 연습장을 구경시켜주면서 브라우닝 자동권총을 빌려주었었다. 그때 불쌍한 포포프는 나를 놀래주려 했지만 내가 그보다 한 수 위였다. 콜트권총 명사

수인 포포프는 총알이 지나간 나의 과녁을 보고 아연실색했다.

노드롭이 내놓은 무기는 9밀리 스미스 앤드 웨슨 권총 한 자루, 콜트 자동권총 한 자루, 9밀리 글록 권총 한 자루, 브라우닝 자동권총 한 자루 그리고 니켈 레밍턴 권총 한 자루였다. 노드롭의 충고와 걱정을 진지하게 받아들인 나는 아무 소리도 하지 않고 콜트 자동권총을 골랐다. 이런 수동적인 태도는 나답지 않은 것이었다. 그러나 이번만은 그것도 나쁘지 않았다. 무기를 건네는 반장의 손이 내 손을 살짝 스칠 때 뭔가 야릇한 느낌이 들었다. 그래봤자 걱정에서 비롯된 배려에 지나지 않았겠지만.

"당신은 내일 아침 10시에 신판테온교 사무실에서 약속이 있소. 우리는 이 막강한 사이비 종교 단체가 잔키오티의 자살과 관련이 있을 거라고 추측하고 있소. 마피아는 마피아대로 이 연쇄살인범을 없애기로 결심한 것 같소. 물론 그럴 만한 이유는 있소! 살인범은 이 부패한 인간들을 한 놈씩 만나 그들의 호적초본을 삼키게 하고 있거든요! 그러니까 가방에 콜트 자동권총을 넣고 다녀요. 당장 위험하지는 않을 거고, 그들의 건물 안에서도 위험하지는 않을 거요. 하지만 돌아다닐 때는 항상 총을 가지고 다녀요. 포포프에게 당신을 부탁했소. 가끔 포포프가 덜렁거리더라도 걱정하지 말아요. 그가 어떤 사람인지 당신도 잘 알고 있지 않소!"

이런 지나친 염려는 나를 짜증나게 하거나 지겹게 할 수도 있었다. 하지만 나는 저녁식사를 거절하고 가볍게 포옹을 한 다음 잠자리에 드는 것으로 가볍게 넘겨버렸다. 반장은 평소와는 다른 감정으로 나를 대하는 것 같았다. 하지만 졸음이 쏟아져서 그런 것에는 신경 쓸 겨를이 없었다.

한낮의 총격전

신판테온교의 홍보부장은 시내 중심가의 초현대식 건물에서 나를 맞았다. 그것은 별로 신중하지 못한 처사였다. 그의 임무는 산타바르바라에서 가장 말썽 많은 사이비 종교 단체의 어두운 실체를 화려한 겉모습으로 포장함으로써 사람들을 안심시키는 것이었다. 나는 이번 만남에서 어떻게든 교주와의 면담 약속을 받아낼 생각이었다. 교주는 숲이 우거진 해변에 신도 공동체를 만들어 왕처럼 군림하고 있었다. 일반인은 그곳에 접근할 수 없었다. 이 비열한 집단은 파리의 한 신문사를 이용해서 그럴듯한 이미지를 전파하고 있었다. 나는 순(Sun) 교주와의 면담만이 '해양신전'에 웅크리고 있는 교주의 불법행위에 대한 집요하고도 정말 심각한 의심을 일소할 수 있다고 강조했다.

"불법 행위라뇨?"

홍보부장은 안경 너머로 눈을 부릅뜨며 분개했다. 테 없는 안경 때문인지 대학교수 같았다.

나는 머뭇거리지 않고 말을 이었다.

"합법적인 사업뿐 아니라 매춘업도 하더군요. 우리는 비디오 자료를 확보했습니다."

홍보부장은 불룩한 내 가방을 뚫어지게 바라보았다.

"비디오 자료는 제게 없습니다. 「레벤망 드 파리」에 원본이 보관되어 있죠."

나는 거짓말을 했다. 하지만 불법활동에 대한 소문은 출처가 확실한 것이었다. 나는 바로 그 소문을 확인하러 이곳까지 찾아온 것이다.

"그럴 리가 없습니다! 사기예요. 요즘은 이미지를 합성해서 뭐든 만들어내잖아요!"

홍보부장은 처음 나를 맞이할 때 보여주었던 상냥한 태도를 포기한 듯했다.

"이런 상황에서 저의 직접적인 증언이 얼마나 중요한 역할을 하는지 당신도 잘 알 겁니다."

나는 몇 분 동안 그 사실을 강조했다. 보이지 않는 카메라가 사방에서 나를 찍고 있었고, 홍보부장의 흐릿한 시선은 내가 이 함정에서 무사히 빠져나가는 것만도 정말 재수가 좋은 거라고 말하는 듯했다.

"물론입니다. 순 교주님은 기도하는 분입니다. 당신도 열성적인 신도들의 모습을 보면 아마 넋을 잃을 겁니다. 다만 당신이 그곳에 들어가서 나오지 않으려고 할까 봐 걱정이죠!"

홍보부장은 입을 비죽거렸다.

"어쩜, 제 생각과 같으시네요."

나는 최대한 매혹적인 미소를 지은 채 출구로 서둘러 다가갔다.

"배웅해드리겠습니다."

홍보부장은 차갑게 예의를 차렸다. 그의 부하들은 증오, 두려움 혹은 광신이 깃든 흥분한 눈빛으로 복도, 승강기 그리고 주차장까지 따라오면서 나를 노려보았다.

"오늘 저녁에 당신의 면담 신청을 교주님께 보고하겠습니다."

홍보부장은 내 손에 입을 맞추고 택시 문을 열어주었다.

내가 목적지를 알려주기 위해 택시기사에게 몸을 숙이는 순간 총격전이 벌어졌다. 총격전은 반자동소총의 빈 탄창이 일렬로 주차된 자동차 뒤쪽 어딘가에 떨어질 때까지 계속되었다. 홍보부장은 땅바닥에 쓰러졌고 안경은 튕겨나갔다. 나는 콜트 자동권총을 손에 쥐고 숨어 있는 저격수를 향해 총을 겨누면서 홍보부장에게 다가갔다. 살짝 뜬 그의 눈은 열기로 살랑거리는 허공을 응시하고 있었다. 그의 하얀 셔츠에는 구멍이 뚫려 있었고, 오른쪽 관자놀이에서는 엄청난 피가 쏟아지고 있었다. 총알이 두개골을 관통한 것이다.

"엎드려요! 엎드려!"

포포프는 나를 택시와 포드 자동차 사이의 땅바닥에 찰싹 엎드리게 했다. 용감한 노드롭의 부하 형사는 포드 자동차 뒤쪽에 엎드려 있었다.

하마터면 큰일 날 뻔했다. 얼마 후 요란한 총성이 다시 울렸기 때문이다. 다행히 이번에는 주차장의 다른 쪽에서 총격전이 벌어졌다. 잠시후 두 대의 자동차가 질풍처럼 달리는 것이 보였다.

"그들끼리 해결하게 내버려두고 우리는 빨리 여기서 빠져나갑시다."

포포프는 안도의 한숨을 내쉬고 경찰 표시를 뗀 경찰차로 나를 데려갔다.

우리는 미련 없이 범죄 현장을 떠났다.

몇 분 후, 포포프의 핸드폰에서 노드롭의 다급한 목소리가 흘러나왔다.

"스테파니는 택시를 타게 하고 자네는 당장 이리 오게! 계획이 변경됐어! 긴급 상황이야! 스테파니는 내 사무실에서 기다리라고 하게!"

포포프는 나를 택시 정류장에 내려놓더니 가속페달을 밟고 요란하게 경적을 울리면서 멀어져 갔다.

세바스찬의 비밀정원

비행기는 스토니브룩을 향해 이륙했다. '이주사 연구소'에서 20년 간 주민들의 혼혈 연구를 해온 세바스찬 크레스트 존스는 이번에 명예박사 학위를 받을 예정이었다. 사실 그는 제1차 십자군 전쟁과 비잔틴에 관해서도 개인적으로 연구하고 있었지만 그런 사실은 숨기고 있었다. 그는 자신의 은밀한 비밀이 지켜지고 있다고 확신했다. 그런 개인적인 열정은 직무와는 관련이 없었고, 오직 조교만이 담당 교수의, 남들에게 말하기 난처한 취향을 알고 있었기 때문이다. 야심만만한 젊은 조교는 그것을 '악취미'라고 불렀다.

세상에 알려져 있지 않은 이 연구소는 산타바르바라 대학교에 있었다. 조금도 두려울 게 없는 이 연구소는 현재 인종·문화의 혼합에 따른 필연적이고도 부정적인 결과—자주 화제에 오르지만 매우 불분명한—를 규명할 목적으로 국사(國史) 연구에 집중하고 있었다.

연구소 측은 크레스트 존스에게 보조금을 지급하지 않는다는 조건으로 훨씬 더 은밀한 연구에 몰두하는 것을 허락했다. 그래도 이 연구는 1세대 지식인이라는 자부심을 만족시켜주는 것은 물론이고 선천적인 우울증을 달래 주었다. 스토니브룩 대학교가 무슨 이유에서인지 그에게 명예박사 학위를 수여하기로 했다는 소식에 세바스찬 크레스트 존스는 어이없어 하면서도 감동했다.

9월 11일, 포커F—27 프렌드십 여객기를 처음 타보는 승객들은 불안에 떨었다. 이 비행기는 승객을 28명 이상 태울 수 없는 소형 터보프로펠러 여객기로, 프로펠러 때문에 제1차 세계대전을 연상시켰다. 그래도 이 여객기는 300마일(1마일은 약 1.6킬로미터—옮긴이) 떨어진 두 도시 사이를 신속하게 오갔다. 세바스찬은 승용차보다는 비행기를 타고 학위 수여식에 가는 편이 낫겠다고 판단했다. 크레스트 존스처럼 파괴적인 사람조차 학위 수여식을 엄숙하게 받아들였던 것이다.

비행기는 바둑판무늬의 경작지와 산업단지 상공에서 저공비행을 하고 있었다. 보잉747 점보여객기나 에어버스A300 여객기에서 내려다보았을 때와는 달리 지상 만물로부터 엄청난 이탈감은 느껴지지 않았다. 세바스찬 크레스트 존스는 불현듯 이런 비행이야말로 자신의 삶과 어울리는 유일한 것이며, 결국 자신의 활동영역은 이런 곳이라는 사실을 깨달았다. 그가 혼란에서 벗어나 누구도 건드릴 수 없고, 누구도 만날 수 없는 자유로운 상태에 있었기 때문은 아니었다. 그와 같은 상황에 놓인 과대망상증 환자라면 누구든지 그렇게 생각했을 테지만 그게 아니었다. 이 역사학자는 수많은 졸업생과 그 가족들 앞에서 자랑스럽게 치러질 학위 수여식을 생각하다 문득 새로운 사실을 깨닫고 화들짝 놀랐다.

수송 능력도 빈약하고 기종도 낡았지만 안전한 것으로 정평이 나 있는 이 포커 수송기 안에서 불행에 집착하며, 자신의 병적인 허무주의—쾌활하고 매혹적이지만 절망적일 정도로 경박한 아내 에르민이 그에게 끊임없이 퍼부어대는 신랄한 용어를 빌자면—에 빠져 있는 것이 결국은 하나의 기이한 기질에서 비롯된다는 사실을 깨달았던 것이다. 또한 하늘과 땅 사이에서, 제트 엔진과 터빈—신뢰도를 자랑하는 독일의 엔진과 안락함을 상징하는 네덜란드 포커 사의 결합—에 연결된 프로펠러가 시끄러운 소음을 내는 가운데, 무뚝뚝하고 분주한 스튜어디스가 건네준 코카콜라 라이트를 조금씩 마시면서 자신이 일개 이주민에 지나지 않는다는 사실도 깨달았다.

불교의 윤회사상에 따라 자신이 언젠가 환생한다면 아마도 새[鳥]로 환생할 것이다. 우선은 적어도 신비주의적 법열이라고 규정할 수 있는 평온한 기쁨으로 정신과 육신이 친밀하게 결합된 지대—그에게는 일시적인 통과지역에 지나지 않는 이 지대—속에 잠길 수 있고, 또한 끊임없이 어디론가 떠나고 싶은 욕구에 자신을 내맡길 수도 있었다. 그는 근본적으로 정착 생활은 물론 휴식과도 거리가 먼 사람이었다.

역사학자 세바스찬은 여러 번 불안감을 느낀 적이 있었다. 다른 세상에 소속된다는 그 익숙한 느낌이 그런 불안감을 없애주었다. 그는 분명 다른 세상에 속해 있었다. 바로 어젯밤만 해도 그랬다. 그가 운동 삼아 6층까지 걸어 올라갔을 때, 에르민은 이미 엘리베이터를 타고 집에 도착해서 화장을 하고 있었다. 그는 푸른 꽃무늬가 박힌 빨간색 양탄자를 밟고 있는 자신의 구두를 보고 어리둥절했다. 이 양탄자, 이 구두는 누구의 것이란 말인가? 도대체 누가 걷고 있는 것인가? 자신은 어디에 있단 말인가? 지금 이곳에 속하지 않는 세상에서 누군가가 계단을 올라가고 있었다. 크레스트 존스는 바닥을 디디고 있는 저 구두 속에도, 저 양탄자 위에도 존재하지 않았다. 그럼 저 사람은 대체 누구란 말인가? 어디에서 와서 어디로 가는 것일까?

세바스찬은 공중에 붕 뜨는 듯한 이 감미롭고 불안한 현기증이 저녁식사 때 마신 샴페인이나 메독 산(産) 포도주 때문은 아니라고 확신했다. 더구나 무척 자제하며 술을 마시지 않았던가. 그렇다고 파티에서 아내가 허풍을 늘어놓는 바람에 자신의 꼴이 우스워져 화가 난 것도 아니었다. 부부생활 초기부터 에르민은 세바스찬이 자기 말을 듣지도 않고, 말도 하지 않는다며 걸핏하면 불평을 늘어놓았다. 에르민은 여자에게 가장 잔인한 모욕은 '대화의 결핍'이라고 꼬집어 말했다.

대화의 결핍으로 그녀는 결국 정부(情夫)를 뒀다. 가엾은 에르민은 남편이 그런 사실을 모를 거라고 확신했다. 에르민의 정부는 다름 아닌 세바스찬의 조교 피노 미날디였다. 거칠고 아둔한 피노는 말 그대로, 또 비유적으로도 그녀를 학대했다. 하지만 에르민은 무시를 당하는 것보다는 차라리 화냥년으로 취급받는 편이 낫다고 에스텔 판코프에게 털어놓았다.

결국 모든 것은 밝혀지기 마련이고, 세바스찬도 아내의 불륜을 알게 되었다. 잘 생각해보면 말싸움은 토론의 일부이고, 토론 역시 광범위하게는 대화의 일종이다. 그런데 문제는 대화가 세바스찬의 장기가 아니라는 점이었다. 반대로 에르민은 마약 중독자가 코카인이나 헤로인을 즐기듯 멋지게 말을 가로채며 폭소를 터뜨렸고 거기에서 도취감과 환희를 느꼈다.

에르민이 피노 미날디의 집이나 판코프의 집 혹은 그밖의 다른 곳에서 저녁식사를 하는 것은 킥킥대는 요란한 웃음소리, 언어적 자위(自慰), 세상 사람들—특히 사교계—의 열광적인 반응, 과장되고 흥분된 말을 통한 성적 쾌감 따위를 즐기기 위해서였다. 세바스찬도 그런 사실을 알고 있었지만, 폭풍이 지나가길 기다리듯이 그냥 내버려두었다. 부드러운 까만 비단옷으로 보일듯 말듯 감춘 늘씬하고 기다란 몸뚱이, 상대의 애를 태우는 야릇한 몸짓,

27

언제나 흐트러져 있는 금발 머리…… 대체 언제부터 아내의 그런 모습이 눈에 들어오지 않았던가? 폭풍 같은 경련—떨리는 것이 살[肉]인지 말[言]인지 확실하게 알 수 없는—을 일으키는 그녀 앞에서 귀를 틀어막은 채 환멸을 느끼듯 씁쓸하게 미소를 짓는 것 말고 다른 할 일이 남아 잇을까? 오늘날의 남자들에게는 점점 더 어렵게만 느껴지는, 현자 같은 태도를 대체 언제까지 취해야 한단 말인가?

어젯밤에도 에르민의 눈은 빛났다. 세바스찬은 아내가 또 다시 자신의 말솜씨를 뽐내려나 보다, 하고 생각했다. 그의 예상대로 에르민은 대뜸 텔레비전에 보도된 무장 강도사건에 대해 이야기하기 시작했다. 이 사건 때문에 어렸을 때 직접 목격한 또 다른 강도사건이 떠오른 것이었다.

"한 번 상상해보세요. 복면한 사람들, 기관총, 돈 자루, 바닥에 납작 엎드린 사람들, 저를 품에 안고 안락의자 뒤에 숨은 엄마……. 저는 숨이 막혀 죽는 줄 알았어요. 모든 것이 마치 정지된 이미지처럼 꼼짝도 않는 것 같았지요. 뒤늦게야 현장에 도착한 경찰은 악당들을 쫓기보다는 증인들을 심문하느라 바빴지요. 당연히 그들은 도망쳤죠."

에르민의 이야기는 계속되었다.

"그건 그렇고 ('무슨 얘기지? 아, 그렇구나.' 세바스찬은 '그건 그렇고'와 '도망치다'라는 표현을 그럭저럭 연결 지을 수 있었다), 여러분도 분명히 이 우스꽝스런 이야기를 아실 거예요……. 아니에요? 그럼 이야기해드릴까요? 소년이 가출했어요. 그러자 그의 어머니가 기차역에 전화를 걸었지요. 전형적인 유대인 어머니죠, 여러분도 이런 부류를 잘 아실 거예요. '여보세요? 역이지요? 제 아들이 거기에 도착했나요?' (여기서 에르민은 더 이상 웃음을 참을 수 없었고 그녀의 하얀 얼굴은 붉어졌다.) 어머니는 당연히 역무원들이 사랑하는 자기 아들을 알아볼 것이고, 당연히 아들의 목적지, 도착시간 등도 알 거라고 생각한 거예요! 하지만 그 사이 아들은 도망을 쳤죠. 아니, 가출한 거죠! 이런 어머니를 보면 진짜 유대인 거리가 어떤지 알 수 있을 것 같아요. 그렇죠? 호! 호! 호!"

판코프 가족은 두 이야기 사이의 관련성을 제대로 파악하지 못한 것 같았다. 하지만 아무렴 어떤가. 진짜 유대인 어머니인 에스텔은 에르민의 무례함에 화가 난 것 같지는 않았고 오히려 어느 정도 호의를 가지고 이야기에 귀를 기울이는 것 같았다. 아니면 귀찮아서 잠자코 듣고 있었을 것이다. 그녀는 에르민을 '어리석을 정도로 분별없는 여자'라고 부르곤 했다. 정신분석학자인 에스텔은 불감증을 보이는 히스테리 환자가 말을 통해 느끼는 오르가슴은 어떤 방법으로도 막을 수 없다는 사실을 잘 알고 있었다. 그녀는 연민과 비웃음이 뒤섞인 눈으로 에르민을 지켜보았다.

에르민은 자신의 유쾌한 이야기가 당장이라도 청중을 즐겁게 해줄 수 있다는 확신에 목청을 가다듬었다. 하지만 결국 맥이 빠진 그녀는 혹시라도 사람들이 자신의 미묘한 유머를 알아차리지 못할까 봐 교훈을 섞어 진지하게 이야기하기로 결심했다. 그녀의 이야기는 끝없이 풀려나오는 리본 같았다. 그녀는 리본으로 몸을 칭칭 감고 목소리의 리듬에 맞춰 줄곧 흥분했다. 어느새 크레스트 존스 부인은 또 다른 화제에 대해 이야기하고 있었다.

"혹시 '입양'에 관해 들으셨어요? 산타바르바라에는 온통 그 이야기뿐인데. 그러니까 동성부부에게도 입양이 가능해질 모양이에요. 그걸 두고 몇몇 정신분석학자들은 충격적이라고 하지만 왜 그렇게 생각하는지 모르겠어요. 정신분석학자들조차 충격적이라고 하다니! 개인적으로 저는 동성부부의 입양을 전폭적으로 지지해요. 여기 계신 분들도 법률적으로든 심리적으로든 동성부부의 입양이 정당하다고 인정하실 거예요. 에스텔, 그렇지 않나요? 더구나 프로이트와 라캉이 증명한 것처럼 남자든 여자든 결국은 양성애자니까요. 물론 심리적으로 말이에요. 그러니까 아무리 동성애자라도 '다른 성의 특징'을 지니고 있을 거예요. 그러니 아이에게 뭐가 부족하겠어요. 그건 자연의 이치예요. 아시겠어요?"

에르민은 알 만한 사람들이라 쉽게 설득할 수 있다고 확신했다. 하지만 웬걸! 냉소적인 에스텔은 뜻밖에도 격분했다. 임상학과 교수인 그녀는 점잔만 빼는 다른 교직원들과는 달리 사람들과 적절히 거리를 두면서도 자신의 관능적 자태에 추파를 던지는 남자들을 포용할 줄 알았기 때문에 세바스찬도 그녀에게만은 존경심을 품고 있었다.

"에르민, 말도 안 돼요! 무슨 말을 듣고 싶은 거예요? 한 번 따져볼까요? 그러면 당신도 납득하게 될 거예요. 만일 제가 당신을, 그렇지, 그렇지, 바로 당신을 어느 동성부부에게 양녀로 보낸다면 좋겠어요? 한 번 대답해봐요. 저는 싫어요. 정말 싫다구요!"

에스텔은 웃기는커녕 벌컥 화를 냈다. 파티의 안주인이라기보다는 화난 교수의 모습이었다. 한편 파티 참석자들은 집요하게 자기 몫의 치즈만 바라보고 있었다. 에스텔이 말을 이었다.

"제가 당신의 생각을 존중하고 있다는 점은 잘 알고 있을 거예요. 하지만 당신 생각에 프로이트와 라캉을 뒤섞지 않았으면 정말 고맙겠어요!"

에스텔은 정말 분을 삭이지 못했다. 경제학자로 평소에는 차분하기만 한, 남편 판코프조차 눈을 휘둥그레 뜨고 그녀를 바라보았다.

에스텔은 계속 몰아붙였다.

"우리 모두가 양성애자라고요? 좋아요, 그렇다고 쳐요. 하지만 그렇다고 몸이 남성의 특성과 여성의 특성을 모두 가지고 있는 건 아니에요. 그렇지 않나요? ('몸'은 에스텔의 전공이었다. 세바스찬은 자칫 그 사실을 잊어버릴 뻔했다. 어쨌든 나설 때가 아니었다.) 당신은 남자와 여자의 몸에 대해서 알고 있나요?"

햇볕에 거무스름하게 그을리고 마사지를 받은 듯 탱탱한 에스텔의 몸은 단연 돋보였다. 틀림없이 바닷가에 갔다 왔을 것이다. 가슴과 엉덩이를 탄력 있게 하고 몸매를 가꾸어주며 입술을 부드럽게 해주고 몸에 생기를 불어넣어주는 데 미지근한 바닷물만한 것이 없다. 여러분이 정신분석학자라도 상관없다. 아니, 정신분석학자라면 더 좋을 것이다. 해초크림으로 감아서 곱슬곱슬하고 희끗희끗해진 머리. 이 새로운 행복을 음미하고 또한 숨을 몰아쉬기 위해 잠시 멈췄던 에스텔이 다시 말을 이었다.

"저는 여자의 피부와 남자의 피부, 여자의 목소리와 남자의 목소리, 여자의 체취와 남자의 체취를 구별할 수 있어요. 여자와 남자의 몸은 분명 달라요. 사용하는 언어도 다르고요. 양친—물론 양성애자겠죠—의 언어능력이 그들의 모든 감각기관을 통해 형성된다는 점은 당신도 인정하겠죠? 저는 분명히 '모든'이라고 말했어요. 당신은 손사래를 치며 집어치우라고 말하고 싶겠죠? 하지만 아이의 언어능력은 그렇게 형성되는 게 아니에요. 제 말을 믿으세요. 제게도 아이들이 있잖아요!"

에스텔은 상대방의 약점을 직접 언급함으로써 어느새 방어가 아닌 공격을 하고 있었다.

"저는 아이들이 엄마와 아빠 양성(兩性)으로부터 받는 모든 지각(知覺) 작용으로 형성된다고 알고 있어요. 양친은 당신이 말한 것처럼 양성애자일지 모르지만, 그럼에도 불구하고 그들은 남자든 여자든 한 가지 지배적인 요소를 선택한 거예요. 좋아요. 여자가 남자 흉내를 낼 수도 있고, 남자가 여자 흉내를 낼 수도 있어요. 그래요. 저도 인정해요. 그런 예가 점점 더 많아지고 있으니까요. 당신은 동성애자를 비웃는 세간의 이야기에 대해서는 전혀 언급하지 않았어요. 왜죠? 저는 동성애 공포증환자가 아니에요. 못 믿겠어요? 그러니까 '동성애자의 양자가 된 아이들은 나중에 역시 동성애자가 될 것이다. 아니면 다른 부류의 인간이 될 것이다.' 이게 당신이 하고 싶은 말인가요? 미안합니다. 어디까지 말했죠?"

에스텔의 독설은 결말에 이르는 듯했다. 교수 노릇이 끝났으니 이제 다시 파티 안주인이 되어 손님들에게 신경을 쓸 수 있었다.

"저는 자정이 지나면 좀 진지해지는 경향이 있어요. 타탱 파이(사과잼을 듬뿍 바른 캐러멜 과자—옮긴이)를 자를 때가 되었네요. 이 치즈는 별로 인기가 없는 것 같네요!"

에르민이 천연덕스럽게 말을 받았다.

"에스텔이 직접 만든 타탱 파이예요! 주방장이 마지막에야 공개하는 깜짝 요리처럼! 저는 이것만 기다렸어요! 더 이상 말이 필요 없어요. 에스텔, 나중에 단 둘이 만나요. 솔직히, 당신네 '종파'가 초창기에 얼마나 대담했는지 생각해본다면 정신분석학은 이미 시대에 뒤떨어져도 한참 뒤떨어졌고, 당신들도 이제는 무능한 사람들이 되어버렸죠……. 죄송한 말이지만 당신네 종교는 산타바르바라의 여러 종교들 가운데에서도 가장 개혁을 반대하지 않나요? 진심으로 하는 말이에요. 몇몇 유대교 제사장들과 가톨릭 신부들조차 동성부부에 대한 생각을 바꾸고 있어요……. 당신도 곧 알게 되겠지만 말이에요. 동성부부의 입양 문제는 그렇게 심각한 일이 아니에요. 화내지 마세요. 진보는 멈출 수 없는 법이니까요……."

세바스찬 크레스트 존스는 이런 분위기에 익숙했다. 아내는 이미 오래전부터 그를 즐겁게 해주지 못했고, 에스텔의 강의는 거의 언제나 지루했다. 세바스찬은 동성부부, 유대인 어머니, 낙태, 성의 자유, 포르노물, 대도시 근교의 치안 부재, 고위층의 부패, 하층민의 반목 따위를 화제로 삼는, 이런 저녁 식사의 끝 무렵을 싫어했다. 간단히 말해, 산타바르바라의 모든 것이 그를 맹금이나 맹수로 변신해서 닥치는 대로 약탈하고 싶게 만들었다. 물론 몰래 말이다.

우리의 석학 세바스찬은 범죄, 특히 악취미에 빠져드는 대신 정신적인 훈련을 실시하기로 했다. 사실 그것은 별로 어려운 일이 아니었다. 그냥 상냥하게 미소를 짓고 입을 비죽거리기만 하면 되는 것이었다. 한편 그는 머릿속에서 컴퓨터 화면을 응시했다. 그리고 연구소나 집에서 정신을 날카롭게 집중한 상태에서도 풀 수 없었던 몇 가지 사악한 문제를 공중에 매달린 상태에서 해결하기에 이르렀다.

문자 그대로 그를 움켜잡은 채 점점 더 자주 시간을 초월하게 만드는 '통과지대' —어제는 두 개의 계단 사이에서, 오늘은 포커 수송기에서—는 흥분한 에르민의 냉소, 실망스런 부부생활, 판코프 집에서 저녁식사를 하면서 나누었던 수다와는 아무런 관계도 없었다. 세바스찬은 자신이 한 가지 진실에, 에르민이 부족하다고 잔혹하게 비난하는 자신만의 진실을 갖고 있다고 확신했다. 결국 스토니브룩 대학교의 명예박사 학위를 안겨준 이주민에 관한 연구는 이 문제와 모종의 관련이 있었다. 하지만 학장이 객관성을 가지고 엄정하게 조사했을 동기와는 아주 다른 것이었다.

'통과지대'는 그의 비밀정원이었다. 그는 불시에 이주민들을 사로잡는 초시적(超時的) 환각 상태에서 비밀정원의 불확실성을 음미했다. 오늘은 산타바르바라의 불규칙한 네모꼴 벌판 상공에서 이 상태는 벌써 15분 간 지속되고 있었다. 시원한 가을 태양이 현창을 통해 달려들더니 코카콜라 라이트를 덥히기 시작했다. 대체 몇 시쯤 되었을까?

마침내 포커 수송기는 덜컹덜컹 흔들리며 스토니브룩의 활주로에 착륙했다. 학위 수여식은 예정대로 정확히 진행되었다. 졸업생들은 학위증과 어깨에 두르는 현장(懸章)을 받기 전에 감격한 표정을 지으며 무릎을 꿇었다. 세바스찬은 연설을 했고, 학장은 학교 전통에 따라 엷은 보라색 가운 위에 하얀 카굴(눈과 입이 뚫린 두건이 달린 수도사의 복장─옮긴이)을 둘러주었다. 이것은 세바스찬의 공로와 아득한 옛날 수도사들의 공덕─미국과 캐나다를 비롯한 여러 나라 대학에서 예전에 수도사들이 맡았던 일을 대신하고 있다는 생각에서─이 하나라는 의미였다. 찬사, 그의 인품과 연구 성과에 대한 찬사였다. 세바스찬은 아버지를 생각하고 눈물을 글썽거렸다. 이제 막 박사학위를 받은 그는 다시 정신을 차렸다. 꽃다발, 축하, 포옹, 만찬, 다시 짧은 연설, 미소, 약속, 계획⋯⋯.

스토니브룩에서의 은밀한 살인

새벽 2시 무렵, 세바스찬은 근처의 모텔에 머물고 있는 파 창을 만나기 위해 캠퍼스에 마련된, 특별 손님을 위한 근사한 객실을 떠나 택시를 잡아탔다. 그녀는 세바스찬에게 긴급 이메일을 보냈었다. 반드시 만나야 하고 한 시각도 지체할 수 없는 일이라며 간곡히 부탁했다. 그녀는 그와 직접 이야기를 나누기 위해 300마일이나 달려왔다면서 그를 난처하게 만들었다. 크레스트 존스는 연구소의 매력적인 동료가 변덕을 부린다고 해서 마음 약해질 사람이 아니었다. 파는 몇 달 전에 세바스찬의 정부(情婦)가 되었다. 그녀는 세바스찬의 무심한 성격을 모르지 않았다. 하지만 그것은 그만의 독특한 성격이라기보다는 이 지역의 특성일 것이라고 판단했다. 그녀는 화를 내지 않았다. 세바스찬은 그런 애인을 비웃었다. '당연하겠지. 아무래도 아시아 여자니까.'

세바스찬은 평소와는 다른 극단적인 내용에 고개를 갸우뚱하고는 집요함이 스며 있는 메일을 무시해버렸다. 비행중에 '통과지대'를 횡단하면서 그 속에 메일까지 던져버렸던 것이다. 하지만 극도의 기쁨에 휩싸인 명예박사는 48시간 동안 쌓인 피로 탓에 잠을 이룰 수 없었다. 그렇다면 파 창을 만나보는 게 어떨까?

세바스찬이 불도 켜지 않고 방문을 넘자마자 파는 어린 창녀처럼 부드럽게 그를 껴안았다. 그는 약간 냉소적으로 이렇게 생각했다. '아득한 옛날부터 내려오는, 능란한 중국식 솜씨군.' 그리고 양성적인 그녀의 마르고 단단한 몸, 빈약한 가슴, 펑퍼짐하지만 탄탄한 엉덩이를 즐겼다. 올림픽 메달을 휩쓰는 어린 체조선수들에게서나 찾아볼 법한 단단한 근육.

파는 점점 더 그를 흥분의 도가니 속으로 몰아넣었다. 세바스찬은 이런 욕망이 두려웠다. 그는 자신이 결코 그녀를 내쫓지 못할 것이고, 그녀 역시 자신을 놓아주지 않을 것임을 직감했다. 또한 그녀가 자신도, 자신의 몽상도, 자신의 연구도 조용히 내버려두지 않을 것임을 직감했다. 그를 비잔틴까지 가게 한 비밀 연구는, 최초의 여자 역사가인 비잔틴의 황녀를 다룬 『안나의 소설』이었다. 하지만 쉿! 그것은 그의 은밀한 탐구였다.

세바스찬은 파의 마지막 메일을 읽었을까? 이렇게 눈에 잘 띄지 않는 모텔을 찾아온 걸 보면 물론 읽었을 것이다. 적어도 파는 그렇게 생각하지 않았을까? 형광색 벽지, 벽에 걸린 사랑스런 새끼고양이 사진, 19세기말의 섬세한 도금술로 공들여 만든 화분 속의 조화(造花), 그리고 집에서 멀리 떨어진 곳까지 출장 온 영업사원들이 하룻밤 질펀하게 즐길 수 있도록 배려한, 부드럽게 여과된 빛…… 세바스찬은 어떻게 해야 이것들을 피해 파의 몸속으로 스며들 수 있을지, 어떻게 해야 더 깊이 파의 몸속으로 파고들어 그녀를 녹여버리고 절정에 이르게 할지, 어떻게 해야 그녀가 황홀경에서 내는 신음소리와 함께 자신도 그녀 속으로 사라질 수 있을지 알지 못했다.

"자기야, 어제 보낸 메일 말고 오늘 학위 수여식이 끝나고 오후에 보낸 것 말이야."

세바스찬은 대조(大潮) 때의 굴처럼 바보 같은 표정을 지었다. 하지만 파는 그가 예민한 사람이라는 것을 알고 있었기 때문에 놀라운 소식을 쉽게 털어놓지 않았다. 사실 세바스찬은 오늘 아침부터 메일을 열어보지 않았다.

"자기야, 그럼 내 목소리로 직접 이 놀라운 소식을 전해줄게. 내가 직접 전하게 되다니 잘됐지 뭐. 하지만 먼저 당신에게 뭘 강요할 생각은 없다는 걸 알아줬으면 좋겠어. 당신이 얼마나 자유를 소중히 여기는지 나도 알고 있으니까. 하지만 당신도 알아야 해. 지금 당신에게 털어놓고 싶어. 오늘은 당신에게, 아니 우리 둘에게 중요한 날이야. 어찌 보면 전적으로 내 문제지만 말이야. 궁금하지 않아? 음, 나, 임신했어……. 못 믿겠지?"

파는 숨을 헐떡이며 중얼거렸다. 여자들—에르민, 에스텔, 파—이란 항상 말이 많았다. 매우 긴박하고, 흔히 재미는커녕 비통하며 엉뚱한 이야기 말이다. 세바스찬이 평균대, 이단평행봉, 뜀틀 등에서 메달을 휩쓴 체조 선수 같은 파의 배를 쓰다듬는 동안 그녀는 열렬히 키스를 퍼부었다. 파가 엉덩이를 내밀면 세바스찬은 멀찌감치 몸을 빼고 머뭇거렸다. 집을 비우거나 무작정 물러가거나 홀연히 떠나버리는 이주민, 다른 세계의 사람, 이 세상에 속하지 않는 수컷, 접근할 수 없는 동물 같은 세바스찬. 맹금, 맹수, 짐승.

갑자기 세바스찬은 동작을 멈추었다. 그는 피가 부글부글 끓어오르면서 이성을 잃었다. 더 이상 그녀가 보이지 않았다. 하지만 파의 몸은 계속 떨고 있었다. 그녀는 세바스찬이 이제 이곳에 없다는 사실, 그러니까 파의 정부도 더 이상 존재하지 않는다는 사실을 모르고 있었다. 정력을 다 소모한 남자의 두려움, 불안감 그리고 화는 별안간 분노로 바뀌었다. 세바스찬은 자신을 방어하고 자유의 몸이 되기 위해서는 파에게 폭력을 행사해서, 그녀와 끝장을 내야 한다고 느꼈다.

파의 목을 조른 세바스찬은 시간이 흐르는 것도 잊어버렸다.

세바스찬은 자신이 파의 목을 졸라 죽였다는 사실을 깨닫고도 별다른 감정을 느끼지 못했다. 그는 구겨진 시트 위에 축 늘어진 호리호리한 시신에 아무런 감흥도 느끼지 못했고, 불륜을 저지르는 소시민들에게는 호사스럽기만 한 이 모텔에도 관심이 없었을 뿐 아니라, 밤이슬 아래 잠들고 있는 잔디밭에도 흥미가 없었다. 세면대 앞의 거울은 어떤 모습도 비추지 않은 채 비어 있었다. 흐르는 물소리 이외는 아무것도 없었다. 졸졸 흐르면서 집요하게 손에 달라붙는 물소리. 어떤 손, 누군가의 손. 그는 물소리에도 신경 쓰지 않았다. 그는 시체에 다가가서 두 손으로 조심스럽게 머리를 잡고는 엄지손가락으로 두 눈구멍을 찔렀다. 이제 이 여자와는 끝장을 본 것이다.

세바스찬은 아주 냉혹하고 무지막지한 어떤 힘에 사로잡혔다. 그는 시체를 움켜쥐고 파가 실내가운으로 사용한 웃옷을 입혔다. 그러고는 여인을 부축하는 척하면서 밖으로 끌고 나와 그녀의 자가용 안에 밀어 넣었다. 불빛 하나 반짝이지 않았다. 모두들 잠들어 있었다. 모텔 수위조차 텔레비전 앞에서 졸고 있었다. 세바스찬은 서둘러 운전대를 잡고 산타바르바라와 산타크루즈의 경계에 있는 호수를 향해 돌진했다. 그리고 파를 운전석에 앉힌 다음 피아트 팬더 자동차를 절벽 아래로 밀었다. 자동차는 몇 바퀴 선회하더니 스토니브룩의 메이저 호수 속에 처박혔다.

언제나 목석처럼 무심하긴 했지만 어떤 야만적인 힘에 사로잡힌 세바스찬 크레스트 존스는 침착하게 범죄 현장에서 물러났다. 그리고 정처 없이 몇 시간 동안 걸었다. 갑자기 나타난 불빛에 눈이 부셨다. 자동차 한 대가 속도를 늦추었다. 그는 고개를 돌렸다. 그는 에스프레소 더블을 마시기 위해 주유소에서 멈추었다. 동이 트고 있었다. 어떤 계획도, 생각도 없었다. 커피는 뜨거웠다. 그것으로 충분했다.

"크레스트 존스 교수님, 여기서 뵙게 되다니! 저를 알아보시겠어요?"

세바스찬이 놀란 표정을 짓자 상대는 말을 이었다.

"어제 교수님이 박사학위를 받으실 때 함께 학위를 받고 졸업한 학생입니다. 사람들이 무척 많았으니 저를 몰라보시는 게 당연하죠. 그래도 저는 교수님을 알고 있었습니다. 좀더 정확히 말하자면 교수님의 연구에 대해 알고 있었습니다. 저의 지적 수준이야 보잘것없긴 하지만……. 저는 교수님을 존경하고 있습니다. 아, 죄송합니다. 부모님을 집에 모셔다 드리고 오는 길입니다. 부모님이 이 근처에 살고 계시거든요. 저는 스토니브룩으로 돌아가는 길이구요. 교수님 차가 고장 나셨나요?"

머리가 적갈색인 청년은 장황하게 아첨을 늘어놓았다. 세바스찬은 굶주림이 침을 돌게 하듯 대학교가 자연스럽게 퍼뜨리고 있는 이런 족속을 끔찍이 싫어했다. 그럼에도 느닷없이 나타난 구원자에게 매달리지 않을 수 없었다.

"젊은이, 내일이 되어야 차를 찾을 수 있다네. 이런 말을 하면 실례가 될지 모르겠지만 이 벽촌에는 부품이 없다고 하더군……. 그런데 자네 이름이 뭔가?"

"톰, 톰 보테프입니다, 교수님."

"그래, 톰, 난 정말 난처한 처지라네……."

"그럼, 잘 되었습니다. 걱정 마십시오. 제가 교수님을 캠퍼스까지 모셔다 드리겠습니다. 저도 마침 학교로 가는 길이거든요!"

세바스찬은 정오에야 캠퍼스의 특별 객실로 돌아왔다. 톰은 틀림없이 뿌듯하게 여겼을 것이다. 하지만 뭐에 대해서? 이 경솔한 젊은이들은 심사숙고 할 줄 모른다. 의심하는 일, 비교하는 일, 조사하는 일 따위에 서툴다……. 평온을 되찾은 세바스찬은 짐을 꾸리고 학장에게 작별인사를 하고는 산타바르바라행 비행기에 몸을 실었다.

살인자는 비행기 안에서 졸았다. 그의 머릿속에는 모텔에서 벌어진 일에 대한 어떤 흔적도 남아 있지 않았다. 기묘한 공상에서 비롯된 흥분과 최면 상태에서 번쩍거리는 각성뿐이었다. 대학교수인 짐 익스가 주장한 '불가분성(不可分性)' 이론이 마치 환각처럼 강한 인상을 주었다. 두 눈으로 직접 본 것처럼 논문의 글이 선명하게 떠올랐다. 이 양자 물리학자에 의하면 두 물체가 영원히 불가분의 상태로 남아 있기 위해서는 어떤 상황에서 일단 만나기만 하면 된다는 것이었다. 영원히……. 외관상 두 물체가 시간적으로나 공간적으로 확연히 떨어져 있을지라도 말이다. 그런데 어떤 상황 말인가? 세바스찬은 기억나지도 않았고 기억하고 싶지도 않았다.

짐 익스의 논문은 고전 물리학자들을 광분시켰다. 사랑에 빠진 영장류 중에서 가장 덜 떨어진 자도 동굴시대였더라면 이 주장을 망설이지 않고 받아들였을 테지만 말이다! 익스의 제자들은 산타바르바라의 대학가는 물론, 세계 곳곳에서 상상을 초월한 엄청난 분란을 일으켰다. 그들의 말을 들어보면 천재적인 스승은 상식에도 어긋날 뿐 아니라 합리적인 존재론에 대해 말도 안 되는 문제를 제기했기 때문이다! 그렇다면 그들은 세상 사람들에게 그들의 이론이 독창적으로 보이도록 과장을 한 것일까? 아니면 노벨상을 받기 위해 술책을 부린 것일까?

하지만 세바스찬은 비잔틴에 관한 소설을 쓰면서 익스의 이론을 뒷받침할 수 있는 증거를 갖게 되었다. 즉 안나 콤네나는 세바스찬 크레스트 존스와 '떼어놓을 수 없는' 사이가 아니었던가. 그것은 수세대 전에 우연히 안나를 만났던, 세바스찬의 어느 선조 덕분이었다. 선조의 행적에 무척이나 만족한 역사학자 세바스찬은 선조의 본거지에 자리를 잡았다. 불가분성의 공간이 아닌 다른 곳에서 사는 것은 부조리한 짓이었다. 그리하여 익스와 크레스트 존스는 '생존 또는 삶의 절대적 시간'이라는, 실재와 통하는 유일한 열쇠를 갖게 되었다.

"선생님, 부탁하신 콜라를 가져왔습니다."

매우 날씬하고 예쁜 스튜어디스가 차마 봐줄 수 없는 직업적인 미소를 지어 보였다. 그는 소다수가 얼음 조각 위에서 부글부글 거품을 일으키면서 곧장 아래로 흘러내리는 모습을 줄곧 지켜보았다. 불가분성이란 것은 사랑에 빠진 자의 광기일까? 아마 그럴 것이다. 만일 그가 에스텔 판코프에게 속내를 털어놓았다면 그녀는 '미치광이, 열광적인 자, 신비주의자, 살인자를 잉태한 원시인 어머니의 뱃속에서 일어나는 어머니와 태아의 상호작용이나 내밀한 관계' 따위를 들먹이며 잘난 척했을 것이다.

이 은밀한 꿈이 밤마다 머리에서 떠나지 않는다면? 이 꿈은 나눌 수 없는 강렬한 욕망에서 벗어나 객관적인 현실에 맞설 수 있도록 다음날이 밝자마자 잊혀지는 것일까? 몽상가들이 알고 있는 것, 그리고 세바스찬이 『안나의 소설』을 쓰면서 경험한 것을 증명하기 위해서는 연인들의 광기와는 다른 광기, 예를 들면 짐 익스의 광기와 같은 과학적인 것이 필요한 것일까? 그리고 에르민은 세바스찬을 결코 이해하지 못할 것인가? 임신한 지 얼마 되지 않은 파 창은 그렇게 위험을 자초해야만 했을까? 그녀는 그렇게 변질되어 세바스찬에게 방해물이 된 채 죽어야만 했을까? 세바스찬은 양성적인 체조선수를 제거함으로써 안나와 자신의 조상들, 그리고 자신의 기억과 영원히 떨어질 수 없게 되었다. 그는 비잔틴 문제로 되돌아왔다.

이곳이 비잔틴이다

비잔틴…… 세바스찬은 컴퓨터에 시선을 고정시킨 채 작업을 시작하자마자 혼란상태—연구가에게는 흔치 않은—에 빠졌다. 이 상태에서 맨 처음 불안감의 추방을 지향하는 정신생활, 좀더 겸손하게 말해서 전문적인 생활은 결국에는 불안감과 마주치고 뒤섞이기 마련이다. 그래서 불안감은 격화되기도 하고 완화되기도 한다. 그 결과 성찰이 아닌 인화성 물질이 튀어나온다. 어떤 사람들은 그것을 운명처럼 감수하고 어떤 사람들은 그것을 내면 일기 같은 도가니 속에서 제압하지만, 역사학자 세바스찬 크레스트 존스는 연구를 하듯 담담하게 그것을 추적해간다.

분명 중세 전문가라는 직업은 그가 열정을 품고 있는 유일한 대상이었다. 세바스찬은 벌써 수년 전부터 절대적인 확신을 가지고 비잔틴의 암흑기를 조사하는 데 열정을 불태웠지만 아직까지도 전혀 자기 존재의 신비를 밝힐 수 없었다. 까마득한 과거와 현재의 삶, 자료와 가설이 뒤엉키면서 그는 산타바르바라에도 비잔틴에도, 11세기에도 21세기에도 설 자리가 없는 '신사실(新寫實, 사실과 주관의 접목—옮긴이)' 속에 빠져버렸다. 도대체 어디에서 자신의 자리를 찾을 수 있을까?

트라키아(발칸반도 남동부 지역—옮긴이)에서 이주해온 조상—틀림없이 프로방스 지방, 불로뉴 지방 혹은 노르망디 지방 출신이었을 것이다—의 발자취에서? 그 발자취를 밝혀내는 일은 무척 중요하지만 성공 가능성은 아주 희박했다. 아니면 응용 프로그램을 이용하여 컴퓨터 화면에 형형색색의 선으로 나타낸, 제1차 십자군—그리스도의 성묘(聖墓)를 해방하기 위해서 진격했던—의 가상 원정로에서? 세바스찬은 이 가설에서 저 가설로, 이 연대기에서 저 연대기로, 또 필사생들이 수세대에 걸쳐 기록한 두루마리를 올려놓은 인터넷의 이 사이트에서 저 사이트로 나비처럼 이리저리 날아다니기 시작했다.

산타바르바라와 비잔틴에서 살아 있는 존재 가운데 오직 인시류(나비, 나방 등으로 입은 긴 관 모양이며 꿀을 빨아먹고 날개는 넓고 인편이 많이 묻어있는 곤충—옮긴이)만이 존경 받을 만하다. 심술궂고 시끄러운 조류와는 달리 인시류는 순진하고 우아하며, 그 무엇에도 원한이 없고 쉽게 붙잡히지도 않는다. 또한 얼룩덜룩한 나비들의 탄생을 알리는 사자(使者)이기도 하다. 나비는 몸체도, 얼굴도 없다. 영혼의 막(膜), 공간의 날개, 풍경의 돛이 달려 있는, 텅 빈 가느다란 막대 같은 몸통밖에 없다.

우리는 나비의 서식환경이나 거처 혹은 집을 상상하지 않는다. 은신처라고 해보았자 기도하는 손처럼 가지런히 모은 두 날개 속에 웅크린 채 수술이나 꽃잎 혹은 새싹 위에서 혼자 잠드는 것이 전부다. 이 공중 곡예사들은 빛, 색깔, 우주의 파동 속에서 생활한다. 이들은 도망 다니는 수정(水晶)이다. 인간은 심미적인 순수함으로만 나비를 붙잡을 수 있다. 그러나 인간의 잔인한 관심은 유일하게 인간의 기관과 닮은, 툭 불거진 머리에 쏠려 있다.

천상의 보물 같은 나비를 죽이기 위해서는 손가락으로 작은 유리공 같은 머리통을 으깨기만 하면 된다. 그렇게 우아한 손짓으로 나비를 살해하면서 그 가느다란 떨림을 즐길 수 있다. 예술품과도 같은 나비 속에는 여행의 신비, 종(種)의 기억, 열대 혹은 냉대지역으로 나뉜 대륙, 화려한 식물상과 동물상, 나비에게 다소 관심을 보여주었던 다양한 유인원류의 추억이 응축되어 있다. 역사학자 세바스찬은 새로운 먹이, 떠들썩한 공간, 먼 과거, 다양한 자기대(磁氣帶), 완전한 오류, 그리고 시대마다 분란을 일으키는 끈질긴 유랑민들을 찾아다니는, 나비들을 사냥하는 한 마리 나비다.

나비 중의 나비, 슬픔으로 검은 비늘을 갖게 된 프로세르피나…… 빨강과 검정의 줄무늬가 있는 불카누스…… 그리고 끝없이 전쟁이 계속되는 전시(戰時)에 살았던, 스탕달 류(流)의 어설픈 몽상가 안나……. 세바스찬은 자신이 수집하여 엮은 「안나 콤네나」라는 자료집을 날마다 읽었다.

그때 나는 여러 감정에 시달리고 있었다. 모든 것을 알고 계시는 하느님 앞에서, 아직 살아 있는 내 친구들과 나중에 이 이야기를 읽게 될 사람들에게 맹세하건대, 나는 미치광이들과 다를 게 없었다. 나는 고통 속에서 완전히 정신을 잃었기 때문이다……. 내가 여전히 아버지를 찾아다닐 때였다. 남아 있는 기운마저 조금씩 사라지고 동맥 속의 혈액 순환이 마침내 멈추었음을 깨달았을 때, 기진맥

진하여 실신할 지경이 된 나는 아무 말도 하지 않고 머리를 숙여 땅바닥을 바라
보았다. 그리고 손으로 얼굴을 감싸고 흐느껴 울었다…….

　제1차 십자군 전쟁 당시에 기록된 연대기 가운데 유일하게 세바스찬의 관
심을 끈 것은 황녀 안나 콤네나의 『알렉시아스』였다. 우연이었을까? 알렉시
우스 1세 콤네누스의 사랑스런 딸 안나는 위대한 아버지에 대한 우울한 경탄
과 비잔틴식 권모술수를 결합시킬 줄 알았다. 권력이 그렇게 만든 것이다.
전쟁에 관한 상세한 묘사는 군대식이었다. 그녀의 세심한 지정학적 관찰은
성전(聖戰)도, 황실도 가차 없이 비판하는 풍자적인 면을 띠었다. 그녀를 최
초의 여성 지식인, 그리고 최초의 현대식 여성 역사가로 만든 것은 박식하면
서도 쉽게 전달되는 문체 때문이라고 세바스찬은 확신했다.
　분명히 그의 동료들 가운데 신중하고 현학적인 몇몇은, 주교좌성당의 참
사회 결의가 곧 십자군의 결정이라는 대목을 제외하고는, 안나의 기록보다
는 시리아어, 이란어, 아랍어에 능통한 박식가였던 티루스의 기욤(1130~1185.
티루스의 주교, 편년사가─옮긴이)이 쓴 연대기를 더 신뢰했다. 또한 그들은 로타
랭지아(샤를마뉴 대제의 세 손자 간에 체결된 베르됭 조약에 따라 프랑크 제국이 삼분되
었을 때, 장남 로타르가 차지한 뮤즈 강, 라인 강, 론 강을 비롯, 북해에서 남부 이탈리아 칼
라브리아에 이르는 중부 프랑크 왕국─옮긴이)의 편년사가인 엑스의 알베르가 안
나보다 낫다고 주장했다. 현대의 고전 주석가들은 제1차 십자군 전쟁 원정로
를 다시 그릴 때 앞 다투어 알베르의 상세한 기록을 참조했다. 물론 그들은
노르망디 십자군의 생생한 연대기인 『게스타 프랑코룸(프랑크족의 업적)』을
잊지 않고 인용했고, 툴루즈 사람들을 이해하기 위해서 결코 빠뜨려서는 안
될 레몽 다길레르(레몽 4세를 따라 제1차 십자군 전쟁에 참가한 연대기 작가─옮긴이)
도 빼놓지 않았다. 그들이 내세운 고문서 학자들, 약초 판매인들, 곤충학자들
은 모두 권력의 그늘 밑에 있던 힘없는 신민들이었지만 안나는 황녀, 그것도
아버지가 황제로 재임할 때 태어난 황녀였다!
　안나는 눈물, 분노, 음모, 동생 요한네스와의 경쟁 등 당시의 역사를 몸소
체험했다. 요한네스는 안나가 차지할 수도 있었던 옥좌를 빼앗아 황제가 되

었다. 비잔틴에서 수많은 여제들이 배출되기는 했지만 전시에 여자가 황제가 되는 것은 어림없는 일이었다. 비정한 어머니 이레네의 집착과 신의 없는 정치가였던 할머니 안나 달라세나의 경쟁적인 사랑은 차치하고라도 역사학자가 된다면 그나마 좀 괜찮았을 텐데, 그 눈에 띄지 않는 일조차 허락되지 않았다. 결국 요한네스는 그녀를 수녀원에 유폐시키고 말았다.

당시의 다른 사람들과 마찬가지로 안나 콤네나는 십자군을 악취를 풍기는, 거칠고 야만적이며, 미개하고 교활하며, 멋지고 위험한 존재로 묘사했다. 동생 요한네스가 보낸 한 무리의 야만인들은 그녀를 부추겨 그 혼란스럽고 불안정한 시기에 위대한 황실의 자취를 기록하게 했고, 수도원에 들어가 위대한 아버지의 죽음을 애도하게 했으며, 미래의 역사가들조차 부러워할 『알렉시아스』를 저술하게 했고, 결국 죽게 만들었다. 그녀가 언제 죽었는지 정확한 날짜는 알 수 없다. 세바스찬은 안나의 이야기가 라틴 세계의 관점에 얽매여 있지 않다는 점을 장점으로 생각했다. 안나 덕분에 그는 두 진영의 시각을 모두 고려하면서 진실을 밝혀나갈 수 있었다. 과학적 객관성은 존중되어야 하지 않겠는가!

플랑베(Iphiclides Podalirius. 흰색 바탕에 검은 줄무늬가 있는 나비―옮긴이)와 아폴론(Parnassius appolo. 고산지대에 서식하는, 흰색 바탕에 검고 커다란 반점이 있는 나비―옮긴이), 시간의 날개, 소우주와 지속 기간, 종(種)과 역사, 기억의 왜곡, 그리스의 양피지 문헌, 신화와 과학, 혼란, 자석……. 세바스찬은 열다섯 권에 달하는 『알렉시아스』 중에서 좋아하는 페이지―이미 수없이 반복해서 읽은―를 끊임없이 들여다보았다. 호메로스, 플라톤, 아리스토텔레스의 작품을 통해 소양을 쌓은 안나는 현대 그리스어에 가까운 언어로 자신의 생각을 표현했다. 안나는 너무 일찍 죽어버린 남편 니케포루스 브리엔니우스 부제(副帝)의 유업인 역사서 집필을 계승하기 위해 그리고 특히 아버지의 위대한 업적을 기리기 위해 스스로 역사학자가 되었다.

안나의 『알렉시아스』는 「어느 황녀의 연대기」처럼, 아니면 「잃어버린 아버지를 찾아서」처럼 읽혀야 할까? 세바스찬은 아주 오래전부터 비잔틴에 집착하게 만드는 자신의 불안정한 비밀이 안나 콤네나의 비밀과 마찬가지로 부끄러운 것이 아니라는 사실을 알기 때문에 굳이 프로이트를 필요로 하지 않았다. 21세기처럼 11세기에도 뿌리를 조사하면서 자신의 원천으로 되돌아가는 것이 미래를 시들게 함으로써 쇠약해지는 게 아니라면 말이다. 하지만 세바스찬의 대학 동료들은 깜짝 놀라며 이 주제는 가치도 없을 뿐 아니라 현실과 아무런 관계도 없다며 고개를 설레설레 흔들었다. 사람들은 가능하면 아버지를 복원시키고 평정을 가장하기 위해 사라진 아버지, 말하자면 어떤 대가를 치르더라도 해결해야 할 가장 중요한 불가사의를 찾아 필연적으로 시간을 거슬러 올라간다. 어떤 이들은 이렇게 함으로써 정체성을 되찾기를 열망한다.

지칠 줄 모르는 세바스찬은 『안나의 소설』에서 복사한 대목을 컴퓨터 화면에 펼쳐놓고 황녀가 아버지의 죽음을 슬퍼하는 대목에서 멈췄다. 1118년 안나는 아버지인 알렉시우스 1세의 죽음을 애도한다. 세바스찬은 우울한 안나의 모습을 떠올리는 것이 좋았다. 그는 연구에 더욱 유용하고 더욱 간결한 『알렉시아스』의 처음 몇 권에서 그녀를 좀더 잘 이해할 수 있었다. 그러나 안나가 울기만 했던 것은 아니었다. 언젠가는 안나를 중요한 인물로 중등교과서에 소개하고, 대학 강의에도 「안나의 선집(選集)」을 개설하여 그녀를 소홀히 대접한 페미니스트들이 그녀를 존경하게 만들어야 한다.

안나는 황실에서 미친 듯이 날뛰는 자들과 맞서는 아버지, 왕위를 노리고 국외에서 몰려드는 자들과 맞붙은 아버지의 패전과 정복을 재치있고 열정적으로 묘사했다. 안나는 대체로 아버지를 지지하지 않을 수 없었다. 세바스찬의 접근방식은 그다지 전통적이지는 않았다. 그 때문에 비잔틴 문명 연구가들은 심기가 불편할 것이다. 그건 잘 된 일이었다!

안나는 상황을 자세히 확인하고 기록했다. 가령 콘스탄티노플에 밀물처럼 몰려든 십자군 앞에서 비탄에 사로잡힌 알렉시우스 1세의 모습을 놓치지 않고 이렇게 묘사했다.

황제는 무수히 많은 프랑크족 군대가 몰려오고 있다는 소식을 들었다. 황제는 그들이 도착하는 것이 두려웠다. 그들의 억제할 수 없는 격정, 불안하고 변덕스러운 성격, 켈트족 특유의 기질 그리고 그에 따르는 필연적인 결과를 잘 알고 있었기 때문이다. 또한 그들이 재물 앞에서는 언제나 입을 짝 벌리며, 기회가 있을 때마다 거리낌 없이 조약을 위반한다는 것도 잘 알고 있었다……. 대서양 건너편과 지브롤터 해협에 있는 두 개의 산 사이, 야만족들이 살고 있는 바로 그곳이 서양이며…… 그들이 집단 혹은 가족 단위로 유럽의 한쪽 끝에서 다른 쪽 끝으로 이동하면서 아시아를 향해 다가오고 있었다…….

11세기 말 동양의 찬란한 수도인 비잔틴의 입장에서 본다면 우리—산타바르바라, 파리, 뉴욕에 있는—는 지금 어떤 상태일까? 안나에게 모든 십자군은 위협적인 곤충 떼, 몰려오는 모래 급류—하느님께서는 그들이 최고의 군대였는지 아니면 최악의 군대였는지 언젠가는 말씀하시리라—에 지나지 않았다. 켈트족이건 프랑크족이건 라틴족이건 미개인들은 다 똑같아 보였다. 안나는 은둔자 피에르의 민중 십자군과 영주들의 십자군에서 뚜렷한 차이점을 찾아낼 수 없었고, 우르바누스 2세가 이 원정을 사주했음을 의심하지 않았다.

세바스찬은 안나를 현대적인 역사학자로 간주했다. 안나는 자신의 의견, 서술자로서의 견해—역사가 주관적인가 혹은 객관적인가, 차가운 연대기인가 아니면 열렬한 서술인가를 결정하기 위해 샌프란시스코에서 밀라노까지 얼마나 많은 학회가 개최되었는가—를 가지고 있었기 때문이다. 안나는 이미 그런 문제를 해결했기에 고민하지 않았다. 그것은 쉽게 발견할 수 없는 진리의 길이다. 안나는 씻지도 않고 글도 모르는 이 라틴족 우두머리들의 탐욕과 변덕을 두려워하는 동시에 경멸했다. 하지만 그들의 엄청난 숫자와 용기만은 과소평가하지 않았다.

이 사람들의 혈기와 열정이 어찌나 뜨겁던지 그들이 가는 곳마다 길을 내줄 수밖에 없었다. 켈트족 병사들은 모래알이나 별처럼 많은 민간인들을 데리고 다녔다. 그들은 무기 대신에 종려나무 가지와 십자가를 메고 있었다. 아내와 아이들은 고향에 둔 채 말이다. 그들을 보고 있자니 마치 사방에서 흘러 들어와 하나가

되는 강물 같았다……. 메뚜기 떼보다 먼저 도착한 수많은 사람들은, 농작물은
손대지 않았으나 포도밭은 휩쓸어버렸다…….

잃어버린 아버지를 찾아서

역사학자 세바스찬 크레스트 존스는 어떻게 그리고 왜 티루스의 기욤이 쓴 산문이나 샤르트르의 푸셰(제1차 십자군 전쟁 때 프랑스 출신의 종군사제이자 연대기 작가—옮긴이)가 쓴 연대기보다 오히려 '안나 콤네나의 역사소설'에서 더 많은 연구 소재를 찾아낼 수 있었는지를 세미나에서 완벽하게 설명하고 논증할 수 있을 것이다. 그는 컴퓨터 앞에 앉아 있을 때 '소설'에 열중한 나머지 연대기 작가들에게는 신경도 쓰지 않았다. 그것은 조교 미날디에게는 참기 힘든 일이었다! 미날디는 세바스찬의 아내인 에르민의 정부가 된 후 감히 황녀 안나에 대해서 농담을 했다! 세상에, 그럴 수가! 하지만 세바스찬은 중요한 일이 아니라는 생각에 조교가 제멋대로 행동하고 떠들게 내버려두었다.

세바스찬은 안나의 역사서에 돋보기를 대고 메뚜기 떼, 무수한 군중, 씨앗, 별, 하나가 되는 강물 따위의 대목을 읽으면서 혼자 즐거워했다. 그가 오매불망 찾고 있는 선조는 분명 그곳에 숨어 있을 것이다. 이 신비한 환영—친구가 없는 세바스찬이 에르민에게 무심코 이 비밀을 털어놓지 않았을까?—을 찾아 나선 산타바르바라의 은밀한 역사학자는 크레스트 가족의 가장으로, 20세기 초 미국으로 이주한 크레스트 가족의 가장인 아버지 실베스터의 고향 필리포폴리스—오늘날 불가리아의 플로브디프—를 향해 출발했다. 그리고 교구청의 고문서, 풍문, 민속자료, 전설 등을 수집했다. 아들 세바스찬은 가족의 이야기를 재현할 의무가 있지 않겠는가.

당연히 그가 처음 연구한 것은 가족의 성(姓)인 크레스트(Chrest)였다. 이 부칭(父稱)은 묘비, 파피루스, 우물 등에서 찾아볼 수 있었다. 공통의 성 '크레스트'는 십자가(Croix)를 의미한다. 어쨌든 이 점은 별로 놀라운 일이 아니다. 이 성은 '과거에 어느 지점을 지나간 십자군 병사들을 기념하여 붙여진 것이다.' 아, 사전의 기막힌 정의여! '어느 지점'! '과거에'! 하지만 언제, 어디서?

노래, 동화, 속담은 어느 십자군 병사가 필리포폴리스에 지체하였다가 아름다운 밀리차(Militsa)와 결혼한 사실을 한점의 의혹도 없이 증명하고 있는 반면에, 사전에는 그런 사실이 전혀 언급되어 있지 않았다. 이 불가리아 할머니에게까지 이르려면 대체 몇 대나 거슬러 올라가야 할까? 이 십자군 병사는 멋진 얼굴과 강인한 힘을 지녔기 때문에 경탄의 대상이 되었지만 또한 같은 이유로 혐오의 대상이 되었다. 그는 '침략하는 야만인'이었기 때문이다. 누구보다 고귀한 신분이었던 황녀 안나 콤네나도 그렇게 말했지만, 필리포폴리스 사람들도 역시 그렇게 생각하고 음모를 꾸며 그를 죽여버렸다. 타지 사람들과 함께 사는 것은 지옥이기 때문이다……

필리포폴리스에 눌러앉은 이 십자군 병사는 다시 농부가 되었고 그의 밭에서 수확하던 일꾼들이 단도에 찔린 그를 발견했다. 그는 십자군에서 이탈하기를 잘 했다고 생각했을 것이다. 그러나 자신만이 이런 시도를 했을 것이라고는 생각하지 않았다. 하지만 그가 유일한 탈주자라 해도 결과는 마찬가지였을 것이다. 이 최초의 크레스트는 얼마나 우스꽝스런 인물인가! 그는 이번에야말로 더 이상 십자군에 참여하지 않고 정착할 기회라고 판단했을까? 아니면 그는 연금술사였을까? 모두 알고 있는 것처럼 연금술사는 철학자이자 혁명가였다. 자객은 전혀 밝혀지지 않았고, 또 누구도 범인을 찾는 데 관심이 없었다. 그때부터 불안한 전설이 크레스트 가족과 후손들 주위에 감돌았다. 그들은 한곳에 가만히 머물 수 없었다.

"산타바르바라의 역사학자 선생님, 당신 아버지, 말하자면 우리 곁을 떠났던 당신 아버지가 어떤 분이었는지 알아야 하지 않겠습니까? 이곳 사람들은 젊은 시절의 당신 아버지에 대해 알고 있었습니다. 우리 할아버지가 들려주신 이야기를 전해드리죠. 당신 아버지는 정열적이고 꿈이 큰 분이었답니다……"

세바스찬은 아버지 실베스터 크레스트에 대해 아는 게 별로 없었다. 대학생 때 필리포폴리스로 가장 먼저 답사여행을 간 것도 아버지에 대해 더 자세히 알기 위해서였다. 필요하다면 당장 오늘이나 내일이라도, 그리고 시공간적으로 더 멀리라도 갈 수 있을 것 같은 기분이었다. 이 농사꾼들의 잡담—시시콜콜한 이야기, 신화, 과대망상증—에서 한 줄기 진실의 빛을 찾아내려면 미친 사람이 되어야 했다! 신중한 연구가는 소문을 퍼뜨리기만 하면 된다. 세바스찬은 미트라교 신자였던 친할머니의 무덤을 찾아냈다. 그리고 묘지에서 약간의 흙을 파내 산타바르바라로 가져왔다. 에르민은 이렇게 비난했다.

"당신의 순례는 참으로 괴상망측해요!"

기분이 상한 세바스찬은 흙 보따리를 책상 서랍 속에 쑤셔 넣었다. 그렇다고 해서 그것을 잊어버린 것은 아니었다. 결코.

그런데 크레스트 가문의 시조로 추정되는 이 최초의 십자군 병사는 과연 어느 시대까지 거슬러 올라갈까? 지금으로부터 무려 9~10세기 전이다! 까마득한 시간의 밤! 세바스찬은 포기하지 않았다. 그는 십자군 병사들이 필리포폴리스를 지나갔다는 사실을 증명하는 자료를 면밀히 검토해야겠다고 생각했다. 그래서 산타바르바라에 돌아오자마자 수년 동안 다른 십자군 전쟁은 제쳐놓고 오직 제1차 십자군 전쟁에만 관심을 갖고 수많은 지도를 대조하며 원정로를 수정했다. 그때부터 그의 소설은 타오르기 시작했다.

문서 「제1차 십자군 전쟁의 원정로」를 클릭하자 중세 유럽을 가로지르는 몇 개의 원정로가 나타났다. 크레스트 가의 시조는 분명히 고드프루아 드 부용의 군대와 함께 도착했을 것이다. 이 군대는 헝가리를 거쳐 사바 강을 건넌 다음 니슈, 소피아, 필리포폴리스로 이동했다. 부용의 충복들은 거의 흩어지지 않았다. 부용의 로렌과 노르망디의 남작들 그리고 그들의 농민들은 트라키아 지역에 남지 않았을 것이다. 너무 무덥고 너무 생기가 넘치는 곳이었다. 크레스트가 이곳에 혼자 남았을 거라고 상상하기는 어려운 일이다.

그렇다면 시조는 위그의 군대와 함께 온 것일까? 어쩌면 그럴지도 모른다. 안나는 이 무례한 문맹자들을 보고 어이가 없었다. 프랑스 왕 필리프 1세(그는 아내를 버렸다는 이유로 파문당해 십자군을 이끌 수 없었다)의 동생인 위그 드 베르망두아는 의기양양하게 아드리아 해에 도착했지만 디라키움(알바니아 서부 아드리아 해에 있는 최대 해항. 오늘날 두러스—옮긴이)에서 멀지 않는 곳에서 해난사고를 당해 처참한 꼴로 상륙했다. 알렉시우스 1세 콤네누스는 위

제1차 십자군 전쟁의 원정로

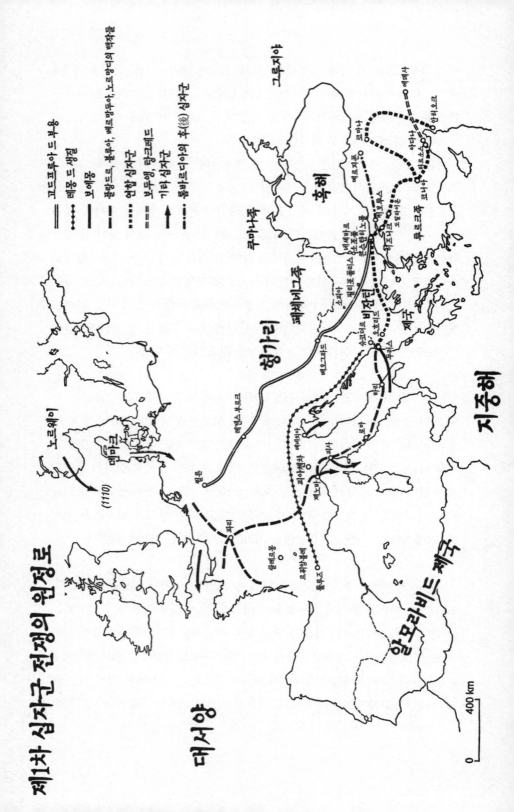

범례
고드프루아 드 부용
레몽 드 생질
보에몽
플랑드르, 블루아, 베르망두아, 노르망디 백작들
연합 십자군
보두앵, 탕크레드
기타 십자군
롬바르디아의 후(後) 십자군

대서양

노르웨이

덴마크

(1110)

잉글랜드

함부르크

브레멘

베네치아

헝가리

쾨제비그족

루마나족

흑해

그루지아

에데사

안티오크

코니아

니케아

콘스탄티노플
보스포루스

루르크족

메로지족

벨그라드

소피아

니슈

베세메르
소조폴
콘스탄티노플

오흐리드

바리

제국

로마

제노바

루카

피렌체

피사

피아첸차

피아켄차산

루툴조

클레르몽

파리

비엔

로마

알모라비드 제국

지중해

400 km
0

그를 궁지에서 구해주고 진수성찬을 차려주었을 뿐 아니라 선물까지 듬뿍 안겨준 후 수도로 안내했다. 하지만 연대기 작가인 황녀가 구체적으로 밝힌 것처럼 '직선로가 아니라 필리포폴리스를 거쳐 가는 우회로로 데려갔다…….' 크레스트가의 시조는 툴루즈의 백작 레몽 드 생질과 함께 이동한 것이 아니라면 바로 이 무리에 속해 있었을 가능성도 있다……. 알렉시우스는 툴루즈의 백작을 가장 높이 평가했다. 레몽은 충성서약식은 하지 않았지만 유일하게 약속을 지킨 인물이었다.

이 수수께끼는 과학적으로 해결할 수는 없지만 마치 인화성 물질처럼 타오르는 역사학자의 두뇌에서는 모든 것이 논리적으로 밝혀지게 될 것이다. 즉 세바스찬은 열심히 탐구하여 결국에는 자신의 시조가 어디에서 왔는지 밝혀낼 것이다. 크레스트 가문의 시조인 떠돌이 목동 아벨을 죽인 농부 카인의 음모에 대해서 조사할 필요는 없다. 이 사건은 너무도 잘 알려진 일화이기 때문에 흥미를 끌 수 없는 것이 당연하다.

하지만 트라키아에서 농부가 되겠다는 이상한 생각을 했던 이 순례자는 도대체 누구였을까? 그는 어디에서 왔고 어떤 이주민 무리에 섞여 있었을까? 그의 발자취를 추적하고 여정을 그려보는 것은 아직도 이 세상에 남아 있는 세바스찬의 몫이었다. 그러나 언제까지? 세바스찬은 컴퓨터 앞에 꼼짝하지 않고 앉아서 화면에서 지도상의 여정을 나타내며 반짝이는 점선, 대충 위치를 정할 수 있는 교통 요지, 괴상하게 깜박이는 그림자들, 습관에 따라 이동하는 유랑민들, 보잘것없는 십자군 병사들을 표시했다.

이렇게 세바스찬이 자신의 '소설'에 몰두하고 있을 때 두 개의 원정로가 떠올랐다. 위그 드 베르망두아의 군대와 생질의 군대는 어디에서 출발했을까? 안나의 눈에는 야만인처럼 보였던 이들은 어느 지방, 어느 도시에서 왔을까? 어떤 굶주림, 어떤 비탄, 어떤 광기, 어떤 신앙이 그들을 선동했을까?

생질의 군대는 필리포폴리스를 스치듯 지나갔다. 이 프로방스 사람들은 크로아티아를 뒤로 한 채 두러스를 지나 보데나와 살로니카에 이르렀고 크리스토폴리스(오늘날 카발라)까지 밀고 나갔다. 그들 가운데 상당수는 불가리아족과 페체네그족으로 구성된 알렉시우스의 용병과 충돌하여 패배한 후 흩어졌고 최후의 목적지인 그리스도의 성묘까지 진격할 수 없었다. 그렇다면 그때 최초의 크레스트가 필리포폴리스까지 흘러 들어갔을까?

이 프로방스 선발대의 지휘자 가운데 발랑티누아 가문의 레몽 드 생질, 르퓌앙블레의 주교 아데마르 드 몽테유 같은 몇 사람은 역사에 기록되었다. 교황 우르바누스 2세는 한때 아데마르에게 십자군 지휘를 맡기려 했다. 실제로 아데마르는 오베르뉴에 있는 자신의 집에 양날 검을 남겨놓고 정신적 지도자로서 음지에서 십자군을 지휘했지만, 용감한 생질은 당당하고 위엄 있게 양날 검을 차고 다녔다.

세바스찬은 독서를 통해 매일 보완해가는 십자군 지도의 왼쪽, 르퓌앙블레의 아이콘을 클릭하면서 이렇게 메모했다. '아데마르와 그의 성직자 무리는 이상한 부대임. 좀더 알아볼 것……'

세바스찬은 자신이 추적하고 있는 인물을 아직 찾지 못했다. 하지만 그는 이미 조사의 공간과 소설의 공간, 즉 산타바르바라에서 필리포폴리스까지를 설정해 놓았다. 물론 안나 콤네나가 살았던 콘스탄티노플과 어쩌면 르퓌앙블레도 포함될 것이다…….

피곤이 몰려오자 세바스찬은 신경질적으로 내포(內浦) 쪽으로 난 창문을 활짝 열어젖히고는 미풍을 마음껏 들이마셨다. 그는 악취를 풍기는 후텁지근한 열기, 사람들이 흥분할 때—특히 정신적으로—내뿜는, 갇혀 있는 포유류의 고리타분한 냄새를 견디지 못했다. 연구실에서는 항상 갇혀 있는 살 냄새, 땀내, 불결한 사타구니 냄새가 났다. 아, 신선한 공기여!

한 무리의 가마우지가 간석지 위를 날아가면서 포식한 약탈자처럼 기쁨의 소리를 내질렀다. 세바스찬은 녀석들의 레이저 같은 눈매를 좋아했다. 공간과 시간 속에서 녀석들처럼 밝은 시력을 가지려면, 꿈과 비상에 대한 날카로운 투시력을 가지려면 어떻게 해야 할까? 아주 작은 것도 유심히 살피는 가마우지들, 지금 컴퓨터를 켜둔 채 창가에 서 있는 세바스찬은 물론 국경을 초월하여 산타바르바라와 비잔틴을 동시에 보고 있을 것이다.

나비와 함께 새는 있는 그대로 경탄의 대상이 되는 유일한 존재다. 고양이와 개 그리고 길들여서 끈으로 묶을 수 있는 모든 동물은 분명히 그렇지 않다. 세바스찬은, 팔도 없이 항상 멀찌감치 떨어져 있는 새를 경계하는 사람들을 이해할 수 없었다. 은빛 갈매기, 황조롱이, 말똥가리 그리고 제비갈매기……. 이 순결한 살인자들은 흔히 수직으로 하강해서 뾰족한 부리로 납작한 물고기와 뱀장어를 물고 정면의 절벽 꼭대기로 날아가 삼킨 후 다른 세상의 강가로 쏜살같이 날아간다……. 소박하고 우아한 날짐승.

세바스찬은 이 새들을 관찰했다. 오늘 이 무리는 마치 폭풍우를 예감한 듯 소란스러웠다. 하지만 지평선에는 구름 한 점 없었다. 완벽한 원반의 형태를 띤 진홍빛 태양 외에는. 그리고 벌써 뇌우의 자기파 속에서 날갯짓을 하고 선회를 하면서 어쩔 줄 모르는 포식한 가마우지들의 울음소리 외에는.

정화자(淨化者)는 누구인가

릴스키와 포포프는 꼬박 한 시간이 지난 후에야 경찰서에 나타났다. 나는 마음을 가라앉히려고 애썼지만 고막을 찢는 듯한 총성이 멈추지 않고 계속 들려오는 것만 같았다. 그때 나는 얼어붙어 있었을까? 아니면 몹시 흥분했을까? 잘 모르겠다. 무선을 통해 들어온 정보에 따르면 이번 사건은 해양신전 측에서 일으킨 것이었다.

"당신, 용감하기는 하지만 경솔해요! 빌어먹을! 그렇게 생명을 위태롭게 할 필요는 없잖소! 그러다가 송장 된 사람이 산타바르바라에는 꽤 된다구요!"

릴스키는 널찍한 사무실로 들이닥치면서 그렇게 말했다. 멋지게 그을린 구릿빛 얼굴은 파랗게 질려 있었다. 그는 이번 사건을 대수롭지 않은 듯 말하려고 애썼다.

"하지만 지금은 안심해도 괜찮소. 분명히 '지금은'이라고 했소. 지금 당신은 전혀 위험하지 않소. 주요 표적은 순 교주니까. 아니, 순 교주였지. 그는 방금 세상을 떠났소. 그 얘기는 나중에 다시 해주겠소."

릴스키가 돌아오고 새로운 소식을 들었음에도 나는 방금 전의 총격전—비록 내가 표적은 아니었지만—으로 가슴이 계속 두근거렸고 두 손은 흠뻑 젖어 있었다. 사이비 교주가 죽었지만 노드롭은 별로 반기지 않는 것 같았다. 아니, 몹시 난처해하고 있었다.

"교주는 해양신전에 있는 자신의 침실에서 시체로 발견되었소. 주차장에서 총격전이 벌어지고 있던 바로 그 순간에 정보가 입수되었소. 똑같은 수법이었소. 머리에 총알이 한 발 박혀 있고, 마치 할복한 것처럼 배는 갈라져 있었으며, 웃옷은 벗겨져 있었소. 그리고 등에는 숫자 8이 새겨져 있고. 숫자 8은 신성한 기호 중의 하나인 것 같소. 다른 희생자들과 마찬가지로 없어진 셔츠에는 이름과 함께 같은 기호가 씌어 있을 거요. 지난주에는 무기상—같은 종교의 고위인사였소—이 자신의 별장에서 같은 방식으로 살해되었소. 그의 옷은 별장에서 수킬로미터 떨어진 곳에서 회수되었는데, 벨(Bell)이라는 이

54

름과 함께 휘갈겨 쓴 숫자 8이 있었소. 열흘 전에 똑같은 수법으로 살해된 뚜쟁이—마찬가지로 신판테온교의 신자였소—의 시신에도 로키(Rocky)라는 이름과 함께 숫자 8이 쓰여 있었고."

포포프도 한 마디 내뱉었다.

"알아보기 힘들 정도로 휘갈겨 쓴 조(Joe), 벨, 로키. 오늘까지 정확히 여덟 명입니다. 분명히 동일한 정신질병자의 소행입니다. 반장님, 환장할 노릇입니다……."

반장은 그 말이 무슨 뜻인지 너무도 잘 알고 있었다.

"포포프, 범인은 우리가 그렇게 믿기를 바라고 있는 거야. 녀석은 우리를 비웃고 있지. 단독 범행일까? 아니면 여러 명일까? 결국 자네 말처럼 정신질병자는 여러 명일지도 모르지. 아니면 경쟁관계에 있는 다른 사이비 종교단체의 소행일지도 모르고. 숫자 8이 누워 있는 8, 즉 무한대를 의미하는 '기호 ∞'라서 하는 말이네. 무슨 뜻인지 알겠나? 살인자가 희생자를 여덟 명으로 정해두었다는 자네의 가정은 낙관적인 추측일지도 모르지……."

나는 노드롭이 하는 말에 맞장구를 치려고 애썼다. 하지만 말이 너무 빨랐다. 내 무기는 한번 쏘아보지도 못한 채 가방에 들어 있는데 나의 손은 상상의 콜트 권총 위에서 떨고 있었다. 나의 불안감을 눈치 챈 노드롭은 내게 얼음물 한 잔을 가져다 주게 하고 손목을 톡톡 두드렸다. 그러나 그의 어설픈 애정 표현이 나를 더욱 불안하게 했다.

마침내 릴스키는 짜증을 내며 소리를 버럭 질렀다.

"그 숫자는 다름 아닌 우리 경찰과 신판테온교에게 보여주기 위한 것이지. 이 녀석—놈이 단독범이라면 말이야—은 마피아와 정부 모두를 대상으로 전쟁을 하고 있는 거야!'

"반장님, 제 말도 바로 그겁니다. 살인사건 다음날이면 영락없이 그 비열한 작자들, 말하자면 희생자들의 셔츠에 새겨진 것과 똑같은 필체로 휘갈겨 쓴 쪽지가 배달됩니다. 마치 우리도 그 사건과 관련이 있다는 듯 말입니다. 차이점이 있다면 그건 검은 잉크로 썼다는 것뿐이죠. 제 말이 틀렸습니까? 반장님, 아니 우리에게 보낸 메시지에서는 피 냄새가 덜 나긴 합니다. 미묘한 차이죠…….”

릴스키는 그런 미묘한 차이 따위는 아무 의미도 없다고 지적했다! 나는 지금 이 사건보다는 반장의 난처한 처지에 대해 더 잘 이해하고 있었다. 존경받는 무뢰한들의 집단인 신판테온교의 적은 드러내놓고 움직이는 자선가는 아니었다. 놈은 경찰총장을 필두로 세상 전체를 원망하고 있었다. 또한 세상을 비웃으며 정부의 권위에 도전하고 있었다. 일종의 친부(親父) 살해라고나 할까. 어쩔 수 없이 반장은 살인자의 이미지를 머릿속에 그려보았다. 대체 놈은 누구일까? 그리고 뭘 어쩌자는 걸까?

“반장님, 놈들—혹은 놈—은 신판테온교의 비밀을 잘 알고 있는 듯합니다. 제가 말씀드린 것처럼 내부자 소행일 수밖에 없습니다. 오늘 있었던 그 기막힌 연출을 보십시오. 홍보부장이 파리에서 온 특파원을 맞는 동안 놈은 그 비열한 순 교주를 죽였습니다. 얼마나 기막힌 광고입니까! 저는 그게 우연의 일치라고는 생각하지 않습니다. 분명히 내부자 소행입니다.”

“포포프, 아직 증거는 없지만 나도 그렇게 생각하네. 하지만 자네 말처럼 홍보부장이 뭔가 잘못한 게 있다면 오늘 일은 우연히 동시에 일어난 사건일 수 있네. 놈이 여러 명이 아니라면 말일세. 그런데 이 사이비 종교의 거물, 보다 정확히 말하면 고위층 살해에는 어떤 외로운 미치광이 혹은 집요한 복수자의 냄새가 나네. 일주일 전에, 신판테온교에 환멸을 느낀 사람들, 그 소굴을 탈주한 사람들, 변절자들에 관해 조사하라고 했는데, 그건 어떻게 되었나? 신도들 중에는 신앙심이 별로 깊지 않은 사람도 있고, 마침내 뭔가 잘못되었다고 깨닫고 자기 길을 찾아간 사람도 있기 마련이지. 그리고 그 늙은 순 교주의 총애를 받던 귀여운 동성연애자들은 어떻게 되었지? 그들을 미행해보았나? 코카인과 어린 남색가들 사이에서 구도의 길은 좁기 마련이지. 증거가 필요해! 내 말, 알겠나?”

“반장님, 명단은 확보했습니다만 가능성이 전혀 없습니다. 찢어지게 가난한 사람과 나약한 사람 중에 더러운 노인네의 배를 가르고 더구나 서명까지 할 만큼 대담한 자는 없습니다.”

“좋아, 수사를 계속하게! 자네들은 여기서 뭐 하고 있나? 수사나 하지!”

릴스키는 짜증을 냈다. 그 이유는…… 모르겠다. 포포프는 뭔가 알고 있을까? 확실하지는 않았다. 나는 나중에야 어찌된 일인지 알 수 있었다. 노드룹을 사로잡고 있던 것을 혼미라고 부를 수 있을까? 그의 속사정은 이랬다.

*

릴스키는 부하들보다 늦게 넘버8의 여덟 번째 희생자인 순 교주가 누워 있는 해양신전의 침실로 들어갔다. 피 냄새가 코를 찔렀다. 그는 부패하기 시작한 시체의 들쩍지근한 냄새를 견딜 수가 없었다. 또한 끈적끈적한 죽음의 냄새가 산 자들에게 들이닥칠 최후의 비밀이라는 것도 받아들이기 힘들었다. 세월이 흐름에 따라 반장은 사물의 본질에 익숙해져야 했는데 전혀 그렇지 못했다. 하지만 인간의 육신은 결코 '단단하지' 않다. 가엾은 이상주의자 햄릿이 바라는 것과는 반대로 인간의 육신은 녹지도 않고, 액체가 되지도 않으며, 이슬로 바뀌지도 않는다!

'살[肉]'이 본질적으로 지겨운 것이라고 말한 덴마크 왕자 햄릿의 말은 옳았다. 이 세상 다른 모든 사물처럼 보잘것없고 무익한 살은 죽음을 통해, 산 자들이 악착스럽게 감추고 미화하는 '악취 나는 자신의 진실'을 드러낸다. 악취를 풍기는 살점과 우글거리는 구더기는 구토를 일으킬 정도로 강력계 반장을 역겹게 했다. 하지만 역겹든 그렇지 않든 릴스키는 최대한 자주 이런 죽음의 진실에 맞서기를 열망했다. 마치 순진한 생명론자가 죽음을, 구역질나는 인류가 결코 피할 수 없는 운명은 아니라고 철두철미하게 믿는 것처럼.

하지만 넘버8이 맹위를 떨치면서 반장은 부패한 시신을 볼 때마다 깊이를 헤아릴 수 없는 기이한 불안감에 사로잡혔다. 희생자들에 대한 연민에서 헤어나지 못한 것일까? 천만에. 그는 누군가를 교살했거나 거세한 살인범을 단호하게 추적할 수 있도록 언제나 차분하게 감수성을 제어했다. 그런데 오늘은 그렇지 못했다. 약간의 수치심을 느낀 이 법의 수호자는 타락한 성직자들의 기름지고 물렁물렁한 시체를 보고 자기도 모르게 기쁨을 느끼기조차 했다. 반장은 이들의 파렴치한 행동, 범죄, 부정행위를 알고 있었지만, 이 성직자들은 벌을 받지 않았다. 안타깝게도 법원에 확실한 물증을 제시할 수 없었고 법원 역시 이 사건에 조금도 신경 쓰지 않았기 때문이다.

시체들은 그들이 저지른 악행에 어울리는 벌을 받았다. 릴스키는 칼로 비참하게 난자당한 이 사람들의 살 속에 새겨진 숫자 8과 우아한 혈서에 감탄하지 않을 수 없었다. 반장은 동료들과 언론 앞에서는 마지못해 숨기고 있었지만, 사실 정화자의 뛰어난 솜씨에 감탄하고 있었다.

약간의 수치심이라는 것도 곧 사라져버렸다. 반장은 자기 앞에 펼쳐진 살육 장면, 즉 날카로운 단도로 이 거물들을 위협하고 눈, 목, 배꼽, 성기 그리고 항문까지 마구 난자하는 살육 광경을 머릿속으로 재연해보는 일을 점점 더 즐기기 시작했다. 물론 선악을 초월한 정화자의 차분한 의식과 냉정한 정확성 말고는 아무것도 느껴지지 않았다. 적어도 그는 그렇게 생각했다. 그가 연쇄살인범, 즉 사람들이 넘버8이라고 부르는 자에게서 느낀 냉정함은 오히려 그의 장점이 아니겠는가. 혹은 점점 더 그의 장점이 되어가고 있지 않는가.

물론 우리는 정신질병자를 상대하고 있다. 우리는 그를 체포해야 하고 체포할 것이다. 하지만 마치 신이 보낸 듯, 이 '죽음의 천사'가 때마침 나타났다는 점을 어떻게 인정하지 않을 수 있겠는가? 넘버8이 없다면 산타바르바라는 영원히 범죄에서 벗어날 수 없을 것이다. 그것은 분명하다. 따라서…….

갑자기 반장을 휩쓸고 있는 음흉한 생각, 뻥 뚫린 채 멈춘 시간. 연쇄살인범도 이 감정을 느꼈을까? 나라도 놈처럼 했을 것이다. 어쩌면 놈보다 더욱 끔찍하게. 살인자는 누구일까? 우리는 모두 잠재적인 살인자는 아닐까? 그렇지 않으면 어떻게 나무랄 데 없는 고위 경찰마저도 이런 살인 충동을 느낀단 말인가? 나는 사건이 저절로 밝혀지기만을 바라는 소극적인 사디스트이다. 혹시 나도 전생에 이미 살인을 저지르지 않았을까?

나도 어쩌면 놈과 같은 처지가 될 수도 있었을 것이다. 그는 어쩌면 나의 쌍둥이, 나의 분신, 나의 형제였을지도 모른다……. 피와 잉크를 뒤섞을 정도로 살인범은 끝없는 어둠의 시간 속에서 분격한 것이다. 곰팡내 나는 음산한 교주, 당신을 찌른 것은 분격한 나다. 내가 당신을 죽였다는 것을 어디 한번 증명해보시지. 당신은 결코 증명할 수 없을 거야. 당신 측근들은 더더욱 말할 것도 없고. 하지만 당신만큼 이번 사건을 정확하게 꿰뚫고 있는 사람은 이 세상에 없을 거야. 물론 나는 당신과는 반대의 처지에 놓여 있지만 말이야. 아니, 나도 아닐 거야……. 끝없는 변화, 눈가의 음흉한 기쁨, 입가의 미소, 침묵…….

포포프는 반장이 살해된 순 교주 앞에서 한동안 불안감에 빠져 있다는 사실을 눈치 챘다. 그는 그걸 지나치게 예민한 반장의 감수성 탓으로 돌렸다. 반장은 세련된 집안 출신이었다. 포포프는 여느 때처럼 적절하지 않은 순간에 심술궂은 질문을 던졌다.

"반장님, 죄송합니다만, 가끔 저는 반장님이 왜 경찰이 되었는지 궁금합니다. 반장님은 유복한 가정에서 태어나지 않았습니까?"

이런 주책없는 질문에도 노드룹은 짜증 내지 않았다. 포포프에게는 자신이 유복하지 못했다고 느낄 만한 사연이 있었다. 그의 누나는 열다섯 살 때 신판테온교에 끌려갔다. 그때 그는 열 살에 불과했다. 세뇌, 마약, 성폭행. 그러더니 누나는 완전히 사라져버렸다. 삶의 흔적도, 죽음의 흔적도 남기지 않았다. 그때부터 정비사인 아버지는 텔레비전 앞에서 두 주먹을 불끈 쥐고 정부의 무능력을 한없이 저주했다. 웅장한 IBM 빌딩에서 청소부로 힘겹게 일하던 어머니는 간경화로 죽을 때까지 끊임없이 울기만 했다.

이러한 가족의 불행으로 비탄에 빠진 젊은 포포프의 길은 이미 정해졌다. 경찰 아니면 깡패. 성품이 착한데다 성적이 보통이었던 아들은 경찰을 선택했다. 하지만 아버지가 오케스트라 지휘자였고 어머니가 피아니스트였던 릴스키는 왜 경찰이 되었을까? 왜? 반장님, 당신에게는 도대체 어떤 문제가 있었죠? 그게 궁금합니다. 제기랄!

반장은 분명히 대답하지 않을 것이다. 반장은 아이들과 여자들이 열광적으로 좋아하는 미국의 영화배우 캐리 그랜트—악당을 물리치는 착한 할아버지—에서 클린트 이스트우드로 변해가고 있었다. 약간 부드러운 옷차림에 교양을 갖춘 오십대의 나이. 지성과 실용성의 완벽한 결합. 게다가 음악적 감수성—몇몇 여자들은 병적인 감수성일 것이라고 추측한다—까지 드러내

보이는 섬세함을 갖추었다. 이 모든 것은 세월이 흐름에 따라 오래도록 쌓아 올려진 것이었다. 그러니 포포프가 이해할 턱이 없었고, 릴스키 자신도 어렵 사리 이해하고 있었다.

아름다움의 절정에서 느닷없이 부적절한 음이 들릴 때도 있고, 또 온갖 음 이 부정확하게 들리는 때도 있다. 순진한 청중이 가정생활 혹은 사회생활이 라 부르며 즐기는 평화로운 음악회의 '호사-평온-즐거움'은 부러진 다리를 싸고 있는 깁스, 상처 위에 붙인 반창고, 흉측한 얼굴 위에 쓴 멋진 가면에 불 과하지 않을까? 나는 이 깁스, 반창고, 가면에 대해 잘 알고 있다. 그리고 사 람들은 그것을 '문명'이라 부른다.

요컨대 릴스키 가족처럼 대부분의 가족은 '불행'에 대해 알고 싶어 하지 않는다. 릴스키 집안에는 외상성 사고도 없었고 아무 일도 일어나지 않았다. 대체로 '아무 일'도 발생하지 않는다. 그러나 '아무 일'도 일어나지 않는다 는 것은 정말로 아무 일도 일어나지 않는다는 뜻이 아니라 두통, 다소 해로운 발열, 궤양(오케스트라 지휘자인 아버지는 궤양으로 사망했다) 따위가 결코 발설되지 않고 침묵의 언어로 암시된다는 의미다. 노드롭은 사람들의 위선 적인 귀에는 들리지 않는 이 부정확한 음의 오페라, 노아의 대홍수, 그리고 종말의 소리를 듣기 시작했다.

정화자라고 해서 공포를 생각하지 않을 리가 없다. 하지만 그는 자신의 부 모와 자신의 초자아도 모르는 사이에 모종의 환희를 느끼며 공포와 친숙해 져간다. 불행하게도 초자아는 계속 살아남지만 아무 쓸모도 없다. DNA라는 유산은 소멸되지 않는다. 그는 비열함을 정화하는 사람이다. 만일 그가 정화 하지 않는다면 대체 누가 대낮에 비열한 놈들을 밖으로 끄집어내 근절시킬 것인가? 게다가 그가 정화하지 않는다면 세상은 비열한 인간과 순진한 인간 으로 이분될 것이다. 법 자체도 순수와 불순이라는 두 가지 측면 외에는 존재 하지 않을 것이다. 노드롭은 쓰라린 경험을 통해 법은 필연적으로 정신분열 증을 앓을 수밖에 없다는 사실을 깨달았다. 이런 이야기는 말할 필요도 없는 것이다. 특히 착한 포포프에게는. 그는 아직 너무 젊고 너무 순진하다.

"반장님, 오늘 「르마탱」지를 읽으셨어요?"

포포프는 침묵을 메우려고 애썼다. 순 교주의 난자된 시신 앞에서 얼빠진 표정으로 생각에 잠겨 있던 릴스키가 마침내 시선을 돌렸다.

"반장님, 기자들이 우리를 찾고 있어요. 틀림없이 그들은 늑장 수사를 하고 있다며 우리에게 의혹의 눈초리를 보내겠죠! 내 말 아시죠? 또 살인자가 정말로 정화자라면—이 점에는 모두 동의하고 있지요—범인은 경찰일 것이라는 암시까지 하고 있습니다! 그들은 타락한 경찰들의 누명을 벗겨줄 모양입니다. 우리 가운데 그런 경찰이 있다면 말입니다. 요컨대 꼭 그렇다는 건 아니고 가정하자면 말입니다……. 왜 이렇게 열광을 하는지……. 산타바르바라에는 읽을 거리가 이것밖에 없는 건지, 원. 반장님, 그렇지 않습니까?"

"혹시 그 삼류 작가들은 넘버8이 바로 나일 거라고 수군거리지는 않던가?"

반장이 알쏭달쏭한 말을 했다.

"그야 물론 반장님이죠! 그처럼 바보 같은 생각을 가지고 농담하는 사람은 반장님밖에 없으니까요! 죄송합니다."

포포프는 심각한 표정을 지우고 웃음을 지으려 했다.

릴스키는 농담할 기분이 아니었다. 이제 그는 어떤 것에도 자신감이 없었다. 만일 언론이 의심을 품고 있다면……. 그도 정화자가 될 수 있고, 또 과거에 정화자가 될 수도 있었을 것이다. 아니, 어쩌면 이미 정화자였는지도 모른다. 그는 자신의 피부에서, 힘줄에서, 뇌에서 그 연쇄살인범을 느끼고 있었다. 만일 이게 소설 속이었다면 넘버8을 그의 분신이라고 말했을 것이다. 분명히 릴스키는 신비로운 닮은꼴에게 끌려가고 있었다. 이 닮은꼴은 어디에서 왔을까? 그들은 어떻게 서로 알게 되었을까? 넘버8은 반장이 예전에 붙잡아 재판에 회부해 종신형을 받게 한 자일까, 아니면 전기의자에 앉혀 감전사하게 한 자일까? 체포할 수 없는 범인과 자신을 동일시하게 하는 것은 죄의식일 것이다. 놈도 건달일까? 아니면 불면증환자 모임에 참석했다가 참석자들의 거무스레한 눈 주위와 붉은 눈썹 이외에는 아무것도 기억하지 못한 채, 자정이 넘으면 살인을 저지르는 분별없는 그의 쌍둥이, 말하자면 그의 야간형(型)일까?

"반장님 피곤해 보이세요. 좀 쉬셔야겠습니다."

포포프는 왠지 용서를 구하는 표정이었다.

"신경 쓰지 말게. 「르마탱」지는 내가 수사에 소극적인 것은 나 자신이 넘버8의 공모자이거나, 아니면 바로 넘버8이기 때문이라는 기사를 쓸 수도 있네. 자, 내가 그런 모함을 받지 않게 해주게. 증인들을 다시 조사해봐. 어서. 쓸데없는 소리는 그만하고!"

가족의 은밀한 역사

나는 며칠 기다렸다가 다시 신판테온교와 접촉하기로 결심했다. 경찰이 해양신전을 봉쇄했기 때문에 그곳에 침투할 방법은 전혀 없었다. 나는 사전에 신임 홍보부장에게 주도면밀하게 호의를 베풀었기 때문에 느긋하게 그의 소식을 기다렸다. 신임 홍보부장은 기자회견을 열어 상냥함과 청산유수 같은 달변으로 주차장의 총격전으로 냉각된 분위기를 순식간에 바꾸어놓았다.

특히 그는 외국 기자들에게 상냥한 태도를 보였다.

스튜디오, 휴식, 소파. 사태를 파악하기 위해서는 냉정과 시간이 필요했다. 노드롭도 서두르지 않았다. 평소에도 무사태평한 노드롭은 이번에는 전에 알지 못했던 무기력한 면까지 보였다. 그의 부하들은 다시 사건현장으로 돌아갔지만, 노드롭은 팩스나 이메일로 들어오는 보고서를 검토하는 것으로 만족했다. 포포프에게는 무선 호출을 선별하여 보고하는 일이 맡겨졌다. 반장은 마비된 사람 같았다. 그가 맡고 있는 강력계는 참담한 재앙에 제대로 대처하지 못하고 완전히 무기력한 상태에 빠진 것처럼 오랫동안 속수무책이었다.

사이비 종교들 사이의 알력은 정부에 도움이 되었다. 그것은 마치 고정종양처럼 사이비 종교들이 확산되는 것을 막아주었다! 또한 그것은 허울뿐인 정부가 조용히 업무에 종사하도록 하늘이 내린 기막힌 선물이었다! 가련한 순 교주는 자신의 신도들에게 희생되었을까? 아니면 만민교회, 경옥천국교 혹은 영성과학교의 칼에 쓰러졌을까? 그게 누구든 뭐가 중요하겠는가? 코카인과 칼라쉬니코프 소총을 산타바르바라에 들여오는 것이 어려운 일이 아니었다. 게다가 정부 관리들은 수많은 교주들로부터 뇌물을 받고 있었다. 경찰 역시 의심의 대상이었다. 이 사실을 잘 알고 있는 노드롭은 부하들의 청렴에 대해 보증을 서고 있었다.

하지만 수사는 교착 상태였다. 연쇄살인범을 놓친 것이 벌써 두 번째였다. 흥미를 끌 만한 단서나 흔적을 전혀 남기지 않았다. 내가 노드롭을 알고는 처음으로 그는 암거래나 하는 종교 지도자들의 배에 '할복자살'이라는 서명을 남긴 정체불명의 '조-벨-로키'를 추적하기보다는 나에게 더욱 신경 쓰는 것

같았다. 노드롭은 무기력 상태에서 빠져나오려는 듯, 정신이 이상한 예술가
이자 중증 마약중독자인 살인범은 자신이 연쇄 살인극의 유일한 배우이자
관객이라는 사실에 희열을 느끼면서 일반대중을 위해 시체 안치소를 장식할
시체들을 만들어냈을 것이라는 가설을 늘어놓았다.

저녁식사를 할까? 어디서? 노드롭은 집에서 나가기 싫어했다. 중국요리를
시키면 어떨까? 물론 좋아요!

그러나 배달되어온 음식을 보고 우리 둘 다 충격을 받았다. '가정식'과는
너무도 달랐던 것이다!

생강으로 맛을 낸 작은 새우, 새콤달콤한 소스를 뿌린 돼지고기요리, 광동
(廣東)식 쌀밥……. 탁월한 요리는 아니었다. 그러나 이 대학생식 메뉴 덕분
에 집주인이 가장 좋아하는 송아지머리 요리를 피할 수 있었다. 그는 툭 하면
나를 한쪽 구석에 있는 프랑스 식당으로 데려가서 그 요리를 사주었다. 그것
은 그리비슈 소스(삶은 계란의 노른자와 향초를 넣은 초기름 소스—옮긴이)를 듬뿍
넣은 그의 단골 메뉴였다! 나의 단골 메뉴이기도 했고!

"스테파니, 놈은 정화자예요. 놈은 우리가 합법적으로 처리할 수 없는 문
제를 깨끗이 해결하고 있어요. 게다가 놈은 자신이 노리는 희생자와 똑같은
사고방식을 가지고 있어요. 그도 하느님이나 절대자 혹은 그 비슷한 것에 미
친 놈이죠. 하지만 몸은 망가진 것 같아요. 왜냐고요? 분명 크랙(코카인에서 추
출해서 농축한 마약의 일종—옮긴이)을 남용했을 테니까요. 그처럼 냉혹하게 살
인을 즐기려면 기분 변화가 심해야 하죠. 그는 살인을 즐기는 냉혈인간입니
다. 그런데 왜 놈은 자기 종파의 사람들을 공격할까요? 아무튼 놈은 희생자
들과 한 식구입니다. 그렇지 않으면 해양신전에 들어갈 수 없을 테니까
요……. 아니면 예전에 그곳 신자였겠지요. 놈은 붙잡히지 않으려면 어떻게
처신해야 하는지 알아요……."

반장은 범인이 신판테온교의 신도라고 확신하려고 애썼지만, 나는 그렇게
느끼지 않았다. 그의 수사가 답보 상태에 빠졌거나 아니면 그가 내게 뭔가를
숨기고 있었다. 내가 명색이 탐방기자가 아닌가. 나는 다시 한 번 내 나름대
로 조사를 해야 했다. 나는 다정하게 그를 바라보았다. 어쩌면 그 자신이 지

금 맡고 있는 임무보다 더욱 신비스러운 남자.

그날 저녁 우리는 각자의 방으로 돌아가지 못하고 머뭇거렸다. 무심코 나의 팔뚝에 손을 얹은 노드롭은 스콧 로스(1951~1989. 미국 최고의 건반악기 연주자―옮긴이)의 운지법으로 클라브생(피아노의 전신―옮긴이)을 경쾌하게 두드리는 시늉을 했다. 그때 전화벨이 울렸다. 일상적으로 쓰는 전화가 아니라 손님용 방에 놓인 릴스키 가족의 옛 전화였다. 노드롭은 눈썹을 찌푸리며 놀란 표정을 지었다. 그는 아무에게도 이 전화번호를 알려주지 않았던 것이다. 마찬가지로 파리에 있는 나의 상사는 오직 내 핸드폰이나 이메일로만 연락을 했다.

전화벨이 집요하게 울리자 결국 노드롭은 전화를 받았다. 잠시 후 그는 당황한 표정으로 되돌아왔다. 마치 어떤 비밀을 털어놓고 싶어 안달이지만 차마 그런 파렴치한 행위를 할 수 없어 꾸역꾸역 참는 듯했다. 나는 눈을 감고 스콧 로스의 노래를 들으면서 아무것도 모르는 척했다.

마침내 노드롭이 내 앞에 앉으면서 말을 꺼냈다.

"에르민의 전화였어요. 세바스찬의 부인 에르민 크레스트 존스 말이에요. 세바스찬이 일주일 전부터 감감 무소식이라는 거예요. 그래서 남편이 행방불명되었다고 믿고 있어요. 아니면 죽었던지."

반장은 어제 총격전 직후보다 더욱 창백했다.

나는 에르민이 누구인지 몰랐다. 크레스트 존스라는 성이 희미하게 떠올랐을 뿐이다. 반장의 먼 친척일까? 내게도 불안감이 엄습했다. 진토닉을 너무 많이 마신 탓일까? 아니다. 나는 그냥 그를 포옹하고 싶었을 뿐이다. 노드롭은 나의 두 어깨를 감싸 안고 클라브생을 잊었다. 나는 희미한 조명 아래에서 노드롭 집안의 장황한 내력을 들었다. 감수성이 예민한 사람들에게 이런 내밀한 이야기가 에로틱한 고백의 전주곡임을 나도 모르지는 않았다. 나는 이곳에 도착한 순간부터 노드롭의 의도를 눈치 챘다. 그는 오직 이 순간만을 기다렸다.

희끗희끗한 머릿결에 여전히 젊은 얼굴, 내가 오래전부터 높이 평가하던 실용주의, 몹시 신선한 솔직성과 지성. 이런 노드롭이 마음에 들었다. 더욱 이상한 것은 경찰계에 잘못 투신한 노드롭의 인본주의자적 이미지 위에 내가 뒤집어씌웠던 우스꽝스러운 이미지—부성애를 연상시키는 그의 매력으로부터 나를 방어하기 위한 보잘것없는 속임수—가 무서운 속도로 녹아내리기 시작했다는 사실이다. 마치 진을 마실 때 나의 입속으로 잘못 들어온 작은 얼음조각이 입천장에 달라붙어 녹아내리는 것처럼. 나는 더 이상 저항하지 않았다. 나는 여기저기에 키스를 퍼붓고 마침내 손님용 침실의 대형 침대로 그를 데려갔다. 근친상간을 저지르는 것 같아 부끄럽기도 했지만 사랑에 너무나 굶주려 있었다.

아무튼 나는 찾을 수 없는 그의 조상에 관한 어렴풋한 이야기를 얼핏 들었다.

*

모든 것은 '실베스터 크레스트'라는 이름을 가진 전설적인 조상과 더불어 시작되었다. 노드롭은 이 외할아버지를 꼭 닮았다고 한다. 고아인 외할아버지는 발칸반도를 떠나 산타바르바라에 정착한 지인들을 찾아왔다. 외할아버지는 몹시 궁핍했다. 그는 카페 종업원, 하역인부, 심부름꾼, 집사 등 어떤 일이든 닥치는 대로 했다. 그러면서도 공부를 계속해 마침내 의과대학을 졸업했다. 오, 기적이여! 그러나 거기서 그치지 않고 실베스터 크레스트 박사는 산타바르바라의 중심가에 개업까지 했다. 미남에다 사람들의 존경까지 받던 그는 저명한 병원장인 헨리 스펜서 교수의 외동딸 수잔과 결혼하면서 수직적인 신분 상승을 계속했다. 수잔과 실베스터는 노드롭의 어머니인 그리셀다를 낳았다. 요컨대 내 친구이자 집주인이며 방금 나의 애인이 된 노드롭은 발칸반도에서 이주한 실베스터 크레스트와 수잔 크레스트 스펜서의 손자였다.

노드롭의 어머니 그리셀다는 피아노 학과의 교수가 되어 부르가스(불가리아 남동부에 있는 항구도시—옮긴이)의 탁월한 오케스트라 지휘자 보리스 릴스키, 즉 노드롭의 아버지와 결혼했다. 그것은 나도 이미 알고 있는 사실이었다. 실베스터는 서른 살 무렵 수잔과 결혼하여 외동딸 그리셀다를 얻었지만, 자신의 사회적 성공이나 가정생활에 만족하지 못한 것 같았다. 노드롭 자신도 신비스럽고 위엄 있는 외할아버지에 대해 부도덕한 이미지를 간직하고

66

있었다.

"당신의, 그 유명한 외할아버지는 어떤 분이셨나요?"

나는 막연한 발칸반도 이야기보다는 노드롭의 목소리에 더욱 끌리고 있었다.

노드롭은 내 뺨에 대고 속삭였다. 어떤 남자들은 사랑에 빠질 때 유년기의 목소리를 되찾는다. 그는 나를 바라보고 있지 않았다. 그의 두 눈은 자신의 내면을 향하고 있었다. 나를 감싸고 있는 것은 그의 목소리였다.

실베스터는 어떤 인물이었을까? 해맑은 얼굴, 파란 눈, 크고 호리호리한 몸매. 수염을 길렀고, 말을 타고 다니며 수많은 환자들을 보살폈다.

그런데 그는 행선지도 알리지 않고 자주 사라지곤 했다. 그래도 그는 아내 수잔과 딸 그리셀다, 그리고 그가 예순 살이 다 되었을 때 태어난 유일한 외손자 노드롭을 무척 사랑했다.

외손자가 태어나고 10년 정도 지난 후, 죽음을 앞둔 외할아버지는 트레이시 존스라는 스물다섯 살의 젊은 여자와 사랑의 결실로 다섯 살배기 사내아이를 두었다고 가족에게 털어놓았다. 가족들도 어느 정도 짐작은 하고 있었다. 이 '금단의 열매'는 그때부터 세바스찬 크레스트 존스라고 불렸다.

"에르민의 남편 말인가요?"

나는 그를 포옹한 채 듣고 있었다. 요약하면 다음과 같다.

이 사생아의 존재를 알게 된 부인 수잔도, 딸 그리셀다도 소동을 피우지는 않았다. 하지만 산타바르바라 전역에서 격렬한 비난이 일었다. 열 살이 갓 지난 노드롭에게 다섯 살짜리 외삼촌이 생겼다. 어린 세바스찬은 법적으로 노드롭의 어머니 그리셀다의 이복동생이 되었다. 당시만 해도 재구성된—아니, 해체된—가족이 흔치 않았기 때문에 다소 껄끄러운 문제였다.

늙은 실베스터는 얼마 후 숨을 거두었다. 당연히 합법적인 가족은 가장이 죽기 전에 골치 아픈 선물로 안겨준 아이에게 어떤 호의도 보이지 않았다. 트레이시 존스와 세바스찬은 가장이 물려준 상당한 몫의 유산에 만족했다. 그들은 '진짜' 가족에게 굳이 인정받으려고 애쓰지 않았다. 구십대 노파인 수잔 할머니에게 인정받을 생각은 당연히 없었고, 가족의 뿌리로부터 멀어지고 있던 릴스키 가족에게는 더더욱 그럴 생각이 없었다. 릴스키 가족은 외가의 성을 사용하지 않을 뿐 아니라 크레스트 가의 역사에 대해 전혀 관심이 없었다. 오히려 세계 음악사를 더 좋아했다. 노드룹의 어머니 릴스키 부인은 전혀 알지도 못하는 이복형제를 소홀히 했다. 작곡가와 결혼한 그녀는 자신과 그 아이 사이에서 어떤 공통점도 보지 못했다.

그래도 어쩔 수 없이 거북한 문제는 남았다. 마치 시간과 관습의 빙하 속에 남아 있는 언제나 고통스러운 흉터처럼. 삼촌(세바스찬)과 조카(노드룹)는 마주치면 서로 정중하게 인사를 나누었다. 다시 말하지만 노드룹은 삼촌보다 다섯 살이 많았다. 상류층이 별로 없는 산타바르바라에서 유복한 집안 출신인 두 사람이 서로 마주치지 않을 수는 없었다. 그러나 그때마다 두 사람은 조심스럽게 서로 피했고 집요하게 서로 모르는 체했다. 어른이 되었어도 그 유치한 놀이는 계속되었다. 하지만 삼촌 세바스찬에게 그것은 참으로 어려운 일이었다. 조카 노드룹 릴스키 반장은 형사사건이 발생할 때마다 신문 기사에 등장했기 때문이다. 반대로 노드룹은 삼촌의 존재를 아무런 어려움도 없이 잊고 지냈다. 세바스찬은 산타바르바라 대학교에서 별 문제도 일으키지 않고 역사학자라는 직업에 몰두함으로써 서자 출신이라는 자신의 신분을 최대한 노출시키지 않았다.

"그후 두 분은 전혀 만나지 않았나요?"

나는 계속 노드룹의 입술을 바라보며 그의 목소리에 귀 기울였다.

"딱 한 번 더 만났어요. 범죄학과 개설 50주년 기념 칵테일 파티에서였죠. 삼촌은 내게 에르민을 소개시켜주었어요. 상당히 예쁘고 매우 수다스러운 금발 여인이었죠. 하지만 벌써 20년 전의 일이에요. (노드룹은 난감한 표정이었다.) 크레스트 존스 같은 사람은 상당히 이상한 부류에 속하기 때문에 언젠가는 정말 머리가 돌고 말 거예요. 마약에 중독된 사무라이처럼 행동할까? 설마 그렇진 않겠지! 어쩌면 아주 오래전부터 아무도 자신을 의심할 수 없도록 교수의 탈을 쓰고 인류에게 복수를 준비해왔는지 누가 알겠어요? 그건 모르는 일이죠. 그런데 가출이라니!"

경찰은 어떤 일에든 그렇게 쉽게 놀라지 않는다. 가장 가까운 사람들은 물론이고 자기 자신에게도 어떤 일이 일어날지 알 수 없기 때문이다. 살인자와의 불안한 친밀감이 마치 운명처럼 릴스키를 사로잡았다. 준엄한 계획, 유전적 유사성…… 넘버8은 세바스찬 같은 부류일까? 반장에게 느닷없이 그런 생각이 떠올랐다. 그는 발버둥치고 있었다. 모든 일이 가능했다.

따라서 에르민의 전화는 변덕이나 우연이 아니라 분명히 불가항력이었다. 아마도. 나는 한 통의 전화가 표면적으로 평온해 보이는 노드롭에게 어떤 혼란을 일으키고 있는지 상상해보려 했다. 암묵적 계약을 위반한 이 한 통의 전화가 그에게 희미한 회한을 불러일으켰을까? 출생의 비밀에 마음이 불편해졌을까? 사회적 불평등에 불안을 느꼈을까? 구체적으로 무엇 때문에 동요할까? 그는 외아들인 자신과 세바스찬의 공통된 운명에 대해 생각하고 있었을까? 아니면 더욱 가혹하게도 세바스찬의 실종을 계기로, 그의 유일한 여인이었던 마르타를 떠올리며 상실의 슬픔이 되살아났을까? 사실, 수년 전에 찍은 마르타의 사진은 반장의 사무실을 가득 채우고 있었다. 그리고 포포프는 결혼 직후 백혈병에 걸린 마르타의 이야기를 들려주었었다. 아내가 죽자 노드롭은 홀아비가 되고 말았다.

∗

나는 노드롭을 안다고 생각했다. 예전에 함께 글로리아의 잘린 머리를 찾고 있을 때 릴스키는 이렇게 농담을 했다.

"사랑을 나눌 때보다 범죄의 고통을 함께하면서 서로를 더 잘 이해하게 되지요."

우리가 함께 현대 예술품 수집가로 위장한 마약 밀매상들을 추격할 때 매춘조직이 파리의 창녀들을 살해하는 사건이 발생하여 몇몇 대사관을 방문한 적이 있다. 그때 「레벤망 드 파리」지는 '우리 특파원이 가장 정통한 소식통이다'라는 제목의 기사를 실었다. 나의 상사를 열광시킨 이 찬사는 나의 논리적인 고집과 반장의 어처구니없는 천재성 덕분에 가능한 것이었다.

하지만 그날 밤 나는 노드롭에게서 다른 면모를 발견했다. 반장은 자신을 귀찮게 하는 에르민이라는 그 미친 여자에 대해 화를 내고 불평했지만 소용없었다. 에르민은 다른 사람들처럼 관할 경찰서에 실종신고를 해야 했다. 릴스키 반장이 산타바르바라에서 발생하는 모든 실종사건, 그것도 가출벽이 있는 남편들의 사건을 다루지 않는다는 사실을 이 빌어먹을 도시에서 모르는 사람은 아무도 없지 않은가! 물론 노드롭은 매우 충격을 받았다. 그러나 그 정신적 혼란은 직업적인 고통과는 아무 관계도 없었다.

나는 노드롭을 사랑하고 싶다는 욕망과 모호한 영역—어쩌면 금지된—을 침범했다는 부끄러움 사이에서 갈등했다. 어쨌든 나는 행방불명된 삼촌의 이야기가 적절한 시기에 전달되었다고 생각했다. 방금 우리는 과거를 떠올리는 삶의 혼란한 순간—우리 자신이 어느 지경에 빠져 있는지 모르기 때문이다—과 마주친 것이다. 우리의 과거, 확대된 가족의 과거, 앞 세대의 과거. 과거와 맞닥뜨린 대부분의 사람들이 상상하는 것과는 달리 우리는 이런 시간적 퇴행에 거의 놀라지 않는다. 이 모든 것은 언제 어느 때나 존재하기 때문이다. 뿌리의 비밀은 따분한 현실에 의미를 부여하기 위해 우리가 조사에 나서기만을 기다리고 있다. 뿌리의 비밀이 없다면 오직 자살만이 우리를 따분한 현실로부터 해방시킬 수 있을 것이다.

노르디는 가족 문제에 나를 끌어들이고 있었다. 정말 가관이로군! 나는 스콧 로스가 독특한 운지법으로 연주하는 스카를라티(1660~1725. 이탈리아의 오페라, 종교음악 작곡가—옮긴이)의 작품을 들으면서 잠들고 싶었다.

제2장

"그는 오직 영혼의 걸음으로 떠났을 뿐이다."

_앙리 미쇼, 『메이도셈 사람들의 초상화』 중에서

사라진 십자군 병사

'이주사 연구소'는 산타바르바라 대학교의 매끈한 고층건물 한 층을 사용하고 있었다. 온통 석면으로 덮여 있는 이 고층건물은 몇 달 전부터 환경문제로 언론의 분노를 사고 있었다. 신문은 '대학의 위험,' '얼마나 많은 학생들이 암에 걸렸는가?', '석면으로 인해 이미 다수의 학생들이 건강상의 문제를 겪고 있고, 그들 중 세 명은 이미 사망한 것으로 추정된다'는 식의 제목을 붙인 기사를 내걸고 철거를 촉구했다.

석면의 유해성은 이미 60년대에 알려졌고, 캠퍼스의 환경운동가들은 이미 10년 전부터 그 문제를 지적해왔는데, 왜 지금에야 새삼스럽게 이 문제가 제기되고 있는가? 불안증이 있는 사람들은 왜 하필 지금이냐고 의아하게 생각했다. 그리고 시선은 대통령 관저로 집중되었다. 여느 때처럼 사람들은 이번 일에도 고위층이 관련되어 있을 것이라고 의심했다. 인간의 복지와 관련된 이런 동요는 한 달 이상 지속되지 않으며, 이번 문제도 다른 때와 마찬가지로 돌연히 사라질 것임을 릴스키는 알고 있었다. 그렇지만 환경운동가들을 기쁘게 해주자고 수백억짜리 캠퍼스를 무너뜨릴 수는 없는 노릇 아닌가!

릴스키는 안내판이 잘못 설치된 미로 같은 복도에서 한두 차례 길을 헤맨 후에야 세바스찬 크레스트 존스의 연구실을 찾을 수 있었다. 대학교의 다른 사람들처럼 세바스찬은 틀림없이 석면 때문에 자신이 언론의 주목을 받고 있다고 생각했을 것이다.

학자는 결국 연구자의 성과로 평가받기 때문에 연구실부터 살펴보는 것이 타당한 것 같았다. 연구자의 자료, 디스켓과 컴퓨터를 샅샅이 조사해보면 아마도 행방불명된 삼촌 세바스찬 크레스트 존스가 어떤 인물인지 알아낼 수 있을 것이다.

연구소 직원들이 휴게실에서 조간신문을 펼쳐놓은 채 초조해하는 동안 릴스키는 세바스찬의 연구실에 들어가 제일 먼저 에르민에게 질문을 던지는 것이 자신의 의무라고 생각했다. 그는 잔뜩 기대했지만 흥미로운 답변은 들을 수 없었다. 세바스찬의 부인은 사람들이 흔히 말하듯 '아직은 아름다운'

73

그리고 '독립적인' 여자였다. 날씬한 몸매, 엷은 금발, 납작한 가슴, 바지만을 고집하는 옷차림. 그녀는 슬픔에 빠져 멍해 보였지만 가늘고 긴 다리를 움직이지 못할 정도는 아니었다.

에르민은 반장에게 다가와 자신을 소개했다. 반장은 열렬한 페미니스트였던 그녀가 어떤 사람인지 이해하기 위해 애쓸 필요가 없었다. 그녀는, 오늘날 대부분의 사람들이 오해하고 무시하는 여성해방을 위해 '자기' 세대가 얼마나 몸과 마음을 다 했는지를 상기시켰다. 우리는 곧 그 사실을 깨닫게 될 것이다! 에르민은 즐거운 표정으로 장광설을 늘어놓았고 말끝마다 웃음을 터뜨렸다. 마치 과감하게 자신의 생각을 표현하는 사람이 자신의 건강함과 건전함을 증명할 수 있는 것은 웃음뿐이라는 듯. 그러면서 정말 최악의 사태가 일어났기 때문에 상중이나 마찬가지라고 했다!

"반장님, 직감이나 확신 같은 것은 설명할 수 없어요. 두고 보면 아실 거예요."

크게 놀란 기색을 나타내지 않은 릴스키는, 의지가 강한 이 미망인이 무의식적으로 폭소를 터뜨린다는 사실에 주목했다. 그는 킥킥대는 웃음이 그녀의 유전적 특징이라는 사실을 아직 모르고 있었다. 그녀는 사람들에게 가장 시시한 이야기—하지만 그녀에게는 매우 엄청난 이야기—를 들려주기 직전에 의례적으로 이런 말을 던졌다.

"당신이 배꼽을 잡게 될 소식(혹은 편지나 사람)이 하나 있어요."

에르민은 애인이 많았고 낙태수술도 여러 번 했다. 그녀는 그런 사생활을 짐짓 흐뭇한 표정을 지은 채 누구에게나 당당하게 털어놓았다. 그러다가 상처를 입은 채 자리를 박차고 나올 수도 있고—가령 이제는 아이를 낳을 수 없어서—사소한 말이나 태도 때문에 마음의 상처를 입을 수도 있다. 하지만 그녀는 스스로 희생자임을 자처할 필요는 없다며 웃음을 터뜨렸다. 세바스찬이 아이들을 좋아하지 않았으니 얼마나 다행인가! 게다가 그는 산전수전 다 겪은 이 여인에게 하루하루 의지하며 매우 만족하는 것 같았다. 실제로 에르민은 세바스찬이 자신의 과거를 전혀 눈치 채지 못했다는 사실을 오래지 않아 알아차렸다.

"노드롭이라고 불러도 될까요? 노드롭, 결국 우리는 한 가족이잖아요? 당신은 그이의 조카였으니까요. 제가 과거시제로 말씀드리는 것은 돌이킬 수 없는 일이 일어났다고 확신하기 때문이에요. 그 증거가 뭐냐고요? 노드롭, 30년 전에 결혼한 이래로 세바스찬은 적어도 하루에 두 번은 내게 전화를 했어요. 우리 사이에 어떤 대화, 말하자면 암호나 전문적인 신호 혹은 관습적인 말 이외에 어떤 인간적인 대화는 없었을지라도 말이에요. 호호호! 아무튼 저는 그이의 안전벨트였어요! 우리의 대화가 어땠는지 상상하기 어렵지요? 하지만 그는 '당신' 말을 듣지 않고 또 '당신'에게 대답도 하지 않은 채 몇 시간이고 보낼 수 있어요. 여기서 '당신'이란 '저'예요. 제 말, 이해하겠어요? 수도원처럼 조용하고, 인공부화기처럼 답답하며, 야간통행금지령처럼 엄격한 세바스찬보다는 제 친구이자 남편의 조교인 피노, 피노 미날디와 싸우는 게 나아요! 호호호! 피노는 난폭한 사람이에요. 네, 맞아요. 하지만 적어도 그는 반응은 보이지요. 무슨 말인지 아시겠어요? 사람들은 두 사람이 서로를 싫어했다고 말할지도 몰라요. 아아, 어떤 사람들은 피노가 남편을 제거했을지 모른다고 말할지도 몰라요. 제가 분명히 말씀드릴게요. 그런 일은 절대 있을 수 없어요. 제 말, 믿으세요! 왜냐고요? 세바스찬은 아무것도, 정말이지 아무것도 짐작하지 못하고 초연한 태도를 보였거든요. 두 사람이 싸운 적이 있냐고요? 견해 차이 때문에 다툰 것 말고는 없었어요. 재미있는 일이죠? 그렇지 않아요? 그래요, 피노는 남편의 조교였어요. 하지만 그는 더 이상 지도교수 말을 듣지 않았지요. 당연하죠! 학계에서는 그런 일이 비일비재하니까요. 사실 그들이 연구라고 부르는 것보다 진부한 것은 없어요. 호호호! 제가 반과거형(불어의 직설법 과거의 한 형태─옮긴이)으로 말씀드려서 놀라셨나요? 하지만 제 직감이 틀린 적은 없어요. 직감적으로 느껴지는 게 있어요. 여자들은 자주 직감을 느끼지요. 제 말, 이해하시겠어요? 이번 실종은 장난이 아니에요. 호호호!"

에르민은 애인과 남편이 자주 말다툼을 벌였다는 소문이 반장의 귀에 전해질까 봐 피노를 용의선상에서 빼내려 애썼다. 실제로 그들의 설전은 연구원들의 관심조차 끌지 못했다. 그런 일은 연구과정에서 흔히 벌어지기 때문이었다. 정식으로 심문을 받은 연구원들은 에르민과 피노의 관계를 의심하는 눈치였다. 좋다, 이번에도 포포프가 이 문제를 조사할 것이다. 어찌 알겠는가. 하지만 분명 에르민은 질투심 많은 젊은 애인 때문에 남편의 목숨에 실질적으로 가해지는 위험을 걱정하기보다는 불성실한 아내로서 어쩔 수 없이 갖게 되는 불안감을 더 많이 드러냈다.

사실 대단한 허풍쟁이인 미날디는 주먹을 불끈 쥐고 입으로만 떠들어대는 부류였다.

"놈을 죽여버리겠어. 멍청한 십자군 놈, 창백한 피에로 같은 놈. 그럴 리가 없어! 조만간에 그 머저리 같은 놈의 낯짝을 작살내고 말 거야!"

하지만 행동으로 옮기지는 않았다…….

세바스찬의 연구실 옆에 있는 도서관이 조교에게 더 편안한 곳이었던 것 같았다. 교수가 실종된 후―아니 어쩌면 그전부터―미날디는 이 연구소가 자신의 것이 되었음을 추호도 의심하지 않았다.

미날디는 지나치게 공손하고 우회적인 릴스키에게 말했다.

"반장님, 교수님과 저 사이에 갈등이 있었다는 사실은 부인하지 않겠습니다. 하지만 그건 전문 분야, 그것도 사상 분야에서만 그렇습니다. 크레스트존스 교수님은 얼마 전부터 자신의 이주(移住) 철학을 바꾸었습니다. 그러니 제가 충격을 받은 것은 당연하지요. 저를 조교로 쓰실 때―그게 벌써 오래전의 일이죠―우리는 뜻이 서로 맞았습니다……. 사모님, 그러니까 크레스트존스 부인도 잘 아실 겁니다. 당시에 교수님은 저처럼, 당신처럼 열렬한 혼혈 신봉자였습니다. 하지만 교수님은 노선을 바꾸고 말았지요. 이제 교수님은 이주의 주요 원인을 없애기 위해, 아니 아예 탈향의 싹을 죽이기 위해 주민의 유출을 막고 지역경제를 발전시켜야 한다고 주장하고 있습니다. 마치 그게 가능한 일인 것처럼 말입니다! 그분은 그런 식으로 이민이 위험 수위에 도달했다는 사실을 인정한 거죠. 보수주의자, 우파, 그리고 특히 몽상주의자의 입장이죠. 사람들은 분명 이주를 원합니다. 오직 돈 때문에 말이죠. 저는 제 생각을 말씀드리는 겁니다. 누구도 이주의 물결을 막을 수는 없습니다. 크레스트존스 교수님일지라도 말입니다. 이주민들은 교수님의 귀중한 연구와 새로운 명예박사 학위 따위에는 관심이 없습니다. 그게 바로 역사의 흐름이니까요! 보잘것없는 귀환 장려금으로 이미 떠나가버린 주민들을 되돌아오게 하려고 헛되이 노력하느니 차라리 최대한 인도주의적 조건으로 불법 체류자 문제를 해결하는 게 낫습니다! 하지만 어쩌겠습니까! 사람은 늙으면 더 이상 대담하게 생각하지 못하고, 무턱대고 말부터 합니다. 그러다가 결국은 망상에 사로잡히죠."

피노 미날디는 릴스키에게 조심스럽게 말할 작정이었는데 그만 너무 지나치게 말했음을 깨달았다. 그는 갑자기 말을 멈추고 아양이라도 하듯 까만 눈동자로 반장의 얼굴을 주시했다. 마치 장난감을 망가뜨리고 놀란 아이처럼.

"결국 반장님……."

미날디는 노드롭의 성을 잊어버린 듯이 머뭇거렸다.

"당신은 분명히 릴스키 반장님이시죠?"

조교는 뒤로 슬며시 물러나면서 알아듣기 힘들 만큼 빠르게 말했다.

"저는 반장님을 한 번도 뵌 적이 없었습니다. 그러니 놀랄 수밖에요……. 어떻게 말해야 할까요. 반장님은 크레스트 존스 교수를 닮았습니다. 그렇게 말한 사람이 없었나요? 피부색은 다르지만 얼굴 윤곽도 같고, 표정도 같고, 눈매도 같습니다……."

물론 사람들은 그가 세바스찬과 닮았다고들 했다. 어린 세바스찬이 크레스트 가족에게 소개되던, 그 잊지 못할 날, 조카 노드롭은 가족들의, 황금색으로 빛나는 머리카락과는 달리 까만 머리카락에 갈색 피부를 지닌 다섯 살배기 사내아이를 보았다. 그러나 그 아이는 노드롭 가족과 같은 눈썹, 같은 미소를 지니고 있었다. 특히 편도처럼 가늘고 긴 눈―똑같이 수줍음이 담겨있는 심술궂은―은 너무나 닮아서 오히려 불편할 정도였다. 오직 색깔만이 달랐다. 노드롭의 눈은 엷은 파란색이고 세바스찬의 눈은 짙은 밤색이었다. 빈정대는 듯한 엷은 입술은 불만스러운 비죽거림과 말없는 미소 사이에서 오락가락했다. 너무나 닮은꼴! 하지만 두 사람은 한 마디도 하지 않았다. 노드롭이 침입자와 자기 사이의 차이점을 살피기 시작한 것은 그날부터일까? 아니면 세바스찬이 일요일마다 아버지 집을 방문하면서부터였을까?

누나 그리셀다가 이복동생을 위해 거실 탁자에 가져다놓은 캔손 종이에 세바스찬이 수채화 물감으로 마구 색칠을 한 어느 날, 노드롭은 외삼촌도 장밋빛 모반—태어날 때부터 그의 왼쪽 귀 뒤쪽에 있던—을 지니고 있는지 확인하기 위해 머리를 숙이고 외삼촌의 목덜미를 살펴보았다. 후유! 족장 실베스터 크레스트의 이 흔적은 두 남자 자손에게 같은 방식으로 배분되지 않았다!

노드롭은 까만 머리, 갈색 살갗에 작달막한 삼촌보다 훨씬 호리호리한 자신의 체형을 자랑스러워했다. 반대로 숯처럼 까만 머리와 짙은 밤색 눈동자는 세바스찬을 남성적이고 근엄하게, '실제 나이보다 훨씬 조숙하고, 다소 야성적으로' 보이게 했다. 착잡한 감정에 휩싸인 그리셀다는 이렇게 말하곤 했다.

"아무튼 외모 때문인지 아주 작아 보여요."

노드롭의 어머니는 자기 아들보다 어린 이복동생이 있다는 사실을 받아들이기가 쉽지 않았다.

노드롭의 당혹감은 다행히 일 년밖에 지속되지 않았다. 크레스트 가족이 철저하게 경멸했고 마약 중독자로 소문이 자자했던 갈색의 요부 트레이시 존스가 매우 수상쩍은 자동차 사고로 사망했기 때문이다. 불쌍한 세바스찬! 그는 기숙학교에 맡겨졌다. 그리고 청년이 되었다. 금발 족장 실베스터 크레스트의 갈색 분지계(分枝系)인 삼촌에 대한 소식은 점점 뜸해졌다. 외할아버지는 일흔다섯에 곱게 세상을 떠났다.

"우리 가족 관계는 모호했습니다. 세바스찬 삼촌의 아버지는 나의 외할아버지였습니다."

릴스키는 모호한 친척관계에 대해 노골적으로 언급하는 게 몹시 화가 났지만 미날디의 당황한 모습에 상당히 만족스러워했다. 미날디는 복잡하게 얽혀 헷갈리는 이 가족의 족보 속에서 눈에 띄게 정신을 못 차렸다.

"아 참, 선생님……. 성함이 뭐라고 하셨습니까?"

미날디는 최대한 서글서글한 표정을 지으며 대답했다.

"미날디, 피노 미날디입니다."

"미날디 씨, 포포프 형사를 이미 만나보았겠지만 그가 앞으로 선생의 도움을 받아 수사를 계속할 겁니다. 그의 지시에 따르십시오. 시간표는 물론이고 마지막으로 만난 게 언제였으며 무슨 이야기를 나누었는지 등 교수님의 실종과 관계가 있다 싶은 것은 무엇이든 알려주세요. 나는 교수님의 자료를 조사할 겁니다. 크레스트 존스가 연구하던 모든 것에 관해서 말입니다. 색인, 고문서, 디스켓, 컴퓨터 접속 코드, 모두 말입니다……."

예전에는 그토록 커다란 혼란을 일으키더니 이번에는 그토록 갑자기 사라져버린, 자신을 꼭 닮은 삼촌은 정확하게 무엇을 하고 있었을까? 릴스키는 전혀 모르고 있었다. 이주사 전문가라는 것 말고는. 하지만 지금도 그럴까? 어떤 이주민일까? 이주 이유는 무엇일까? 어디로? 언제? 어떻게? 오늘날 모든 사람들은 다소 차이는 있지만 두 국가, 두 여자, 두 남자, 두 언어, 두 의자, 두 가지 물을 공유하고 있다. 노드롭 역시, 아니 특히 노드롭은……. 범죄와 법 사이에서……. 여기서 시시한 이야기를 잔뜩 늘어놓을 이유는 없지만!

"교수님은 틀림없이 노트북을 가져갔을 겁니다. 아무튼 사모님의 말에 따르면 노트북은 교수님 댁에도 이곳 연구실에도 없습니다. 그건 당연한 일이긴 하지요. 크레스트 존스 교수님은 한시도 노트북을 두고 다닌 적이 없었으니까요. 하지만 자료는 얼마든지 볼 수 있습니다. 교수님이 자신의 괴상한 취미를 위해 4년 전부터 우리에게 작업시킨 모든 디스켓을 제가 가지고 있으니까요. 반장님은 그 모든 자료를 볼 수 있습니다. 더구나 자료 정리는 제 영역이구요. 제가 교수님을 도와 작업을 했지요. 그러니까 교수님의 자료를 정리한 사람은 바로 접니다. 반장님, 이 보물을 열어보신다면 십자군 전쟁에 관한 모든 것을 알 수 있을 겁니다."

한편, 노드롭은 에르민이 쏟아내는 장황한 말 속에서 남편의 취향을 언급하는 몇 가지 단어를 재빨리 간파했다. 에르민은, 세바스찬이 십자군 전쟁에 남다른 열정을 지니고 있었다는 사실을 노드롭도 알고 있을 것이라 확신했다. 모두가 잘 알고 있는 사실이었기 때문이다. 물론 노드롭은 전혀 모르고 있었지만 그 사실을 그녀에게 털어놓지는 않을 것이다. 하지만 어떻게 전혀 모를 수 있었을까? 세바스찬과 노드롭은 어렸을 때에도 그리고 그후에도 겨우 얼굴이나 아는 사이였던 것이다.

요컨대 역사를 공부하면서 아버지의 뿌리에 관심을 갖게 된 세바스찬은 크레스트 가(家)의 고향인 불가리아의 플로브디프(옛 필리포폴리스) 지방에 갔었다. 세바스찬이 그곳에서 무엇을 찾아냈는지 정확하게 아는 사람은 아무도 없었다. 하지만 에르민에 따르면 세바스찬은 인터뷰, 증언, 메모, 매우 막연하고 잡다한 온갖 것, 그리고 당연히 극비사항을 포함한 치밀한 여행일기를 썼다는 것이다. 세바스찬이 들려준 것 중에서 유일하게 확실한 것은 '크레스트'라는 부칭 속에 숨겨진 정확한 의미였다. 에르민은 그것이야말로 수수께끼 같고 '환상적인' 것이라고 생각했다.

　"크루세시그나티(Crucesignati)는 '십자가로 표시된'이라는 뜻으로 십자군 병사들을 의미하고, 밀리테스 크리스티(Milites Christi)는 '하느님의 병사들'을 의미해요. 그리스도의 성묘를 되찾기 위해 가난한 백성들과 함께 예루살렘 수복에 뛰어든 독일과 프랑스 영주들 가운데에는 그들이 지나간 원정로에 흔적을 남긴 사람들이 있었어요. 특히 필리포폴리스에 말이에요. 노드룹, 이 역사적 사실이 세바스찬의 마음을 사로잡았던 거예요. 세바스찬은 자신의 할머니의 할머니의 할머니……를 추적하여 오스만 제국의 점령기인 14세기까지 거슬러 올라간다는 사실을 증명하는 자료를 찾아냈어요. 당시에는 매우 희귀한 자료였을 거예요. 세바스찬이 재구성한 역사는 전설적인 십자군 전쟁 이후에 일어난 부분이라는 점에 주목하세요. 그 할머니의 이름은 밀리차 크리스티(Militsa Christi) 혹은 밀리차 크레스트(Militsa Chrest)였어요. 발음은 변하니까 그건 중요한 게 아니에요. 라틴어에서 시작해서 마그마처럼 혼합된 슬라브어로 다시 산타바르바라어로 바뀐 것이니까요. 아시겠죠? 아, 세바스찬은 몽상가이자 낭만주의자였어요! 그런 기질 덕분에 어느 날 갑자기 관심사를 바꾸고는 십자군 전쟁 전문가로 변신했죠."

　에르민은 감동했다기보다는 오히려 비난하는 투로 말했다.

　미날디는 친절한 척하며 반장에게 더욱 상세한 정보를 제공했다.

　"반장님도 플로브디프가 불가리아에 있다는 사실은 알고 계시겠죠?"

　미날디는 비굴한 조교 노릇을 계속했다. 하지만 천만에! 반장도 나름대로 생각이 있었다.

"연구원들은 컴퓨터 바이러스 전문가입니다. 누구보다도 보안장치를 망가뜨리는 데 일가견이 있죠. 보안이 가장 철저한 은행 자료도 문제없이 빼낼 수 있고요. 그러니까 제 말은 그 정도로 해킹 솜씨가 뛰어나다는 겁니다……. 그런 이유로 세바스찬 크레스트 존스 교수님이 저를 고용한 거죠. 저는 컴퓨터에 정통한 사람입니다. 컴퓨터 바이러스가 바로 제 전공이죠. 물론 역사가 첫 번째 전공이긴 하지만……. 저는 다른 사람이 교수님의 컴퓨터를 사용할 수 없도록 보안장치를 해주었습니다. 제 보안장치는 누구도 뚫을 수 없다고 저는 자부합니다. 물론 이번에는 반장님을 위해 이 문제를 해결해 드리겠습니다. 반장님이 제게 바라는 게 바로 이런 것 아닙니까? 반장님이 원하신다면 당장이라도 모든 자료에 접속할 수 있습니다. 저를 믿어주십시오."

미날디는 더욱 흥분했다.

"미날디, 조금 전에 크레스트 존스 교수가 은밀한 연구를 진행하고 있었다고 말했죠?"

릴스키는 미날디의 눈을 똑바로 쳐다보며 말했다.

"그렇습니다. 반장님, 제 생각을 듣고 싶으세요? 사실 그건 연구라기보다는, 오히려 하나의 꿈, 요컨대 교수님의 개인적인 신앙과 같은 것이었습니다……. 교수님은 비참한 사람이었습니다. 말하자면 나약하고 항상 불안한 사람이었습니다. 하여간 이해하기 어려운 사람이었습니다."

미날디의 말은 듣기 거북했다.

"무슨 말인지 알겠습니다. 좋습니다. 그럼 포포프, 자료, 컴퓨터, 디스켓 등을 전부 봉인하게. 그리고 전문가들을 불러서 수사를 진행하게. 모든 방향에서 세바스찬을 분석해야 해. 서두르게! 이곳은 내가 조사하겠네. 미날디 씨, 이 지역을 떠날 때에는 내게 이야기해야 합니다. 그럼 내일 9시에 만납시다. 약속시간을 꼭 지키세요. 어쩌면 당신의 도움이 필요할지 모르겠습니다."

릴스키는 미날디에게 연민을 느끼면서도 거드름을 피웠다.

실종자의 일기

만일 어디에도 존재하지 않는다면 도대체 어디에 있는 것일까? 노드롭은 이 무중력 상태가 어떤 것인지 알고 있었다. 세바스찬도 그 나름대로, 즉 자기만의 독특한 방식으로 이 무중력 상태를 느꼈을 것이라는 생각이 들자 노드롭은 별로 기쁘지 않았다. 아니, 오히려 무덤덤한 기분이었다. 아무 감정도 없는 차분한 상태.

반장은 모든 인간관계는 2차적인 것이며, 그 누구도 절대적으로 필요한 존재는 아니라고 확신했다. 불안감을 불러일으키는 이상야릇한 기분 말고는 어떤 친밀함도 느껴지지 않았다. 병적인 불신일까? 아니면 편집증일까? 어쩌면 그럴지도 모른다. 더구나 조국을 떠났다고 해서 이 연속적인 단절 상태를 느낄 수 있는 것은 아니었다. 고향을 떠난 많은 외국인들은 낯선 나라 한복판에 형성된 씨족과 가족의 테두리 안에서 더욱 잘 융합된다고 말한다. 수용소는 가난한 이주민들에게 제 나라에서는 결코 먹어보지 못한 음식을 제공함으로써 모욕감을 주기 때문에 이주민들은 이주 국가의 호의를 외면해버린다.

그러나 노드롭의 경우는 분명히 달랐다. 노드롭은 산타바르바라에서 태어났고, 그의 뿌리는 실베스터 크레스트를 제외하면 모두 산타바르바라에 있었다. 하지만 사람들은 언제 어디서든 가족관계의 조각들을 들춰낸다. 특히 산타바르바라 사람들은 자세히 살펴보면 모두 이민 2~3세다.

여러 유형의 이주민이 있다. 릴스키 씨족—노드롭의 아버지 쪽—을 예로 들어보자. 릴스키 가는 선택된 언어로 대대로 품위 있는 음악을 하는 음악가 집안으로 자신들의 뿌리를 밤낮으로 파헤치지는 않는다. 그들은 산타바르바라 사람이라는 것으로 만족한다. 그게 전부다. 족장 실베스터가 릴스키 가에 정말 기묘한 변화를 초래한 것은 사실이다. 하지만 상황을 지나치게 세밀하게 따지는 대신 편견 없이 똑바로 바라보려고 노력한다면 실베스터의 운명과 릴스키의 운명 사이에는 어떤 공통점도 없다는 사실을 알 수 있다. 바로 그렇다. 실베스터 크레스트는 노드롭 릴스키와 아무 관계도 없었다. 노드롭은 이미 오래전부터 그렇게 확신했다.

그런데 이주민이 느끼는 이 불안, 몸과 마음에서 느껴지는 이 타고난 방랑벽은 무엇일까? 체, 무슨 상관이란 말인가. 도대체 무얼 할 수 있다고! 그럼 세바스찬처럼 해볼까? 서자라는 운명의 유전자를 찾기 위해 십자군 병사들의 연대기를 뒤졌던 가엾은 세바스찬! 그것도 고드프루아 드 부용, 은둔자 피에르, 안나 콤네나에 대해서 이야기하는 사람이라고는 단 한 명도 없는 산타 바르바라 한복판에서! 결국 이 모든 것은 비잔틴과 관련된 문제였다. 수사의 가장 좋은 방법은 분별 있는 반장—올바른 판단이 가능하고 온갖 미치광이들로부터 이 나라를 지킬 수 있는—이 직접 이 놀이에 뛰어들어 자신의 부정적인 닮은꼴인 세바스찬 크레스트 존스라는 변변찮은 교수의 발자취를 더듬어보는 것이었다. 세바스찬은 자신이 사라져야겠다는 이상한 생각을 하지 않았더라면 결코 어둠에서 벗어날 수 없었을 테니까.

다음날 릴스키는 복도에서 헤매지 않고 곧장 연구소로 찾아갔다. 미날디가 벌써 와 있어서 그는 대단히 만족스러웠다. 반장은 시간을 헛되이 보내는 것도, 다른 사람들이 자신의 시간을 빼앗는 것도 좋아하지 않았다.

강력반의 전문 수사관들은 연구실 한쪽 귀퉁이의 하얀 포마이카 작업대 위에 자료를 세 더미로 분류해놓았다. 실종자의 일기장은 첫 번째 자료 더미 밑바닥에 있었다. 릴스키는 집에서 꼼꼼히 일기장을 검토해보기로 하고 우선 대충 훑어보았다. 100쪽이나 되는 두 권의 노트는, 이제는 노부인들의 연애편지—누르스름하게 마른 꽃잎으로 장식된 채 할아버지들이 세상을 떠난 뒤로는 결코 열어보지 않은 미사경본의 책장 사이에 꽂혀 있는—에서나 볼 수 있는 낭만적인 굵은 필체로 뒤덮여 있었다. 돋보기 없이는 읽을 수 없는 노드롭의 촘촘하고 작은 필체와는 전혀 다른 필체였다. 지금 당장 연대순에 따라 남김없이 모두 읽을 수는 없었다. 노드롭은 증인과 피의자의 진술서를 대충 훑어볼 때처럼 일기장을 잽싸게 넘겨보았다. 노련한 야수는 단번에 먹이를 간파할 줄 아는 법. 음, 이곳에 이상한 모순이 있고, 저곳에는 수상쩍은 정보가 있군.

일기장 위쪽과 옆에는 다음과 같이 꼬리표가 붙어 있었다.

아미앵 출신의 은둔자 피에르, 무일푼의 고티에, 고드프루아 드 부용, 타랑트와 탕크레드, 르쾨앙블레, 안나 콤네나. 그리고 베즐레, 우르바누스 2세, 이노센트 3세, 칼로얀, 에미코 폰 라이닝엔과 유대인들, 니슈-필리포폴리스, 붉은 수염왕 프리드리히 황제, 소년 십자군.

정말로 온통 비잔틴에 관한 내용이었다! 중세시대의 이국적인 이름들, 기이한 박식함……. 노드롭은 무슨 말인지 도통 알 수가 없었다. 하느님만이 제대로 알 수 있으리라.

"반장님, 제가 공들여 입력한 컴퓨터 파일과 디스켓을 열어보시면 일을 수월하게 처리할 수 있을 겁니다. 물론 반장님이 허락하신다면 말입니다. (미날디는 같은 말을 되풀이했다.) 마찬가지로 제가 목록을 작성해둔 그림도 볼 수 있습니다. 당시 자료의 사본, 사건의 장면들을 재현한 양탄자, 그림·벽화·조각품 등의 슬라이드도 볼 수 있고, 제1차 십자군 전쟁의 가상도(圖)도 볼 수 있습니다. 또한 2차, 3차, 4차 십자군 전쟁, 특히 필리포폴리스와 관련된 몇 가지 자료도 있습니다. 하지만 교수님이 특히 관심을 가지고 있었던 것은 제1차 십자군 전쟁이었습니다. 그건 교수님이 가지고 있던 고정관념 같은 것이었죠!"

세바스찬의 아리송한 두뇌 구조를 밝히고 반장의 합리적인 사고에 일관성 있는 실마리를 제공할 몇 가지 증거를 찾아내기 위해 정말 이 잡동사니를 모두 보아야 한단 말인가? 비잔틴에서는 길을 잃기 십상이다. 특히 에르민의 애인인 이 비열한 가상(假像) 안내자는 결국 그를 조금도 도와주지 못할 것이다! 정말로 미날디는 그에게 전혀 신뢰감을 주지 못했다. 어쨌든 확인은 해야 했다. 차라리 직감에 의지하자. 그럼 '일기' 부터 시작할까? 아니면 전부 집어치워버릴까? 릴스키는 망설였다.

크레스트 존스의 '도주' 는 강력계 반장이 직접 맡아야 할 만큼 흥미 있는 사건이란 말인가? 이 사건보다 급한 사건들, 특히 연쇄살인 사건은 미결 상태가 아닌가? 또한 사이비 종교단체와 마피아의 밀거래는 「레벤망 드 파리」지의 특파원까지 불러들이지 않았는가? 세바스찬의 실종은 아내의 혼란스러운 질투심을 불러일으키기 위해 연출된 오쟁이진 남편의 우울한 변덕 같은 것은 아니었을까? 그리고 그 여세를 몰아 언론의 관심까지 끌고자 한 건 아닐까? 정말 유리한 거래 아닌가! 세바스찬은 연쇄살인범과 한패일까, 아니면 그가 살인범은 아닐까? 가능성은 있다. 이 순수한 중세 연구소보다 살인범이 숨기에 더 좋은 곳이 어디 있을까? 다소 엉뚱한 생각이기는 했다. 하지만 노드롭은 이런 가능성도 완전히 배제할 수는 없었다.

세바스찬은 그리스어, 라틴어, 프랑스어, 독일어는 물론 키릴 문자로도 기록을 했다. 키릴 문자는 어떤 언어를 옮겨 쓰기 위해 사용한 것일까? 불가리아어, 세르비아어, 마케도니아어? 아니면 이 모든 언어를? 족장 실베스터가 힘겹게 입학시킨 중학교에서 그의 어린 서자 세바스찬은 모든 외국어 상을 휩쓸었다. 하지만 그것은 어머니 트레이시 존스가 죽은 후의 일이었다. 그것은 우연이었을까? 아무튼 실베스터는 세바스찬을 자랑스럽게 여겼다.

어느 날 가족이 모여 저녁식사를 하는데 그리셀다가 친구에게 들은 세바스찬의 천재적인 외국어 능력을 언급했다. 그러나 아무도 세바스찬의 탁월한 재능에 대해 말하지 않았다. 다른 지역에서도 마찬가지이지만 산타바르바라 사람들 역시 여러 개의 언어를 구사한다. 언어능력이 아무리 뛰어나다 해도 어린 삼촌의 존재가 남들에게 알려지는 것은 다들 원하지 않았다.

그후에도 그리셀다는 썩 마음이 내키지는 않았지만 같은 친구에게서 들은 이야기들을 저녁식사 때마다 가족들에게 전했다. 이 신동은 어머니가 죽었을 때에는 조금도 슬퍼하는 모습을 보이지 않았지만, 이상하게도 한 번도 보지 못한 할머니에게는 어찌나 애정이 깊던지 불가리아에 있는 무덤까지 찾아 갈 정도였다. 세바스찬은 녹차 상자에 한 삽 분량의 흙을 담아 와서 기숙사 친구―그리셀다에게 세바스찬의 소식을 알려주던 바로 그 친구의 아들―에게 경건한 태도로 보여주었다고 했다. 그처럼 엉뚱한 효심에 깜짝 놀란 릴스키 가족은 눈을 동그랗게 뜨고 접시의 음식만 뚫어지게 바라보았다. 이 놀라운 소식이 주는 충격은 흔히 그러한 상황에서 모든 문제를 해결해주는 왕성한 식욕 덕분에 살그머니 사라졌다.

릴스키는 낡은 가장자리 장식 때문에 푸르스름해 보이는 책장을 들여다보왔다. 과장된 문체는 사라진 삼촌의 상당히 고루하고 여성적인 솔직함을 드러냈다.

온갖 언어로 말한다는 것과 어떤 언어로도 말하지 않는다는 것은 결국은 침묵의 언어로 말한다는 뜻이다. 나는 그들과 함께 할 수 있는 사람이 아니다. 내가 말하기를 그들이 바라기 때문에 말하는 것일 뿐이다. 그것을 꼭 가짜 언어라고는 볼 수 없다. 이미 한 가지 역할을 하고 있으니까. 이런저런 역할을 하다 보니 나는 나 자신도 모르는 사이에 수다쟁이가 되고 말았다. 침묵하느라 말이 서툴던 아이는 이제 침묵의 언어를 사용하는 수다스러운 어른이 되었다.

세바스찬은 어떤 순간에 이 글을 썼을까? 실연 후에? 에르민과 다툰 후에? 자신을 인정해주지 않는 릴스키와의 만남 후에? 시간의 지표가 없는 이 메모는 수직적 상태로 얼어붙은 채 세월의 흐름을 타지 않았다. 자신의 일기장에 세바스찬은 감정적 고양과 영감이 깃든 몽상을 쏟아놓았고, 플로브디프 주위에서 마주친 농부들의 증언과 지리적 묘사 혹은 시적인 주석(註釋)을 붙였으며, 다양한 토착어 인용문을 가득 채워두었다. 하지만 십자군 전쟁에 관한 정확한 자료를 활용해서 매우 오래된 이야기, 바로 크레스트 가의 이야기를 세밀하게 복원해두었음에도 불구하고 일기 어느 곳에도 날짜는 기록되어 있지 않았다. 일기장에는 시간이 존재하지 않았다.

노드롭은 자신의 마음속 깊은 곳 혹은 많은 사람들이 밑바닥이라고 생각하는 곳 어디쯤에 자리를 잡고 있는 침묵을 생각했다. 또한 냉혹한 살인범들 혹은 잔인한 공격에서 살아남은 후 여전히 충격에서 벗어나지 못한 희생자들을 조사하거나, 과중한 업무에 시달리며 무감각해진 사법관들 혹은 파렴치한 법률학자들을 만나며 하루를 보낸 후 스쳐 지나는 침묵을 생각했다. 총알이 관통한 시신들, 영안실에서 얼어붙은 시신들조차 역설적이게도 무언 속에서 더욱 많은 말을 하는 것 같았다.

'범인들과 이야기를 나누고 범죄에 대해 이야기를 한다'는 것은 그다지 적절한 표현은 아니었다. 경찰로서 그는 오히려 방언을 해석하고 본질—흔히 침묵에 지나지 않는—을 추적하는 일에 만족했다. 대중이 인간의 '기형성' 혹은 '동물성'이라고 부르는 것과는 관계가 없다. 범죄의 영역을 넘어보지 않은 사람들은 극장과 소음을 좋아하고, 그들의 싫증 자체는 눈에 띄고 장황하다. 공포심이 숨어 있는 인간 존재의 밑바닥에서 릴스키는 정신과의사들이 열광하는, 비장하면서도 순수한, 표면적인 흥분에 지나지 않는 광기보다는 더욱 불안스러운, 침투할 수 없는 무언, 그 헤아릴 수 없는 기묘함에 부딪쳤다.

세바스찬은 다른 곳에 이렇게 기록했다.

나는 그야말로 보잘것없는 무국적자다. 자신이 사랑하거나 혹은 증오하는 나라를 떠나온 모든 망명자들은 제2의 고국에 융화되려 한다. 나는 유년시절 떠나온 나라의, '영원히 푸른 바다가 조용히 흔들며 달래주던 눈 덮인 가냘픈 자작나무나 향신료를 넣은 요리의 따뜻한 향기'를 끝없이 그리워하며 갑자기 시인이 된 사람들을 알고 있다. 나는 초연하게 스스로를 지키는 사람들도 알고 있다. 또한 마치 탄식이 그들이 도망쳐 나온 노예 상태보다 한없이 나은 자유의 마지막 대가인 듯, 피난처에서 희생자가 된 처지를 통탄하는 사람들도 알고 있다. 그런데 나는 도망치지도 선택하지도 않았다. 하지만 나는 우리 집에 있을 때도 우리 집에 있는 것이 아니었다. 나는 외국에 나갈 때마다 낯선 사람들의 얼굴에서 그 어느 곳에도 속하지 않는 낯익은 모습을 본다. 그게 그들의 모습일까? 아니면 나의 실향에서 비롯된 순간적인 느낌일까? 나는 어느 공간에도 속하지 않는다. 어쩌면 나는 시간이 초시간성으로 축소될 때만 어느 시간에 속할 것이다……

박식한 삼촌은 서자의 운명을 귀찮게 달고 다니면서도 어떻게 그처럼 서정적일 수 있었을까? 세바스찬은 남들의 부러움을 사지 못하는 서자, 하지만 인정받는 서자, 버릇없는 서자였다. 그러나 내 두 눈으로 직접 보지 않았는가! 서자라고 해서 모두 그런 것은 아니다. 그는 석면을 씌운 상아탑에서 정치적 소신이 뚜렷한 지식인 노릇을 하면서 샤르트르의 작품을 너무 많이 읽었던 것일까? 그렇다고 해도 그는 나를 울리지는 못할 것이다! 외국인은 세상 도처에 있다. 산타바르바라에만 해도 온갖 색깔의 외국인들을 다 볼 수 있다. 이들이 모두 사생아는 아니다. 세바스찬은 자신을 인간조건의 폭로자로 여기는 성향이 있었다. 어쩌면 인간조건의 속죄자로 생각하는 것은 아닐까? 재미있는 일이다. 그런데 이게 그의 실종과 어떤 관계가 있을까? 결국 많은 사람들이 '보잘것없는 무국적자'가 아닌가.

반장은 어떤 향수도 느끼지 않았고 고국을 떠날 생각은 추호도 없었다. 다른 곳에 정착하기 위해 어떤 곳을 떠난다는 것은 결코 아무것도 해결해주지 못할 테니까. 릴스키는 분명히 세바스찬이라는 혈육이 있긴 하지만 스테파니를 빼놓고는 그 누구에게도 속하지 않는다. 하지만 엄밀히 말하면 사랑이 소속은 아니지 않은가! 게다가 그들의 관계는 극히 최근에야 시작된 것이고. 사랑은 범죄의 무언과 대칭을 이루는 이면의 음악에 지나지 않는다.

"크레스트 존스 교수님은 상상력이 풍부한 사람입니다. 반장님, 그렇지 않습니까?"

이 미날디라는 작자, 내 어깨 위로 몸을 숙이며 그런 말을 하다니 참으로 뻔뻔한 놈이었다! 세바스찬이 이런 놈으로부터 도망쳤다고 해도 전혀 놀랄 일은 아니었다.

"선생은 교수님이 죽은 게 아니라, 연구 대상인 비잔틴으로 떠난 것이라 생각하지는 않으세요?"

릴스키는 혐오감을 억누르면서 어설픈 자들의 본성을 파악하는 능숙한 심리학자 노릇을 하고 있었다.

"제가 어찌 알겠습니까? 제가 아는 것이라고는 에르민, 즉 크레스트 존스 부인이 몹시 걱정하고 있다는 점입니다. 말도 없이 사라지는 사람들은 많지만 가족이 없거나 신경을 쓰지 않기 때문에 경찰은 수사에 나서지 않습니다. 우리의 젊은 동료 파 창만 해도 그렇습니다. 홍콩 출신인 파 창은 우리 연구소에서 2년 전부터 일하고 있는데 일주일 전부터 보이지 않습니다……. 그녀는 대만에 있는 할머니나 샌프란시스코에 있는 애인을 만나러 간다고 교수님께 말했을지도 모릅니다……. 하지만 이곳에는 가족이 없고 주위 사람들 중에도 경찰에 줄이 닿는 사람이 없기 때문에 경찰은 아직도 수사에 착수하지 않았습니다."

미날디는 점차 거만한 태도로 말했다.

아, 재미도 없는 퍼즐 게임에 이제 파 창이라는 사람까지 끼어들다니! 세바스찬이 입버릇처럼 말했듯이 산타바르바라에는 이주자들, 보잘것없는 무국적자들밖에 없었다. 아주 오만방자하고 무서운 게 없는 미날디를 제외하면 말이다. 릴스키는 토착인인 것이 자랑스러웠다. 릴스키 역시 2세대 외국인이지만 외국인이라고 생각하지 않는 유일한 사람이었다.

사실 최악인 것은, 르팽(프랑스의 극우파 정당인 국민전선의 당수―옮긴이)처럼 낡아빠진 사람으로 취급될까 봐, 최근의 혼혈 풍조에 대해 결코 공개적으로 반대하지 않으면서도, 낡아빠진 순수 공화제나 군주제를 요구할 기회가 있으면 그것을 결코 놓치지 않는 미날디 부류의 군주주의자, 민족주의자, 민중주의자, 다소 설득력 있는 학계 인사들이 언제나 있다는 점이다. 반장은 「은둔자 피에르」라는 표제가 붙은 자료를 훑어본 후 덮으면서 그렇게 생각했다. 그는 이 은둔자를 기다릴 것이다! 수사관들은 계속 침묵을 지키면서 서류를 봉인하여 상자 속에 넣고 있었다. 누구도 미날디에게 신경 쓰지 않았다.

릴스키는 몹시 지루해지기 시작했다. 자, 오늘은 이 정도면 충분하다. 스테파니가 있어서 얼마나 다행인가! 그녀의 깜짝 방문과 둘 사이의 뜻밖의 로맨스……. 그는 잠시 후면 다시 그녀를 만날 수 있다는 생각에 행복했다.

이상하게도 오래전부터 꿈의 밑바닥에 침잠해 있는 이 열정, 엉뚱하긴 하지만 본질적인 이 열정이 부화되기만을 기다리고 있었다는 확신이 들었다. 순 교주의 시체를 발견했을 때 자신이 바로 정화자라고 강렬하게 느꼈던 것만큼이나 엉뚱하고 친밀한 열정. 스테파니와 넘버8. 같은 심연에서 태양처럼 밝은 면과 밤처럼 어두운 이면이 릴스키를 사로잡았다. 공복(公僕), 질서와 법의 책임자, 유명한 독신자, 우울한 신사, 지적인 경찰, 서투른 시인인 릴스키.

어떤 사람들은 그를 너무 신뢰했고 어떤 사람들은 별로 믿지 않았다. 릴스키는 얼굴이 슬슬 삭기 시작하면서 이미 오십대를 바라보고 있었다. 삭아가는 얼굴을 걱정해야 할까? 경찰서 소속 심리학자에게 털어놓고 분석을 부탁해볼까? 하지만 반장은 그럴 사람이 아니었다. 반장은 자기성찰적인 면이 있었음에도 행동파였다. 그는 살아갈 것이다. 삶과 의무 가운데 어느 하나가 다른 하나를 방해하지 않을지라도 꼭 의무 때문에 사는 것은 아니다.

스테파니의 신뢰도 간헐적으로 그를 살인의 환희 속으로 실어가는 소용돌이를 없애지 못했다. 넘버8은 결코 존재하지 않았다. 연쇄살인범은 바로 그였다! 대체 언제부터 그는 노드롭 릴스키와 미스터 하이드의 역할을 해왔을까? 다른 세상에서? 천만에, 바로 어제 저녁에도, 토요일 자정에도, 일요일 새벽에도 예외가 아니었다. 그는 팔목을 휘둘러 단번에 숫자8을 썼다. 쓰레기 같은 망자들은 눈을 잃었고, 징벌자는 양심의 가책도 느끼지 않았고 아무런 피해도 입지 않았다. 순 교주의 뼈, 정맥, 간을 썰기 위한 칼 말고는 아무것도 없었다. 음울한 혼란……. 릴스키는 관절마다 통증을 느끼고 눈가에 거무스레한 무리가 지고 아픈 채 그 혼미상태를 빠져나왔다. 젊은 여인의 존재만이 다시 그를 현실로 데려다 주었다.

어쨌든 또 다른 릴스키는 그렇게 존재하기 시작했다. 그는 그렇게 믿고 싶었다. 아듀, 지킬 박사. 더욱 모호한 가정은 이렇다. 논리적인 구성은 끝났고, 다소 교활하게 협상해야 할 가족의 유산은 깨끗이 정리되었다. 어쩌면 사랑이란 그런 것일지 모른다. 당신이 여인에게서 쾌락을 느끼고 또 여인이 당신에게서 쾌락을 느낄 때 여인의 몸, 시선, 목소리가 당신에게 주는 것은 그저 존재에 대한 확신이다. 말이 별로 없는 두 연인은 지나친 설렘 속에서 말을 더듬었고, 부끄러움 때문에 그마저도 잠잠해졌다. 또 담배를 피울 때, 진토닉을 마실 때, 스콧 로스의 음악을 들을 때에도 그들은 침묵했다.

비잔틴의 유산

"교수님은 틀림없이 70년대, 정확히 말해서 1970년에 비잔틴에 갔었습니다. 당시에는 누구도 더 이상 공산주의를 신뢰하지 않았습니다. 1968년 5월 학생운동이 그렇게 만든 거죠. 하지만 냉전이 끝나지는 않았습니다. 어림없는 일이죠. 그 유명한 수정주의가 도입되었지만 탄압적인 정치체제는 유지되었습니다. 생각나십니까?"

미날디는 세바스찬 크레스트 존스가 아버지의 고향을 찾아갔었던 일을 설명하고 있었고, 릴스키는 1096~1097년 그리스도의 성묘를 향해 진격하는 제1차 십자군 전쟁의 원정로를 살펴보고 있었다. 당시 르퓌앙블레의 주교 아데마르 드 몽테유는 필리포폴리스까지 군대를 이끌고 있었다.

"제 말을 믿든 믿지 않든 세바스찬 크레스트 교수는 현대식 도시는 쳐다보지도 않았습니다. 관심이 없었지요. 교수님에 대해 너무나 잘 알고 있는 사모님이 그렇게 털어놓았죠. 제 생각에 교수님은 정치에도 도통 관심이 없었습니다. 반장님, 그렇습니다. 역사가 가운데도 그런 사람이 있습니다. 아니, 역사가 가운데에는 그런 사람이 많습니다. 비겁한 사람들이냐고요? 아닙니다. 그냥 정치에 무관심한 사람이냐고요? 그렇지요. 교수님은 즉물적인 것은 무엇이든지 싫어했습니다. 교수님은 이승에서도 살고 저승에서도 살았습니다. 현실적으로 보면 그는 어디에도 존재하지 않았습니다."

미날디는 반쯤은 에르민처럼 자신의 생각을 말했고, 반쯤은 마치 논문 지도교수의 일기를 그대로 읽는 것처럼 말했다. 릴스키는 즉각 증인들이 세바스찬을 흉내 내고 있음을 간파했다. 이 증인들이 존재하는지조차 의심스러웠다.

"불가리아의 공산주의자들은 분명 크레스트 존스 교수님을 스파이로 생각했을 겁니다. 상상해보십시오. 십자군 병사들을 찾는답시고 플로브디프의 고문서 도서관에 처박혀 있으니, 추적을 막기 위해 흔적을 흐뜨려놓고 오직 자기에게만 주의를 집중시키는 훼방꾼이나 스파이로 보이지 않았겠습니까? 현지 경찰들은 크레스트 존스 교수의 진짜 연구 대상이 원자력 발전소일 것이라고 추측했을 겁니다. 그럴듯한 추측이었죠. 하지만 교수님은 원자력 발전소에는 조금도 관심을 보이지 않았습니다. 그들은 연구를 돕고 불가리아어 통역을 도와준다는 명목으로 청년 공산당 소속의 매혹적인 여자를 교수님의 감시자로 붙였습니다. 하지만 헛된 일이었죠. 교수님은 그녀를 거들떠보지도 않았거든요."

미날디는 세바스찬과의 긴밀한 관계를 과시하며 들떠 있었다. 반장은 그를 연쇄살인범으로 몰 수 있는 꼬투리를 찾기 위해 그가 떠들도록 내버려두었다. 지금으로서는 아무 성과도 없었다. 그냥 엉망진창이었다.

"반장님, 죽음조차 그렇습니다······. 별로 오래전 일도 아닙니다. 교수님은 에르민, 즉 크레스트 존스 부인과 저에게 자신은 젊을 때부터 죽음을 두려워하지 않았기 때문에 하느님을 믿는 일은 결코 없을 것이라는 사실을 이미 알고 있었다고 말했습니다. 얼마나 터무니없는 이야기입니까? 사람은 누구나 죽음을 두려워하지 않습니까? 훨씬 나중에, 그러니까 부부가 사는 집에서 사라지기 얼마 전에 그는 자신이 죽음을 두려워하지 않는 것은 끊임없이 죽음과 함께 살기 때문이라고 말했답니다.

교수님은 에르민에게 이렇게 말했다더군요. '여보, 주름이 잡히고 혈관이 드러난 내 손 좀 봐. 지금 내 손이 죽어가고 있어. 아주 오래전부터 나는 내 손이 죽어가고 있다는 사실을 느꼈어. 나는 아주 오래전부터 여행을 하고 있었지. 여행을 두려워해서는 안 돼. 여행은 피할 수 없는 거야. 이 방법밖에 없으니까.' 그러자 에르민은 교수님이 암에 걸린 건 아닐까 걱정하면서 이렇게 말했답니다. '당신 피곤해 보여요.' 큰 병은 초기 증상이 나타나기 훨씬 전에 우울증으로 발현됨으로써 병자가 최후를 예감할 수 있게 해준다고 누군가가 에르민에게 말해주었답니다. 그런데 교수님은 놀랍게도 아내와 아내의 정부인 나에게 이렇게 반박했습니다. '나, 피곤하지 않아. 나는 암환자가 아니야. 몸이 약한 것과는 아무 관계도 없어. 나는 단지 여행 중일 뿐이야.'

보시다시피 교수님은 만사 이런 식으로 생각했기 때문에 아무것도 두려워하지 않았습니다. 공산주의조차 말입니다. 교수님은 그런 것이 있었는지도 거의 알지 못했을 겁니다."

미날디는 동정적인 말투였다. 마침내 에르민이 끼어들었다.

"피노, 미안해요. 한마디 해도 될까요? 세바스찬이 무심한 사람이란 말은 틀렸어요. 파렴치한 사람인지도 모르겠고요. 솔직히 말해서 세바스찬은 처음 할머니 산소에 갔다 온 후에 한두 번 더 갔다온 것 같아요. 저는 그이의 사명 따위는 관심 없어요. 하지만 그이가 관심을 가지고 있는 것이 비잔틴이란 것 정도는 알고 있어요. 그는 동방정교회 신자예요. 그렇다고 동방정교회를 예찬하지는 않았지요. 천만에요! 전 그 사실 정도는 알고 있어요!'

에르민은 벌써 가출벽이 있는 세바스찬이 죽은 것처럼 행동했다. 모든 것을 미날디에게 맡기지 않으려면 남편에 대한 기억을 되살려야만 했다. 이제 남편의 모든 걸 차지하기 위해 발버둥치는 피노보다는 가엾은 세바스찬이 낫지 않을까? 그래도 세바스찬은 인간적이었다.

에르민이 말을 이었다.

"세바스찬은 공산주의자들이 탁월한 신비주의자이긴 하지만 자율성이 거의 없고 또한 자유도 거의 없다고 생각했어요. 아시겠어요? 말하자면 반은 노예 같고 반은 반항적인 사람이란 뜻이죠. 동방정교회의 신부와 스탈린, 순종하는 아들과 폭군 같은 아버지의 결합이라고 할까요? 출구가 없는 상황이죠! '모든 것은 도스토옙스키 안에 있고, 동방정교회는 공산주의의 전조인 허무주의를 낳는다.' 이것이 바로 세바스찬이 되풀이하는 문장입니다. 기묘하지 않나요? 저는 깜짝 놀랐어요. 뭔가가 있는 것 같은데……. 노드롭, 혹시 감이 잡히지 않으세요? 세바스찬은 무슨 생각이 있었는지 『마귀 들린 사람들』을 읽으라고 했어요. 몹시 졸렬한 작품이라고 생각하지 않으세요? 저 같은 사람에게는 분명히 어떤 빛도 줄 수 없는 작품이죠. 저는 도스토옙스키나 세바스찬 류의 독자는 아니었어요. 남편은 나름대로 생각이 있었죠. 말하자면 종교적 사상, 정치적 사상……. 제가 그 증인이죠. 피노, 저는 당신 말이 지나쳐서 두려워요……."

에르민은 연구실 한쪽 구석에 앉아서 줄곧 한쪽 다리를 흔들며 말했다. 피노는 그녀를 노려보았다. 하지만 그것으로 그녀의 이야기가 끝난 것은 아니었다. 그녀는 미소를 짓기는커녕 경멸하듯 피노를 위아래로 훑어보며 말을 이었다.

세바스찬은 에르민에게 불가리아 여행에 대해 두세 번밖에 이야기하지 않았다. 그래서 그녀는 그 여행이 매우 인상적인 유적 답사였는지 혹은 상투적인 관광이었는지 의아스러웠다. 세바스찬은 먼저 소피아에 있는 성 네델리아 대성당의 푸르스름한 구리로 덮인 호화로운 둥근 천장에 대해서, 그리고 크레스트 가의 마지막 후손들, 즉 실베스터 족장의 먼 사촌들이 살고 있는 세인트소피아 가의 아파트에서 들었던 장중한 종소리에 대해 이야기했다. 이런 추억을 떠올릴 때 겁에 질린 다람쥐 같은 세바스찬의 눈은 촉촉이 젖어들었다. 무엇 때문이었을까?

그리고 그는 소피아 근교의 작은 마을인 보야나 성당에서 본 데시슬라바―에르민의 기억이 정확하다면―라는 귀부인의 우아한 초상화에 대해 들려주었다. 세바스찬은 12세기에 그려진 이 작품이 파도바(이탈리아 베네토 주 파도바 현의 주도―옮긴이)에 있는 조토 벽화의 유연성에는 도달하지 못했지만―그래도 상당히 근접했다―이미 비잔틴식 성화상(聖畫像)에서 벗어났다고 주장했다.

마지막으로 그는 옛 수도인 투르노보(1185년부터 1396년까지 제2차 불가리아 제국의 수도였으며 오늘날의 벨리코투르노보―옮긴이)의 보두앵 탑에 대해 이야기했다. 세바스찬은 크레스트 가의 시조가 속해 있었을지도 모르는 보두앵 드 플랑드르의 십자군 병사들은 이 탑에 갇혔을 것이라고 상상했다. 그러다 세바스찬은 결국 이런 추측을 포기하고 말았는데, 에르민은 그 까닭을 알 수 없었다. 세바스찬은 무너진 탑이 마음에 들었는지 그녀에게 탑의 사진이 들어간 엽서를 계속 보여주었다. 그것은 감동적이기도 했지만 동시에 귀찮은 일이기도 했다. 그러나 다행히 그것도 오래가지 않았다. 세바스찬의 생각은 또다시 엉뚱한 방향으로 튀었다.

"반장님, 한번은 세바스찬과 둘이 있는데 그가 말을 하기 시작했어요. 그런데 그건 제게 하는 말이 아니었어요. 지금 반장님과 저처럼 우리 둘은 마주보고 있었어요. 그런데 그이가 정말 저를 보고 있었는지는 모르겠어요. 어쨌든 그이는 입에 거품을 물고 이야기하고 있었죠. (에르민은 실종자의 심리를 파악하기 위한 조사에서 너무나 열심히 증언을 쏟아내고 있었다.) 그이는 저를 거울에 비친 자신의 모습으로 착각하고 비밀을 털어놓는 연인 같은 목소리로 이야기하고 있었어요. 그는 자기 자신에게 열정적으로 이야기하고 있었던 거죠. 물론 그러지 말라는 법은 없어요. 하지만 저는 전혀 흥미를 느낄수가 없어서 하품만 했어요. 그래도 하도 이야기를 많이 들어서 몇 마디는 기억하고 있어요. 그러니까 그이는 그 순례가 서자라는 신분에서 탈출할 수 있는 구원의 길이라는 것을 깨달았던 거예요. 저는 그이가 어떤 일을 했는지 별로 관심이 없었죠. 그이는 한참 동안 웃었어요. 지금도 웃음소리가 들리는 것 같아요. 그이는 미친 듯이 웃었어요. 아아! 그러고는 다시는 여행에 대해 이야기하지 않았어요. 그이는 어둠의 인간이었어요. 그이는 암흑세계를 두루 돌아다녔어요. 마치 암흑세계를 자신의 것으로 만들려는 것처럼 말이죠. 세바스찬은 분명 외톨이였어요. 그리고 두더지였어요. 그이는 자신을 철새라고 생각했지만 전혀 그렇지 않았죠. (에르민은 비통하게 이야기했다.) 아아!'

릴스키는 「르뷔앙블레에서 필리포폴리스까지」라는 제목이 붙은 디스켓을 컴퓨터에 넣고 지도를 보면서 에르민의 말을 주의 깊게 듣고 있었다. 유럽지도에는 레몽 드 생질의 이동로가 빨간 점선으로 표시되어 있었다. 릴스키는 아데마르의 이동로는 제쳐놓았다. 세바스찬의 취향이 아닌 이 여자가 과연 남편을 잘 이해할 수 있었을까? 부조리, 특히 부부생활의 부조리에 대해 확신하는 반장은 흐뭇해하면서 여자의 횡설수설을 듣고 있었다. 그녀는 본인도 모르는 사이에 몇 가지 정보를 제공했다. 한 가지 새로운 가정이 어두운 소용돌이로부터 드러났다.

릴스키는 수다스런 에르민보다 세바스찬에 대해 더 많이 알고 있었다. 그는 어린 세바스찬이 어디에 부딪치거나, 달리다가 넘어져도 결코 울지 않았다는 사실을 기억했다. 세바스찬은 그때부터 이미 암흑세계에 놓인 외롭고 불행한 아이었다. 조카 릴스키의 기억이 정확하다면 그 일은 할머니 수잔이나 어머니 그리셀다에게 충격을 준 얼마 되지 않은 사건 중 하나였다. 노드롭은 잊고 있던 시간이 떠오를 정도로 그렇게 세세하게 이야기를 전해준 사람이 그리셀다인지 수잔인지 확신할 수 없었고, 또한 그것이 세바스찬에 관한 이야기인지 아니면 그들이 알고 있던 다른 소년에 관한 이야기인지도 확신할 수 없었다. 또는 자신을 더욱 야무진 사람으로 부각시키고, 가족의 관심을 끌기 위해 릴스키 스스로가 불쌍한 어린 삼촌에게서 찾아낸 약점은 아니었는지 확신할 수도 없었다. 여기서 그가 괜히 경찰이 된 것이 아니라는 사실을 잊지 말자.

가족의 사랑을 듬뿍 받은 어린 왕 노르디는 희생자들과 범죄자들의 정신적 상처를 별 위험 없이 흡수했다. 더구나 릴스키는 체포, 소송, 감정(鑑定) 등을 통해 경력이 쌓이면서 불행하게 태어난 아이—그가 다룬 범죄자 대다수가 여기에 속했다—는 태어나기 전부터 상처를 입는다는 사실을 알게 되었다. 운명은 아이에게 연달아 충격을 가한다. 즉 어머니의 불안은 자궁에서부터 아이에게 폭격이라도 하듯 충격을 가하고 아이는 온갖 불순한 호르몬의 영향을 받게 된다. 이런 피조물이 어떻게 정상적으로 태어나는지 의아스러울 따름이다. 그리고 태어난 후에도 싸움은 계속된다. 당연히 실수와 재난이 뒤따를 수밖에 없다.

아무튼 지금 한 가지 사실만은 분명히 떠올랐다. 세바스찬의 이야기는 수잔 외할머니의 입에서 나올 수 없었다. 남편의 사생아가 확인됨에 따라 자존심이 상한 할머니는 비록 아주 가끔 집에 사생아가 오는 것을 허용하기는 했지만 아이의 이름을 결코 입에 올리지는 않았다.

연구실에 햇볕이 가득 들어왔다. 전문 수사관들이 커피를 올려 보냈다. 릴스키는 다시 제1차 십자군 전쟁 당시의 지도를 골똘히 바라보았지만 잘 이해되지 않았다. 그는 단편적인 유년시절의 기억을 짜깁기하여 더욱 선명하게 떠올리려 애쓰면서 실종된 세바스찬을 생각했다.

자신의 육신을 학대하는 사람은 정신은 더욱 심하게 괴롭힌다. 노드롭은 쉽게 그런 생각을 할 수 있었다. 예전에는 미처 몰랐던 세바스찬의 고통이 어찌나 생생하게 떠올랐던지 릴스키는 삼촌의 고통을 잔뜩 과장하여 생각했다. 그래서 하마터면 비틀거리다 툭 하면 식탁 모서리나 문에 부딪혀 무릎과 턱이 부어오르고, 보이지 않는 영혼의 멍을 드러내듯 온몸이 혈종으로 뒤덮

96

인 비정상적인 장애아의 모습으로 세바스찬을 기억할 뻔했다. 자신의 뜻을 표현할 수 없는 사람, 이해받지도, 사랑받지도 못한다고 느끼는 사람, 이 세상에서 가장 비통한 사람. 갑자기 노드롭은 세바스찬의 불행에 대해서 가벼운 반감을 느끼면서도 삼촌을 사랑하기 시작했다. 그리고 모종의 자기만족을 느끼면서, 뭔가 모를 매력이 있는 장애아들에게 유대감을 느끼며 절망적으로 집착했다.

사랑받지 못한 세바스찬. 이 미친 세상에서 아이를 만든다는 것은 도저히 이해할 수 없는 일이었다. 그래서 릴스키는 전혀 모험을 시도하지 않았다. 아내 마르타와도……. 하지만 사생아들! 그들은 방목되고 있다 해도 과언이 아니다! 세바스찬은 은둔자, 떠돌이, 이기적인 모험가가 되더니 이제는 경찰의 '손님' 까지 되었다. 하지만 그런 일이 그리 놀라운 것은 아니었다.

미날디는 점심을 먹기 위해 에르민과 함께 연구소를 나갔다. 릴스키는 샌드위치를 사서 건물 밖에서 먹고는 경찰서까지 걸어가기로 했다. 시간이 날 때 걸으면 생각이 정리되었다.

발칸반도 출신의 금발 남자에게 영원히 매료된 외할머니 수잔은 남편인 족장을 존경하면서도 '우리의, 어쩔 수 없는 떠돌이' 라며 한숨을 쉬곤 했다. 낭만적인 외할아버지는 방랑벽이 일종의 집착이자 어떤 도덕관념도 배제된 자기초월적 행위임을 인정하려 하지 않았다. 마치 우연처럼 범죄자의 압도적 다수는 새로운 이주민들과 그 아이들이다. 그것은 일반적이고 명백한 사실이며, 이를 증명하는 통계학적 증거도 있었다. 물론 특별한 경우도 있다. 노드롭 릴스키는 특별한 경우도 있음을 결코 잊지 않는다. 가령 모험 중 태어난 고통의 존재로, 어느 범주에도 속하지 않는 세바스찬 크레스트 존스는 여러 가지 충격을 겪고 침묵 속에 머물다 결국 십자군 병사, 즉 정화자가 되었다. 그리고 원정대 속에 섞여 있다가 힘란한 자신의 길을 가기 위해 거기서 빠져나왔다.

노드롭은 생명의 소리가 울려 퍼지는 그늘진 대로로 내려왔다. 그리고 이것저것 생각하면서 공원을 가로질러 경찰서로 이어지는 길을 올라갔다. 세바스찬은 쓰레기처럼 살았을까? 아니면 반대로 이주의 역사와 십자군 전쟁에 관해 연구하면서 일종의 안락한 겸손과, 불행한 탄생에서 비롯된 방랑의 끝을 발견했을까? 명문가의 후예인 불행한 아이 그리고 대수롭지 않은 역사가라는 범상치 않은 평범함 속에서 자아를 실현하는 분별없는 그리스도처럼 신성 자체를 벗어던지고 자신의 고유한 특성을 없앰으로써? 세바스찬은 명예박사라는 우스꽝스럽고 화려한 간판을 달게 됨으로써, 조심스럽게 쌓아올린 그 무언의 고뇌를 구원할 수 있는 방법을 찾았을까? 하지만 어디서? 도주, 자살 아니면 범죄를 통해서?

릴스키는 경찰서 안으로 들어갔다. 전화는 쉴 새 없이 걸려오고 업무도 정신없이 바빴지만 남은 하루가 길게만 느껴졌다. 미날디도, 에르민도 아니 그 누구도, 반장이 사라진 삼촌과 자신을 동일시함으로써 어떤 본질에 도달했는지 이해하지 못할 것이다. 이번이 마지막이라고 생각하고 조사에 몰두하는 것은 그만의 방식이었다. 어쩌면 그것은 스테파니의 방식만큼 철저하지는 않을지 모른다. 하지만 결국 각자 자기 방식대로 여행을 하기 마련이다. 물론 스테파니 들라쿠르를 제외하면 반장이 저녁마다 서둘러 집으로 돌아가는 이유를 아무도 알지 못했다. 한편 스테파니는 진토닉을 마시고 스콧 로스의 음악을 들으면서 초조하게 애인을 기다리고 있었다.

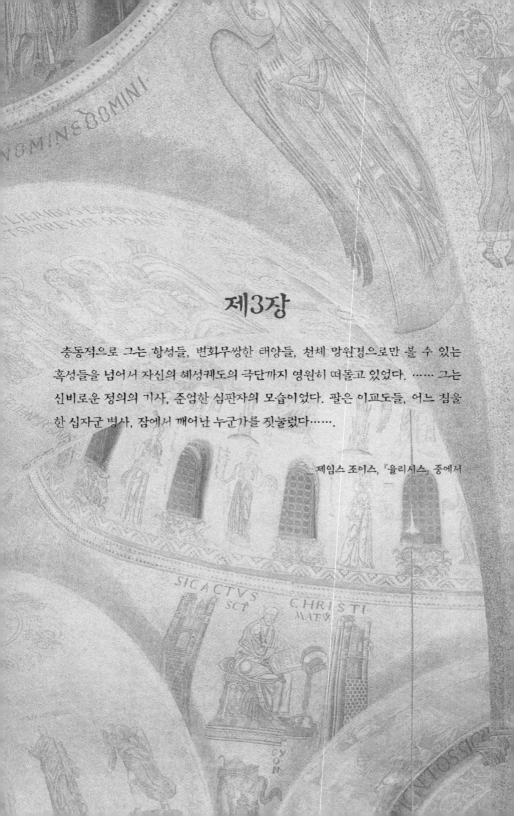

제3장

충동적으로 그는 항성들, 변화무쌍한 태양들, 천체 망원경으로만 볼 수 있는 혹성들을 넘어서 자신의 혜성궤도의 극단까지 영원히 떠돌고 있었다. …… 그는 신비로운 정의의 기사, 준엄한 심판자의 모습이었다. 팔은 이교도들, 어느 침울한 십자군 병사, 잠에서 깨어난 누군가를 짓눌렀다……

— 제임스 조이스, 『율리시스』 중에서

사랑에 빠진 스테파니

나는 산타바르바라의 잔인성에 대한 부인할 수 없는 궁극적인 증거를 가지고 있다. 이곳은 내게 제리조차 잊게 하지 않았는가 말이다. 나는 목이 잘린 내 친구 글로리아의 아이를 입양해서 폴린과 함께 파리에 정착했다. 섬세하고 허약한 아이는 인터넷에 홀딱 빠졌다. 내가 진정한 세상이라고 생각했던 이 가족은 내가 산타바르바라에 도착하자마자 쪼그라들어 떨어져나갔다.

제리는 산타바르바라 생활에 맞지 않다. 이곳에서 제리의 일이라면 그냥 넘어가는 것이 하나도 없기 때문이다. 어쩌면 내가 마지못해 이 진창 속에 뛰어드는, 고백하기 어려운 이유 중의 하나가 이것은 아닐까?

"내 컴퓨터를 쓰렴. 네 디스켓은 다 열어볼 수 있을 거야!"

나는 일요일 오후를 아사스 가에 나가서 놀기보다는 집에서 컴퓨터 하는 것을 더 좋아하는 제리에게 몇 번이나 반복해서 말했다. 그러면 제리는 끝없이 이어지는 나의 잔소리를 중단시키고는 함께 조깅하는 일을 피하기 위해 이렇게 소리 질렀다.

"불쌍한 엄마, 엄마는 정말 도움이 안 되는 사람이야!"

교육받은 청각장애인의 말처럼 짤막한 제리의 표현은 본의든 그렇지 않든 재치 있는 하이쿠(일본의 전통적인 단시—옮긴이)이자 재담이다. 아이는 "자식을 버릇없이 키우는 엄마!"라며 나를 포옹한다. 그러면서 내가 자식을 너무 애지중지한 나머지 버릇을 망쳐놓았고, 자신은 그런 엄마가 너무 좋다고 말하는 게 아닌가. 아이의 애정을 참을 수 없는 시련이라고 생각해야 할까? 이곳에서 나는 제리로부터 벗어나 반장의 품에서 쉬고 있다. 그러나 이런 휴식은 오래 가지 않는다. 제리가 잊지 않고 내 컴퓨터 화면에 자신의 모습을 떠올리게 하기 때문이다. 그렇다고 제리가 끈질기게 연락을 하는 것은 아니다. 하지만 제리는 자신보다는 나의 약점, 즉 어디에도 존재하지 않는 스테파니의 약점을 더욱 떠올리게 한다. 우리는 그렇게 긴밀한 관계를 회복한다.

"3월 22일. 엄마 방 창문 아래에 비둘기 대신 꿀벌이 몰려들었어요. J."(아들은 내가 이런 신호를 기다리고 있음을 안다.)

"5월 24일. 엄마가 「레벤망」지에 자주 글을 쓰지 않는다고 폴린이 불평하고 있어요. 사랑해요. 제리 드림." (애정의 토로. 불현듯 제리가 보고 싶다.)

"6월 3일. 마샤는 이제 전화도 하지 않아요." (버림받은 연인은 자기 이름조차 쓰지 않았다. 여자친구가 아들을 너무 고통스럽게 한다.)

제리의 메일은 레지스탕스(제2차 대전 중 독일 점령군에 대항한 프랑스 독립운동—옮긴이)의 암호 같다. '지하활동을 하는 사람은 지하활동을 하는 사람에게 말한다.' 아들은 다른 세상 사람 같지만 그 점만 빼놓으면 우리 가족이 되기 위해 노력한다. 노력하지 않는다는 말은 진실이 아니다. 나도 노력한다. 가끔 인생에서 가장 즐거운 일, 즉 엄마 노릇을 잘 해낼 때도 있다. 그러나 오늘은 다르다. 달이 해를 가리듯 아들의 메일은 산타바르바라에서 벌어진 일들을 소멸시키고 심지어 나의 새 애인마저 지워 버린다. 나는 '특파원'이란 사실조차 망각한다. 더 이상 아무 역할도 하지 않는 나는 제리의 상처받은 목소리에 비틀거린다. 나는 곰곰이 생각하며 메일을 쓴다.

나, 스테파니 들라쿠르는 탐정 소설—철학 혹은 심리 소설—을 쓰고 있다. 다들 인정하겠지만 보잘것없는 유머 감각을 가지고 말이다. 나는 지금 망설이고 있다. 사이비 종교에 관한 조사를 계속할 것인가? 아니면 내가 좋아하는 침울한 기분 속에 빠져들 것인가? 나는 「죽음보다 강한 사랑」 같은 들라뤼나 브라보 풍의 리얼리티 쇼에 감염된 것은 아닐까? 누가 믿겠는가?

나는 산타바르바라에 도착할 때부터 오랫동안 알고 있던 늙수레한 릴스키—거의 아버지뻘인—와, 사람들이 흔히 말하듯 '사랑에 빠졌다.' 사실 나는 오래전부터 사랑 따위는 안중에도 없었는데……. '사랑 이야기'를 하고 있는 거냐고? 오히려 '이야기 없는 사랑', 보다 정확히 말하면 시간이 존재하지 않는 뜻밖의 쾌락에 관한 이야기다.

나는 어딘지 모르는 곳에 틀어박혀 있다. 나는 연쇄살인범과 신판테온교의 문제는 던져버렸다. 파리에 있는 나의 상사는 필요할 때만 생기 없는 내 핸드폰으로 전화했다. 활동영역을 벗어나 안전한 곳에 숨은 나는 지금 중대한 기로에 놓여 있다. 스테파니 들라쿠르는 마침내 이곳 산타바르바라에서 그녀의 비밀정원을 발견한 것이다. 믿을 수 없을 만큼 놀라운 일이 아닌가!

내 주소를 알고 싶다고? 나는 레몬향이 가득한 제라늄 꽃밭에 살고 있다. 어제까지 축축하던 부식토는 오늘은 바싹 말랐다. 나는 제라늄에 부어주는 부드러운 물에 흠뻑 젖는다. 그리고 자갈밭에서 왕성하게 자라는 제라늄 줄기와 함께 물을 마시고, 따가운 햇살을 맞으며 제라늄 줄기로 수줍고 앙증맞은 엷은 보라색 꽃을 만든다. 나는 짙은 용연향 향기 속에서 증류되고 있다. 이 향기는 옆에 핀 장미의 진한 향기를 희석시키고, 낡은 돌담 뒤에서 폭풍우와 함께 올라오는 해초 냄새에 질린 모기를 쫓아낸다. 그러면 나는 할머니가 향긋한 레몬향이 나는 두툼한 자두잎을 가득 넣어 만든 가장 달콤한 자두 잼을 입 안 가득 넣는다. 그러나 이 맛은 하나의 추억이고, 나는 기껏해야 바닷가에 앉아 있는 한 명의 육지인에 지나지 않는다.

화산 지각에 착 달라붙은 질긴 이 꽃은 내게는 일시적인 피난처, 임시적인 문턱에 지나지 않는다. 나는 향기로운 꽃가루와 이름 없는 색깔에 도취되어 한순간 제라늄의 연인이 된 탐욕스러운 꿀벌이나 파리처럼 제라늄에 달라붙는다. 제라늄은 나를 놓아주지 않을 것이다. 나는 뿌리를 깊게 내리는 제라늄의 끈질긴 성질을 잘 알고 있다. 하지만 오늘만은 이 꽃을 잊어버릴 것이다. 내게는 방랑자의 피가 흐른다는 확신이 들었기 때문이다. 나는 긴밀한 유대 관계로 뒤얽힌 곳에서 떨어져나와, 모르는 사람들에게 둘러싸인 국경 없는 비행기 안에서만 진정 내 집 같은 편안함을 느낀다. 이 고도(高度)에서 공간은 누구에게도 속하지 않는다.

나는 대초원의 기사, 사막의 대상, 공항의 이주자이다. 비행기에서 내려 땅에 발을 딛자마자 내 귀는 어떤 언어를 인지하고 내 눈은 나를 아는 척하는 시선들과 마주친다. 그러면 즉시 나는 내가 이곳에 존재하지 않는다고 상상한다.

나는 자아의 밑바닥으로 도망가지 않는다. 그 밑바닥은 꺼지기 때문이다. 나는 밑바닥도, 표면도 아닌 중간쯤으로 들어가, 내가 기묘함이라 이름 붙인 허공에 머무른다. 사람들이 여러 언어로 말을 건다. 하지만 내게는 어떤 언어도 없다. 나는 프랑스어로 삶의 리듬과 광경을 묘사하는 일을 좋아하지만 모국어를 구사하듯 단어로도, 문장으로도 내 생각을 제대로 표현할 수 없다. 프랑스어는 내 아들의 언어이고, 이제부터는 나도 어린아이처럼 이 언어를 배워야 한다. 사람들이 굴을 돌로 착각하듯, 오랫동안 말을 거부하는 아이들의 언어가 그러하듯, 프랑스어는 깊은 사색과 신중을 요하는 언어다.

단어와 문장은 내가 산타바르바라 같은 곳에 대한 탐방 기사를 쓸 때 내 입속에서 흐르고 내 손가락에서 빠져나오는 언어의 하부구조이다. 모국어 화자인 나의 독자들 가운데에는 나의 표현이 어색하고 냉정하며 혹은 동떨어지게 느껴진다고 말하는 사람이 있다. 나의 상사—사고력이 빈약해서 행복한 인간—는 이렇게 불평한다.

"스테파니, 당신 글은 과장이 지나칩니다."

나는 프랑스 토박이들이 모국어로 수다를 떨 때 들리는 '그 조가비 같은 단어들로 만든 주스(le jus de cette coquille de mots)' 속에서 별로 정신을 잃지는 않는다. 하지만 언제나 모음, 자음, 음절에 붙들린 채 기호, 기질과 의미, 고약하고 순진한 친절, 유체(流體), 끝없이 흐르는 강—어느 유명한 현자는 같은 강물에 두 번 몸을 담글 수 없다고 말하지 않았는가—따위의 모습을 지닌, 잡을 수 없는 도깨비불을 잡으러 간다.

나는 가장 자신감에 차 있고 가장 기상천외한 꿈속에서도 나 자신을 소크라스테스 이전 사람이라고 여기지 않는다. 만일 동사를 현재형으로 고정시킬 수 있다면 나는 비잔틴 여자일 뿐이다. 비잔틴 여자라니?

외국인인 나는 나 자신이 비잔틴 출신임을 잘 알고 있다. 비잔틴은 결코 존재하지 않았고 확실한 실재가 없었다. 비잔틴은 나의 영혼 속에서만 존재했을 뿐이다. 세상에서 처음으로 그리고 누구보다 더 훌륭하게 장엄한 신전에서 신들을 대신해 미와 선을 찬양한 그리스인들 이후부터 야만인들이 들어오기 이전까지 나의 비잔틴—비잔틴은 끊임없이 야만인들을 물리치거나 풍요롭게 만들어 흡수했다—은 누구도 도달한 적이 없는 고도화에 만족했기 때문에 특히 고뇌에 찬 나라였다고 생각한다. 바로 그것이다! 천사의 성(性)에 관한 엉뚱한 토론이 끝없이 벌어진 곳은 바로 비잔틴이었다.

성상파괴주의자들이 성상을 유린하고 성상숭배주의자들이 성화를 신성화한 곳도 비잔틴이었다. 성상숭배주의자들이 없었더라면 이 세상은 텔레비전, 기 드보르(1931~1994. 프랑스 작가이자 정치 이론가. 『스펙터클의 사회』의 저자―옮긴이)와 문자주의자들, 프랑스 M6의 리얼리티 프로그램인 「로프트 스토리」, 그리고 알자지라 방송에 자주 등장하는 다소 가상적 인물인 빈 라덴을 결코 몰랐을 것이다. 유대인 박해, 보물 약탈, 유럽 통일과 세계화의 시도―십자군 병사들은 유럽을 넘어 이교도들에게 빼앗긴 그리스도의 성묘까지 진군하지 않았던가!―따위를 초래한 구대륙의 제1차 종교전쟁―이 전설적인 십자군 전쟁은 부시 대통령에게 영감을 주었다―은 또한 비잔틴에까지 영향을 주었다.

이런 점에서 볼 때 그리고 내 주관적인 관점으로도 비잔틴은 유럽이다. 유럽은 다른 대륙들이 부러워하는 가장 귀중한 것, 가장 세련된 것, 가장 고통스러운 것을 지니고 있지만 그것들을 계속 지켜나가기가 어려웠다. 무엇인가를 하지 않는다면……. 그래서 산타바르바라가 도처에 세워진 것이다.

도처에? 하지만 정확히 어디에? 산타바르바라를 지도에 표시하고 싶은가? 하지만 그것은 불가능하다. 전세계에 걸쳐 있는 마을을 어떻게 표시할 수 있겠는가? 산타바르바라는 파리, 뉴욕, 모스크바, 소피아, 런던, 플로브디프 등 도처에 있다. 아직까지는―그러나 언제까지?―그저 하나의 '사회'라고 명명된 스펙터클(대장관. 매우 호화롭고 거대한 장면·의상·장치·등장인물 등 대규모로 구성된 프로그램·볼 거리·들을 거리·읽을 거리―옮긴이)에 불과한 이 복합적인 탐정 소설 속에서 진짜 유랑민은 아니지만 모종의 진리를 추구하는 우리 같은 외국인이, 돈이나 좇으며 쉬운 인생을 추구하는 마피아와 맞서 살아남기 위해 발버둥치는 곳은 어디나 산타바르바라다.

측근의 폭로, 능력의 경매, 사랑의 사형……. 나머지 부서처럼 부패하지 않은 강력반은 '욕망의 출처'를 찾으려 애쓴다. 어릴 때부터 비디오 게임에 익숙해진 어린이는 결국 욕망이란 자살욕구에 불과하다는 사실을 알게 된다. 마찬가지로 때때로 단호하게 유혹을 거부할 줄 아는 기자들은 무슨 일이 일어나고 있는지, 세상은 어떻게 될 것인지, 이 모든 게 어떤 의미가 있는지를 알아내려고 애쓴다. 어떻든 스펙터클은 아주 진기한 무대, 화면, 무대배경,

그리고 놀라움으로 이루어진다는 점에서 긍정적이다. 불규칙한 심장박동은 스펙터클을 간헐적으로 중단시키고 최선의 방법이 없을 경우 차선책을 선택하게 한다. 말하자면 산타바르바라나 비잔틴에서 가장 존경받을 만한 사람은 형사, 어린이, 기자 중에서 선택된다.

주위를 둘러보라. 식인종처럼 잔인한 인간들은 무성생식으로 복제되고, 가미가제특공대처럼 무모한 인간들은 간호사들을 촛불로 지지고 젓가락으로 죽은 아이들을 게걸스럽게 먹어치운다. 죄의식마저 잃어버린, 상궤를 벗어난 인류. 표도르 미카일로비치 도스토옙스키는 '모든 것은 허용된다' 고 했지만 별난 라캉은 '어떠한 것도 표현되지 않았다' 고 말한다. '여러분의 특파원' 인 내가 하는 말이니 틀림없는 사실이다!

나 혹은 나를 닮은 누군가가 아니라면 도대체 누가 '어려운' 교외지역을 스킨헤드들에게 넘기지 않고 냉정하게 '모든 것을 허용하게' 할 수 있을까? 마음 약하게도 나는 이 이주민들—상처받기 쉬운 비잔틴 사람들, 현대 십자군의 임시 안내인들—로부터 장래의 희망이 아니라 이런 질문이 쏟아져 나올 것이라 믿는다. 각종 문제를 제기하고 비잔틴식 질문을 도출해보자. 토착민들이 천박한 동업조합주의자, 이기주의자, 남성우위론자, 교양없는 프랑스인, 러시아인, 미국인, 보헤미아인, 팔레스타인인, 페미니스트, 가톨릭교도, 회교도, 유대인, 한국인……(나머지 목록은 여러분이 보충해보라)과 함께 움츠리고 있는 동안, 그리고 사회에 융화되지 못한 분노한 이주민들, 팔레스타인 출신의 여성 자살 특공대가 여러분의 건물을 부수고, 여러분의 은행을 약탈하고, 여러분의 입을 뭉개고, 여러분의 주택과 별장을 불태우면서 굴욕감을 표출하는 동안, 뭔가 다른 할 일이 있을까? 선진 8개국이 모든 신흥국가들을 성공적으로 번영시키기 전에는 글쎄…….

그럼 외국인에 대해 이야기해보자. 우리가 두려워하든 예찬하든 혼혈은 불가피한 것이다. 이런 쾌락을 혐오하지는 말라! 그 말이 무슨 의미인지 나는 알고 있다. 물론 여러분도 알고 있으리라. 나처럼, 그리고 다른 모든 사람처럼 장 마리 르팽의 말만 듣고, 스피디 사르코(프랑스 집권 대중운동연합의 총재 니콜라 사르코지—옮긴이)가 르팽을 앞질렀고 아예 그를 집어삼켰으며 그를 현대적으로 변모시켰다고 말하지 말라. 천만에! 얼마 지나지 않아 토착민의 전통, 혈통, 순수성 따위가 다시 우리를 유혹할 것이다. 이 유혹은 공포 유전자 속에 항상 존재하며, 예견하고 통치하는 재주, 다른 사람들보다 먼저 불안에서 비롯된 현재의 온갖 피해상황을 알려주는 재주, 그리고 탄압을 약속하는 재주를 지녔기 때문이다. 하지만 여러분은 이런 문제에 대한 대책을 세우는 것이 해가 될까 두려워서 이 유혹을 그냥 덮어두어야 할지 말아야 할지 망설인다. 사실 순진해 보이는 여러분은 별로 순진하지 않기 때문에 가능하면 이런 난처한 일은 다른 사람, 특히 외국인에게 맡기고 싶어 한다. 교활한 짓이지 않은가?

사람들은 서로의 말을 이해한다. 나 역시 르펭과 사르코의 말을 들었다. 마찬가지로 아랍세계연구소의 외국인 크리스테바가 이주민들이 겪는 새로운 영혼의 질병에 대해 이야기하는 것도 들었다. 이번만은 혼혈 애호가들인 청중은 기분이 좋지 않았다. 그들은 그들 자신이 탈선한 것처럼 느꼈다. 과음 후 입이 마르고 목이 칼칼한 것 같은 느낌. 나는 유죄라고 말하겠다.

크리스테바에 따르면 이주민들, 모든 나라의 주거 부정자들, 모국어를 쓸 수 없게 된 사람들, 제2의 조국의 언어에서 소외된 사람들은 무의식적으로 마약중독자, 거짓 자아(自我), 정신적 또는 신체적 질병에 걸리기 쉬운 사람, 문화를 파괴하는 야만적인 사람이 될 수 있다는 것이었다. 그게 정말 가능하단 말인가? 가능하단 말인가? 누구보다 그럴 가능성이 많다고? 그럼 국제구조대에는 존경할 만한 사람이 단 한 명도 없다는 말인가?

이유는 무엇일까? 사람들은 이 점을 의아하게 생각한다. 어떤 국경에서도 잡히지 않고, 어떤 피난처에도 수용되지 않는 조심성 많은 사람들, 야경꾼들, 불면증 환자들 같은 지구촌의 새로운 방랑자들은 영원한 불만과 진압할 수 없는 반항을 축적한다. 그래서 보호받을 수 있는 모든 기회를 스스로 포기한다.

안전을 바라는 것은 당연한 일이다. 하지만 안전이 내부세계와 외부세계의 공격에 맞서는 첫 번째 보루인 모국어로부터 시작되고 가치—화폐 가치든 미학적 가치든—와 더불어 완성된다는 사실을 알고 있는가? 우리에게 보호막 역할을 하는 이 가치는 이탈리아에서 지진(모두 텔레비전을 통해 아가

디르의 지진 참사를 보았을 것이다)으로 파괴된 성당처럼 무너지고 있다.

안전벨트도 없고 보호막도 없는 외국인들—나를 위시하여—은 온갖 일탈에 노출되어 있다고 아랍세계연구소에 근무하는 정신분석학자는 강조했다. 외국인들이 고국에 대한 향수, 다시 찾아 더욱 확고해진 신앙심, 교조주의, 근본주의 같은 가짜 방어물을 스스로 만들지 않는다면 말이다. 그렇게 방어물이 형성된 외국인에게는 스스로 만들어낸 가짜 개성을 침몰시키는 일밖에 남지 않는다. 가령 결코 통합될 수 없는 적의로 가득 찬 세상의 따가운 시선을 참지 못하고 자살함으로써 말이다. 쉬운 방법이다!

아니면 다른 해결책이 보이는가? 순교자가 자기 가족에게 행사하는 힘을 비롯해서 모든 권력, 특히 정치권력에 진가를 인정받기는커녕 억압만 받고 있는 '어머니'가 기다리는, 진짜 고향으로 돌아간다는 환각적인 희망을 통해서? 여행자는, 이 세상에서는 거부당했지만 저승에서만은 꿈 같은 행복, 낙원, 지극한 기쁨을 얻을 수 있다는 이야기를 믿으면서 언제나 다른 세상을 기대한다. 정신분석학자는 그런 여행자를 호되게 야단쳤다.

그래서 외국인들은 나의 숭배의 대상이 아니고, 나에게는 어떤 종교도 없으며, 나는 그저 길을 떠나는 행인에 지나지 않는다고 말하는 것만으로는 충분하지 않다. 이야기, 기사, 조사를 통해 '자신을 찾기'를 바라지 않는 사람이 어디 있겠는가? 하지만 누가 다음과 같은 질문을 던지는 것만으로 만족하겠는가? 만일 욕망이 죽음의 욕구라면 어떻게 그것을 기록할 것인가? 대답 없는 질문, 1천 1번째 밤까지 계속되는 질문, 그러나 아직까지 돌아오지 않은 대답, 마지막 글쓰기를 위한 마지막 질문. 자, 해봅시다. 나도 해보겠소. 저마다 자기 차례, 자기 권리, 자기 손실이 있는 법!

최근에 일련의 범죄를 조사하기 위해 비잔틴의 그림자인 산타바르바라에 도착한 나는 릴스키 반장과 사랑에 빠졌다. 정말 가관이었다! 눈치 챘겠지만, 나, 스테파니 들라쿠르는 지금 여러분에게 말하고 있는 것이다. 무례한 표현을 용서해주시기를.

탐방 기사, 추억, 소책자, 이야기, 수필, 자유로운 연상, 몽상, 연구……. 이게 뭐가 중요하단 말인가? 하나를 정하지 않고 모든 장르를 시도해보는 것이다. 나의 단어들은 일시적인 동료—투명한 필름, 강요된 변환, 절대적이지만 불성실한 필요성—일 뿐이다. 나는 이런 단어를 통해 어렵사리 생각나는 것을 나타내고 싶다. 혹은 단순히 그림의 도움으로 암시, 반의미, 이야기를 나타내고 싶다. 나는 언어의 이쪽과 저쪽으로 떠돌기 때문에 인식과 생각 속에서 나의 방황은 정착점이 없다. 그러나 과연 나의 동시대인들 가운데 몇 명이나 아직도 고유어라는 '주거환경' 속에 살고 있을까?

나는 국어로 말을 하고 읽고 쓸 때만 자신이 보호받는 느낌이 든다는 작가를 알고 있다. 완전히 다른 상황, 우연한 만남 혹은 가정은 그를 위험, 분노 혹은 전시 상태로 빠뜨린다고 한다. 또한 나는 세상이 언어로 인해 가장 끔찍한 악몽 속에서 무너지고 총통이 군중을 열광시키고 화주로 만드는 데 언어를 사용하였지만, 언어 자체—먼저 자기 언어—는 미칠 수 없다고 생각하는 철학자를 알고 있다. 마찬가지로 오직 어머니의 부엌에서 맛본 음식만 먹고 요리하며 나머지 요리법은 무시해서 익숙하지 않은 요리는 할 줄 모르는 채 고향에 집착하는 여자들도 알고 있다.

나는 이 모든 것을 이해하는 동시에 내가 모순적인 존재라는 점도 인정한다. 하지만 오늘 그 모두를 말하지는 않겠다. 말도, 글도 모국어밖에 없음을 나는 잘 알고 있다. 없는 것일까? 없었던 것일까? 얼마 전부터 다시 이동하기 시작한 인류는 '자신의 말의 부재(sa no man's langue)'에 당황하며 자신의 뜻을 표현하려 노력한다. 우리 조상들의 사상을 고양시켰던 수다의 즐거움보다는 영상과 음성의 결합을 통해 자신의 생각을 더욱 쉽게 표현할 수 있기 때문이다. 과장이라고? 물론이다!

노보코프(1899~1977. 러시아 출신의 미국 소설가, 시인, 평론가, 곤충학자—옮긴이)는 러시아어를 떠나 프랑스어 속에 안락하게 정착했다. 그리고 나중에는 슬라브어의 진동으로 포화상태가 된 영어 속에 머물렀다. 또한 베케트는 볼테르의 언어 속에 착륙함으로써 '모친 살인죄'를 범하지 않았는가? 하지만 그는 조이스의 풍요에 복수하기 위해, 보잘것없는 프로테스탄트식 회의 혹은 데카르트식 회의 속에서 고도를 기다리기 위해 끝없이 자신의 실체를 비웠다. 마지막으로 나이폴(1932년생. 트리니다드 출생의 인도계 영국 작가. 2001년 노벨

109

문학상 수상—옮긴이)은 비장하고 음악적인 셰익스피어의 언어를 뛰어넘어 인도 대륙을 범세계적인 영어의 세계로 옮겨놓았다. 세계화된 가련한 랩 음악을 들어보라.

나는 프랑스어 속에 머물고 있다. 프랑스어는 내게 그 모습을 드러내기보다는 숨긴다. 내가 프랑스어의 갑옷을 뚫고 퍼뜨리려고 하는 것은 비잔틴의 비밀, 단지 그뿐이다. 만일 내가 진리란 보이지 않는 것 속에 하부언어로 존재한다고 믿는다면 그것은 위험을 무릅쓰고 복잡한 심연까지 파고 들어가 호메로스의 시풍을 왜곡시키려는 비잔틴—그리스의 몸체와 성서의 접목—의 재출현이 아닐까? 다들 알겠지만, 나의 비잔틴은 별천지가 아니다. 오늘날 대중은 바잔틴을 상당히 귀에 거슬리는 별천지라는 단어와 연결지으려고 애쓴다. 나의 비잔틴은 아주 솔직하게 불쾌한 것 혹은 드러내고 싶지 않은 것을 알려주고 있을 뿐이다.

나는 독자—요즘은 주로 여성이다—를 유혹하기 위해 에로틱한 이야기를 과장하여 꾸며대는 동료를 알고 있다. 그는 가짜 애인을 만들어내고 애정편력을 이상화한다. 또 그는 실제와는 다른 수많은 무용담을 자랑해댄다. 나는 그의 무용담이 아주 보잘것없다는 사실을 잘 알고 있었다. 나, 스테파니 들라쿠르는 그와는 정반대다. 나는 '우리의' 콜레트와 즐거움을 나눈다. 사랑에 대해서 이야기하지 않을 정도로 강렬하지는 않지만 소중한 기쁨. 나는 나의 비잔틴이라는 유전적 특성에 나의 화상(火傷)과 남자들을 결코 밝히지 않는 취향—일종의 악취미—을 덧붙인다. 나의 수줍음은 신뢰 또는 변태의 힘을 지닌다. 이 암묵적 발화(non-dit) 속에서 친밀한 관계가 꽃을 피운다고 확신하기 때문이다. 비유, 우화, 숫자, 상징, 암시, 비잔틴적인 특성으로 바뀌어서 우회적으로 이야기되기를 바랄 뿐이다.

행복한 외국인은 없다

나의 늙수레한 새 애인 노드롭은 사랑을 나눈 후에는 언제나 그렇듯 옆에서 곯아떨어진다. 나는 그와 정반대다. 에로티시즘은 처음에는 마음을 가라앉힌다. 하지만 이윽고 나는 계속 깨어 있다. 잃는 것이 있으면 얻는 것도 있는 법. 사물과 단어. 따분하지도 않고 눈부시지도 않은 사물과 단어 사이에는 언제나 단절의 슬픔이 존재한다. 언어 인식 전과 후 마침내 나의 근육과 피를 무력하게 만드는 이 단절의 슬픔은 쾌락의 상승 속에서 나타난다.

나는 이 쾌락을 '나의 기묘함'이라고 부른다. 즐거움은 우리가 평범한 일상에서 추구하는 내적인 기묘함—우리의 일부를 이루는—이다. 하지만 즐거움은 고통스런 운명으로 인해 굳어질 수 있고, 혹은 약간의 행운만으로도 굉장히 유연해질 수 있다. 내가 내 방식대로 시도하는 것, 가령 기자 혹은 세상 끝 여행자로서 산타바르바라의 사이비 종교들 사이로 뛰어드는 것은 꼭 '굉장한' 것이라고는 볼 수 없지만—릴스키 반장이 이 형용사를 부인한 것은 아니지만—유연성의 발현이라고 볼 수 있다. 그는 섹스에 정통한 사람이다. 내 말을 믿어도 좋다!

그와 만난 이후 나는 수면제를 복용하지 않는다. 하지만 꿈이 나를 깨운다. 그때부터 나는 어슬렁거리며 노트 속에 파묻힌다. NR(혹은 친한 친구들은 그를 '노르디'라고 부른다)은 자신의 머리맡에 세바스찬의 일기장 사본을 올려놓았다. 노드롭이 그 일기를 다시 들춰볼 것 같지는 않다. 그는 진절머리가 난다고 했으니까. 나를 위해 놓아두었을까? 나는 당장 해야 할 다른 일이 있다. 먼저 내 자신의 일이. 달콤하면서도 아주 황당무계한 이 꿈에서 남은 것은 별로 없다. 나는 밤마다 초현실주의를 체험한다! 사나운 개들의 주둥이가 갑자기 그윽하고 섬세한 장미 꽃봉오리로 변하면서 꿈은 끝났다. 어쩔 수 없지! 더 작은 일로 잠을 깰 수도 있지 않은가. 유년기와 관련된 꿈이었다. 그런데 그게 무엇일까?

지금 생각해보면 위험하기만 했던 두 순간, 그러니까 대인관계에서 내 재능이 발현되기 훨씬 전인 유년시절의 두 순간—가족사진 촬영과 폭격—이

나를 기묘한 지대로 끌어들였다. 결국 나는 기묘함을 나의 은밀한 거주지로 정했다. 이 두 순간은 뒤늦게야 전염과 상호성을 통해 서로에게 침투하고 의미를 실은 시간의 무게와 더불어서 반향을 일으켰다. 물론 내가 여러분을 안내하고 싶은 곳은 현대적인 의미에서 내가 정치적 격변기에 놓여 있던 이 두 장면이다.

부모님은 내가 아주 어렸을 때 사진을 찍어 앨범 속에 정성껏 간직하고 있었는데, 나는 그 사실을 모르고 있었다. 하지만 그 사진을 찍기 전에 벌어진 상황만은 정확히 기억하고 있었다. 나는 식탁 위에 앉았고 엄마아빠는 그 뒤에 섰으며, 마찬가지로 나의 사촌언니는 식탁 위에 앉았고 그녀의 부모님은 그 뒤에 서 있었다. 가족사진에서 나의 얼빠진 시선과 공포로 납빛이 된 두 눈, 그리고 비명이 결코 빠져나올 수 없을 것 같은, 헤 벌린 입을 제외하면 별 특별한 것은 없었다.

아버지가 화를 내지 않으려 애쓰며 감미로운 목소리로 말하던 게 아직도 들리는 듯하다.

"이제 찍을까요?"

아버지는 셔터가 저절로 눌러지도록 삼각대 위의 사진기를 조작한 후 후다닥 내 뒤쪽으로 달려왔다. *순간을 포착한다고?* 나로서는 도무지 이해할 수 없는 말이었다. 나는 바보 같은 표정을 지었던 모양이다. 어머니가 곧장 이렇게 설명해주었으니까.

"렌즈에서 나오는 작은 새를 보렴!"

우리 앞에 놓인 상자의 검은 구멍에서 작은 새가 나온다니 더욱 이해할 수 없었다.

나는 부산을 떠는 어른들과 크게 뜬 '죽은 눈' —우리는 녀석이 우리를 포착하기를 기다리고 있었다—사이에서 화석처럼 굳어진 채 가만히 있었다. 순간은 한없이 지속되었고, 그 구멍은 나를 집어삼키고 있었다. 나는 식탁 위에서 떨어질 뻔했다. 아빠가 나를 붙잡았다. 바로 그 순간에 터진 섬광 탓에 눈이 부시고 현기증에 시달렸다. 나를 에워싸고 있던 가족은 안중에도 없었다. 컴컴한 렌즈 속에서 나를 위협하고 있던 작은 새는 도둑, 나를 잡아먹으려는 마법사, 빨간 모자(페로의 동화 『빨간 모자』의 주인공—옮긴이)를 게걸스럽게 잡아먹는 크고 사나운 늑대를 꼭 닮은 기계일 뿐이었다. 나는 식탁 위에도, 사진기의 검은 구멍 속에도, 그 어디에도 없었다.

나는 현기증 때문에 균형을 잡기가 힘들었지만 그럭저럭 버텼다. 허공에서 떨어져 웃음거리가 되는 것을 막아준 아버지 덕분에 나는 이 상황을 즐기기조차 한 것 같다. 사촌언니는 조촐하고 침울한 가족 모임에서 이 사진들을 볼 때마다 옛날이나 지금이나 내 얼굴에 남아 있는 우스꽝스런 표정을 찾아내고는 놀려댄다.

또 다른 한 순간. 폭격은 아주 낮은 음역(音域)에서 시작되었다. 파리는 폭격에 시달렸고 우리는 안전한 곳으로 피신했다. 아마도 3년 정도. 아빠는 어린 여동생을 안았고 나는 아빠 옆에서 엄마 손을 잡고 용감하게 걸었다. 하늘은 7월 14일 대혁명기념일 때처럼—장미꽃 모양의 불꽃은 아니었지만—불꽃으로 훤했다. 불의 글라디올러스가 밤하늘을 찢고 있었다. 나는 이 불꽃 가운데 하나를 뚫어지게 바라보았다. 더 이상 안전한 곳으로 가고 싶지 않았다. 별안간 커다란 글라디올러스 불꽃이 땅바닥에 내려앉았다. 나는 엄마 손을 놓았다. 엄마는 울부짖기 시작했다. 나는 나도 모르게 글라디올러스를 향해 돌진했다. 뜨거운 화염과 불꽃이 광장 한복판을 가르면서 가운데가 불룩 나온 브리오슈 같은 둥근 물체를 비추었다. 나는 가리비의 홈과 비슷한 그 물체의 가느다란 홈을 아직도 기억한다. 그건 마들렌 같았고 나는 그게 먹고 싶어 돌진하기 시작했다.

바로 그때 누군가—아주 나중에 엄마는 그게 자신이었다고 말했다. 가족 중 누구도 그 미친 짓을 떠올리려 하지 않았다—가 달려가는 나를 붙잡아 땅바닥에 엎드리게 했다. 그 순간 폭발음이 들렸다. 마들렌 과자는 폭탄이었다. 나는 더 이상 그곳에 있지 않았다. 그럼 어디에 있었을까? 기적적으로 우리 가족은 아무도 다치지 않았다. 사이렌 소리가 들렸다. 피 냄새가 메스꺼웠다. 하지만 나는 그곳에 있지 않았다. 꿈속에서 나는 여전히 빛나는 글라디올러스, 나를 유혹하는 맛있는 마들렌을 본다. 그리고 아무것도 보이지 않는 밤. 성적인 상징일까? 물론이다. 그것은 군인을 상징하기도 한다. 나는 어린 군인이다.

이런 부재는 때로 여러 가지 형태로 나타났다. 희미한 형태⋯⋯. 신비주의자가 뭐 그리 대수인가! 나는 곧장 나의 단절, 나의 기묘함으로 들어가는 것이 좋다. 일요일 오후 나는 자주 아빠와 축구 경기장에 갔다. 우리는 무시무시한 '붉은 군대'에 대항하는 용감한 우리의 '파란 사자들'을 환호하며 맞이했다. 우리는 그들이 주위의 '야만'으로부터 '문명'을 지켜낼 것이라고 확신했다. 아버지 주위에 있는 남자들은 '정치적으로도, 문화적으로도 용기 있는 행동'이라고 속삭였다. 나는 우리 팀이 신뢰를 받는다는 사실이 자랑스러웠다. 경기가 너무 빨리 진행되었기 때문에 제대로 규칙을 이해할 수 없었다. 간혹 툭툭 몇 마디씩 내뱉는 아빠—교육자의 자질이 전혀 없는—의 일관성 없는 설명은 궁금증을 풀어주기보다는 나를 더욱 혼란스럽게 만들었다.

공이 '붉은 군대' 팀의 골문에 들어갔을 때 나는 선수들의 율동적인 몸놀림과 재빠른 슛에 흥분하여 우리 팀의 친구들과 함께 목이 쉬도록 "골인!"을 외쳤다. 하지만 고함 소리가 아닌 소리 없는 감정의 폭발 속에서 심장의 박동은 최고조를 이루었고 땀은 가장 많이 흘러내렸다. 말을 잃은 나는 글자 그대로 경기장에 있던 군중의 열광에 자화되어 '자아를 잃었다.'

'자아를 잃다(Perdre son moi).' 이것은 내가 좋아하지 않는 현학적인 표현이다. 하지만 그 순간 나는 분명히 자화되었고, 몸이 떨리는 가운데에도 무한한 희열을 느꼈다. 다음날 나는 골인 당시의 사진과 함께 상세한 기사가 실린 신문을 보고 골을 넣은 선수를 확인할 수 있었다. 그는 유명하지는 않았지만 찬사를 받는 선수였다. 내 마음을 사로잡았던 그의 이름이 아직도 생각난다. 내가 앉아 있던 관람석과 함께 우리 팀 승리의 순간을 찍은 사진 한 장은 화소에 의해 영원히 고정된 회색 톤의 단색 그림, 움직이는 하나의 덩어리였다.

볼품없는 신문지에 붙들린, 경기장이라는 거대한 자석의 미세한 점 하나, 핀 같은 머리 하나, 그것이 바로 나였다. 애인들, 친구들 혹은 다소 재주 있는 사진사들이 찍은 내 사진 가운데 어느 것도 이 사진의 회색 입자만큼 내게 기쁨을 주지 못했고 내가 정말 존재한다는 사실에 대한 절대적인 확신도 주지 못했다. 자아의 이쪽과 저쪽, 가족의 갈등, 정치적 위기, 성애의 암묵적 동조,

남성적 열정 그리고 승리의 도취—아버지가 단순한 증인의 자격으로 나를 참여시키고자 했던—사이에서 있는 그대로의 나를 찍은 이 입자 앞에서 내가 감미로운 평화를 느끼며 찬양한 것은 자아의 폐기(廢棄)다.

내가 잠재된 찌꺼기 속에 완전히 흡수될 때까지, 현실감을 완전히 상실할 때까지 끝없는 여행은 나의 우울증과는 아무 관계도 없었다. 내가 선택받은 사람임을 결코 의심하지 않았기 때문이다. 아빠 덕분에 언제라도 경기장의 관람석에 내 자리—아빠 옆 자리—를 얻을 수 있다고 확신한 나는 아무 위험 없이 보이지 않는 이미지의 세계로 도망치는 것을 즐길 수 있었다. 그것은 무덤 속보다 더욱 좋지 않은 곳이었지만. 이 사라짐, 아니 무관심 속에는 어떤 애타심도 없다. 무관심은 애타심의 이면이 아닐까?

다른 여자들은 아버지의 권력이나 남자의 행동을 똑같이 누리기 위해 기를 쓰고 노력한다. 그러나 나는 오래전에 그런 것은 포기했다. 아빠는 내가 남성우월주의를 깨닫기 전에 내가 선택받을 수 있고 또한 그와 함께 열광할 수 있음을 확신시켜주었기 때문이다. 그렇게 일치된 나의 기묘함의 쾌락은 더 이상 한계를 모른다. 나는 아무 두려움 없이 익명의 무리 속에 사라질 수 있다. 평범한 '우리'가 되는 것이 두려운가? 그것은 아버지 옆에서 아버지와는 다르게, 남자들과는 다르게, 다른 사람들—그들이 어떤 사람이든—과는 다르게 혼자서 즐긴 적이 없기 때문이다.

담배 한 갑이 노르디의 머리맡 탁자 위에 굴러다닌다. 그는 담배를 끊었다. 나는 예외적으로 오늘밤 담배를 피운다. 아빠가 피우던 카멜 담배를 통해 오래전의 신문, 여행, 경기장의 냄새를 맡을 수 있기 때문이다.

나는 여름방학 캠프에서 가장 훌륭한 선생님이 되려고 기를 썼다. '나의 아이들'이 가장 잘 먹고 가장 잘 자며, 가장 빨리 깨끗하게 씻고 반듯하게 방을 정리하며, 매혹적으로 시를 낭송하고 황홀하게 노래를 부르며, 수영과 활쏘기에서 우승하기를 원했다. 간단히 말해서 내 아이들이 모든 분야에서 최고가 되기를! 그 이유가 무엇일까? 아무튼 내게는 승리가 꼭 필요한 것처럼 보였다. 결국 나는 목적을 달성했고, 경기에서 패한 나의 동료들은 질투심으로 얼굴이 새파랗게 질려버렸다. 나의 아이들은 나만큼 지쳤지만 만족스러워했다. 나는 일등이 되기 전에는 잠을 이룰 수 없었다.

어느 무더운 여름날 오후, 나는 피곤해서 낮잠을 청했다. 아이들은 자신들의 폭군이 허약해졌다고 생각했는지 그동안의 속박에서 벗어나 아우성을 치고, 가장 힘없는 아이에게 베개를 던지며 괴롭히기 시작했다.

나의 분노와 무력감 중에서 어느 것이 승리할까? 나는 갑자기 긴장이 풀렸다. 주춧돌이 무너진 셈이었다. 절대적인 무관심이 내 마음을 가볍게 했다. 온당치 못한 포기도 아니었고, 항상 씁쓸함으로 가득 찬 채 노골적으로 복수를 꿈꾸는 패배도 아니었다. 나는 단지 닻줄을 풀었을 뿐이다. 어떤 끈도 더 이상 나를 묶지 않았다. 갑자기 탐나거나 혐오스럽거나 혹은 개선할 수 있는 대상도, 주제도 사라졌다. 공간과 시간에 대한 나의 인식을 바꾼 끝없는 동요만이 있었다. 이제 아이들의 고함소리조차 들리지 않았다. 나의 귀는 조금씩 제비들의 노랫소리에 열리고 있었다. 요오드를 함유한 해초 향기가 나의 콧구멍을 가득 채웠다. 나의 정신은 모든 것에 초연해져 다른 곳에 있었다.

얼마나 지났을까? 아마 몇 시간은 흘렀을 것이다. 긴장을 풀고 있었을 뿐인데, 다른 사람들은 내가 자고 있다고 생각한 모양이다. 마침내 아이들의 노랫소리가 멀리서 들려왔다. 즐거운 노랫소리였지만 나는 관심이 없었다.

어느 영화에서처럼 실제이자 동시에 가상인 하얀 나비들이 열린 창문으로 들어왔다가 나갔다. 안과 밖, 바람, 바다, 하늘, 왜가리, 나비, 방, 나 그리고 아이들은 계속 비틀거리면서 둥글게 나선을 그리고 있었다. 더 이상 문턱도, 경계선도, 고정점도 없었다. 진정된 '자아'를 휩쓸고 있는 소리, 향기, 맛, 애무 따위만이 있을 뿐. 어떤 흥분도 없었다. 쾌락 후의 이완, 충만함을 채워주는 무의미의 의미, 격한 감정을 폭발시키면서 충만감으로 가득 채우는 공허. 신중하게 기다리는 중이지만 물결무늬처럼 일렁거리는 수많은 가능성. 빠르지 않지만 끝없이 지속되는 발아, 반짝거리고 포근하게 감싸는 잠재적 다양성 말고는 어떤 부화도 없었다.

술을 마시거나 마약을 했을 때와는 달리 이러한 단절을 겪은 후에는 조금도 피곤하지 않았다. 나의 단절은 보상을 받지는 못했지만 값으로 따질 수 없을 만큼 가치가 있다. 상처가 남지 않는 것은 아니었다. 나의 가장 악착스러

운 점착성을 대신하는 '탈열정' 이라는 단어 말고는 어떤 다른 단어도 생각
나지 않는다. 정열이 식은 나는 무거운 단어들, 회복할 수 없을 정도로 부자
연스러운 존재들을 발견한다. 나의 자아는 이 폐기에서 살아남는다. 하지만
기괴한 모습으로. 그래서 나는 자아에서 남은 것을 싣고 가는 무심한 나비처
럼 가벼워진다.

　그뿐이다.

　나는 노르디의 이마에 키스를 하고 살며시 돌아눕는다.

알리고 싶지 않은 이야기

내가 세계를 돌아다니면서 조사하고 있는 것이 이 떨림의 상태, 눈에 보이는 이 참혹함, 이런 접합과 분리란 말인가? 이것들은 내 기억 속에 존재할 뿐만 아니라 내 마음 속에도 살아 있어 내가 일할 때도, 여행할 때도 따라다닌단 말인가? 더구나 곰곰이 생각해보니 이것들은 매우 혼란스러운 듯이 보이는 나의 존재에 일관성까지는 아니라도 적어도 모종의 논리는 제공하는 것 같다.

먼저 철학과 우등생이었고, 중국어를 배웠으며, 한때는 전위적 구조주의자까지 자처하던 내가 어떻게 세계 여행자가 될 수 있었는지, 그리고 범죄—특히 인권에 반하는—가 화제로 떠오르면 언제든, 어디든 「레벤망 드 파리」지가 파견하는 탐정 겸 기자로 변신할 수 있었는지 실제로 아무도 이해하지 못했다. 어떤 범죄—본질적으로 인권 침해 범죄—가 발생하든 아침마다 내게 출장 명령을 내리는 회사, 지시를 거부하지 못하는 나의 상사, 이유도 묻지 않고 총총히 사라지는 내 모습, 한 번 상상해보라.

국제 도시 산타바르바라의 강력계 반장이란 사실에 만족하지 못하던 노드롭 릴스키는 이제 나의 애인이 되었다는 사실에 우쭐해한다. 나의 상사가 내 애인이 누구인지 알면 어떤 반응을 보일까 상상만 해도 무척 흥미롭다. 나의 변모에 대해 노드롭 릴스키는 매우 정치적이고 극히 합리적인 설명을 내놓고, 나는 나대로 나의 '실패한 운명'—어머니는 그렇게 말하면서 걱정했다—을 정당화하기 위해 어머니에 대한 이야기를 꺼낸다.

릴스키는 오직 프랑스의 쇠퇴, 특히 '우수한 문화'라는 상표로 팔아대던 (이 역설에 주목하시라) 보편적 야망의 쇠퇴만이, 나 같은 여자가 추문을 들춰내기 위해 파리를 떠나 산타바르바라, 뉴욕, 토론토, 도쿄, 멜버른, 모스크바 등으로 향하는 이유를 설명할 수 있다고 주장한다. 어떤 점에서 나는 사랑하는 이 남자의 의견에 동의한다. 한때 나는 다양한 지적 활동을 통해 강렬한 열정과 지성을 갖춘 숙녀의 에로틱한 흥분을 해소했다.

생제르맹데프레에서 사람들은 스타일이라며 아무개 씨나 아무개 부인의 이론, 아방가르드, 괴상한 취미, 무모한 성행위를 신뢰했다. 몰상식의 극치에 이른 이 스타일 놀이는 언제나—오늘날과 마찬가지로 옛날에도—그 가치를 인정받는 향수나 샴페인과 비교한다면 프랑스 본토 밖에서 점점 더 그 평가가 낮아지는 수출품이기는 하지만 분명 프랑스 특산품이기는 하다. 오늘날이 보물을 산타바르바라의 도랑 속에 쏟아버리는 꼴을 다시는 보이지 말라. 사람들은 프랑스인들의 보복 심리를 이해하지 못할 것이다. 하지만 이제 스타일을 찾으러 파리에도, 산타바르바라에도 결코 가지 않을 것이다. '늙은 유럽', 이제 끝났다. 그만 됐다고!

민주화와 정보화의 영향으로 좋은 집안에서도, 교외지역(적어도 공산당의 세력이 강한 교외지역에서는 한때 책을 많이 읽었다)에서도 독서를 하는 모습은 사라졌다. 부유한 젊은이들은 마이크로소프트나 비벤디 유니버설 회장, 골든 보이 혹은 텔레비전 프로듀서 쪽으로 눈을 돌렸고, 그게 아닌 사람들은 범죄자나 랩 가수가 되었다. 하지만 독서는 어디든 영점, 즉 낙제점이었다. 학생들이 이과대학으로 몰리자 인문학과들은 바칼로레아를 간신히 통과한, 철자법도 제대로 모르는 학생들과, 프랑스어를 간신히 구사하면서 체류허가증을 기다리는 제3세계 학생들을 흡수했다.

출판인들은 오십대 전후 주부들의 관심을 끌기 위해 노골적인 고백록이나 달콤한 연애시 이외에는 출간하지 않는다. 영원한 보바리 부인 같은 이들 주부는 흥분한 이미지로 가득한 이 세상에서 책을 읽어야 한다고 생각하는 유일한 독자층이다.

이런 경향은 이미 15년 전부터 급격히 확산되었다. 릴스키는 '미테랑 시절부터'라고 신랄하게 꼬집었다. 나는 그의 진단이 우파적인지 극좌파적인지 잘 모르겠다. 내가 '점령된 나라'에 있다고 느낀 지 거의 2년 되었다. 모든 영화, 텔레비전 프로그램, 신문, 잡지는 스스로를 천박한 인생의 전형으로 팔거나, 오직 수사학—다음 문학 시즌이 시작되는 동시에 잊혀지고 마는—을 모방하는 데만 열을 올리면서 스스로 작가라고 자처하는 편집광을 다루거나, 가장 '평평한 형식'(plate forme, 특별한 문체 없는 형식—옮긴이)으로 섹스파티를 여성해방의 마지막 출구로 소개하는 데만 집착한다. '평평한 형식'은 꼭 필요하다. 그러나 작가들은 그것을 '미니멀 아트(최소한의 조형수단을 쓴 그림이나 조각—옮긴이)' 라는 상표를 붙여서 스스럼없이 독자에게 떠넘긴다. 게다가 어떤 작가들은 모든 분야, 심지어 '신비적인 종교' 까지도 두려워하지 않고 다루고 있다.

어머니는 다시 가방을 꾸리는 나를 보면서 한숨을 내쉬었다.

"넌 이제 프랑스를 좋아하지 않는구나. 누가 네게 프랑스에 대해 뭐라고 했니? 건방진 소시민들이 천박해지지 못해 안달이 난 모양이구나."

나는 어머니가 즐겨 쓰는 어휘를 사용함으로써 그녀의 마음에 들려고 애쓴다. 실제로 나는 그렇게 생각한다.

모든 게 이미지용이라고? 그래, 좋다! 사람들은 나를 고리타분한 청교도라고 비난하지만, 나는 여러분에게 이미지를 제공하겠다. 그것도 다량으로 그리고 음화까지도. 나는 암실 한복판까지 들어갈 것이다. 거기서 무엇을 보게 될지 두고 보라지! 나는 미디어 사업에 뛰어들겠다. 덩실덩실 춤이라도 추면서!

나는 이미지는 악마니까 이미지를 금지하고 암호화해야 한다고 주장하지는 않겠다. 그것은 내 방식이 아니다. 악마는 죽었고, 아편과 코카인만 남았으며, 미디어 시대는 마약상용자들의 시대다. 그리고 나는 마약을 사용하는 인기 사회자, 스스로 마약 주사를 놓는 작가, 마약을 하는 기술자들, 마약을 상용하는 음악해설가 따위에게 신경 쓰지 않겠다. 그것보다 훨씬 중요한 문제를 생각해야 하니까. 사회는, 무엇이 불안과 갈등을 퍼뜨려 전 세계를 보편화된 얼빠진 유혹에 빠뜨리려 하는지 알고 싶어 하지 않는다. 비참한 소란과 십자군 전쟁을 촉구하는 수다쟁이들이 이런 유혹을 더욱 부채질하고 있다.

소형 가족기업인 「레벤망 드 파리」 지에 근무하는 나의 상사는 이렇게 설교했다.

"친애하는 스테파니, 스펙터클에는 출구가 없어요. 출구는 예정되어 있지 않다구요. 그러니 꿈도 꾸지 마세요."

분명히 출구는 없다. 바로 그렇기 때문에 나는 이 파렴치한 인간이 이끄는 편집실에 들어갔던 것이다. 보다 정확히 말하면 출구가 하나 있긴 하다. 카드놀이 자체를 무시하지 않고, 즉 놀이를 하면서 내부에서 카드놀이의 비밀을 파고드는 것.

내가 유리한 편에 들러붙고 속임수를 쓰면서 저속한 것, 쉬운 것, 날조된 것을 팔아먹는다고 생각하는가? 그런가? 천만에 말씀! 나는 보잘것없는 조사를 통해 놀이의 기쁨을 배가시키려는 것뿐이다. 기괴한 거짓말로 스스로를 꾸미고 풀타임으로 사랑을 나눌 수 있다고 주장하는, 지배계층의 은밀한 조직을 해체시키자. 가정의 와해를 모독하는 근엄한 하원의원의 '장밋빛 발레단'을 쫓아내자. 공화국의 창녀들을 살찌우는 더러운 돈의 순환을 파헤치자. 이 때문에 난처해지는 사람은 없을 것이다. 이걸 소재로 새 영화, 새 방송 프로그램 따위를 만들 수도 있다. 유죄판결을 받은 사회재산 은닉자와 퇴직한 억만장자 회장은 자신들의 역경을 소설과 텔레비전용 시나리오로 팔아먹을 수 있을 것이다. 내가 지금 무엇을 해야 하는지를 나는 너무나 잘 알고 있다. 생각해보라. 철학가, 언어학자, 기호학자인 나를……. 어쨌든 쓸모 있는 직업이다. 게다가 나는 탐방기자이기도 하다. 여러분은 기다려야 한다. 나의 조사는 여기서 멈추지 않는다. 나는 계속할 것이다.

이미지 밑에 무엇이 있을까? 이미지가 진정시키려고 애쓰는 충동이 있다. 충동이라고 해야 단지 죽음의 충동밖에 없으므로 프로이트에게나 가서 진정시켜달라고 하라! 나의 애인 가운데 한 명은 황홀경—섹스마저도 싫증나게 하는 황홀경—에 빠지기 전에 나의 허풍에 짜증이 나서 이렇게 불평을 늘어놓았다.

"그만해, 충동은 더 이상 유행이 아니야."

진정제인 렉조밀을 복용했어야 할까? 꼭 그렇지는 않다! 나는 애인을 바꾸어버렸다.

'거세에 대한 저항의 매우 낮은 한계'에 도달한 다른 애인은 이렇게 불평했다.

"말 조심해. 너의 충동적인 생각이 나를 아프게 하거든!"

이 사람뿐만이 아니다. 스펙터클의 사회는 이처럼 한계치가 매우 낮다. 생각을 만류하는 사회. 생각하는 것은 선량한 소비자들의 소비 욕구를 막는 것이다. 그것은 소비자들을 고통스럽게 한다. 차라리 '수백만 유로를 벌어보세요!' 라는 광고문을 앞세운 복권이나 사게 내버려두라. '퀴즈 챔피언', 주식, 가상 화폐, 지칠 줄 모르는 자아도취적 만족감 따위를 즐기게 내버려 두라. 인간은 더 이상 '하느님 아버지' ─대체 어디에 계시는 것일까?─에게 무엇인가를 부탁하지 않고 '스펙터클과 투기적 거품의 사회' 라는 이 '상상의 어머니' 에게 부탁을 한다. 왜 토라진단 말인가? 놀이를 즐기라. 자, 어서! 잘 하셨습니다! 언젠가는 반드시 한몫 잡게 될 겁니다. 그 다음에는 요정극을 보라. 안녕, 셀린! 그것만 해도 남는 장사 아닌가! 누가 이보다 더 잘 짚어서 말할까? 좋다. 이제 지론대로 하게 나를 내버려두라. 나는 조사한다, 고로 존재한다. 이것은 나의 놀이 신조다. 나는 할 수 있다면 그저 놀이를 한 단계 더 멀리 밀어붙이려 노력할 뿐이다. 조금씩 더해가는 나의 즐거움. 그것은 만성절 전야제 같은 유치한 짓에 지나지 않는다.

퇴폐적인 취향 뒤에는 범죄가 있는 법. 탐정소설에 대한 강박관념에 빠져서 천국과는 동떨어진 혼자만의 지옥을 만들고 그 속에서 기뻐 날뛰는 병적인 스테파니. 더구나 성적으로 흥분시키는 정신질병자, 불량한 경찰, 단도를 이용한 잔인한 살인, 총격전 따위의 소재를 중심으로 적나라하게 묘사하는 앵글로색슨 식의 두툼한 책을 만들기에는 아직은 내가 너무 젊다. 아니, 내게는 그럴 능력이 없다. 나는 텔레비전에 빠지지도 않았고, 시간증(屍姦症)이 있는 것도 아니며, 알코올에 중독되지도 않았고, 음란하지도 않으며, 정신병에 걸리지도 않았고, 연극적이지도 않다. 단지 지나치게 빈정대고 회의적이며, 간결하게 표현하는 사람일 뿐이다. 하지만 만일……. 두고 보면 알 것이다. 나는 오직 여행에만 흥미가 있다. 이동하면서 오직 탈향, 가상의 횡단, 관계의 단절, 중단을 통해서 범죄로부터 벗어나는 소설을 쓸 것이다.

노르디는 여전히 자고 있다. 나는 아니다. 나는 나만의 시간을 갖고 있다. 특히 밤에는 더욱 혼자다.

안나 콤네나와의 만남

수직적 관점으로 이미지를 볼 것. 하지만 그것이 전부는 아니다. 조사를 하다 보면 지평선이란 지평선은 모두 찾아다녀야 하기 때문이다. 파리, 산타바르바라, 모스크바, 이스탄불, 베이징 그리고 플로브디프, 베즐레, 필리포폴리스……. 나의 세계지도는 여행과 만남에 따라 그려지고, 내 주위에 새로운 인맥—야릇한 점이 전혀 없고, 떳떳이 말할 수 있는—이 만들어지고 있다. 이메일과 인터넷을 넘어서 신문·잡지업계, 그 외 내가 접한 다양한 업계, 한때 내가 몸담은 적이 있는 교육계, 종교계, 정계 등 다방면의 사람들로 이루어진 단체, 요컨대 나 스테파니 들라쿠르처럼 비잔틴을 이해하려고 애쓰고 때때로 어떤 문제의 해결책을 모색하는 소규모의 비잔틴인 국제협회. 이들이 없었다면 내가 어떻게 글로리아 해리슨의 잘린 머리를 찾아내고, 메델린 카르텔(라틴 아메리카의 최대 마약 밀매 조직—옮긴이)과 연계된 원자력 마피아를 폭로할 수 있었으며, 제리를 안전한 곳으로 피신시킬 수 있었겠는가?

노르디는 적어도 겉으로는 여느 때처럼 차분해 보였다. 내가 얼마 전 알게 된 노르디의 실체와는 아무 관계없는 모습이다. 이제 내게는 직감을 증명하는 일, 반세계주의자의 현실보다 훨씬 더 현실적인 '다른 현실'을 만들어내는 일, 그리고 세계 방방곡곡을 돌아다니는 일밖에 남지 않았다. 더구나 이 노력은 성과가 없지 않았다. 첫 번째 성과는 시간이 흐름에 따라 집단 이기주의에서 나를 벗어나게 해주었다는 점이다. 다른 곳과 마찬가지로 파리에서도 집단 이기주의는 동조하지 않는 사람은 아예 상종을 해주지 않을 정도로 맹위를 떨치고 있었다.

「피가로」지를 읽어보고 「르몽드」지를 대강 훑어보면 과연 두 신문이 같은 나라에서 나오는 것인지 의심스러울 것이고, 다시 「레벤망 드 파리」지를 펼쳐본다면 거기서 또 다른 나라를 발견하게 될 것이다. 사람들은 그것이 당연하다고 말할 것이다. 편집실마다, 씨족마다, 가족마다 혹은 종파마다 분명히 사물에 대한 고유한 견해를 가질 권리가 있고 또한 그 견해를 받아들이도록 설득할 권리가 있다.

이런 경쟁이 무시무시한 자코뱅 식 혹은 독재적 중앙집권제로부터 우리를 구해주니 얼마나 다행인가! 민주주의의 자유로운 활동을 도와주는 것이 다원론의 역할이 아니던가? 이보다 더 좋은 방법은 없다. 파리 정치연구원(IEP)의 어떤 학생이라도 여러분의 의견에 반박을 할 수 있는 것이다. 물론이다! 당연하다! 국가와 그 미디어의 힘이 발휘되는 협소한 공간 속에서, 대통령 임기와 한 세대라는 제한된 시간 속에서 다원론이 결국에는 잔인한 파벌 싸움과 강요로 조작된 세뇌로 귀착된다는 점을 제외하면 말이다.

예를 들어보라고? 그럼 「레벤망 아르티스티크」 지를 한 번 보라. 나의 동료이자 소중한 친구인 오드레는 이 신문사의 경영을 맡은 지 2년도 채 되지 않아, 정신적 지도자와 점쟁이 노릇을 동시에 하는 어떤 인물의 손아귀에 떨어지고 말았다. 오드레에 의하면 아무튼 그는 신판테온교 사람은 아니고 독립적인 행동가, 자주인이라고 한다. 오드레가 아무리 숨기려 해도 숨길 수 없는 일. 그녀는 그 사람처럼 말하고, 쓰고, 생각할 정도로 그를 짝사랑하고 있다. 그는 바그너 찬미자이다. 이 초라한 「레벤망 아르티스티크」 지에서 바그너에 관해 내보낸 기사는 바그너 최후의 오페라 '파르지팔' 과 바이로이트의 연대기뿐이다. 시샘하는 사람들은 이 신문사를 '나치 지부(支部)' 라고 조롱한다. 긴 말 할 것도 없이 오드레의 신문은 그 정신적 지도자의 취향을 지겹도록 맞추어주는 삼류신문에 불과하다. 그는 자신을 숭배하는 오드레의 호의 덕분에 파리에서 바그너를, 음악과 예술의 성인으로 치켜세우는 일을 전적으로 조작하고 있다.

내가 질투한다고? 천만에! 질투는 한 번도 나를 스쳐간 적이 없는 감정이다. 어머니는 내가 어렸을 때부터 이런 말을 한없이 되풀이했다.

"넌 미워할 줄 모르는 애야. 그런 약점을 가지고 있으면 출세할 수 없어!"

우리 사이에서는 그게 그다지 심각한 문제는 아니다. 미디어 문화는 중산층의 자기도취적 고통을 진정시키기 위한 '주간 병원' 에 지나지 않기 때문이다. 하지만 뒤에서 조종하는 것이 얼마나 쉬운지, 그리고 얼마나 많은 얼간이들이 그 점을 이용해 먹는지 확인하고 나니 무척 화가 난다. 오드레 일족은 은근슬쩍 신성한 권력을 손에 넣었고, 그들의 전승(傳承) 시인은 피라미드의 꼭대기에서 몹시 기뻐하고 있다! 물론 그들의 너무도 명백한 인기 전술에 분개한 경쟁 신문사들에게 고발당하기는 했지만. 하지만 경쟁 신문사들은 사회적으로 효과가 적은 자신들의 인기전술을 다른 전술로 대체할 시간을 벌기 위해 고발한 것일 뿐 교활하고 악착스럽기는 마찬가지였다.

"답답해 죽겠소! 숨 좀 쉽시다! 갑시다!"

여행을 하면서 일시적인 인맥이 형성되고 해체된다. 일반적으로 살인을 통해서만 해결되는 정열의 매듭. 알아챘는가? 그 어느 때보다도 오늘날, 화두는 죽음이다.

나는 가상의 비밀을 뚫고 나아가면서 기억을 조사하기 때문에 나의 세계지도 위에 표시되는 나의 인맥은 미로와 겹치고 결국 '역사' 문제로 귀결된다. 현재는 되찾은 과거라는 배경 위에서 다르게 재구성되고, 잊혀진 작은 섬들은 시사적인 사건의 흐름에 덧붙여지며, 개인들의 시간은 집단의 운명의 파도를 실어나른다. 지구를 편력한다는 믿음 속에서, 내가 길을 잃는 곳도, 다시 출발을 하는 곳도 언제나 '시간' 속이다. 오늘날 이혼과 재혼 후 다시 형성되는 가족처럼 재구성된 시간.

이유는 알아보지 않았지만, 내가 능력을 제대로 활용하지 못하고 있는 성숙한 남자의 에로틱한 갈망을 필요로 하는 것처럼, 릴스키라는 이 괴짜는 내적인 사변을 멈추고 문제 해결의 열쇠를 발견하기 위해서 분명 나의 실용주의를 필요로 하고 있다. '우리의 특파원' 과 '탁월한 경찰' 사이에는 분명히 차이가 있기 때문이다. 오늘날 나의 방랑벽은 나를 다른 시대, 즉 9세기 전, 같은 이름의 불확실한 유럽연합의 시대로 안내하고 있다. 누가 대서양에서 흑해까지─터키를 포함하든 그렇지 않든─영토를 넓히고 통일하는 데 주저하겠는가? 차도르(시아파 회교도 여자들이 머리에 쓰는 검은 베일─옮긴이)를 쓰지 않는 여자로서 생각해보건대 터키는 유럽의 일원이 될 수 없을 것 같다.

나는 연쇄살인범에 관한 소식을 기다리면서 사라진 세바스찬의 일기를 읽는다. 노드롭은 아무 말 없이 건성건성 일기를 읽기 시작했다. 아무튼 그의 태도는 나를 어리둥절하게 한다. 그는 저녁마다 복사한 일기장을 가져와 대충 훑어본다. 어떤 설명도 하지 않는다. 일기장은 머리맡 탁자 위에 쌓여간다. 나는 그냥 살펴보기만 하면 된다.

우리의 알쏭달쏭한 역사가 세바스찬은 최초의 유럽과 지중해 연합 계획—당시에는 인정받지 못했던, 그들의 유일한 상징인 십자가를 표시한 옷을 입고서—이 분명히 불안정한 십자군 전쟁 시절에 구상되었다고 생각한다. 현재 유럽연합은 엄청난 미숙함과 곤란한 문제로 얼마나 우리를 성가시게 하는가. 생사고락을 같이 한 십자군은 연합 계획이 무너지기 전까지, 십자군 병사들의 시체가 유럽의 도로와 그리스도의 성묘 주위에 쌓이면서 강력한 의지가 실패로 드러나기 전까지, 오늘날과 같은 '민주주의의 이름으로'가 아니라 '부활의 이름으로' 그저 전쟁을 선포하고, 모욕하고, 짓밟고, 잔인하게 죽임으로써 서로의 상반되고 적대적인 차이를 하나로 통일하려 했을 것이다.

힘겹게 쓴 박사학위 논문으로도 성에 차지 않았는지 종적이 묘연한 우리의 학자는 열정의 대상을 향해 직접 뛰어들었다. 그의 자료가 내 관심을 끌기 시작한 것은 바로 그 때문이다.

크레스트 존스는, 어쩔 수 없이 십자군 전쟁을 기록할 수밖에 없었던 비잔틴 황녀를 격찬하고 있었다. 그 황녀는 1083년에 태어나 1148년에 종적을 감춘다. 플라톤과 아리스토텔레스의 글을 읽으며 소양을 쌓은 석학이자, 알렉시우스 1세 콤네누스 황제의 사랑하는 딸이며, 부제 니케포루스 브리엔니우스의 비탄에 빠진 아내인 안나 콤네나는 세계 최초의 여성 지식인으로서 사람들이 들려주거나 그녀가 직접 보고 들은 것을 기록했다.

그녀가 죽은 지 800년 이상이 지난 지금 안나 콤네나는 우리의 도망자인 세바스찬의 진정한 영웅이 된다. 세바스찬이 처음으로 한 일은 그녀를 찬미하는 것이었다. 그가 보기에 이 여인은 황제의 딸로서 가진 선입견에도 불구하고 마치 심리학자를 겸한 군사 전략가처럼 격렬한 전투, 악의적 행동, 진행 중인 관심사, 사고와 운명의 충돌, 복잡하게 얽힌 문제, 부단한 해체와 재구성에 따른 혼돈뿐만 아니라 자신의 영혼과 비잔틴까지 소상하게 묘사했기 때문이다.

안나 콤네나의 재능에 탄복한 세바스찬은 그녀에게 매료되지 않을 수 없었다. 그의 산문은 결국 그녀에 대한 진실한 찬미를 담고 있는 서정시이다.

이 석학은 상사병에 걸린 것이다. 발작적인 에르민이 예감하고 있는 것처럼 세바스찬은 죽었을까? 혹시 내가 찾고 있는 연쇄살인범의 손에 의해? 아니, 이런 괴상망측한 생각을 하다니! 그의 메모를 읽다가 불현듯 그런 생각이 내 마음을 사로잡는다. 크레스트 존스는 신판테온교와 모종의 관계가 있었을까? 물론 내가 그런 사실을 어찌 알겠는가. 하지만 누가 알겠는가? 혹시 릴스키는 알고 있을까?

크레스트 존스가 표시해둔 안나 콤네나와 관련된 대목을 다시 읽어본다. 상당히 멋진 내용이다. 세바스찬이 옳았다. 그는 다음과 같이 질문을 제기하고 있다. 천년이 지난 지금 안나의 행적을 다시 추적하여 쓸 수 있을까? 그때와는 판이한 우리의 뇌와 몸으로? 사람들은 안정—매우 상대적인 개념이지만 어쨌든—되고 확고하게 정해진 국경—조약과 법에도 불구하고 언제나 전쟁 중이지만—이 있는 국가의 국민으로 정의될 때까지 브라운 운동(액체나 기체 안에 떠서 움직이는 미소 입자의 불규칙한 운동—옮긴이)을 계속할 수 있을까? 만일 안나 콤네나 황녀가 우리 시대에 깨어난다면 정말로 놀라게 될까? 안나는 종교, 이데올로기, 기술 진보가 어떻게 이주 노동자들의 발을 꽁꽁 묶었는지 알게 될 것이다. 르네상스, 계몽주의, 자본주의, 공산주의, 새로운 세계질서에 대해서도 알게 될 것이다. 그녀는 증권거래소에서 점점 더 약해져만 가는 우리의 믿음이, 심층에서 비롯된 십자군 병사들의 난폭함이 아니라, 방랑하는 인류의 불안감일 뿐이며, 우리가 그리스도의 성묘를 찾는 대신 새로운 공동체를 구축하려 한다는 사실을 이해할 수 있을까? 박식한 황녀는 내가 알려주기도 전에 '그처럼 달라졌단 말인가?' 하고 의아하게 생각할 것이다.

까다롭고 조숙한 이 콤네나의 애가(哀歌)가 내게 궁금증을 불러일으킨다. 결국 반장에 대한 나의 사랑은 그 삼촌의 환상적인 연구를 훨씬 넘어서, 사라진 역사가의 상상속 여주인에게까지 나를 인도한다. 세바스찬은 아내 에르민에게 질투심을 일으키고 나, 스테파니 들라쿠르에게 비잔틴 황녀에 대한 꿈을 꾸게 만든다. 대단하지 않은가!

언젠가 내가 비행기를 타기 직전 어머니가 이런 말을 했었는데 그 말이 완전히 틀린 것은 아니었던 것 같다.

"딸아, 넌 또 직업을 잘못 선택했구나. 언제나 네게 맞는 직장을 찾을 수 있을지."

누가 알겠는가. 어쩌면 나는 안나 콤네나로 환생할 수 없었기 때문에 비잔틴에서 탐정 노릇을 하는 것은 아닐까?

집에 돌아온 노르디는 온종일 실종된 삼촌과 연쇄살인범 그리고 내가 모르는 또 다른 누군가의 행적을 추적한 후 거드름을 피우며 말했다.

"각자 자신의 비잔틴이 있는 거야. 비잔틴은 상상 속에나 존재하는 거지."

나는 다시 진을 선택한다. 나는 이 단어를 좋아한다. 그리고 제비꽃과 키니네를 떠올리게 하는 빛나는 진의 쓴맛을 좋아한다.

"이번에도 제이앤비(J&B) 마실 거죠?"

"그래요, 언제나 그랬던 것처럼."

나는 그에게 술을 따라준다. 아무 말 없이. 그리고 나는 혼자 환상여행을 떠난다.

나의 비잔틴은 현재 상황이다. 지도에서 찾지 말라. 관광을 통해 의기소침한 마음을 달래는 현대의 염세가들은 그리스와 터키에서 비잔틴을 발견할 수 있다고 생각한다. 어떤 이들은 발칸반도까지 거슬러 올라간다. 하지만 그들은 그곳에서 만족하기는커녕 황급히 도망치고 만다. 내 친구 요세프 브로드스키는 어제만 해도 이렇게 소리쳤다.

"난 비잔틴에서 멀리 떨어져 있다구!"

하지만 그건 틀린 생각이다! 지나가는 시간으로부터 멀리 떨어져 있을 수 있을까? 오늘날 비잔틴은 어디에도 없다. 비잔틴은 장소를 가지고 있지 않다. 보스포루스 해협의 떨리는 수면, 해초와 포도주 냄새를 풍기는 황록색 포도, 태양이 씁쓸한 미소를 짓는 여인들과 함께 물러갈 때 네세바르 부근에서 흑해가 발산하는 유황, 관광객들과 영어로 쾌활하게 이야기를 나누며 말다툼을 하는 아이들을 바라보는 여인들의 흑옥 같은 눈동자에 서린 긴장. 내가 방금 묘사한 여인들처럼 지나가는 주현절 행렬만이, 비잔틴이 과거에도, 현재에도, 미래에도 영원히 존재한다는 생각을 들게 한다. 들끓는 음모와 애정, 재치 있는 불평, 혼혈과 만남의 예감. '우리의 특파원'은 어떤 지역도 빼놓지 않고 모든 곳을 방문하지 않았는가. 그러니 내 말을 믿어도 좋다.

나는 러시아 시인을 만난 적이 있다. 그는 콘스탄티노플에서 장화를 닦을 때 자신이 비잔틴에 있다는 생각이 들었다고 했다. 콘스탄티노플은 눈물겹도록 눈부신 은빛 구두약통과 솔로 무장한, 온갖 부류의 구두닦이 소년들이 우글거리는 것으로 유명하다. 비참한 세계화, 그대의 초라한 이름은 이스탄불에서는 구두닦이다. 러시아 시인은 청동제품, 팔찌, 십자고상(十字苦像), 날 끝이 굽은 장검, 사모바르(러시아의 물 끓이는 주전자—옮긴이), 성상화, 양탄자—이 품목에 주목하시라. 양탄자는 관광객의 눈에 비잔틴을 식별할 수 있는 기호이다. 이건 대단한 일이다! 얼마나 맹목적인가! 얼마나 근시안적인가! 형이상학적 분별력과 역사의식이라고는 전혀 찾아볼 수 없지 않은가!—따위로 가득 찬 카타콤에서 장을 보는 것을 좋아했다. 이 궁륭형 미로—대예언자 마호메트의 말처럼 길이 나선형으로 복잡하게 뻗은—를 동방정교회 성당으로 생각할 정도로 그렇게 좋아했다. 당연하다. 러시아인들은 그들의 바깥, 예를 들면 체체니아에서 악을 찾는다. 눈에 뒤덮인 이 우울증환자들은 좀더 바깥에 있는 나의 덧없는 비잔틴을 비운의 아라비아로 여길까?

세바스찬은 그리스의 기적에 정통한 한 독일 철학자의 말을 인용한다. 그는 케사리아니의 농부들과 어느 작은 동방정교회 성당에서 손상되지 않은 그대로의 비잔틴을 발견할 수 있다고 믿었다. 그 성당의 낮은 천장은 로마 가톨릭 교회와 신학을 지배하는 법의 정신에 복종하지 않았다. (노르디가 대충 훑어보는 세바스찬의 노트를 나는 열심히 읽는다. 노르디는 몇 가지 사실을 알려준다. 우리는 연쇄살인범의 문제에서 상당히 벗어나 있다. 하지만 우리는 이 일이 더 좋다.)

확실히 철학자들과 대다수 독일인들은 법의 정신을 존중하지 않으며, 로마 신학의 지배를 받는 그리스인들에 대한 시샘 때문에 낭만적인 백성이 되고자 한다. (이것은 내 생각이다. 하지만 아무 의미도 없다.)

회교식의 양탄자와 사모바르, 로마식의 오페라 극장과 대벽화는 나의 비잔틴과는 아무 관계도 없다. 나의 비잔틴은 그리스의 평온을 예수 그리스도의 광장으로 바꿈으로써 정치적 전형, 말하자면 영원히 계속되는 권력의 위기를 남자들의 정열에 선사한다. 하지만 나의 비잔틴은 역사 속의 비잔틴에게 간헐적으로 성가신 신앙의 문제―언제나 새롭게 시작되는 비전통적인 생각을 통해 끈질기게 나타나는―를 제공한다.

노르디는 계속 삼촌의 글에 열중한다. 혹은 그런 척한다. 이따금 눈을 들어 올려 내게 미소를 보낸다. 나는 그가 정신을 딴 데 팔고 있음을 알고 있다. 나도 마찬가지다. 새로 만들어진 우리 가족의 세 번째 구성원인 샤 미누샤는 노르디의 넓적다리에 들러붙어서 만족스럽다는 듯 야옹거리면서 현재, 이 순간을 살고 있다. 나는 몽상을 즐기고 있다. 나는 세바스찬의 레이스를 다시 꿰매기 시작한다. 그것은 다름 아닌 비잔틴에 대한 나만의 조사 작업이다.

330년 제2의 로마를 건설한 콘스탄티누스 대제와 더불어 시작된 비잔틴은 처음부터 라틴적이기보다는 아시아적이었고, 로마법을 비웃으면서 동양 폭군들의 잔인성을 즐겼다. 그 악습은 궁전을 살인자, 교살자, 거세하는 자, 권력에 도취된 온갖 무리, 합법적인 죄인의 소굴로 만들었다. 비잔틴은 자신의 신앙을 스탈린에게 직접 전달했고, 그 악습은 모스크바에 제3의 로마를 건설하는 데 필요한 것이었다. 또한 비잔틴의 동양식 그리스도교는 인격을 무시하는 것으로 보이기도 했다…….

아, 인격! 현재의 이성과 인권을 바탕으로 하는 인격은 서구적이며 보편적인 것에 불과하다. 한편 비잔틴은 쾌락의 애가, 죽음의 황홀, 감각의 박식, 이단적인 성인전, 정치적 술수에 만족한다. 애거사 크리스티(1890~1976. 영국 소설가―옮긴이), 퍼트리샤 콘웰(1956~. 미국 소설가―옮긴이) 그리고 메리 히긴스 클라크(1931~. 미국 소설가―옮긴이)보다 훨씬 앞선 한편의 추리소설!

비잔틴은 어떤 출구도 없는 막다른 길, 너무나 왜곡된 나머지 언제든 아랍식 양탄자 위에 누울 준비가 되어 있는, 너무나 허약해 빠진 그리스도교의 영혼, 몸과 영혼을 회교도 무리에게 맡긴 매우 부패한 '가짜 서양' 등 '역사' 없는 이야기로 득실거린다. 또한 사람들은, 대예언자 마호메트의 불길한 기병들이 성 소피아 성당의 모자이크 궁륭 아래에서 넋을 잃은 나머지 비잔틴 사람들을 학살하지 않았을 것이라고 말한다. 미로처럼 뒤얽힌 비잔틴의 영혼은 이미 장식적이고 평평한 동양식 영성의 아라베스크 속에 스며들었기 때문이다. 단지 비잔틴의 끝없는 술책과 숱한 공모를 확인하기만 하면 된다. 우스꽝스러운 종교회의와 알아보기 어려운 잔글씨로 쓴 신학서에서처럼 돈벌이에 급급한 교활한 술책 속에는 진리를 향한 어떤 고양도 없다!

여러분은 시인들과 철학자들의 사변에는 관심이 없고 약사(略史)를 대충 훑어보는 것을 더 좋아할 것이다. 그럼 군데군데 단절되고 복잡하게 뒤얽힌 황제의 가계도를 다시 만들어보자.

테오도시우스 1세(재위 379~395), 아르카디우스(재위 395~408), 마르키아누스(재위 450~457), 풀케리아, 테오도시우스 2세(재위 408~450), 레오 1세(재위 457~474)와 레오 2세(재위 474), 유스티누스 1세(재위 518~527)와 유스티아누스 1세(재위 527~565), 티베리우스 2세(재위 578~582)와 콘스탄티누스, 찬탈자 포카스(재위 602~610), 헤라클리우스 1세(재위 610~641), 콘스탄티누스 3세(재위 641)와 콘스탄티누스 4세(재위 668~685). 그리고 레오 3세(재위 717~741)와 더불어 이사우리아 왕조가 시작된다. 나는 니케포루스 1세 로고테트(재위 802~811), 말을 더듬는 미카일 2세(재위 820~829), 테오필루스(재위 829~842)와 테오도라, 주정뱅이 미카일 3세(재위 842~867), 마케도니아 왕조를 창건한 바실리우스 1세(재위 867~886), 불가르족의 학살자 바실리우스 2세(재위 976~1025)를 잊지 않고 기억할 것이다. 그러나 이게 전부가 아니다. 어느 황제가 황후 없이 제국을 꾸려나갈 수 있겠는가? 특히 콤네누스 왕조와 앙겔루스 왕조가 시작되기 전 두각을 나타냈던 몇몇 테오도라 황후—내가 좋아하는—를 열거할 수 있다.

사실, 비잔틴의 역사가 중국의 역사와 상당히 유사하다는 사실을 알고 있는가? 단언하건대 비잔틴 역사에서 정식으로 규명된 운명을 간파하지 못한다면 사람들은 자신이 동양의 역사를 보고 있다고 생각할 것이다! 만일 우리가 여기에서 멈춘다면 그것은 안나와 세바스찬이 우리에게 그렇게 강요하기 때문이다. 우리는 어정버정하지 않고 두 남동생 요한네스와 안드로니쿠스, 할머니 테오도라와 어머니 이레네, 그리고 안나의 자매들이 그녀만큼 당당한 사람이었는지 알아보아야 한다. 그녀가 그들에 대해 거의 언급하지 않아서가 아니라 연구할 부분이 전혀 남아 있지 않기 때문이다. 사라진 세바스찬은 이미 그 문제를 열렬히 파헤쳤다. 우리는 세바스찬 크레스트 존스 교수 덕분에 요한네스 2세 콤네누스가 누나를 수도원으로 내쫓아 그녀를 저명한 역사가로 변모시킨 사실을 알고 있다. 몇몇 역사가들에 따르면 요한네스는 안나가 암시하는 것과는 달리 정치가로서의 역량이나 도덕적 자질—비잔틴 황제들에게서는 찾아보기 매우 드문—이 뛰어난 비잔틴 사람 중 한 명이었다. 그 점을 인정하자. 그 증거로 요한네스는 페체네그족을 괴멸시켰고(오늘날 페체네그족에 대해서 들어본 사람은 없을 것이다), 발칸반도를 평정했으며 소아시아 북쪽 연안의 셀주크 왕조와 노르만인들의 안티오키아 공국에 깊은 영향을 주었다. 더 이상 무슨 말이 필요하겠는가.

사람들은, 비잔틴을 전쟁이 계속되고, 정국은 불안한, 불안정한 제국으로 믿게 하려 한다. 이 독설가들, 이 칙령들, 이 '코기토(Cogito, '이성'을 뜻하는 라틴어—옮긴이)'의 관리인들이 하는 말은 듣지 말라. 이미 언급했듯이 나의 비잔틴은 하나의 존재 방식, 한 시대의 양식에 불과하다. 과거, 현재, 미래는 대중적인 라틴어 파생어들에 의해 이미 타락했고 지금 해체되고 있는 아티카어 속에 문서의 형태로 틀어박혀 있다. 아티카어는 결코 진정한 현대 그리스어는 될 수 없을 것이다.

황제가 될 수 없었던 딸은 과거를 회상하고 자신의 모습을 투영하기 위해 이 언어를 활용했다. 과도기, 예감, 징조. '원 우먼 쇼.' 12세기 초에 매우 놀라운 일이 아닌가. 동방정교회의 신앙을 중상모략하는 사람들이 뭐라고 하든 한 사람이 그 많은 역할을 해내다니 말이다. 하지만 나의 비잔틴은 이미 문명과 문명, 문화와 문화, 여자와 남자, 울보와 전사, 독특한 사람과 보편적인 사람, 비탄에 잠긴 사람과 긍지에 넘치는 사람, 평가할 수 없는 인물 등이 충돌하는 교차로였다.

동양의 여러 나라 가운데 가장 발전되었고, 오늘날의 프랑스처럼 서양의 여러 나라 가운데 가장 세련되었던 비잔틴은 동양이 되어버린 서양이었다. 우리 프랑스 사람들은 프랑스가 제3세계로 향하는 하나의 가교에 불과한데도 아직도 스스로를 강대국이라 생각한다. 또한 우리를 약탈할 기회만 노리는 최하층 이주민들을 멸시하면서도 제4의 로마인 워싱턴—이미 쇠퇴하고 있는, 교활한 우리들 없이도 잘살 수 있다고 주장하는 대서양 건너편의 신흥 부자들―은 두려워한다!

프랑스 사람들이 너무도 비잔틴 사람들을 닮았을까? 아니면 비잔틴 사람들이 너무도 프랑스 사람들을 닮았을까? 비잔틴은 오래 지속되지 않았고, 프랑스는 쇠퇴하는 중이다. 그러니 황녀 안나가 연대기에 당시 정황을 남긴 것처럼 우리도 자취를 남겨야 한다. 한 주기의 끝일까? 아니면 반대로 끊임없는 박리(剝離)의 영원한 반복일까? 카프카의 기법처럼 옆으로 한 걸음씩 나아갈 것, 동조하지 말 것, 머리를 쥐어짤 것, 문제 자체를 생각해볼 것, 자신이 저지르는 중대한 잘못과 지나치게 세밀히 따지는 괴벽을 잊지 말 것, 천사의 성별을 탐색할 것, 그리스도 단성론자 · 성상숭배자 · 성상파괴주의자 · 회개하지 않는 지식인 · 비잔틴 예찬론자 · 페미니스트…… 등이 될 것. 그럼 자부심이 강한 역사가 안나를 잘 이해할 수 있지 않겠는가!

안나가 언제 죽었는지 아무도 모른다. 황녀는 1148년에 글쓰기를 마친다. 말하자면 그때 죽은 것이다. 그뿐이다. 한 여인의 육신이 텍스트처럼, 문인들의 토론처럼, 유설(謬說)처럼, 연대기처럼 끝난다는 것을 믿기 위해서는 비잔틴 사람이 되어야 한다. 먼지 중의 먼지. 모든 것은 먼지다. 이 비잔틴 사람들은 성서에 나오는 사람들과 상당히 비슷하지만 유대인과는 별로 닮지 않았다. 또 인내심은 별로 강하지 않았고 별로 공명정대하지도 않았다. 그들은 목표를 향해 곧장 가지도 않았다. 그들은 목적이나 가지고 있었을까? 지나치게 회의적인 이 사람들은 어떻게 하면 향수를 잘 바를 수 있을까, 수없이 문제를 제기하고 자문하면서 '화제의 향수'를 자기 몸에 뿌렸다.

오늘날, 안나 콤네나의 연대기를 태어나게 한 이 지역에는 먼지만 휘날린다. 나는 그곳에 가서 바람을 쐬었다. 황도의 유적지에서 끈끈한 먼지바람이 분다. 마치 땅이 저절로 갈라진 후 서로 어루만지며 보스포루스 해협까지 이동해서는 차가운 바다 속에서 용해되어 비가 오자마자 진흙처럼 무너지듯이―우리는 이 문제에 대해 러시아 시인과 이야기했다. 현재의 주민들, 말하자면 그리스 사람, 터키 사람 혹은 슬라브 사람들을 짓누르는 것이 분명 이 먼지라고 믿고 싶다―안나는 이 사람들, 즉 횡령자들, 사기꾼들, 둔한 사람들

과 아무 관계도 없다. 하지만 어찌 알겠는가? 잠자는 사람들은 결국 언젠가
는 깨어나기 마련이다. 북대서양조약기구의 군사력이 본격적으로 나서기 전
까지는 살인적인 난투극이 터지기도 하지만 본질적으로는 타고난 자제력으
로 경직된 사람들. 이들의 무기력은 결국 우울증, 쓰라림, 세상에 대한 무정
한 외면으로 끝난다. 하지만 세상은 아랑곳하지 않고 계속 제 갈 길을 간다.
석유를 향해……

　철을 함유한 구름은, 태양을 마주보고 하품을 해대는 미국 여인들의 입과
차이(우유, 향료, 녹차를 혼합한 인도식 음료—옮긴이)에 그림자를 드리운다. 한편
태양은 그 순간에도 무기력하게 골든혼(황금뿔) 지구(地區)에 잠겨 있다. 구
름은 안나의 유일한 무덤이자 그녀의 시신이며 그녀의 영원한 인생이기도
한 나의 『알렉시아스』 위에도 갈색 막을 드리우고 있다. 그녀는 이미 세바스
찬의 여인이었고 이제 조금은 나의 여자가 된 것을 보면 그녀는 전염력이 강
한 존재인 것 같다. 나의 비잔틴은 그녀의 책 속에 있다. 이 책은 다른 방식으
로는 결코 존재한 적이 없는 상상의 연대기일까?

　노르디가 히죽히죽 웃는다. 그러면 내가 기뻐할 것이라 생각하는 모양이다.
　"프랑스처럼 말이죠! 상상의 건축물. 산타바르바라와는 정반대인 것. 그렇
지 않아요? 당신은 이곳에 있는 우리가 오직 현실적이고 잠재적인—결국 같
은 거지만— 상태로만 존재하며, 우리에게는 상상력이 전혀 없다고 생각하
지요. 사람들의 관심은 부랴부랴 비디오 게임에서 바그다드의 폭격으로 옮
겨가고 있고. 당신은 문제를 복잡하게 하고 그 해결을 어렵게 만드는 부적응
때문에 결국 범죄가 발생한다고 생각하죠? 범인을 찾아낼 수 없는 완전 범죄
말이에요. (나는 잠시 진토닉을 생각한다.) 아마 그럴 겁니다. 하지만 실제로
범죄가 있고, 사람들은 범죄에 대해 이야기하죠. 사실 오직 범죄에 대해서만
이야기하죠. 그러니 산타바르바라에는 나와 당신이 필요해요. 결국 우리에
게는 산타바르바라 같은 곳이 제격이죠. 그러니까 당신은 이곳에 남아요. 나
와 함께. 약속하는 거죠?"

　노르디는 아무리 사랑에 빠져도 소용이 없다. 경찰, 그것도 강력계 반장인
그는 항상 세상 주인들의 편에 설 테니까. 비잔틴 여자인 나는 그와 함께 건

고 그의 뒤를 따라간다. 마치 보스포루스 해협, 오흐리드 호수, 에게 해 혹은 흑해 연안에 있는 것처럼 나는 『알렉시아스』를 읽는 척하면서 골든혼에서 바람에 날리는 먼지처럼, 몸에서 분리되는 영혼처럼, 열기 속에서 향기로 발산되는 몸처럼 자아로부터 벗어난다.

지도상에서 나를 찾지 말라. 나의 비잔틴은 시간 속에 존재하니까. 시간이 두 지역, 두 교리, 두 위기, 두 정체성, 두 대륙, 두 종교, 두 성, 두 계략 중에서 무엇인가를 선택하고 싶지 않을 때 스스로 제기하는 문제, 그것이 비잔틴인 것이다. 비잔틴은 문제를 그냥 내버려둔다. 시간도 내버려둔다. 현재 벌어지는 일과 지나가는 시간에 대한 지혜말고는 망설임도 불안정도 없다. 시간은 여행자처럼 과거에도, 미래에도 그냥 지나가는 법을 안다.

제4장

"어쩌면 나의 자아의 심층에는 엄격하게 억압된 아주 강렬한 범죄 성향이 있을 지 모른다. 그렇지 않다면 나는 죄인들에게 그처럼 관심을 갖지 않을 것이고 그 렇게 자주 그들에 관한 글을 쓰지 않을 것이다. …… 서스펜스 소설은 탐정 소설 과는 다르다……. 서스펜스 작가는 범죄자의 정신세계에 훨씬 더 관심을 가진 다. 범죄자가 이야기 처음부터 끝까지 등장하고, 작가는 그의 머릿속에서 일어 나는 것을 써야 하기 때문이다. 범죄자에게 매료되지 않는다면 작가는 목표에 도 달할 수 없다."

_퍼트리샤 하이스미스, 『서스펜스의 기법, 사용법』 중에서

어느 십자군 병사의 여정

마침내 포커 수송기는 부활절 휴가객으로 붐비는 산타바르바라 공항에 세바스찬을 내려놓았다. 휴가객들은 여느 때처럼 더욱 이국적인 바닷가와 산 혹은 관광지로 떼지어 달려갈 것만 생각한다. 그들과 마찬가지로 명예박사 세바스찬은 어떻게 이야기를 이어가야 할지 조금도 감이 잡히지 않았다. 어떤 생각도 없었다. 무중력 상태. 술집에서 블러디 메리 두 잔을 마시고 있는 사람을 지켜보던 어떤 사람. 세바스찬은 그 사람으로부터 별로 떨어지지 않은 곳에 있었다. 무아(無我).

이제 세바스찬은 바퀴 달린 작은 여행용 가방을 끌면서 면세점의 화려한 진열창을 따라 걷고 있었다. 보통 때는 세바스찬 교수도 예외 없이 불안에 사로잡힌 여행자들처럼 행동했다. 요컨대 지갑의 바닥을 긁고 신용카드의 한도를 초과함으로써, 이 세상 어딘가에서 자신을 기다리는 누군가를 기쁘게 해주려 쓸데없는 상품을 구입함으로써 마음을 달래려 했었다. 하지만 지금 세바스찬의 머리에는 아무것도 떠오르지 않았다. 그 대신 완전한 중립성만이 자리를 잡고 있었다.

세바스찬은 무의식적으로 국제선을 향해 걸어가 알리탈리아 항공사에서 밀라노행 편도항공권을 구입했다. 시간에 대한 개념이 일그러졌다. 세바스찬은 비행시간에 대해 어떤 개념도 없었다. 일 초, 한 시간 혹은 여덟 시간. 그게 뭐가 중요하겠는가. 그는 수직적인 순간에 긴장했다. 자아도 없고 수면도 없는 하얀 각성상태 속에 그는 서 있었다. 언제부터 눈을 감지 않았을까?

밀라노 말펜사 국제공항에서 빠져 나온 세바스찬은 근처의 피아트 자동차 정비공장에서 팬더 지프차를 빌리기로 했다. 렌터카 사장은 광고 표어를 되풀이하면서 귀찮게 굴었다.

"선생님, 대표적인 신형입죠. 비싸지도 않습니다. 이 보석의 가격은 스즈키 사무라이 지프차와 같지만 운전은 훨씬 더 쉽죠. 선생님께 절대적으로 필요한 것은 바로 그거 아닙니까! 저는 선생님을 딱 보는 순간, 이 차다, 하고 점을 찍었습니다. 이 차는 나무도 기어오릅니다. 그야말로 산악지방에 제격이죠. 선생님께서는 이 차가 필요합니다. 이 차를 선택하시면 아마 성모님과 제게 고마워하게 될 겁니다!"

낙찰! 세바스찬은 더 이상 그의 수다를 듣지 않았다. 어쨌든 그는 사륜구동 지프차가 필요했다. 다들 무슨 뜻인지 알 것이다.

세바스찬은 속옷, 양말 몇 켤레, 보행화 한 켤레, 조깅화 두 켤레, 양복 한 벌, 셔츠 세 벌, 세면도구 같은 필수품과 가방을 사기 위해 대성당 근처 시내에 멈췄다. 칫솔, 잠옷, 디스켓, 노트북은 학위수여식을 위해 스토니브룩에 갔을 때부터 바퀴 달린 작은 여행용 가방 속에 정리되어 있었다. 이제 달마치야 해안을 따라 두라초(두러스)까지 내려가는 일만 남았다. 그런 다음 에그나티아 가도를 달리면 된다. 누군가가 아직도 그를 걱정하거나 찾는다면 누구도 이 여정을 선택할 수는 없을 것이다. 에르민? 그는 그녀를 믿지 않았다. 결국 그녀는 곧장 미날디에게서 마음의 위안을 찾을 테니까. 세바스찬은 자신의 행적이 완전한 비밀에 싸이는 느낌이었다. 세바스찬? 아니면 무자아의 크레스트 존스? 그가 따라가고 있는 것은 도로 지도가 아니라 다른 시대의 여정, 즉 아데마르의 길이었다.

*

1095년 8월 15일, 르퓌앙블레에서 멈춘 교황 우르바누스 2세는 '검과 정신'(군인이자 성직자라는 뜻―옮긴이)의 인물인 아데마르 드 몽테유 주교와 오랫동안 이야기를 나누었다. 교황은 이 지역의 군중과 특히 귀족들에게 설교하기 전, 클레르몽에서 공의회를 개최하기 위해 주교들을 소환했다. 외경심을 느끼게 하는 지시였다!

하지만 어떤 제후도 나타나지 않았다. 다만 툴루즈의 백작 레몽 드 생질은 로마 교황에게 사자를 파견해서 찬성의 뜻을 전했다. 레몽 백작은 기사들이 습관적으로 범하고 있는 폭력과 불의를 맹렬히 비난했다. 그리고 모든 형제들, 이곳에서 강탈당한 형제들과 특히 동양 이교도들로부터 핍박받는 형제들을 보호하자고 권고했다. 모험을 추구하는 제후들과 유산이 없어 고심하는 차남들은 자신들이 기대하는 이익을 얻지 못할 수도 있음을 알고 있었을까? 원정대에 참여할 경우 확실히 보장되는 것은 면죄뿐이었다. 당시에 면죄는 무시할 일이 아니었다.

크레스트 존스는 십자군 병사들이 동양의 막대한 부에만 유혹을 느꼈다고는 상상하지 않았다. 이미 은둔자 피에르 같은 유명한 설교자들, 무일푼의 고티에—이름과는 달리 강력한 영주이자 기사—같은 귀족들은 민중을 선동할 줄 알았다.

그때 새로운 문제가 대두했다. 왜 교황은 로마와 콘스탄티노플, 서방교회와 동방교회가 분리—예수가 신성인가 혹은 인성인가 하는 문제로 촉발된—된 지 40년이나 지나서야 그리스도교의 재통합을 위해 군대를 보내려 하는가? 성령은 성부와 성자(Filioque)로부터 나왔는가? 아니면 성자를 통해(Per Filium) 성부로부터 나왔는가? 이것은 세계 역사상 매우 중대한 질문이었다. 이 질문은 산타바르바라의 세바스찬을 어리둥절하게 했고 그의 이혼을 자제시켰다.

그럼 이제 문제는 평화를 다시 구축하는 것이었을까? 우르바누스 2세는 최초의 유럽 통일을 추구했을까? 분명히 허망하고 비극적인 결과였지만 아주 예언적이고 시사적인 추구이기도 했다. 정치적 비전이 부족한 아둔한 국가 원수들이 단순함을 갈망하는 텔레비전 시청자들에게 심심풀이를 던져주는 것과는 달리 교황은 악에 대항하는 너그러운 선의 십자군이 아니라 초월성, 숭고함, 인종과 문화의 통합을 이룰 원정대를 파견하지 않았을까?

크레스트 존스는 그런 가능성을 배제하지 않았다. 그는 당시 예루살렘 순례자들이 몸에 지녔고, 나중에 '십자군 병사들'이라는 명칭의 유래가 되었던, 원정대의 옷에 새겨진 십자가를 과시하며 즉석에서 "하느님께서 원하신다!"라고 열광적으로 외치는 우르바누스 2세의 추종자들 틈에 섞여 있는 자신의 모습을 상상했다. 단정적이고 피상적인 몇몇 중세 연구가들의 주장과는 달리 계시록이 사람들에게 극단적인 공포를 불러일으키지는 않았음에도 불구하고 면죄의 약속은 비상한 매력을 발휘했다. 세바스찬이 열람한 문서와 자료는 당시 사람들이, 몇몇 예언자들이 경고한 최후의 심판과 세상의 종말에서 벗어나기 위해 얼마나 개종을 열망했는지 잘 보여주었다.

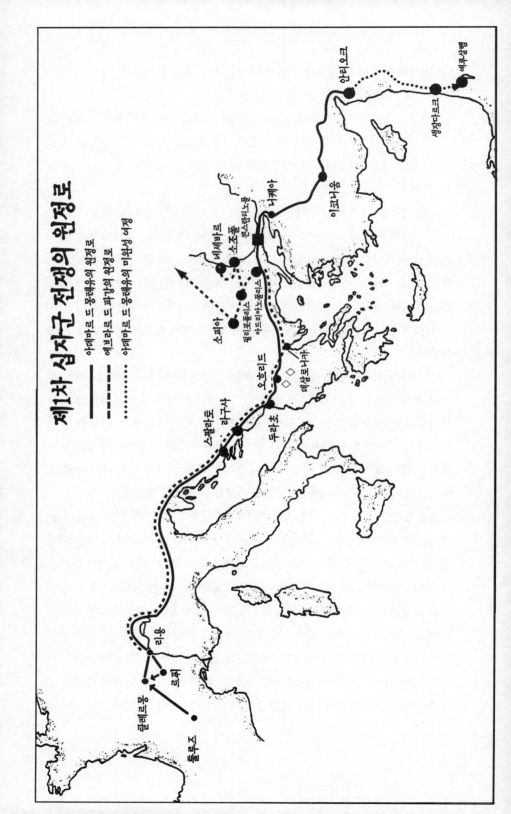

제1차 십자군 전쟁의 원정로

크레스트 존스는 십자군 전쟁이 반(反) 이슬람 전쟁이었다는 주장에도 동의하지 않았다. 이슬람의 정교일체 사상은 당시의 서구사상과 무관해 보였다. 그는 로마와 비잔틴, 우르바누스 2세와 알렉시우스 1세 간에 통합 협정이 체결되었음을 증명하는 어떤 명백한 증거도 찾아내지 못했다. 분명히 그레고리우스 7세가 알렉시우스 1세 콤네누스를 파문했음에도 협상은 중단되지 않았다. 비잔틴 황제는 사라센족의 침입에 맞서 싸우기 위해 로마의 도움을 기다리고 있었다.

교황은 1095년 클레르몽에서 동원한 군사원조로 동방 그리스도교인 전체에 대한 로마의 지배권을 확보하려 했을까? 아니면 단지 그리스교회와 라틴교회의 통합을 노렸을까? 증명되는 것은 하나도 없었다. 하지만 크레스트 존스는 그런 가능성에 동의하고 있었다. 그처럼 가장 고귀한 지향만이 르퓌의 주교 같은 인물을 끌어들일 수 있는 유일한 동기였기 때문이다. 르퓌의 주교 에마르 아데마르 드 몽테유는 교황으로부터 직접 천으로 만든 십자가와 붉은 비단으로 만든 십자가—나중에 십자군의 상징이 되는—를 하사받고 가장 먼저 성지를 향해 출발하기로 맹세했다.

아데마르는 즉각 출발했다. 레몽 드 생질과 함께 제1차 십자군 원정대—오크어(중세시대에 프랑스 남부지방에서 사용한 프랑스어 방언—옮긴이)를 사용하는 프랑스인들이 주축을 이룬—의 정신적 지도자가 된 아데마르는 알프스로 접어들어 롬바르디아를 횡단한 후, 브린디시, 달마치야(아드리아 해를 따라 길게 뻗은 크로아티아의 해안 지방—옮긴이), 그리고 당시에 불가리아 땅이었던 현재의 세르비아를 향해 남쪽으로 비스듬히 돌아갔다.

18개월이 지나, 레몽 드 생질이 협상을 통해 황제의 생명과 명예를 존중하기로 맹세한 후, 아데마르는 콘스탄티노플에 입성했다. 1097년 4월 26일의 일이었다. 한편 아데마르보다 일찍 출발한 위그 드 베르망두아는 바리를 거쳐 수많은 역경을 겪은 후 1097년 5월 14일 콘스탄티노플에 도착했다. 하(下) 로타링기아 공작(혹은 하 로렌 공작) 고드프루아 드 부용—황금수염과 머리털을 가진 호리호리한 북유럽인—과 그의 동생 보두앵—여성들을 매혹시키는 검은 머리카락의 전설적인 거인—은 이미 도착해 있었다. 그들은 그보다 6개월 앞서 오스트리아, 헝가리, 불가리아를 걸쳐서 1096년 성탄절에 동로마의 수도에 도착했다. 하지만 안나 콤네나의 분노를 초래한 인물은 이탈리아의 노르만인들을 이끌고 1096년 4월 9일에 도착한 보에몽 드 타랑트였다. 크레스트 존스는 황녀의 신랄한 빈정거림을 떠올릴 때마다 웃음을 참을 수 없었다.

천성적으로 이 사람은 사건이 벌어질 때마다 융통성이 넘쳐흘렀고 게다가 제국을 횡단하고 있던 온갖 라틴 사람들 중 누구보다도 교활하고 거만한 망나니였다. 그는 병력이나 군비는 열세였지만 사악한 면에서는 모든 사람을 능가했다. 라틴 사람들의 타고난 특성인 변덕 또한 그의 속성이었다.

아, 누가 오늘날 티토주의가 득세한 구 유고연방에서, 산타바르바라에서, 혹은 파리에서 황녀의 이 글을 읽을까?

하지만 얼굴을 찌푸린 채 그의 팬더 지프차를 따라오는 코소보 사람들은 황녀의 글에서 모종의 위안을 느끼지 않을까? 솔직히 안나는 그녀의 동시대인들과 마찬가지로 이 라틴 무리가 몰려오자 몹시 당황했다.

이 라틴 무리는 하늘의 별과 바닷가에 흩어진 모래알에 비교할 수 있을 것이다.

하지만 안나는 그들의 이름을 언급하지 않을 정도로 그들을 경멸했다.

나는 호의를 가지고 있긴 하지만 이들의 이름을 적고 싶지는 않다. 그들의 이름이 떠오르지 않는다. 게다가 이 미개인들이 명확하게 분절해서 발음할 수 없고, 다른 한편으로 그들의 머릿수가 너무 많아 아예 포기한다. 이처럼 많은 사람들의 이름을 열거해본들 무슨 소용이 있겠는가. 이름을 나열하는 것이 동시대인들을 무척 지루하게 하지 않겠는가?

지루함 때문이라고? 혹시 공포를 느끼거나 매료되어서는 아니었을까? 그 때부터 여행자 세바스찬은 무아(無我)에 지나지 않는 '양심의 심판' 속에서 한 가지 생각을 떠올렸다. 그는 안나가 알고 있는 모든 것을 말하지는 않았을 것이고 또한 고백하기 어려운 것은 털어놓지 않았을 것이라고 확신했다. 크레스트 존스는 피아트 팬더를 몰고 2000년 연합군의 폭격으로 황폐해진 달마치야, 세르비아, 코소보, 마케도니아 그리고 필리포폴리스까지 횡단하면서 바로 이런 신비들을 밝혀볼 것이다. 가령 왜 아데마르는 『알렉시아스』에 언급되지 않았을까? 그토록 세심한 역사가 안나의 침묵을 어떻게 설명할 것인가?

*

크레스트 존스는 좀비(아이티 어로 '죽은 자의 영혼' 이란 뜻. 서인도 제도의 부두교에서는 주술을 통해 죽은 사람이나 살아 있는 사람의 영혼을 무당이 마음대로 조종한다고 함—옮긴이)처럼 멈추지 않고 달렸다. 그는 이따금 산펠레그리노 광천수를 한 모금 마시고 자동차 뒷자리나 민박집에서 수면을 취했다. 그는 꿈에 사로잡히고 지워지지 않는 범죄의 피로에 짓눌리며 환각적인 기억의 바이스에 물린 채 아무것도 보지 않고 맹렬히 수백 킬로미터씩 달렸다. 하지만 전쟁으로 황폐해진 경치는 무아(無我)에게도 조금씩 강한 인상을 주었다.

수톤의 우라늄 폐기물이 사람들이 살고 있는 땅에 부어졌다. 흑연 폭탄은 지표면 근처에서 폭발하면서 무수한 미세 탄소섬유를 방출했다. 탄소섬유는 발전소, 고압 변전소와 변압기 혹은 원거리 통신 시스템에 스며들면서 엄청난 누전을 일으켰다. 그 결과 베오그라드와 세르비아 지역의 70퍼센트는 전기가 부족했다. 다뉴브 강에 놓인 다리들은 폭파되었고, 그 지역의 모든 교통망은 와해되었다.

크레스트 존스는 이전 여행길과 다른 길을 달릴 수밖에 없었다. 코소보는 피해를 입지 않은 것 같았다. 하지만 마케도니아까지 달리는 동안 농부들이 석면의 대체품인 탄소섬유와 흑연섬유가 호흡장애를 일으키고 있다고 투덜대는 것을 들을 수 있었다. 정말일까? 아니면 거짓말일까?

아이들과 노인들은 도저히 눈에 띄지 않을 수 없는 그의 빨간 팬더 앞에서 미국인들이 오염시켰다며 위협적으로 상추와 토마토를 흔들어댔다. 길가에는 온통 전소된 집, 버려진 밭, 불에 탄 숲과 풀밭뿐이었다.

'북대서양조약기구는 유고슬라비아 재건에 미화 350억 달러가 들 것이라고 추산한다.' 산타바르바라에서 동료들과 함께, 악랄한 밀로셰비치에 대항한 '서양의 십자군 전쟁'을 지지했던 크레스트 존스의 머릿속에 불분명하고 쓸데없는 금액이 떠올랐다. 또한 워렌 크리스토퍼가 내뱉은 조롱조의 말도 떠올랐다.

"밀로셰비치가 매력을 발휘하는 모습을 보면, 만일 그가 다른 곳에서 태어났더라면 성공적인 정치가가 되었을 거라고 예측할 수 있다."

다행히도 하느님은 밀로셰비치 일파로부터 산타바르바라를 보호하셨다! 이곳저곳 국경이 너무도 뚜렷하지 않아서 역사는 한바탕 소동을 일으키지 않고는 한 발자국도 앞으로 나아가지 못하고 있다. 실제로 피해 현장을 보는 것은 인터넷상에서 기사를 읽는 것과는 달랐다. 설령 우울증—그 유명한 슬라브 영혼의 우울증—이 이 지역에서 자생적으로 만개한 것일지라도 말이다.

베를린 장벽이 붕괴된 후 발칸반도의 농민들은 즉각 모든 것을 가지려 했다. 지금 그들의 분노는 증가하고 있다. 아마도 영원히 그럴 것이다. 이 사람들은 우리를 증오하고 있다. 그것은 당연한 일이다. 그러나 다행히도 농민들은 이슬람주의자들을 우리보다 더욱 증오하고 있다. 이슬람주의자들은 꼭 9세기 전에 그랬던 것처럼 정말로 농민들을 두렵게 하고 있다. 농민들은 분명 그 이유를 알 것이다. 인간의 삶은 슬리보비츠(황갈색 자두로 만든 발칸반도의 브랜디—옮긴이) 잔 속의 얼음처럼 돌고 돌며, 운명은 세 바퀴를 돈 후 물러간다.

크레스트 존스는 무작정 차를 몰았다. 무아의 발은 계속 가속페달을 짓눌렀다. 팬더 지프차는 파헤쳐진 도로 위에서 흔들거렸다. 길은 차례차례 지나갔다. 그는 거의 피로를 느끼지 못했고 두 어깨는 굳어 있었다. 아데마르는 어떤 사람이었을까? 광신자였을까? 분명히 모든 십자군 병사들처럼 광신자였을 것이다. 그리스도교의 요람인 성지 팔레스티나와 숭배의 대상인 예수의 무덤만이, 성지와 르퓌의 성모 마리아를 숭배하던 이 귀족을 원정대에 참여시킬 수 있었을 것이다.

그럼 피해는 어느 정도였을까? 이 문제를 잘 검토해보자. 십자군 전쟁은 사람들의 말처럼 그렇게 막대한 피해를 일으켰을까? 11세기 아랍의 연대기 작가들은 그 피해를 즐겨 부풀렸다. 심지어 침입자들이 식인종이었다고 주장하기도 했다. 그것은 기만선전이었다! 하지만 오늘날의 자유국가들이 공동의 가치—일종의 집단적 신조—를 내걸고 소형 무인정찰기, MOAB(공중폭발대형 폭탄), 방사능 보호복으로 무장한 현대식 십자군을 파견하는 것은 정말로 옳은 것일까? 산더미 같은 폭탄을 퍼붓고 교량과 발전소를 파괴하며 구 유럽과 다른 곳의 농작물과 인간의 폐를 오염시킨다 해도 좋단 말인가?

전형적인 유랑민인 유대인들은 유랑문화가 얼마나 풍요로운지를 세상에 보여주었다. 크레스트 존스는 진심으로 그들을 높이 평가했고, 에르민도 그점을 증언할 수 있을 것이다. 그런데 뿌리를 찾는 과정에서 자신들이 원주민—그게 사실인지 아닌지 탐구를 끝내려면 아직 멀었다. 그렇다고 위축되지는 말자—이라고 고집하는 완강한 유대인들이야말로 성지 팔레스티나—하지만 또한 이슬람교도들과 그리스도교도들의 성지이기도 한—의 유일한 정착민으로 남기 위해 그 어느 때보다 치열하게 싸우는 영원한 십자군이 아닐까? 그들과 십자군은 전혀 경우가 다르다고 반박하는 사람이 있을 수도 있다. 그들은 나치에 의한 대학살을 겪은 후 그 공포 때문에 빼앗긴 땅을 되찾고 확고한 나라를 건설하는 것뿐이라고. 그렇다고 치자. 하지만 자신들의 뿌리에 대해 분명히 알고 있는 팔레스타인 가미가제들도 정확히 같은 땅에 대해 똑같은 논리를 가지고 있다.

크레스트 존스는 종족 간의 반목을 도처에서 목격했다. 십자군에 의해 시작된—어쩌면 훨씬 전부터?—학살이 정말로 다른 방식으로 다시 시작된 것일까? 아무튼 아데마르의 열정은 가장 정의롭고 가장 순수하며 가장 불가사의하게 보였다. 그는 분명히 십자군이었고 게다가 원정대의 지도자였지만 어떤 다른 열정에 휩쓸린, 아니 오히려 열정에 의해 진정된 인물이었다. 이 십자군 전쟁의 정신은 인간의 본성에게 그 본질적인 무엇인가를 드러내기 때문에 사람들에게 인정을 받았고 우리에게까지 지속되고 있는 것이다. 사람과 땅을 초토화시키기 위해 더욱 정교하고 더욱 효과적인 기술의 폭력이 이 정신을 더럽히기 전까지는 말이다. 크레스트 존스는 이 여행으로 그가 무엇을 배우게 될지 알 수 없었다.

만일 크레스트 존스가 18세기에 살았더라면 십자군 전쟁에 내포되어 있는 '새로운 유형의 허영심', '만성적 격분'을 은둔자 피에르의 망상과 연결지으며 비웃는 볼테르에게 동조했을 것이다. 페르네 출신의 현자 볼테르는 은둔자 피에르에게 '쿠쿠페트르('두건 달린 수도사 복을 입은 베드로'라는 의미지만, '가련한 바보(cucu piêtre)'라는 뜻도 지닌 합성어—옮긴이)'라는 별명을 지어주고 조롱했다. 볼테르는 이렇게 빈정거렸다.

"이탈리아 사람들은 울었고, 프랑스 사람들은 무장한 채 앞을 다투어 십자가를 들었다!"

얼마나 기막힌 표현인가! 트집 잡을 게 하나도 없다!

하지만 의문은 남는다. 대체 이유가 무엇이었을까? 난봉에 의해 범죄에 빠지고, 음란한 생활만큼이나 부끄러운 무지 속에 뒹굴며, 방탕과 전쟁을 좋아하는 새로운 영주들이 프랑스에 많이 살았기 때문일까? 그렇다고 치자. 하지만 아데마르는 그렇지 않았다! 그래서 크레스트 존스는 자신의 가정과 상상의 폭을 넓히기 위해 샤르트르의 푸셰, 안나 콤네나 그리고 이븐 알아티르 (1160~1233. 이라크의 역사가—옮긴이)의 연대기를 참조했다.

크레스트 존스의 추론에 따르면 아데마르는 통일된 그리스도교 신앙의 순수성, 즉 유럽의 순수성을 구해야 한다고 진심으로 생각했다. 하지만 이슬람주의자들을 몰살하면서가 아니라 그들에게 그리스도의 메시지를 전함으로써 말이다. 아데마르는 그리스도의 진리가 알라의 진리보다 복잡하고 인간적이라는 점을 단 한 순간도 의심하지 않았다. 르퓌의 주교는 이 점에 대해 알렉시우스 1세와, 매우 젊긴 하지만 박식한 지식인으로 유명했던 그의 딸 안나 그리고 어쩌면 사라센의 종교 지도자들과도 토론할 준비가 되어 있었다.

이 소문은 그를 이단자가 아니라 독특한 인물, 기이한 인물, 심지어 괴짜로 만들었다. 이 전설이 사실일 리는 없다. 만일 오늘날 당시의 사람들이 짐승과 악천후를 두려워했고 하느님께 모든 것을 맡겼으며 명예를 무엇보다 중시했다고 인정한다면, 중세인인 아데마르는 존재하지 않았을 것이다. 흠잡을 데 없는 신앙심과 자주적 정신을 갖춘데다가, 누구보다도 개혁적이고 혁신적이었던 이 주교는 몇 가지 교리에 대해 심사숙고하지 않았을까? 왜 아니겠는가. 크레스트 존스는 그렇게 믿고 싶었다. 그것은 아데마르의 전기에서 몇 가지 침묵을 설명할 수 있다. 그는 오늘날 우리가 광신이라 부르는 것을 물리치려 했을까? 진리는 신비라고 생각했을까? 그리스도의 메시지는 평화의 메시지이기 때문에 진정한 그리스도교인이라면 독특한 각 피조물을 존중하면서 평화를 구현해야 하지 않았을까?

교황의 특사이자 최초의 십자군인 아데마르는 비(非) 전형적인 십자군이었을 것이다. 그렇다고 인정하자. 크레스트 존스는 그렇게 상상하고 바로 그런 이유로 르퓌의 주교가 거친 모험에서 살아남을 수 없었다고 결론지었다. 아데마르는 '예수를 찌른 성스러운 창'을 발견한 후인 1098년 8월 1일 안티오키아 근처에서 흑사병 또는 다른 질병으로 죽었다. 그의 군대 전체가 주교의 죽음을 애석하게 여겼다. 하지만 적이 없지 않았다. 특히 가장 적대적인 사람들 가운데 '바르톨로메'라는 시샘 많은 경쟁자가 있었다. 그는 주교에게 '성스러운 창'의 위치를 가리키면서 성 안드레아의 모습을 보았다고 주장했다! 바르톨로메에 따르면 성 안드레아는 군대에게 5일 동안 단식—어쨌든 먹을 게 전혀 없었다—할 것을 요구하지 않았다는 것이다. 다시 말하면 적의 진영을 약탈해도 좋다고 허락했다는 것이다. 하느님의 병사로 유달리 합리적이고 관대한 아데마르는 강력하게 약탈을 반대했다.

크레스트 존스는 바르톨로메를 싫어했다. 하지만 이런 광신자들이 르퓌의 주교 주위에 몰려들었다. 아데마르는 평화와 통합을 추구하는 사람이었다. 아데마르는 다른 사람들과는 기질이 달랐다. 크레스트 존스는 코소보를 횡단하면서 더욱더 그렇게 확신했다. 그는 르블레에서 18년 동안 주교로 있으면서 난폭한 제후들을 순화시키고 그들이 약탈한 교회와 수도원의 재산을 분쟁 없이 돌려받는 데 성공하지 않았던가. 또한 예수의 어머니 성모님께 바치는 십자군 찬가인 '살베 레지나'(성모님, 무고하십니까?)도 만들지 않았던가.

이브의 자손으로 추방당한 우리는
당신께 외치나이다…….
그렇게 추방당한 후에
당신 태내의 축복 받은 열매인
예수님을 저희에게 보여주소서.
오, 너그러우신 성모님, 오, 자비로우신 성모님,
오, 다정하신 성모 마리아님!

 아데마르는 스스로 망명객처럼 살았을까? 망명객에 지나지 않았던 아데마
르는 망명객의 열정을 간직하고 그것을 다른 망명객들과 함께 나누고자 했
지만 과연 하느님 안에서 모든 사람들과 함께 화해의 길을 걸을 수 있었을
까? 격정을 불러일으키는 시련 아닌가. 크레스트 존스는 그를 비난할 수 없
었다. 아데마르는 분명히 선구자였다. 안타깝게도 아주 까마득한 옛 선구자.
더구나 9세기 전에 죽은 선구자…….
 끝없이 지나가는 초라한 밀밭, 황무지, 그리고 먼지. 보헤미아 사람들은 표
지판을 뽑아서 고추와 가지를 삶는 데 썼다. 궁핍, 2000년대인데도 이렇게 모
든 게 부족하다니! 사람들은 불평했고, 발칸반도 주민들은 더 이상 유럽에도,
어쩌면 북대서양조약기구에도 기대하지 않았다. 크레스트 존스는 길을 멈추
고 지도를 꺼냈다. 어떤 이정표도 없었다. 어쩔 수 없지. 그는 남쪽으로 나아
갔다. 그 다음에는 왼쪽으로, 그리고 언젠가는 동쪽에 있는 필리포폴리스로
가야 할 것이다.
 아데마르 주교는 자신의 조카 에브라르 파강(혹은 출처에 따라 파앵이라
고도 불렀음)을 필리포폴리스에 내려놓았다. 이 사실은 아직까지는 가정에
지나지 않지만 세바스찬이 1988년 부다페스트와 1993년 비르 자이트 팔레스
타인 대학교에서 열린 화폐연구 학회에서 발표한 개인적인 견해였다. 이 주
장은 폭탄과 같은 효과, 즉 '치열한 토론'을 일으켰다. 몇몇 동료들은 호의적
인 태도를 보였고, 다른 몇몇 동료는 이런 모임에서 이목을 끌기 위해 내세운
사변이라며 의심을 품었다. 이제 그는 그들에게 결정적인 증거를 제시할 것

이다. 과학, 특히 인문과학은 개인적인 헌신이 필요하다.

세바스찬에 따르면 젊은 에브라르 파강은 아데마르의 누이인 뢰즈와 르블레의 영주인 일뒤앙 파강(혹은 파앵) 사이에서 태어난 아들일 것이다. 더 나아가 어쩌면 그는 1118년에 성전기사단을 만든 위그 드 파앵의 조카(혹은 삼촌. 확인해야 할 사항)일지도 모른다.

르퓌의 소귀족들 가운데에도 에라클 드 폴리냑과 퐁스 드 폴리냑 남작처럼 젊은 축에 끼었던 에브라르의 아버지 일뒤앙 파강은 아데마르의 설득으로 로지에르의 두 성당 생트마리와 생장의 재산을 샤말리에르 수도원에 반환했다. 또한 완전히 개심한 그리스도교 신앙과 르퓌의 주교에 대한 충성심을 보이려는 듯 아들 에브라르를 성지로 가는 주교에게 딸려 보냈다.

삼촌인 주교로부터 완벽하게 사상의 자유를 받아들인 에브라르는 곧장 삼촌과 부대를 떠나 르네상스의 선구자처럼 트라키아에 정착했다. 그는 필리포폴리스에서 가정을 꾸리고 토지를 개간했다. 또한 여러 슬라브어를 배우고 그리스어에 완전하게 숙달했으며, 오늘날보다 더욱 극성을 부렸던 이교에 대해 수많은 비잔틴 철학가들과 토론을 했다.

이런 몽상에 온통 빠져 있던 크레스트 존스는 갑자기 생기를 되찾더니, 성 베르나르가 '르퓌의 성모 마리아 찬송가'라고 불렀던 '살베 레지나'를 콧노래로 부르기 시작했다.

"아드 테 클라마무스……. 오, 클레멘스, 오 피아……."

노래를 부른 사람은 세바스찬이었을까? 아니면 아데마르 드 몽테유나 에브라르 파강의 환영과 뒤섞인 다른 시대의 자신의 그림자였을까? 세르비아와 마케도니아의 흉측한 건축물이 옆쪽으로 지나가고 있었다. 곧 불가리아 국경을 넘어야 할 것이다. 스토니브룩의 불면증 환자인 크레스트 존스는 대체 어떤 증거로 제1차 십자군 원정대의 교황 특사인 아데마르 드 몽테유가 독특한 인물로서 존경받는 현자였다고 주장하는 것일까? 르퓌 교구의 엄격한 교회 재산 관리자이자 군인인 아데마르는 르네상스 운동의 선구자였을까? 어쨌든 '살베 레지나' 이외에는 어떤 것도 중요하지 않았다. 그것은 시조를 찾아 헤매는 서자이자 망명객인 크레스트 존스의 멋진 해석에 불과한 것은 아닐까? 그는 르뛰 교구의 고문서 보관소에서 에브라르 파강에 대해 샅샅이 뒤졌다.

세바스찬은 어떤 근거로 조카 에브라르 파강이 불가리아 여인 밀리차와 사랑에 빠지기 전에, 비잔틴 서적에 몰두하기 전에, 아데마르를 충실히 섬겼다고 주장하는 것일까? 또 어떤 근거로 에브라르 파강이 크레스트 가의 시조―세바스찬이 플로브디프-필리포폴리스 도서관에서 열람한 자료에 나타난 '십자군 병사들' 가운데 한 명―라고 주장하는 것일까? 크레스트 존스의 아버지인 실베스터 크레스트와 세바스찬 자신은 분명 그의 후손일까?

크레스트 존스 교수가 발견한 지방 연대기에 따르면 에브라르 드 파강은 11세기에 레몽 드 생질 백작과 르뛰의 주교가 이끄는, 오크어를 사용하는 십자군 병사들과 함께 분명 필리포폴리스에 있었다. 누가 누구의, 요컨대 내가 당신의, 당신이 그리스도나 아담, 마리아나 이브의, 또는 크리슈나(인도의 신들 가운데 가장 널리 숭배되고 사랑받는 신의 하나―옮긴이)의, 시바(힌두교의 3대 신 중 하나―옮긴이)의, 혹은 중국 황제의 후손이라는 사실을 아는 것이 그렇게 중요한 문제일까?

피아트 팬더의 운전대를 잡고 있는 세바스찬은 이런 추적이 미친 짓임을 알고 있었다. 하지만 확실하게 그의 길을 잡아주는 것도 이런 추적이고, 그가 앞으로 나아가는 것도 이런 추적을 위해서다. 그렇지 않았다면 그는 파 창의 목을 졸라 죽인 후 자신의 관자놀이에 총을 쏘아 자살했을 것이다. 바보 같은 년, 자신이 새로운 역사의 뿌리가 될 수 있다고 믿다니! 세바스찬 없이, 세바스찬을 넘어서 뿌리를 가로채려 하다니! 아이를 낳겠다고? 열화(劣化) 우라늄과 차도르를 쓴 여자들이 판치는 세상에서 그게 무슨 뜻인지 생각도 안 하고서?

플로브디프. 마침내 한 호텔에 도착했다. 갑자기 피로를 느꼈다. 이제부터 그도 피곤을 느낄 수 있었다. 즉 잘 수 있다는 뜻이었다. 통제할 수 없는 생각과 단어의 흐름 속을 떠내려가는 다면체 같은 우리의 야경꾼은 시도 때도 없이 행동하는 자와 관찰하는 자 사이의 거리를 버린다. 그는 행복하게 침대에 누웠다. 정확히 말하면 거의 행복하게.

역사가는 죽고 프랑스는 진로를 바꾸다

"반장님, 제가 장담합니다. 교수님은 죽었습니다! 증거가 뭐냐고요? 교수님은 실종된 이후 컴퓨터를 사용하지 않았습니다. 벌써 한 달이 지났습니다. 무슨 말인지 아시겠습니까?"

마침내 미날디는 릴스키가 자신에게서 느끼는 반감의 장벽을 돌파하는 데 성공했다. 그는 경찰서에 오기 전에 반장에게 열 번 이상 전화를 걸었지만 자동응답기 소리만이 들려왔다.

"죄송하지만 지금은 전화를 받을 수 없습니다. 제가 얼마나 바쁜지 잘 아실 겁니다. 초조해하지 마십시오. 돌아오는 즉시 연락드리겠습니다. 저는 항상 당신을 생각하고 있습니다."

그래서 세바스찬 크레스트 존스의 비굴한 조교는 어쩔 수 없이 경찰서로 달려왔던 것이다.

릴스키는 미날디를 복도에서 한없이 기다리게 내버려둘 수 없었다. 포포프는 그에게 반장과의 면담 시간이 짧을 거라고 이야기했다. 릴스키는 새로운 기술에 열광하는 사람이 아닌 탓에 컴퓨터에서 결정적인 증거를 찾지 못했다. 세바스찬이 실종된 직후 첫 심문부터 미날디는 지방 학회—썩은 냄새가 나는 소심한 순응주의자 모임—에서 능력을 발휘하기에 적합한 사람처럼 보였다.

하지만 갑자기 사라져버린 삼촌의 도주 또는 죽음에 관한 새로운 정보는 없었고, 스테파니는 비잔틴 소설을 가지고 정신을 빼놓았다. 추억에 잠긴 그 자신도 수사에 필요한 거리를 망각할 위험이 있었기에 불청객에게 잠시 시간을 내주기로 결심했다.

"저는 크레스트 존스 교수님의 습관에 대해 잘 알고 있습니다. 반장님도 알고 계시잖습니까. 교수님은 자신의 노트북과 떨어져 지낼 수 없는 사람입니다. 컴퓨터가 그분에게는 보석이나 다름없죠! 반장님, 잘 알고 계시잖습니까. 진정 현대적인 연구가처럼 교수님은 모든 것을 워드프로세서로 처리했고 이메일을 사용했습니다. 또 교수님은 인터넷을 과신했고, 회계를 포함해서 모든 자료를 컴퓨터에 저장했습니다. (의심스러워하는 반장의 눈초리는 추호도 의심하지 않는 수다쟁이에게 어떤 효과도 발휘하지 못했다.) 교수님이 컴퓨터를 사용하지 않았다는 사실을 제가 어떻게 아느냐고요? 아주 간단합니다. 물론 별로 양심적인 방법은 아닙니다. 하지만 교수님이 어떤 사람입니까? 반장님은 저를 이해해주실 겁니다. 어쩌면 칭찬해주실지도 모르죠. 제 덕에 수사가 다시 활력을 찾을 테니까요. 제 말을 아시겠습니까?'

미날디는 짐짓 난처한 표정을 지었지만 속으로는 반장을 조롱하고 있었다. 조교는 말을 이었다.

"설명해드리겠습니다. 저는 이미 오래전부터 컴퓨터 시스템을 다루어왔습니다. 아, 그럼요! 누구도 저를 따라올 수 없죠. 반장님은 컴퓨터를 잘 모르니까 복잡하게만 생각되겠죠. 이해합니다. 보안장치를 피해서 교수님의 컴퓨터에 접근하려면 아주 교활한 수법을 써야 합니다. 교수님은 의심이 많은 사람이었어요. 이 말은 비밀입니다. 교수님은 자신의 노트북에 다른 사람들이 접근하는 것을 막기 위해 비밀코드를 만들었죠. 교수님에게 컴퓨터 기초를 가르쳐준 사람이 바로 저이기 때문에 암호를 찾아내는 것은 별로 어렵지 않았습니다. 그렇다고 제 자랑을 하는 건 아닙니다. 제가 이런 경솔한 짓을 저지르는 것은 교수님의 생각을 자세히 알기 위해서였습니다. 반장님에게도 경솔한 짓으로 보일 겁니다. 하지만 제 말을 믿으세요. 저는 그냥 교수님을 이해하고 연구를 도와주려 했을 뿐입니다. 결국 그게 제 임무였으니까요. 말수가 적은 교수님은 자신의 생각을 잘 이야기하지 않았습니다. 그러니 교수님의 뜻을 간파해야 했죠. 제 말, 아시겠습니까? 그러니까 교수님이 자신의 컴퓨터에 손을 대지 않았다는 것은 교수님이 죽었기 때문이라고밖에 볼 수 없습니다!'

여기서 카페 점원 같은 그의 미소는 어리석은 사디스트의 미소로 변했다.

"무슨 뜻인지 알 것 같소, 선생."

쌀쌀함마저 감도는 말투. 릴스키는 그를 밖으로 집어던지고 싶었으나 가까스로 참았다. 쌀쌀맞은 목소리로 내뱉은 '선생'이란 단어는 포포프의 무딘 귀에조차도 최악의 모욕처럼 들렸다. 하지만 미날디에게는 이런 섬세한 변화를 파악할 수 있는 능력이 없었다.

"당신의 추리에 일리가 없는 건 아니오. 지금은 도덕적인 면을 문제 삼지 않겠소. 사망 가능성도 수사 방향을 결정짓는 가설 중의 하나라는 것은 말할 것도 없소."

미날디는 의기양양하게 말했다.

"반장님, 저는 처음부터 그렇게 추측했습니다. 제가 반장님을 뵈러 온 것은 확신을 얻었기 때문입니다! 만일 수사를 한다면 산 사람이 아니라 시체를 찾아야 할 겁니다."

릴스키는 입술을 앙다물고 있었다. 이 형편없는 놈이 우리 강력반을 의심하고 있군!

"걱정 마시오, 선생……. (그는 '선생'을 극도로 냉정한 목소리로 내뱉었다.) 뭐라고 했소? 아, 그렇지. 미날디, 미안하오……. 내 부하들을 믿으시오. 우리는 보기보다, 아니 산타바르바라 학계에서 쑤군대고 있는 것보다 훨씬 유능한 사람들이오. (릴스키는 기쁨과 당혹감으로 얼굴이 빨개진 불청객을 내쫓기 위해 벌떡 일어났다.) 미안하지만 그만 가주셔야겠소. 할 일이 너무 많아서요."

미날디는, 반장이 에르민과 대학의 소수 관계자들만 관련된 자기 가족의 실종 사건을 수사하느라 자기를 우주의 중심으로 여길 거라고 상상했는데 그것은 대단한 오산이었다.

노드롭은 세바스찬의 가출에 진저리가 났다. 그는 가출이란 철없는 청소년들이나 하는 짓이라고 여겼다. 세바스찬이 가출하자 아내인 에르민의 히스테리는 절정에 이르렀다. 하지만 노드롭이 세바스찬의 입장이었다 해도 분명 똑같은 짓을 했을 것이다. 하지만 이건 정말 너무했다. 대학의 게으름뱅이들은 그의 실종을 흔해빠진 일 혹은 그렇고 그런 골칫거리로 치부하려 했다. 신판테온교와 해양신전의 고위 성직자들을 죽인 연쇄살인범을 은폐하려는 시도일까? 넘버8은 지금으로서는 유일한 미제사건이었다. 이 점은 분명히 짚고 넘어가야 한다. 평소에 그처럼 탁월한 실력을 발휘하는 릴스키에게는 애석한 실패작이었다.

세바스찬의 실종은 진부한 사건에 지나지 않았다. 더구나 정신분석학자나 부부문제 상담가들에게는 일종의 추문에 불과했다. 크레스트 가의 과거가 무(無)에서 다시 수면으로 떠오른 후 자신에게 자꾸만 들러붙는 모종의 심리적인 불행감을 노드롭이 얼마나 싫어하는지 오직 신만이 알 것이다. 공교롭게도 가족 문제는 신판테온교와 다른 마피아 하부조직에 대한 수사가 한창 진행 중일 때 불거졌다. 이 사건은 세간의 관심을 끌 만한 스캔들이었지만 수사는 거의 진척되지 않았다. 혹시 신비에 싸인 세바스찬은 연쇄살인범과 한 패는 아닐까? 릴스키는 그런 가능성을 배제하지 않았다. 아무튼 넘버8에 대해서는 아는 바가 전혀 없었다. 그리고 그의 일기장을 살펴본 결과 세바스찬 역시 모종의 광기에 휩쓸릴 정도로 상당히 기이한 사람이었다.

설령 자신이 정화자라 자처한들, 아예 자취를 감춘들, 혹은 자신을 죽은 자로 꾸민들, 과연 누가 이 몽상적인 교수를 막겠는가. 아무도. 아무에게도 알려지지 않은 이 비열한 세계의 타락한 사람들에게 계속 복수를 하고 추적하지 못하게 흔적을 흩뜨리는 것일까? 세바스찬에 대해 더 많이 알아야 하고 그의 글을 더욱 자세히 읽어야 했다. 좋아, 한 번 해보자.

노드롭은 꾹 참고 삼촌의 자료와 문서를 읽어나갔다. 이것도 일이냐고? 하지만 첫 페이지부터 그는 불안감에 사로잡혔다. 가족. 다시 한 번 검은 소용돌이. 스테파니라면 분명히 보다 명확하게 파악할 것이다. 그러니 노드롭이 그녀에게 자신의 추측을 털어놓지 않는 것은 더더욱 당연한 일이었다. 혹시 그녀도 나와 똑같이 추측하고 있는 것은 아닐까? 이상하다. 비잔틴에 대한 이 뜻밖의 열정은 무엇일까?

그래도 이처럼 자신을 의기소침하게 만드는 미궁 속에서 스테파니만이 유일하게 긍정적인 요소였다. 노드롭은 무엇보다도 깨어나고 있는 자신의 새로운 육체에 놀랐다. 반장은 즐겁기도 하고 불안하기도 했지만 행복을 가만히 내버려두었다. 솔직히 말해서 그는 이 사실에 대해 일부러 심사숙고하지 않았다. 이 문제—사랑에 빠진 노드롭—에 대한 모든 생각이 정말 우스꽝스러웠기 때문이다. 신경 쓰지 않는 편이 나았다. 그는 웃음거리가 되지 않으려면 아무것도 생각하지 않는 것이 최선의 방법이라는 것을 알고 있었다. 아

니면 적어도 완전히 다른 것, 예를 들면 여러 사건, 특히 외국 정치에 관심을
갖는 것보다 더 좋은 방법이 없었다.

*

어제 저녁 스테파니는 노드롭에게 프랑스 대사와의 저녁식사를 주선해주
었다. 대사는 연쇄살인범에 대해 자신의 의견을 피력했다. 이 나라의 모든
사람들처럼 풀크 베이유는 경찰들의 추리만큼이나 가능성 없는 가정을 내세
웠다. 하지만 그는 다른 사람들과는 달리 자신의 추리에 집착하지 않는 여유
가 있었다. 마치 텔레비전의 탐정물처럼 저녁식사가 전개됨에 따라 추리 내
용이 바뀌었다.

프랑스 대사는 산타바르바라처럼 민감한 국가에 정착할 수 있도록 신중하
게 선정된 다른 외교관들과는 달리 재기발랄한 인물이었다. 대사는 각종 파
티와 리셉션이 있을 때마다 캐비어를 얹은 토스트와 샴페인을 즐기면서 참
석자들의 호감을 살 줄 알았다. 그리고 이제는 독자 여러분도 알 때가 되었
다. 마피아 사건이 유감스럽게도 답보상태에 빠지고 스테파니가 반장에게
새로운 인생을 돌려준 후, 노드롭은 자신이 정치에 관심을 갖고 있다는 사실
을 문득 깨달았다. 도대체 얼마 만에 느껴보는 사랑인가? 그는 마치 이전에
는 한번도 사랑해보지 못한 사람처럼 새로운 인생의 가능성을 완전히 포기하
고 있었다.

정치에 대한 관심은 자신이 입버릇처럼 말하던 자신의 신조를 부인하는
꼴이었다.

"정치는 믿는 사람에게만 하는 약속이다. 그런데 사랑은 두 연인이 맺는
죽음의 약속이다. 따라서 정치와 사랑은 양립할 수 없다."

실제로 그는 새로운 정열이 피어나면 피어날수록 이전에 무관심했던 사
건—다른 사람들이 꾸준히 열정을 불태우고 있는 사건—에 더욱더 몰두했다.

반장이 외국에서 일어나는 사건에 더 관심을 보이는 것은 산타바르바라의
내막을 너무나 잘 알고 있어서 어떤 사건이 일어나도 놀랍지 않았기 때문이
다. 그 결과 '릴스키의 격언'이라 이름 붙인 자신의 금언을 되새기는 일이 점

점 더 필요해졌다. 다음은 릴스키의 격언에서 파생된 명제다.

"사랑에 빠진 사람은 엄숙하게 시간을 초월하기 때문에 쉬면서 역사의 소극(笑劇)을 조롱한다."

합리적인 릴스키는 자신의 격언과 그 파생 명제의 정신과는 다른 마음을 가진 자신에게 쓸데없고 엉뚱하게만 보이는 행동을 허락하기 위해서는 이런 문장이 필요했다. 그렇게 무장한 후에야 다른 전문적인 추론―평소 같으면 틀림없이 자신이 맡았겠지만 지금은 자기 몫이 아닌―에 몰두할 수 있었다. 주어진 주제가 일관성을 유지한다는 조건에서 모든 논리는 가치가 있다. 하지만 어떤 사건도 이 끔찍한 블랙홀, 즉 지킬 박사와 하이드처럼 스티븐슨식의 위험한 인격 분열이 내재된 사건에 자리를 양보할 수는 없었다.

산타바르바라의 강력계 반장이 조금도 망설이지 않고 폴크 베이유 대사와 함께 최근 프랑스의 선거 이변에 대해 토론한 것은 그런 기분 때문이었다. 미날디를 피하기 위해서라면 무슨 짓이든 못하겠는가! 하지만 범죄와 사랑 사이에는 정치라고 부르는 합법화된 부패의 공간이 필요했다. 이 너그러운 지혜에 도달한 반장은 심술궂은 기쁨을 느끼며 정치가들의 몸짓을 마음껏 조롱했다. 대부분의 사람들이 최후의 모험적인 영역으로 여기는 정계에서도, 아직 스테파니가 만족할 정도는 아니지만 꾸준히 여성 정치인의 수가 늘어가고 있다.

정치가 익살스러운 오락거리라는 사실은 아무도 예상하지 못했다. 반장은 참석자들을 점점 더 흥분시키고 있는 토론에 푹 빠지면서 그 점을 인정했다. 그래서 그는 자신도 정치적 견해가 있는 것처럼 놀이에 열중했다. 그는 이 놀이에 진정으로 심취했을까? 스테파니의 멋진 자신감에 경탄하고 그녀의 논리에 설복되었을 때를 제외하고는 확실하지 않았다. 위스키를 몇 잔 마신 후에도, 그는 정치적 소신이 뚜렷한 스테파니 기자의 논증 앞에 코가 납작해진 소심한 애인이 되는 바람에 우울하기도 했지만 그래도 웃음을 잃지는 않았다.

스테파니는 제법 매력이 있었고, 자신의 신념을 과시하며 그것을 고집스레 옹호하려는 괴벽도 있었다. 그녀의 반체제적인 방랑객의 모습 속에는 실제로 실망에 굴복하지 않는 도덕적 존재가 숨어 있었다. 그녀에게는 감탄할

만한 독특한 재치가 있었다. (나머지에 대해서는 말하지 않겠다.) 노드롭은 까만 안경 뒤에서 남몰래 웃으며 그렇게 생각했다.

자신의 상사를 비롯한 모든 남자들에 대한 수줍음이나 두려움 때문일까? 스테파니는 마치 「레벤망 드 파리」지의 원고를 쓰듯 정치 이야기를 꺼냈다. 유머라고는 찾아볼 수 없는 과장되고 진지한 말투였다.

"리오넬은 프랑스 사람들이 기대하는 것, 또 대다수 일반 시민들이 예측하는 것과는 전혀 상관없는 정책을 구상했어요. 증거가 뭐냐고요? 그의 정책은 통과되지 않았으니까요."

스테파니는 수상을 이름으로 불렀다. 그것은 그가 대서양 해안에서 함께 휴가를 보내는 친구처럼 친밀하기 때문이 아니라 정신적으로 경직된 이 은밀한 인물의 엄격성과 공통점이 있었기 때문이다. 프랑스에서 '정신적으로 경직된 사람'은 위그노(프랑스의 신교도―옮긴이)와 동의어로 쓰인다.

스테파니는 말을 이었다.

"리오넬은 민중선동에 현혹되지 않고 환상에도 빠지지 않는 어른스러운 국민들에게 자기 뜻을 전달하려고 했어요. 아름답고 훌륭한 생각이죠! 마치 이 세상 어딘가에 포퓰리즘, 더 나아가 파시즘을 꿈꾸지 않는 민중, 즉 하층민이 있기라도 한 것처럼 말이에요. 쉽게 말해서 하층민은 성주의 태도―그게 가능하다면―에 쾌활한 낙천가인 '아빠'의 이미지로 구현되는 공공의 안전에 관한 양식을 좋아하지 않죠. 하지만 사람들은 성당 관리인으로 변장한 제1 공중인 같은 사람을 좋아할 거예요……."

"친애하는 스테파니, 당신은 참으로 근엄한 사람입니다!"

노드롭은, 끝도 예상할 수 없을 만큼 쉬지 않고 말을 퍼부어대던 스테파니가 숨을 고르는 틈을 타서 짓궂게 끼어들었다. 그녀의 말이 터무니없는 것 같으면서도 자신에게 생기를 주었기 때문에 그녀가 더욱 자세히 설명하도록 자극하기 위해서였다.

"하지만 전혀 그렇지 않아요! 측근이라는 자들의 강요 때문에 마음이 약해진 후보자가 정치 토론 대신 미디어 선동을 선택했다고 해서 구역질이 나는 건 아니에요. 아니죠. 저를 진저리나게 하는 것은 '노동자 집단'의 빈곤입니다. 이해하시겠어요? 개체에게 영향력을 발휘하는 지속적인 음향효과, 꿀벌들의 평등을 지향하는 벌통, 그래서 어느 날 목이 잘리고 날개도 없는 상태에서 자신도 모르게 사방으로 달리는 수벌. (상냥한 스테파니가 친구들에게 이렇게 짓궂을 수 있다니!) 후보자는 갑자기 용기가 치솟았는지 카메라 앞에서 그 사실을 폭로하고야 맙니다. 여러분, 이 친구의 용기를 상상해보세요! 하지만 너무 늦었어요! 벌떼는 대경실색합니다. 더 이상 듣지도 않죠! 투사는 이제 자신이 누구인지도 모릅니다. 그는 불구자로 추정되는 늙은 도전자에게 공격해서 미안하다고 할 정도로 혼란에 휩싸입니다! 아무리 소심한 초보 권투선수라도 그처럼 엉뚱한 실수는 저지르지 않겠지요. 먼저 형제살해범들에게, 그리고 지도자를 갈구하는 모든 퇴직자들에게 큰길을 내어줄 것!'

스테파니는 의로운 사람들이 분노할 때 흔히 그렇듯이 얼굴이 새빨개졌다. 당연히 부당한 주장이었지만 그 모습 자체는 매혹적이었다.

스테파니는 풀크 베이유 대사를 난처하게 할 생각은 없었다. 이 오십대 대사가 파리를 꿈꾸는 아가씨들을 상대로 한 비자 밀매를 근절하고 부패한 산타바르바라 주재 프랑스 영사관을 수개월 만에 쇄신하는 것을 보고 릴스키는 그를 대단히 존경하고 있었다.

신중하고 세련된 풀크 베이유는 유대인의 성을 가졌지만 어머니를 통해 '부아 드 라모트' 가문의 혈통을 이어받았다. 어떤 당에도 속하지 않는 대사는 스스로를 공화국의 집기와 같은 존재라고 겸손하게 말했다. 그는 그 누구도 따라갈 수 없을 정도로 남의 환심을 사는 데 재능이 있었다. 정말로 국유집기에 대한 걱정이 이 프랑스인의 머리에서 떠나지 않았다! 어쨌든 '고급집기'이며 첩보기관에서도 매우 높은 직위를 가진 듯한 풀크 베이유는 여자들의 마음을 사로잡는 데도 탁월했으나 단 한 여자도 사귀지 않았다. 그 덕분에 선교사 같은 열정을 가지고 자신의 임무에 헌신할 수 있었다. 그는 자신을 스완이라는 사람과 비교했다. 자신이 오데트와의 사랑에 실패한 것처럼 스완은 예술사에 이름을 남기는 데는 실패했지만 외교관이 되었더라면 성공했을 것이라는 주장이었다.

대사는 파리의 매력에 몹시 매료된 릴스키 앞에서 제임스 조이스를 언급하면서 진행 중인 정치범 수사에 관해 논평했다. 제임스 조이스는 인류, 특히 현대인들이 보여주고 있는 '살인에 대한 화려하고 침체된 과장'을 조롱한다. 대사는 이처럼 문학적 소양—릴스키를 제외한 다른 사람들의 눈에는 띄지 않고 넘어가는—도 깊을 뿐만 아니라 산타바르바라의 역사와 마피아의 내력도 소상히 알고 있었다. 더구나 풀크 베이유는 교황이 최근에 방문했을 때 산타바르바라어로 자신의 생각을 표현하기도 했다! (따라서 스테파니도 자신의 주장을 제대로 표현해야 했다.) 대사는 자신의 견해를 세련되게 표현했다.

"친애하는 부인, 저는 당신의 이야기를 계속 들을 준비가 되어 있습니다. 하지만 먼저 국제 정세에 대해 상기시켜드리고 싶은데 허락해주십시오. 부인께서는 9 11 사태 이후 프랑스를 비롯한 각국 정부의 군사행동 가능성을 어떻게 보십니까? 이게 질문입니다. 위험을 무릅쓰고 대답하는 사람은 분명 꾀바른 사람이겠죠. 언론이 정치라 부르는 것, 반장님이 의혹의 눈초리로 보고 있는 것, 또한 공무원들이 대처하느라 급급한 이 모든 동요는 어디서 조종되고 있을까요? 파리에서? 워싱턴에서? 예루살렘에서? 리아드에서? 유대인과 아랍인 중에서 누구를 선택해야 할까요? 물론 둘 다 아닐 수도 있습니다. 하지만 석유를 중요하게 생각해야 되지 않을까요? '불의 도둑'(아랍 세계에서 싼 값으로 석유를 착취하는 서구 세계를 의미함—옮긴이)인 우리는 가령 안전보장이 사회와 신흥국가에게 우리 입장을 이해시키려고 노력합니다. 군사행동의 여지가 매우 좁을지라도 말입니다. 이것은 우리의 의욕을 꺾기 위한 게 아닙니다……."

풀크 베이유는 다시 샴페인을 들이켰다. 그리고 일시적으로 대화에서 소외된 스테파니와 점점 더 즐거워하는 릴스키 앞에서, 반장이 외교적인 금기 사항이라고 생각하는 한계선을 주저 없이 넘었다. 그래도 베이유는 걸프전쟁과 이라크전 훨씬 이전에, 친 혹은 반 유대인주의를 청산하기 위해서는 석유전쟁이 불가피하다고 예상했던 폴 모랑처럼 위험한 말은 하지 않겠지?

곧장 다시 입을 연 대사는 그 어느 때보다 정치가 각종 사태에 제대로 대처하지 못하고 질질 끌려 다닌다는 점을 손님들에게 이해시키려고 애썼다. 국민은 정치가 중에서 가장 뛰어난 선동가에게 통치되고, 선동가는 몇몇 마피아 카르텔의 요구에 굴복하면서 국민을 유혹하는 데 성공함으로써 국제적 조직을 갖춘 마피아들과 막대한 재정적·종교적 이익을 공유하고 있다고 했다. 그리고 자신처럼 깨어 있지만 공익에 충실한 공무원들은 극도로 축소된 행동의 자유를 가지고 있을 뿐이라고 했다.

"그것이 일을 더 잘 해야 하는 추가적인 이유입니다. 그리고 나머지는 운명에 맡기는 수밖에 없죠!"

대사는 스테파니가 나타난 후 자신의 사생활을 지키는 것 외에는 아무것에도 신경을 쓰지 않는 릴스키의 철학에 완전히 동감하면서 결론을 지었다. 정치는 심심풀이가 될 수 있다. 하지만 어느 정도까지만……

"그 점을 제외하면 여러분은 저처럼 틀림없이 우리 국민이 만족해하는 유쾌하면서도 냉혹한 바이스, 말하자면 프랑스의 이데올로기를 맛보셨을 겁니다. (대사는 참석자들에게 자신이 지정학적으로 고국의 문화적 정수로부터 멀리 떨어져 있다고 믿게 하고 싶지 않았다.) 우리는 투쟁하는 노동자, 조상의 석루조 그리고 태국의 매음굴만큼이나 마법의 성에 대해 꿈 같은 기대를 겁니다. 우리는 낮에는 지방 소송 대리인의 조용한 관청 건물을 좋아하지만, 밤에는 열렬히 사랑하는 여자와 함께 음경, 요컨대 파리 조형예술계의 최근 작품에 뚫려 있는 모든 구멍을 가득 채울 정도로 커다랗게 확대된 음경을 꿈꿉니다. 걱정하지 마십시오. 더 이상 말씀드리지 않겠습니다. 오래전부터 부도덕한 사람들은 규범과 법률을 건드리는 짓을 즐겼습니다. 경찰이 '몹시 불쾌한 짓'과 '뒷방'을 금지시킬 때까지 말입니다. 신사숙녀 여러분, 자, 이제 파티는 끝났습니다! 오, 그렇다고 이야기가 끝난 것은 아닙니다! 언제나 범죄 이야기가 있는 법이죠! 그렇지 않나요, 반장님? 셰익스피어가 말한 것처럼 각자는 '자신이라는 책을 읽으면서' 산책하는 햄릿입니다. 그것은 시작되는 시간의 초월, 말하자면 분석의 시간입니다. (폴크 베이유의 말투는 성서의 말씀처럼 위협적이었다. 프로이트식 말투라고 할까? 손님들이 의아한 눈초리에 신중한 표정을 짓자 그는 이렇게 말했다.) 여러분은 제가 다른 사람들보다 더욱 현대적이라고 생각합니까? 어떤 사람들은 저를 보고 심지어 전위

적이라고까지 말하지 않습니까? 안심하십시오. 근본을 파헤쳐보면 우리의 생각은 같습니다. 프랑스 이데올로기는 극한 상황을 좋아합니다. 그래서 우리는 쿠데타, 폭동, 현대 예술에서 탁월한 실력을 발휘합니다. 하지만 지나가는 시간에 대한 합리적 관리는 훨씬 못하고 있습니다. 우리 가톨릭 국가는 어쩌면 개신교 국가가 될 수 없어서 혹은 세계적인 국가가 될 수 없어서, 예를 들어 푸아투-샤랑트의 실내화처럼 편하고 가볍게 자리에 눕기로 결심했을 것입니다. 창문을 열면 공기가 약간 시원하지 않습니까? 지금 우리는 평화주의자, 범대서양주의를 지지하는 평화주의자, 변형된 제3세계주의자입니다. 제 말을 이해하시겠습니까? 복잡함은 항상 프랑스의 특징일 겁니다. 프랑스는 이슬람 국가 중에서 가장 앞선 나라가 아닐까요?"

"대사님은 시인이 아니었다면 반항아가 되었을 겁니다."

릴스키는 시간을 초월한 이 공무원—확실히 견줄 만한 사람이 없는—에게 공감을 표현하는 데 이보다 더 멋진 찬사를 찾지 못했다. 하지만 그는 대사를 이라크 위기에서 프랑스 위상에 관한 토론 속으로 끌어들이는 야비한 짓은 하지 않을 것이다. 프랑스에 대한 혐오는 프랑스의 명품들과 더불어 산타바르바라의 도랑 속에 쏟아지고 있었다. 암시만으로도 서로 이해할 수 있는 고상한 사람으로 남는 편이 낫다. 릴스키는 말을 이었다.

"그럼요, 그렇고말고요. 대사님은 저를 『악의 꽃』의 저자 같은 시인으로 이해했을 겁니다. 민주주의의 신봉자인 들라쿠르 양에게는 실례가 되겠지만 보들레르는 영광이란 악당들에게 속한다고 생각하고 이렇게 썼죠. '영광이 오직 미덕을 바탕으로 한다고 믿는 사람은 바보다!' 바로 오늘 밤 우리의 마음을 빼앗고 있는 사건들조차 그 점을 증명하고 있습니다. 당신네 나라 프랑스에서도 마찬가지입니다. 프랑스인들은 자신들이 특별한 사람들이라는 점을 인정받고 싶어 하지만 사실은 별로 그렇지 않습니다. 그 점은 인정하십시오. '영광이란 국가의 어리석음에 정신을 적응시킨 결과이다.' 그리고 '독재자들이란 국민의 종이다. 절대 그 이상이 아니다.'"

분명 폴크 베이유는, 반장이 보들레르식 연막 뒤에 프랑스 정부는 물론 대통령에 대한 비난까지 담고 있음을 몰랐을 것이다. 대사는 비꼬기를 좋아하긴 해도 직업상 국익을 따라야 했다. 따라서 그는 자신의 노선을 바꾸지는 않을 것이다. 경험을 통해 그는 정치를 하려면 불가피할 경우 살인자가 되어야 하고 또한 상당한 사기꾼이 되어야 한다는 것쯤은 알고 있었다. 또한 그는, 열정적인 휴머니즘이 확고해야 국가원수로 인정받을 수 있고, 유권자들은 멀리에서도 누가 그들을 더 깊이 감동시킬 수 있는지, 누가 민주주의를 죽음으로 몰아갈 수 있는지—파시즘의 온상까지는 아니라도—알아챘다는 점도 알고 있었다. 따라서 이런 사실을 잘 알고 방책을 강구해야 한다. 그뿐이다. 그런데 '미녀와 야수' 놀이를 즐기지도 않으면서 왜 정치를 하는 것일까? 약간의 재치, 가능하다면 문화에 대한 교양을 갖추고 외교관 자리에 앉으면 그만 아닌가. 사실 그게 그렇게 어려운 일도 아니었다. 아무튼 폴크의 재치는 남달랐다.

대사는 다시 외교관의 신중함을 회복했다. 하지만 시적으로 고양된—반장이 특별한 참석자들을 위해 만찬이 끝나갈 무렵 보여주려 작정한—손님과 그 기분을 나누고 싶어 하는지는 확실하지 않았다. 이 '악의 꽃'은 엘리트주의, 반민주주의, 반공화국주의 등 일탈의 냄새가 났다. 따라서 대사라면 자신의 내적인 확신—아쉽게도 종종 리셉션이 끝나가는 파장 분위기에서 훤히 들여다보이는—이 어떻든 경계를 하는 편이 나았다. 스테파니 들라쿠르는 이번 화제에는 별로 관심이 없음에도 불구하고 어찌나 예의 바르게 귀를 기울여주던지 신사 중의 신사인 대사는 속으로 그녀를 칭찬하지 않을 수 없었다. 결국 정치 이야기는 심심풀이로 끝났고, 릴스키는 다시 한 번 결국 정치라는 게 그런 것임을 확인한 셈이었다. 하지만 이번에는 외상성 충격을 입은 정도는 아니었다. 아프가니스탄은 멀리 있었고 이라크는 떠올리지 않는 편이 나았다.

*

미날디를 쫓아낸 후 반장은 어제 만찬의 재치 있는 대화—조교인 미날디의 장광설보다는 훨씬 더 유쾌한—를 떠올리면서 스테파니가 기다리고 있는 아파트를 향해 귀가를 서둘렀다. 추리 소설처럼 인생 자체가 읽을 만하고 견딜 만한 것이 되려면 '궤도이탈'이 필요하다. 같은 궤적, 같은 생각을 따라가지 말 것. 훌륭한 수사관은 단위생식(單爲生殖)의 법칙을 따르지 않는다. 하지만 좀더 발전하기 위해서는 제2의 부수적인 아이디어가 필요하다. 퍼트리샤 하이스미스는 『서스펜스의 기술』에서 한 가지 규칙을 만들어냈다. 릴스키는 가끔 그 규칙을 생활에 적용시켜보았다. 가령, 미날디, 포포프, 세바스찬 그리고 스테파니조차 잊어버리고 정치사교계의 만찬에서 여담을 즐기는 것 말이다. 릴스키는 스테파니를 다시 만나게 되어 몹시 기뻤다.

"별일 없었어요?"

"누군가 세바스찬의 여조교인 파 창의 자동차에 손을 댔어요. 그녀는 세바스찬과 거의 동시에 사라졌어요. 스토니브룩의 호수 속으로. 아직까지 시신은 찾지 못했어요. 호수를 샅샅이 수색할 계획이에요. 그것 말고 다른 것도 있어요. 미날디는 세바스찬이 정말 죽었다고 믿고 있어요. 생각해봐요. 그 조교 놈은 크레스트의 컴퓨터에 쉽게 침투할 수 있거든요. 교수가 실종된 후 컴퓨터를 사용한 흔적이 없다면서 그가 죽었을 거라고 추측한 거예요. 자신의 컴퓨터를 사용하지 않는 교수는 죽은 교수다. 따라서 세바스찬 크레스트 존스는 죽었다. 이게 미날디라는 작자의 논리죠!"

스테파니는 믿을 수 없다는 듯 얼빠진 얼굴로 연인을 바라보았다. 어제 저녁 대사의 집에서 고양된 대화를 하던 릴스키가 오늘은 이 멍청한 미날디에 대해 이토록 침울한 사색을 하다니!

"그 어설픈 초보 탐정은 신체적으로도 추악하지만 정신적으로도 비열한 작자죠. 내 말 맞죠? 시샘 많은 장의사처럼 엉뚱한 욕심이나 부리게 내버려두자고요. 제게 다른 생각이 있어요. 들어볼래요? 저는 당신의 삼촌인 그 역사학자의 노트와 비디오 자료를 모두 훑어보았어요. 또 당신네 강력반이 복사해둔, 실종 전의 디스켓과 파일도 전부 다요. 물론 당신도 살펴보았겠죠?"

"음……."

릴스키는 숨이 막히는 느낌이었다. 두려움 때문일까? 아니면 희망 때문일까? 스테파니는 어떤 단서를 찾아냈을까? 정화자의 종적? 넘버8과의 어떤 공통점? 반장은 아무 말 없이 창백한 얼굴로 기자를 응시했다.

"그럼요, 전 당신이 이 자료들을 대충 살펴보았다는 사실을 알고 있어요. 하지만 그 이상의 가치가 있다고 보장할 수 있어요. 반장님, 한 가지는 확실히 말씀드릴 수 있어요. 세바스찬 크레스트 존스는 안나 콤네나를 사랑하고 있었어요!"

조금도 웃지 않는 진지한 표정의 스테파니. 그녀는 결국 아무것도 알아내지 못했고 넘버8까지 잊고 있었다.

그 순간까지 스테파니를 정열적이지만 상당히 이성적인 여자라고 생각해 온 릴스키는 갑자기 애정 어린 시선으로 그녀를 바라보았다. 그것은 최고의 경계심을 나타내는 것이었다. 결국 이 고약한 사건에서는 믿을 사람이 하나도 없단 말인가!

스테파니가 들려주는 『안나 콤네나의 소설』

산타바르바라의 찌는 듯한 삼복더위는 제라늄도, 고양이도, 여자들도, 너그럽게 봐주지 않는다. 삼복더위에는 장사가 없다. 8월에는 바람도 멎고 몸에서는 땀이 줄줄 흘러내린다. 재스민 향기는 매캐한 중유 냄새로 포화된 대기 속에 스며들지 못했고, 근처 정유공장의 발산물은 살아 있는 모든 것, 심지어 간신히 목숨을 유지하고 있는 것에게도 달려든다. 유일한 해결책은 에어컨이다. 집에 에어컨이 있다면 말이다.

스테파니는 팬티와 티셔츠 차림으로 세바스찬의 노트에서 눈을 떼지 않는다. 그녀는 무기력하게 공상에 빠졌다가 몸을 일으킨다. 그 어느 때보다 더위를 심하게 타는 호랑이무늬의 암고양이는 소리 없이 걷다가 꽃병을 깨고는 여자처럼, 아니 남자처럼 기절을 하더니 몸을 바르르 떤다. 노르디처럼 생각에 잠긴 듯한 눈에는 어쩔 줄 모르는 빛이 역력하다. 가엾은 샤. 휴, 왜 이렇게 덥지. 샤, 날 좀 가만히 내버려두렴. 너를 부엌에 가둬야겠구나.

스테파니는 세바스찬을 추적하고 있다. 문서를 통해 그의 뒤를 밟고 있는 것이다. 그녀는 도망자 세바스찬과 그 환영들을 새롭게 발견하고 있다. 결국 그것은 넘버8에 대한 새로운 소식을 기다리면서 '특파원' 이 하고 있는 일이었다.

노르디는 아침 일찍 아파트를 나갔다가 늦게야 돌아온다. 아무튼 스테파니도 그를 위해 일하고 있다. 심리적으로라도 그를 도와줘야 하지 않겠는가. 그는 어쩔 줄 모르는 모습이다. 이보다 작은 일에도 그랬을 것이다. 스테파니 기자는 자신이 이 철저한 독신주의자의 삶에 가져다준 충격을 과소평가하지는 않는다.

스테파니의 수척한 볼, 넓은 관자놀이, 뾰족한 턱. 그녀는 세바스찬의 글을 붙잡고 읽는다. 그런 노력은, 이 파리 여인이 무기력과 의욕적인 쾌활함 사이에서 모르고 있는 갈망이며, 사랑에 빠진―하지만 누구에게?―여인의 나른한 열정이다. 샤는 바로 스테파니 자신이다. 얼음이 유리잔 속에서 녹는다. 그녀는 거대한 공간과 시간의 조각을 무시하고 세바스찬의 실타래를 풀어서 아무것도 짐작하지 못하는 노르디에게 바칠 심장 모양의 아름다운 이야기를 만들고 있다.

"세바스찬이 안나 콤네나에게서 무엇을 발견했냐고요? 그야 물론 전부죠! 그렇지 않고서야 무엇 때문에 21세기 사람이, 11세기 초를 살았던 비잔틴 황녀의 책 속에 은둔하려 했겠어요? 참으로 기막힌 일치죠! 그렇게 생각하지 않아요? 대체 무엇 때문에 세바스찬은 그녀에게 관심을 갖게 되었을까요? 모르겠어요? 산타바르바라의 현대적인 아가씨들에게는 아무런 가치도 없다고 생각하는, 우리의 크레스트는 과연 무엇을 가장 높이 평가할까요? 거무스름한 피부와 위엄 있는 태도에 담겨 있는 아름다움, 황제인 아버지를 빼닮은 얼굴, 황녀의 자존심과 지식인다운 두뇌! 고대 작품을 읽고 소양을 쌓은 안나는 천문학, 기하학, 산술, 음악이라는 네 가지 학문을 통해 정신을 성숙시켰어요. 물론 모든 교양의 기초인 세 가지 학문도 소홀히 하지 않았죠. 당신도 그 세 가지 학문이 무엇인지 알고 있잖아요. 문법, 수사학, 문답법. 그러니 누가 더 유창하게 말을 하겠어요?

더구나 안나는 수도원에 은둔하는 대신 정치에 손을 대고 권모술수를 부리고 음모를 꾸미며 가족의 명예를 지키려 하죠. 서양 황실에 만일 그처럼 박식한 여인이 있었다면 아마도 수도원에 감금되었을 거예요. 그녀는 아버지 알렉시우스 1세의 치적을 다루죠. 필요한 경우에는 호머와 플라톤의 문체를 사용하여, 자신의 기분에 따라 그 강도를 조절하면서 황제와 그의 통치를 찬양하죠. 비잔틴에는 안나 이전에 무시무시한 여제들이 몇 명 있었어요. 그래도 황녀가 여자라는 사실은 잊어서는 안 될 핸디캡이었어요.

안나는 쉰 살이 되어서야, 그러니까 1138년에 남편 니케포루스 브리엔니우스가 죽고 나서야 글을 쓰기 시작하죠. 브리엔니우스는 알렉시우스 1세의 연대기를 쓰고 있었어요. 하지만 연대기를 완성시킨 사람은 안나예요. 안나는 남편보다 더 영감에 차 있었을 뿐 아니라 궁정의 음모에도 정통했고 군사적인 대립도 날카롭게 읽었으며 비잔틴의 위업에 대해서도 더욱 경탄하고 있었죠. 그녀는 밀물처럼 몰려오는 향수에 흠뻑 젖은 펜을 들고 연대기를 써나가는 낭만주의자였어요.

과장이라고요? 『알렉시아스』가 몇 권인지 아세요? 무려 열여섯 권! 오늘날에는 당시의 세태를 알고 싶어 하는 불쌍한 책벌레만이 샅샅이 뒤져보는, 굉장히 두꺼운 책이에요. 열독률을 따지면 '안나'가 꽤 높을 거 같지 않아요? 가령 누가 아직도 『삼총사』를 읽겠어요? 호기심 많은 사람들은 '삼총사' 영화를 보고 드파르디외를 알렉상드르 뒤마라 생각하죠. 뒤마는 자신에게 팡테옹의 문을 열어준 이 영화에 감사할 거예요(프랑스 팡테옹은 위인들의 묘지로, 알렉산드르 뒤마는 2002년 12월에 이곳에 안치되었음—옮긴이)!

안나는 남편을 위해 동생 요한네스를 폐위시키려 했지만 실패했어요. 1118년 권력에서 물러난 안나는 1138년 남편이 사망한 후에는 오직 글쓰기에만 전념하죠. 그녀는 10년에 걸쳐 연대기를 완성한 후 역사의 흐름에 염증을 느끼고 죽었을 거예요. 세바스찬은 그녀의 사망 연도가 1148년이 아닐 거라고 생각하고 있어요. 우리의 역사가는 그녀를 만난 후 그녀의 책 속에서, 그녀의 살〔肉〕 속에서, 그녀의 시간 속에서 살고 있어요…….

알겠어요? 세바스찬이 어떤 사람인지 상상할 수 있겠어요? 그는 황녀의 작은 구릿빛 몸속으로 들어갔고, 그의 정신은 그녀의 커다란 까만 눈—그가 자신의 컴퓨터에서 그토록 서정적인 문장으로 미화한—속에 자리를 잡았어요. 그것이 비극적인 일이 아니라면 우스꽝스러운 일이겠죠. 콘스탄티노플 황궁의 '포르피라 실'—미래에 제국의 군주가 될 사람들이 태어나는, 붉은 천과 황금으로 뒤덮인 방—에서 막 태어난 안나의 눈을 어떻게 묘사하고 있는지 좀 들어보세요. '아테나 여신(지혜, 예술, 학문, 전쟁의 여신—옮긴이)의 선물 혹은 에로스의 매력 같은 그녀의 눈은 첫눈에 반할 정도로 매혹적이었을 것이다!' 실제로 세바스찬은 안나의 글을 인용하여 자신의 우상인 안나처럼 이야기하고 있어요.

세바스찬은 어린 안나 곁에 있는 두 귀부인에 대해 상상하죠. 900년 후의 세바스찬만큼이나 흥분하여 안절부절 못하는 황후 이레네 두카스와 할머니 안나 달라세나! 세바스찬은 자신의 우상이 요람에서부터 엄청난 사랑—세바스찬이 받아보지 못한—의 후광으로 둘러싸인 것으로 묘사하고 있어요. '도시의 여왕'인 콘스탄티노플 황궁의 황금 궁륭 아래에서 어린 안나를 두고 어머니와 할머니가 애정 경쟁을 벌이고 거기에 세 번째 귀부인인 알라냐의 마리아가 합세하죠. 생각나는 게 없나요? 알라냐의 마리아는 바로 알렉시우스 1세에게 쫓겨난 전 황제 미카일 7세의 부인이에요. 상상해보세요. 알라냐의 마리아는 알렉시우스를 양자로 들였어요. 물론 외아들 콘스탄티누스를 보호하기 위해서요. 하지만 곧 알렉시우스의 정부가 된 거예요! 알렉시우스는 적진을 무력화시키기 위해 그녀들의 관계를 이용했어요. 음모로 가득한 비잔틴에서는 어쩔 수 없는 일이었죠! 이 사건은 비잔틴 황궁에서는 모두가 다 아는 사실이었을 거예요.

당신도 짐작하겠지만 마리아의 아들 콘스탄티누스와 그녀의 양아들이자 정부의 딸인 안나의 결혼이야말로 이 모든 관계를 정리할 수 있는 기막힌 계략이었어요. 태어나자마자 콘스탄티누스의 약혼녀가 된 영특한 안나는 여덟 살 때부터 미래의 시어머니에게 맡겨진 거예요. 시어머니는 언젠가는 황후가 될 여인에게 필요한 온갖 예절을 가르쳤죠. 세 명의 안주인—제 말을 이해하겠어요? 그녀의 어머니, 할머니, 아버지의 정부—의 질투 어린 애정을 실컷 받은 안나는 활짝 피어났어요. 그녀의 통찰력은 세 여인을 훨씬 능가했고 그녀의 재치는 황궁 전체를 깜짝 놀라게 했죠.

안나의 유모 조에가, 성 데메트리오스의 무덤에서 흘러내리는 몰약이 놀라운 치유 효과를 발휘한다고 그녀에게 알려주었을까요? 이단의 냄새—콘스탄티노플의 영혼을 지배하는 그리스정교회의 총대주교가 알아서는 안 될—를 풍기는 지혜에 깜짝 놀란 궁신들에게 젊은 황녀는 이렇게 대답해요. '믿음으로, 하느님의 도움으로 접근하기만 한다면 그리고 청록색 눈의 여신 아테나를 화나게 하지 않는다면……'

젊은 황녀는 스승들에게 천문학을 가르쳐달라면서 이렇게 말하죠. '제가 천문학에 종사하려는 것이 아니라—당치도 않은 말씀이죠—천문학의 무의미를 더욱 잘 알고 천문학에 전념하는 사람들을 더욱 잘 판단하기 위해서입니다.' 젊은 황녀는 젊을 때부터 얼마나 꾀바른 혹은 합리적인 사람인가요? 세바스찬은 그렇게 생각하고 그녀가 스탈 부인의 출현을 예고했다고 썼어요. 그뿐만이 아니죠! 안나는 죽을 때까지 사건이 별에 의해 결정된다고 믿지 않았고 꿈에 끌려다니는 사람들을 비웃었어요. 하지만 안나는 성 데메트리오스가 아버지의 꿈에 나타나서 '상심하지 말라, 신음하지 말라, 넌 내일 승리자가 되리라'고 예언했다는 말을 듣고서도 아버지에 대한 존경심을 잃지는 않았죠. 실제로 다음날 황제는 테살로니카에서 승리를 거두었어요. 이상은 확인된 사실이에요. 하지만 세바스찬의 말을 믿는다면 오직 성모만이 황녀에게 진정한 그리스도교의 신앙심을 고취시켰을 거예요. 황제가 성모 마리아의 기적이 일어나기를 나흘 동안 기다렸다가 별 성과 없이 블라셰른 성당으로 돌아가고 그곳에서 여느 때처럼 기적이 일어날 수 있도록, 그래서 황제가 가장 아름다운 희망을 가지고 출발할 수 있도록 관례적인 찬가와 열렬한 기원을 바치는 그 대목에서 세바스찬은 탄성을 내질러요.

노르디, 당신의 삼촌은 안나가 11세기의 여인이었지만 이미 지식인이었다고 쓰고 있어요. '지식인'이란 단어에 놀랐나요? 당신처럼 무지한 사람은 시몬 드 보부아르 이전에 여성 지식인이 있었을 거라고는 상상도 못했겠죠! 제 말이 틀렸나요? 아, 아니지, 당신도 제르멘 드 스탈(1766~1817. 일명 스탈 부인. 프랑스계 스위스 작가이자 사교계 좌담가—옮긴이)까지는 거슬러 올라갔겠죠? 그것만 해도 대단한 거예요. 제가 하고 싶은 말이 그거예요. 정신의 법칙에 참여한다는 평계로 자궁의 법칙에 도전하는, 여성 지식인이라는 종(種)의 이상(異狀), 속(屬)의 기적이 안나 콤네나와 함께 시작되었음을 당신은 인정하지 않겠죠? 하지만 당신의 삼촌 세바스찬은 확신하고 있어요!

그리고 화가가 모델을 그림 속에서 다시 탄생시키듯이 세바스찬은 황녀의 몸, 운명, 간단히 말해서 그녀의 사상과 관련된 모든 것과 함께 역사를 다시 만들어요. 아이들을 돌보는 통통한 하녀들을 '물에서 태어난 비너스'로 변화시키는 르누아르(1841~1919. 프랑스 인상파 화가—옮긴이)를 생각해보세요. 혹은 세잔(1839~1906. 프랑스 후기 인상파 화가, 현대 미술의 아버지—옮긴이)의 '목욕하는 여인들'을 생각해보세요. 세잔은 그림 속 등장인물들을 남녀양성으로 시각화하지만 어떤 사람들은 그냥 여장남성으로 보기도 하죠. 또한 여성들의 분쇄된, 잔인한 얼굴을 정말로 사랑하는 것 같은 피카소와 데쿠닝(1904~1997. 네덜란드 태생의 미국화가. 표현주의의 거장—옮긴이)도 빼놓을 수 없어요. 이 비열한 인간들은 분명히 자신들의 붓끝에서 나온 그림들을 음란하다고 인정하지 않았어요.

세바스찬도 마찬가지예요. 그는 안나에게 몰입했어요. 안나가 십자군 병사들에 관해 남긴 기억—제1차 십자군 전쟁(1095~1115)의 연대기—속에서 세바스찬은 그녀를 사랑한 거예요. 그녀는 전쟁 초에 겨우 열두 살이었죠. 그녀는 측근의 보고, 연대기 작가들과 궁신들의 증언을 믿고 그리고 부친에 대한 예찬이라는 불굴의 의지에 따라 십자군 모험을 기록했어요."

"스테파니, 정말 멋진 이야기군요. 하지만 그게 나의 수사와 어떤 관계가 있죠?"

날이 저물자 바람이 서늘해졌다. 사라진 세바스찬의 머릿속을 탐욕스러운 암고양이처럼 배회하던 스테파니는 자신의 모험에 노르디를 조금이라도 끌어들이려고 했다. 얼음 조각이 가득 찬 J.B. 잔도, 노르디가 스테파니의 두 눈동자에서 읽고 있는 사랑의 약속도, 반장이 세바스찬의 이야기에 관심을 갖게 하지는 못했다. 아무튼 스테파니의 믿음처럼 세바스찬의 마음이 비잔틴에 있다면 그는 넘버8은 아닐 것이다! 일이 잘 풀리지 않는다. 버려야 할 시나리오. 릴스키는 즐거워해야 할지 아니면 걱정해야 할지 몰랐다……. 하지만 뭐에 대해서? 미누샤, 너, 자니?

"어머나, 당신은 별로 믿을 수 없는 사람군요! 이봐요, 노르디. 세바스찬을 사라지게 한 것은 그 사람 자신의 망상이에요. 아니 열정이라고 해야 할까? 알겠어요? 그래요, 세바스찬은 그리스도교인들이 얼마나 합리적인지 알고 싶어서 제1차 십자군 전쟁에 그토록 관심을 가졌던 거예요. 마침내 그는 제1차 십자군 전쟁이 지하드(전쟁을 통해 이슬람을 전파하는 종교적 의무—옮긴이)에 맞선 성전이라는 결론에 도달했어요. 세바스찬은 안나의 통찰력, 유럽의 '다른 쪽'에 살았던 이 문인(文人), 반달(회교도의 깃발—옮긴이)을 숭배하는 불경한 이슬람교도들과 맞선 동방정교회 제국에서 태어난 이 그리스 후예를 사랑했어요. 물론 비잔틴제국은 자신만만한 정복자인 라틴 사람들의 도움을 받았지요. 비잔틴제국은 라틴 사람들의 야만적인 요구를 비웃었지만 이미 치명적인 상황에 빠진 사실을 알고 있었어요. 하지만 안심하세요. 안나는 비잔틴의 패배를 예언하지는 않아요. 그럼에도 그녀의 마지막 눈물은 고아가 된 안나의 비탄을 훨씬 넘어서 이미 비잔틴의 패배를 예측할 수 있게 해주죠. 세바스찬은 이 어두운 태양 속에 뛰어든 거예요. 아, 슬픈 비잔틴의 감미로움이여! 세바스찬은 그곳에서 자신의 꿈을 발견한 거예요! 21세기에서 11~12세기까지 거슬러 올라가서 말이에요. 그것은 하나의 완성된 역사의 사이클이죠. 이것은 세바스찬의 예언이에요. 그가 틀렸을까요? 옳았을까요? 그는 이렇게 쓰고 있어요.

'유럽 전체는 오늘날 지나치게 스스로를 자랑스러워하지만 이미 위기에 처한 아름다운 비잔틴과 같다. 유럽은 독자적으로 세상의 강력한 경찰 노릇을 하기에는 너무 가난하다. 교묘한 타협과 불가피한 망설임이 준비되어 있는 유럽은 이미 사형선고를 받은 것과 마찬가지이다. 오늘날 악에 맞서 싸울 수 있다고 장담할 수 있는 나라는 산타바르바라밖에 없다. 하지만 누가 산타바르바라에서 분별 있게 구원을 추구할 수 있을까?

이것은 당신의 실종된 삼촌이 안나를 향한 순례 중에 생각한 거예요. 당신도 이 글을 읽어야 할 거예요. 물론 당신에게는 지나친 요구일 수 있어요. 당신은 시간이 없으니까요. 게다가 당신은 그 글들을 이미 대충 읽었고 모두 이해했다고 생각할 테니까……."

"천만에……."

노드롭은 한숨을 쉬었다. 그는 단 한마디도 끼어들 수 없었다. 그의 스테파니는 이야기를 하는 동안 너무나 빛났다. 반짝이는 두 눈, 부드러운 장밋빛 두 볼. 그녀는 티셔츠 대신에 어깨 끈이 달린 엷은 보라색 비단 드레스를 입고 있었다. 끈 하나가 어깨에서 흘러내렸다.

"아니라고요? 좋아요. 그럼 제 말을 잘 들어보세요. 안나에 대한 사랑은 역사가로서의 추론과 통합되었어요. 그것은 그에게 새로운 눈, 말하자면 우리 세상까지 바라볼 수 있는 '안나'의 눈을 갖게 해주었어요. 맹목적이고 왜곡할 수밖에 없는 그의 사랑은 과학이 보지 못하는 진리를 감지하지요. 당신도 알 거예요. 예를 들어 보라고요? 당신이 신판테온교의 연쇄살인범을 체포하기를 기다리면서―비웃는 게 아니에요. 범인을 못 잡을 수도 있다는 것쯤은 저도 알고 있어요!—저는 『알렉시아스』를 읽었어요. 정말이에요. 유일한 친구인 우리의 샤와 함께 이 열기 속에서 달리 무엇을 하겠어요? 이렇게 말할 수 있어요. 세바스찬은 자신의 자료를 토대로 상상의 이야기를 지어내죠. 그리고 거기에 자신의 이야기를 덧붙이기 위해 단어마다 공상에 빠지고 문장마다, 인유(引喩)마다 미화하면서 제멋대로 안나의 이야기를 다시 만들어요. 만일 이게 '미친 사랑' 이 아니라면 무엇일까 하고 생각해봤어요. 그리고 그는 아름다운 황녀의 명예를 손상시키는 대목들은 모두 지워버려요. 그건 당연한 일이죠.

세바스찬에 따르면 오직 정신적인 즐거움 속에서 살았던 탁월한 지식인 안나는 정치에 염증을 느껴서 자살을 생각하고 수녀원에 은둔하려고 했죠. 당신에게 말했듯이 분명 안나는 제위에 오르는 데 방해가 되었던 친동생 요한네스를 제거하려고 했어요. 요한네스가 태어나지 않았더라면 실제로 그녀는 여제가 되었을 거예요. 그녀가 아버지의 정부인 '알라냐의 마리아' 의 아들, 콘스탄티누스와 결혼을 약속한 사이라는 것을 기억하고 있나요? 당연히 두 아이의 약혼은 파기되었죠. 우리의 석학 안나는 어머니의 집으로 쫓겨나고 학업에 전념하게 되죠. 여자였기 때문에 그녀는 글쓰기와 역사에 몰두할 수밖에 없었어요! 콤네누스 가문의 남성 후계자 요한네스는 제위에 오르지요. 요한네스가 누나의 재기를 따라가지 못한다 할지라도 여자가 황제가 되는 것보다는 낫다는 거였죠. 사람들은 요한네스가 자제력도 없고 불안에 사로잡힌, 가족의 수치라고 수군거렸어요. 누나의 『알렉시아스』에서 미래의 황제는 겨우 몇 줄밖에 기록되지 않는다는 점에 주목하세요. 믿어주세요.

하지만 계속되는 안나의 음모는 상대방의 밀정에게 간파되고 말았죠. 1118년 알렉시우스가 죽고 동생이 즉위하자 그녀는 별로 제위를 탐내지도 않는 남편을 위해 동생을 암살할 계획을 세워요. 안나는 자신의 책에서 이 모든 음모에 관해 조금도 언급하지 않아요. 당신은 그녀가 시치미를 떼는 것이라고 생각하겠죠? 세바스찬은 그녀의 음모를 알고도 조금도 당황하지 않았어요. 그는 정치란 그렇고 그런 것이라고 생각한 거죠. 안나는 정치가예요. 복수심이 별로 강하지 않은 동생은 안나를 수도원에 가두죠. 덕분에 그녀는 열다섯 권의 책을 통해 가부장적 풍습이 빼앗아간 덧없는 권력보다 훨씬 뛰어난 업적을 이루게 되죠."

노르디는 '범죄를 추적한 후' 자신에게 다가와 무릎에 몸을 바싹 붙인 샤미누샤를 쓰다듬어주느라 건성으로 듣고 있었다. 샤는 말이 없는 다른 세계, 인간이 이해하기 힘든 동물계의 존재였다. 노르디는 단단한 빗 같은 손으로 세 가지 빛깔의 털을 쓰다듬는 것을 좋아했다. 흰색, 상치 색, 그리고 이마에 난 적갈색 털. 샤는 더 이상 젖이 나오지 않았다. 나이가 많이 들었음에도 샤는 여전히 신경질적이었다. 자그마한 딸기색 혀는 여전히 우유를 핥았고 식탐 많은 새끼처럼 고기를 가리지 않고 먹었다.

여자들의 악착스러운 수다는 반장에게 언제나 잔인하고 냉혹해 보였다. 스테파니도 마찬가지였다. 영안실의 해부병리학자가 메스로 '고객들'—정말로 너덜너덜해진—의 비장, 간장, 십이지장, 전립선을 찌르는 것처럼 그녀는 세바스찬 혹은 안나—언뜻 보아 둘 다—를 잘게 자르는 중이었다. 해부병리학자가 늙은 레이스 제조공처럼 꼼꼼하게 시체를 해부한 후 얼굴이 빨갛게 달아오른 채 밖으로 빠져나오는 모습이 떠올랐다. 릴스키는 시체에 대한 불쾌감을 극복하고자 가끔 음산한 검시 광경을 애써 바라보곤 했다. 스테파니는 마치 해부병리학자 같았다.

불현듯 반장은 섬뜩해졌다. 자신의 여자친구가 웃으면서 샤의 머리에 똑같이 메스를 휘두를 수 있을 것 같았기 때문이다. 또한 샤의 에메랄드빛 눈, 창백한 젖꼭지, 버찌색의 벨벳 같은 다리까지도 해부하고 작은 발톱도 뽑을 수 있을 것 같았기 때문이다. 미누샤는 작은 발톱으로 반장의 무릎을 긁었다.

이상하게도 이 터무니없는 생각 때문에 반장은 스테파니가 파도처럼 쏟아내는 집요한 말에 관심을 갖게 되었다. 아무튼 세바스찬이 선조들의 발자취를 찾으러 간 것은 이 비잔틴 황녀와 관계가 있었다. 불가능한 것은 하나도 없었다. 꿈, 강렬한 친근감, 두 육체, 두 시간, 두 운명 간의 상호영향. 물론 릴스키는 누구보다도 망상과 범죄의 싹을 잘 알아보았다. 그는 안도감을 느꼈다. 이 성가신 삼촌은 괴짜이긴 하지만 연쇄살인범이라고 단정할 수는 없었기 때문이다. 아마도. 이런저런 생각이 떠올랐다. 문제는 증거였다. 사랑하는 소설가여, 증거는 어디에 있는가?

스테파니는 갑자기 몽상에서 깨어난 노르디의 모습에 잠깐 숨을 돌리더니 다시 말을 이었다.

"세바스찬의 열정에 관해 다른 증거를 원한가요? 세바스찬은 자신의 뜻대로, 말하자면 자신을 위해 황녀의 사랑까지 변형시켜요! 세바스찬은 어린 약혼자인 콘스탄티누스에 대한 안나의 비상한 애착에 대해서는 한 마디도 언급하지 않아요. 노르디, 안나가 사랑스런 그리스어로 묘사한 완벽한 웅변조의 찬사를 들어보세요.

'그는 말투뿐 아니라 행동 하나하나도 매력적이었다. 또한 그와 함께 있었던 사람들이 늘 말하듯이 놀이에서의 민첩성은 그 누구도 따를 수 없었다. 머리는 금발이었고 얼굴은 막 봉오리를 터뜨리는 장미꽃처럼 생기발랄하고 우유처럼 하얗다. 눈은 맑지는 않았지만 황금빛 새끼고양이처럼 눈썹 밑이 반짝였고 매의 눈을 닮아 있었다. 수많은 매력이 사람들을 어찌나 매혹시켰는지 그는 땅이 아닌 하늘의 아름다움을 지닌 것처럼 보였다. 말하자면 사람들은 그를 보면서 사랑의 신을 떠올렸다.'

노르디, 알겠어요? 안나는 최초의 여성 트루바두르(중세 남프랑스의 음유시인—옮긴이)였어요. 하지만 버림받은 후 움츠러든 약혼녀는 사랑하는 콘스탄티누스의 죽음에 관해 전혀 쓰지 않아요. 저는 이 첫사랑이 결코 죽지 않았다고 생각해요. 당신은 어떻게 생각해요? 세바스찬은 그 이유를 알고 싶어 하지 않았어요. 안나가 사랑하는 콘스탄티누스가 바로 자신이기 때문이죠. 세바스찬은 환각 상태에서 자신이 바로 유일한 콘스탄티누스이며 안나가 사랑하는 사람은 바로 자신이라고 생각한 거예요! 그뿐만이 아니에요. 이렇게 말해도 될지 모르겠지만, 세바스찬은 안나가 열네 살 때인 1097년에 결혼하고 자신의 연대기에서 콘스탄티누스보다 훨씬 더 칭찬하고 있는 니케포루스 브리엔니우스에 대한 찬사의 의미를 완전히 뒤집어버리지요. 안나가 니케포루스를 더욱 예찬하는 것은 당연한 일이에요. 그녀는 결혼이라는 규범 속에 들어갔고, 그 누구보다 고귀한 귀부인이 되었기 때문이죠. 따라서 찬사의 방식이 그녀의 유일한 '황금고양이'인 콘스탄티누스에게 바친 서정적인 문체보다 덜 웅장하고 더 절제된 것이라 해도 사실 니케포루스는 훌륭한 인물이었죠.

부제 니케포루스와의 결혼이 매우 이상해 보인다는 점은 저도 인정해요. 왜냐고요? 니케포루스는 아버지 알렉시우스에게 패배한, 같은 이름의 유명한 장군 니케포루스 브리엔니우스의 아들이었으니까요. 무슨 말인지 알겠어요? 강력한 가문과 화해를 함으로써 비잔틴제국의 옥좌—여기서는 안나의 아버지의 황위—를 보장받기 위해 승자의 딸과 패자의 아들을 혼인시킨 거예요. 무슨 일이 일어나든, 그녀가 무슨 일을 하든 결국 딸은 어쩔 수 없이 중요한 역할을 하는 '하녀'가 될 수밖에 없어요.

어떻게 하면 태어날 때부터 아버지에게 도움이 될 수 있는가. 당시의 모든 여자들처럼 부모의 뜻에 따른 정략결혼을 통해서? 혹은 반대로 사물의 실재와 단어의 실재를 훨씬 넘어서는 글쓰기를 통해서? 이것이 문제로다. 안나는 자신에게 별로 혐오감을 일으키지 않는 이 두 가지 가능성을 활용하죠. 그래서 그녀는 술책을 즐겨 쓴다는 평가를 받게 된 거예요. 그래요, 저는 세바스찬처럼 글쓰기가 그녀를 불쾌하게 하지 않았다고 생각해요. 그녀는 펜을 통해 수사학적 즐거움을 즐겼고, 언어로 무엇인가 표현하려는 열정—다른 열정들을 소멸시키거나 대신하는—은 그녀의 유일하고 참된 열정이었기 때문이죠. 한 번 들어보세요.

'나는 합법적인 혼인을 통해 부제 니케포루스와 하나가 되었다. 그의 눈부신 아름다움, 탁월한 재치, 완벽한 웅변술은 이 시대 사람들을 훨씬 앞섰다. 그는 너무나 경이로운 사람이라 만나서 이야기를 듣는 게 즐겁다. 얼마나 멋진 조화인가. 그의 문장 속에는 얼마나 섬세한 우아함이 담겨 있는가!'

비웃지 마세요. 당신은 스스로를 자유로운 사람이라고 생각하지만 대신 그들에게는 부부로서의 애정이 있었어요. 저야 뭐 당신을 이제 겨우 알기 시작했지만……. 아무튼 지켜볼게요. 하지만 안나의 마음이 남편 니케포루스에게 옮겨간 것처럼 다시 콘스탄티누스에게 옮겨갔다고 생각해도 무리한 건 아니죠. 안나는 두 번의 혼인에서 아버지의 축복을 받았거든요. 제 생각에 동의하세요? 그러나 불운하게도 그녀가 열렬히 사랑하던 남편은 병에 걸리고 말아요. '과도한 피로, 너무 잦은 전쟁, 우리에 대한 형언할 수 없는 염려 때문에' 병에 걸린 거예요. 그래서 '폭포 같은 눈물이 우리의 눈을 온통 적시고', 잃어버린 부제에 대한 '연민은 화덕의 연기처럼, 하루살이의 열정처럼 그녀를 사로잡는 한없는 불행'이 되어버리죠.

황녀의 연민은 한낱 문학적 재치에 불과할까요? 노르디, 어떻게 생각하세요? 에우리피데스(BC 484~406경. 고대 아테네의 3대 비극 작가 중의 한 명—옮긴이)식의 현학적인 추억일까요? 아니면 우리의 여성 문인이 어릴 적부터 탁월한 실력을 발휘하던 '3대 학문'을 멋지게 실천한 게 아닐까요? 틀림없이 그럴 거예요.

안나에게 단어는 곧 사물이었어요. 그녀는 부제인 남편의 미완성 연대기를 잡고 완성했지요. 대다수 사람들은 그녀가 남편보다 훨씬 뛰어났다고 생각했지요. 하지만 제가 보기에 당신 삼촌은 여기서 약간 상궤를 벗어났어요. 세바스찬이 우리의 비잔틴 황녀에게서 오늘날 페미니스트의 신랄함을 떠올리는 대목은 얼마나 퇴폐적인 현대식 생각인지! 얼마나 어리석은 원한인지! 세바스찬은 만일 남편이 졸부 같은 부류였다면 분명 안나가 경멸하고 반항했을 거라고 쓰고 있어요. 작가인 안나는 자신의 글쓰기를 통해 실망스러운 동료에게 보복은 했을지 몰라도, 관례를 존중하여 남편의 무능은 언급하지 않았을 거예요!

그러고 보니 염세적인 목사인 아버지 패트릭의 빅토리아풍 이기주의, 그리고 오빠 브랜웰의 근친상간과 알코올 중독에 희생된 샬롯 브론테(1816~1855. 영국 소설가. 『제인 에어』, 『셜리』의 작가—옮긴이)라는 '순교자'가 떠오르네요. 임신 중 죽은, 가엾은 천재 샬롯은 독특한 글쓰기를 통해 멜로드라마풍 페미니스트의 기수가 되었죠. 멜로드라마풍 페미니스트들은 세비네부인이 무기력한 남편에게 반항하기 위해 펜을 들었다고 생각해요. 하지만 아주 매력적이지만 붙잡을 수 없는, 방탕한 경기병 중령인 사촌 뷔시 라뷔탱 때문은 아니었을까요? 또 남성우월주의자인데다가 지린내나 풍기고, 못생겼고, 유대인 배척자—못 믿겠다고요? 잘 생각해보면 모든 게 가능하죠!—였던 샤

르트르에게 맞서기 위해 글을 썼던 보부아르도 생각나요. 보부아르가 『존재
와 무』 또는 『구토』의 진짜 작가는 아니었을까요?

　이런 역사적 관점은 산타바르바라 대학교의 주장 때문에 나온 거예요. 세
바스찬이 그 정도로 만족할 수는 없었을 거예요. 하지만 그가 나중에 쓴 글을
보면 그의 연구소와 인접한 학과의 페미니스트 교육에서 '정치적으로 올바
른' 반영보다 훨씬 더 개인적인 몽상을 찾아낼 수 있어요. 그의 열정, 그의 망
상! 잘 들어보세요. 그는 안나의 혈통을 뒤죽박죽으로 만들어버렸어요!'

　그러자 노르디가 투덜거렸다.

　"재미있군요. 계속해봐요. (사랑 받지 못한, 크레스트 외할아버지의 사생
아는 과거 문제에서 결코 벗어나지 않을 셈인가?) 들어봐, 미누샤, 제발, 들어
봐. 이 이야기는 네게도, 내게도 조금도 아프지 않아. 그 반대지. 그렇지 않
아? 이 이야기는 내게 뭔가 의미를 갖고 나의 상상력을 자극하는데……. 스
테파니, 당신 뭐라고 했어요?"

　"아 참, 노르디. 당신이 샤미누샤를 그토록 사랑한다는 사실을 깜빡 잊고
있었어요! 비난이 아니에요. 천만에요. 저도 녀석을 무척 좋아해요. 물론 녀
석이 짜증나게 할 때를 제외하고요. 녀석은 저와 함께 놀다가 그만 화분을 깨
뜨렸어요. 그런데 제가 어디까지 말했죠? 아무튼 지금 우리에게 풀어야 할
문제가 두 가지, 즉 넘버8과 세바스찬 문제가 있다는 것을 잊지 마세요. 그러
니까 당신을 난처하게 할 위험이 있지만 그걸 무릅쓰고 말하는 거예요…….
좋아요, 이야기를 계속할게요.

　안나 콤네나는 어머니 이레네 두카스를 통해 디라키움의 공작이자 함대의
지휘관인 요한네스 두카스의 명문가와 연관이 되죠. 우리의 여성 역사가는
'나의 외삼촌'을 온갖 찬사로 포장하는 일을 포기하지 않아요. 하지만 여기
서 우리의 관심을 끄는 인물은 그가 아니에요. 그 가문에서 가장 부유한 사람
은 콘스탄티누스 두카스 황제의 동생이자 이레네의 할아버지인 부제 요한네
스 두카스였어요. 간단히 말해서 두카스 가문은 처음에는 콤네누스 가문에
맞설 음모를 꾸미다가 나중에 인척관계를 맺죠. 이런 전형적인 비잔틴 역사
는 우리와는 관계가 없어요.

다음은 세바스찬이 꾸며낸 이야기에 지나지 않아요. 분명히 그가 만들어낸 창작물이죠. 저라도 안나가 직접 쓴 책에서 빈약한 지식을 주워 모아 이 정도의 이야기는 꾸밀 수 있어요. 알겠어요? 제가 너무 열광하면 비잔틴 역사 자체에 객관적일 수가 없어요! 어쨌든 세바스찬은 이렇게 주장하고 있어요. 대부호인 요한네스 두카스의 아들 안드로니쿠스 두카스―안나의 외할아버지―는 불가리아의 귀족인 불가리아의 마리아와 결혼했다. 따라서 불가리아의 마리아는 이레네의 어머니, 즉 안나의 외할머니일 거라는 거죠. 당시에, 즉 1096~1097년에 두 나라 사이에 복잡한 전쟁―우리 이야기와는 관계없는―이 있었기 때문에 불가리아 왕국은 비잔틴제국의 한 지방에 불과했어요.

　불가리아의 마리아는 부유한 지주였고 귀족이라기보다는 농부에 가까운 풍만하고 소박한 미인이었죠. 그녀는 오흐리드 호수 주위에서 돈 후안처럼 바람을 피우는 남편 안드로니쿠스의 방탕을 눈썹 하나 까딱 않고 버텨냈어요. 그녀는 부유한 가문에서 물려받은 낡은 저택에서 살고 있었어요. 그리스식의 세련미가 전혀 없는 그녀는 자연과 돈을 숭배하는 것으로 만족했죠. 그러니 누가 불가리아의 마리아를 콘스탄티노플로 불러들이겠어요? 사람들은 그녀를 황제의 파티에 결코 초대하지 않았고 그녀에게서 나는 밀 냄새와 그녀의 떠들썩한 웃음소리를 경멸했죠! 얼마나 짓궂은 짓인가요! 황후 이레네의 어머니는 이레네와 알렉시우스가 결혼한다는 소식을 듣고 자신의 영지에 머무르면서 딸의 지참금을 보냈어요. 관례적인 감사의 표시도 받지 못하고 엄청난 돈이 계속 유출된 건 두 말할 필요도 없죠.

　그런데 세바스찬에 따르면 눈부시게 아름다운 젊은 황녀 안나는 황궁 밖으로 나가 수상쩍은 시인들과 문인들 모임에 자주 참석했지 뭐예요. 그러더니 안나는 눈에 띄게 쇠약해지기 시작했어요. 그녀의 '황금고양이' 콘스탄티누스가 죽은 후 황녀의 까만 눈동자는 눈물로 흐려졌고, 얼굴빛은 나날이 창백해졌어요. 황궁의 시의 이탈로스는 '나이 때문입니다'라고 말했지만 이레네는 그 말을 별로 믿지 않았어요.

　독실한 어머니는 언제나 참회자 성 막시무스(580경~662)의 책을 팔에 끼고 식탁에 앉았어요. 하지만 그것도 신학 토론에 푹 빠진 안나를 더 이상 감동시키지 못했어요. 젊은 안나는 모든 일에 흥미를 잃고 내면의 세계 속에 빠졌어요. 이레네는 어린 딸이 자신의 피, 자신의 배 그리고 내면에 움푹 패인 허무에 대해 사색한다고 생각했어요. 안나는 유모 조에게 비밀로 해달라며 자신이 수녀가 될 준비를 끝냈다고 털어놓았어요. 유모는 분명히 어머니에게 그대로 일러바쳤고요. 그래서 이 젊은 육신을 하느님께 바치기 전에 최후의 조치가 내려졌어요. 즉 황실은 안나를 외할머니인 불가리아의 마리아에게 보내기로 한 거지요. 그녀가 바람을 쐬고 자연을 발견할 수 있게 해준다는 핑계로 말이죠. 아무튼 이 세상에는 황실 도서관의 문헌 세계와는 다른 삶이 있는 법이죠. 열세 살의 황녀는 이 도서관을 좋아해서 오랫동안 머무르곤 했어요. 분명히 타협책이었지만 그 전략은 실패했어요. 그래서 안나는 농부인 외할머니를 만나러 가게 되죠. 그것은 아버지에게 도움이 되는 운명을 부여하기 전에 이 아이의 기분을 전환시켜주기 위해서였죠.

그래서 어떻게 되었냐고요? 『알렉시아스』에는 그 오흐리드 여행에 대해서 전혀 언급이 없어요! 확신할 수는 없지만 그럴 거예요. 어쩌면 제가 다 읽지 못한 걸 수도 있어요. 하지만 세바스찬은 베라 M.이라는 불가리아 여성 역사가가 얼마 전 안나의 외할머니 댁 여행과 관련된, 확실한 증거를 찾았다고 쓰고 있어요. 아무튼 당신의 삼촌은 저를 자신의 생각 속으로 끌어들이는 데 성공했어요. 당신도 알게 되겠지만 가계(家系) 문제는 단순하지 않아요. 우리의 박식한 도망자는 안나 콤네나가 오흐리드에서 다름 아닌 자신의 선조, 그러니까 당신의 할아버지의 할아버지의 할아버지……를 만났다고 주장하고 있어요. 마음에 드세요? 마침내 콘스탄티누스는 잊혀지고 니케포루스는 고문서 도서관에 묻히고 만 거죠! 그리고 고귀한 기사들 만세! 결국 세바스찬은 보통의 십자군들과는 다른 십자군 병사의 후손이 되기로 한 거예요. 잠시 기다려주세요. 당신도 이해하게 될 거예요.

당신도 위그 드 프랑스를 기억하죠? 필리프 1세의 동생이자 베르망두아의 백작 말이에요. 필리프 1세는 자신의 아내를 버리고 다른 남자의 아내를 납치했다는 이유로 교황으로부터 십자군 전쟁에 참가할 자격을 박탈당했어요. 따라서 위그 드 프랑스는 은둔자 피에르의 무리가 콘스탄티노플 앞에 진을 치고 있는 순간에야 비잔틴의 수도로 향하는 원정길에 오르는 최초의 영주가 되죠. 위그는 이탈리아 북부를 거쳐 로마로 들어가 성 베드로의 깃발을 받고 바리에서 출항 준비를 한 후 아드리아 해를 횡단해요. 하지만 끔찍한 폭풍우를 만나 1096년 10월에 간신히 디라키움, 즉 두라초(현재 알바니아의 두러스) 근처, 비잔틴 해안에 도착하죠.

디라키움의 총독 요한네스 콤네누스—황제의 조카이자 안나의 사촌—는 형식적인 의전을 갖추고 셀주크 투르크족에 대항하는 이 동맹군을 맞이하죠. 하지만 기이하게도 이 비잔틴 사람들은 왕위를 요구하는 라틴 사람들을 당황시킬 여러 가지 방법을 가지고 있었어요! 오디세우스의 방식이죠. 요한네스 콤네누스는 위그를 콘스탄티노플로 보내요. 하지만 비잔틴 호위대를 대동하고 오흐리드와 필리포폴리스를 지나치는 우회로를 통해서 말이에요. 안나의 『알렉시아스』는 용기와 품위보다는 허풍과 야만으로 무장한 프랑크족 기사들의 기상천외한 도착 장면을 놓치지 않죠. 실제로 안나는 이 가엾은 위그—그녀는 그를 '위보스'라고 불러요—를 어찌나 경멸적으로 표현했는지 세바스찬은 무엇인가 숨겨진 흑막이 있다고 생각하죠. 그게 뭘까요? 당신이 맞힐 리가 없죠! 그것은 러브 스토리예요!

네, 그래요. 외손녀의 기분을 풀어주는 일을 맡은 불가리아의 마리아는 실제로 손녀에게 고상한 기사들을 소개시켜주기 위해 도로 요충지인 이 오흐리드에서 온갖 기회를 노려요. 제1차 십자군 원정대가 지나가거나 식량을 찾기 위해 길을 벗어나는 바람에 이 지방은 온통 혼란에 빠지죠. 한 번 상상해보세요. 고약한 영주들보다 앞서 북쪽에서 내려온 고티에 상자부아르는 헝가리를 지나 다뉴브 강과 사바 강을 건넜고 베오그라드와 니슈를 향해 돌진한 후 필리포폴리스를 향해 진격했어요. 은둔자 피에르는 소피아 근교에 있는 풍차방앗간들을 불태우고는 1096년 7월 12일—세바스찬은 정확한 날짜를 찾았다—고티에와 합류했죠.

위그의 안내를 받은 프랑스 영주들이 이곳을 지나간 직후, 고드프루아 드 부용이 헝가리를 가로지른 다음, 니슈, 소피아, 필리포폴리스, 아드리아노플(오늘날 터키의 에디르네—옮긴이)을 걸쳐 콘스탄티노플에 도착해요. 얼마 뒤에는 로마를 지나온 보에몽 드 타랑트가 바리에 도착해 로베르 드 노르망디와 로베르 드 플랑드르와 함께 출항 준비를 하고 얼마 후 아블로나와 디라키움 사이에서 하선하죠. 어떤 부대는 브린디시를 지나 보데나와 테살로니카로 향하죠.

이것 좀 보세요. 제가 지도를 그려봤어요. 노르디, 알아보겠어요? (그녀는 진지하고 학술적이며 열정적인 표정을 짓더니 고개를 숙였다.) 밀물처럼 쇄도하는 이 무리들을 상상해봤나요? 안나는 1만 명의 기사들과 7만 명의 보병에 대해 이야기하고 있어요. 이 숫자가 과장된 것처럼 보일지 모르지만, 그처럼 많은 군대에게 군수품을 대느라 정신을 못 차리는 비잔틴 관리들을 쉽게 상상할 수 있지 않나요?

더구나 수많은 순례자들이 마니교도 같은 이교도에게 호의적이지 않았다는 점을 생각해봐요. 순례자들은 주저하지 않고 바르다르 강가에 있는 도시를 파괴했죠. 그러니 토착민들은 생필품을 팔거나 길잡이가 되어주는 걸 거절할 수밖에 없었어요. 대부분의 십자군은 예루살렘에 있는 그리스도의 성묘에 도달할 희망을 품고 콘스탄티노플을 향해 계속 진군했지만, 낙담하기 시작한 일부 기사들은 진군을 망설이거나 강도짓을 했죠. 동로마의 그리스도교인들의 저항뿐 아니라 고난의 원정길에 지치고 회의주의로 의욕을 잃은 어떤 십자군 병사들은 결국 비잔틴이 서로마의 그리스도교 세계와는 너무나 다르다는 걸 알아챘어요.

비잔틴 사람들은 생각보다 더 부유했고, 게다가 글도 읽을 줄 모르면서 잘난 체하는 라틴 영주들에게 의심을 품고 자부심을 느끼며, 툭하면 적의를 나타냈어요. 어떤 십자군 병사들은 세련된 비잔틴 사람들의 생활방식에 매료되었어요. 이들은 교활하고 호화스럽고 교묘한 상류층의 세련된 취향과 신학논쟁에 자신들의 소박한 농부기질을 뒤섞었어요. 비잔틴 황실은 멀리에서 온 이 야만인들을 매수해서 황제의 봉신으로 격하시킬 준비가 되어 있었죠. 알렉시우스는 우르바누스 2세에게 유능하고 겸손한 용병부대를 요청했지만, 거드름을 피우는 라틴 사람들은 비잔틴을 굴복시키려는 은밀한 동기를 품고 예루살렘을 향한 성전에 뛰어들었던 거예요!

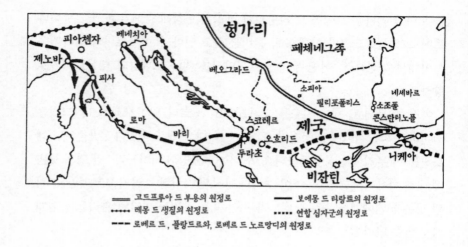

둘 다 괜찮아요? 만일 둘—당신과 샤미누샤—이 원한다면 우리의 슬픈 황
녀와 불가리아의 마리아 이야기로 다시 돌아갈게요. 마리아의 이야기에 한
마디 덧붙이죠. 안나의 외할머니는 비잔틴이 겨우 1세기 전에 자신의 선조
들을 학살한 사실을 잊지 않고 있었어요. 비잔틴 귀족들이 재미삼아 적과 혼
인—물론 황궁에서—함으로써 자초하는 은밀한 살인은 차치하고라도 말이
죠. 배신의 수도 비잔틴!

마리아의 가계는 불가리아의 위대한 사무엘 차르의 동생인 아론까지 거슬
러 올라가요. 아론의 장녀는 알렉시우스 1세의 삼촌, 정확히 말해서 이사키
우스 1세 콤네누스—알렉시우스의 아버지 요한네스의 형—와 결혼했죠. 이
상은 확실해요. 제가 당신을 정신없게 만들었나요? 황실의 가계 역시 모자이
크처럼 복잡하다는 점을 말하고 싶은 거예요. 귀족과 침략자, 그리스인과 슬
라브인, 오만한 가계와 불손한 이웃과의 전쟁과 혼례.

사실 거기에는 그럴 만한 이유가 있지요. 사무엘의 왕국은 다뉴브 강에서
테살리아(오늘날 그리스 중북부 지방—옮긴이)와 아드리아 해까지 뻗어 있었고,
마케도니아 왕조에서 가장 위대한 황제인 바실리우스 2세(재위 976~1025—옮
긴이)가 통치하는 비잔틴제국을 위협하고 있었죠. 바실리우스 황제가 야만
적인 잔인성—마리아 주변의 농부들이 여전히 두려워하는—을 발휘할 정도
로 사무엘은 강력하고 위험한 존재였을까요? 수많은 전투 후 바실리우스 2

세는 1014년 스트루미차에서 승리하고 마리아의 동포들 중에서 1만 5000명의 포로를 잡았어요. 하지만 왜 바실리우스는 150명을 제외한 모든 포로들의 눈을 파냈을까요? 어쨌든 그는 나머지 150명도 애꾸로 만든 다음 동료들을 사무엘에게 데려가게 했어요. 사무엘은 눈을 잃은 자신의 군대 앞에서 슬픔과 치욕으로 죽고 말았죠. 그때부터 사람들은 이 불길한 이야기를 모든 불가리아 아이들에게 끊임없이 들려주었어요.

불가록톤('불가리아인 학살자'라는 뜻으로 바실리우스 2세에게 붙은 별명—옮긴이)이란 이름만 듣고도 마리아는 눈물을 흘렸고 그녀의 마음은 얼어붙었으며 그녀의 두 눈은 텅 비었죠. 냉혹한 바실리우스 2세가 그녀의 눈까지도 멀게 한 셈이었어요. 모욕당한 사람들에게는 시선이 없어요. 하지만 눈, 아, 눈이여! 바로 이 눈이 비잔틴의 열쇠입니다! 당신도 알겠지만 보이는 것과 보이지 않는 것에 대한 수많은 토론, 이미지로 표현하는 것과 그렇지 않은 것……

마리아는 시골 사람이라서 이 모든 것을 이해할 수는 없었죠. 하지만 그녀는 콘스탄티노플 사람들이 보는 것과 보이는 것을 열렬히 좋아하며, 어떤 사람들은 심지어 보이지 않는 것을 볼 수 있다고까지 주장하는 것을 알고 있었어요. 또 어떤 사람들은 보이지 않는 것은 오직 느낌으로만 알 수 있고, 마치 성화상에 입을 맞추듯 보이지 않는 것에 몸을 담그기 전에는 먼저 얼굴을 대고 냄새를 맡은 다음 마음으로 맛을 보아야 한다고 생각했죠.

'비잔틴 사람들은 눈으로 여러분을 먹어치웁니다. 저의 손녀 안나를 보세요. 난해한 책을 삼키는 날카로운 눈을 보세요! 그애의 눈은 보이지 않는 것까지 볼 수 있을까요? 아닐 거예요. 이 아이는 냄새 맡고, 먹고, 느끼는 것을 제외한 모든 것을 알죠. 아니 아직은 꼭 그렇지 않을 거예요. 두고 보면 알게 되겠지요. 비잔틴이 아무리 사무엘의 병사들에게서 눈을 빼앗아간다 해도 소용없어요. 무엇보다도 뜻밖의 증인인 안나의 시선이 살아남아 있으니까요.' 이 비잔틴 여인의 눈으로 무엇을 알 수 있을까요?'

안나 콤네나의 인장

안나 콤네나의 생애

1083년 12월 1일 : 황궁에서 탄생. 며칠 후 콘스탄티누스 두카스와 약혼함.

1091년 : 콘스탄티누스 두카스와 결혼.

1097년 : 콘스탄티누스가 죽자 니케포루스 브리엔니우스와 결혼.

1118년 : 아버지 알렉시우스 1세 사망. 안나는 동생 요한네스를 폐위시키려고 시도한 후 실각됨.

1138년 : 니케포루스 브리엔니우스 사망. 『알렉시아스』를 쓰기 시작함.

1148년 : 고독과 슬픔 속에서 연대기를 끝내고 남 달랐던 생애를 마감함.

+

KOMNH
.ΟΔȢΚωΝ
ΕΚΓΕΝΟVC
ÇΦΡΑΓΙC
..ΝΗC

+

Κομνη-
[ν]οδουκῶν
ἐκ γένους
σφραγὶς
<’Αν>νης

신비로운 상징 물고기

"노르디, 제 말을 듣고 있어요? 아니면 미누샤의 눈동자만 들여다보는 거예요? 내가 이야기하느라 당신을 안 쳐다보는 줄 아세요? 조심하세요! 그럼 계속할까요?

알렉시우스의 장모인 불가리아의 마리아—신앙심이 깊으면서도 신랄한—는 문인들과 기상천외한 사제들에게 둘러싸여 있었죠. 이들은 마리아를 만나지 않을 때는 '보고밀파(bogomil, 10~13세기 불가리아에서 이원론을 주장하던 종파. 중심 교리는, 물질세계를 마귀가 만든 것으로 간주하여 성육신을 부정하고 물질을 은혜의 수단으로 간주하는 그리스도교적 사상을 거부했음. 또한 세례, 성만찬, 정교회 조직 전체를 인정하지 않았음—옮긴이)의 이단에 대해 토론했어요. 호기심이 대단했던 마리아는 방랑하는 기사들 가운데 가장 존경할 만한 사람들을 자신의 영지에 맞아들였어요. 이 외국 영주들 가운데 몇몇은 식량을 나누어줘도 아깝지 않은 사람들이었고, 특히나 행실이 좋은 영주들은 식사에도 초대를 받았죠. 물론 통역할 사람도 함께 참석했어요. 그리스어를 할 줄 아는 외국인은 드물었으니까요. 1097년 봄, 툴루즈 백작의 정찰병인 에브라르 파강이 나타났어요.

에브라르 파강—파앵이라고도 하죠—은 툴루즈 백작 레몽 드 생질의 부대보다 먼저 나타났어요. 그의 삼촌 아데마르 드 몽테유 주교는 교황 특사로서 오크어를 사용하는 프랑스인들과 함께 원정길에 올랐고요. 기억나요? 기억 안 나요? 좋아요. 그럼 당신의 기억을 되살려주겠어요. 레몽 4세 드 생질은 1095년 11월 클레르몽 공의회에서 십자군에 참가하기로 결심했어요. 결국 1096년 10월에야 준비를 마친 레몽 드 생질은 장남 베르트랑과 차남 알퐁스에게 툴루즈 영지의 관리를 맡기고 아내 엘비르 다라공과 함께 출발했어요. 그는 이미 스페인에서 회교도에 맞선 성전에 참전한 적이 있었죠.

툴루즈 백작의 부대는 몽즈네브르 고개를 통해 알프스 산을 넘었고 이탈리아 북부지방을 횡단하여 트리에스테 만까지 이동한 후 이스트리아와 달마치야 해안을 따라 내려갔죠. 달마치야 가도는 험난했고 주민들은 적의에 차 있었고 거칠었어요. 게다가 오크어를 쓰는 군대는 군기가 문란했죠. 배고픔, 페체네그족 호위대 그리고 위선자인 요한네스 콤네누스의 괴롭힘을 견디며 40일 동안 행군한 끝에 1097년에야 초췌한 꼴로 도착했어요.

정찰병은 에브라르라는 수줍은 청년이었어요. 그는 모국어를 구사하듯 자연스럽게 라틴어와 안나의 언어로 자신의 뜻을 잘 표현했어요. 세바스찬은 적어도 그렇게 생각했어요. 마리아도 멋진 금발, 건장한 체격, 달콤하고 유창한 언변이라고 칭찬했어요. 이 여행자는 침울한 안나에게 무관심하지는 않았고, 안나도 할머니가 소개시켜준 품위 있는 수많은 기사들 중 누군가에게 관심이 있는 것 같았어요. 하지만 모든 기사들이 안나에게 관심을 보인 것은 아니었어요. 마리아는, 손녀가 혼자서 오흐리드 호수를 응시하거나 방에 틀어박혀 호메로스의 작품에 몰입하는 대신 그 젊은 성직자 곁에 붙어 있는 모습을 자주 목격하게 되지요.

마치 불가리아의 마리아 저택에서 엊그제 일어난 일처럼 세바스찬은 이 장면을 생생하게 재현하고 있어요. 노르디, 무슨 말인지 알겠어요?"

"우리나라에서 성직자와 주교는 검을 지니지 않아요. 신앙인이기 때문이죠. 제 말에 충격을 받지는 마세요." (비잔틴 황녀는 자신의 까만 눈동자가 라틴 사람들에게 매혹적으로 보이기를 바라지만 에브라르는 그녀의 눈에서 유혹적인 감미로움, 아니 자신을 대화로 끌어들이는 힘을 발견한다.)

"우리나라 오베르뉴에서 검을 지니는 것은 하느님의 평화를 지키기 위해서입니다. 기이한 평화라고 생각하신다면 제 생각도 같습니다. 지난 세기 르퓌 공의회를 비롯해서 여러 차례 공의회가 열렸고, 거기서 영주들에게 강탈된 교회의 재산을 보호하기 위해 주교들의 무기 휴대가 허용되었습니다. 또한 기사들의 폭력으로부터 백성들을 보호하라는 의무도 내려졌습니다. 당신은 주교들이 약해진 왕권을 대체하려 한다고 말하는데, 그럼 주교들이 틀렸다고 생각합니까? 이번에는 사람들의 시각이 다를 수 있다는 점을 인정하세요. 전쟁의 당위성은 영주들과 백성들의 평화회의에서 주장되었습니다. 그때부터 전쟁은 신성시되었지요. 하지만 전쟁은 기사들과 약탈자들의 강탈로부터 교회와 약자들을 보호하는 경우에만 가능한 겁니다. 이렇게 승인된 하느님의 평화가 없다면 우리 백성들은 불경한 사람들에 맞서는 당신들을 도우러 오지는 않았을 겁니다. 이해하겠습니까?" (에브라르의 긴 훈계는 안나를 지루하게 했을까? 아니, 그녀는 다른 세상의 이야기를 들려주는 이방인의 말에 매료된 채 잠자코 있었다. 또한 여행자의 탐욕스러운 입과 황금빛 수염 아래 돋아 있는 여드름에 매료되었다.)

"기사님, 그건 바로 제가 말씀드리고 싶은 거예요. 전쟁은 이슬람교도들의 지하드처럼 당신들에게 성전이 되었습니다. 하지만 예루살렘을 해방한다—우리가 바라는 바죠. 제 말을 믿어주세요—는 구실로 우리 땅에 침입하고 우리의 수도를 위협하는 당신네 영주들과, 아브라함과 하갈의 후손인 그리스도의 적들, 소돔인들의 화와 고모라인들의 쓴맛이 낳은 이슬람교도들 사이에 어떤 차이가 있나요?" (안나는 격분하고 있었다. 어린 나이였지만 그녀는 알라의 신자들이 아버지 제국의 국경 지대를 얼마나 괴롭히는지 모르지는 않았다. 그녀는 이교도인 이슬람교도들과 거짓 예언자들을 비난하는 다마스커스의 학자 성 요한(675~749. 『지식의 근원』, 『정통 신앙』 등의 저서를 비롯하여 시와 찬미가 등을 남김. 1890년 레오 13세로부터 교회 박사로 선언됨—옮긴이)의 작품과, 테살로니카 같은 비잔틴 근교 도시에서 이슬람교도들의 학살과 약탈을 증언한 요한네스 카메니아트의 저서, 그리고 이스마엘 후손들의 사악한 종교를 악으로 분류한 『안드레 살로스의 생애』를 읽었다. 확실히 안나는 이 모든 것을 읽었고, 세바스찬은 그 사실을 조금도 의심하지 않았다. 안나가 책을 너무 많이 읽었기 때문에 어머니는 그녀를 이곳으로 보냈지만 가엾은 마리아는 그 사실을 전혀 알지 못했다.)

"안락한 전원풍 성채의 대리석 궁륭 아래에서 횃불과 촛불이 내는 희미한 빛이 안나의 윤기 없는 뺨을 황금빛 오렌지색으로 물들였고, 에브라르는 어떻게 하면 대화를 끝내지 않고도 그녀의 말이 옳다고 인정할 수 있을지 궁리하고 있었어요. 사라센 사람들은 이교도, 이단자, 불경한 자였어요. 그 점은 틀림없었죠. 하지만 프랑스인들이 주장하는 하느님의 평화는 하느님이 회교도라는 대재앙을 보냄으로써 그리스도 세계를 벌한다는 숙명적인 역사의 흐름을 바꾸기 위해 이교도들을 반드시 죽여야 한다는 의미는 아니었어요. 반

189

대로 아데마르는 조카 에브라르에게 하느님의 평화에 관한 종말론적 의미를 전달했어요. 그것은 필요할 경우 보복을 금하는 '신의 휴전'(중세 때 특정한 날에 영주 간의 전투를 금지시키는 교회의 명령—옮긴이)이었어요. 복음서와 초기 교회의 근본적인 교리는 사랑이 으뜸이라고 가르치지 않나요? 따라서 그리스도교의 성전은 이슬람교의 지하드처럼 본질적인 것이 아니라고 주교가 말했다는 거지요.

우리는 구약성서가 높이 평가하고 있는 '신의 전쟁'에서 영감을 얻어야 해요. 구약성서의 논리로 새로운 태도를 기르기 위해서 말이에요. 성지 회복을 위한 십자군 전쟁은 우리가 프랑스에 도입한 '신의 평화'라는 관점에서 따져볼 때 우르바누스 2세가 공언하는 것처럼 성전이었을까요? 아니면 십자군 전쟁은 사랑의 행위에 그쳤어야 했을까요? 만일 그렇다면 어떻게? 문제는 바로 이거죠. 그것은 아데마르와 에브라르 같은 남자들에게는 진정 고민거리였지만 황녀에게는 확신이 있었어요. 만일 에브라르가 그 의심에 굴복했다면 십자군 원정에 참여했을까요? 만일 의심했다면 그는 그날 저녁 안나 외할머니의 저택에서 안나 콤네나를 만날 수 없었을 거예요. 외할머니의 저택에 신의 은총이 있기를!

이 라틴인은 보스포루스 궁신들처럼 우아하지는 않았죠. 안나도 분명히 그렇게 생각했어요. 하지만 그의 말이 어찌나 진지하고 성실했는지 비잔틴 여인은 알 수 없는 혼란이 밀려오는 것을 느끼고 얼굴을 붉혔죠. 결국 그녀는 그와의 만남을 끝내기로 했어요."

"기사님, 길 조심하세요! 그리고 생각해보세요. 하느님의 진정한 종은 전사가 아니에요. 성서를 더 자세히 읽어보세요. 그 문제는 군인들, 정치가들에게 맡기세요. 그들은 불순한 것을 좋아할 뿐 아니라 식욕도 왕성하죠. 저는 그 사실을 증명할 수 있어요. 안녕히 주무세요!"(그녀는 몸을 일으키고 이마 위의 왕관을 치켜올렸다. 그것은 키가 작아서라기보다는 동방정교회의 우월성을 나타내기 위해서였다.)

"또 뵙겠습니다, 황녀님."(에브라르는 안나가 외할머니를 따라 방을 떠난 후에야 비로소 희망에 찬 이 말을 중얼거릴 수 있었다.)

"그럼 이 이야기도 잘 들어보세요, 노르디. 이건 호숫가에서 마치 어제 일처럼 일어난 일이에요.

1097년 3월 초, 마치 5월처럼 태양이 이곳을 뜨겁게 달구고 있었어요. 거울처럼 반짝이는 호수는 봄이라 이곳을 찾아온 제비들에게 날개로 수면을 살짝 스치며 목을 축이라고 초대하는 것 같았어요. 안나는 황궁에서 입는 빨간색, 연보라색, 황금색 인도 비단으로 만든 헐렁한 옷을 벗고 수가 놓인, 농부 딸이 입는 하얀 블라우스를 입었죠. 이곳에서 누가 그녀를 비난하겠어요? 그림자처럼 그녀를 수행하는 충실한 조에도, 다부진 마리아도, 또 외할머니를 모시는 낚시꾼 라도미르 영감도 분명히 비난하지 않았을 거예요. 게다가 라도미르 영감은 오직 외할머니의 눈으로만 세상을 보았어요.

만일 안나가 라도미르 영감의 고깃배를 탔고, 심사숙고 끝에—라도미르가 스스로 보고밀파(슬라브어로 '신의 사랑을 받는 사람'이란 뜻—옮긴이)라고 밝혔기 때문에—영감에게서 들은 상당히 재미있는 이단적인 교리에 대해 콘스탄티노플의 귀족들에게 털어놓는다 해도 아무도 믿지 않았을 거예요. 영감은, 선과 악은 세상을 창조하는 데 동등한 역할을 했고, 여자들은 어떤 경우—구체적으로 언급하지 않았다—에는 남자들과 동등한 피조물(앞의 원리의 논리적인 귀결)이라고 주장했어요. 그의 주장은 안나를 슬프게 하기보다는 웃음을 터뜨리게 했어요. 안나는 라도미르의 그물 속에서 팔짝팔짝 뛰어오르는 '잉어와 송어'—이곳에서는 '코란'이라고 부르는—의 짠 냄새를 맡았고, 보스포루스 해안에서는 맛볼 수 없는 '코란'의 부드러운 살을 맛보았어요. 그녀는 부드러운 바다의 내장과 미끄러운 수은 같은 '코란'—그녀가 웃음을 터뜨릴 때마다 그녀의 손가락 사이에서 민첩하게 도망치는—을 만지기도 했어요. 잉어와 송어가 부러워진 안나는 라도미르의 배가 해안에 다다르자 하얀 블라우스 차림으로 물속에 누웠어요. 시원한 면사가 피부에 들러붙어 가슴과 엉덩이의 윤곽이 그대로 드러났고, 그때까지 전혀 알지 못한 짜릿한 성적 쾌감을 느꼈어요.

물과, 히페리온의 아들 헬리오스(그리스 신화에 나오는 태양신—옮긴이)만이 그 장면을 보고 있었어요. 헬리오스는 인간들이 눈을 감고 그 눈을 내부로 향하게 해서 보이지 않는 기쁨을 느끼게 했어요."

제우스가 보낸 두 마리의 독수리는 산꼭대기에서 쏜살같이 내려왔다. 녀석들은 바람을 따라 그들 앞을 가고 있었다. 커다란 날개를 흔들며 나란히 날고 있었다. 하지만 이윽고 알 수 없는 곳에서 창공을 가르며 들려오는 날카로운 울음소리를 제압한 녀석들은 제 자리에서 다급하게 날개를 치며 돌았다. 모든 사람들의 머리를 겨냥한 시선은 살기를 띠고 있는 것 같았다. 녀석들은 발톱으로 제 얼굴과 목을 긁더니 곧장 고지대의 마을 위로 도망쳤다. 모든 사람들의 눈에는 끔찍한 예감이 서려 있었다. 합창대는 다음에 어떤 일이 벌어질지 묻고 있었다.

"늙은 맹인 호메로스의 시는 안나의 마음을 사로잡았어요. 한편 청녹색 눈을 지닌 여신 아테나는 물고기처럼 안나의 가슴, 배, 치골을 애무하고 있었어요.
소나무가 솟아난 바위 뒤에서 기다리고 있던 조에, 라도미르 그리고 하인들이 다급하게 외쳤어요. 안나는 파도 속에서 몸을 일으켰죠. 그리고 해변에서 멀지 않은 곳에서 몇몇 외국인 병사—틀림없이 프랑크족 십자군—를 보았어요. 어제 저녁 외할머니의 저택에 초대한 것은 상당히 예의 바른 몇몇 지휘관이었죠. 그런데 지금 나타난 병사들은 그들이 아니었어요. 이 수염이 텁수룩한 남자들은 지저분하고 굶주린 산적에 지나지 않았어요. 이들은 조심성 없이 나돌아 다니는 사람들의 식량과 금화를 노리고 있었죠.
사람들이 그녀에게 아버지를 닮았다고 누누이 말했음에도 불구하고 다시 한 번 안나는 자신이 남자가 아닌 것을 유감스럽게 생각했어요. 누구도 안나에게 싸우는 법을 가르쳐주지 않았기 때문이죠. 성모 마리아님, 왜 여자는 아버지가 하는 것처럼, 그 가엾은 요한네스가 배운 것처럼 검을 뽑아서도 안 되고 적을 찔러서도 안 되고 그저 죽음을 기다려야 합니까? 안나는 야만인들도, 자살도 두려워하지 않았어요. 콘스탄티누스와 파혼한 후 그녀의 젊은 인생은 이미 죽은 것이나 다름없었죠. 하지만 난생처음 몸으로 직접 물, 대지,

제비, 잉어와 송어를 느낀 안나는 물에 젖은 면 셔츠 아래에서 봉긋 선 젖가
슴—호메로스의 독수리만큼 비통한—풀어헤친 긴 머리, 드러난 팔과 발을
부끄럽게 여겼어요. 야만인들이 그녀에게 다가오고 있었어요. 안나는 물러
서지 않았어요. 조에는 제우스 혹은 하느님께—혹은 둘 다에게—알 수 없는
마법의 힘을 간청하는 마녀처럼 날카로운 비명을 질렀죠.

마침내 안나도 너무 무서워서 제우스와 하느님을 구별하지 않고 애원했어
요. 악당들은 잠시 멈칫하더니 화를 내며 천천히 다가왔어요. 안나의 눈에는
더 이상 아무것도 보이지 않았어요. 그녀는 미끄러지면서 빠르게 흘러가는
뜨거운 물속에 가라앉았어요. 하지만 거기는 황궁의 대리석 욕조가 아니었
어요. 그녀는 다른 세상 속에 침몰하며 최후를 맞이하고 있었어요. 안나는
이렇게 생각했어요. '악도 선만큼 강력하구나. 이제 여인이 된들 무슨 소용
이 있을까? 이런 식으로, 아니면 다른 식으로 끝장을 내는 게 낫지. 방법이 뭐
가 중요하겠는가!'

다시 눈을 떴을 때 안나는 에브라르의 품속에 안겨 있었어요. 그는 툴루즈
백작 부대의 젊은 기사이자 아데마르 주교를 모시고 발칸반도의 험난한 횡
단에 앞장선 젊은 성직자였어요. 에브라르는 그날 밤 잠을 이룰 수 없었어
요. 어제 저녁 불가리아의 마리아의 저택을 떠난 후 그는 자신의 말과 함께
새벽을 기다리고 있었어요. 약탈자들이 새벽에 진영을 빠져나가 토착민들을
공격한다는 사실을 알고 있었거든요. 에브라르는 그들을 추적하기로 결심했
어요. 하지만 사실 그는 이미 일주일 전부터 수줍은 호기심을 가지고, 아프로
디테로 변장한 채 해수욕을 하는 안나를 바라보고 있지는 않았을까요? 아니
면 어제 저녁 그녀의 감미로운 말을 들은 후 다시 한 번 안나를 보고 싶어 하
지 않았을까요? 세바스찬은 이런 시나리오 앞에서 망설였어요.

안나와 에브라르에게 이보다 더 위험한 만남은 일어날 수 없었어요. 오베
르뉴의 보잘것없는 성주가 감히 황제의 딸에게 그토록 가까이 접근할 수는
없는 법이니까요. 안나는 축축한 팔로 그의 목을 감고는 '아빠'라고 속삭이
면서 입술로 남자의 얼굴을 더듬었고, 무기력에서 벗어난 뱀장어 같은 몸짓
으로 힘껏 그의 몸에 달라붙었어요. 이 우연한 구출 덕분에 그는 마음만 먹으

면 언제든지 어제 저녁처럼 안나의 외할머니 저택에서 그녀와 나란히 걷고 그녀를 바라보며 말을 건넬 수 있게 되었죠.

안나가 그를 바라보았을 때 젊은이는 그녀의 눈동자에서 기쁨과 공포가 서린 자신의 시선을 보았어요. 그 순간이 얼마나 지속되었을까요? 2초? 아니면 두 시간? 하지만 그때부터 그 순간은 끊임없이 지속되었어요. 에브라르는 그녀를 살며시 땅 위에 내려놓았어요. 그러자 안나는 밀짚처럼 덥수룩한 머리카락 아래, 햇볕에 그을린 외국인의 얼굴에서, 그리고 물이 줄줄 흘러내리는 갑옷을 벗어버린 채 드러내놓은 넓은 어깨—그녀를 호수에서 건져 떠메고 온 그 어깨—에서 시선—모든 황궁 사람들이 경탄해 마지않는 반짝이는 시선—을 뗄 수 없었어요. 이윽고 얼굴을 돌린 그녀는 자신의 뺨과, 부랴부랴 자신에게 달려와 마른 옷을 입히는 조에의 손으로 흘러내리는 눈물을 느꼈죠.

에브라르는 멀찌감치 떨어져서 작별인사를 한 후 후다닥 말을 타고 떠났어요. 사람들은 다시는 그를 보지 못했죠. 어떤 사람들은 그가 라도미르와 합류한 다음 몇 주 동안 보고밀파 신자들과 함께 오흐리드 호수 주위를 배회한 후 테살로니카에 있는 아데마르 삼촌에게 갔다고 주장했어요. 아데마르 주교는 그곳에서 비잔틴의 용병대인 페체네그족에게 입은 상처를 치료하고 있었죠. 사실 주교는 페체네그족과의 평화롭게 지낼 생각에서 일행과 헤어졌던 거였어요.

에브라르 드 파강은 주교에게 용서와 축복을 빌면서 자신을 풀어달라고 부탁했어요. 그는 더 이상 십자군의 자부심을 느끼지 못했고, 콘스탄티노플, 안티오키아, 예루살렘까지 계속 갈 자신이 없었어요. 더구나 몸이 아픈 주교의 통제권이 약해지자 툴루즈 병사들은 성주간(그리스도 교회에서 종려 주일과 부활절 주일 사이의 주간으로, 예수 그리스도의 수난을 묵상하는 기간—옮긴이)인 1097년 4월 21일, 콘스탄티노플에 도착하기도 전에 벌써 '툴루즈! 툴루즈!'를 외치며 트라키아의 도시들과 마을들을 공격하고 있었어요. 에브라르는 그렇게 길을 계속 갈 수는 없었어요. 그는 정말로 더 이상 그러고 싶지 않았어요.

길을 따라 가는 내내 이미 기사들이 저지른 학살에 대해 소문이 퍼져 있었어요. 라도미르는 생질 군대의 야만성에 대해서 에브라르가 두 눈으로 똑똑

194

히 목격한 것 이상은 모르고 있었어요. 하지만 라도미르는 몇몇 사람들이 에 미히 폰 라이징엔 백작의 이름만 들어도 공포에 떤다는 이야기를 들었어요. 백작은 기적처럼 자신의 몸에 십자가가 새겨진 것을 자랑하는 사람이었죠. 그는 이곳에서 멀리 떨어진 슈파이어(독일 라인란트팔츠 주에 있는 도시—옮긴이), 보름스, 프라하, 폴크마르에서 유대인들을 공격했고 마인츠에서는 1천 명의 유대인을 학살했으며 쾰른에서는 유대교 회당을 불살랐지요. 이 모든 일은 1096년 봄과 초여름에 일어났어요. 공격당한 사람들은 대성당으로 피신했고 주교는 이 틈을 타서 그들을 개종시켰어요. 하지만 유대교도의 우두머리는 칼을 빼앗아서 주교에게 던졌어요……

라도미르는 이런 만행에 관한 소문을 퍼뜨리면서 교활하게 즐겼어요. '저 는 당신네 도시들의 이름을 제대로 발음하지 못합니다. 용서해주십시오. 하 지만 당신네 십자군 병사들을 보십시오……' 에브라르는 삼촌의 부대를 따 라 예루살렘까지 갈 수 없었어요. 사람들은 그를 이해할 수가 없었고 그도 십 자군을 이해할 수 없었죠. 에브라르는 자신의 부대를 남겨둔 채 슬쩍 떠났어 요. 그후 사람들은 그에 대한 이야기를 들을 수 없었죠.

조카의 탈영은 아데마르를 더욱 쇠약하게 했어요. 입으로만 성전을 외치 는 맹목적인 기사들 속에서 충직한 부하이자 탁월한 지지자를 잃은 르퓌의 주교는 안티오키아에서 '성스러운 창'을 회수한 후 페스트에 의해 혹은 어 느 광신적인 십자군의 단검에 의해 너무 일찍 죽고 말았어요.

안나의 몸이 남긴 기억은, 옷에 꿰매어 줄곧 몸에 달고 다니던 십자가처럼 에브라르의 가슴에 영원히 남았어요. 그는 기절한 황녀를 품에 안는 순간 십 자가 안으로 피신했었어요. 차가운 애무, 뜨거운 물고기를 뜻하는 헬라어 '이크투스'(ιχθυs. 이 단어는 '예수[Iesous], 크리스토스[Christos], 떼우[Theou], 휘오스 [Uios], 소테르[Soter]'의 약자로 '예수 그리스도는 하느님의 아들이며 구세주시다'라는 뜻 이며, 박해받던 초기 그리스도 교인들의 암호로 사용되었다—옮긴이)'는 구세주의 신 비로운 상징이죠. 에브라르는 그의 부대에서 영원히 사라졌어요. 누구도 그 를 다시 보지 못했죠. 세바스찬에 의하면 그때부터, 어제 그 일이 일어난 후 부터……"

수도사 바실 —『안나 콤네나의 소설』 결말

"그럼 안나는 어떻게 했냐고요? 아무것도. 안나는 누구에게도 에브라르에 대해 말하지 않았어요. 오직 조에와 라도미르만이 알고 있었죠. 하지만 그들 역시 침묵을 지켰어요. 말하자면 그 비밀은 절대적이었죠. 오흐리드 호수에서 돌연히 에브라르에게 열렸던 안나의 몸은 영원히 닫히고 말았어요. 여덟 명의 자식들—이 중 네 명만 살아남았죠—은 그녀의 바싹 마른 복부를 그냥 지나갔을 뿐이죠. 안나는 더 이상 면 블라우스도, 하얀 아마 셔츠도 입지 않았고 맑은 물속에 들어가지도 않았어요. 그녀는 다시 핏빛의 무거운 수단을 걸쳤어요.

안나는 급히 황궁으로 돌아오라는 부모님의 전갈에 흔쾌히 따랐어요. 분명 그녀를 혼인시키기 위해 부르는 거였어요! 그것도 12월 1일, 그녀의 생일에. 열네 살이 된 황실 처녀에게는 더 이상 기다릴 시간이 없었죠. 콤네누스 가문이 브리엔니우스 가문과 전적인 신뢰로써 동맹을 맺어야 했기 때문에 더더욱 그랬어요. 그렇게 승자들은 패자의 가족과 화해를 하게 되지요. 정확히 안나의 운명적인 배필은 브리엔니우스 장군의 아들 니케포루스였어요. 아버지에게 도움이 되는 일이란 바로 이것이었어요.

안나는 반대하지 않았어요. 그녀가 거부한다는 것은 생각할 수 없는 일이었죠. 성모 마리아여, 저희 모두를 보호하여 주시길! 안나는 아예 생각조차 하지 않았어요. 그녀는 우아한 살을 가진 잉어와 송어 그리고 에브라르 드 파강을 생각하고 있었지만 아무도 그 사실을 눈치 채지 못했어요. 그녀는 결혼을 함으로써 그리고 후세대를 위해 글을 씀으로써 자신의 의무를 다하게 되지요. 그리고 그 나머지는 오직 그녀 자신만의 문제였어요. 그녀는 마음속 깊이, 그 에로틱한 물속에서 맺혔던 젖꼭지의 이슬을 생각했어요…… . 에브라르 드 파강은 어떤 사람이었을까? 한 남자, 한 십자군, 그리스도 또는 아폴론의 사자였을까? 안나는 위대한 지식인이었어요. 하지만 미래의 시간도 결코 그 봉인을 뜯을 수 없었던 밀봉된 여자에 지나지 않았어요.

노르디, 당신은 『안나의 소설』이 세바스찬의 소설에 불과할 거라고 생각할

196

거예요. 이제는 세바스찬이 안나 콤네나를 사랑한다고 했던 제 말을 믿을 수 있겠죠? 세바스찬은 위험한 인물이에요. 당신도 이해할 거예요. 그는 꿈을 좇고 있어요. 사랑의 사랑을 사랑하고 있어요. 그 나머지는 그에게 실망스러울 뿐이죠. 어떤 현실에도 만족할 수 없는 광신자는 과연 무엇을 할 수 있을까요? 도망치거나 자살하거나 '십자군'이 되겠죠. 그는 성전(聖戰)을 위해 배를 타고 테러리스트, 교조주의자, 가미가제가 되겠죠. 당신은 제게 해답이 없다고 생각할 거예요. 하지만 살인의 길이 그에게 열려 있어요. 그를 만나려면 그 길을 따라가기만 하면 돼요. 사랑은 범죄에 이르게 되죠. 반박할 생각 마세요. 두고 보세요. 저는 그렇게 느껴요. 직감이죠. 당신도 제게 이렇게 말하지 않았나요? '스테파니는 우리 중 가장 뛰어난 탐정이야'라고요?"

"흠, 흠……."

노르디는 침묵을 지켰다. 하지만 그는 이미 '안나-스테파니-세바스찬'이라는 파도에 휩싸여 있었다. 반장은 이 모든 일이 어떤 결말에 이르게 될지 아직 구체적으로 알 수는 없었지만 황녀의 이야기에는 관심을 갖게 되었다. 포포프와 다른 수사관들을 동원해서 추적해볼까? 하지만 어떤 종적을 추적한단 말인가? 이 십자군 전쟁에는, 이 도주에는 분명히 실마리가 있을 것이다. 샤미누샤는 오래전부터 자고 있었다. 그것보다 더 좋은 다른 할 일이 없었으니까. 하지만 릴스키는 인터폴에 정확히 무엇을 요구할 것인가? 연쇄살인범의 소식을 재차 묻는 풀크 베이유에게 어떻게 대답할 것인가? 파리 사람들은 고개를 갸우뚱하고 있었다. 그들은 언제나 자신과는 관계도 없는 일을 궁금하게 여겼다.

이것은 분명 스테파니가 제기하지 않은 문제다. 왜냐고? 지금 그녀는 목소리를 높여 안나의 연대기를 짜고 있기 때문이다. 이 젊은 여자는 항상 뭔가를 써야 한다. 더위가 한창 기승을 부릴 때조차. 제법 매력도 있다. 샤, 그렇지 않니?

고양이는 가르랑거리면서 'R' 발음을 굴린다. 잠이 깊이 들었을 때 미누샤의 울음소리에는 슬라브 악센트가 묻어난다.

"물론 안나는 『알렉시아스』에서 당신의 선조로 추정되는 사람을 만났다고 언급하지는 않아요. 그렇다고 만남이 없었다는 건 아니죠. 그 점에 대해서는 세바스찬이 옳아요. 안나가 모든 일을 기록한 것은 아니거든요. 하지만 그녀가 몰라서 침묵을 지킨 것이라고는 볼 수 없어요. 안나는 악습에 젖어 있었고 정치적이며 광적이었죠. 요컨대 그녀의 『알렉시아스』는 홍보용 일기였어요. 예를 들어보라고요? 최악의 예를 하나 들어볼까요? 그녀는 십자군 전쟁에서 교황 우르바누스 2세의 역할은 조금도 인정하지 않아요. 그녀는 오래전부터 로마제국과 비잔틴제국을 탐내던 라틴 사람들이 '은둔자 피에르의 설교에서 명분을 찾아내고는' 비잔틴제국을 가로채려 했다고만 쓰고 있잖아요? 황녀는 동방정교회의 신자답게 『알렉시아스』에서 교황을 몰아낸 거죠!

그뿐만이 아니에요. 굶주림과 끝없는 봉쇄로 끔찍하게 고통을 받은 라틴 사람들이 '자신들의 주교 피에르를 찾으러 왔다' 고 그녀는 기록하고 있어요. 그녀는 끝까지 아데마르를 언급하지 않았고, 탐욕스럽고 뻔뻔하며 난폭한 십자군, '헤로데(BC 73~74. 로마제국이 임명한 유대의 왕—옮긴이)의 정신착란보다 더 지독한 광기' 에 사로잡힌 십자군의 정신적 권위를 피에르에게 부여했어요. 아마도 볼테르는 피에르 쿠쿠페트르를 비웃었을 거예요. 또한 오늘날과 마찬가지로 당시 사람들은 피에르 바르텔레미를 통찰력이 있는 아데마르와는 정반대인 환상가로 생각했어요. '성스러운 창의 사건' 에 개입한 프로방스의 성직자 피에르는 분명 약탈자들에게 훈계를 할 수 없는 사람인데도 안나는 그가 이런 연설을 했다고 기록하고 있어요. '여러분은 예루살렘에 도착할 때까지 순수성을 간직하기로 약속했습니다. 하지만 여러분은 약속을 깨뜨렸습니다. 따라서 여러분은 주님께 되돌아가서 하느님을 기쁘게 할 수 있도록 뜨거운 눈물과 철야기도로 참회함으로써 잘못을 뉘우쳐야 합니다.' 오직 아데마르 드 몽테유만이 병사들에게 이런 훈계를 할 수 있었죠. 하지만 역사가 안나는 아데마르를 전혀 언급하지 않았어요. 안나는 오흐리드 호숫가에서 주교의 사자(使者)였던 조카 에브라르를 만났었기 때문에 고의로 아데마르를 빼버린 것일까요?'

*

여기서 안나의 소설은 명쾌한 이유 때문에, 그리고 산타바르바라 강력계 반장의 추리 때문에 중단되었다.

"스테파니, 잠깐 기다려요. 당신은 세바스찬처럼 당시에 로마교회의 성전에 반대한 교회가 있었다고 생각하는 거요?"

실제로 릴스키는 교회―십자군에 참여했든 참여하지 않았든―의 신학논쟁을 비웃으며, 스테파니가 묘사하고 있는 이중적인 세바스찬만을 생각하고 있었다. 첫째, 세바스찬은 9세기 전의 여성작가인 황녀에게 '십자군' 처럼 보였을 '파란 꽃' (낭만주의자―옮긴이) 같은 유형이다. 둘째, 세바스찬은 우울한 도망자, 암살자이다. 어쩌면 연쇄살인범이 아닐까? 반장은 지금 당장은 이 점에 대해 한 마디도 언급하지 않고 샤와 함께 몽상 속에서 그를 추적하는 것으로 만족할 것이다. 샤는 항상 그를 본질적인 것으로 이끌었다. 그는, 스테파니가 안나의 소설―세바스찬의 소설이었지만 지금은 스테파니의 소설이 된―이 그를 매료시켰다고 믿게 내버려둘 작정이었다. 사실 그는 이 소설에 끌리고 있었다. 더구나 이미 이 소설에 대해 조금 알고 있었다. 스테파니는 지적인 경찰인 자신을 과소평가하고 있다. 그녀는 곧 자신의 잘못을 깨닫게 될 것이다. 아니면 나중에라도…….

노드롭은 말을 이었다.

"전문가들은 제1차 십자군 전쟁 때의 유대인 학살을 점점 더 중요하게 여기고 있어요. 당신도 방금 그런 암시를 한 것 같은데. 그건 내 소관은 아니지만 어쨌든 성전은 성전이었죠! 우리의 실종자는 도망치기 위한 온갖 수단을 모색하지 않았을까요? 그래서 사랑의 이야기를 만들어내지 않았을까요?"

"그렇게 생각하지 마세요. 세바스찬 역시 진짜 연구다운 연구를 하고 있어요. 성실하게 말이죠. 세바스찬도 십자군 전쟁 초기부터 '유대인 사냥' 에 대해 알고 있었어요. 당신은 어떻게 알았나요? 모든 것은 그의 컴퓨터 자료 속에 있는데…….

첫째, 오를레앙에서 악마의 사주를 받은 야훼의 신자들은 수도원에서 도망친 농노를 돈으로 매수하여 히브리어로 작성된 편지를 카이로의 파티미드 술탄에게 전하게 했어요. 그 편지는 강력한 알 하킴 술탄(985~1021경. 이집트 파티미드 왕조의 여섯 번째 통치자—옮긴이)에게 그리스도교인들의 침략이 임박했다고 경고하며, '존엄한 집', 즉 예수의 무덤인 성묘를 무너뜨리라고 충고하죠! 알 하킴 술탄은 그 일을 즉각 실행에 옮겨요. 다시 말해서 이슬람교도들을 조종해서 그리스도의 성묘를 파괴하게 한 것은 유대인이고, 그 때문에 십자군 전쟁이 벌어진 거죠! 이 소문은 처음부터 널리 퍼져 있었고, 세바스찬은 그 증거를 가지고 있었어요.

두 번째, 안나와 에브라르가 만난 것으로 추정되는 시기, 즉 1096년 무렵 교황 우르바누스 2세—세바스찬은 여전히 의심하지만 일단 교황이라고 가정하고—는 진위를 알 수 없는 편지에서 하느님의 도움으로 하그리인들을 공격하여 죽이라고 촉구하죠. '우리는 하느님의 아들을 죽인 자들에게 복수한 베스파시아누스(로마 황제, 재위 69~79—옮긴이)와 티투스(로마 황제, 재위 79~81—옮긴이)의 시대처럼 승리를 얻게 될 것입니다. 승리 후 그들은 로마제국의 영광을 되찾고 죄를 용서받게 됩니다. 그러므로 우리가 똑같이 행동한다면 우리도 틀림없이 영원한 생명을 얻게 될 것입니다.' 해석하면 로마 황제들은 그리스도교의 세례를 받았든 그렇지 않든 유대인들을 학살했기 때문에 용서를 받았다는 논리죠. 당시의 그리스도교인들의 눈에 유대인 학살은 그리스도의 원수를 갚는 훌륭한 일이었기 때문이에요. 결론은 십자군도 그렇게 해야 한다는 것이죠! 빌어먹을! 저는 이 따위 문제에 관심 없어요.

당신은 세바스찬이 환상가라고 생각하죠? 저도 동감이에요. 하지만 당신 삼촌은 황녀에게 반하기 전에 사물을 여러 각도에서 보려고 노력했어요. 이해하겠어요? 그는 슐로모와 시메온 혹은 엘리에제르와 나탕의 연대기를 베끼기도 했죠. 해당되는 부분을 찾아볼 테니 잠시 기다려요……. 아, 찾았어요. 12세기 사람들은 정말 과장이 심해요.

'비열한 로마 교황이 예루살렘으로 떠나라고 선동하자 예루살렘으로, 교수형에 처해진 사생아—여기서 세바스찬은 원문을 그대로 인용했다고 표시하고 있어요—의 무덤으로 떠나기 위해 프랑스와 독일에서 잔인한 지원자들이 일어섰다. 그들은, 유대인 한 명을 죽이는 사람은 모든 죄를 용서받게 될 것이다, 라고 사람들을 선동했다.

보셨죠! 계속할게요. '그들은 자신들의 옷에 추악한 기호인 십자가를 새겼다. 사탄은 해안의 모래알 혹은 지상의 메뚜기보다 많은 그들과 합류했다.' 세바스찬은 여백에 이렇게 메모했어요. '안나도 지적한 것!' 제 말 알겠어요? 이런 불안증을 가진 크레스트 존스를 연구가라고 부르는 거예요. 당신은 세바스찬이 방해가 되기 때문에 그를 평가절하하는 것은 아니잖아요. 제 말 믿어주세요!

이 글이 냉소적으로 보이나요? 하지만 당신은 세바스찬이 중세 교회의 '반유대인주의' —당시에는 그렇게 부르지 않았겠지만—를 조금도 옹호하지 않는다는 사실을 이미 잘 알고 있을 거예요. 당시에 이런 단어는 없었겠지만 현상은 존재하고 있었어요. 제가 이미 말했듯이 세바스찬에 의하면 에브라르도 그런 비슷한 말을 들었을 거예요. 그럼 아데마르와 에브라르도 그런 고정관념과 신앙을 가지고 있었을까요? 그들이 반대했다는 증거도 없고 그들이 동의했다는 증거도 없어요. 반대로 다른 여러 가지 문제에 대해서 온화한 르퓌의 주교가, 십자군 병사들에게 이교도들을 몰살시키도록 부추기는 기적이나 환영을 추종하지 않았고, 오히려 성 안드레아가 피에르 바르텔레미에게 나타나 '성스러운 창'의 위치를 계시했다는 주장까지도 의심했다는 사실은 널리 알려져 있었어요. 당시의 연대기들은 이 불신 때문에 주교는 사후 며칠 동안 지옥에 머물렀다고 주장하고 있어요!

이미 말했듯이 안나는 아데마르에 대해 조금도 언급하지 않아요. 저도 세바스찬처럼 놀랐죠. 이런 침묵은 풍부하게 정보를 얻을 수 있는 박식한 안나에게는 어울리지 않은 것이었어요. 바티칸에 대한 동방정교회의 불신은 그렇다 치더라도, 안나는 왜 교황 특사였던 아데마르를 전혀 언급하지 않았을까요? 안나는 『알렉시아스』에서 아데마르 그리고 에브라르와 함께 원정길에 올랐던 툴루즈의 백작 레몽 드 생질에 대해 찬사를 늘어놓으면서도, 오로지 에브라르 때문에 아버지의 영광—그리고 자신의 영광까지—을 드높이는 이 아름다운 연대기에서 주교의 이름을 지우는 것이 바람직하다고 판단했을까요? 세바스찬에 의하면 안나는 40년 전 외할머니 댁에서 레몽 드 생질의 부대와 마주쳤고, 이 부대의 일부는 필리포폴리스—이 도시의 이름을 기억해두세요. 이 도시의 이야기가 다시 나올 테니까요!—를 향해 진격했어요. 레몽 드 생질은 콘스탄티노플에 도착한 후 니케아(오늘날의 이즈니크. 터키 북서부에 있는 도시—옮긴이) 공략에 참가했고, 안티오키아에서 '성스러운 창'을 위탁받았으며, 다마스커스와 트리폴리를 포위했고, 예루살렘의 왕으로 추대되지만 왕위를 거절했어요.

안나는 생질에게 '이장젤리스'라는 별명을 붙여주었어요. 그리고 아데마르에 대해서는 완전히 침묵하면서도 에브라르가 모시는 품위 있는 툴루즈 백작에게는 찬사를 아끼지 않아요. 들어보면 알 거예요.

'황제는 탁월한 재치, 곧은 성품, 순결한 삶 때문에 특히 이장젤리스를 좋아했다. 황제는 이 남자가 어떤 경우에도 진리에 대해 얼마나 고민하는지 잘 알고 있었다. 태양이 무수한 별보다 더 빛나는 것처럼 그는 모든 면에서 다른 라틴 사람들보다 뛰어났다.'

그렇게 말할 만도 해요. 아닌가요? 생질은 아데마르와 에브라르의 초라한 그림자를 감추는 태양이 아니었을까요? 어쨌든 알렉시우스 1세가 생질을 자주 초대한 것은 역사적으로도 명백한 사실이었고 세바스찬도 그 점을 언급하고 있어요. 툴루즈의 백작은 영주들 가운데 황제의 유일한 친구였죠. 십자군 병사들에게 노골적으로 혐오감을 드러냈던 비잔틴 사람들은 특별한 대우를 의아하게 생각했어요. 실제로 십자군의 끝없는 쇄도는 길고 긴 공포와 약탈의 흔적만을 남겼어요. 황제와 이장젤리스의 십자군이 협약을 체결할 정도였죠. 안나는 중대한 시기에 부담을 덜게 되어 기쁨을 감출 수 없었죠. 안나는 정치가이기 때문에 그렇게 말한 것일까요? 아니면 자신의 비밀 때문에 간접적으로 말할 수밖에 없었던 것일까요? 오흐리드에서 겪었던 마음의 혼란을 침묵 속에 묻어두고 국익을 위해 과장법을 쓴 것일까요?

오크어를 사용하는 프랑스인들에게 퍼붓는 찬사는 연대기 작가 안나가 위보스를 비웃기 위해 찾아낸 비잔틴식 야유와 대조를 이루기 때문에 더욱 암시적이죠. 세바스찬은 그 점을 알고 있었어요. 안나는 프랑스 왕 필리프 1세의 동생 위그 드 프랑스가 자신의 신분, 재산, 권력을 뽐내는 아주 오만한 사람이라는 것을 알고 그에게 '위보스'라는 별명을 붙여주었어요. 위그는 그리스도의 성묘로 가기 위해 고국을 떠나는 순간 미리 화려한 환송회를 보장받기 위해 비잔틴 황제에게 우스꽝스런 메시지를 전했지요.

'바실리우스(비잔틴 황제의 칭호—옮긴이)여, 내가 하늘 아래 살고 있는 모든 바실리우스 중에서 가장 강력한, 바실리우스 중의 바실리우스임을 아시라. 또한 내가 도착하자마자 마중하러 나오되 나의 고귀한 신분에 걸맞게 화려하게 맞이하는 것이 옳을 것이니라.'

알겠어요, 노르디? 필리프 1세의 동생인 위그는 나폴레옹 그리고 드골보다 훨씬 이전에 자신이 베르사유의 강력한 태양왕이라고 생각한 거예요! 위대함에 대한 집착은 우리 프랑스 사람들의 특성이라고 생각해요. 아무튼 안나는 그 점을 잘 기억하고 있었죠. 당신도 짐작하겠지만 신은 그토록 오만불손한 태도를 눈감아주지 않았어요! 하느님 혹은 청록색 눈을 지닌 아테나 여신은 격렬한 폭풍우를 보내 거만한 위그의 선단을 파괴하고 병사들을 휩쓸어가죠. 결국 위그가 타고 있던 작은 배 한 척밖에 남지 않았어요. 파도에 부딪혀 반쯤 부서진 배는 다행히도 불가리아의 마리아의 땅에서 멀지 않은, 드라키움과 팔리 사이의 해안에 난파되었어요.

비잔틴 사람들은 해난으로 비참해진 위그를 맞이하죠. 그곳의 공작은 그를 덕담으로 위로하고 푸짐한 식사를 대접해요. 그렇게 맛있는 음식을 대접한 후 그를 조용히 내버려두죠. 하지만 허풍쟁이 위그에게 완전한 자유를 준 것은 아니에요. 비잔틴 호위대는 그를 이리저리 우회로로 끌고 다니다가, 안나가 머무르던 불가리아의 마리아의 저택에 데려가죠. 세바스찬에 의하면 위보스는 무시무시한 에미히 폰 라이징엔의 약탈자들로부터 몇 명의 생존자를 되찾은 후 바실리우스를 직접 만나게 되요.

알렉시우스 1세는 예의를 갖추어 위그를 친절하게 맞이하죠. 하지만 안나가 기록한 것처럼 자존심을 상하게 하는 장면도 있어요. '알렉시우스는 그에게 엄청난 돈을 준 후 즉석에서 라틴인들의 관례적인 맹세를 요구하면서 자신의 충신이 되라고 권유한다.' 당신도 저처럼 황녀의 배신을 느낄 수 있죠?

우스꽝스러워요, 위그 드 프랑스는 우스꽝스런 사람이에요. 다른 이야기는 없어요. 안나는 우리의 조상을 아낌없이 경멸하죠!

하지만 위보스의 풍자화로도 성에 차지 않았는지 역사가 안나는 다른 비잔틴 사람들과는 달리 교회법전, 복음서의 계율과 가르침을 존중하지 않는 라틴 종교인들을 공격하죠. '만지지도, 소리치지도, 공격하지도 마세요. 당신은 서품은 받은 성직자니까요!' 세바스찬의 소설에 의하면 『알렉시아스』의 이 대목은 에브라르와의 토론이 남긴 잔상 같아요.

'이 야만인은 왼팔에 방패를 꼈고 오른손에는 창을 들었다. 동시에 그는 하느님의 몸과 피로 영성체를 한다. 그는 다윗의 시편에 씌어 있는 것처럼 학살의 목격자이며 피의 인간이 된다.'

하지만 '하느님의 몸과 피로 영성체를 한다'는 '학살의 목격자'와 '피의 인간'. 그런 표현은 아데마르 그리고 더 나아가 젊은 성직자 에브라르 드 파강을 생각나게 하지 않나요? 안나는 거드름 피우는 침략자들—성서에서 시작되어 조상 대대로 전해 내려온 영성이 결여된—을 악착스레 파헤침으로써 개인적인 고통을 분풀이하죠. 안나에 의하면 오직 비잔틴 사람들만이 영성을 소중히 여기죠. 저는 이 점에서 세바스찬의 생각에 동의해요. 저 역시 연대기가 지니는 공식성 때문에 안나가 자신의 명예를 더럽힐 수 있는 부분은 숨겼다고 생각해요. 가령 불한당들의 칼에 맞서기 전에 마리아의 저택에서 에브라르와 종교에 대해 이야기를 나눴던 그 아름다운 저녁, 그리고 에브라르의 품에 안겼던 일 따위는 숨기고 싶었겠죠. '그 기사와 병사들의 이름이 뭐였더라? 무서운 혹은 매혹적인 외국인들, 모두가 비슷비슷한 프랑크족들, 불경한 짓조차 서슴지 않고 저지른 작자들……'

『알렉시아스』가 옛 사랑을 교묘하게 은폐하고 있다는 사실을 다시 증명해 주기를 바라세요? 『알렉시아스』에서 언급된 또 다른 사건이 에브라르의 일과 아데마르의 부재를 드러내고 있어요. 당시에 이교가 제국을 흔들고 있었고 사람들은 마리아의 저택에서 이교에 대해 토론하고 있었죠. 안나는 오랫동안 이 문제를 생각했어요. 그녀가 '보고밀파'라는 단어를 쓸 때마다 불안감이 그녀의 순수한 신앙심을 휩쓰는 것 같았어요. 그녀의 책 속에 얼마나 자주 집요하게 언급되고 있는지! 안나 콤네나여, 우리는 분명히 보고밀파에 반대하는 사람들입니다! 어쨌든 좀 들어보세요.

'바실' 이라는 수도자가 아주 교묘하게 보고밀파의 불경한 사상을 전파하고 있었어요. 황녀의 아버지는 그를 화형에 처하고 통렬히 비난했어요. '그는 사도라고 부르는 열두 제자들과 함께 여자 제자들, 타락하고 미친 사람들을 데리고 다니면서 도처에 퇴폐를 퍼뜨렸다.' 바실은 '라도미르' 라는 선량한 '코란' 낚시꾼의 악마적인 분신이었을까요? '그는 나름대로 외모를 꾸몄다. 그는 한 마리 당나귀에 지나지 않으면서 사자의 가죽을 마구 잡아당겼다. 그리고 황제가 불경한 논리를 받아들이는 척하면서 여러 제안을 해도 듣지 않았다. 물론 황제가 식사에 초대해서 추켜세우면 그는 지나치게 우쭐해하면서 말을 듣는 척했지만.'

그래서 교활한 황제는 신성을 모독하는 바실의 콧대를 꺾기 위해 두 개의 불을 피우게 했어요. 십자가 아래 피워놓은 첫 번째 불은 이교를 버리고 그리스도교 신앙을 위해 죽고자 하는 사람들을 위해 특별히 마련한 것이었고, 두 번째 불은 보고밀파의 신앙에 집착하는 사람들을 위한 것이었죠. 선택의 여지가 있었을까요? 어차피 죽을 목숨이었기에 모든 보고밀파 신도들은 십자가 아래의 장작불 속에 뛰어들었어요. 보고밀파는 자신의 추종자들에 의해 부인된 셈이죠. 보고밀파의 무용성을 확실히 보여준 증거였죠! 그래서 황제는 자신을 승리자로 평가했어요.

하지만 그의 딸은 처음이자 마지막으로 황제와는 다른 생각을 가진 것 같았어요. '어떻게 아빠는 이성으로 설명할 수 없는 것 없이 살아갈 수 있다고 생각하는 걸까?' 안나는 로고스를 무시하는 걸 몹시 싫어했어요. 그래도 집요한 사타나엘(루시퍼)의 악마들은 50년 전 아테나 또는 아프로디테(혹은 여느 때처럼 둘 다)의 물속에서 그랬던 것—마음의 혼란 이외에는 어떤 추억도 남기지 않은—처럼 기습적으로 안나의 마음을 사로잡고 집요하게 그녀를 매혹시키고 있었어요. 그것은 분별력에 대한 도전이었죠. 하지만 그런 일은 정말로 존재해요. 생각하지도, 기록하지도 않는 편이 낫죠. 분명히 그렇게 될 수 있어요. 특히 생사에 관련된 문제일 경우에는.

하지만 수도사 바실은 달랐어요. 이 가엾은 이단자에 대해 이야기해보죠. 교구회의에서 사형 판결이 내려진 후 그가 독방에 갇혔을 때 공기는 맑고, 별은 반짝이며, 달은 둥글었죠. 노르디, 당신은 사람들이 어떤 기적이나 비극이 일어나기 전에 언제나 하늘, 별, 달을 떠올린다는 사실을 아세요? '자정 무렵 갑자기 돌이 우박처럼 독방에 떨어지기 시작했다. 하지만 어떤 손도 돌을 던지지 않았고 어떤 사람도 이 악마 같은 사제에게 돌을 던지지 않았다. 그것은 이 이단적인 수도사가 바실리우스 앞에서 자신들의 비밀을 발설한 것에 당황하고 분노한 사타나엘의 악마들의 복수였을 것이다.'

안나는 이해하기 어려운 것, 어쩌면 인간의 광기처럼 보이는, 그리고 자연을 거스르는 것처럼 보이는 그런 악마적인 현상을 즐기듯이 묘사하지요. '땅과 지붕에 떨어진 것은 돌뿐이었고…… 돌은 연달아 떨어졌다. 돌이 비처럼 떨어지더니 갑자기 지진이 일어나 땅이 흔들렸고 지붕이 신음했다.'

하지만 그게 전부가 아니에요. 지진보다 더 이상야릇한 것은 불구덩이에 던져진 바실이었어요. 그는 화형대를 비웃으며 다윗의 시편을 낭송하지요. '너는 도달하지 못하리라. 단지 네 눈으로만 바라볼 뿐이리라.' 이성을 잃은 안나는 그 이단자를 옹호라도 하듯 아버지와 하느님에게 반항하며 보고밀파의 신도가 되고 싶은 다른 이유를 찾아냈어요. '바실은 강철처럼 보였고, 불은 강철 같은 그의 영혼을 꺾지 못했기' 때문이죠. 바실은 '광기에 사로잡힌' 것일까요? 아니면 십자가에 못 박혀 고난을 당한 후 정화되어 부활하신 그리스도를 본받아 '가장 어두운 암흑 속에 빠진' 것일까요? '불꽃은 불경건한 바실을 어찌나 제대로 삼켰던지 살 타는 냄새도 없었고 연기는 조금도 변하지 않았다. 한 줄기 가느다란 연기가 불길 한복판에서 치솟았을 뿐이다.' 이것은 기적일까요? 바실은 불경한 사람일까요? 아니면…….

이단인 보고밀파 신도들은 어쩌면 무신론자들이 아닐까요? 안나는 이 문제에 대해 심사숙고하죠. 노르디, 지금 11세기의 이야기를 하고 있다는 걸 잊지는 않았겠죠? 당신은 세바스찬과 저처럼 저 여인에게 반하고 싶지는 않겠죠? 그래요, 비웃고 싶으면 실컷 비웃어요! 안나는 '옛날 바빌론에서 불이 하느님의 소중한 젊은이들 앞에서 물러나 그들을 황금 방에 가둔 것처럼' ―예언자 다니엘이 이 장면을 직접 목격했을 거예요—지독한 보고밀파의 신도들이 사람들에게는 알려지지 않은 성덕을 내뿜고 있다고 생각했어요.

안나의 이야기는 곧 결말에 이르게 돼요. 아버지의 죽음에 대한 이야기밖에 남지 않았거든요. 이제 안나는 예순다섯 살이 되었어요. 왜, 안나는 열세 살 때 외할머니인 불가리아의 마리아의 저택에서 그녀를 매료시켰던 사람—에브라르 드 파강—에게 끌리는 자신의 마음을 그냥 내버려두지 않았을까요? 하지만 이 문제는 생각할 필요도 없어요. 어차피 그녀는 더 멀리 가지 않았을 테니까요. 결국 그녀는 어떤 고백도 하지 않았어요. 황녀는 곧 침착함을 되찾았으니까요. '이 비범한 사람에 관한 일이라면 이제 지긋지긋하다. 나는 보고밀파의 이단에 대한 완벽한 보고서를 만들고 싶었다. 하지만 아름다운 사포(BC 610~580경 소아시아 레스모스 섬에서 활동한 유명한 여성 서정시인—옮긴이)가 어딘가에서 말한 것처럼 부끄러움이 이 일을 막는다. 나는 역사가이긴 하지만 황궁에서 태어났을 뿐만 아니라 알렉시우스의 아이들 가운데 첫째로서 가장 명망이 높기 때문이다. 많은 사람들에게 알려진 일에 대해서는 잠자코 있는 편이 낫다.'

이처럼 안나는 수줍음 때문에 자제했다고 말하지요. 노르디, 이제 이해하겠어요? 이 모든 것은 계획된 거예요! 안나는 자신의 코드를 우리에게 드러내고 있지요. 사포의 수줍음을 눈감아줍시다. 어쨌든 안나가 이 분야에서는 더 뛰어났지요. 안나는 저서에서 자신이 사포니스트임을 전혀 드러내지는 않아요. 하지만 어찌 알겠어요? 본질은 '나는 역사가이긴 하지만 여자이기 때문에 잠자코 있는 편이 낫다'는 말속에 있어요. 사포 자신도 그처럼 노골적으로 말하지는 않았죠!

제가 안나에게 너무 관심이 많다고 생각하나요? 저 역시 세바스챤처럼 매혹되고 마법에 걸린 걸까요? 완전히 그렇다는 게 아니라 약간이라도 말이에요. 하지만 저는 냉정을 유지하고 있어요. 제가 관심을 갖고 있는 사람은 세바스챤이에요. 저는 제가 산타바르바라에 있다는 사실, 『레벤망 드 파리』지 동료들의 자신감을 되찾아주기 위해 '폭넓게 범죄' 상황에 대처하고 있다는 사실을 잊지 않고 있어요. 안나는 알렉시우스 콤네누스의 딸로서 어울리지 않는 모든 것을 억제하고 황녀에게 어울리는 것만을 말할 뿐이죠. 세바스찬은 그녀가 제국의 정치적 사건과 종교적 사건을 감추고 있다는 결론을 내리죠. 그 사건들이란 비잔틴의 비참함, 텅 빈 국고, 황권을 약화시키는 내란 같은 게 아니었을까요? 즉위 초부터 알렉시우스 시대를 특징지었던 내란 때문에 십자군 파견을 요청하게 된 건 아닐까요? 안나는 그 사실을 모르고 있지는 않았지만 그다지 중요하게 여기지도 않았어요. 신중함이 그렇게 만든 거죠. 그건 당연한 일이에요.

또한 최초의 여성 지식인이 마음속 깊이 은밀히 감춰두고 있었던 것은 분명 불안감이었을 거예요. 거기에 안나의 신비, 열정 그리고 광기가 있었을 거예요. 화형대의 불길이 보고밀파의 바실을 황금방 속에 가둔 것처럼, 역사가 안나는 자신의 비밀을 마음 깊은 곳에 봉인했어요. 거의 자신도 잊어버릴 정도로요. 그리고 엄청난 슬픔의 흔적만을 간직했지요. 알렉시우스 1세 같은 영광스러운 황제가 가장 사랑하던 딸에게 그처럼 엄청난 비탄이 있다니 이해하기 어렵죠. 안나는 스스로 아름다워지기 위해 아버지를 격찬하는 걸 좋아했지요. 이처럼 고백할 수 없는 비밀이 없었다면, 12세기 초에 안나가 애수에 젖은 최후의 금욕주의자가 아니라 최초의 낭만주의자인 것처럼 한탄하는 것을 어떻게 설명할 수 있겠어요? 그건 세바스찬의 추측이에요. 남편 니케포루스가 죽었을 때 안나가 쓴 글을 한 번 들어보세요.

'나는 황궁에서 배내옷에 싸인 유아기 때부터 이미 수많은 불행에 빠져 있었다. 말하자면 나는 슬픈 운명의 희생자였다……. 아, 얼마나 불행하고 얼마나 혼란스러운가! 오르페우스(그리스 신화에 나오는 최고의 시인, 음악인—옮긴이)는 자신의 노래를 통해 바위, 숲, 그리고 무생물까지도 움직였다. 플루트 연주가인 티모테우스는 어느 날 알렉산더 오르티온 앞에서 연주를 했고 그의 연주에 감동한 이 마케도니아인은 돌연히 무기와 칼을 향해 달려갔다. 나의 역경은 무기를 들고 전장으로 달려가게 할 정도의 동요를 일으키지는 못할 것이다. 하지만 청중에게 눈물을 흘리게 할 정도의 감동은 불러일으킬 수 있고, 감수성을 타고난 존재들뿐 아니라 생명이 없는 것들에게도 동정심을 불러일으키지 않을까?

잘 들었어요? 어느 우울하고 순수한 영혼은 수세기에 걸쳐서 독자들의 연민에 호소하고 있어요! 그리고 광물계에도, 은하계에도 호소하고 있어요! 순수한 영혼은 돌 껍질 아래에서 성장하고 있어요……

하지만 반장님, 저에게, 우리에게, 사랑하는 반장님에게 본질적인 것은 그게 아니에요. 세바스찬이 안나에게 반한 이유는—저는 이미 당신에게 보여주었다고 생각해요—그가 그녀 안에 자신을 투영했기 때문이죠. 세바스찬 역시 정열, 어쩌면 광기의 심연에 합리성이라는 그럴듯한 지식인의 옷을 입혀요. 아무튼 광기도 배제할 수 없어요. 제가 뭘 알겠어요? 하지만 그렇게 황급히 도망친 걸 보면, 그리고 당신의 주거부정자 가족—미안해요, 이주자들 말이에요—을 생각해보면 우리의 탁월한 박사님이 극히 심각한 정신분열증을 숨기고 있다고 해도 별로 놀라운 일은 아닐 거예요! 누가 천년 전의 사람, 즉 세바스찬과 흡사한 마음(혹은 신체)의 상처를 가진 안나 콤네나를 이상화함으로써 자신을 구하려고 하겠어요! 그 상처는 본래의 상처보다 더욱 고결하게, 그러니까 별 모양의 보석처럼 굳어졌어요. 말하자면 용서받을 만한 상처였죠.

그럼 여기서 얻은 결론은 무엇일까요? 당신의 한심한 미날디와는 달리 저는 세바스찬이 죽었다고 생각하지 않아요. 결국 제 결론은 이래요. 세바스찬이 자신의 노트북을 사용하지 않는 것은 자신의 소설을 계속 이어갈 만한 새로운 소재가 없었기 때문이죠. 이해하겠어요? 세바스찬은 자신의 아름다운 안나와 그녀를 연모하는 도망자 에브라르를 반드시 찾아야 해요. 아니면 적어도 그들의 영지에서, 오흐리드 호숫가에서, 필리포폴리스에서 그들의 흔적을 추적해야 해요.

그래서 어쩔 거냐고요? 며칠 동안 저를 내버려두세요. 저는 아직 세바스찬이 수집한 자료, 비디오, 영화, 사진을 샅샅이 조사하지 못했어요. 제가 작업을 할 수 있게 내버려두세요. 서두를 이유는 조금도 없잖아요? 연쇄살인범에 대한 소식은 아직도 없나요?"

제5장

삶을 다스릴 줄 아는 사람은 여행 중에 호랑이도, 코뿔소도 만나지 않을 것이며
전투에서 무기를 피할 이유도 전혀 없을 것이다. 코뿔소는 그에게서 뿔로 받을
곳을 찾지 못할 것이고 호랑이는 발톱으로 할퀼 곳을 찾지 못할 것이며 어떤 병
사도 칼로 찌를 곳을 찾지 못할 것이다. 대체 어찌 이럴 수 있단 말인가. 그에게
는 죽어야 할 땅이 없기 때문이다.

_노자, 『도덕경』 중에서

미날디의 죽음

오늘 넘버8은 살인을 결심했다. 억제할 수 없는 구토증이 일었기 때문이다. 그래도 탐정 소설의 독자들에게는 매우 익숙한, 이런 불결한 인과관계가 놀라운 것은 아니다. 넘버8의 간은 썩고 목은 망가졌으며 뇌조차 고름으로 녹아내려 그를 아프게 했다. 그의 몸에서 성한 곳은 없었다.

오래전부터 외부에서 '악의 십자군'을 이끌어온 마피아들은 마침내 넘버8의 몸속으로 들어가는 데 성공하고 이제 내부에서 그를 공격하고 있었다. 새로운 테러리스트들의 침입은 여느 때처럼 귀부터 시작되었다. 날카로운 고함 소리, 고막을 찢는 듯한 톱질 소리, 윙윙거리는 내장 소리, 위를 울렁거리게 하는 끝없는 내향성 폭발. 넘버8이 세상에서 가장 좋아하는 새들의 부드러운 지저귐과는 대조되는 고약한 소리들. 새들의 노래는 깃털과 바람과 조화를 이루기 때문에 좋아하지 않을 수 없었다. 그는 사람들로부터 벗어나기 위해 새를 키웠다. 새를 능숙하게 길들일 줄 아는 그는 이제는 자신도 새처럼 순식간에 사라질 줄 알게 되었다.

인간의 목소리는 이제 아랍어와 미국어로 위협적이고 호전적인 슬로건만을 퍼붓고 있었다. 비행기와 트윈타워(뉴욕 세계무역센터)의 붕괴, 세포의 핵을 파괴하고 염색체를 토막 내며 생명의 뿌리까지 전멸시키는 연속적인 음파 공격. 어쨌든 넘버8은 아직 살아 있었다. 음파 공격은 가장 불쾌하고 메스꺼운 구토를 일으키고 몸을 비틀리게 했다.

넘버8은 오래전부터 신판테온교를 세계적인 테러리즘의 오른팔로 여겼다. 테러리즘은 거의 전 세계에서 맹위를 떨치고 있었고 산타바르바라를 장악하는 데도 성공했다. 정신과의사는 넘버8에게 레망탈, 로자핀, 롤렙탄, 포넥스, 스페드랄, 자이프렉사 같은 최신 진정제를 처방해줬지만 소용없었다. 온갖 과학적 방법을 다 동원했지만 아무 효과가 없었다. 넘버8은 여전히 고집불통이었고 그의 신념은 강철처럼 굳건했다. 그는 자신의 신념이 병과는 아무 관계도 없다고 확신할 뿐만 아니라—그의 병이란 바로 그런 신념이 병과는 아무런 관계가 없다고 믿는 것이라고 정신과의사는 설득하려 애썼다—

자신의 신념을 견고하게 하는 행동만을 했다.

최근에 밝혀진 바에 의하면 이미 상당히 넓은 신판테온교의 영역은 더욱 확대되었다. 넘버8은 '악의 축'의 변화에 관한 새로운 증거를 가지고 있었다. '악의 축'은 언뜻 보아 적대적인 몇 개의 조직으로 세분되었다. 먼저 알 카에다(사우디아라비아 출신의 오사마 빈 라덴을 지도자로 하는 이슬람 과격파의 국제 테러조직—옮긴이)의 이슬람 원리주의자들은 자유세계를 이슬람세계로 편입하기 위해 마피아의 자금을 이용했다. 마피아 측은 자금을 유통하기 위해 포착되지 않는 온갖 조직망—재정, 가족, 씨족, 비교(秘敎), 영성, 섹스, 매춘산업, 밀정, 아동 성학대, 마약 등—을 필요로 했다.

이 문제는 수천년 전부터 중동에서 복잡하게 뒤얽혀 매듭을 풀 수 없을 정도가 되었다. 성서를 보라. 역사는 달라지지 않는다. 역사는 미세한 이형(異形)을 통해 변화를 허용할 뿐이다. 이슬람 가미가제들이 예루살렘 한복판에서 자폭하고 있지 않은가. '더러운 돈'이 희생자 및 살인자들에게 쓰이기 위해 성스러운 도시 예루살렘에서 아무 문제없이 세탁되고 있지 않은가? 이슬람 원리주의자들과 싸운다는 극우 시온주의자들과 정교회의 극단주의자들처럼 이슬람 원리주의자들은 테러로 돈을 벌고 있지 않은가.

넘버8은 산타바르바라 대학교의 정치학과에서 '인기 과목들'을 수강했다. 당연히 모든 것은 산타바르바라 대학교에서 꾸며지고 있다. 그는 만일 빈곤자들을 위한 대책을 강구하지 않는다면 세계화는 세상을 종말로 이끌 것이라는 사실을 잘 알고 있었다. 클린턴은 다보스에서 직접 그 사실을 언급했고, G8도 도처에서 그 점을 역설했다. 신좌익은 물론이고 그들의 적들, 나치주의자들, 마약 중독자들, 미치광이들, 시인들, 지식인들, 당연히 G8을 믿지 않는 모든 사람들도 그 점에 동의했다.

하지만 넘버8은 '인기 과목들'이 의도하는 것은 단 한 가지밖에 없다는 사실을 재빨리 간파했다. 즉 그가 태생적으로 어떤 정신적 세뇌에도 복종하지 않는다는 사실을 짐작하지 못한 채 그를 그들의 심리 프로그램에 복종시키려 한다는 것. 그래서 그는 그들의 전파에서 벗어나 그들의 선전용 안테나의 수신기를 끊어버렸다. 대체 누가 구토를 일으킬 정도로 그의 위를 아프게 했는가. 현대에도 구토가 전통적인 철학을 지배하고 있다.

세상이 더 이상 구토를 참을 수 없는 사람, 즉 정화자를 필요로 하고 있다고 누구도 감히 말하지 못했다. 분명 산타바르바라 사람들은 모두 외국 출신이었다. 그렇지 않으면 적어도 한두 세대 거슬러 올라가면 결국은 다들 외국인이었다. 넘버8도 마찬가지였다. 다른 사람들보다는 나은 편이지만. 그러나 그런 사실이 상황을 분명하게 이해하는 데 방해가 되지는 않았다. 악의 뿌리가 누워 있는 곳은 분명히 이민— 통제된 이민이든 아니든—이었다.

신판테온교는 초라한 모리배 집단으로 전락하지 않았다. 반대로 이들은 억제할 수 없는 이주의 재앙—넘버8은 이 사실을 잘 알고 있었다—을 확대시켜 이용하고 있었다. 실질적으로 이주민은 그들보다 훨씬 많았다.

더구나 세바스찬 크레스트 존스가 이 지상에서 저지른 모든 범죄—넘버8은 그 가운데 몇 가지를 알고 있었다—중에서 이주와 다문화주의에 대한 학자연한 숭배는 위험하고 위선적인데다 씨까지 말려 죽이는 지독한 독이었다! 조류학자 넘버8은 고위 성직자들을 공격하기 훨씬 전부터 세바스찬이라는 미친 놈을 죽일 생각을 하고 있었다. 하지만 넘버8이라고 해서 모든 것을 알 수는 없었고, 게다가 도처에 존재할 수도 없는 노릇이었다. 두개골이 썩으면서 뇌는 고통으로 윙윙거렸지만 안 하는 것보다는 늦게라도 하는 편이 나았다.

토요일 아침, 대학교는 거의 텅텅 비어 있었다. 그는 캠퍼스를 횡단할 때 평소 사용하던 마스크로 얼굴을 가리지 않았다. 아니, 넘버8은 지난밤 꿈에서 본 최근 자료—만일 이 자료가 없다면 도저히 주말을 보낼 수 없는—를 당장이라도 구하기 위해 등교한 박사논문 준비자처럼 무기력한 발걸음으로 역사학과 건물로 들어가서는 세바스찬 크레스트 존스의 연구실로 향했다. 그의 배낭에는 교직원의 신변을 보호하고 기자재의 도난을 방지하기 위해 설치된, 별로 복잡하지 않은 숫자 조합식 자물쇠를 열기 위한 도구들이 들어 있었다. 하지만 무용지물이었다. 그가 문고리를 돌리자마자 문이 열렸기 때문이다.

교수는 등을 돌린 채 컴퓨터 앞에서 작업을 하고 있었다. 교수도 어젯밤에

꿈에서 본 최근 자료가 몹시도 필요했던 모양이었다. 교수는 방문객이 고양이처럼 살금살금 들어오는 소리를 듣지 못했다. 넘버8은 공수도로 목덜미를 한 대 '탁' 친 다음 단도로 목을 찔렀다. 그리고 셔츠를 벗기고 배를 가른 다음 등에 서명을 하고 전리품을 비닐봉지에 쑤셔 넣고는 그것을 배낭에 집어넣었다. 마지막으로 그는 장갑을 벗고 들어올 때처럼 조용히 연구실을 빠져나왔다.

∗

미날디는 헤모글로빈 웅덩이 속에 누워 있었다. 토요일, 미날디는 다시 한 번 연구소의 중앙컴퓨터에서 크레스트의 노트북으로 '트로이목마'를 보내라는 지시를 받고는 멋진 명패가 놓인 교수의 연구실을 찾았다. 아무리 역사가라 할지라도 주말까지 열정적으로 연구하는 사람은 많지 않기 때문에 시신은 월요일에야 발견되었다.

포포프는 도무지 이해할 수 없었다. 하지만 릴스키는 연쇄살인범과 동일한 수법으로 살인이 자행된 것을 발견하고는 흥분하며 그 어느 때보다 기뻐했다. 분명했다. 만일 릴스키 자신이 누군가를 죽일 생각이었다면 이 구역질나는 미날디가 첫 번째 대상이었을 것이다. 그 점은 틀림없었다. 자신이라면 미날디를 살해하고 분명 완전범죄를 노렸을 것이라는 생각이 퍼뜩 반장의 머리를 스쳐갔다. 그런 정화 활동은 희생자의 수치스러운 짓만으로도 정당화될 것이고, 그는 이 피조물을 제거한 것을 자랑스럽게 여길 것이다.

어제 저녁부터 스테파니가 들려준 안나 콤네나의 긴 이야기—세바스찬이 재검토하고 고쳤을—는 이상하게도 반장을 안심시켰다. 어쩌면 삼촌은 살인자가 아니라 반장이 자신의 직책상 어쩔 수 없이 감옥에 가두어야만 했던 죄인들처럼 일종의 정신질병자는 아닐까? 그래서 어떻단 말인가. 릴스키는 천년 전의 황녀—십자군 전쟁을 기록한 역사가—를 사랑하는 역사가 세바스찬에게 최초로 그리고 유일하게 트집을 잡은 사람은 아닐 것이다. 세바스찬 크레스트의 소설을 토대로 스테파니 들라쿠르가 재구성한 이야기에 따르면 이 비잔틴 황녀는 분명 한 십자군 병사를 사랑했다. 『레벤망 드 파리』지의 여기자는 실수하는 법이 거의 없지 않은가. 그러니 믿어보자!

그런데 미날디의 시체 앞에 있었더니 오랜만에 불안감이 다시 나타났다. 반장은 빌어먹을 넘버8 같은 배짱을 갖지 못해 자책했다. 넘버8은 정확하게 일을 처리함으로써 자신의 고상한 취미를 보여주었다. 이 땅에서 미날디를 제거한 것은 분명히 탁월한 미학적 선택이며 비할 데 없는 멋진 성과였다!

희생자를 저승으로 보낸 수법을 곰곰이 관찰한 반장은 신판테온교를 청산할 의무를 자신에게 부여한 연쇄살인범을 붙잡는 것이 자신의 일임을 잘 알고 있었다. 하지만 이때부터 심연으로 파고드는 질문이 반장의 수사를 용이하게 하지 않았다. 아니 반대로 수사를 복잡하게 할 뿐이었다.

첫째, 미날디를 왜 죽였을까? 미날디는 그보다 앞서 도덕적 숙청을 당해야만 했던 고위 성직자들만큼—아니 훨씬 더?—부패한 신판테온교의 비밀회원이었을까? 아니면 추적하지 못하게 흔적을 흩뜨림으로써 경찰을 비웃고, 산타바르바라에서 '질서'와 '이성'을 구현한다고 주장하는 모든 것—가령 대학교—을 비웃기 위해서일까? 가능성은 낮지만 그렇다고 불가능한 일도 아니었다. 이 익명의 살인자는 무정부주의자이자 익살꾼이었기 때문이다. 릴스키는 그 점을 눈치 챘다. 하지만 빈정거림의 속성은 그 의미와 그 표적을 속이는 것이기 때문에 훌륭한 풍자가는 아주 은밀하게 자신의 의도를 드러낸다. 불행히도 이 논리는 함축된 의미로 쓰인 모든 평범한 것에 깊이를 부여한다. 훌륭한 풍자가는 언제나 현명한 대중을 필요로 한다. 하지만 잔인하게도 이는 날마다 충족되지 않는 부분이다.

둘째, 넘버8은 풍자가일까? 아니면 미치광이일까? '열린 문'이라는 정책을 가지고 서로 경쟁하는 정신병원에서 탈주한 사람일까? 그 때문에 경찰서는 머리가 돈 사람들로 넘쳐나는 것일까? 릴스키는 이런 질문을 제기한 것을 후회했다. 만일 이 남자의 흉책이 자기 방식과 가깝다면—혹시 자신이 자아상실의 상태에서 이런 살인들을 저지른 게 아닐까 자문할 정도로—논리적으로 릴스키 자신은 넘버8이 익살꾼인지 미치광이인지 알 수 없기 때문이다.

마지막으로 중요한 한 마디. 릴스키가 버리려고 마음먹었던 '연쇄살인범 세바스찬'이란 가정은 세바스찬이 쓴 안나의 소설—스테파니가 고쳐 쓴—

을 들으면서 다시 떠올랐다. 만일 세바스찬이 신판테온교를 정화한 후 대학교에서 형편없는 인간을 제거함으로써 정화활동의 대미를 장식한 것이 아니라면 도대체 누가 미날디에게 원한을 품고 죽인 것일까? 그러니 세바스찬이 범인일 가능성을 배제할 수는 없었다.

정리해보자. 마약 중독자, 세계통합주의자, 세바스찬.

이들 사이에 어떤 차이가 있을까?

릴스키 자신도 윤곽이 잡히지 않았다. 다시 한 번 끝없는 검은 소용돌이가 그를 덥석 감쌌다. 사실 반장은 두려웠다. 따라서 현실에 매달려야 했다. 검증, 심문, 지문.

먼저 남편이 실종되었을―우선은 이 가능성에 무게를 두자―때보다 애인이 죽음으로써 훨씬 더 비탄에 빠진 에르민을 맞이하는 일부터 시작하자.

"이해할 수 없어요. 두 마리의 토끼를 놓치다니 너무해요. 노드롭, 어떻게 설명하시겠어요?"

에르민은 그에게서 뭔가 비밀을 들을 수 있을 것이라는 희망에서 그의 이름을 불렀다. 분명히 에르민은 잘못이 없었다. 그럼 미날디와 세바스찬 중 누구에게 문제가 있을까? 언젠가는 누구나 죽기 마련이다. 릴스키는 망설이다가 그녀에게 그 사실을 말했다.

에르민은 갑자기 오열을 억누르고는 마치 자기반성이라도 하듯 자신을 비하했다.

"지금 영감을 주기보다는 음산한 분위기를 조성하는 이곳에 남아 있을 필요가 없어요. 건축양식이 그렇다는 거예요. (릴스키는 그녀를 껴안는 척했다. 그것은 그들이 가족이라는 표시였다. 현실을 잊지 말 것.) 당신도 이곳보다는 집에 있는 편이 좋지요? 그런데 포포프는 어디 갔지?"

한자로 쓴 무한(無限)

"대체 수사는 어디까지 진척되었나?"

상황이 악화되고 있었다. 어쨌든 노르디는 반장의 역할을 수행해야 했다.

"아직도 아무 소득이 없다니! 너무 오래 끄는 거 아냐. 응? 희생자들을 등 뒤에서 공격한 아홉 번의 살인사건. 계속 우리를 골탕 먹이고 있는 그 미친 놈에 관해 단서를 하나도 잡지 못했다니! 놈은 자신의 종교가 지닌 의미를 새롭게 해석한 자일 거야. 놈이 분명히 전적으로 책임을 지고 있거든. 놈은 '무한'(l' Infini)을 추종할 수도 있지! 놈이 오늘 미날디 몸에 휘갈긴 것은 숫자 8이 아니라 '무한'을 뜻하는 기호(∞)였어. 그럼 뒤에서 놈을 돕는 자들은 누굴까? 분명히 누군가가 뒤에서 이 예술가를 조종할 텐데. 자네는 생각하지 못했겠지! 물론 내가 처음부터, 아니 오래전부터 놈을 돕는 자들이 도처에 있다고 말했지……. 어리석은 짓 하지 말게……. 어쩔 수 없지……. 그건 그렇고, 우리에게 자신의 무용담을 늘어놓는 편지는 아직 도착하지 않은 거야?"

"마침 도착했습니다, 반장님. 오늘 아침 도착한 우편물 속에 있었습니다. 그런데 한자로 씌어 있습니다."

포포프는 웃지 않았다.

"무슨 말인가?"

"말씀드린 대로입니다. 한자 편지라고요!"

릴스키는 모든 경우를 예상하고 있었다. 언어에 관련된 사항만 제외하고. 어이가 없군! 결국 전방위적으로…….

"한자라고? 보여주게……. 정확히 말해서 표의문자지. 번역하게. 그리고 전부 분석해서 가져오게. 미날디의 사무실, 그러니까 크레스트 존스 교수의 연구실에서 했던 것처럼 타액, 피, 머리카락은 물론이고 그 편지에 대해 자네가 원하고 할 수 있는 모든 것을 해보라구. 지금까지 어떤 단서도 없다는 사실을 잘 알고 있네. 무한은 장갑을 끼고 범행을 저지르니까. 포포프, 하지만 상황이 변하고 있네. 때때로 정신질병자들도 변하지……. 전부 그렇다는 게 아니라 몇몇은……. 그러니까 처음부터 다시 시작하게. 내가 처음 지적한 것처럼 매번 아주 꼼꼼하게 수사하게. 희생자의 일과표를 재구성해서 제출하고 친분이 있든 없든 모든 대인관계를 파악하는 것도 잊지 말게. 에르민의 일로 시간을 낭비하지 말게. 헛수고지! 연구소를 수색하고 증인들을 소환하게. 당연히 정신병원도 조사해보고 신판테온교 사람들—알려진 신자든 아니면 신자로 추정되는 자든—도 계속 미행하게. 그거야 뭐 관례지. 물론 전기영동(電氣泳動)을 활용한 DNA 분석도 하고. 분석할 만한 것은 무엇이든 다 하게. 물론 허가증은 있네. 이 사건은 중대해. 자네가 이 사실을 깨닫고 있을 줄 알았네!"

불길한 징조. 포포프는 시선을 바닥에 고정시켰다. 반장은 사건을 전혀 이해하지 못할 때만 화를 냈다.

"마약에 중독된 한 지식인이 아버지는 물론 자신을 시험에서 떨어뜨린 교수까지 모든 사람을 원망하고 있습니다……."

포포프는 심사숙고하려고 애썼다.

"잘 듣게. 종적은 나날이 사라지는 법이네. 보고할 게 그렇게 어리석은 것밖에 없나? 그럼 충고 한마디 하겠네. 그런 너절한 것들은 기자들에게 맡기고 좀더 구체적인 것을 가져오게. 그럼, 그만 가보게!"

릴스키는 알아볼 수 없을 정도로 많이 변한 것 같았다. 하지만 포포프에게는 아니었다. 반장은 분노할 때 자신의 진면목을 가장 잘 드러냈다. 이 남자는 어떤 사회적 계층에도 뚜렷하게 속하지 않았다. 그는 주위 사람들을 속이는 걸 즐겼다. 포포프가 그를 변함없이 존경하고 있는 근본적인 이유, 진짜 이유는 바로 그것이었다.

갑자기 상황이 긴박하게 돌아가고 있었다. 어느 방향으로 흐르고 있는지 종잡을 수 없을 정도로. 하지만 하나의 사건만 일어나는 경우가 드물듯이 미날디의 시체가 발견된 바로 그날 호수에서 파 창의 시신이 인양되었다.

크레스트 존스의 연구소에서 일하던 조교 파 창의 시신은 오랫동안 호수에 잠겨 있었다. 시신이 스토니브룩 호수의 서쪽 기슭에 있는 무성한 풀숲 사이의 물웅덩이에 얼마나 오랫동안 방치되어 있었는지는 알 수 없었다. 썩은 물속에서 시체는 잔뜩 부풀었고 이미 부패해서 형체를 알아볼 수 없을 정도였다.

"익사체의 모습이 아름다울 리 없지요. 하지만 이 사체는 진흙 덩어리 같아요."

포포프는 연약한 여자의 살결에 진저리를 쳤다.

"가엾은 오필리아, 그대에게 물이 너무 많구나. 눈물을 거두어라."

릴스키는 셰익스피어의 한 대목을 읊조렸다.

"반장님, 뭐라고요?"

"그녀를 땅에 묻으시오. 그녀의 맑고 순결한 육신에서 제비꽃이 피어날 것이오."

릴스키는 여전히 몽상에 젖은 표정을 짓고 있었다.

"포포프, 애석해하지 말게. 진흙이든 아니든 사체를 부검해주게. DNA는 도처에 널려 있네. 할 수 있는 일은 모두 해보게. 지체하지 말고. 과학수사대의 론 스타이너 박사에게 전화해서 즉각 PCR(특정 DNA를 복제하여 증폭시키는 유전자 진단 방법 중 하나—옮긴이) 즉 '종합 효소연쇄반응'을 실시하라고 하게. 자네는 그게 무슨 뜻인지도 모른 채 사용하지. 토는 달지 말게! 쓸데없는 절차는 무시하고. 알아듣겠나? 특별 진행이야. 신판테온교에 대한 보고서는 없나? 도대체 뭘 알고 있나? 이번이 마지막 기회야. 지금 이 나라에서 모든 것은 서로 관련이 있어. 따라서 신판테온교와 넘버8, 즉 '무한'과도 관계가 있단 말일세. 이번 익사체에 관한 자네의 보고서는 별로 신중하지 못했어. 이 여인을 찾고 있을 때부터 자네는 그녀가 '하찮고 흥미 없는 사람'이라고만 우겼지. 내가 틀렸나? 자네는 세상과 나를 놀리는 건가? 이름만 들어도 그녀가 중국 여자라는 것을 짐작할 수 있지 않나. 자네가 알고 있는 건 쓸데라고는 없군. 이 여자의 부모님은 1965년 홍콩에서 이민을 왔군. 그런데 왜 65년이지? 이거 조사해봤나? 80년과 84년에 각각 사망. 더 상세한 정보는 없나?

전부 똑같군! 자네가 이 사건을 심각하게 받아들이지 않았다는 게 증명되었네. 포포프, 이 고약한 나라에서 중요하지 않은 건 없네, 모든 게 중요하다구, 알겠나? '쌍둥이 오빠 샤오 창.' 이건 좀더 자세하군. '사회 부적응자가 되기 전 수학 분야에서 탁월한 실력을 발휘했고 환경보호와 반세계주의 단체에 자주 드나들었음, 마약 상습복용자로 추정됨.' 이게 뭔가? 추정이라니? '산타바르바라의 자연보호지구에 있는 조류보호연맹에서 조교처럼 일하고 있음.' 수학 전공자가 조류 보호자와 반세계주의자가 되다니, 이거 재미있지 않은가? '휴가 중.' 그러니까 자네는 이 자를 조사하지 않았단 말이군. 아니, 이럴 수가! 지금은 정말 긴급 상황일세. 다른 사건도 그렇지만 이 사건도 긴급하다구. 아니, 더 긴급하다고 할 수 있지. 그런데 자네는 하나도 이해하지 못한 것 같군! 서두르게, 빌어먹을! 이 사실을 머릿속에 쑤셔 넣게. 산타바르바라에서 중요하지 않은 것은 존재하지 않아. 모든 게 서로 연관되어 있고 모든 게 아주 중요하네!'

릴스키는 자신이 정화자의 분신이라는 집요한 확신을 떨쳐버리고 마침내 한숨을 몰아쉬었다. 이 익사체는 때마침 나타났다. 반장은 악취를 풍기는 중국인 오필리아와 아무 관계가 없었고, 따라서 연쇄살인범과도 아무 상관이 없었다. 적어도 이것만은 확실했다. 그는 자신감과 존재이유를 되찾았다. 정말로! 산타바르바라에서는 결국 자신조차 믿지 못하기 때문이다.

*

분명히 수사 속도는 빨라지고 있었다. 미날디가 살해된 후 도착한 연쇄살인범의 편지는 정말 한자로 작성되어 있었다. 우연이었을까? 장황한 내용은 없었고 겨우 몇 개의 문자뿐이었다. 경찰을 위해 일하는 중국어과의 늙은 선비는 '서예에 정통한 사람이 쓴' 것이라고 단정함으로써 반장의 직감을 확인시켜주었다. '무한'은 자신을 정화자로 생각하고 있었다! 포포프에게는 안 된 일이지만.

"반장님, 중국 노인의 설명이 제 머리에서 떠나지 않습니다. 겨우 세 단어를 가지고 장광설을 늘어놓았어요. 한 번 직접 들어보십시오. 저는 무슨 뜻인지 도무지 모르겠습니다."

포포프는 불평하는 소년처럼 말했다.

"들어오라고 하게."

릴스키는 짜증은 났지만 산타바르바라에서 현자로 알려진 리(李) 노인의 이야기를 듣고 싶었다.

"반장님께서 맡기신 편지 사본의 첫 번째 단어는 이것입니다. 자, 여기를 잘 보십시오. (그는 대나무 막대로 신비스러운 글씨를 가리켰다.) 淨化者. 이 글자는 '정화자'라고 읽습니다. 글자 그대로 '순수하게 하는 것, 깨끗하게 하는 것, 깨끗하게 만드는 사람, 순수한 것을 만드는 사람'을 뜻하지요. 마지막 글자 '者'는 '노련한 사람'을 암시합니다. 순수성에 도달하려면 실제로 진심을 다해 오랫동안 지혜를 터득해야 합니다."

릴스키는 진정한 지혜가 저절로 정화의 마음을 고취하는 것은 아니며, 어쩌면 자신의 지혜에는 불순한 것이 섞여 있을지도 모른다는 말을 그에게 하지는 않을 것이다. 지금은 하염없이 토론할 때가 아니었다.

선비가 말을 이었다.

"우리 중국인들은 철학자입니다. 하지만 당신들이 말하는 그런 철학자는 아닙니다."

선비는 살짝 얼굴을 찌푸렸다. 만일 그것이 불쾌감으로 입을 삐쭉거린 것이 아니라면 정중한 미소였을 것이다.

"유학자들은 순수성을 권장합니다. 하지만 도교 신자들에게는 이것이 꼭 한 가지만을 뜻하는 것은 아닙니다. 도(道)는 결코 단순한 방식으로 나타나지 않으니까요. 제가 무슨 말을 하는지 아시겠습니까?"

흥미진진한 이야기였다. 다른 상황이었더라면 릴스키는 여세를 몰아 노인이 궤변을 늘어놓게 내버려두었을 것이다. 하지만 지금은 형이상학을 논할 때가 아니었다. 오늘은 모든 사실을 명확히 해야 했다.

"우리라면 그냥 정화자라고 말할 겁니다."

반장은 초조했다.

"원한다면."

"'원한다면' 이라니 무슨 말씀입니까? 그럼 선생님은 어떻게 해석하십니까?"

릴스키는 자신이 화를 내지는 않을까 두려웠다.

"만일 번역해야 한다면 당신처럼 '정화자' 라고 하겠습니다."

선비는 체념한 것 같았다.

"선생님, 반드시 해석해야 합니다. 다른 뜻이 있습니까? (문화 충격이 존재하지 않는다고 말하지 마시길!) 첫 번째 단어는 그렇다 치고 두 번째 단어는 무슨 뜻입니까?"

"報仇(보구)는 문자 그대로 '내심으로 대답하다' 라는 뜻입니다. '보답하다' 혹은 '돌려주다' 는 '땅' 과 관련이 있고, '원한' 혹은 '적' 은 '사람' 과 관계가 있습니다. 말하자면 땅은 보답하지만 인간은 '적' 입니다. 이것은 우리 중국인이 좋아하는 일종의 시입니다."

선비는 조금 전과 같은 표정을 지었다. 약간은 달콤한 표정이었다.

"리 선생님, 정신을 몹시도 자극하는 신비로운 수수께끼군요. 그럼 해석하면요?"

"산타바르바라 말로는 '복수' 입니다. 다른 용어는 찾을 수가 없습니다."

"그 정도면 충분합니다. 선생님이 말씀하시는 땅의 적이 얼마나 저를 만족시켜주었는지 상상도 못하실 겁니다. 그럼 마지막 단어는요?"

"세 번째 복합어 無限은 無窮의 변형으로 '한계가 없음' 혹은 '고갈이 없음' 을 뜻합니다. 첫 번째 글자는 '불' 과 관계가 있고 두 번째 글자는 '경계' 의 의미로 '영토' 와 관계가 있습니다. 하지만 제가 방금 언급한 '무궁' 은 연쇄살인범이 사용하지는 않았지만 같은 뜻으로 사용되며 '동굴' 혹은 '주거' 와 관계가 있습니다. 즉 누군가가 집에 불을 질렀다는 뜻입니다! 이 합성어를 이용한 시도 있지요. 하지만 반장님은 시에는 흥미가 없으시겠죠? 걱정하지 마세요. 여기까지만 할 테니까요."

선비는 일부러 긴박감을 조장하면서 즐기고 있었다. 하지만 릴스키는 화를 내지 않을 것이다. 화를 낸다면 겸손한 선비가 은연중에 드러내는 우월감을 인정하는 꼴이 될 테니까.

"해석해볼까요? 현대어로 그리고 당신네 말로 해석하면 '한계 없는 것',
즉 '무한' 입니다."

"제가 제대로 이해했는지 모르겠지만, 그렇다면 '무한' 이란 자는 방화광
(放火狂)입니까? 리 선생님, 진심으로 축하드리고 감사합니다! 선생님의 시
는 심연을 보여주셨습니다. 선생님도 짐작하셨겠지만, 저 같은 경찰관은 그
런 심연에 관심이 없습니다. 물론 도달하고 싶은 경지이긴 하지만……. 별
도움이 되지 못한 건 아닐까 걱정하지 마십시오! 정말 감사드립니다. 틀림없
이 다시 뵙게 될 겁니다. 중국 사상과 관련하여 선생님과 이야기를 나누고 싶
군요. 우리 산타바르바라 사람들이 이해하기는 힘들겠지만 말입니다. 나중
에 적절한 시기에 선생님께 연락드려도 되겠지요?"

초조해진 릴스키는 오만함이 느껴지는 중국 시에 거부감을 느끼고 있었다.

흥분한 반장은 늙은 현인을 쫓아냈다. 포포프는 그에게 살며시 한 마디를
건넸다. 즉 중국어 편지에서 땀과 타액이 검출되었다는 것이다. PCR로 분석
가능한지 확인해보아야 할 것이다. 우리의 정화자가 이번에는 깜빡 잊고 장
갑을 끼지 않은 걸까? 릴스키는 산타바르바라와 『레벤망 드 파리』지를 공포
에 떨게 하는 범인—자신의 끔찍한 분신—을 체포할 수 있을지도 모르겠다
는 희망을 품게 되었다.

이상형을 찾아서

스테파니는 틀리지 않았다. 세바스찬은 안나 콤네나를 사랑하고 있었다. 그런데 그는 마치 자신이 에브라르 드 파강이라도 된 것처럼 그녀를 사랑하고 있었다. 아주 역사가 세바스찬은 십자군의 발자취를 좇아 까마득한 조상인 에브라르를 찾아 나섰다. 그가 찾아 나선 것은 비잔틴 황녀도, 안나도 아니었다. 세바스찬은 살아 있는 사람들을 스치는 둥 마는 둥 지나치며 오직 에브라르의 눈으로만 공간을 바라볼 정도로 자신의 선조—추정상의—에게 몰입되어 있었다. 그것은 너무 환각적이고 유해한 것이었다.

광적인 흥분 상태, 상(喪)으로 인한 슬픔의 상태, 혹은 마약에 취한 상태에서는 사람이 전혀 존재하지 않는 우주적인 경치만이 존속하는 법이다. 사랑을 너무 많이 하거나 상처를 너무 많이 받은 사람은 점점 왜소해지고 녹아내려 마침내는 산, 숲, 수면(水面), 장미나무, 새, 여우, 고양이 따위의 색깔, 형태, 소리 속에 흡수되고 만다. 선사시대의 화가는 쇼베 동굴(프랑스 아르데슈 지방의 콩브다르크에 있는 선사시대의 벽화가 그려진 동굴—옮긴이) 벽에 진지한 시선과 팽팽한 근육을 지닌 들소와 말의 경이로운 돌진 장면을 그렸다. 동물과 하나가 된 예술가는 세상에서 처음으로 선과 색깔을 통해 자신의 내면생활을 투영하고 시각화했다.

쇼베의 동굴보다 덜 고풍스럽고 덜 역동적인 세바스찬의 내면의 동굴은 팽팽한 근육도, 경이로운 질주도 보여주지 않는다. 과거의 비극적 충격을 선경으로 바꾼 집에 대한 기억과 풍경에 대한 무관심 이외에는. 심한 상처를 입은 살인자 세바스찬은 자신이 당했거나 혹은 남에게 가했던 불행의 흔적을 조금도 간직하지 않았다. 이제 그는 놀라울 정도로 다정하고 염려스러운 부류에 속했다. 불행과 시간을 초월하는 이들의 능력은 안락과 닮은 구석이 있다.

이 뚜렷한 존재 지점에서 은신처를 발견하려면 완전히 사라져야 했다. 어떤 사람들은 타인을 파괴함으로써 자신을 파괴한다. 그후 시간은 멈추거나 황홀한 명상의 공간에서 벗어난다. 그리고 고통이 침투한다. 하지만 피눈물을 동반하는 복수나 살인을 주도하지는 않는다. 아니다, 결코 더 이상은 아니다. 고통은 엄정한 지각(知覺), 분할할 수 없는 아름다움으로 바뀌었다. 다시 찬란한 외부세계와 만나기 위해서는 돌처럼 죽어 제2의 자신을 만들어야 한다.

몇몇 병사들과 함께 십자군 원정을 포기한 에브라르가 로도피 산맥에 도착하여 거대한 돌 십자가를 세우기 훨씬 전에 오르페우스, 에우리디케 그리고 바쿠스 신의 여사제들이 이곳에 살았다. 다른 사람들처럼 십자군에서 이탈한 도망자들은 파도처럼 몰려드는 이슬람교도들, 무적의 사라센 병사들, 교활하고 잔인한 이교도들을 두려워했다. 분명 에브라르도, 날이 휜 그들의 장검에 죽고 싶지 않았을 것이다. 그는 오흐리드 근처에서 자신의 동료들보다 훨씬 덜 잔인해 보이고, 경작만을 갈망하는 사람들을 만났다. 이들은 오크어를 사용하는 순례자들이었다. 물론 그는 보고밀파 신도들도 만났다. 전대미문의 특이한 풍습을 지닌 보고밀파는 자신들의 교리를 듣고자 하는 사람들은 누구든 포용했고, 예수 그리스도를 부정하지는 않으면서도 악마를 탐구했고 심지어 악마를 교리에 편입하기까지 했다. 십자군과 안나를 포기하고 변화한 에브라르는 본래 모습의 에브라르보다 더 오래 살아남았다. 부활한 사람이 아니라 죽음 건너편의 사람, 즉 살아 있는 사람이었다. 자유를 즐기고 인생의 공허를 느끼는, 감수성 예민한 사람. 말하자면 세바스찬 같은 사람이었다.

안나에 따르면 몇몇 고대인들은 행복이 불행의 부재에 지나지 않는다고 주장했다. 에브라르의 행복하고 평화로운 삶은, 자신이 안나의 신분에 어울리지 않으므로 젖은 모닥불, 향기로운 아마포 블라우스, 부드러운 피부를 포기해야 한다는 사실을 깨달은 순간 무너졌다. 이 비잔틴 여인의 몸과 정신이 살아 있는 한 에브라르는 어떻게든 자신의 인생을 꾸려갔을 것이다. 하지만 그때부터는 삶에서 떨어져 나온 삶, 이전과는 다른 삶을. 어떻게 해야 할지 잘 몰랐겠지만 어쨌든 계속 살아갔을 것이다. 그는 알렉시우스의 딸이 나이가 들어 작가가 되었고, 세계 최초의 여성 역사가가 되었으며, 그들의 사랑—일어나지도 않았지만 그녀가 글 속에서 온 힘을 다해 잊고자 했던—을 토대로 하나의 작품을 이룩했다는 사실을 알았을까? 아니, 에브라르는 결코 알지 못했을 것이다. 그게 뭐가 중요하겠는가. 그는 기록되지 않는 역사, 말하자면 무의 삶을 선택했다.

"종적을 남기면 성인이 아니다." 노자는 이미 오래전에 사람들에게 그렇게 가르쳤다. 어떤 흔적도 남기지 않는다는 것은 안나의 경우와 정반대였다. 안나는 희생자가 아니라 살아남은 사람이었고, 생생한 삶의 흐름 속에서 익명으로 살아갔기 때문이다. 그녀의 생명력, 인생의 여행만이 그들의 만남이 잘 이루어졌음을 증명할 것이다. 안나는 에브라르를 만났지만 더 이상 기억하려 하지 않았다. 에브라르는 안나를 만났지만 말하지 않으려 했다. 그는 자신의 방황이 계속되게 내버려두었다. 그저 여행을 견디면서 방황이 지나쳐가길 기다렸을 것이다. 에브라르가 자신의 추억을 가두어놓은 작은 성당, 그 성당의 겉모습이 그의 길이었을 것이다.

에브라르는 그리스도의 성묘를 향해 가지 않았을 것이다. 그는 남자들과 여자들의 땅 위에서 걷는 것으로 만족했을 것이다. 삶은 옛날에도, 다른 곳에도 존재했고, 존재할 것이며 에브라르는 그녀와 만났다는 것을 증명하기 위해서라도 살 것이다. 다시 한 번 요정극. 과거와 미래. 지금은? 상점에서 물건을 훔치는 사람들처럼 그렇게라도 생존할 수 있어야 한다. 노숙자들에게 그것은 도둑질이 아닌 것처럼 삶 또한 아니다. (크레스트 존스는 「잇따른 참사」를 읽은 후 에스텔 판코프에게서 이런 생각을 얻게 되었다.) 그것은 모든 것을 뛰어넘는 것이다.

고도 1500미터 이상의 상공에서 내려다보면, 길이 500미터, 폭 250미터의 커다란 풀밭과, 그 주위를 둘러싸고 있는 소나무, 너도밤나무, 떡갈나무가 보인다. 이 성지는 이미 예정된 이름을 가지고 있다. '크레스트의 숲', 달리 말하면 '십자가의 숲.' 세바스찬 크레스트 존스는 그곳에 가야만 했다. 고대인들의 말대로 이곳은 델포이의 아폴론 신전과 경쟁 관계에 있던 디오니소스의 성소였을까? 좀더 설득력 있는 전설대로 보고밀파의 성소는 아니었을까? 이 이단자들은 평판이 나쁜 자신들의 제식을 거행하기 위해 관청에서 멀리 떨어져 있고 신들—마니교도에 따르면 적어도 두 명의 신, 즉 선의 신과 악의 신이 있다고 한다—에게 가까운 크레스트 숲을 선택했을 것이다.

오늘날 사라진 생트트리니테(성삼위일체) 수도원은 예전에 그리스도의 십자가로 쓰였던 나무 조각으로 만든 액자에 성모화(畵)를 모시고 있었다. 세바스찬은 그에 대해 더 자세히 알아볼 수 있으리라는 희망을 버리지 않았다. 그것은 그리스도의 성묘에서 가져온 십자군 병사들의 전리품이었을까? 아니면 순례자들이나 떠돌이 약장수들이 가져온 것일까? 시간은 신화를 운반할 뿐이다. 이 전설은 크레스트의 숲, 즉 세바스찬 크레스트 존스의 숲을 후광처럼 장식한 채 고사리, 산딸기, 오디, 월귤나무 속에서 살랑거리고 있다.

치료사들이 자리잡은 후 크레스트 숲은 마법적이고 기적적인 성소가 되었다. 이 숲은 수세기 전부터 맹인들과 중풍환자들을 낫게 했고, 얼마 전에는 보리스 3세(불가리아 왕, 재위 1918~1943—옮긴이)의 여동생인 에우독시아 공주까지도 이곳에 요양을 하러 왔었다. 그때 십자군 병사들이 세웠던, 사라진 돌 십자가 자리에 높이 33미터의 철 십자가를 세웠다. 현지인들은 자신들이 원하는 것만을 말하기 때문에 크레스트 존스는 그들의 말에 별로 흥미를 느끼지 못했다. 시간은 초목과 바위를 아름답게 조각했고, 이 경이롭고 비밀스런 숲의 빈터에서 안쪽으로 휘었다. 만물 혹은 무와의 최고의 일치.

고사리 밑의 바위가 토해내는 우라늄—과학적으로 입증된—이 빛을 발하고 사람들을 열광시키며 성사(聖事) 탐구를 자극한다는 사실을 알고 있는가? 아마 알고 있을 것이다. 언론이 상황에 따라 이런 현상을 부추기거나 비난하고 있으니 말이다. 명성은 일종의 매우 강력한 우라늄이다. 명성은 조각조각 부서진 예수 그리스도의 십자가를 옮겨다 로도피 산맥의 어느 숲 속에 있는, 어느 여자 농부의 성화 액자에 그 조각들을 끼워 넣는다. 인간과 태양을 화해시키기 위해서. 강력한 이빨은 월귤나무의 엷은 보랏빛 뺨을 물어뜯는다. 인간의 이빨인가? 태양의 이빨인가?

시간은 숲 속의 빈 터에서 느슨해지고 분홍빛 월귤 주스 속에서 무르익는다. 하지만 이런 정지, 이런 보석 속에서 살기 위해서는 세바스찬이 되어야 한다. 이제 산타바르바라는 도처에 펼쳐져 있다. 더구나 세바스찬 크레스트는 스토니브룩에서 밀라노말펜사, 베오그라드, 코소보, 두러스, 오흐리드를 거쳐 이곳 디오니소스, 보고밀파 그리고 에브라르의 성소인 크레스트 숲까지 멈추지 않고 달렸다.

갑자기 여행은 비밀스러운 세계를 드러내면서 이곳에서 끊어졌다. 세계라니? 대변동이 여기저기서 일어났다. 폭풍우, 전쟁, 지진, 종교와 정치적 혼란은 초목, 햇빛, 소나기, 깜짝 놀라 도망치는 나비 등은 다치게 하지 않고 사람들과 그들의 집, 백성들과 길, 아이들과 초가를 파괴했다. 지구 자체도 온난화와 오존층 파괴로 위협을 받고 있다. 좋다, 그건 그렇다 치자. 더욱 나쁜 것은 이라크 전쟁이 연합군을 당황시키고 있고 다른 많은 문제들이 그 뒤를 따를 것이라는 점이다.

크레스트 숲의 빈 터는 증오에 의해 통제되고 망자들에 의해 풍요로워져 마치 살아 있는 자 같은 모습이지만, 아직은 때가 묻지 않았다. 크레스트 존스는 이 숲이 자신을 위해 남겨진 것이라고 생각한다. 그렇다, 겸손하게 유혹하는 성숙한 여인처럼. 숲 속의 빈 터는 '세계'다. 누가 이 숲 속의 빈 터를 볼까? 관광객들? 신자들? 기억의 부상자들?

에브라르 파강은 칼로 얼굴을 베인 채 이곳에 도착했다. 비잔틴 칼로 이마를 베인 그는 더 이상 오크어 약탈자들을 견딜 수 없었다. 그들은 자칭 그리스도교인이었지만 노골적으로 이곳의 땅과 재산을 탐냈다. 에브라르의 어깨는 자신의 부대가 쏜 화살에 관통되었다. 그들은 약탈을 방해했다는 이유로 얼마나 그를 싫어했던가! 라도미르는 그를 치료해준 후 잉걸불 위에서 발을 데지 않고 걷는 법과 차별 없이 그리고 허물없이 여자들과 남자들을 사랑하는 법을 가르쳐주었다.

에브라르는 삼촌 아데마르 곁을 떠나고 안나를 피함으로써 하느님으로부터 자유로워졌다. 육신의 악마들에게 소멸되는 것 이외에 그가 달리 무엇을 할 수 있겠는가? 선도, 악도 알지 못하는 자—그는 둘 다 동등하게 취급했으니까—에게는 보잘것없는 불. 어쩌면 그는 보고밀파 신자가 되었는지도 모른다. 분명 그는 순수한 마음으로 도취되었을 것이다. 그는 마법의식을 마치고 어린아이처럼 확신에 넘친 표정으로 말없이 나왔다. 하지만 다시 한 번 안나를 품에 안은 후 도망치고 싶다는 불가능한 욕망에 사로잡혔다. 지금 고사리 밭에서 고양이 걸음으로 살금살금 달리던 에브라르가 맨손으로 하얀 나비를 붙잡으려다 놓친 것처럼.

에브라르는 숨을 죽이고 엄지와 검지를 내민다. 나비는 자고 있다. 에브라르는 아주 조심스럽게 안나의 가슴처럼 보들보들한, 나비의 민첩하게 움직이는 성기를 잡는다. 놓아줄 것인가? 놓아주지 않을 것인가?

보이스카우트 시절, 세바스찬은 나비채 없이 맨손으로 나비사냥을 즐겼다. 그때부터 이미 교살자의 기질이 있었던 것은 아닐까? 하지만 그것은 알록달록 다색(多色)의 수집품이자 살해자의 자부심이기도 했던 코르크 사냥 게시판 위에 핀으로 꽂아두기 위한 것이었다. 꽃박하와 인동넝쿨은 가루받이를 해주는 나비를 무척 좋아한다. 크레스트 존스도 나비를 몹시 좋아한다. 하지만 애벌레나 번데기는 좋아하지 않는다. 이런 미완성의 유충은 오히려 몹시 역겹다. '성충(Imago)', 그러니까 다 자란 나비만이 그를 매료시킨다.

예를 들면 위쪽 날개에 적갈색 줄이 있고, 두 개의 초콜릿색 안상반점이 있는, 숲의 색, 크레스트 숲의 색, 떡갈나무 색의 수수한 *미르틸(Myrtil)*. 앞쪽 날개에 바둑판무늬가 있고 나무껍질, 히드 부식토, 잎이 떨어진 나무줄기와 혼동되는 밤색과 하얀색의 *미루아르(Miroir)*. 하지만 정말로 그를 사로잡는 것은 공기처럼 가벼운 *아폴론(Apollon)*이다. 햇살을 굴절시키는 하얀 막(膜), 뒤쪽 날개의 붉은 오렌지색 안상 반점과 복부 끝의 회색 털은 이미지화된 곤충을 잡으려는 탐욕스런 사냥꾼의 눈을 사로잡는다.

푸른 달빛의 물결무늬 날개에 가로 줄무늬, 거기에 기다란 검은 꼬리가 달린 밝은 노란빛의 *플랑베(Flambé)*. 너무나 어울리는 이름을 가진 *프로세르피나(Proserpine)*는 까만 꽃줄로 둘러싸인 빨강과 노랑의 반점과 함께 지옥 같은 화산에서 도망치듯 날아오른다. 수컷은 자주색으로 변하고 암컷은 갈색으로 변하는 진홍색의 *퀴이브레(Cuivré)*. 한편 자작나무의 *테클(Thécle)*은 카카오색 바탕에 오렌지색 반점이 찍혀 있고, 산호의 *콜리에(Collier)*는 갈색 날개 가장자리에 오렌지색 반달 무늬가 찍혀 있다. 하늘의 푸른빛이 이 따뜻한 무리 속에 보랏빛 떨림으로 배어든다. 백리향의 *아쥐레(Azuré)*는 배[梨] 모양의 얼룩에 청옥색이다. 개자리속의 *사블레(Sable)*는 수컷의 복부에 은

빛 구름 같은 유백색 털이 있다. 특히 털 같은 편린이 잔뜩 붙은 *아르귀스* *(Argus)* 수컷은 강렬한 자주색이고 암컷은 그보다 약한 밤색이다. 하지만 지금 다시 살인자를 매혹시키고 있는 것은 강력한 두 척의 '범선', 즉 하얀 반점과 함께 빨간 줄이 그어진 날개, 날개 밑에 대리석 무늬가 있는 *뷜캥* *(Vulcain)*, 그리고 대칭을 이루는 왕성한 시맥(翅脈)에 노랗고 까만 깃털을 지닌 *그랑모나르크(Grand-Monarque)*밖에 없다.

어린 세바스찬은 손가락으로 나비의 작은 머리통을 집어서 눈부터 으겠다. 그러고는 예리한 핀으로 나비의 심장을 천천히 찌르고 채집 상자의 촘촘한 줄에 배치했다. 그가 툭 튀어나온 눈을 찌르기 전에 사랑스럽게 목을 졸랐던 그 귀여운 파 창처럼. 그녀가 더 이상 숨을 쉬지 않자 그는 보잘것없는 작은 피아트 차 속에 그녀의 시체를 쑤셔 넣고 호수바닥으로 밀어버렸었다.

에브라르는 『알렉시아스』의 침묵의 언어 속에 갇힌 채 제2의 인생을 살았다. 두 명의 세바스찬이 있는 것처럼 두 명의 에브라르가 있었던 것이다. 밤과 낮을 공존하게 하는 것은 쉬운 일이 아니었다. 에브라르와 안나는 그들이 하느님은 물론이고 인생과 부모님을 사랑한다고 믿었다. 적어도 그들은 그렇게 생각했다. 하지만 세바스찬은? 그는 종축 역할을 하는 사람들을 조금도 이해할 수 없었다. 에르민은 남편이 그런 사람들을 혐오한다고까지 주장했다.

"당신은 인간혐오자야."

그녀는 자유분방한 페미니스트로 변신했고, 세바스찬의 괴벽은 오히려 그녀의 비웃음을 샀다. 그렇게 세바스찬은 자신의 무죄를 입증했다.

트레이시 존스가 방랑하는 실베스터 크레스트의 아이를 낳았다는 것은 그들이 쾌락을 즐겼다는 의미 외에 아무것도 아니었다. 그들은 자신들의 행위가 태어나게 될 아이—나중에 세바스찬이라는 이름을 갖게 되는—에게 기쁨을 줄 것인지, 아이가 세상에 태어나는 것을 정말로 기쁘게 여길 것인지 전혀 생각하지 않았다. 고치를 떠나도록 설계할 때 번데기에게 의견을 묻지 않는 것처럼. 나비들은 훨훨 날아다녔고, 세바스찬은 햇살을 기억하는 순간부터 나비, 트레이시 존스 그리고 파 창을 목 졸라 죽이는 것을 즐겼다. 그것을 살인이라고 부를 수 있을까? 그것은 살인을 훨씬 뛰어넘는 것이었다.

인간이 창조하는 것 중 유일하게 가치 있는 것은 아이들이 아니고, 세바스찬의 법적인 마누라인 경솔한 에르민이 믿고 있는 것처럼 에어로빅을 통해 날씬한 몸매를 만드는 것도 아니다. 그녀는 조깅, 스쿼시 그리고 스트레칭에 몰두하지만 영양사의 가당찮은 식이요법은 따르지 않으려고 한다. 아니다. 정말로 가치 있는 것은 작품, 기념물, 정원, 책, 그림, 음악, 고문서 등이다. 그리고 크레스트 숲에 불쑥 솟아 있는, 그리고 앞으로도 계속 솟아 있을 거대한 돌 십자가와 철 십자가다.

세바스찬은 좀더 멀리 갈 것이다. 아름다움과 유적을 만끽하려면 찾고, 여행하고, 이동하기만 하면 된다. 오늘날 아름다운 것은 나비와 유적뿐이다. 그는 필리포폴리스까지 내려갈 것이다. 그곳에 정착했던 에브라르는 밀리차를 만나 시조가 되었다. 정확히 말해서 크레스트 가의 시조. 물론 아무 흔적도 남아 있지는 않을 것이다. 이주사 분야의 명예박사인 크레스트 존스의 공론과, 안나의 작품을 토대로 한 『안나의 소설』 이외에는 어떤 흔적도 없다.

안나는 분명히 이곳에 오지 않았다. 알렉시우스가 1113년 또는 1114년 이교도들을 무찌르기 위해 필리포폴리스에 갔을 때 황녀는 이미 6년 전 부제 니케포루스와 결혼하여 여덟 명—이 중 네 명만 살아남는다—의 자식들 가운데 벌써 세 아이의 엄마가 되어 있었기 때문이다. 안나라면 나비 사냥꾼 세바스찬을 완벽하게 이해했을 것이다. 황녀는 자식들에게 별로 관심이 없었고 유모 조에게 젖을 먹이고 목욕을 시키는 일 따위를 맡겼기 때문이다. 그때부터 그녀의 마음을 독차지한 것은 책 아니면 정치였다. 최초의 여성 지식인은 대부분의 시간을 원로원에서 보냈다. 황궁에서 벌어지는 온갖 음모에서 그녀는 이미 노련한 솜씨를 발휘하여 위협적인 모사꾼이었던 안나 달라세나 할머니의 후광을 퇴색시켰다. 안나는 전혀 이곳에 온 적이 없는데 왜 『알렉시아스』는 마치 그녀가 이곳을 방문한 적이 있는 것처럼 필리포폴리스를 떠올린 것일까?

*

찬란한 필리포폴리스. 그녀는 '위대하고 아름다운 옛 도시' 라고 기록했다. 하지만 이 도시는 스키티아 사람들에게 상당히 유린되었다. 특히 이곳은 불경한 사람들이 좋아하는 도시였다.

아르메니아 사람들, 보고밀파 신자들, 그리고 바울과 요한의 제자들이 만든 마니교의 한 갈래인 바울로파—이들은 모두 이교인 마니교에 흠뻑 젖어 있었다—가 이 도시를 지배하고 있었기 때문이다.

알렉시우스 1세는 한동안 이곳에 머물렀다. 그처럼 위태로운 때에 자발적인 십자군의 도움으로 이슬람 침략자들을 무찌르고 속임수를 쓴 것을 자랑스럽게 여긴 황제는 기꺼이 자신의 종교를 정화시켰고, 교만한 라틴 사람들의 종교와 뒤섞이지 않게 했으며, 동방정교회를 타락시키는 온갖 독신자(瀆信者)들을 쫓아냈다. 로마교회는 위험할 정도로 교회법령집에서 벗어나 있었고 이곳과는 달리 삼위일체를 숭배하지도 않았다. 여기에 대해서는 나중에 좀더 살펴볼 것이다. 안나는 이렇게 증언하고 있다.

황제는 원정보다 더 중요한 일을 시도했다. 즉 그는 마니교도들이 가혹한 마니교의 교리로부터 벗어날 수 있도록 부드러운 그리스도교 교리를 주입시켰다. 아침부터 오후까지 혹은 저녁까지, 때로는 늦은 밤까지 그들을 모아 동방정교회의 신앙을 가르치고 그들이 믿고 있던 이교의 오류를 반박했다……. 황제와의 지속적인 대화와 황제의 잦은 권고 덕분에 대부분의 마니교도는 개종하고 신성한 세례를 받았다. 대화는 흔히 동이 틀 때부터 밤이 될 때까지 지속되었다. 황제는 대화를 피하기는커녕 식사도 하지 않고 마니교도들을 교회시켰고 한여름 더위도 천막을 열어놓고 이겨냈다.

물론 라도미르는 황제의 권고를 받아들였다. 필리포폴리스의 중심에 세워진 황제의 천막은, 서기 3세기에 이곳에 세워진 옛 유대교 회당—흩어진 유대인들의 가장 웅장한 건물 중 하나—의 폐허 곁에 있었다. 황제는 포석 바닥을 수놓고 있는 모자이크, 히브리 문자, 유대교의 제례용 칠지(七枝) 촛대를 볼 수 있었다. 유대 상인, 그루지야 상인, 아르메니아 상인 그리고 다른 많은 상인들은 알렉시우스를 방해하지 않았다. 그들은 서로를 이용했다. 사실 예수 그리스도를 내세우면서 신성을 모독하는 이교도들이 그들보다 훨씬 더 해로운 존재였다. 알렉시우스는 필리포폴리스에 집결한 이교도들에게 연설했다.

라도미르는 황제의 비난에 동의하는 척했다. 천막에 들어가 기둥 뒤에 몸을 숨긴 에브라르는 황제에게 다가가지 않았다. 오크어를 쓰는 이 성직자는 벌써 6년 전에 하느님의 평화를 선택했다. 아데마르는 조카의 선택에 반대하지 않았다. 분명 에브라르는 약탈하는 영주들과 불신자들에 맞서 교회를 무장시켜야 하며, 하느님의 사랑을 위해 성전은 불가피하다고 생각했었다. 하지만 전쟁이 유일한 길은 아니었다. 안나 혹은 라도미르와 이야기를 나누는 것, 물속에서 서로의 살갗을 비빔으로써 한 여인의 열정을 되살리는 것, 마음속의 예루살렘에서 하느님의 평화를 추구하는 것은, 그리스인 안나가 상냥하고 부드러운 목소리로 말했던 것처럼, 안티오키아의 성벽을 무너뜨리는 것보다 훨씬 어렵고 또한 그것 못지않게 훌륭한 시련이었다.

필리포폴리스의 천막 아래서 에브라르는 황제의 권고보다 더욱 예리한 안나의 논증을 회상했다. 이 비잔틴 여인은 불가리아의 마리아의 저택에서 희미한 촛불을 켜놓고 에브라르에게 자신의 생각을 털어놓았다. 안나는 마니교도들의 이원론을 받아들이지 않았다. 콘스탄티노플에서는 동방정교회의 대적수인 포르피리우스가 이원론을 주장했기 때문에 황궁에까지 이원론이 퍼져 있었다. 박식한 황녀는 '우리는 신의 단일성을 공경하지만 그렇다고 하나의 위격(位格)만을 수용하는 단일성을 공경하는 것은 아니다' 라고 주장했다. 그녀가 다음과 같이 철학을 논할 때보다 매력적인 때는 없었다.

그리스인들이 '지극히 숭고한 것'이라고 부르고 칼데아인들은 '신비'라고 부르는 플라톤의 '하나(Un)'을 우리는 받아들이지 않아요. 그것은 우주적인 동시에 초우주적인 수많은 원리에 속하기 때문이죠.

산타바르바라의 역사가는 회복할 수 없을 정도로 안나의 이성, 박식, 명석함, 고집스러움에 매료되었지만 그녀처럼 완강하게 하느님의 단일성을 신봉하지는 않았다. 안나는 에브라르와의 덧없는 만남이 지나가고 수많은 세월 동안 억눌러온 사랑을 비밀로 간직한 채 오직 아버지와 비잔틴에 충성하면서 집요하게 글로써만 에브라르에게 맞섰다.

　'우주적인 동시에 초우주적인'. 이 말을 내뱉은 입술은 오흐리드의 태양 아래에서 에브라르의 얼굴을 가볍게 스치고 지나갔었다. 오베르뉴의 성직자 에브라르는 안나처럼 신의 단일성이 한 위격만을 인정하는 것이 아니라고 확신하고 있었다. 그렇다면 위격은 몇 개일까? 물론 성부, 성자, 성령, 삼위이다. 라도미르는 여기에 '여인'을 덧붙였다. 에브라르는 '여인'에 대해 아는 바가 없었다. 하지만 안나의 몸은 그만큼의 가치가 있었다. '성령'은 '성부'와 '성자'로부터(Filioque) 오는 걸까? 아니면 '성자'를 통해 '성부'로부터(Per Filium) 오는 걸까? 이 문제에 대해 이야기해보자. 하지만 일개 평범한 성직자가 황제에게 말을 걸 수는 없는 노릇이었다. 에브라르는 그런 위치가 아니었다. 게다가 아데마르를 떠나고 안나를 포기한 순간부터 그는 세상의 일부에서 죽은 몸이었다. 또한 에브라르 드 파강은 오베르뉴에서 이미 군인이자 성직자였기 때문에 농부인 라도미르와도 어울릴 수 없었다. 그때부터 그는 자신의 마음속에서 펼쳐지는 새로운 성전(聖戰)을 이끌기로 작정했다. 그는 심장을 스치는 검, 몹시 초조하고 불안한 마음 보이지 않는 출혈을 느꼈다.

　황제는 그를 알아보았을까? 새로운 나라의 관습에 따라 옷을 입은 오크어 기사가 눈에 띄지 않을 리가 없었다. 사흘 동안 아무것도 먹지 않은 알렉시우스는 뜨거운 태양 아래에서 기진맥진했다. 무거운 천막은 열기를 한층 가중시켰다. 에브라르의 푸른 눈과 마주친 황제의 시선은 피로 혹은 놀라움으로 흐려 있었다. 하느님의 평화는 오직 마음속의 원죄 의식으로만 얻을 수 있는 것이다. 그렇다고 무기를 들고 타인의 죄를 응징하는 일을 막는 것은 아니다. 알렉시우스는 안나와의 포옹이 가중시킨 죄의식을 알고 있었을까? 자신만만하고 거만한 비잔틴 황제는 이교를 철저히 제거하고자 했다. 에브라르는 황제의 말을 듣고 자신이 이단자임을 인정했다. 우리가 육신으로 만들어

졌고 예수도 이브가 아닌 마리아의 몸에서 태어났는데 어떻게 이단자가 되
지 않을 수 있겠는가. (에브라르는 아직 '성모의 무염시태'를 모르고 있었
다. 이 교의가 공포되고 신학으로 통용되기 위해서는 700년이 더 흘러야 했
다.) 그리스도의 강생이 이단이란 것은 오흐리드 호수의 물처럼 투명하고 명
백했다. 따라서 이단을 알아야만 평화를 얻을 수 있었다. 알렉시우스는 그것
만으로도 에브라르를 화형대로 보낼 수 있었다.

　오늘날 필리포폴리스는 산타바르바라의 모든 도시처럼 하나의 도시다. 어
떤 차이도 없다. 똑같은 피자헛, 똑같은 나이키……. 세바스찬은 처음 이곳
을 여행할 때부터 이 사실을 알고 있었다. 베를린 장벽의 붕괴 후 산타바르바
라는 확대일로에 있다……. 하지만 유적지 보존구역에 있는 몇몇 가옥은 언
제나 고대의 모습이었다. 에브라르는 이곳을 방문할 때마다 세 개의 언덕에
새겨진 선조들의 흔적을 밟았다.

　호화로운 저택들—크레스트 가문의 전설에 나오는 저택이라고 단정할 수
는 없지만 그게 뭐 중요하겠는가. 어쨌든 그곳은 그들의 세계였다—과 주거
양식, 공기, 산소, 그리고 선조들의 육신보다 오래 살아남아 때로 그들을 변
화시키는 정신, 문화……. 산타바르바라에서, 뉴욕에서, 런던에서, 파리에서
필리포폴리스에 대해 이야기하는 사람은 아무도 없다. 유럽에서 필리포폴리
스는 역사의 맹점이 되어버렸다. 왜? 로마에 도움을 요청했고 십자군이 통과
할 길을 내주었으며 함께 술책을 썼으면서도 그들에게 거만하게 굴었던 동
방정교회의 비잔틴 때문일까? 이 라틴인들은 자신을 세상의 중심으로 여기
는 교황처럼 그다지 이교적이지는 않았지만 이미 지나치게 세속화되어 있었
고 너무 전투적이었으며 너무 제국주의적이었다. 마침내 그들은 우리 비잔
틴 사람들에게 로마가톨릭을 강요하고 우리를 경멸할 정도로 동방정교를 신
봉하는 비잔틴제국을 능가했다.

　혹은 5세기 동안 우리를 세상과 단절시킨 투르크족 때문일까? 혹은 오늘날
민족주의적 마르크스주의자로 간주되는 그리스인들—그들이 파시스트가
아닐 경우에 한해서—을 포함해서 러시아에서 루마니아와 불가리아를 거쳐
세르비아까지 오직 그리스정교를 믿는 나라에서만 굳건히 지탱되고 있는 공

산주의 때문일까?

왜 그럴까? 성자를 성부 아래에 두는 *페르 필리움*(Per Filium, 성자를 통해) 때문일까? 동방정교회 신자들은 로마가톨릭 신자들이 주장하는 것처럼 성령이 성부*와* 성자(Filioque)로부터 동등하게 내려오는 것이 아니라 성자를 통해 성부로부터 내려온다고 믿는다. 이 교리는 성자를 감성적인 하인, 잠재적인 피학대음란증환자, 동성연애자, 그리고 필연적으로 백성의 '아버지들'을 숭배하는 자로 만든다. 아들인 여러분에게 단 하나의 출구―파괴, 무정부 상태, 테러리즘, 혁명, 살인, 마피아, 스탈린, 푸틴―밖에 남겨주지 않는 신앙. 얼마나 사악한가! 이상은 파리의 몇몇 정신분석학자들과 줄리아 크리스테바가 주장하는 내용이다. 하지만 만장일치는 아니다. 프로이트의 계승자들이 상상하는 것보다 훨씬 교활한 신앙은 보로메오의 매듭으로 여러분을 천천히 얽어맨다!

어쨌든 오늘날 세바스찬처럼 싫증내지 않고 '아르메니아의 힌딜리언 집'을 둘러볼 만큼 찬란한 문화에 대해 알고 있는 사람은 없다. 필리포폴리스는 교통의 요충지였기 때문에 문화 역시 찬란했다. 그루지야인, 유대인, 아르메니아인 사이의 혼혈은 수세기에 걸쳐 끊이지 않았다. 도처에서 온 떠돌이 상인들과 문인들이 이곳 트라키아의 세 언덕에 있는, 포도와 담배를 재배하는 농부들의 집에 머물렀다. 어떤 사람들은 뿌리를 내리기도 했다. 크레스트 가는 적어도 몇 세대 동안 이곳에 정착했고, 실베스터 같은 사람은 다시 산타바르바라로 이주했다.

힌딜리언 가문은 유럽을 종횡무진 누비고 다녔다. 비엔나, 베네치아, 런던부터 다마스쿠스, 바그다드, 인도까지. 말하자면 그들은 최초의 부랑자들과 영주들이 물러간 후 수세기 동안 평화를 사랑하는 십자군 역할을 한 셈이다. 시장은 유럽 통일을 모색하고 있었다. 피렌체산(産)의 나지막한 서랍장, 베네치아산 거울, 콘스탄티노플의 양탄자, 빅토리아풍의 서가……. 힌딜리언 가는 골동품상인가? 아니면 평온을 되찾은 유럽 최초의 수집가들인가? 그들은 검과 십자가를 잊어버린 척했다. 그들은 백성들의 각성과 기술의 발전을 기다리면서 모든 왕국의 금화―가질 수 있고 상상할 수 있는―를 축적했다.

또한 관목으로 덮인 시원한 안뜰 정자 아래에서, 흡연실의 미광 속에서, 묵직한 비단 벽지에 에워싸인 채 수연통(연기가 물을 거쳐서 나오도록 만든 담배 대통―옮긴이)을 피우며 항상 벌기 쉽지만은 않은 돈이 제공해주는 평화를 만끽했고, 다른 사람들이 의식(意識) 속에 정착하는 것처럼 여행 속에 정착함으로써 행운을 누렸다. 뿌리에서 떨어지면 의식이 차분해질 수 없다. 오직 충족된 호기심만이 이따금 샘물처럼 솟구치는 불안감을 진정시킨다.

크레스트 존스의 팬더 자동차는 이 유랑민들이 호사롭게 꾸미고 살았던 구시가지의 은밀한 언덕을 기어오를 수 없었다. 그들은 수도로서 부흥하던 시절에 그리고 지난 세기의 전쟁 때까지도 변함없는 방법으로 살았다. 그들의 살아가는 방식은, 예전에 에브라르를 이곳에 붙들었던 것처럼 이번에는 세바스찬―비잔틴이라는 꽃가루의 용연향을 찾아 헤매는 나비―의 마음을 사로잡았다. 그는 길을 잃고 골동품상과 고물상 앞에서 길을 멈출 것이다. 있을 법한, 혹은 있을 법하지 않은 흔적을 돌보며 방심하고 있는 골동품상들은 여행자를 꿈꾸게 만든다. 그는 누구도 관심을 갖지 않을 것 같은, 달콤한 즙을 지닌 무화과나무와 무성한 장미나무 아래에서 휴식을 취할 것이다.

장미는 이 나라의 국화(國花)다. 사람들은 장미에 관심이 없다. 진홍빛 꽃잎은 몇 종류의 남색 꽃잎과 뒤섞인 채 오래된 돌 위에 쌓여 있거나, 눈에 잘 띄지는 않지만 아직도 냄새가 남아 있는 차(茶) 빛깔의 조가비를 덮고 있다가 로도피 산맥에서 황사바람이 불어오면 갈색 여인들의 목, 어깨, 가슴, 머리카락에 흩뿌려진다.

세바스찬은 필리포폴리스의 대기 속에서 나비에게 그랬듯이 장미 꽃잎에도 그다지 오래 머무르지 않을 것이다. 오늘 그는 시립 고문서 보관소 이외는 거들떠보지 않는다. 그는 이곳에서 공산주의의 순교자로 유명한 아송프송 수도회(성모승천 수도회)의 수도사들을 인터뷰할 것이다. 이들은 그가 프랑스에 있는 교구 고문서 보관소에 갈 수 있게 도와줄 것이다. 이 수도회의 창설자인 엠마누엘 달종 신부(1810~1880. 1845년 성모승천 수도회 창설―옮긴이)는 프랑스 세벤 사람이 아닌가? 크레스트 존스는 위그와 아데마르까지, 베즐레와 르뷔앙블레까지 그리고 거기서 좀더 멀리 시간을 거슬러 올라가기 위해 기억을 하나의 예술처럼 활용할 것이다.

*

우선 팬더 자동차는 어렵지 않게 황량한 들판—현재의 경제 위기로 가장 심각한 피해를 입고 있는—을 횡단할 것이다. 경제 불황으로 옥수수를 비롯한 곡물 생산은 물론 모든 농업이 완전히 중단되면서 토지까지도 황량해지고 말았다. (실베스터는 침을 흘리면서 "요즘 우리나라에는 맛있는 즙이 가득한 버찌를 찾아볼 수도 없게 됐어"라고 말하곤 했다.) 크레스트 존스는 비토샤 산(소피아 남쪽에 위치한 해발 2,290m의 산—옮긴이)으로 나아갈 것이다. 에브라르는 이곳에 오지 않았다. 어떤 자료로도 그가 이곳에 왔었다는 상상은 할 수 없었다. 하지만 영주들의 십자군과는 별도로 두 무리의 민중 십자군, 즉 1096년 늦여름 고티에 상자부아르의 부대와 11월 초 은둔자 피에르의 무리가 스레데츠—불가리아의 현재 수도 소피아—를 지나갔다. 민중 십자군은 하느님의 격류처럼 스스로 무적의 군대라고 주장했다.

연대기 작가 에케하르트 폰 아우라는 '베오그라드의 모든 벌판은 피와 시신으로 뒤덮였다'라고 기록하고 있다. 베오그라드는 당시 불가리아 땅이었지만 정치적으로는 비잔틴제국에 속했다. 당연히 비잔틴 사람들은 순례자들에게 물건을 팔려고 하지 않았다. 오흐리드처럼 이곳도 식량과 마초(馬草)가 부족했기 때문이다. 십자군들은 거리낌없이 익은 밀을 수확했다. 정복자들은 라틴어밖에 알아들을 수 없었기 때문에 서로를 이해할 수 없었다. 사실상 그들은 서로를 조금도 이해할 수 없었다. 연약한 토착민과 대화를 나눌 때에는 더욱 심했다. 그래서 고드프루아 드 부용은 예루살렘까지 십자군을 따라갈 불가리아인 통역을 모으기로 했다. 그것은 에브라르의 여정과는 정반대의 코스였다.

오늘날 연대기를 제외하면 이 모든 것에 대한 역사적 흔적은 조금도 남아 있지 않다. 하지만 크레스트 존스는 비토샤 산의 허리에 웅크리고 있는 옛 보야나 성당에서 흔적을 발견했다. 그는 자신이 발견한 것을 정성껏 수첩에 적고 조만간 컴퓨터에도 기록해둘 것이다. 이것만으로도 소득이었다. 이번 발견은 다음에 스토니브룩에서 개최될 비잔틴 문화연구 학회에서 대단한 화젯 거리가 될 것이다. 돌마다 돋보기를 들이대고 자세히 관찰하는 크레스트 존스를 제외하면 실제로 지금까지 그 누구도 예상하지 못했던 연구였다.

먼저 옛날 경비대가 머물던 성채 옆, 거대한 고사리 밭에 십자가 형태의 아주 작은 예배당이 감춰져 있었다. 크레스트 가와 관계없이 이 성소는 단순히 그리스도의 수난을 기리고 있었다. 여기에 9세기와 11세기 사이에 만들어진 문구가 새겨져 있었다. 크레스트 존스는, 역사가들이 1015년 바실리우스 2세의 원정과 1040~1041년 페타르 델리얀의 반란을 상세히 이야기하면서 이 문구를 언급하는 것을 들은 적이 있다. 끔찍한 학살! 고드프루아 드 부용은 이 요새와 예배당을 사용한 후 파괴하지 않을 수 없었다. 말없는 역사와 전설. 진실을 원하는가? 기억은 질투와 사랑만큼이나 상상적인 것이고, 더구나 오늘날 가장 훌륭한 역사가들은 자신들이 작가라는 사실을 자랑스러워한다. 크레스트 존스는 이들을 알고 있었다. 믿지 못하겠는가? 모두 생시몽을 부러워하지만 정작 그는 대공이 되기보다는 어느 수수한 연구소의 연구원이기를 바랐을 것이다.

여행자의 관심을 끈 것은 새로운 성당 건물에 그려진 1259년의 프레스코화였다. 보야나의 화가(혹은 학파)는 성화가 아니라 240명의 실제 인물을 그렸다. 1266년 조토(이탈리아의 화가, 건축가—옮긴이)의 탄생 이전에 이 고대의 벽에 새겨지고 그려진 이 인물들은 오늘날까지 방문객들을 바라보고 있다.

당시 소피아 지방을 통치하였던 세바스토크라토르(황제 바로 아래 서열—옮긴이) 칼로얀은 이 프레스코화에 침착하고 신중한 사람으로 그려짐으로써 스스로가 정치가라기보다는 종교인임을 드러내고 있다. 화가는 속세를 환기시키는 어두운 바탕에 명랑한 사프란색으로 칼로얀을 그렸다. 그리고 이 문예 옹호자의 예복, 수염, 머리털은 검정색으로 그렸다. 그의 아내 데시슬라바는 뾰족한 턱, 편도 모양의 가늘고 긴 눈—세바스찬이 이미 실베스터의 어머니이자 자신의 할머니인 미트라에게서 보았던—에 둥근 얼굴이었다. 미트라 역시 어느 십자군 병사가 첫 번째 부인과의 사이에서 낳은 아이의 먼 후손으로 추정된다. 미트라의 초라한 초상화(19세기 말)는 플로브디프에 사는 세바

데시슬라바의 초상화

스찬의 사촌 집에 걸려 있었다.

그런데 보야나의 프레스코화에 그려진 이 타원형의 미인은 분명 에브라르의 신비로운 부인은 아니었다. 그럼에도 왕관과 보석으로 장식한 눈부신 긴 옷을 제외하면 세바스찬이 지금 응시하고 있는, 달처럼 둥근 데시슬라바와 할머니는 두 개의 물방울처럼 서로 닮아 있었다. 똑같은 그리스풍의 날씬한 코, 똑같은 슬라브풍의 둥근 광대뼈, 똑같이 붓으로 섬세하게 가장자리를 묘사한 입술. 보야나 성당을 세운 사람의 부인은 왼손을 앞으로 뻗었고, 주홍색 만틸라(스페인 여자들이 쓰는 머리수건—옮긴이)의 우아한 끈은 가느다란 엄지손가락에 매달려 있었다. 산타바르바라의 역사가는 이 손짓—관광객들은 별로 강한 인상을 받지 못하지만 세바스찬만은 몹시 경탄해 마지않는—이 결국 이곳 통치자의 신비로운 영감, 즉 라틴의 영향과 십자군 병사들의 유산을 나타내고 있음을 의심하지 않았다.

십자군 전쟁 중 현지인과 외지인들은 서로를 염탐하고 약탈하며 죽였다. 반면 어떤 사람들은 대화를 나누고 사귀었다. 그들은 말, 몸짓, 색깔, 식량(굶주린 미군병사들에게 감자를 많이 먹이는 이라크 농민들처럼)을 교환했고, 동양인의 성숙과 라틴인의 계몽정신 그리고 마지막으로 이 우아함—데시슬라바의 고딕식 왼손—을 서로에게 전했다.

*

하지만 오늘날 누가 보야나를 알고 있을까? 또 예술가들이 787년 니케아 공의회의 법령을 충실히 따랐다는 사실을 누가 알고 있을까? 니케아 공의회는 성화상 파괴에 종지부를 찍고 황제와 그의 신민들의 초상화뿐 아니라 그리스도와 성모 마리아의 형상화도 허용했다. 성상파괴운동의 정신적 지도자인 콘스탄티누스 5세와 성상파괴주의자 레오 5세 이후, 「반박서」를 쓴 니케포루스—당시 라틴 지역에서는 상상할 수도 없는—같은 수많은 명민한 신학자들은 다마스쿠스의 성 요한, 스투디움의 테오도루스 대수도원장(759~826), 나지안주스의 그레고리우스(330경~389년경), 니사의 아나스타시오스와 니사의 그레고리우스(335년경~394년경)의 사례를 들며 그림에 대한 새로운 시각을 변호했다. 결국 니케아 공의회는 성화상을 허락하지 않을 수 없었고, 843년에 테오도라 황후는 총명하게도 성화상을 허용했다. 특히 이탈리아와 프랑스가 자랑스럽게 여기는 수많은 성모 마리아상, 그리스도의 수난도, 성모영보(聖母領報), 피에타(성모 마리아가 십자가에서 내려진 그리스도의 몸을 무릎 위에 안은 그림이나 조상—옮긴이)를 낳았던 회화의 운명을 결정한 것이 바로 비잔틴과 보야나였다는 사실을 오늘날 누가 기억하고 있을까? (세바스찬은 스토니브룩에서 열릴 다음 학회에서 이 사실을 언급할 것이다.) 하지만 보야나 시대 후에는?

아무도 없었다. 그래서 어쩌란 말인가?

잘난 체하는 서양으로부터 이처럼 계속 진가를 인정받지 못하는 발칸반도의 암울함을 원통히 여겨야 할까? 아니면 언젠가는 진정한 가치의 선구자라는 사실을 인정받을 거라는 희망을 잃지 않고 개혁가로서의 자부심을 가져야 할까? 이런저런 감정 사이에서 흔들리던 크레스트 존스는 중세 화가의 시선으로 「그리스도와 동방박사들」을 주시하면서 마음을 가라앉혔다.

고귀한 젊은이의 갸름한 얼굴, 조숙한 로미오의 밤색 눈동자, 학자의 이마……. 젊은 예수는 단순한 사실주의자인 이 지역의 미술사가가 주장하는 것처럼 실제 예수를 전혀 닮지 않았다……. 아니다. 젊은 구세주의 초상화는 실제 얼굴을 닮았으면서도 불가사의한 면모를 지니고 있었다. 이 예수의 초상화는 감상법을 새로 창시하고 또 하나의 시선을 만들어내고 있었다. 세바스찬이 보고 있는 그림은 그리스도의 강생 자체였다. 보야나의 사람들에게 누군가 혹은 무엇인가의 *모습(image)이 된다는 것은 곧 그와 살아 있는 관계를 맺는 것을* 의미했다. 그는 우둔한 안내자에게 이 점을 설명해야 한다. 하지만 무슨 소용이 있겠는가. 안내자는 조금도 이해하지 못할 것이다. 당연하지. 투르크족과 공산주의자들의 지배를 받은 후 불행하게도 비잔틴은 더 이상 예전의 비잔틴이 아니다!

이미지는 기호가 아니라 의미다. 세바스찬은 '프로스티(prosti, 매춘)가 아니라 스케시스(skhésis, 관계)'라는 고대인들의 논법을 속속들이 알고 있었다. 기이하게도 이 '스케시스'는 비잔틴 신부들에게 긴밀한 관계(intimité), 감정적 음조, 사랑, 그리스도 강생의 은총을 지칭한다. 속인들에게 이 앵미티테 (intimité)는 성매매라고 불리는 남자와 여자의 관계를 의미한다. 하지만 세바스찬이 바라보고 있는 '그리스도의 강생'이라는 비잔틴 벽화에서는 이 단어가 두 사람, 즉 아버지 하느님과 그의 아들 사이의 열애를 가리킨다. 하지만 비잔틴 문화에 대한 연구는 여기에서 그치지 않는다. 관람객이 그리스도의 초상화에서 보는 것은 '성부-성자의 강생'이기 때문이다. 사람들은 '그리스도의 초상화'를 '에코노미(économie)'라고 불렀다. 에코노미는 이콘(icône, 성화상)과 어원이 같다. 똑같은 에코노미 혹은 똑같은 이콘은 실제 모델을 그려낸 모든 속세의 그림에 영향을 미쳤을 것이다. 성부와 성자 사이의 사랑 이야기는 모델과 이미지 사이의 사랑 이야기다.

보야나의 벽화는 세바스찬의 마음속에 다른 시대의 사랑을 다른 시각으로 볼 수 있는 방식을 새겨놓았다. 최초의 순교자 성 스테파노의 내면을 향한 두

성 니콜라스의 생애. 바다의 기적

눈에서는 천국에 대한 사랑. 가브리엘 대천사의 얼굴과 몸짓에서는 중대한 운명을 알려주는 사랑. 피를 흘리는 예수 그리스도의 침울한 사랑. 그리스도의 수난을 바라보는 성모 마리아의 얼굴에 나타난 비극적 사랑. 성모의 죽음에서는 눈부신 무중력 상태(이때 마리아는 아들의 품속에 안긴 아기 인형 같은 자신의 모습을 본다). 난파된 선원처럼 검은 모습으로 아직 부활을 믿지 못하고 지옥에 내려간 그리스도의 끔찍한 사랑. 이 선원의 모습은 분명 이 지방의 대부분의 성당들을 지켜주는, 주보 성인이자 항해자들의 수호성인 성 니콜라스이다. 선원들은 트라키아의 농부들, 발칸반도의 농부들일까? 확실하지 않다. 그러면 누구일까? 호메로스의 영웅들을 추억하는 것일까? 고대 그리스에 대한 향수일까? 혹은 1259년 디라키움에 상륙한 십자군 병사들─목적지가 예루살렘임에도 불구하고 각지로 흩어지기 전─의 모습을 암호화한 것일까?

　세바스찬이 보기에 보야나의 화가가 그린 「바다의 기적」은 폭풍우를 만난 성 니콜라스의 모험담을 담고 있는 최초의 만화였다. 이 돛, 이 선체를 잘 보시라. 세바스찬은 현지 미술사가에게 이 사실을 말해주어야 할 것 같았다.

그리스도의 지옥 방문

하지만 그는 아무 말도 하지 않을 것이다. 예리한 눈썰미를 지닌 다른 사람이 이미 그 사실을 지적했기 때문이다. 이 그림은 불가리아 한복판에 있는 베네치아이고 이국이며 폭풍이 몰아치는 유럽, 이상적인 유럽, 실현될 수 없는 유럽이다. 유럽은 당시에도 그리고 지금도 자신이 이곳에 전해준 열정을 모르고 있었다. 아니 아예 짐작조차 하지 못했다. 유럽은 자신을 풍부하게 만들기 위해 난해하고 우아한 길을 트려 했던 상상계에 어느 정도 통합되었는지 상상하지 못한다. 사라지기 전의 비잔틴은 남부, 동부, 서부의 야만인들, 투르크족, 라틴족, 산타바르바라 사람들에게는 너무 세련되고 너무 퇴폐적이었다.

세바스찬의 팬더 자동차는 계속 동쪽으로 갈 것이다. 십자군과는 상관없이 비잔틴의 본질은 교회 안에 숨어 있고 바닷물에 스며 있다. 영광도, 불멸도 원치 않고 오직 *그가 존재하는 곳*으로 돌아가기만을 바라는 오디세우스의 기억을 지닌 바다. 당시에 *그가 존재하는 곳*은 그의 고향, 궁전, 섬, 집, 이타카 그리고 왕궁에 있는 페넬로페 왕비와 뒤섞였다. 만약 여행 끝에 돌아갈, 당신을 기다리는 집이 있다면 말이다. 그런데 지금은? 세바스찬 크레스트 존스는 누구인가? 만일 산타바르바라가 지금 도처에 있다면 그는 어디에 있는 것인가? 그는 시간 속에서 길을 잃은 주거부정자인가?

르퓌에서 온 에브라르 파강은 임시로 혹은 영원히 필리포폴리스에서 살기 위해 크레스트의 숲을 가로질러 트라키아 어딘가에 은밀히 정착했다. 이타카는 완전히 변했다. 페넬로페는 더 이상 존재하지 않는다. 9·11 테러 이후 발리에서처럼 파리에서도 불안이 주거환경을 파괴하고 있다.

움직이지 않는 사람들은 방랑이 자유를 의미한다고 쉽게 생각한다. 세바스찬도 같은 생각이다. 하지만 요즘 그에게 여행은 감옥이다. 그는 육지 속에 갇혀 있는 내해(內海)처럼 여행 속에 갇혀 있다. 흑해는 내해이고, 흑해의 쓴맛은 철과 소듐을 함유한 바위 내장에서 흘러나온 것이다. 그래서 짙푸른 물은 먹빛을 띠게 된다.

소조폴. 오렌지빛이 도는 가늘고 부드럽고 미세한 진주모 비늘―이름 없는 모래 가루 속에서 아직 사라지지 않은―이 널려 있는 해변은 조개의 추억을 간직하고 있다. 고대인들은 태양열로 병을 치료하는 아폴론 신을 기려, 초기 그리스도교인들이 소조폴이라고 개명하기 전까지, 이곳을 아폴로니아 시라고 불렀다. 소조폴(Sozopol)을 해석하면 '구원받은 도시'이다. 아폴론, 아낙시만드로스(BC 610~545. 그리스 철학자, 천문학의 창시자―옮긴이), 아리스토텔레스가 구원을 받는다는 뜻일까? 슬라브어를 쓰는 이곳에서 이미 1200년 전부터 이 모래를 밟으며 그리스어를 쓰던 어부들과 마찬가지로 모래도 자신의 과거를 기억하고 있다.

바뇌르 내포는 썰렁했다. 독일과 스웨덴 휴가객들은 7, 8월에만 몰려온다. 그렇게 산타바르바라는 다른 곳과 마찬가지로 이곳에까지 뻗어 있었다. 하지만 오늘은 단 한 사람의 관광객도 없다. 내포가 '화가들의 집'이라는 텅 빈, 남색의 멋진 레스토랑 건물을 적시고 있었고, 내포 한가운데 박힌 연보랏빛 바위와 경단고동 껍질이 쌓여 있는 모래―세바스찬이 타박상을 입은 발가락을 묻고 있는—사이에서 두 마리의 갈매기가 어슬렁거리고 있었다. 여행자는 보이지 않는 감옥—기억의 궁전—에 갇힌 듯이 녀석들을 무심하게 내버려두었다. 외부세계를 배려하는 외부에 대한 무감각. 예전부터 이곳을 알고 있었다는 느낌에 싸인 채. 족장 실베스터는 바뇌르 내포를 방문했을까? 얼빠진 학자는 파리 정신분석협회에서 말하는 '세대를 초월하는' 유년기의 추억에 잠겼다. 에브라르, 할아버지, 아빠는 이곳에서 해수욕을 했으리라. 적어도 그의 발가락만은 그렇게 믿을 것이다.

크레스트 존스는 2주 동안 입을 열지 않았다. 그러나 바뇌르 내포가 친밀하게 느껴진 그는 느닷없이 한 단어를 내뱉었다. 이곳의 이름인 소조폴! 애조를 띤 작은 목소리가 들려왔다. 목소리는 겨우 입술을 통과했을 뿐인데도 그의 마음을 아프게 했다. 남자는 몸을 떨더니 햇살에 반짝이는 물에 몸을 담갔다. 물은, 그가 무게 없는 사람이라도 되듯 가볍게 그를 속으로 끌고 들어갔다. 그는 자신의 동작에 대해 어떤 의식도 없었다. 그의 팔다리는 교대로 평형과 자유형 동작을 반복했다. 그는 아무 의식 없이 그저 수영을 하고 있었다. 아무것도 생각하지 않았다. 헤엄쳐서 이쪽 기슭에 돌아올 생각도, 건너편 기슭에 닿을 생각도 하지 않았다. 그는 어디로 갈 것인가? 평형과 자유형만이 알고 있었다. 사람들이 석유의 천국이라 부르는 카프카스 산맥 쪽 어딘가로?

갑자기 어둠이 찾아왔다. 그는 여전히 물 위에 누워 떠다니고 있었다. 달은 아직 만월이 아니었고, 목동의 별은 여느 때처럼 달과 함께 나타났다. 그는 의식을 되찾았다. 추위에 몸을 떨었다. 몸은 마비된 것 같았다. 물결에 따라 이리저리 떠다녔다. 해변은 전혀 보이지 않았다. 흑해의 검은 파도는 거칠어지기 시작했다.

침몰하기에 더없이 좋은 순간이었다. 토하고 소리치고 발버둥치고 싶었다. 하지만 치명적일 수 있는 경련이 일자 수영 강습을 받을 때의 기억이 떠올랐다. 로봇 같은 그는 여름학교 수영장에서 탁월한 실력을 발휘했다. 그때의 수영실력 덕분에 단말마의 고통을 피할 수 있었다. 그는 다시 헤엄을 치고 분노하고 몸부림치기 시작했다. 됐다. 보야나의 벽에 그려진 베네치아 배와 함께 성 니콜라스의 기적이 세바스찬의 몸에서, 소조폴의 광란하는 난바다에서 형상화되었다.

가마우지와 암홍빛 태양이, 기진맥진했지만 어쨌든 살아 있는 한 남자에게 작별인사를 하고 있었다. 지옥에서 빠져나오는 보야나의 그리스도처럼 철분을 함유한 모래 때문에 그의 몸은 온통 새까맸다. 그는 자신의 팬더 자동차가 세워져 있는 바뇌르 해변에서 수킬로미터 떨어진 해안에 쓰러졌다. 그는 다음날 태양이 암홍빛으로 변할 때까지 잤다. 그리고 보랏빛 햇살이 그의 몸을 다시 덥히기 전에 한참동안 기지개를 켰다. 다시 사람의 형상을 되찾은 세바스찬은 피아트 자동차까지 걸어갔다가 마음을 바꾸어 핏빛 수박을 한 통 사서는 노숙자처럼 허겁지겁 먹어치웠다. 그리고 네세바르(흑해 연안의 항구도시. 3000년 전 길이 850m, 폭 300m의 바위투성이 곳에 건설된 트라키아인의 도시로 메나브리아에서 메셈브리아, 네세바르로 이름이 바뀌면서 번영을 누림―옮긴이)로 향했다.

*

에브라르는 흑해에서 코카서스 산맥 쪽으로 나아가지 않았을 것이다. 하지만 그는 메셈브리아를 피해갈 수는 없었을 것이다. 안나는 틀림없이 그에게 메셈브리아에 대해 말해주었을 것이다. 적어도 5세기부터 콘스탄티노플의 명문가들은 신들의 축복을 받은 이 반도에 자신의 성당을 세웠고, 비잔틴 군대가 불가리아의 크룸 차르(재위 803~814)에게 빼앗긴 이 도시를 수복한 863년부터는 귀족들이 이곳에 정착하기도 했다. 오늘날 생트로페 혹은 레 섬(프랑스 서해안 비스케이 만에 있는 섬―옮긴이)에 살거나 집을 빌리는 것처럼 당시 사람들은 메셈브리아로 몰려왔다. (만일 기회가 된다면 오늘날 네세바르―기다린 갑[岬]으로 육지와 연결된 작은 반도―라고 불리는 메셈브리아의 지도와 부이그 다리가 건설된 이후의 레 섬 지도를 구해서 살펴보라. 두 경우가 같지 않다면 나에게 따져도 좋다.)

그리스인들은 기념비적인 안키알루스 전투가 끝난 후인 917년 그리고 13~14세기에 이곳으로 되돌아온 불가리아인들과 뒤섞였다. 아마데우스 드

사부아 백작의 십자군 병사들은 1366년 비잔틴제국의 아름다운 메셈브리아를 재건했다. 이런 파란만장한 역사는 이미 다문화 제국, 즉 다스리기 힘든 비잔틴제국에서는 지극히 평범한 일에 지나지 않았다. 안나 자신도 그렇게 생각하고 말했다. 비잔틴은 침략자들은 물론 이주민들에게도 지나치게 술책을 썼기 때문에 빈번히 침략을 당했다. 비잔틴은 때로는 그들의 민족주의적 요구를 들어주었고 때로는 이이제이(以夷制夷) 정책을 폈으나 결국 투르크족 이슬람 전사들, 양탄자, 터키식 목욕탕의 야만성에 스스로 붕괴되고 말았다. 이슬람은 장검과 참수라는 잔인한 수단과 양탄자처럼 부드러운 방법으로 번영했다.

실베스터는 5~6세기경 한쪽 모퉁이에 세워진, 가장 오래된 성 소피아 성당을 나타내는 몇 개의 판화 그림—아버지가 어렸을 때까지만 해도 전혀 손상되지 않은—을 간직하고 있었다. 판화의 제작 연도는 언제까지 거슬러 올라갈까? 지금으로부터 150년 전? 세바스찬은 코카콜라와 에스프레소를 파는 카페와 코닥 사진관 옆에 있는 성 소피아 성당의 유적지를 알아볼 수 있었다.

"그 작은 땅뙈기에 200개 남짓의 성당이 남아 있지. 언제 한번 가보렴."

이것은 향수에 젖은 실베스터가 자신의 서자에게 남긴 유일한 유언이었다. 말하자면 세바스찬은 아버지의 유언을 서둘러 따르지 않은 셈이었다.

아기가 장밋빛 가슴 속에 숨듯 세바스찬은 5~6세기에 세워진 '겸손하신 성모 마리아'를 주보(主保)로 모시는 엘레우사 대성당—모르타르 벽에 회백색 줄무늬를 넣은 적토색 벽돌의 둥근 지붕과 둥근 천장—안으로 들어갔다. 그는 발바닥으로 모란꽃 무늬의 타일 바닥을 느끼기 위해 신발을 벗었다. 13~14세기에 건설된 '예수 판토크라토르(전능하신 예수 그리스도)' 성당—화려한 색조의 건물, 손상되지 않은 프레스코화—은 네세바르의 보물 중 하나였다고 여행 가이드가 산타바르바라어로 자세히 말해주었다. 세바스찬은 이번만은 그의 의견에 동감했다. 같은 시기에 '대천사 미카엘과 가브리엘 성당'이 그를 초대해서, 커다란 둥근 지붕 아래에 기와 모양으로 배열된 아케이드에서 쉴 수 있게 해주었다. 하지만 세바스찬이 자신의 집처럼 느낀 곳은 10~11세기에 하느님의 어머니에게 봉헌된 성 스테판 성당이었다. 화려한 프

엘레우사 대성당(일명 '해변의 성당')

레스코화는 16세기까지 일정한 간격을 두고 제작되었다.

　만일 그가 집을 선택해야 한다면 세바스찬은 성 스테판 성당에 짐을 풀고 몸을 맡길 것이다. 그곳은 귀족들의 집과 그다지 구별되지 않는 성당이었다. 어부들은 세월의 흐름에 따라 건축 양식을 바꾸어야 했다. 즉 붉은 벽돌 대신에 가벼운 재료로 벽을 쌓고 습기에 저항할 수 있도록 간단한 나무로 덧댔다. 어부들은 여름에 정어리를 엮은 줄을 돌담에 매달아 말렸다가 겨울이 오면 숯불에 구워서 맥주나 단맛이 없는 포도주와 함께 즐겼다. 짠 바람에 마른 정어리는 숯불 위에서 부드러워지고 여름철의 신선하고 기름진 맛을 되찾았다. 비잔틴의 화두는 '맛'이었다. 바로 맛이 비잔틴을 잃게 만들었고, 안나 콤네나도 이미 이 사실을 알고 있었다. 맛은 십자군, 이슬람교도, 산타바르바라인들, 병사들에게 가혹한 약점이었다. 성 스테판 성당은 속세에서 성스러움을 전하고 있었다. 풍경은 성당 속으로 스며들었다.

　세바스찬은 희미한 빛과 마른 땅에서 풍겨오는 향기에 잠긴 채 등을 벽에 기댔다. 두 눈은 살굿빛 스테인드글라스의 반듯한 줄 너머로 보이는 먼 바다 위

성 스레판 성당

를 방황했다. 잠잠한 파도 위에서 둥근 태양이 갈매기들과 유희하고 있었다.

다시 기분이 좋아진 세바스찬은 완전히 비잔틴인, 심지어 그리스인이 되어 발걸음을 멈췄다. 어쩌면 여행의 끝. 어쨌든 가능성 있는 여행의 끝. 결국 시간 밖에서 되찾은 시간.

이제 세바스찬의 문제는 해결되었다. 하지만 에브라르는? 에브라르는 자신의 모든 비밀을 넘겨주지 않았고, 세바스찬에게는 도중에 포기할 권리가 없었다.

안나의 꿈을 꾸며 트라키아, 필리포폴리스, 보야나, 소조폴의 들판에서 평화롭게 사는 대신, 끝까지 이슬람교도를 무찌르며 그들의 호전성, 공격성, 남성적인 일신교의 광신과 끝장을 봐야 했을까? 에브라르는 자신의 삶을 연장하기 위해—그럭저럭 세바스찬까지 이어지지 않았는가—죽음이라는 완전한 '포기'를 버리고 전쟁을 거부함으로써 상대적인 실존을 선택했다.

에브라르가 평화를 선택했다는 것은 어쩌면 서양으로서는 최초의 패배를 의미할 수도 있었다. 하지만 역사는 비잔틴의 패배만을 보았다. 서양은 르네상스와 기술 진보, 자본의 축적, 산업의 발달, 식민지의 확대, 원자폭탄 개발 그리고 남성적 일신교의 광신—고결한 광신이라고 주장하지만—과 더불어 다시 일어났기 때문이다……. 그동안 이슬람 세계는 비잔틴을 삼킨 것에 만족하지 못하고 계속 성장하고 있다. 이슬람 군대는 한때 푸아티에 혹은 비엔나에서 저지되었지만 오늘날에는 이슬람의 가미가제, 즉 자살테러가 뉴욕, 예루살렘, 어쩌면 모스크바 그리고 분명 이라크와 아프가니스탄까지 폭음에 휩싸이게 하고 있다. 모욕당한 사람들에게도 분명 그들의 이야기를 할 권리가 있고, 가난한 사람들이 자식을 마구 낳는다 해도 그 누구도 막을 수 없을 것이다. 만일 하느님이 '수의 세계(Nombres)'에서 왔고 '많은 수의 아이들'을 만들라고 명령하셨다고 신자들이 믿고 있다면 피임약도 피임기구도 혹은 에이즈도 가난한 사람들의 다산을 막지 못할 것이다.

화해자 에브라르는 정화자가 아니었다. 그의 포기는 돌을 모아 다듬어서 집을 짓는 건축가들의 우애로움 속에서 정화되었다. 어떤 사람들은 온화한 통합주의, 무능한 자들의 다정한 심신회 때문에 그가 집단 히스테리를 포기했다고 생각할 것이다. 여행의 종착역일까? 그가 틀렸을까? 아니면 옳았을까? 비잔틴이 십자군 형제들과 협력해서 혹은 반대로 그들에 맞서는 음모와 조작을 꾸미면서 쇠약해지는 동안, 십자군이 유대인과 사라센인을 추격하면서 동시에 비잔틴을 공격하는 동안, 에브라르는 농부로서 혹은 문인으로서 평화—당연히 보편적인 평화—의 씨를 뿌리고 있었다. 오, 평화, 가장(家長)들의 감미로운 잠이여!

하지만 오늘날 유럽은 빈 라덴과 샤론, 알카에다와 조지 부시 사이에서 '제3의 길'을 제안하는 것 외에 무슨 일을 하고 있는가? 유럽연합은 알렉시우스 1세가 가졌던 비잔틴제국 부흥의 꿈, 교황 우르바누스 2세가 가졌던 로마교회의 영향력 확장 소망, 신성로마제국이 가졌던 지배력 강화의 꿈이 남긴 유산인가?

하지만 에브라르의 꿈은 그게 아니었다. 무기를 제자리에 갖다 놓고 정원을 가꾸라. 그렇게 되면 얼마나 좋겠는가! 세바스찬은 마피아, 사이비 종교, 마약, 무기 밀매, 주가 조작, 대기오염에도 불구하고 오직 산타바르바라만이 전사들을 쉬게 할 수 있음을 잘 알고 있었다. 산타바르바라는 전 세계에 퍼져 나가면서 지구를 하나로 통일하는 중이다. 그것은 분명하다. 하지만 다른 방법이 있을까? 에브라르의 방법은 너무 엘리트주의적이고 너무 고상하며 너무 유럽적이고 너무 비잔틴식이다. 그러니 잘 되지 않을 것이다.

그렇다면 산타바르바라가 어디에나 존재하고 절대 권력이 존재한다는 점을 감수해야만 할까?

세바스찬은 성 스테판 성당 옆에 있는 피자헛 테라스에서 코카콜라를 음미하고 있었다. 그러고 보면 그는 지정학적으로 그다지 길을 잃어버린 것이 아니었다. 가치도 없고 시간도 없고 뿌리도 없고 오직 고통스러운 기억밖에 없는 그가 환각에 사로잡힌 채 추적하고 있는 이상형이 정말로 안나였을까? 아니면 에브라르로 바뀐 것일까? 그것도 아니면 보야나였을까? 네세바르의 성당들? 소조폴의 해변에 깔려 있는 조가비들? 공간에서 벗어난 시간? 그는 서출, 살인자, 결코 이 세상에 속하지 않을 과거와 아름다움에 미친 지식인의 고독이 빚어낸 기이한 행동으로써 흐르는 시간에 맞섰다. 하지만 누가 그를 이해할 수 있겠는가? 세바스찬은 언제나 세상이라는 육신 속에서 무를 찾고 있다.

"영어하세요?"

적자색 미니스커트에 하이힐을 신은 젊은 토착민 아가씨가 외국인의 코밑에 담배를 내밀고 라이터를 찾았다. 금연은 아직 세계적인 추세는 아니었다.

입술은 너무 두터웠고, 백단 향수로도 겨드랑이 냄새는 막지 못했다. 현실에 과감히 맞설 때였다. 왜 아니겠는가? 다른 곳처럼 이곳의 매춘부들도 산타바르바라의 달러를 무척 좋아했다. 세바스찬은 육중한 여인을 붙잡아 자신의 팬더 자동차로 끌고 갔다. 이 동물은 발기한 성기에 복종할 뿐이었다. 혼란스러운 정체성을 대신하는 기억의 화려한 궁전과는 아무 상관도 없었다. 마찬가지로 감상적이고 현실적인 파 창과도 아무 관계가 없었다. 두려워하지 말라. 세바스찬은 현지에서 안나와 에브라르를 만난 이후로, 그들 안에서 자신을 되찾은 이후로, 자신의 조각들을 다른 세계에 다시 이어 붙인 이후로 더 이상 살인하지 않았다. 아무래도 좋았다. 세바스찬이 찾고 있는 것은 한 여인이 아니라 한 세계, 이 세상에 속하지 않는 한 세계였다. 그에게 라이터 불을 요구하던 여인은 어떤 중요성도 없었다. 백단 구름, 부풀어오른 점막, 그리고 자랑스러운 배출. 그리고 마지막으로 자신이 주도적으로 뭔가를 해냈다는 자긍심.

어머니의 죽음, 그리고 침묵

노르디, 파리에서 이 편지를 쓰고 있어요. 하지만 당신에게 이 메일을 보낼 건지는 모르겠어요. 제가 침묵을 지키려고 하는 것은 제 자신을 위해서예요. 당신은 미날디 살해사건을 계기로 연쇄살인범에 대한 수사를 재개했겠죠. 「레벤망 드 파리」 지는 연쇄살인사건을 취재하라고 저를 당신의 산타바르바라에 파견했었어요. 어쨌든 지난 일요일 산타바르바라를 떠나기 전 당신의 컨디션은 최고였어요. 정말로 멋진 릴스키 반장님! 제가 떠난 후 어떻게 되었는지 말해주세요. 제가 그 사건을 정말로 포기한 건 아니에요. 제가 세바스찬의 비잔틴 꿈에 감염된 것도 사실이고요. 그의 횡설수설이 제 마음을 사로잡고 있어요. 저는 그가 자신의 컴퓨터를 사용하고 있지 않다고 확신해요. 그는 안나가 아니라 에브라르를 찾으러 트라키아 어딘가에 갔으니까요. 저는 궁지에 빠진 그를 구해주러 갈까 해요. 두고 보면 알게 될 거예요. 잠시, 하루나 이틀 정도 저를 내버려두세요.

그래요, 우리가 좋아하는 침묵을 지키기로 해요. 우리는 침묵 속에서 서로 사랑하죠. 물론 당신은 재담꾼이고, 기분이 좋아지면 시인이 되죠. 저 역시 무엇이든 글로 쓰는 직업을 가지고 있고요. 우리는 할 말이 전혀 없다는 사실을 알았을 때 정말로 만난 거예요. 우리 둘 다, 단어들이 엄청난 소란, 비장한 고통 혹은 광적인 흥분을 일으키는 곳에서 물러나 있어요.

둘의 절제는 무색의 체념, 즉 당신이 좋아하는 스승이 말했듯이, 거짓말하는 상스러운 사람과의 교제 속에서 사라지는 권태일 수도 있었죠. 하지만 그것과는 거리가 멀었어요. 우리의 침묵은 제한이 없고 심리적 장벽을 없애는 명철함을 간직하고 있으니까요. 저는 당신이고 당신은 저예요. 하지만 이 상호적인 공명(共鳴) 속에서 우리는 태도가 너무 달라 문장은 자신의 벽에 부딪치고, 문장이 가리키는 세고 날카로운 소리나 둔탁함은 우리가 있는 곳에 도달할 수 없어요. '이것'을 뭐라 불러야 할까요? '이것'에게 어울리는 단어를 찾아준다는 것은 역설이죠. 어쨌든 한 번 해볼게요.

너무 우울한 애조를 띤 '네앙(Néant, 허무)'이란 단어는 연인들이 추구하는,

하지만 우리 둘은 피하는, 결합 욕구의 소멸을 연상시키죠. 그리고 소리 낼 때 너무 입이 크게 벌어지고 비관적이며, 너무 불교적이고 너무 막연하다는 단점을 가지고 있죠.

'엑스타즈(Extase, 황홀·도취·법열)'는 번쩍거리는 대리석에서 몸을 비트는 성녀들과 화가들의 팔레트 속에서 고양되는 식욕부진의 성인들 때문에 장중하고 무겁게 느껴지는 단어죠.

'세레니테(Sérénité, 맑음·고요·평온)'는 너무 신중하고 철학적인 반면에, '주아(joie, 기쁨·즐거움)'는 우리처럼 '큰 어린이들'에게는 너무 유치해요. '실랑스(Silence, 침묵·무언·고요)'는 파롤(개인의 구체적인 언어행위―옮긴이)을 거부하지 않는 겸손한 용어죠. 이 단어는 파롤을 통해 가사(假死) 상태가 되기 때문이에요. 수수한 이 단어는 우리를 망가뜨리지 않고 도취시키지도 않지만 휴식, 포기, 단념을 향해 손짓하죠. 하지만 현대식 사랑의 설교에는 술책, 지배욕, 소유욕이 얼마나 많이 담겨 있는지! '침묵'은 내 몸의 경계를 이루는 시선, 피부, 성기, 귀로부터, 그리고 언제든지 은밀히 히스테리를 연장할 준비가 되어 있는 목구멍으로부터 떨어져 있는 깨어 있는 단어예요. 제 몸과 당신 몸의 소리에 귀를 기울이면서 저를 밖으로 날라다주는 단어. 제 몸밖의 침묵, 당신 몸 밖의 침묵, 동물계, 비인간계, 항성계의 네거리.

제게 몇 명의 애인이 있었어요. 그들은 침묵할 줄 몰랐어요. 그리고 순간적으로 떠오르는 생각을 독백처럼 털어놓기 전에 항상 제 이야기를 하는 척했지만 결국에는 평소처럼 무례한 마마보이 기질을 나타냈어요. 당신도 짐작하겠지만 이들은 결코 제 애인이 될 수 없었어요. 다른 사람들은 제게 상처를 줄 수 있다고 생각되는 것, 가령 자신의 품위를 떨어뜨리는 사악한 행위나 불성실한 짓에 대해 침묵했죠. 그건 우리의 침묵과는 아무 관계도 없어요. 우리의 침묵은 감법이 아니라 환각의 범람이 없는 충만함이죠. 노르디, 당신은 제가 만난 애인 중에서 가장 덜 감동적이고 가장 무정한 사람이에요!

당신은 제가 이곳 파리로 데려온 엄마를 닮았어요. 엄마는 급성 뇌막염으로 혼수상태에 빠졌었어요. 마지막 순간까지 깨어나지 못했죠. 금요일에 숨을 거두셨어요. 오늘은 화요일이에요. 저는 눈물과 침묵으로 에워싸인 채 공원묘지에서 돌아왔어요. 태양처럼 밝은 우리의 침묵 속에서 밤처럼 어두운 얼굴로 말이에요.

엄마는 침묵 속에 사셨어요. 설명해드릴게요. 엄마는 정말 신중한 여자였어요. 어떤 사람들은 엄마를 전혀 신경질적이지 않은 여자라고 말하겠죠. 어쨌든 우울증 환자는 아니었어요. 당신은 엄마 같은 사람은 존재하지 않는다고 생각하나요? 하지만 그런 여자는 존재하고, 바로 우리 엄마가 그런 분이에요. 동사를 현재형으로 썼다고 놀라지 마세요. 엄마는 여기 우리와 함께 계시니까요.

우리의 침묵이 어찌나 투명한지 저는 당신에게 엄마에 대해 말해야겠다고 느끼지 못했어요. 당신 말대로 말할 것도 없이 침묵이 필요하다는 사실을 명심하고 처신하겠어요. 상중에 말할 수 없는 것을 글로 쓰는 것 또한 침묵이죠. 당신이 제 말을 이해할 거라고 믿어요.

저의 외할아버지 이반은 '사라' 라고 불리는 갈색머리의 유대 미인과 결혼한 후 혁명 직전 고향 모스크바를 떠나 제네바 그리고 나중에는 파리로 갔어요. 야만적인—설마 정말로 믿는 건 아니겠죠?—정신분석학자인 저는 초기 공산주의의 요람—동방정교회의 둥근 천장 아래에 마련된—이 저를 세바스찬에게로 끌어당기는 비잔틴의 유일한 자석이 아닐까 생각하고 있어요.

이반의 슬라브계 금발과 사라의 셈계 흑발이 기이하게 혼합된 그들의 딸 크리스틴은, 고대그리스의 검은 꽃병에 빨간색으로 옆모습이 새겨진 그리스인들을 떠올리게 했어요. 저의 외조부모님은 두 분 다 조상숭배를 하지 않았어요. 그들은 외동딸을 '보편적인 이성(理性)의 신' 에게 바쳤어요. 이 멋진 계획은 러시아 혁명이 일어나기 훨씬 전부터 디드로(1713~1784. 프랑스 계몽주의 철학자—옮긴이)와 예카테리나 대제(1729~1796. 러시아 여제—옮긴이)를 추억하고 볼셰비키의 혁명적 무정부주의를 견제하기 위해 모스크바와 상트페테르부르크에서부터 실행이 되었죠. 하지만 이제 누구도 무정부주의를 지지하지 않아요. 생명이 다한 것이라고 생각하지요. 엄마가 존경하셨던 것은 유일한 '위인' 인 다윈과 공화국이었죠. 나에게, 여동생에게, 그리고 외교관이라서 여기저기 돌아다녀야 했던 아빠에게 헌신하기 전에 엄마는 학교에서 자연과학을 가르쳤어요. 그때 엄마가 '멘토'로 삼았던 사람이 다윈이었어요. 이건 당신도 이미 알고 있는 사실이죠. 하지만 당신은 제 엄마에 대해 아무것도 몰라요. 당신은 여자를 싫어하잖아요. 반박할 필요는 없어요.

오이디푸스 신화가 떠올라요. 저는 엄마가 정말로 외교관 남편을 사랑했을 거라고는 생각하지 않았어요. 하지만 믿지 않을 수 없어요. 어쨌든 엄마는 아빠와 똑같은 시련을 겪기 위해, 그리고 유골단지에 담겨 있는 아빠 옆에 있기 위해 화장을 해달라고 유언하셨어요. 부부란 게 뭔지! 또 엄마는 자신의 아버지를 추억하며 정교회식 위령미사를 요구하셨어요. 이 미사는 무의미한 것처럼 보였어요. 오늘날 정교회의 사제들은 더 이상 위령미사를 중요하게 생각하지 않아요. 차라리 그들은 유대교인이나 가톨릭신자가 되는 편이 나았을 거예요. 정교회 사제들은 정말 하는 일이 없어요. 그들은 정치 논쟁을 하며 시간을 떼우고 확신도 없이 향로를 흔들어대죠. 물론 신자들도 속지는 않지만, 그래도 무척 슬픈 일이죠. 아무튼 정교회의 사제들은 사람들이 애통해하는 걸 별로 바라지도 않았어요. 이 정교회식 화장은 여러 가지 이유로 한심스럽기만 하죠. 한 종교의 종말일까요? 아니면 침체일까요? 제 문제는 아니죠.

저는 사실 엄마가 종교의식에 관심이 없다고 생각했어요. 하지만 그게 아니었어요. 엄마는 자신이 이반의 딸임을 상기시키고 아빠의 종교인 가톨릭과 자신의 종교가 다르다는 점을 상기하고 싶으셨던 거예요. 저는 화장해서 재가 될 때까지 충실한 아내이고 싶다는 엄마의 유언을 외면할 수 없었어요. 하지만 확실히 엄마는 순종적인 아내는 아니었어요.

노르디, 당신이 엄마의 이런 마지막 모습을 간직해주면 좋겠어요. 부탁이에요. 관 속에 누워 있는 크리스틴의 그리스적인 아름다움. 진지하고 엄격하며 차분한 모습. 동방의 연약함과 수동성은 찾아볼 수 없어요. 엄마는 터키 여인—남편을 전혀 골치 아프게 하지 않는—같은 모습을 갖기 위해 동방식으로 차려입기를 좋아하셨어요. 얌전함이라고는 눈꼽만큼도 없는, 뼈처럼 확고한 순수성. 광택은 없지만 전혀 주름이 없고 매끈하며 환하게 빛나는 피부.

아빠는 웃는 듯한 얼굴로 임종하셨어요. 엄마는 신중하기는 하셨지만 별로 슬퍼하지 않았고 다른 사람과 이야기를 나누지도 않았어요. 바깥에서조차. 최고의 긴장, 혼자서도 있을 수 있다는 사실에 대한 충격.

크리스틴은 제가 만난 사람들 가운데 가장 지적인 여인이었어요. 자기 어머니에 대해 그렇게 말하는 사람은 거의 없죠. 저는 화장 직전 눈물로 목이 메여 더듬거리는 목소리로 엄마에게 그런 이별의 말을 했죠. 엄마의 객관적이고 날카로운 지성은 심술을 부릴 수도 있으련만 예민한 내성(內省) 속에서 부드러워졌어요. 저는 엄마가 관대한 분이라고 말하고 싶어요. 만일 엄마가 이 단어의 반짝이는 화려함을 싫어하지 않는다면 말이에요. 예를 들면 때로는 무뚝뚝하고 때로는 해학적인 애정으로 저의 진로나 지적인 선택에 대해 토론해준 엄마, 설득은 하지 못했지만 저를 감동시킬 수밖에 없었던 엄마는 저의 성생활은 물론 감정적인 삶도 조금도 간섭하지 않았어요.

엄마는 영혼—슬라브인의 영혼이든 유대인의 영혼이든—에 귀를 기울였어요. 엄마는, 당신과 내가 사랑을 나눈 후에 그렇듯이, 침묵을 지키며 제 말을 듣곤 했어요. 지배하지 않는 사랑. 엄마는 자신의 천국을 갖게 될 거예요. 누구에게도, 자기 딸에게조차 부담을 주지 않았던 여인! 상상할 수 있겠어요? 크리스틴의 경쾌한 태도. 저의 밤들은 악몽으로 얼룩졌지만 평온한 느낌도 뒤섞여 있었죠. 우리 셋—여동생, 저, 아빠—만을 살짝 스쳐간 크리스틴, 깃털, 날개, 은밀한 검은 새. 사실 엄마를 짓눌렀던 사람은 우리들이죠. 엄마는 우리의 버팀목이었으니까요.

하지만 엄마는 우리가 스스로 길을 개척하는 것에 만족하는 사람, 사랑스럽게 쓰다듬는 것 말고는 우리에게 어떤 고통도, 어떤 상처도 줄 수 없는 사람이라는 믿음을 주었어요. "나는 너희들의 응석을 받아주지 않고 대신 날개를 달아주었지." 이것이 엄마의 신조였어요. 어떤 오만함도 없었어요. 엄마는 눈과 입술로 살짝 미소를 지으면서, 너무 말을 많이 해서 혹은 침묵을 깨서 미안하다고 말하셨죠.

엄마의 공모적인 침묵은 한순간에 지나지 않았어요. 엄마의 침묵은 우리에게 모든 것을 허용했어요. 저는 아직도 엄마의 침묵을 듣고 있어요. 저는 언제나 엄마의 침묵의 언어를 찾고 있어요. 그것은 여자들의 조상이 지니고

있던 성향, 즉 우리가 여성해방―당신은 무척 비웃었죠. 하지만 당신이 틀렸
어요―을 위한 싸움에서 잃어버린 성향이 아닐까요? 사랑하는 아이를 위해,
사랑하는 사람을 위해 땅, 문턱, 버팀목, 쐐기가 되고자 하는 성향, 다시 날아
오를 수 있게 기회를 주고 싶어 하는 성향. 냉대받았다고 혹은 잊혀졌다고 생
각될 위험까지도 무릅쓰는 행동들. 크리스틴이 희생이라는 격한 감정 없이
받아들인 이 위험이란 바로 수수하고 깨어 있는 침묵이죠.

    저는 엄마가 자신에 대해 이야기하는 것을 들은 적이 없어요. 하물며 무엇
인가를 지시하거나 요구하는 것은 말할 것도 없죠. "요령이 없구나!" 엄마는
우리 코를 집으면서 속삭이곤 했어요. 인생의 가을을 맞이한 엄마는 러시아
에서 유대인들과 정교회 신자들을 찾기 시작했어요. 수많은 세월이 흘렀고
숙청을 당했기 때문에 상류층은 별로 남지 않았지만 혁명 전의 모스크바에
관한 역사적 자료―엽서, 안내서, 연대기 그리고 다양한 증언―는 남아 있었
죠. 당신에게 이미 말했듯이 세바스찬처럼 정교회 쪽으로 저를 끌어당기는
자석이 바로 그런 점들이죠. 학술적인 엄마의 향수는 아무도 난처하게 하지
않는, 잘 정리된 자료 속에서만 실현되었어요. 엄마는 바로 그런 분이었어요!
엄마는 이반과 사라가 이곳에 오기 전에 살았던 동네, 집, 그리고 숨 쉬었던
공기를 탐색했어요.

    어느 날 아빠는 부주의로 혹은 부부 사이를 갈라놓고 있던 은밀한 갈등으
로 이 보물을 쓰레기통에 버렸어요. 아빠는 피카르의 안내서, 세 명의 스위스
인의 안내서 혹은 카미프의 안내서와 혼동했다고 둘러댔죠. 저는 엄마가 그
재난을 알게 된 날을 잊을 수 없어요. 엄마의 까만 눈동자는 갑자기 텅 비어
버렸어요. 엄마는 아빠 앞에서 아무 말 없이 한참동안 꼼짝하지 않고 있었어
요. 그러더니 자기 방에 들어갔다가 24시간 후에야 나왔는데 두 눈은 심하게
울어서 벌겋게 부어 있었죠. "내 딸아, 이 세상에는 우리 프랑스 사람들만큼
외국인들을 멸시하는 사람은 없단다. 차갑고 조심성도 없고 양심의 가책도
없어. 우리는 세상에서 가장 잘난 인간들이지!" 아, 이 '우리'라는 말에 담겨
있는 심술이여! "이 사실을 잊지 마!"

    그리고 아무 말도 없었어요. 침묵.

저는 그때까지도 아빠가 외국인을 싫어하고 러시아인을 혐오하며 유대인을 배척하는 사람이라고는 추호도 상상하지 못했어요. 아빠는 프랑스 공화국에 봉사하기 위해 국제관계에 모든 생애를 바쳤고, 산타바르바라의 구석구석으로 가족을 데리고 다녔어요. 이해하겠어요? 그때부터 뭐가 뭔지 모르겠더군요. 아무튼 부추기면 안 되는 증오—무의식적인 증오—라는 게 있죠. 묵묵히 판단하는 이성(理性) 속에서 자아의 밑바닥에 세워져 있는 성채를 정열이라 부른다면, 그때 엄마는 처음이자 마지막으로 자신의 정열을 폭발시켰어요.

15년 전부터 저는 집을 나와 살았어요. 공손하고, 은밀한 공감이 오가며, 뜸해진 만남은 지금 저에게 홍수처럼 밀려드는 슬픔을 두려워하지 않게 했어요. 저는 누군가의 죽음으로 인한 슬픔 따위에서는 벗어나 있다고 생각했어요. 저는 아빠가 돌아가실 때 이미 슬픔을 지불하지 않았나요? 저는 강인했어요. 스테파니 들라쿠르가 소녀처럼, 불쌍한 고아처럼 슬퍼하는 모습을 당신도, 그 누구도 상상할 수 없을 거예요! 그건 정말이에요. 저는 어떤 언어로도 울지 않았어요. 오직 엄마의 눈, 향기, 고독에 대한 추억, 그리고 엄마의 침묵, 저의 요람, 저의 조국을 생각하며 울었어요.

갑자기 엄마가 없는 지금 더 이상 할 수 없는 수많은 일이 보여요. 예를 들면 방학때 제리와 함께 찍은 사진을 이제 누구에게 보내겠어요? 누가 섬의 장미, 마르트레 해변 혹은 페르골라의 무도장에서 찍은 저와 제리의 사진에 관심이 있겠어요? 엄마 외에는 아무도 없어요. 그런데 엄마는 이제 이 세상에 없어요. 어쩌면 당신? 이것 말고도 덜 본질적이지만 더욱 진지한 문제들이 많이 있어요. 저를 인도해주었지만 이제는 저로부터 멀어지고 있는 것이 엄마의 품위인지도 모르고 걱정만 했어요. 극단적으로 말할게요. 저는 엄마 없이는 아무것도 할 수 없어요.

하지만 걱정하지 마세요. 저에게는 제리가 남아 있으니까요. 저는 제리를 위해서라도 열심히 살 거예요. 당신은 산타바르바라에서 저를 다시 보게 될 거예요. 약속할게요. 하지만 예전의 저는 아닐 거예요. 저는 검은 새를 잃었어요. 그 새의 날개는 저에게 두 날개를 주었죠. 저는 엄마의 침묵을 간직할 거예요. 저는 당신에게 엄마의 침묵을 맡기고 싶어요.

스테파니.

추신. 메일이 너무 지체되었군요. 계속 뭔가를 쓰고 싶었어요. 하지만 불가능했죠. 죽음으로 인한 슬픔도 게으름을 피우나 봐요.

하지만 세바스찬에 관한 새로운 소식이 있어요. 글로리아의 아들 제리가 사랑으로 저를 가득 채우고 있어요. 당신이 원하든 그렇지 않든 녀석은 언제나 저를 파리에 붙잡아둘 거예요. 사람들은 이 아이를 문제아라고 부르지만 컴퓨터만큼은 제가 도저히 따라갈 수 없어요. 이제 저는 이 어엿한 청년에게 컴퓨터와 관련된 문제를 맡기고 있어요. 그것도 빈번히 말이에요. 그리고 이런저런 이야기 끝에 당신 삼촌 이야기도 꺼냈죠. 결국 제리는 세바스찬의 노트북에 접근할 수 있었어요. 저는 세바스찬이 사용했을 법한 여러 가지 비밀번호를 제리에게 암시했어요. 당연히 1083년 출생, 1097년 가을 브리엔니우스와의 결혼, 1138년 『알렉시아스』 집필 시작, 1148년 사망 등 안나 콤네나와 관련된 주요한 연도를 알려주었죠. 맞아떨어진 것은 1097이었어요. 저는 1097년에 무슨 일이 있었는지 금방 알아챘어요. 에브라르 드 파강이 오흐리드 호수에서 안나를 만난 해죠. 당신도 알 거예요……. 아무튼 산타바르바라 대학교의 전산망, 연구소의 프록시 서버 그리고 세바스찬의 컴퓨터에 들어가기 위한 프로시저를 발견한 것은 제리예요. 이 모든 게 어떻게 그 예쁜 머릿속에서 처리되는지 신기하기만 해요. 덕분에 저는 당신에게 다음과 같은 사실을 알려줄 수 있게 되었어요.

첫째, 세바스찬은 살아 있고 『안나의 소설』을 계속 쓰고 있어요.

둘째, 세바스찬은 자신의 선조이자 당신의 조상으로 추정되며 안나 콤네나의 버림받은 애인인 에브라르 드 파강의 발자취를 추적하고 있어요.

셋째, 적어도 일주일 후에 그는 르뤼앙블레에 있을 거예요. 이 점은 그의 그리스도교적인 강박관념을 토대로 추론한 거예요. 그는 성당, 프레스코화, 대성당으로 이루어진 자신의 세계를 만들었어요. 그는 지성소를 찾고 있고 곧장 십자군의 발상지인 '살베 레지나'에 도착할 거예요.

제게 더 이상은 요구하지 마세요. 나머지는 나중에 설명해드릴게요. 그리고 현장에서 세바스찬을 맞을 수 있게 준비해주세요. 혹시 풀크 베이유가 프랑스 경찰에 도움을 요청할 수 있을까요? 경찰은 치안 문제로 정신이 없다고 하던데……. 그러면 르뢰 대성당에서 만나요. 서둘러야 해요. 그럼 우리 다시 만나요. 안녕.

제6장

"나는 고통 받고 있는 온갖 부류의 사람들을
절망으로 몰아넣는 글은 다시는 쓰지 않겠다."

_프리드리히 니체, 『여명』 중에서

그녀들은 무엇을 원하는가

둘 중의 하나였다. 반장의 주장처럼 넘버8이라는 연쇄살인범이 바로 중국인 '무한' 이든지 아니면 누군가가 그렇게 믿게 하려고 조작을 한 것이다. 하지만 이 누군가는 넘버8, 즉 무한을 자기 주머니처럼 훤히 알고 있을 것이다. 어쨌든 방심은 금물. 첫 번째 가정에 따른다면 현 수사단계에서 여러 변수가 있을 수 있기 때문에 포포프는 어느 것도 소홀히 할 수 없었다.

적어도 유전자 분석 자료는 충격적인 사실을 드러냈다. 파 창의 염색체와, 최근 한자 편지에 일부러 남겨둔 중국인 무한의 염색체는 놀랄 만큼 유사했다. 과학자들은 이와 관련하여 토론을 벌이기까지 했다. 복제된 경우가 아니라면 동일한 유전코드를 가진 사람은 있을 수가 없다. 신판테온교 측에서 누군가를 복제하고 싶어 한다면 누구의 방해도 받지 않고 바로 반장의 코앞에서 라엘리안 무브먼트(프랑스 태생의 자동차 경주자였던 클로드 보리옹 라엘이 1973년 외계인을 만났다고 주장하며 세운 국제적인 종교단체. 이들은 인간복제를 통한 영생을 위해 1977년 클로네이드사 [社]를 설립했음―옮긴이)와 접촉할 수 있었다.

하지만 이번에는 DNA가 완전히 일치한 것은 아니었다. 단 두 사람 모두 30대인 것만이 확실했다. 따라서 유전자를 복제했다면 눈부시게 과학이 발전한 요즘이 아니라 훨씬 이전에 복제했을 것이다. 또한 유전자가 너무도 기막히게 유사해서 익사한 파 창과 무한이 근친 혹은 쌍둥이 남매일 거라는 추측도 가능했다. 파 창의 호적―결정적인 자료는 아니지만 어쨌든 개인의 법적인 신분을 파악하는 것부터 수사는 시작하는 법이다―에는 오빠가 한 명밖에 없었기 때문에 무한은 그녀의 쌍둥이 오빠인 샤오 창일 수밖에 없다. 수학 전공자, 조류학자, 반세계주의자, 마약중독자인 그는 휴가 중이라 소재가 파악되지 않았다.

정말로 둘 중의 하나일까? 계속해보자. 만일 지금까지의 추리가 맞다면 샤오 창은 자신의 정체를 드러내기 위해 일부러 한자에 타액, 피, 땀의 흔적을 남긴 것일까? 정화자가 허세를 부리며 대담하게 최후의 술책을 쓰는 것일까? 아니면 새로운 글자, 즉 대문자 V를 씀으로써 복수(Vengeance)를 알리는 것일까? 놈이 대사건을 일으킬 각오를 했다는 의미일까? 결국 세상에 도전하겠다는 것인가?

또 하나의 수수께끼. 왜 하필 미날디를 죽였을까? 크레스트 존스 교수의 조교는 다른 모든 사람들이 그렇듯이 신판테온교와 접촉했다. 하지만 그뿐이었다. 막대한 권력을 휘두르는 '지도적 사상가들'에게 아부하는—되도록이면 은밀히—이 나라의, 대다수 지식인들처럼 미날디는 고위 성직자들의 오찬회에 초대받은 적이 있다. 그리고 '혼혈인에게 미치는 세계화의 위험'이라는 주제를 가지고 강연까지 했다. 반장은 그의 강연을 얼토당토 않는 모순덩어리라고 꼬집었다. (그는 자신이 무엇을 말하고 있는지 알 것이다.) 또 미날디는 마피아와 신판테온교가 관리하는—다른 모든 곳처럼—폐쇄적인 매음굴에 자주 드나들었다. 그뿐이었다.

어쨌든 한 가지 흥미로운 사실이 있었다. 즉 익사자 파 창은 4개월 된 사내아이를 임신하고 있었다. 미날디와 관계가 있을까? 미날디는 태아의 혈액형과 동일한 A형이었다. 혈액형이 같다고 범죄가 증명되는 것은 아니다. 반장은 DNA 분석을 통해 이 중국 여자의 뱃속에서 익사한 가엾은 태아의 친부를 확인하려 하지 않았다.

"이미 쌍둥이 문제로 수사가 난황에 처했네. 지금은 확인하고 싶지 않아. 이상."

수 올리버라면 다른 아이디어가 있지 않을까? 포포프는 눈을 비볐다. 반장이 이 중국 여자의 문제에 뛰어든 이후로 별로 잠을 자지 못했기 때문이다. 그는 유명한 창녀이자 경찰과 친분이 두터운, 나이 많은 수 올리버의 집에 찾아가 문을 두드렸다. 산타바르바라의 독설가들은 "그녀가 내무부 장관이지!"라며 빈정거렸다. 섹스의 자유와 현대예술 사이의 구조적인 밀착관계를 모르지 않는 전문가들은 "문화부 장관도 겸하고 있지!"라며 야유했다.

수는 한참 있다가 문을 열어주었다. 어젯밤 술을 몹시 마셨는지 정신을 차리지 못했다. 눈 둘레의 거무스름한 다크써클 탓에 불그스름한 뺨은 더욱 불룩해 보였다. 상대방이 들을 수 있게 목소리를 높일 때면 담배와 위스키 냄새가 코를 찔렀다.

포포프는 머릿속에서 떠나지 않는 추리에 몰입한 채 쌀쌀맞게 말했다.

"너무 일찍 온 건가요? 당신, 혼자 있는 거 아니죠?"

"걱정 말아요. 회의가 잇달아 있었어요. 난 지금 투쟁 중이에요. 우리가 어떤 상황에 처했는지 알고 있나요? 커피 줄까요?"

수는 그에게 물렁물렁한 뺨을 내민 후 커피포트 쪽으로 갔다. 맞은편 침실에서 누군가가 지퍼를 올리는 소리가 들렸다.

포포프는 그 고약한 연쇄살인범이 산타바르바라를 온통 뒤집어놓은 이후로 세상이 어떻게 돌아가는지 도통 알 수가 없었다. 2년 전쯤 수 올리버는 어느 지방신문에 자신의 섹스생활에 관한 고백을 실어 하루아침에 유명인사가 되었다. 그것은 일대 사건이었다. 사람들은 페미니스트들을 위선적이고 반동적인 청교도들에게 쫓아버린 제2의 이브를 환영했다. 페미니스트들은 침대에서 몰래 수의 글을 읽으면서 자위를 했다. 단지 무능한 몇몇 정신분석학자들만이 수가 여성성이 전혀 없으면서도 산타바르바라의 흥분하는 모든 페니스를 위해 자신을 성도착자로 여기고 있다고 주장했다. 누가 틀렸고 누가 옳을까?

포포프는 잘 알지도 못했고 또 알고 싶지도 않았다. 수의 책은 성적 흥분으로 가득했다. 반장은 간결한 문체와 과학적 경험을 발견하는 것으로 만족했다. 물론 반장이 다른 사람들처럼 반응할 것이라고 기대한 사람은 아무도 없었다. 그래도 그렇지, 반장의 반응은 이번에도 지나칠 정도로 시큰둥했다. 수의 경험은 전대미문의 사건이 아닌가.

수는 이 직종에서 아주 특별한 이벤트를 통해 전기를 마련하고 싶었다. 혁신적인 이 여자는 진짜 전문가들에게 '맛'을 보여주었다. 그녀는 중세식 가죽 띠로 몸을 묶고 밴드로 두 눈을 가린 후 차분하고 단호하게 모든 구멍을 열고 자신의 몸에 삽입되는 '꼬리'들을 큰소리로 셌다. 군대에서처럼 특별한 종류의 '구원의 부대'가 분열 행진했다. 영혼도, 혐오감도, 고통도, 환희도 없었다. 물론 그녀는 섹스 이야기―대체로 남자의 생식기―에 만족하는 현대의 여인이었을 뿐이다. 이따금 수는 남자의 행위에 적극적으로 반응했다. 수컷들은 암컷―마찬가지로 기계적인―에게 교묘하게 조종되는 기계다. 왜 아니겠는가. 여자도 남자처럼 사람이니까.

수는 자신의 '구멍들'을 지각하지 못하고 상대방의 얼굴도 보지 못한 채 10시간의 '릴레이 섹스'가 이루어지는 동안 귀두의 강도를 기록하는 것으로 만족했다. 그녀의 음문에서 피가 났고, 때때로 그녀의 얼굴과 허리에서도 피가 났다. 어떤 남자들은 그녀의 목을 조르면서 죽음의 놀이를 즐겼다. 그게 뭐가 중요하겠는가. 결국 그녀는 모든 지원자들의 '남성'을 받아들였다. 중요한 것은 그것이었다. 승리였다! 여자의 인내력! 남근의 신에게 바쳐진 문명화된 지적 호기심! 남성의 권리를 위한 여성의 예술! 그것은 하나의 혁명이었다. 마침내 인류는 섹스의 심리적 배려와 성 연구로 웃음거리가 되었던 20세기에서 벗어났다. 수는 세계적인 성공을 거두었고 덩달아 산타바르바라도 유명해졌다. (책의 성공을 말하는 것이다. 멋대로 착각하지 말기를. 여러분이 달려오는 모습이 보인다!)

파티마 성모상의 성유물 앞에서 무릎을 꿇는 교황을 보았을 때보다 훨씬 더 열광하는 남자들과 여자들—특히 여자들—은 수가 운영하는 겐조 의상실을 직접 보기 위해 일본과 라틴 아메리카에서 몰려왔다. 예술가가 된 수 올리버는 출판이라는 단순한 사실로 부자가 되어 멋지게 옷을 입었기 때문이다. 가장 시샘하는 적들조차 그것은 당연할 뿐 아니라 정당하다고 생각했다. 그들은 그녀가 사도매저키즘 사회의 주연배우라고 애써 강조했다.

"그녀는 탐구가야! 혜성처럼 나타난 예술가!"

릴스키는 자기만의 방식으로 열광했다.

한편 자존심이 상한 포포프는 직접 색다른 경험을 맛보기 위해 수에게 갔다. 그것은 굉장한 분출이었다. 분출은 몇 차례 있었지만 그는 세어보지 않았다. 이 형사는 수가 자신을 알아본다면 자신이 몇 차례나 분출을 했는지 고백할 준비가 되어 있었다. 여러분은 비웃을지 모르지만. 이 '접전'에는 얼굴이 없었다. 예술가의 구멍 이외에는 아무것도 없었다. 그녀는 누구에게도, 자신에게조차 관심이 없었다. 그녀는 완전히 돌이 된 듯했다. 코카인, 숱한 상처, 낙원…….

가장 놀라운 사실은 그녀가 흔히 이런 류의 의식(儀式)에서 극도의 쾌락을

추구하는, 사디스트의 저항할 수 없는 욕구에서 벗어났다는 점이다. 포포프
는 상대방이 쾌락을 즐기고 떠난 후에 이런 여자들에게 남는 것은 흔히 시체
같은 몸뚱이뿐이라는 점을 잘 알고 있었다. 하지만 천만에 말씀! 여기서 '살
인자'는 바로 그녀였다. 모든 지원자들의 '목을 자른' 사람은 바로 그녀였
다. 하지만 그들은 매우 즐거워하고 만족하며 물러갔다. 한편 수는 피를 흘
리며 나왔다. 하지만 피부는 여전히 매끈매끈했고 표정은 차분했다. 적어도
텔레비전에서는 생기발랄한 모습이었다.

"당신이 여성운동가란 말이요?"

포포프는 언론이 '무(無)의 여신'이라고 별명 붙인 그녀의 갑작스런 사회
참여에 놀랐다.

그녀의 방문이 열리고 니키 스미스는 늘 입고 다니던 사슴가죽 바지, 얼룩
덜룩한 체크무늬 셔츠, 카우보이 부츠 차림으로 나타났다. 이 바보는 이 지역
의 매춘 총관리인, 즉 산타바르바라의 포주 대표였다! 수가 세계적인 성공을
거두자 니키는 그녀 뒤를 악착같이 따라다녔다.

"수 같은 보물을 보호해야죠."

니키는 수 방식의 집단섹스에 중독되는 것이 어떤 것인지 설명되어야 한
다고 생각했다. 니키는 수의 놀이에 참여하기 전에는 그런 쾌락이 수컷에게
굴욕의 극치라고 생각했다.

"당신 집은 언제나 사순절 전의 화요일이네요. '여전사와 사순절', 맞죠?"

포포프는 어느 탐정소설에서 그런 식의 말대꾸가 나오는 것을 읽었던 적
이 있다. 그의 비웃음은 모든 사람들에 대한 우월감을 나타내고 있었다. 실
제로 그는 질투하고 있었다.

"마음껏 비웃으세요. 지금이 중요한 시기에요. 매춘 폐지론이든 찬성론이
든. 당신은 그것을 선택이라고 부르죠?"

커피로 목을 적신 수의 쉰 목소리는 위협적이었다. 포포프는 그런 선택에
진저리가 났다.

"비웃는다고요? 누가? 내가? 내가 뭐라고 했나요? 자, 진정해요. 당신은 나
알죠? 당신이 무엇 때문에 그렇게 즐거워하는지 내가 모를 것 같아요?"

포포프는 장단을 맞추기 시작했다.

두 파벌은 지방 신문의 여러 지면을 채우며 싸우고 있었지만 포포프는 그 따위 소설에 신경 쓸 시간이 없었다. 하지만 전부 읽지 않아도 목차를 통해 대충 이해할 수 있었다. 새로운 권력은 매춘을 통제하려 했다. 또 시작이군! 섹스관광은 이 나라의 주요 수입원이었다. 정부는, 지역 마피아와 그밖의 단체들이 많은 고수익을 올리고 있는 이 만나(옛날 이스라엘 백성들에게 하늘이 내린 음식―옮긴이)의 보고를 찾아내고는 구경만 하지는 않았다. 또한 시민들은 공해처럼 청소년들에게 나쁜 본보기가 되고 있는 인신매매에 흥분하고 있었다. 먼저 매춘은 공공질서를 위협하고, 고급 주택가를 괴롭히고 있었다. 어떻게 해야 할까? 폐지론자들은 매춘을 완전히 뿌리 뽑아야 한다고 주장했다. 그러기 위해서는 먼저 손님부터 없애야 했다. 명석한 사람들은 이렇게 주장했다. '성을 사는 사람들부터 감옥에 보내라. 그리고 욕망을 제거하라. 그러면 품위를 떨어뜨리는 성매매는 이 지구상에서 사라질 것이다.'

"포포프, 당신은 '폐지주의(abolitionism)'가 무엇인지 알아요? 아마 모를 거예요. 똑똑한 척하지 마세요! 예전에 사람들은 노예제도를 없애고 싶어 했죠. 그 이상도, 이하도 아니었어요. 마침내 그들은 아메리카 대륙에서 목적을 달성했어요. 내 말 알아들겠어요? 요컨대 당신이 보고 있는 수는 우리나라의 폐지론자들에게는 일종의 노예란 말이에요. 다른 직종과 마찬가지로 이 직업에도 공급 과잉이 없다고는 할 수 없어요. 당신은 형사니까 잘 알겠지요. 우리는 모두 어느 정도는 죄인들이에요. 나도 알아요. 하지만 당신은 폐지론자들의 바람처럼, 즉 '동의하는 개인 간의 상호 존중 속에서' 섹스를 알게 되었나요? 꿈같은 소린가요? 투마이(2002년 아프리카 차드에서 발견된 원시인류―옮긴이)가 출현한 이후 섹스는 발기와 함께 이루어지게 되었죠. 누군가 만들어낸 '에로스와 타나토스'(성욕과 죽음에 대한 본능―옮긴이)라는 용어를 알고 있나요? 섹스는 고상한 감정이 아니라 비극과 희극, 가면무도회, 약간의 모성애적 태도, 수없는 아랫도리 공격과 더불어 멋진 공연이 되기를 바라죠. 각자는 위험에 몸을 내맡기는 거예요. 그렇지 않으면 무슨 쓸모가 있겠어요? 고지식한 신자들조차 그 사실을 알고 있어요. 그들은 자신을 되찾기 위해 나

의 집을 찾아오죠!'

수는 죽음의 충동에 관해 인류학자 같은 역할을 자처하고 있었다. 그녀는 문학적으로 성공한 후 지식인들의 모임, 강연회, 토론회, 텔레비전의 토론 프로그램 등에 자주 참석했다.

포포프는 그녀의 이야기가 계속되기를 기다렸고, 그녀는 그의 반응을 즐기고 있었다.

"그래서 몇몇 여자 친구들과 함께 대표단을 만들었어요. 우리는 부모님들에게 이렇게 말했죠. '사랑하는 엄마아빠, 이제 보살핌은 필요 없어요. 우리는 스스로를 보호할 수 있을 만큼 자랐어요. 우리를 그냥 내버려두세요. 그리고 우리가 하고 싶은 말을 할 수 있게 해주세요.' 그 결과가 어땠을지 알겠지요? 우리는 아무것도 할 수 없었어요. 부모님들은 우리를 치워버리고 싶어 하죠. 그것도 남자와 함께."

"당신 말이 옳아요. 남자와 함께."

니키는 지배인으로서 만족스럽다는 듯이 말했다. 수가 말하는 이 유명한 '대표단' 을 조직하게 한 것은 마피아였다고 몇몇 사람들은 수군거렸다.

비관론자인 포포프가 말했다.

"요즘 누가 남자 걱정을 하겠어요? 당신이? 내가? 남자는 멸종위기라고요."

"페미니스트 대표는 대부분의 여자들이 사랑할 때만 섹스를 받아들인다고 주장하죠. 꼭 그런 건 아니지만 어떻든 그렇다고 칩시다. 하지만 대부분의 남자들은 어떤가요? 남자들은 섹스와 사랑을 혼동하는 것 같지 않은가요?"

수는 남성들의 지지를 자랑스럽게 여기는 아주 드문 여자였다. 객관적이고 위생적인 포포프가 말했다.

"그래서 사창가가 남아 있는 게 아닌가요?"

"당신이 해결책을 발견했군요! 하지만 당국이 우리를 봉쇄하고 있어요. 가축처럼 통제하는 거죠! 병원에서도 마찬가지예요. 경찰의 통제는 지긋지긋해요! 당신한테 뭐라고 그러는 건 아니에요."

수는 여느 때와 달리 역겨워했다.

수의 말이 옳았다. 왜 오늘날에는 남자들의 쾌락에 대해 이야기하는 사람이 없을까? 남색가들 이야기를 하는 게 아니다. 그들은 더 이상 감추지 않는다. 하지만 다른 남자들은? 아, 그건 아니지, 쉿! 입 다물고 있자! 포포프는 스토니브룩 숲에 있는 수의 '터널'에서 근엄하게 구는 사람들을 다시 생각해 보았다. 트럭기사들, 법관들, 관리인들, 비밀스런 갈보집에 드나드는 성직자들, 타락한 경찰관들, 예술가들, 고위 공무원들, 전직 혹은 미래의 장관들…… 온갖 계층의 사람이 들락거렸다. '아랫배'를 통한 민주화. 모두 왕처럼 행복한 표정이었다. 남자 통치자들!

사람들은 수의 속내 이야기를 온 지상에 퍼뜨리고 있다. 발기 중인 수컷들에게 의견을 묻으려는 신문은 하나도 없었다. 마지막 금기, 최고의 부끄러움. 뒷방의 동성연애자들보다 훨씬 더 심하게 발정한 이성애자들. 누구도 감히 이야기를 할 수 없다!

일단 혐오감에 빠지면 수는 분노를 참지 못했다.

"내가 가장 놀라는 게 뭔지 아세요? 그들이 법을 만들려고 하는 건 당연하죠. 법률가들, 기자들, 조합주의자들, 페미니스트들 그리고 모든 사람들의 일이니까요. 그들은 법률 제정에 관심을 갖지요. 하지만 남자들도, 여자들도 더 이상 견디지 못해요. 나는 분명히 '여자들'이라고 말했어요. 특히 여자들은 싸움에 잘 참견하죠. 여자들은 그런 식으로 우리의 운명에 관심을 갖지요! 당신이 아는 대로 내 이야기는 평범한 갈보집 추종자들은 물론이고 과격한 폐지론자들까지도 흥분하게 만들어요. 젊은 여자들은 더 이상 거침없이 행동하지 않을 수 없게 되었어요. 하지만 나는 그녀들의 소리를 듣고 있어요. 그녀들이 얼마나 흥분하고 있는지 우리를 지지하러 텔레비전에 나타날 때마다 알 수 있어요. 소위 존경할 만한 언론을 가득 메우고 있는 글을 봐도 알 수 있어요. 언론은 자신의 견해가 있는 법률가들, 철학자들 그리고 멋쟁이 여자들에게 용두질에 관한 글을 써달라고 보채고 보채고 또 보채죠. 솔직히 말할게요. 그것은 위선자들보다 더 나쁜 짓이에요. 그건 야비한 짓이에요!"

그녀는 웃지 않았다. 수는 정말로 역겨운 것 같았다.

야비하든 그렇지 않든 포포프는 성 노동자들의 차기 대표단에 대해 장광설을 들으러 온 것이 아니었다. 화제를 바로 잡아야 했다.

"야비한 짓에 대해 이야기가 나와서 하는 말인데, 연쇄살인범이 이번에는 대학교에서 범행을 저질렀다는 소식을 당신도 들었을 거예요. 당신은 당신의 '대표단'과 함께 전반적인 위생검사를 받아야 할 거예요. '대학교와 매춘'이란 주제는 특종감이죠……. 미날디라는 사람이 죽었어요. 혹시 생각나는 게 없나요?"

정보를 얻는 것은 어렵지 않았다. 미날디는 수가 포주로 있고 니키가 기둥서방 노릇을 하는 '예술가들의 클럽'이라는 매음굴에 자주 드나들었다.

수는 역시 전문가다웠다.

"당신도 알다시피 나는 텔레비전도 좋아하지 않고, 책도 읽지 않아요. 나는 글을 쓰죠."

포포프는 눈을 마주 보고 말했다.

"책을 읽으라는 게 아니에요. 텔레비전을 보는 것은 범죄가 아니죠. 당신 말대로 나는 당신이 어떤 사람인지 알고 있어요. 당신은 일을 하지 않을 때는 글을 쓰겠죠. 미날디를 죽인 것은 당신이 아니에요. 잘 알고 있어요. 안심하세요. 그는 손님 가운데 한 명이었어요. 그뿐이에요."

수는 최근 문학 분야에서 얻은 명성에도 불구하고 자신이 별로 신중하지 않은 경관들의 조사망에서 벗어났다는 확신을 가질 수 없었다. 그랬다. 미날디는 별로 그녀의 취향이 아니었다. 아니, 전혀 아니었다. 그는 연구소 소장 행세를 하면서 창녀의 몸에 올라타기 전에 먼저 채찍질을 맛보고 싶어 했다. 이 가엾은 남자는 '예술가들의 클럽'에서 이 의식을 치르지 않고는 여자와 사랑을 나눌 수 없었다. 게다가 수는 신문에 연재되는 미국식의 달콤한 삼류소설에 등장하는 신경전을 전혀 좋아하지 않았다. 그런데 놈은 그 의식을 치른 후 여자와 함께 바에서 시시덕거리기까지 했다. 그는 속내 이야기를 퍼뜨리는 않고는 배기지 못했다……. 미날디는 정력이 약한 사람이었다. 수는 포포프에게 자신의 어떤 비밀도 발설하지 않고 그 사실만은 확실하게 말해줄 수 있었다. '예술가들의 클럽'에 있는 사람들은 모두 알고 있는 사실이었고 미날디의 낯짝에도 씌어 있는 사실이었기 때문이다.

포포프는 음란한 표정을 짓고 물었다.

"바로 그거죠. 혹시 미날디가 자신의 대학교에서 키가 작은 중국 여자와 자주 어울렸다고 말하지 않았나요?"

"당신은 길을 잘못 들었어요! 그 중국 여자는 화산이에요. 그 홍콩 아가씨와 동향 출신인 우리 집 아가씨 말에 의하면 그녀는 예전에도 화산 같은 아이였다더군요. 그 귀여운 여자는 귀찮기만 한 미날디를 떠맡을 사람이 아니에요. 중국 아가씨에 의하면 그 여자는 아마도 연구소 소장을 몹시 좋아했을 거라고 했어요. 그건 극비였죠. 지난번에 살해된 미날디가 연구소 소장의 이름을 대면서 그 사람 행세를 하자 우리 중국 아가씨는 손에 채찍을 쥔 채 돌처럼 굳어졌어요. 그 연구소 소장의 이름이 뭔지는 잊어버렸지만 말이에요. 당신이 그의 이름을 모른다면 내가 알아봐줄 수 있어요……. 표정이 왜 그래요? 관심 없어요? 아, 좋아요. 관심 있을 줄 알았는데, 유감이네요. 그럼 무엇을 원하죠? 우리 장사, 관례적인 퍼포먼스, 이게 중요한가요? 당신은 그렇게 생각하겠지만 오늘 알고 싶은 건 그게 아니겠죠. 알아요……. 그 중국 여자와 그 연구소 소장에 대해 알고 싶은 게 많겠죠. 바쁘지 않다면 그녀의 동향 아가씨를 소개해드릴 수 있어요. 하지만 미날디는 아니에요. 당신은 길을 잘못 들었어요. 하지만 그럴 수도 있죠……. 나중에 봐요."

수는 협조적이었지만 약간 따분했다. 형사는 그녀의 말을 듣는 것 같지 않았다. 그는 또 무슨 꿍꿍이가 있는 것일까?

포포프의 핸드폰이 울렸다. 그는 더 이상 성 노동자들의 새로운 투사가 떠들어대는 말에 귀를 기울이지 않았다. 하지만 그는 반장의 온갖 가정을 무너뜨릴 정보—진짜든 가짜든—를 가지고 있었다.

"바로 그거예요. 당신은 소중한 친구예요. 니키, 그렇지 않나요? 나중에 둘이 만납시다. (그는 그만 물러나야 했다. 핸드폰이 끝없이 울리고 있었다.) 이 망할 놈의 나라에서는 항상 경찰이 필요합니다. 두 분은 뭔가를 알고 있어요. 자, 더 이상 당신들을 방해하지 않겠습니다. 안녕히 계세요."

산타바르바라에는 열흘 전부터 비가 내리고 있었다. 진창 때문에 기분이 엉망이었다. 잠깐이지만 갑자기 비가 멈추자 지저분한 수의 집 유리창이 반짝였다. 어찌할 바를 모르는 이 지구상의 남자들과 여자들의 눈 속에도 은밀한 희망이 반짝였다. 출구도 없고, 환상도 없는 진창터널 속에 이 모든 사람들을 가두는 것보다 더 나은 일은 없었다.

살베 레지나

리옹과 생테티엔을 지나자 곧바로 뤼뛰앙블레와 연결된 88번 국도가 나타났다. 세바스찬은 88번 국도에 들어서기 직전에 몽테유(아데마르 드 몽테유를 기억하시라)로 가는 136번 지방도로로 방향을 바꾸었다.

"빈 방이 없습니다."

결국 관광협회를 통해 샤스피냑에서 간신히 빈 방을 찾아냈다. 그래도 교수는 몽테유에 머무르고 싶었다. 푸른 초목, 언덕, 아래쪽에서 엷은 안개가 피어오르는 계곡, 르뛰에서 움직이지 않는 안개. 이곳에서는 마음껏 심호흡을 할 수 있었다. 맛있는 그라탱 냄새가 나는 화덕은 이 지상에 더 이상 존재하지 않는 작은 천국이었다. 몽테유에는 방이 없었다. 가엾은 교수는 어쩔 수 없이 샤스피냑으로 갔다. 그는 집주인에게 공손히 인사한 후 마편초 냄새가 향기롭고 배어 있고 현지에서 만든 레이스로 아기자기하게 장식된 작은 방으로 짐을 옮겼다.

"나비의 등에서 '포인트 데스프리'(전체적으로 작은 점이 있는 망사—옮긴이)를 보셨나요?"

베스 부인은 레이스에 수놓인 나비들을 유심히 살펴보는 이 이상한 손님에게 지역의 수공업에 대해 설명할 의무가 있다고 생각했다.

"우리의 벨라브 레이스에 대해 알고 계시는군요?"

뭐라고? '레이스 제조공 세바스찬', 설상가상이군.

"네. 일주일, 아니면 좀더 머물까 하는데……. 부인의 집은 매혹적입니다."

세바스찬은 다시 차를 몰고 북서쪽을 통해 르뛰로 들어갔다.

도망자는 판느삭 탑과 라파이에트 동상 사이에 팬더 자동차를 버려두고 카테드랄 가로수 길과 타블 가를 지나 노트르담 대성당 쪽으로 걸어갔다.

어느 여자 관광객이 다른 남자 관광객에게 말했다.

"이상하지 않아요? 이 성당은 별로 예쁘지 않아요."

언뜻 보아 남편처럼 보이는 관광객이 단호하게 말했다.

"파리, 스트라스부르, 샤르트르의 대성당과 비교하면 보기 흉하다는 뜻이

르퓌앙블레의 대성당

겠지.”

"이 대성당은 파리에서 멀리 떨어진 오베르뉴의 한복판에 절구공이처럼 생긴 화산 위에 고정되어 있는 '취한 배' 같지 않아요? 이곳은 건축양식, 층, 인도교까지 한 덩어리로 응축된 채 5세기에서 곧장 19세기로 항해하고 있어요! (몽상적이고 학식 있는 부인은 안내서를 손에 쥐고 있었다.) 이 성당은 건물 자체가 너무 뒤틀려 마치 항해를 하며 앞뒤로 흔들리는 것 같아요."

그녀는 현기증이 나는 듯 숨을 몰아쉬며 눈을 감았다.

현실주의적인 남편이 무시무시한 이야기를 꺼냈다.

"'시간의 밤'(까마득한 옛날) 때부터 배회하는 사람들을 유혹하는, 용암이

스며든 괴물 같아. 이곳은 특히 기적이 많이 일어난 곳이지. 또 범죄가 많이 발생하는 곳이기도 하고."

부인은 남편에게 다가갔다. 그녀는 이 성당에 대해 잘 알고 있는데다 안내 서까지 손에서 놓지 않고 있었다.

"저기 참사위원과 수녀를 좀 보세요. 두 사람은 마치 사목(司牧) 지팡이를 놓고 다투는 것 같아요. 저기 벽에 조각되어 있는 부조 말이에요. 화산이나 지옥의 불길에서 빠져 나온 마법사들 같아요."

"남자와 여자, 두 사람은 깜짝 놀란 채 저 한복판에 있는 세이렌(그리스 신화 에 나오는 반인반어—옮긴이)을 노려보고 있어. 세이렌이 두 남녀를 떼어놓고 있 지. 당신은 경쟁의 상징인 세이렌을 알고 있지?"

"아무튼 이 장면은 가톨릭과 별로 어울리지 않아요. 그렇지 않아요? 검은 성모상처럼 화산의 내부에서 나온 게 아니라면 비잔틴 양식이나 아랍 양식 같아요. 어떻게 생각해요?"

"Velay에서 Vel은 Hell과 어원이 같을 거야. 말하자면 우리는 '지옥의 대성 당' 안에 있는 셈이지."

"이 대성당에 유령이 살고 있다고 생각하세요?"

순례하는 여자들은 항상 불안해한다. 여자들은 관광협회와 남편에게 예방 조치와 의견을 요구한다.

"과장하지 마. 하지만 이 검은 성모상은 정말로 예수의 어머니라기보다는 비교(秘敎) 입문자들의 검은 성모상을 닮은 것 같아. 내가 이미 말했지. 검은 성모상은 사람을 연금술 단지 밑바닥으로 안내해 가두어버린다고."

남편이 비교(秘敎)적인 지식을 살짝 내비치자 아내는 남편이 신비주의자 가 아니었을까 의심했다. 그런데 비교를 전수받은 사람들은 대체 무엇을 하 는 것일까? 그녀는 남편을 쳐다보지도 않았다.

"그리고 소벽(小壁)에 새겨진 잎 모양의 무늬 사이에서 날카롭게 주둥이를 내밀고 있는 저 야수들, 그러니까 여우들, 사자들, 늑대들, 곰들은 뭐죠?"

"산에는 야수가 가득했고, 사람들은 잔인한 우애를 나누며 동물들과 함께 살고 있었다고 상상해봐."

남편은 다시 자신이 체험한 비교(秘敎)적인 형제애를 암시하는 걸까?

순진한 아내는 불길한 내용이 담겨 있을 거라고는 전혀 짐작하지 못했다.

"당신은 언제나 사냥에 대한 강박관념이 있는 것 같아요! 나는 이 사람들이 자신들의 모습을 동물로 나타낸 거라고 생각해요. 라스코 벽화를 남긴 예술가들이 자신들을 들소나 말로 표현한 것처럼 말이에요."

그녀의 해석이 남편보다 앞섰다. 사람들은 언제나 여자들—몇몇 여자들—의 탐미주의적 능력을 과소평가한다고 세바스찬은 항상 생각해왔다.

어쨌든 남자는 정치적 능력으로 여성을 지배할 것이다.

"벽에 새겨진 아랍어 '알라' 라는 단어를 봐. 십자군 병사들에게 상당히 호의적이지 않아?"

그녀는 계속 불길한 이야기를 했다.

"이 둥근 천장, 시간 혹은 용암의 연기로 녹슨 이 비잔틴식 벽면은 어떻게 생각하세요? 이 대성당은 상당히 악마적이에요! 유네스코의 문화유산으로 지정된 것은 그렇다고 쳐요. 하지만 유황 냄새가 나요. 그렇지 않아요?"

"내가 수없이 말하지 않았나? 그리스도교 신앙은 언제나 연금술 같은 시련의 연속이었는데 당신은 그리스도교의 천사적인 환영에만 매달려 있지."

"저 아래 서점에서 책을 한 권 보았어요. 추리 소설이었는데 다시 서점에 들르고 싶어요. 제목이 『대성당에서의 살인』인지 『열린 문』인지 잘 모르겠어요. 그 책을 대충 훑어보다가 당신 때문에 책을 덮었어요. 당신이 어떤 사람인지 알겠어요? 이제 알 것 같아요. 당신은 이 제목을 보고 떠오르는 게 없나요?"

"모든 것은 앞서 기록되지. 당신도 잘 알잖아. 게다가 장소는 미리 예정된 거고. 내가 이미 말했을 텐데……."

크레스트 존스는 그들의 말을 얼핏 듣고 물러났다가 다시 그들과 마주쳤다. 그는 여정의 끝에 혼자 남지 않아 짜증이 나기도 했지만 만족스럽기도 했다. 그는 용연향의 냄새가 나는 밤색과 검은색 포석, 경석(輕石), 회색 안산암, 흑옥 성분인 코르네유 바위를 기어 올라갔다. 그런 다음 134개의 층계로 이루어진 장엄한 계단을 올라가서는, 5세기부터 아를르캥(이탈리아 희극에 자주 등장하는 익살스러운 인물로, 검은 마스크로 얼굴을 가리고 빨간 옷을 입고 등장함—옮긴이)의 망토로 동양풍과 무어풍이 뒤섞인 스페인 양식으로 계속 수선되어 온 로마네스크식 대성당의 삼나무 문 앞에서 멈추었다. 기둥과 구름다리를 설치함으로써 두 층 사이의 고저차를 줄이고 널찍한 네 줄의 걸상을 배치하였고 바위 위에 놓인 내진(內陣)을 넓힐 수 있었다. 분리할 수 없는 자연과 역사, 용암과 신앙은 인간의 신화와 더불어 오베르뉴의 경치를 이루고 있었다.

이곳에 아직도 아데마르를 기억하는 사람이 있을까? 성모 마리아에 대한 공경만이 이 돌 속에서 언제나 숨쉬고 있었다. 이 돌은 1096년 8월 15일 몽소 승천절에 최초의 십자군이 출발하는 장면을 보았을 것이다. 그때 노트르담 대성당에는 오크어가 가득 울려 퍼졌을 것이다. 하지만 그때부터 르퓌의 주교의 권고는 벽과 프레스코화에 새겨졌고, 지금은 바위와 '무덤의 성녀들'에게서 스며 나오고 있으며, '알렉산드리아의 성녀 카트리나의 순교'에서 울려 퍼지고 있고, 상층에 있는 '미카엘 대천사'까지 거슬러 올라가며, 역사가의 고막을 꿰뚫고 있었다. 모두 알고 있는 것처럼 골(옛 프랑스 지역의 이름—옮긴이)의 드루이드교 수도사들이 이곳에 있을 때부터 이 기적의 돌은 유령들이 머물기 좋은 곳이었다.

유령을 위한 유령. 크레스트 존스는 이곳과 같은 장소에서 유령의 출현을 즐길 권리가 있었다. 이곳 주교로 임명되기 전에 기사 갑옷을 입고 다니던 발랑티누아 백작의 아들이 유령으로 출현하지 말라는 법이 어디 있겠는가. 그는 검은 성모 마리아상 뒤에서 세 줄의 쪽빛 줄무늬가 새겨진 황금 무기를 들고 앞으로 나아가고 있다. 교황은 클레르몽에서 두 개의 빨간 비단 천으로 만든 간단한 십자가를 그의 가슴에 묶어주었다. 크레스트 존스처럼 아데마르도 분명히 이 '피예브르의 돌'—오늘날 성당 안에서 철제 울타리를 두르고 소중하게 보관되어 있는 기적의 유물—위에 배를 깔고 드러눕는 것을 좋아했을 것이다. 크레스트 존스는 돌 앞에 무릎을 꿇고 무연탄 비슷한 용암 위에 몸을 쭉 펴고 누웠다. 그는 돌이 몸을 덥히는 것을 느끼며 옛날 순례자들이 치료효과를 기대하면서 돌을 껴안았듯이 자신도 돌을 꼭 껴안았다. 수천 명의 몸들이 이 울퉁불퉁한 돌 침대 위에 몸을 비벼서 흔적을 남겼다.

로마시대의 성모상이 이곳 화산 고인돌 옆에 있는 아니스 산에 세워졌을 때부터, 하느님의 어머니가 예수의 첫 자녀들(신자들)에게 말을 했을 때부터, 마리아의 집은 조금씩 천천히 드루이드교를 대체했고 가톨릭교인들은 이교도들을 대신했다. 르퓌는 샤르트르의 성지와 함께 고대 골 지방에서 가장 오래된 마리아의 성소가 아닐까?

　성당지기는 의아스러운 눈길로 반월보를 바라보면서 반쯤 탄 촛불을 불어 끄는 척했다. 이 이상한 방문객은 유령 같았다. 성당지기는 성가대 지휘자인 르봉 부인을 향해 턱짓을 하며 입을 비죽거렸다. 르봉 부인은 자신의 영양사가 매일 엄격하게 처방해주는 파 수프를 먹으러 가기 전에 반드시 대성당에 들르곤 했다. 선율이 담긴 위엄 있는 목소리가 유령에게 다가갔다.

　"우리 대성당은 세계적으로 유명합니다. 선생님, 그렇지 않습니까? 유네스코 문화유산으로 지정되었죠. 선생님도 모르지는 않으실 겁니다. (르봉 부인은 안내원처럼 보이지 않으려고 애쓰면서 목소리에 담긴 영성만으로 유령의 관심을 끌 것이라는 희망을 버리지 않았다.) 아무튼 부인들만 관심을 갖는 레이스보다는 훨씬 낫습니다. 저는 그렇게 생각해요⋯⋯."

　그녀는 경멸의 미소를 지었지만 유령이 무서웠다. 그녀는 두려움을 떨쳐버리려 애썼다.

＊

　아데마르는 성모 마리아에게 열렬한 경배를 바쳤고, 그의 간절한 기도는 온 땅을 뒤흔들 만큼 강렬하게 '살베 레지나'를 부르게 했다. 그에 대한 소문은 대서양의 여러 섬에 퍼졌다. 크레스트 존스는 이 모든 것을 달달 외울 정도로 잘 알고 있었다. 당시의 수도승 로베르도 이 사실을 증언했다. 이 성모 마리아 찬가는 그의 고막을 울리고 있었다. 평민, 농민, 읍민, 기사의 장대한 기마행렬을 보호하고 있는 것은 르퓌의 경이로운 성모상이었고, 아데마르의 입을 빌려 그들에게 용기를 준 것도 성모상이었다.

　그대들이 소음으로 가득한 나라에서 투르크족으로 뒤덮인 계곡과 벌판을 바라보게 될 그 날까지 병자가 생기더라도 놀라지 말지어다. 경건한 사람들에게는 용기가 생기는 법이니. 십자가에 매달리신 구세주께서는 그분의 자식들이 강철 검으로 복수해줄 것이라고 말씀하셨다. 성서에 나온 것처럼 심판의 날에 타보르 산에서 네 개의 뿔피리가 울릴 것이다. 죽은 자는 부활할 것이고 모든 인류는 되살아날 것이다. 그리고 하느님께서 선택한 10만 명의 성인들을 만나게 될 것이다. 사라센인들, 저주받은 그들의 갈색 얼굴을 보아라. 그들이 얼마나 혼란스러워할지 얼마나 크게 비명을 지르는지 보아라. 모두 주님의 이름으로 능숙하게 공격하고 금화를 받게 되기를 바란다. 작은 죄도, 큰 죄도 모두 내가 짊어지겠다. 회개의 이름으로 아랍인들을 공격하라!

강인한 전사였던 아데마르는 리슐리외와 알렉상드르 뒤마의 '망토와 검'을 소재로 한 소설이 나타나기 훨씬 이전에 성모 마리아와 그녀의 아들 예수의 근위기병이었다. "한 사람이 모두를 위하여, 모두가 한 사람을 위하여!" 아데마르는 이런 엄숙한 연설로 우유부단한 사람들과 겁이 많은 사람들을 감동시켰다! 그는 자신의 기사 50명이 사라센인에게 잡혀 목이 잘렸을 때 온몸으로 울었다. 하지만 그는 병사들이 겁에 질려 적을 향해 진군하지 않을 때는 눈물을 멈추게 하고 용기를 줄 줄 알았다.

크레스트 존스는 『프랑크족을 통한 하느님의 위업(Gesta Dei per Francos)』의 작가인 길베르 드 노장처럼 아데마르를 모세와 비교했다. 아데마르는 예루살렘 정복 1년 전에 죽었고 유대인 족장 모세는 약속의 땅에 들어가기 전에 모압땅에서 죽었다. 아데마르는 '르퓌의 성모 마리아'의 모세였다. 기사 아데마르는 평화의 지지가가 되지 않았는가. 그는 십자군에 참가한 영주들 간의 대립을 중재하고 자기 부대에게 이교도들에 대한 복수를 자제하게 했다. 어떻게 그런 일이 가능했을까? 성모 마리아만이 그에게 이런 영적 힘을 부여할 수 있었다. 크레스트 존스는 아데마르에게서 다른 모든 사람들에게는 부족한 온화한 권위를 느꼈다.

1098년 8월 주교가 죽자 영주들은 제멋대로 행동했다. 사람들은 그의 죽음이 무엇을 의미하는지 알고 있었다. 결국은 비극적인 파국이 왔다. 크레스트 존스가 생각하는 것처럼 오늘날의 눈으로 본다면 아데마르는 오슬로 정신(1993년 9월 워싱턴 중동평화협정—옮긴이)을 존중하는 모세와 같은 사람일 것이다.

(진정하라. 꿈을 꾸지는 말라! 이것은 하나의 해석, 하나의 시대착오에 불과하다! 너무 낡은 세상에 너무 일찍 태어난 아데마르는 더욱 멀리 나아갈 수 없었고, 동료들은 그를 처리했다. 그들은 '페스트'라고 말했고 주교와 그의 부하들이 '성스러운 창'이 발견된 장소에 그를 매장했다.)

아데마르는 이 전쟁놀이를 진정시키려 했다. 그는 처음부터 마지막을 예감했을까? 하지만 다른 사람들은 끝까지 고집을 부렸다. 제1차 십자군 전쟁 이후 몇 차례의 십자군 전쟁이 이어졌는가. 4차, 5차, 6차, 7차. 그리고 반 르네상스로의 돌진, 그리고 식민지 전쟁, 세계대전. 그것으로 끝나지 않았다……. 실제로 안나를 사랑하고 그녀의 목숨을 구해줌으로써 망설이지 않고 성모 마리아에게 다가간 것은 아데마르가 아니라 에브라르였다. 에브라르의 '죽음 같은 삶'은 크레스트 존스에게까지 이어졌다. 간통, 두려움, 서출의 신분으로 이루어진 삶, 고독, 학업, 성공, 배신, 무의미, 무성한 소문에 비해 보잘것없는 성과, 영광과 허무, 전쟁과 공포, 테러리즘, 유대인 대학살, 히로시마, 세계무역센터, 가미가제……. 크레스트 존스의 범죄는 그 일부에 지나지 않는다.

*

"물론 '살베 레지나'입니다! 아데마르 드 몽테유와 에브라르 드 파강, 이 이름을 듣고 뭔가 떠오른 게 없습니까?"

세바스찬은 간결하게 속마음을 털어놓았다. 이 볼품없는 형제의 목소리는 유치하게 들리지 않았더라면 무척이나 우스꽝스러웠을 것이다.

"우리 성가대는 다음주 토요일, 성당에서 음악회를 열어요. 오시면 '살베 레지나'를 들을 수 있을 거예요. 입장료는 겨우 5유로죠."

르봉 부인이 어찌나 빨리 말을 하는지 영적 음악회의 관객에게 던지는 말 같지 않았다. 그녀는 말을 이었다.

"이곳에서 아데마르 드 몽테유를 모르는 사람이 있을까요? 우리는 모두 그분을 알고 있어요. 당연하죠. 그리고 십자군 전쟁에 대해서도요. 하지만 미국인들, 교조주의자들 그리고 그밖에 다른 사람들이 십자군 전쟁에 대해 이야기하는 것과는 달리 이곳 사람들은 별로 관심이 없어요. 다른 나라 사람들이 우리보다 훨씬 더 십자군 전쟁에 관심이 많아요. 감히 말씀드리면 우리는 이미 환상에서 깨어난 거죠! 제가 틀리지 않았다면 제2차 바티칸 공의회 때부터예요. 하지만 정확한 건 아니에요. 저는 이런 건 잘 틀리거든요. 어쨌든 제 말은 십자군 전쟁은 우리들에게는 이미 지나간 일이라는 거죠. 제 말을 잘 이해해주세요. (그녀는 어디에 '발'을 놓아야 할지 몰랐다.) 이곳 사람들은 정치를 하지 않아요."

세바스찬은 유령 같은 눈빛으로 그녀를 노려보면서 자신의 질문에 대한 대답을 기다렸다.

"그럼 아데마르 드 몽테유는요?"

세실리아 르봉은 겁을 먹었다.

"몽테유 가(家)…… 분명히 몽테유 가의 몇 사람이 이곳에 살고 있어요. 빵집을 운영하는 것 같아요. 그들이 아마 후손일 거예요. 훨씬 훗날의 후손……. 어쩌면 그들 자신도 잘 모를 거예요. 그러니 저는 말할 것도 없죠. 죄송합니다. (그녀는 점점 더 살기를 띤 그의 시선이 두려워졌다.) 파강에 대해서는……. 뭐라고 하셨죠? 잘 모르겠어요. 파강, 파강……. 샤말리에르에 파강 성(姓)을 가진 가족이 사는 것 같기는 한데. 에브라르는 어떤 사람이죠? 뭐라고 하셨죠?"

"네, 바로 그렇습니다. 파강, 에브라르 드 파강. 에브라르 드 파앵이라고도 하죠. 템플기사단의 창설자인 위그 드 파앵의 친척이며 아데마르의 조카입니다. 성직자이자 십자군인 그는 이곳에서 멀리 떨어진 곳에서 어느 가문의 시조가 되었습니다. 안나 콤네나를 사랑한……."

"확실한가요? 아데마르의 조카라고요? 그러니까 상당히 멀리 거슬러 올라간 이야기겠군요! 샤말리에르에 가면 혹시 알 수 있지 않을까요? 이곳에서 선생님께 정보를 드릴 수 있을지 모르겠어요. 선생님의 질문에 답해 드리려면 해박한 지식이 필요하니까요. 우리처럼 르퓌의 소박한 사람들에게 그것

286

은…… 그것은 우리의 관심 분야가 아니죠……. 전혀요……. 조금도 말씀드릴 수가 없어요…….”

이 방문객은 광신자였다. 세실리아 르봉은 망설이지 않고 이곳까지 몸을 질질 끌며 찾아왔던 많은 사람들을 보았기 때문에 이런 부류의 사람을 잘 알고 있었다. 언뜻 보기에는 위험하지 않았다. 아니, 조금도 위험하지 않았다. 르봉 부인은 성당지기에게 승낙의 뜻으로 고개를 세 번 끄덕였다.

“우리와 영원히 함께 하고 싶다면 토요일 음악회에 꼭 오세요.”

세바스찬은 더 이상 그녀를 쳐다보지 않았다. 그는 에브라르의 유령 쪽으로 가고 있었다. 르봉 부인은 소프라노로 ‘살베 레지나’를 부르기 시작했다. 적어도 그에게는 그렇게 보였다. 아니, 분명히 그 찬가라고 확신했다. 르봉 부인은 자신의 목소리 속으로 사라졌다. 그녀가 존재한 적이 있을까? 르퓌의 대성당에는 아데마르의 찬가만이 울려 퍼지고 있었다. 세바스찬은 에브라르 대신에 중얼거렸다.

이 추방 후에…….
오, 너그러우신 성모님, 오, 자비로우신 성모님,
오, 다정하신 성모 마리아님!

8월 15일은 이미 지났다. 순례자 무리도 물러갔다. 일본인 관광객조차 없었다. 오늘이 며칠이지? 여름날 아침, 뜨거운 공기 속에 우뚝 솟은 역사적인 석조 건축물. 크레스트 존스는 언제부터 시간의 흐름을 좇지 않았을까? 성모님을 공경하는 사람들은 다가오는 1000년도를 두려워하다가 성모영보(聖母領報)제가 992년의 성금요일과 일치함을 알아챘다. 그들은 무리를 지어 르퓌—오늘날 군중은 메카로 몰려든다. 텔레비전의 ‘오디세이아’를 보면 금방 알 수 있다. 알카에다의 보이지 않는 열정은 ‘검은 돌’(메카의 대사원 내의 동쪽 벽에 설치된 이슬람교도의 숭배물—옮긴이)로 집중되고 있다—에 도착했다. 그래서 교황은 이 일치의 의식을 거행하기로 했다. 첫 번째는 아데마르가 아직 주교가 아니었던 1065년 르퓌에서 거행되었다. 다음 의식(서른 번째)은 2005년

287

에 거행될 것이라고 성당 내부 게시판에 예고되어 있다. 그리고 그 다음 의식은 2016년에 거행될 것이다. 나는 그때까지 존재할까?

*

세바스찬은 더 이상 시간의 도주를 계산하지 않았다. 르봉 부인은 그에게 소름이 끼쳤다. 십자군 병사들의 이야기와 마리아로부터 기적을 받은 사람들보다 훨씬 더 유령 같은 여인. 그는 양자(量子)적인 의미에서 마리아와 불가분의 관계에 있었다. 유령(spectre)이란 무엇인가? '죽은 후 손으로 만질 수 없는 존재, 풍습의 부재 혹은 변화.' 누가 유령인가? 감히 안나와 사랑을 나눌 수 없었던 에브라르인가? 감히 파의 목을 졸라 죽인 세바스찬인가? 무엇이 그를 붙잡을 수 없는 존재로 만들었는가?

에브라르는 누구인가? 시간의 흐름을 거슬러 올라간 공상적인 세바스찬의 유령. 정신적인 아버지인 교황특사를 만난 후 성모 마리아의 성소로 정해진 오베르뉴 화산에 피난처를 정했다. "햄릿, 아니지, 세바스찬, 나는 당신 아버지의 혼백이야!" 유령은, 에브라르가 내면적인 '하느님의 평화'의 이름으로 십자군 원정을 포기하고 자신의 성을 지닌 자가 영원히 살 수 있도록 자신의 여정을 트라키아에서 멈췄다고 확신하는 자신의 아들, 즉 세바스찬 크레스트 존스에게 말을 걸고 있다. 무성생식으로 인간을 복제할 수 있다고 주장하는 라엘리안 무브먼트의 우두머리는 이곳에서 태어났고 이곳에서 배회했으며 그의 최초의 계시는 모두 이곳에서 일어났을 것이다. 화산은 황홀과 망상에 빠지는 데 안성맞춤이다. 만일 용암을 조정하고 압축하며 안정시키고 오베르뉴에서, 아메리카에서, 산타바르바라에서 그리고 세계 곳곳에서 다시 불을 붙일 수 있도록 영원한 삶이 약속될 경우에만 인간은 지옥의 불을 견딜 수 있기 때문이다.

지금 이 대성당의 그늘 아래에서 의식이 계속될 것이라고 기대하지 말라. 더 이상 의식은 없다. 미사는 부자(父子)관계의 비극을 나타내는 마지막 의식이었다. 하지만 미사는 끝났다. 르퓌의 사제는 내일 '밤의 여왕' 역의 르봉 부인과 부자관계로 피곤한 파파게노 역의 성당지기와 함께 최선을 다해 옛날의 의식처럼 미사를 거행할 것이다. 낙관론자 파파게노가 예상한 것보다는 훨씬 덜 우스꽝스럽게.

르뮈의 대성당은 하나의 박물관이고 이곳 관광객들은 예술의 역사를 예찬한다. 세바스찬 크레스트 존스 자신은 비정상적일 정도로 탁월한 기억력 때문에 복제할 가치가 있는 희귀종으로 유네스코에 등록될지 모른다. 세상은, 결국 자료실에 귀착되게 되어 있고, 누구도 열어볼 시간이 없는 일종의 하드디스크다. 세바스찬 같은 이주민들은 마지막 '행위자'다.

'배우(acteurs)'가 아니라 '행위자(actants)'라고 한 것에 주목하라. 행위자들은 놀이를 하는 게 아니다. 이들은 역사를 만든다는 믿음하에 소란을 피웠던 자들이 벌였던 놀이, 즉 과거의 놀이를 관찰하고 기억하고 잊느라 완전히 지쳐버렸다.

와자지껄한 중학생 무리가 유황 냄새 나는 르뮈 대성당의 둥근 천장 아래로 차례차례 들어왔다. 조금 전의 부부와는 달리 전혀 할 말이 없는 학생들은 티셔츠에 메디슨, 비스콘신 등의 주소를 달고 있었다. 학생들의 부모는 폴란드인임에 틀림없었다. 그곳까지 검은 성모상을 향한 향성(向性)이 발휘된 것이다. 어떤 유령도 보지 못한 학생들은 잘 씹히지 않는 팝콘을 포석 위에 내뱉었다. 집에서 자신을 기다리고 있는 파파게노 같은 아들들과 파파게나 같은 딸들 때문에 피곤한 성당지기는 체념한 걸음으로 빗자루를 향했다.

세바스찬은 성기실로 내려갈 것이다. 나중에. 그는 '피에타상'과 15세기 '그리스도의 두상' 앞에서 오랫동안 묵상할 것이다. 하지만 오를레앙의 주교가 789년에 이곳 마리아상에게 바친 테오뒬프의 성서는 바라보지 않을 것이다. 그는 어쩌면 내일 혹은 모레 프로스페르 메리메(1803~1870. 프랑스 소설가―옮긴이)가 19세기에 발견한 그림들을 보러 올지도 모른다. 그것은 마리아의 화산 중심에서 플랑드르식 터치로 그려진 그림들이었다. 이 그림들은 아리스토텔레스의 문법과 논리학, 키케로(BC 106~43. 로마 정치가, 웅변가, 문학가, 철학자―옮긴이)의 수사학과 음악을 나타내고 있다. 르봉 부인은 실례를 무릅쓰고 헛헛증에 걸린 몸에서 빠져나온 천상의 목소리로 그림을 감상하라고 말했다.

오늘 세바스찬은 벨라브 수도원 경내에 흐르는 음악 속으로, 고르두 회교 사원에 메아리치는 아케이드의 낮은 천장 속으로, 빨간색, 검정색, 하얀색, 용암색, 핏빛 머릿돌의 조화 속으로 피신하는 것에 만족할 것이다. 아데마르와 에브라르는 이 모든 건축 과정을 목격했을 것이다. 그들이 오흐리드 호수 혹은 보스포루스 해협 근처에서 칼싸움을 하는 동안 이곳 문화는 완전히 다른 방식으로─하느님의 또 다른 평화─성장하고 있었다. 세바스찬은 침식작용으로 마모된, 화산의 굴뚝이 툭 튀어나온 생미셸데기유 봉우리까지 올라갈 것이다. 삼촌과 조카는 길을 떠나기 전에 그곳에 있었다. 그들은 생자크드콩포스텔보다는 무어양식의 사원에서 옮겨다놓은 듯한 이 그리스도 성유물 앞에서 기도했다. 십자군의 고장 르퓌는 분명히 이국 문화를 수용했다. 세바스찬은 돌 속에도 아랍의 흔적이 있다고 말할 것이다. 에브라르와 아데마르만이 미래를 예측했을까?

종교는 전쟁을 조장한다. 역사가 세바스찬은 종교를 없애야 한다는 주장을 인정할 태세다. 점진적으로, 천천히. 지긋지긋한 강제노동수용소! 현실이 그 점을 증명하고 있지 않은가. 세바스찬은 그것이 현실의 요구라고 말하지는 않을 것이다. 르퓌의 종교는 마지막에 없앤다는 조건하에 온갖 미신을 타파해야 한다. 이런 엄청난 쇄신 계획은 인류의 구원을 위해 언젠가는 반드시 시도되어야 한다.

크레스트 존스는 여행을 마쳤을까? 그는 거꾸로 가는 십자군 병사일까? 말하자면 귀향하는 십자군 병사 말이다. 그는 르퓌의 마리아, 검은 마리아상 옆에 남아 있다. 그는 몇 차례 더 이곳을 왕래할 것이다. 가끔 보야나와 네세바르를 향해. 더 이상 그에게 속하지 않는 시간 속에서. 에브라르와 아데마르가 원했던 모습의 유럽, 그리고 세계가 건설될 때까지. 마리아의 사랑이 부담을 덜어주는 그들의 군사적인 권고를 가지고 꿈꾸는 것은 금지된 게 아니다.

화산 바위 속에 자리 잡은 성모 마리아상. 그리스도의 신비는 주제단(主祭檀) 위에 당당하게 자리 잡은 검은 성모 마리아상의 흰 대리석 속에 모여 있다. 역시 까만 아기 예수의 머리는 어머니의 진주모빛 옷 밖으로 비죽 나와 있다. 전지전능한 여왕이자 자신의 아들의 딸이기도 한 마리아는 세바스찬을 두렵게 하지 않는다. 세바스찬 생각은 조금도 하지 않고 실베스터와 환락을 즐겼던 트레이시 존스와는 반대의 이미지. 자신을 세상의 기원이라 생각한 파 창과 혼동하지 말라. 사랑이 넘치는 마리아는 이 남자를 섹스로부터 해방시키고 진정시킨다. 만일 자신이 고통의 희생자라면 세바스찬은 마리아에게 말했을 것이다. 어떤 고통? 아무 고통도 없다. 여기에서 모든 것은 마리아와 함께 맑아진다. 어떤 열정도 없다. 요정극, 호사, 조용함, 즐거움이 있을 뿐이다. 마리아는 이 전사를 평온하게 한다. 마리아가 그의 광기를 함락시킬 수도 공략할 수 없는 순진함 속에 가두지 않는 한.

세바스찬은 아기처럼 수도원 경내의 아케이드 아래 잠들어 있다. '살베 레지나'.

도교 신자 무한

파 창의 실종과 죽음. 그것도 살해당했다니! 샤오 창은 끊임없이 흥분했다. 그는 오직 음악과 유사성이 있는, 초인적인 저 세상으로 탈출했다. 그리고 사회로부터 자신을 보호해주는 워크맨의 울타리 밖으로 벗어나지 않았다.

"음악밖에 없어요. 음악은 당신 같은 인간을 깜짝 놀라게 하는 증오의 언어죠."

르봉 부인은 정말이지 이 대답을 이해할 수 없었다. 토요일 음악회에 초대하겠다고 하자 킥 웃음을 터뜨리는 이 남자, 대체 무엇을 원하는 것일까? 그녀는 이번에는 정말로 공포에 사로잡혔다.

아시아인의 얼굴은 몹시 초췌했다. 배낭을 멘 그는 순례자처럼 보였다. 두 귀에서 결코 떼어놓지 않는 워크맨을 제외한다면. 정말 이상한 사람이었다.

"위로해주고 싶은가요?"

그녀는 잘못 들었다고 생각했을까? 아니면 그를 개종시키겠다는 희망을 버리지 않았을까?

"다 하찮은 거예요! 몬테베르디(1567~1643. 이탈리아 작곡가—옮긴이)는 죽음을 앞둔 사람들에게 그들이 죽음을 횡단할 거라고 믿게 합니다. 천체의 음악(피타고라스 학파가 주장하는 천체 혹은 우주의 조화—옮긴이)은 언젠가 부인의 비곗덩어리에 복수를 할 거예요. 가엾은 부인! 바흐의 미사곡은 총알처럼 곧장 부인의 심장으로 날아갈 테고요. 부인, 조금도 느껴지지 않습니까? 그렇다고 해도 저는 별로 놀라지 않습니다. 미사곡은 내면을 무로 환원시키죠. 이미 중요한 것이 남아 있지 않은 외부에 대한 이야기가 아니에요. 음악이 끝나면 아무것도 없습니다. 환희의 떨림 외에는. 사람들을 사로잡거나 없애는 것은 신의 잔인함이죠. 바흐는 정화자입니다. 따라서 그는 반사회적인 사람이죠."

이제 샤오는 중국인도, 산타바르바라인도 아니었다. 쌍둥이 누이가 죽은 후 그는 수학이라는, 언어 없는 보편적 절대에 매달렸다. 기계적인 인간들의 피타고라스적인 만족감!

샤오는 온갖 수단을 써서 파의 아파트 자물쇠를 열었다. '경찰은 서두르지

않았군. 뻔한 일이지. 타락한 경찰관들은 보잘것없는 중국 여자 때문에 움직이지 않을 테니까.'

파는 더 이상 쌍둥이 오빠의 집에 찾아오지 않았다. "오빠, 오빠는 내게는 너무 까다롭고, 너무 중국적이고, 너무 순진 혹은 너무 순수하지. 무슨 뜻인지 말해줄까? 오빠는 나를 몹시 불안하게 해." 파는 성격장애가 있는 오빠가 자기에게 가한 고통을 잊지 않았다. 샤오는 그것은 이해할 수 있었다. 그가 스스로에게 부여한 전쟁은 허약하고 무기력한 과거와는 아무 관계도 없었다. 아무튼 그는 동생에게 자신이 반대해온 신판테온교에 관해 연설을 늘어놓지는 않았다. 만남이 이루어지면 설명하지 않아도 서로 이해하는 법이다. 이야기할 필요가 없는 것이다.

하지만 누이를 위해 두 사람이 만난 적은 없었다. 만일 이 감정적 폭발을 만남이라고 부를 수 있다면 그 만남은 오직 그만을 위해 이루어졌다. 쌍둥이 누이를 사랑한다는 것은 분명히 당연한 일이지만 동시에 다른 사람들에게는 받아들일 수 없는 일이다. 이성으로서 사랑하는 것이 금지된 누이—더구나 자신을 사랑하지도 않는—에 관한 문제이다. 그리스와 산타바르바라에서 남매 간의 사랑을 포기하지 않으면 이미 그 자체가 비극이다. 다른 곳은 다르다. 예를 들어 이집트인들처럼 훨씬 문명화되고 자유롭고 기회주의적인 개인들도 있다. 반대로 이곳 사람들은 그런 사랑을 근친상간이라고 단언한다. 그것은 수다를 떨고 책을 써내기 위한 문학적 이론과 소재일 뿐이다.

당신이 지닌 여성성의 거울에 비친 당신 자신을 사랑하라. 여성적인 염색체, 소용돌이치는 피, 분열하는 세포로만 구성되어 있던, 기억할 수 없는 반남성적 태아 상태였던 당신 자신을 사랑하라. 그곳까지 퇴행하는 사람들은 누구에게도, 어떤 성에도, 어떤 국민에게도, 어떤 종교에도, 어떤 정당에도, 아무것에도 속하지 않는다. 종(種)의 대양(大洋), 살아 있는 자의 밤. 생물학적인 고독은 그들을 광기로 몰아넣고, 운명적인 배제는 그들로부터 회한의 그림자까지 제거한다. 순수한 복수와 범죄의 고속도로! 그들은 깨끗하고, 샤오는 자신을 깨끗하게 할 줄 알았다.

샤오는 아파트를 뒤졌다. 경찰은 아직 손을 대지 않은 것 같았다. 그는 누이의 컴퓨터만 챙겨 나왔다. 파는 죽었다. 그가 어머니의 뱃속에서부터 누이에 대해 가졌던 욕망, 구토—영원히 계속되는 구토—를 일으킬 정도로 억눌렀던 욕망을 마음속에서 제거한다는 것은 생각할 수 없는 일이었다. 누이는 로미오가 마음속에 품고 있던 줄리엣이었다. 하지만 아무도 이 사실을 몰랐다. '사랑과 증오'의 짝, 이것이 그들이었다. 그는 혼자서 죽도록 누이를 사랑했다. 구토증이 머리까지 올라오면 샤오는 파의 장딴지를 발로 차고 얼굴을 할퀴었다.

파는 처음에는 장난이라고 생각했지만 그게 아니었다. 파는 처음에는 질겁한 눈으로 그를 노려보았다. 그리고 점점 더 미칠듯이 괴로워하다가 이윽고 체념하게 되었다. 그녀와 다른 사람들은 도무지 이해할 수 없었다. 조숙하고 영리한 젊은이, 하지만 이주민 부모에게서 태어난 젊은이는 정신병자, 성격장애자, 부적응자였다. 정신분석학자들은 그를 가족으로부터 떼어놓는 것 외에는 다른 방법을 찾지 못했다. 결손 아동 보호소, 신경안정제. 그것은 명쾌한 처방이었다.

"사랑하고 증오하는 것은 우리의 자유로운 힘으로 조절할 수 있는 것이 아니다. 우리의 의지는 운명의 지배를 받기 때문이다. 부인, 이 말에 동의하십니까?"

점점 더 커다란 공포를 느끼는 세실리아 르봉은 입을 비죽거리며 웃는, 이 남자의 포로였다. 한편 그녀의 두 귀는 성당지기의 발소리를 찾고 있었다. 성모님, 그는 어디에 있습니까?

샤오에게 셰익스피어, 상황주의, 음악 등 많은 것을 가르쳐주고, 그의 수학적 재능을 발견해낸 사람은 특수교육 교사였다. 그는 소아성애자 혹은 남색가였다. 샤오는 시키는 대로 하지 않았다. 샤오의 지능은 별로 민첩하지 않았다. 하지만 자신의 말에 귀를 기울여주기만 해도 유혹자는 만족했다. 결국 샤오는 자신의 멘토가 에로틱한 꿈에 빠지게 내버려두었다. 이 중국 젊은이는 뜻밖의 후견인이 자신에게 보여준 감정적 보호막을 이용하며, 양심의 감옥 속에서 보지도, 경험하지도 못한 모국어 공부에 매달렸다. 자기 방식대로 중국 사상—깊이를 헤아릴 수 없는 아성—을 익히는 것 말고 '감옥'에서 달리 무엇을 하겠는가? 그는 수학에 탁월했지만 곧장 포기했다. 그 감옥은 너무도 깊은 곳에 있어서 그의 뇌는 고통으로 썩기 시작했다.

그때부터 샤오 창은 둘로 분열되었다.

대다수의 사람들이 사막으로 여기는 무한한 고독은 그렇게 되고자 열망하는 중국 문인에게는 완전한 자율일 뿐이었다. "사막이 아니라 난바다다. 사막이 없음을 발견했다면 나를 공격하는 것들을 충분히 물리칠 수 있다." 누구의 말인가? 노자, 중자 아니면 콜레트? 사람들은 동물들이 뛰노는 모습을 따라했던 옛 스승들을 모방하면서 낙원의 삶을 연습한다. "자기 엉덩이를 때리면서 참새처럼 깡충깡충 뛴다." 우스꽝스럽다고? 분명 그렇다. 사람들은 천박하고 자유분방한 행동이라고 말할 것이다.

동료들은 이 수학 신동이 연구소에서 수학에는 등을 돌린 채 조류학 분야의 초라한 일에 헌신하는 것을 보고 놀랐다. 그들은 그것도 학문이냐고 놀려댔다. 샤오 창이, 새가 날개를 펴고 비상하는 모습과 곰이 목을 하늘로 치켜세우고 몸을 좌우로 흔들며 춤을 추는 모습을 모방하라고 했던 현자들─도교의 성현들─의 교훈을 따르고 있다고 누가 예측이나 했겠는가.

"살아 있는 모든 것 사이에는 별 차이가 없다. 따라서 성인은 온갖 종류의 네 발 짐승, 새, 곤충, 정령, 악령들과 대화를 나눌 것이다." 호랑이처럼 성인은 자신이 산과 숲의 한복판에, 충만함 속에서 공허의 절정체인 우주의 중심에 있다고 생각할 것이다. 산타바르바라에는 곰, 정령 혹은 악마의 보호구역이 없기 때문에 파의 쌍둥이 오빠는 조류에 만족했다. 목을 돌려 뒤를 바라볼 줄 아는 호랑이와 올빼미, 머리를 아래로 한 채 매달리는 법을 아는 원숭이들에게 배울 게 많았다. 이 놀이─고대 중국에서 여러 차례 쓰어졌고 이미 그때부터 영감을 받은 현자들에 의해 온갖 언어로 번역되었다─의 첫 번째 이득은 황홀한 공중부양을 하고 싶은 사람에게 꼭 필요한 가벼움을 준다는 점이다.

마르셀 그라네라는 사람은 직접 그 비법을 제시한다. 즉 정열과 현기증을 피하고 싶은 사람은 코와 입은 물론 몸으로 호흡하는 법, 뒤꿈치로 달리는 법, 태어날 준비를 하는 태아의 자세로 폐회로를 만들어 몸에 물이 침투하지 않게 하는 법을 배워야 한다. 어미 소의 품을 갓 떠난 송아지의 마법 같은 유연성. 송아지든 깨새든 그것은 무한한 연속성일 뿐이다. 인생의 흐름에 합류한다는 것, 즉 양생(養生)한다는 것은 물질적으로 먹고산다는 의미는 아니다. 나도, 당신도, 나의 것도, 당신의 것도 없이 양생한다는 것은 생물의 변이가 한 종에서 다른 종으로 옮겨가고 서로를 잡아먹으면서 무한한 고리를 재구성해나가는 것에 지나지 않는다. 고대 중국인들은 이런 자아의 탈출을 '장생長生', '죽어도 죽지 않는 것'이라고 불렀다. 죽을 자리도, 시간도, 공간도 없는 상태.

왜가리, 마도요, 펭귄, 뒷부리장다리물떼새, 백로, 꼬까물떼새, 벨롱 흑부리오리, 은빛 물떼새, 가마우지, 흑꼬리도요, 갈매기 등의 소리를 듣고 그 뒤를 추적하며, 그들을 보호하고 그들에게 말을 걸며, 먹이를 주고 새들의 비상에 열광한 덕분에 샤오는 고대 문헌이 말하는 몰아성, 공정성에 도달할 수 있다는 확신을 얻게 되었다. "하늘과 땅 사이에 존재하는 인간의 삶은 도랑을 뛰어올라 사라져버린 백마와 같다."

태어나고 죽는다? 변화는 순식간에 완전히 이루어진다. 하지만 그는 매순간 인생을 구성하고 있는 완전한 변화를 정말로 미뤄둔 것일까? 순간 속에 잠긴 수학 신동은 계산으로 나눠질 수 있고 숫자상으로 계산될 수 있는 모든 것을 거부했다. 도교 신자는 연구소에서 쓰이는 수학에 만족할 수 없었다. 그는 한정될 수 없고 분할할 수 없는 무한, 무한의 수학을 향해 날아가야 하지 않았을까? 정신이 상상할 수 있는 무엇인가가 남아 있는 상상적인 무한. 그때부터 무한이 아닌 모든 것, 즉 부분적인 것은 소모적이고 치명적이며 부패하기 쉬운 것으로 드러났다.

심연, 비밀, 그의 사랑의 보배.

샤오는 불운하게도 이 시대에 태어났다. 세상이 아니라 야만—일종의 악성종양—이라는 이름이 어울리는 시대. 사람들은 샤오를 바보라고 생각했다. 하지만 교육이 가능하지 않았을까? 교육의 힘을 믿는 사람들도 있지 않은가. 하지만 샤오는 아니었다. 그는 학의 다리를 줄일 수도 없고 반대로 오리의 다리를 늘릴 수도 없다고 생각했다. 교정한다는 핑계로 강요했다면? 그럴 수는 없었다!

"도는 어디에 있습니까?"

"도가 없는 곳은 없습니다"

"예를 하나 들어보세요. 그게 좋겠습니다."

"개미 안에 있습니다."

"더욱 소박한 다른 예를 들 수 있습니까?"

"이 풀 속에 있습니다."

"다른 예를 든다면?"

"이 사금파리 속에 있습니다."

"그게 끝입니까?"

"이 똥 속에 있습니다!"

"그렇다면 공포도, 범죄도 없단 말입니까?"

"물론 있습니다. 이 시대는, 몇 가지 보잘것없는 개인적인 욕망을 해결하기 위해 만들어진 거짓 도덕, 거짓 법률로 이루어져 있습니다. 하지만 이 욕망은 음모, 소유, 지배, 새로운 세계 질서, 사변적인 거품, 오존층의 파괴, 교토 의정서 불이행, 신판테온교, 해양사원 혹은 태양사원, 산타바르바라의 연구소들, 그 외 수많은 비열한 행위 등 사람들이 자랑스러워하는 온갖 열정을 폭발시킵니다. 살인법을 만드는 것은 법률이고 무정부 상태를 초래하는 것은 규정입니다. 만일 의사가 없다면 환자가 없을 것이라고 앙토냉 아르토(1896~1948. 프랑스의 극작가, 시인, 배우―옮긴이)가 말하지 않았습니까?"

산타바르바라의 도교 신자 샤오는 오늘날 카이드(북아프리카에서 재판권, 경찰권, 징세권을 가진 이슬람교의 지방관―옮긴이)들이 어떻게 사람들을 산비둘기처럼 쉽게 새장에 가두는지 숙고하지 않을 수 없었다. 파에 대한 열정과 특수교사의 은밀한 수작과 온갖 욕망으로부터 벗어난 샤오는 소금기 도는 늪지에서 황홀경 속에서 살고 있었다. 그렇다고 모든 일을 그만둘 수도, 바닷속으로 물러날 수도 없었다. 텔레비전에 나와 으스대며 텔레비전을 파괴하겠다고 떠들어대는 지식인들, 아르디송의 프로그램에 나와 사회—스펙터클의 사회를 필두로—에 반대하는 이야기를 하거나 각종 탄원서에 서명하는 지식인들을 싫어하는 것으로 만족할 수는 없었다!

그것은 물론 그들의 개인적인 홍보를 위한 것이다. '나'라고 말할 때 박수갈채를 보내는 것 외에는 더 이상의 이야기도, 사건도 없다는 것이 확실히 입증되었기 때문이다. 다음은 파리에서 최근 유행하는 말이다. (사람들은 이 유행의 기원이 몽테뉴까지 거슬러 올라간다는 사실을 잊어버렸다.) '나, 키스를 당했어' 혹은 "나, 그/그녀에게 키스했어"라는 말 외는 아무 할 말이 없는 '나'들. 인칭대명사 '나'는 이제부터 하나의 매음굴이고 시장이다. 그리고 '흥분한 여성 독자는 불을 끈다.'

비슷한 상황에서 중자도 난폭해지지 않았던가. 그는 음악가들의 귀를 막고, 화가들의 눈을 파내며, 장인들의 손가락을 부러뜨리고, 특히 모든 이론가들과 적들의 입을 틀어막아야 한다고 충고하지 않았던가.

설득력이 있는 늙은 중자의 메시지! 샤오 창은 욕망의 세계를 반영하기만 하는 산타바르바라의 타락한 사람들, '연속적인 삶'과 동떨어진 개인들—정열적인 이기주의라는 부대 속에 갇힌 가엾은 감자들—그리고 필요 이상으로 악습에 고착된 자아의 주둥이를 완전히 틀어막을 것이다! 하지만 샤오는 금욕, 법, 도덕, 국가의 엄정성을 권고하는 유교 현자들의 방식으로 세상을 정화하지는 않을 것이다. 그것은 사람들을 변질시키고 죽도록 착취하는 선의의 농담일 뿐이니까! 성인에게는 죽음을 위한 자리가 없다고 하지 않는가. 샤오는 죽음을 밖에 놓을 것이다. 그는 온갖 바보들을 내쫓음으로써 죽음을 몰아내고 쫓아버릴 것이다.

샤오를 담당하는 정신분석학자는 이렇게 진단했다.

"당신은 '분열된' 사람입니다! 아무리 중국인이라도 '허공'에서 중심을 잡는 것은 쉽지 않겠죠? 결국 이곳에서 중국인으로 사는 것은 당신의 조상들이 중원 제국에서 살았던 방식과는 같지 않을 겁니다. 산타바르바라에는 비단화가 한 점도 없어요. 더구나 중국인들이 분석 가능한 사람들인가요? 21세기의 진짜 문제는 바로 이겁니다. 아무튼 당신은 분열된 사람이에요. 이것은 추호도 의심할 수 없는 사실입니다!"

샤오는 가만히 듣고만 있었다. 그리고 자기 방식대로 정화자가 되었다. 아무튼 샤오의 범죄성향을 예견한 정신분석학자는 이렇게 잘라서 말했다.

"잠재상태에서 현동(現動)으로의 이행은 균형을 잡아줄 수 있어요. 하지만 주위 사람들에게는 위험하지요."

하지만 샤오는 자신이 정화자라는 사실을 분명하게 고백하지 않았고, 모스코비치 박사는 자신의 환자가 연쇄살인범이라는 어떤 증거도 없었기 때문에 고발할 수 없었다. 비록 몇몇 동료들이 낡아빠진 도덕주의를 거부하고 있긴 했지만 정신분석학자는 살인이나 소아성애증 따위의 어쩔 수 없는 경우를 제외하고는 환자를 고발하는 것에 반대하고 있었다. 환자를 치료하는 이들은 이렇게 주장했다.

"이곳에는 어떤 경우에도 공공의 복지가 우선한다."

결국 산타바르바라의 의사회에서 토론이 벌어졌고, 무한을 담당하는 정신분석학자는 그 결과를 참고 기다렸다. 파의 실종은 모스코비치 박사가 진단했던 소위 '잠재상태에서 현동(現動)으로의 이행을 통한 균형'에 악영향을 끼쳤다. 그리하여 아무 구속 없이 완전히 균형감을 잃은, 즉 냉정하게 흥분한 샤오 창은 미날디를 제거한 후 세바스찬을 추적하기 위해 르뤼앙블레에 도착했다.

무한은 줄리엣 대신에 이렇게 말했다.

내가 죽으면
내 몸을 작은 별 모양으로 잘라주세요.
그러면 모든 사람들이 밤의 연인이 될 것이고
눈부신 태양을 경배하는 일도 멈출 거예요.

마침내 성당지기가 모습을 드러냈다. 세실리아는 안도의 한숨을 크게 내쉬었다.

"경찰을 부를까요?"

르봉 부인은 망설였다.

"아니면 SAMU(응급구조대—옮긴이)를 부를까요?"

파 창이 자신의 가족, 동굴, 영역을 만들 생각은 하지 않고 잠깐 스쳐가는 애인들로 만족하며 섹스에 탐닉하는 동안 샤오는 가까스로 분을 삭이고 있었다. 그의 이빨, 위, 내장에서는 피가 흐르고 있었다. 그뿐이었다. 하지만 그의 복수는 훨씬 더 넓고 고귀하며 단호한 궤도를 따라가고 있었다. 그것은 무뢰한들의 피부에 피의 글씨로 씌어지고 있었다. 그는 신판테온교 고위 성직자들의 얼굴, 배, 등에 글씨를 썼다. 그러나 그것으로 끝이 아니었다. 아주 오래전 눈부신 태양을 향한 경배를 그만둔 후부터 그는 밤 자체를 증오했다. 다른 곳도 그렇지만 산타바르바라에서 부패한 것을 모두 볼 수는 없다. 막강한 조직들이 서로 으르렁대고 공포감을 조성하면서 경쟁자들, 반항자들, 반대자들—이들은 어떤 견제 세력도 없이 세계화되어가는 권력에 흡수되거나 매수되었다—에게 쓸어버리겠다고 협박을 하기 때문일까?

하지만 만일 당신이 반세계주의자로서 시위를 할 생각이라면 슬로건과 요구사항을 작성하고 익살스런 퍼포먼스를 벌여라. 나는 환상과 막후에서 벌어지는 공작, 보잘것없는 사장들과 탐욕스러운 하층민, 주인과 노예에 대해 알고 있다. 사회는 편하게 주말을 보내기 위해 깡패들을 퍼뜨린다. 결국 모든 것은 돈문제로 귀착된다. 더 좋은 게 있을까? 소송을 제기한다? 재판을 요구한다? 생각도 하지 말라. 선과 악의 경계선이 없듯이 인터넷상에서 더 이상 국경은 없다. 마오 주석을 비롯한 몇몇 사람들이 말한 것처럼 '자기 자신의 힘을 믿어야 한다.'

무한. 이름이 시사하는 것처럼 정화는 끝이 없을 것이다. 불은 악당들의 영역을 태워버릴 것이다. 신판테온교의 타락자들을 보호해줄 동굴은 없다. 샤오 창에게는 정화활동을 해야 하는 충분한 이유, 동감할 수 있는 이유가 있었다.

파의 노트북, '보낸 편지함'에는 세바스찬 크레스트 존스에게 보낸 편지뿐이었다. 파는 세바스찬에게 푹 빠져 있었다. 경찰이 스토니브룩 호수에서 시체를 인양했을 때 신문들은 거리낌 없이 인종차별적인—물론 신문사들은 부

300

인하겠지만—기사를 실었다. '익사한 중국인 여자는 임신 중이었다.'

파의 이야기는 쌍둥이 오빠에게는 너무나 분명했다. 줄리엣이 월 영감에게 로미오를 부탁한 것처럼 파는 자신의 로미오를 조각조각 잘라버렸어야 했다. 사랑의 관계에서 다른 해결책은 없다. 사랑하는 젊은 남녀 중의 하나가 다른 한 사람을 잘게 잘라버리는 수밖에. 불행히도 가엾은 누이가 한발 앞섰다. 무한은 다시 한 번 정화자가 될 것이다. 정화자는 목적을 달성할 경우에만 다시 무한이 될 것이다. 그의 역할은 파의 살해와 더불어 끝났다. 조류학자의 악에 맞선 전쟁은 막바지에 이르고 있었다. 샤오 창은 악의 힘이 세상을 지배하고 있고 보편적인 악의 원천이 쌍둥이 누이와 자신의 결합을 방해했다고 확신했다. 악이란 한 마디로 '사회'이다. 금기, 계약, 금지, 위선, 남용 따위가 만연한 악의 사회. 특히 사회의 중심인물은 가장 부패한 사람, 즉 가장 사회적인 사람들이다.

모스코비치 박사는 몇 해 전부터 샤오를 설득하려고 애썼다.

"우리는 지금 당신 병의 주요 원인을 다루고 있습니다. 원인은 분명합니다. 당신은 법과 사회를 견디지 못합니다. 당신은 남자가 여자가 아니라는 사실을 견디지 못하죠. 그 결과 당신은 도처에서 불의를 보게 됩니다. 그것은 언제나 거짓은 아니지만 상당히 과장된 것입니다. 이해하겠어요? (아니다, 그는 이해하지 못했다. 정신분석학자 자신도 샤오가 개념을 혼동하고 있음을 알고 있었다. 하지만 그는 돈을 받았으니 진단을 하지 않을 수 없었다.) 당신은 중국의 슈레버 박사(프로이트의〈편집증 환자 슈레버; 자서전적 기록에 의한 정신분석〉에 나오는 뛰어난 지성과 예민한 관찰력을 지닌 편집증 환자—옮긴이)입니다, 간단하죠!"

모스코비치는 낙천주의자였다. 샤오는 치료 내내 이렇게 생각했다. '원인은 언제나 있지! 그 슈레버라는 사람은 정말로 존재했을까? 프로이트 자신도 그를 만난 적이 없다. 어쨌든 반(反)오이디푸스밖에 없다. 지금 우리는 모두 슈레버다. 차라리 잘 된 거야!' 이 치료가 쓸데없는 것인지, 아니면 적어도 그에게 현대인이라는 생각을 불어넣음으로써 최악의 사태를 피하게 했는지는 아무도 알 수 없었다.

이제 샤오는 더 이상 자신을 옹호하지 않았다. 그는 모스코비치가 완전히 틀리지 않았음을 알고 있었다. 모든 것이 밝혀지기 위해, 무한이 이번을 마지막으로 로미오와 줄리엣, 가족의 금기, 그리고 '사회'를 영속시키는 이 모든 강도들과 손을 끊기 위해 파는 살해되어야 했단 말인가.

"선생님도 아데마르 드 몽테유를 찾으세요?"

르봉 부인은 어젯밤부터 무서운 방문객들만 찾아오는 것을 느꼈다. 이 일은 어떻게 끝날 것인가.

"어떤 의미에서는 그렇습니다."

무한, 즉 샤오 창은 정신을 온전히 되찾았다. 그는 조류학을 위해 수학을 포기한 이후로 이처럼 맑은 정신을 가져본 적이 없다.

"순례자들 가운데 한 분도 당신처럼 아데마르에 대해 관심을 갖고 있었어요. 혹시 아는 분인가요? 말솜씨가 없어서 그냥 유용한 정보 몇 가지를 알려주었어요. 글쎄 그게 도움이 될지 모르겠지만……. 그분은 틀림없이 토요일 음악회에 올 거예요."

그 점은 샤오와 십자군 전쟁 연구가를 구분 짓는 것이었다. 르봉 부인의 목소리에 그는 전혀 기쁘지 않았다. 그녀는 보기 흉하고 못생긴데다 몹시 우스꽝스러웠다. 정말로 귀엽고 우아한 쌍둥이 누이 파와는 어떤 공통점도 없었다. 누이의 엉덩이, 입술, 검은 머리채는 그의 축축하고 웃음 짓는 눈을 끝없이 즐겁게 해주었다.

"분명히 토요일이에요."

샤오는 이 미친 여자가 말하는 줄타기 곡예사가 세바스찬 크레스트 존스라고 확신했다. 이번에는 틀림없겠지. 무한은 이번에는 미날디 그리고 다른 누구와도 그를 혼동하지 않을 것이다!

샤오는 제리보다 훨씬 간단하게 세바스찬의 목적지인 르퓌앙블레를 밝혀냈다. 중국인들은 어떤 컴퓨터 보안장치로도 막을 수 없는 주판의 정신을 가졌다. 모든 것은 서로 응답한다. 그것을 감응(感應), 즉 '우주적인 공명(共鳴)'이라고 한다. 보안 프로그램으로 하드 디스크에 저장된 정보를 암호화하는데 어떻게 컴퓨터 자료를 빼낸 것일까? 크레스트 존스 교수, 당신은 틀

302

림없이 파의 살해범이야. 당신이 공적으로 그리고 사적으로 교환한 이메일이 그 증거이지. 사랑하는 누이를 잃은 샤오에게 당신의 컴퓨터 자료를 찾는 것쯤이야 누워서 떡 먹기지.

누이의 정부가 즐겨 찾는 인터넷 주소―제1차 십자군 전쟁, 안나 콤네나, 아데마르 드 몽테유 등등―를 확인한 샤오는 '파괴자' 즉 훌륭하게 조작된 트로이목마―사용자의 외부 명령을 실행하는 일종의 알―를 보냈을 뿐이다. 그후에는 트로이목마가 알아서 사용자가 저장한 정보를 복사해서 해커에게 빼낸다.

그때부터 해커 샤오는 컴퓨터 주인이 자료의 암호를 해독하기 위해서 인터넷에 모습을 드러낼 때까지 감시만 하면 되었다. 일단 하드 디스크에서 트로이목마는 주인이 파일에 접근하기 위해 컴퓨터를 켜기만 기다린다. 주인의 의도는 트로이목마에 의해 완전히 드러난다.

논리적으로, 수학적으로, 조상을 추적하는 기억 이상 증진자인 크레스트는 십자군의 원정로를 따라 트라키아, 필리포폴리스, 비잔틴을 차례로 방문했다가 네세바르와 소조폴에서 방향을 바꾸어 자신의 조상으로 추정되는 사람들의 출발점, 즉 '기원의 천국' 으로 곧장 향했을 것이다. 출발점은 클레르몽일까? 베즐레일까? 아니, 분명히 르퓌였다.

이미 세계화된 산타바르바라에서는 어느 곳이든 접근할 수 있었다. 샤오 창은 생자크드콩포스텔 마을로 가는 길목에 위치한 돌레종 마을 계곡에 텐트를 쳤다. 그리고 수도원을 좋아하는 관광객처럼 호기심 많은 표정을 지었다. 생테티엔에서 르퓌까지 기차를 타고 온 그는 역―그는 아무런 회한 없이 역을 떠났다. 영원히―에서 멀지 않은 자전거 가게에서 오토바이―야마하 600 블랙 프레이저 2001―를 빌려 탔다. 그리고 진짜 영국식 술집인 '킹스 헤드' 에서 맥주를 마시기 위해 르퓌로 향했다.

세바스찬과 무한의 최후

음악회는 '살베 레지나' 와 함께 시작되었다. 이 성가를 듣자 세바스찬은 참을 수 없는 불안감에 휩싸였다. 음악은 감수성이 예민한 사람과 고양이에게 신경이상과 간질을 일으킬 수 있다. 이렇게 날카로워지는 귀는 진정한 음악 애호가의 귀는 아니다. 어떤 코드도, 연주 기법도, 청취 훈련도 감수성을 빼앗아가는 전기적 충격을 견뎌낼 수 없다. 온갖 부류의 범인들 가운데 상당수는 감수성이 특별히 예민하다. 세바스찬은 이 지역에서 더욱 빛나는 페르골레지(1710~1736.이탈리아 작곡가—옮긴이)의 '살베 레지나' 가 끊임없이 아데마르 드 몽테유의 존재를 떠오르게 해 견딜 수 없었다. 그는 음악회가 열리고 있는 성당에서 조용히 물러났다. 꼭 같은 이유는 아니겠지만 다른 관객들도 자신과 똑같이 하는 것을 보고 매우 흡족했다. 그에게 남은 일은 수도원 안으로 피신하는 것이었다. 그는 평온한 아케이드 아래 몸을 숨기고 행복에 잠겼다.

보름달이 떴다. 역사가는 기둥에 몸을 기대고 달을 응시했다. 그때 눈물이 얼굴을 흠뻑 적시고 있다는 사실을 알아챘을까? 죽어야 할 운명을 지닌 채 울고 있는 남자. 발소리가 들리는 것 같았다. 둥근 천장 아래에 있는 둥지로 돌아오는 제비나 사냥을 떠나는 박쥐의 날개 소리일까? 그게 뭐가 중요하겠는가. 죽어야 할 운명을 지닌 채 울고 있는 남자.

갑자기 속삭이는 소리가 들려왔다.

"인 비아 인 파트리아(In via in patria, 조국을 사랑하고 순례 의식을 가져라). 외국여인처럼 낯설지 않는 지혜를 얻어라……. 지혜는 멀리 있기 때문에 이제는 가장 가까이 있는 것을 맡기로 했노라. 인 비아 인 파트리아."

무엇 하러 여기에 온 거지? 누군가가 세바스찬 안에서 이야기를 하고 있었다. 꼭 아데마르라고 확신할 수 없었다. 어쩌면 아우구스티누스인지도 모른다. '그' 를 침묵시키는 것은 불가능했다. 역사가는 옆의 기둥으로 옮겨갔다. 여전히 달을 바라보면서.

다시 날개 치는 소리가 들렸다. 아니 발소리일까? 달빛에 눈이 부셔서 그는 아케이드의 어둠 속에서 아무것도 분간할 수 없었다.

갑자기 부스럭 소리가 들리고 성모찬가가 공기의 흐름을 차단했다. 동시에 총알 한 발이 그의 목덜미를 스치고 지나갔다. 다시 몇 번 부스럭거리는 소리가 들리더니 두세 발의 권총 소리가 났다. 세바스찬에게는 기회가 없었다. 어쩌면 반격할 의지도 없었을 것이다. 불빛이 번쩍이더니 치명적인 총알이 왼쪽 귀를 통해 두개골을 관통하고 기둥의 낡은 돌에 박혔다. 그의 몸뚱이는 꺾이면서 쓰러졌다.

포포프는 무한의 시신을 뒤집었다.

"반장님, 잡았습니다! 하지만 놈이 쓰러지기 전에 교수님의 머리에 총을 쐈습니다."

"스테파니, 당신은 총을 쏘면 안 되었는데. 내가 산타바르바라에서 준 콜트 자동권총은 정당방위가 아니면 사용해서는 안 돼요. (릴스키는 들라쿠르를 부축하느라 정신이 없었다. 사격 후 얼굴이 창백해진 들라쿠르는 비틀거리며 걷고 있었다.) 내 팔을 잡고 여기 앉아요. 여기서 보면 훨씬 잘 보일 거요."

풀크 베이유의 연락을 받은 현지 경찰은 며칠 전부터 대성당과 수상쩍은 순례자들을 감시하고 있었다. 파파게노는 평소처럼 경찰에 신고를 했고 음악회 관객 틈에 사복으로 위장하고 섞여 있던 특수형사들은 세바스찬과 무한이 '살베 레지나'가 연주된 후 성당을 떠나자 수도원을 포위하고 뒤를 밟았다. 지금 그들은 관례적으로 현장보존조치를 하는 동시에 샤오 창의 시신을 검사하고 있었다. 한편 스테파니의 텅 빈 시선은 세바스찬의 왼쪽 귀 아래에서 점점 더 커지는 피의 웅덩이를 유심히 살피고 있었다.

"반장님, 범행 무기는 CETMF 소형기관총입니다. 제가 늘 생각하던 겁니다. 이놈은 세계적인 테러조직과 암거래를 하고 있었어요."

포포프는 첫눈에 무기를 알아보고는 자랑스러워했다. 그는 외국인 형사가 증거물에 너무 가까이 몸을 숙이는 것을 보고 있던 프랑스인 반장에게 말했다.

"안심하십시오. 저는 아무것도 손대지 않습니다."

"그래, 스페인 군대가 쓰는 무기지. 하지만 스페인 군대만이 아니지. 2001

년 8월 산세바스티안(스페인 북부, 프랑스와의 국경에 가까운 바스크 지방. 기푸스코아 주의 주도—옮긴이) 남쪽에 위치한 한 마을에서 일어난 사건을 기억하나? 바스크 경찰은 바스크 분리주의 단체인 ETA(바스크 조국과 자유)와 관련된 것으로 보이는 여덟 명을 체포했는데, 뜻밖에도 그들은 CETMF 소형기관총 세 자루를 가지고 있었네. 바로 이틀 후 산세바스티안에서 폭탄이 설치된 장난감이 폭발하는 바람에 여자 한 명이 죽고 16개월 된 아기가 부상했지. 길이 10센티의 장난감 자동차에 화약과 뇌관이 설치되어 있었어. (릴스키는 어떻게 해서든 총격전 현장에 있는 프랑스 경찰들이 스테파니를 잊어버리도록 그들의 관심을 다른 곳으로 돌리려했다.) ETA의 정치 조직인 에리바타수나는 스페인 정부의 더러운 자작극이라고 주장했지. 무한의 무기는 분명 절도나 강도 사건의 증거물이야. 아니면 경찰과 테러분자 간의 마피아식 암거래……. 있을 법한 일이기는 해."

"반장님, 죄송합니다. 요즘 ETA는 오히려 폭탄 테러와 독가스를 전문으로 하고 있습니다! 바욘(프랑스 남서부 아키텐 지방의 피레네자틀랑티크 도에 있는 도시—옮긴이)에서 일어난 엄청난 양의 약품 절도사건을 떠올려 보십시오. 그 약품은 몸에 접촉하면 독으로 변해서 2분 만에 파리 지하철 전체를 질식시킬 수 있습니다."

포포프는 정보통인 척했다. 그는 흥분을 감춰야 할 때 오히려 혼란상태에 빠졌다.

"그건 논외 문제고. 사건의 흐름을 살펴보게. 이 CETMF 소형 기관총을 사용하는 집단은 누굴까? 스페인과 프랑스의 도둑과 수많은 분리독립 운동가들이지. 물론 알제리, 쿠르드, 아프리카, 코르시카, 쿠바, 파키스탄, 빈 라덴 등의 조직도 빼놓을 수 없지……. 무한은 문제의 기관총을 사용한 유일한 사람이 아니야."

무기입수와 범행을 추정하는 데 부관에게 주도권을 빼앗길 수는 없었다. 무거운 추리는 신경을 진정시키는 데도 그만이었다.

실제로 무한의 한자 편지가 도착하고 파 창의 시체가 인양된 후 산타바르바라의 반장은 나름대로 사건을 정리해보았다. 첫째, 세바스찬은 넘버8이 아니었다. 그것은 확실했다. 샤오 창은 세바스찬을 죽일 의무가 있다고 생각했다. 세바스찬이 누이의 정부였기 때문이다. 정화자는 자신의 무한적인 임무를 완수하기 위해 어떤 희생을 치르더라도 이 마지막 적을 추적했을 것이다. 둘째, 제리의 도움으로 스테파니가 밝혀낸 세바스찬의 이동로는 믿을 만했다. 그는 르퓌에서 지내고 있었다. 수학 신동인 조류학자가 적어도 제리보다 못한 해커일 리가 없었다. 샤오 역시 '화산 바위' 쪽으로 갔을 것이다. 그러니 르퓌로 가자. 셋째, 다행히 프랑스 경찰은 전례 없이 협조적이었다. 프랑스 경찰이 필요 이상의 열성을 보여주도록 풀크 베이유가 최선을 다했다. 그때부터 일은 일사천리였다.

연쇄살인범을 체포하고 세바스찬의 죽음을 막아야 했다. 그렇게 말하기는 쉽다. 하지만 예상과는 달리 사태는 매우 긴박했다. 좋다, 시간과 죽음의 흐름을 거슬러 올라갈 수는 없는 법이다. 임무는 실패한 게 아니었다. 그렇다고 성공한 것도 아니었다. 아니, 어쩌면 반장이 공개적으로 밝힌 목표를 훨씬 능가했을지도 모른다. 물론 이 이중의 살인 때문에 무한을 기소할 수도 없고 신판테온교에 대한 몇 가지 사실을 폭로할 수도 없었다. 하지만 산타바르바라에서 소송은 어떤 것이든 신판테온교에 대한 폭로가 아니었던가. 신판테온교 측은 물론 추문을 은폐하기 위해 모종의 조치를 취했을 것이다. 그러니 릴스키 반장은 최선을 다해 임무를 완수한 셈이었다.

릴스키는 은밀히 성공을 음미하고 있었다. 첫째, 다른 누군가가 정화자를 계승할 때까지는 일단 정화자와 결판을 낸 셈이었다. 둘째, 종잡을 수 없을 만큼 너무나 깊이 빠져들던, 세바스찬의 비잔틴 이야기에 종지부를 찍었다. 셋째, 항상 허위만을 내보내는 언론이 그들만의 환각에 빠지게 내버려두었다. 그 증거로 스테파니 들라쿠르는 유일하게 신문의 습관적인 어리석음에서 빠져나왔다. 그래도 한 가지 후회가 남았다. 세바스찬을 구할 수 없었다는 점.

후회, 정말로? 아니, 오히려 조카를 족보 연구나 다른 불안거리에 감염시키기 시작한 방해꾼 삼촌을 포기할 수 있는 좋은 기회였다. 족보연구 같은 80년대식 고정관념은 다행히 지금은 극복되었다. 사람들은 지나간 혹은 현재의 역사에서, 즉 다른 사람의 생애에서 그들이 스스로 맞설 수 없었던 결함을 찾으려 했다. 사람들은 분석하기보다는 탐정이 되었다.

결국 세바스찬은 오직 죽음으로써만 난관에서 벗어날 수 있었다. 그는 뭔가 결말에 도달했다. 그는 자신의 비잔틴 안에서 죽었기 때문이다. 그가 자기 내면의 십자군 전쟁을 완수하기 위해 파 창과 자신의 아이를 죽였다고는 단정 지을 수 없었다. 그 역시 살인범이다. 릴스키는 세바스찬의 범죄를 확신하고 있었지만 이를 입증할 어떤 증거도 없는 것이 위안이 되었다. 단지 무한만이 이주의 사도인 세바스찬에게 복수할 수 있었을 것이다. 세바스찬의 인본주의적 위선은 정화자에게 심각한 불안감을 일으켰다. 이런 불안감을 이용해서 신판테온교의 마피아들은 강압적인 방법을 사용하지 않고도 이주 집단에서 신도들을 모을 수 있었다. 끝없이 반복되는 이런 행위는 범죄가 계속되는 이유였다.

무한의 눈에 크레스트 존스 교수는 자신의 중국인 연인, 다름 아닌 자신의 누이를 죽인 살인범이었다. 무한, 즉 희생자의 오빠가 정화자, 절대적인 것을 신봉하는 미치광이, 신상황주의자인 것만으로도 충분히 그의 머리에 총을 쏠 수 있었다. 멋진 정치적 논리는 다른 모든 의견을 묵살할 수 있다. 가족의 기억을 파헤칠 필요는 조금도 없다.

좌파든 우파든 모든 정화자들은 비슷하다. 그들은 자신들이 법 위에 있다고 생각한다. 그럼 그들은 성인(聖人)이란 말인가. 성인들에 대해 이야기해보자. "사회는 신성한 삶이다(socialis est vita sacrorum)." 내가 틀렸는가? 그리스도교의 지혜가 더 이상 먹혀들지 않는 경우를 제외하면 현대의 초인들은 스스로 분명하게 보는 것이 두려워 모든 것을 초월해버린다. 그들은 사회를 '청소' 하면서 자기 자신의 악취로부터 자신을 보호한다. 사회는 자주 청소해주어야 한다. 자신을 보호한다는 것은 무죄를 입증한다는 의미가 아니다. 순수한 사람은 스스로 금기로 삼은 것을 제외한 모든 것을 할 수 있다. 완전히 일주한 세바스찬을 제외하면.

스테파니는 총알이 두개골을 관통하기 직전에 세바스찬이 달빛 아래에서 우는 모습을 보았다고 주장했다. 너무 예민한 스테파니, 무기를 손에 쥐고 있을 때는 더욱 예민했다. 하지만 세바스찬이 정말 울었을 수도 있었다. 불안증을 가진 세바스찬. 순례 길에서도, 조국에서도 늘 불안했던 세바스찬. 식탁을 떠날 때의 정중한 태도. 부지런한 세바스찬…….

무한의 사체를 검시한 결과 스테파니의 콜트권총에서 발사된 총알은 무한의 팔에만 찰과상을 입혔다. 프랑스 사람들에게는 릴스키가 총을 쏜 것이고 기자는 총도 없이 그저 옆에서 지켜보고만 있었다고 말했다. 하지만 언론은 그 모든 것을 뒤섞어 엉망을 만들고 있었다. 다들 이해할 것이다. 기자들은 생생한 소식을 전하기 위해 탱크 밑에 깔려 죽고 있다. 하지만 어찌 할 수 없는 일이다.

연쇄살인범의 관자놀이에 총알을 명중시킨 것은 릴스키의 레밍턴 권총이었다. 포포프가 조서를 작성할 것이다. 프랑스 동료들이 DPU 탄약과 폭발물을 장전한 강력한 MAB 98B를 발사함으로써 살인범이자 위험한 테러리스트인 샤오는 끝장나고 말았다. 이 교차 사격으로 무한은 어떤 기회도 잡지 못했다. 그는 갈기갈기 찢기고 말았다. 정화자들을 포함해서 마피아와 그 지부들에 맞선 싸움은 국제공조의 성과였다. 릴스키는 자신의 성공에 어찌나 만족했는지 엷은 보랏빛 손수건을 꺼내 고약한 웃음소리를 억눌렀다. 분명 비웃음소리였다.

음악회가 끝난 자정 무렵 르퓌에는 비가 내리기 시작했다. 일주일 내내 멈추지 않은 부드러운 회색 비. 당연히 언론은 수도원에서 일어난 총격사건을 경쟁 관계에 있는 폭력배들 사이에서 흔히 벌어지는 난투극으로 보도했다. 오베르뉴 구석에서조차 그런 난투극이 벌어지다니! 음악회 관객들은 몇 번의 폭음을 들었지만 그게 폭죽인지 폭발음인지 알 수 없었다. 그래서 사람들은 그냥 불꽃놀이라고 생각했다.

지금 휴가 중인 사람들을 즐겁게 해주려고 이 역사적 사건을 수없이 재구성하고 있다. 기자들은 그것을 역사적 수정주의라고 부른다. 사람들은 과거를 아름답게 꾸미기 위해, 아이들에게 추억을 주기 위해 과거를 고친다. 더이상 아무것도 할 일이 없을 때 시간을 잘 보내야 한다. 다른 사람들은 아프가니스탄, 이라크, 뉴욕, 예루살렘에서 계속 말썽을 피우고 있다. 하지만 이곳은 조용하다. 세실리아 르봉은 여러분이 대성당을 방문하면 직접 이 사건에 대해 이야기해줄 것이다.

밤의 감미로움 속에서 우윳빛 구름이 두 번의 소나기를 퍼부으며 퍼져나 갔다. 그 뒤에 숨은 만월은 진홍빛 미광에 취한 배를 비추었다. 마치 연기를 내뿜는 피 같았다.

화염에 휩싸인 루브르

"스테파니, 난 당신이 산타바르바라에서 연쇄살인범을 체포하고 신판테온 교와 소송이라도 벌이는 줄 알았어요!"

나의 상사는 어떤 상황에서든 여자인 나를 조롱하지 않고는 배기지 못했다. 나는 말귀를 못 알아듣는 척했다.

"사람들이 원하든 원치 않든 소송은 없을 거예요."

나는 체념한 기자처럼 객관적인 사실 앞에서 굴복했다.

뤼시앵 봉디는 언제나 빈정거리는 투로 말했다.

"당신의 정화자—가엾게도 결국 자신도 '정화되어버린' —는 '새로운 인간'의 전형을 차처하지 않았나요? 당신은 우리를 위해 소설 한 권은 써주겠죠?"

뤼시앵은 정말 웃기는 작자다. 그렇다고 내가 그를 싫어하는 건 아니다. 단지 그는 내게 감동을 주지 못하는 것뿐이다. 뤼시앵 봉디는 실패한 태생동물이다. 하지만 어쩔 수 없이 자주 마주칠 수밖에 없었다.

"이건 또 뭐야?" 오드레는 상사가 내게 맡긴 일감을 집어 들었다.

나는 그녀의 호기심을 경계했다. 하지만 오드레가 아니라면 누구에게 내 생각을 털어놓겠는가?

"체, 내버려둬. 그건 정말 너하고는 상관없는 일이야……. 좋아, 넌 분명 여성해방을 위해 투쟁하고 있지?"

"투쟁했지……."

"…… 좋아, 버찌 대신 고독으로 만든 기막힌 케이크군. 난 너를 절대 비난하는 게 아냐. 나도 그 맛을 보았으니까. 내가 무엇을 발견했는지 말해줄까? 들을 준비됐니? 그러니까 남자는 여자보다 훨씬 더 오랫동안 자신의 어머니에게 종속되는 포유동물이야. 너는 우리의 조상인 레스퓌그의 비너스상(구석기 시대 돌 비너스 중에서 가장 오래된 조각상. 크기는 14.6cm—옮긴이)이 이미 이 사실을 알고 있었다고 말하겠지. 프로이트는 소멸되지 않는 이 열정을 과소평가하는 척하지. 하지만 그는 이오카스테와 오이디푸스의 이야기를 잘 알고 있었어. 프로이트는 도처에서 오직 거세의 공포만을 본 거야. 거세 공포가 남성을 앞으로 탈출하게 하는 유일한 이유일 거야. 남자는 실패한 태생동물이야. 레스퓌그의 비너스상은 아마 이 점을 알고 있었을 거야. 우리의 친구 키냐르는 악착같이 이 점을 강조하고 있지. 하지만 우리 동시대인들은 그렇지 않아. 이들은 하느님 아버지 앞에서 무릎을 꿇는 편을 택하지. 하느님은 하늘나라에 계시지. 하지만 이승은 달라. 내 말 알아듣겠어? 태생동물은 모체 안에서 완전하게 성장하기 때문에 태어나자마자 자율적으로 생활할 수 있어. 이런 태생동물과는 달리 뤼시앵 봉디는 귀찮게 들러붙는 포유동물일 뿐이야. 어떻게 해야 할까?'

오드레는 눈썹을 치켜올렸다. 물론 그녀는 상관없는 문제였다. 난잡한 상품, 선정적인 특집뉴스, 저속한 이벤트 등을 전문으로 하는 주간지「디르」의 파파라치들이 그녀와 점쟁이의 관계를 폭로했다. 그녀는 격렬하게 부인했고 몹시 분개한「레벤망 아르티스티크」는 음모를 고발했다. 오드레는 남자들이 자신에게 관심이 없고 그녀 역시 남자를 모른다고 내게 믿게 하려고 했다. 바로 그것이다. 남자를 모르기 때문에 그녀는 구루─사람들을 뛰어넘는 존재, 견신자(見神者), 학자, 치료사, 사상가, 음악가, 음악이론가, 여자이자 남자인 완전한 양성구유자, 결국 그녀가 일언반구 없이 신봉하는 사상적 지도자─에게 봉사했던 것이다. 유감스러운 일이다. 나는 그녀의 장난감, 그녀의 유일한 남자 혹은 남자를 닮은 후원자를 부수지는 않을 것이다.

나는 말을 이었다.

"대부분의 여자들은 남자에게 열렬히 헌신하지. 일종의 천직이자 마법이지! 어떤 여자들은 질겁하고 물러나기도 하지. 하지만 네가 그럴 거라고 생각하지 않아! 다른 여자들은 실망스러운 동거생활을 끝까지 밀고 나가다가 결국 스스로 만족하고 말지. 나와 반장의 관계처럼 아이러니한 애정관계라고 할까. 그러려면 긴 여정이 필요해. 남자들은 방자한 포유동물이야. 너도 예상하고 있겠지만, 봉디는 그렇지 않아. 그는 언제까지나 실패한 태생동물─나는 이 말을 반복하는 게 좋아─로 남을 거야. 그가 내게 말을 걸 때마다 나의 옛 애인이 생각나. 텔레비전의 스타 앵커지. 그래 네가 짐작하고 있는 바로 그 사람. 나는 그의 유머감각과 교양에 감탄했어. 간단히 말해서 나는 열렬히 그를 이상화했지. 이런 열정이 없다면 사랑의 행위는 자위에 지나지 않아."

나의 남자 이야기가 오드레의 기분을 나쁘게 한다는 사실을 잘 알고 있다. 그녀의 관심을 끌 수 있는 것은 이루어질 수 없는 사랑밖에 없기 때문이다. 나는 말을 이었다.

"나의 스타 앵커가 작은 TV화면에서 어느 여성 조각가의 작품을 찬사하기 전까지는 그랬어. 나는 그녀가 그의 구애를 무시한다는 소리를 자주 들었어. 그녀의 대단한 집안이 나의 이상남이 출연하는 채널을 소유하고 있었어. 나의 스타 앵커가 자신의 열정을 만천하에 공표하고 여성 조각가가 황홀경에 빠지는 모습을 보고 있으려니 나의 이상형은 쇠퇴하여 내 눈 앞에서 무너져버렸지. 그때부터 인질, 희생자, 웅덩이, 하얀 얼룩 그리고 아기 이외에 남자는 없었지. 내가 얼마나 아기들을 좋아하는지 넌 알 거야. 너는 내가 질투한다고 말하겠지. 나는 그가 온갖 수단을 다 써서 자기 직업을 지키는 사람이라는 걸 잘 알고 있었어. 하지만 이 분별없는 인간은 너와 나처럼 이치를 따지지 않아. 방송 직후 나는 생애에서 가장 잔인한 꿈을 꾸었어. 꿈에서 나의 애인이 나를 향해 다가오고 있었어. 성기는 잘려나간 채 텔레비전에서처럼 이빨을 훤히 드러내고 미소를 짓는 거야. 나는 무서워서 뒤로 물러났어. 성기가 영원히 사라진 게 아니라 도마뱀 꼬리처럼 다시 자라기 때문에 걱정할 필요가 없다고 어딘가에서 목소리가 들려왔어. 내가 어떻게 그걸 모를 수 있겠어? 나는 땀에 흠뻑 젖은 채 잠에서 깨어났어. 그의 거세된 모습은 충격적이었지. 나는 더 이상 그와 사랑을 나누고 싶지 않았어. 하지만 우리는 자주 마주쳤어. 그는 권력가이기 때문에 나는 그를 존경하는 척했지. 간단히 말해서 그 역시 실패한 태생동물이었어. 애처롭지만 무시할 수 없는 사람……."

"너는 남자들을 좋아한다고 생각했는데……."

오드레는 연민을 불러일으키는 여자다. 그녀는 나를 이해할 수 없다. 자신은 여자들만 좋아한다고 떠들어대는 나의 애처로운 여자친구가 어떻게 이해할 수 있겠는가. 하지만 나는 셰익스피어가 말한 것처럼 이승에서, 즉 이곳에서 남자들의 지옥을 보았다. 기업체 사장들, 편집장들, 텔레비전의 인기인 등 소위 여자를 무시하는 유혹자들의 발기와 그들의 꿈속에 웅크리고 있는 다크 레이디 같은 '막강한 어머니'에게 종속된 남자들. 어떤 남자들은 동성연애자로 산다. 가장 충동적인 사람, 가장 공포를 많이 느끼는 사람, 혹은 동시에 이 두 가지 병을 모두 가지고 있는 사람은 어머니에 대한 불필요한 열정을 사도매저키즘, 목숨을 건 삶, 무기물 상태인 까마득한 과거로의 퇴행 등 가장 강렬한 놀이와 맞바꾼다. 하지만 이 모든 것은 멋지고 충격적인 선물 보따리, 잠재의식적인 것, 미학적인 것, 신비적인 것, 아카데믹한 것 그리고 플라토닉한 것으로 소개된다!

플라톤은 새끼 낳는 일을 결코 멈추지 않았다. 모든 사람은 술집, 경기장, 작은 농장 등 어디에서든 자신을 안심시키고 자기의 사기를 북돋아주는 지지자들을 낳는다. 다른 사람들은 싸구려 마약 같은 '스타 아카데미'(프랑스 민영방송 TF1이 주관하는 연예인 공개 발굴 프로그램—옮긴이) 등의 리얼리티 쇼에 등장하는 신인 여배우들—탐욕스러운 롤리타 부류—에게 관심이 없는 아버지 같은 태도를 취한다. 이 신인 배우들은 노년층에게는 미심적은 요정극과 촉각으로 느껴지는 은밀한 폭풍우를, 뵈르(프랑스에서 태어난 알제리, 모로코, 튀니지인 2세—옮긴이)에게는 코리올란과 심벨린을, 여자 아나운서에게는 프로세르피나를 제공한다. 아, 남자들의 지옥! 모권의 아비시니아(에티오피아의 옛 이름—옮긴이)에서의 출구 없는 긴 행군.

파리로 돌아오면 온통 이런 이야기뿐이다. 파리는 정치범의 말썽을 거추장스럽게 여기지 않기 때문이다. 사람들은 돈, 카세트, 공금 횡령, 식비에 관심이 있는 척한다. 하지만 산타바르바라에서는 아직 아니다! 우리는 이 지역—일종의 섹스의 비잔틴—에서 색정광 전문가다. 우리는 속속들이 알고 있다. 오드레, 남자들의 지옥이란 남자를, 변절할 준비가 되어 있는 나르시스, 서투른 배우, 흉내 내는 사람, 온갖 음모를 꾸밀 수 있는 피해망상증 환자, 학대 음란증 환자와 균형을 이루는 피학대 음란증 환자, 오럴섹스와 항문섹스에 집착하는 사람, 유아로 남아 있으려고 하는 편집증 환자, 공기의 요정을 숨기고 있는 대부(代父) 등으로 만드는 상상적인 흥분상태에서 다크 레이디의 마술 지팡이에 맞고서 키스해야 하나 결코 키스할 수 없는 것이지.

아, 남자, 남자, 남자. 여론은 남자가 바위, 강철, 교황, 사담, 샤론, 부시 같은 사람이 되기를 원한다. 하지만 남자는 악덕, 고난, 통제할 수 없는 종속관계, 막연한 긴장, 메마른 영혼, 얼어붙은 마음, 얼음과 공포로 떠는 무시무시한 지옥 따위로 쇠약해지고 있다……. 하지만 이 지옥에 대해 말하는 것은 어렵다. 생각만으로도 공포를 일으키는『신곡』속의 어두운 숲은 몹시 사납고 잔인하다. 분명히 파리는 나를 짜증나게 한다. 내가 침울한 표정을 지은 모양이다. 오드레는 친절하게도 나의 침묵을 견뎌내고 있다.

"모든 것은 우리에게 지옥일 거야. 천국은 이성애자에게만 있겠지. 넌 분명 뭔가를 알고 있을 거야. 넌 행운아야!"

오드레는 담배에 불을 붙였다. 암과 싸우고 있는, 우리의 실패한 태생동물인 봉디에게는 안된 일이었다. 결국 그녀는 나를 놀리기로 결심한 듯했다. 하지만 나를 놀리지는 못할 것이다. 나는 여세를 몰아 이야기를 계속했다.

"알고 싶어? 살아남은 어떤 사람들은 우연히 사마리아 여인들과 마주치면 자신들을 이성애자라고 생각하고 조용히 자위하기 위해 여자들을 찾지. 또 잡지에 자신과 닮은 파트너를 찾는 광고를 내는 여자도 있지. 사마리아 여인들은 왜 있는 걸까? 여자 히스테리 환자는 섹스를 비롯한 모든 것에 실망한 우울증 환자이기 때문이지. 그래서 그녀는 지배한다는 느낌을 주는 주인보다는 자신이 존재하며 삶이 가능하다는 느낌을 줄 수 있는, 편안한 닮은꼴을 찾는 거지. 남자는 여자를, 혹은 반대로 여자는 남자를 만나겠지. 성공은 상호적인 방탕보다 훨씬 많은 것을 상정하지. 어머나! 모든 것은 일종의 연금술이야. 네게 그것을 요약해줄 수 있는 사람은 정말로 영악한 사람이지! 여자의 불감증이나 남자의 발기불능에 대한 이야기가 아니야. 그건 너무 평범하고 너무 단순한 이야기지. 하지만 외국인을 즐겁게 해줄 정도로 다른 사람에 대한 배려심이 있어야지. 외국인들은 외국인으로 영원히 남을 거야. 그들을 희생자로 만들지 않고 또 '죽이지' 않는다면 말이야. 내 말은 꿈에 보았던 '잘린 꼬리'처럼 만들지 않는다면 말이야."

나는 여기서 그칠 생각이다.

"자, 이리 와, 스테파니! 걱정하지 마. 네가 방금 말한 것은 영화에서 전기톱에 잘린 드파르디외의 성기야. 기억나니? 우리 함께 봤잖아……. 넌 그 영화를 보고 꿈을 꾸었던 거야. 그뿐이야!"

오드레는 나를 안심시킬 수 있고 또 어쩌면 스타 애인을 다시 돌려줄 수 있다고 생각한 모양이다. 여자친구들은 흔히 친구에게 스타 애인이 있기를 바라는 법이니까.

나는 더 이상 그녀의 말을 듣지 않았다. 그 영화와는 전혀 상관없는 나의 추잡한 꿈은 결정적으로 나의 스타 애인을 밀어내게 했다. 그게 전부다. 지금 나는 봉디에게 화를 내는 것일 뿐이다. 가위에 잘린 성기의 끝. 출혈조차 없었다. 달팽이처럼 희멀건 액체뿐이었다. 이 이미지는 필연적으로 나를 놀리는 상사의 이미지와 겹쳐졌다. 나는 그가 어떤 여성 조각가의 인질인지 알고 싶지는 않다. 하지만 나는 경험상 그의 전투적인 남성성이 내가 전 애인에게 간파해냈던 잘려진 성기 위의 반창고 같은 것임을 알고 있다.

봉디가 되풀이해서 말했다.

"당신은 우리를 위해 적어도 소설 한 권은 써주겠죠?"

그는 나를 몽상가로 생각하는 모양이다.

'당신은 우리를 위해'. '적어도'. 말하자면 나는 엄청난 야망이 있는데, 나의 야망은 나를 위한 게 아닌 우스꽝스러운 것이며, 나는 짓눌린 개, 연쇄살인범, 강간당한 여성들로 만족할 것이라는 의미였다. '스테파니 들라쿠르, 우리의 산타바르바라 특파원'. 뭐, 이 정도야 괜찮다! 전문가. 훌륭한 전문가. 하지만 여성작가? 웃기지 마시라!

"어쩌면……. 두고 보죠. 소설은 모르겠어요. 수필이라면 모를까."

회피적인 나는 내가 그를 어떤 시선으로 바라보는지 그에게 들킬까 봐 감히 그를 쳐다보지 않았다.

아, 소설이라. 그는 소설을 비웃고 있다. 나 역시! 하지만 파리에서 소설을 피하는 것은 불가능하다. 우리는 문학의 나라에 살기 때문이다. 9월 신학기에만 1234권의 소설이 쏟아져 나온다. 사람들은 텔레비전에서, 저녁식사에서 문학에 대해 이야기하고 지하철에서조차 책을 읽는 척한다. 유행하는 분야는 'clean(순수한 이야기)' 과 ' trash(시시한 이야기)', '하드 섹스' 와 '조롱' 이다. 말하자면 'clean, trash, hard sex' 와 '오토픽션(허구의 자기 이야기)' 이라고 하는 리얼리티 문학의 '조롱' 이다. "대단한 용기! 위풍당당한 발언!"

비평가들은 기절초풍하고 독자들은 당장 책을 사라는 지령을 받는다. 독자들은 책을 들춰보기까지 한다. 실제로 사람들은 책에 대해 많은 이야기를 한다. 프랑스 사람들이 정신없이 즐기고 그것을 만인에게 알린다고 생각한다면 문학은 급진적 에로티시즘의 국민전선인 것이다. 이 에로티시즘은 상황에 따라 의기양양하거나 뿌루퉁하겠지만 아무튼 무절제하고 수다스럽다. 수다스러운, 인간이라는 짐승은 영원히 공화국의 문장(紋章)이 될 것이다. 19세기의 어느 암울한 자연주의자는 실질적으로 이런 상황을 예언했다. 에로티시즘은 계속되고 있다. 그 어느 때보다도 더 심하게. "엉덩이로 몰려가는 사회에서 세상을 움직이는 원동력은 성행위와 종교밖에 없다." 누가 아직도 이것을 모르겠는가.

몇몇 저항자들은 끈질기게 아름다운 언어를 쓰며, 리듬의 진주, 시적 요정극 그리고 사랑, 예술, 음악의 다이아몬드를 텔레비전 돼지들에게 던지고 있다. 나는 '악' 을 흡수하는 데 성공한 한 작가를 알고 있다. 이제 폭소밖에 남아 있지 않다.

이 점을 심사숙고하라. 고급 주택가의 후작 부인들이 공화국의 창녀 혹은 포르노 배우가 된다면, 선물용 포장처럼 조심스러운 글쓰기 속이 아니면 어디로 피난할 수 있겠는가? 악이 'clean-trash-hard sex-reality 문학' 이 아니라면 추리 소설에서만 악은 코카인이 묻은 권총의 끝을 보여줄 것이다. 추리 소설은 중산층에게는 대혼란의 피난처이고, 교외의 서점에는 희망의 빛이다. 추리 소설은 '당신은 악이 어디에서 오는지 알 수 있다' 고 약속한다.

하지만 천만에. 구원은 문체 속에 있다. 소설을 잘 썼을 경우 모든 것은 허용된다. 문학의 성전을 관리하는 사람들은, 내용은 아무것도 아니고 모든 것은 형식 속에 있다고 나팔을 불고 있다. 아직도 존재하는 포스트모던 아방가르드는 '잘 썼다고? 그게 어떤건데? 라며 반박한다. 이 점을 잊지 말라. 전위 예술가들은 자신의 아버지와 그 '아름다운 암돼지' 와의 소아성애적 행위를 고발하기 위해서 진부한 형식에 만족하지 못할 때 프랑스어 비음 속에서 페르시아어의 후두음을 찾아낸다!

아, 프랑스 소설은 마치 무지개 같다. 온갖 취향의 소설이 있고 텔레비전이라도 끼어들면 약육강식의 세계가 된다. (텔레비전은 오직 그런 역할만 한다. 모험하는 사람들에게 행운이 있기를!) 나는 이 기쁨을 뤼시앵 봉디에게 주지 않을 것이다. 나는 대수롭지 않은 여행 수첩만을 전해줄 것이다. 어쩌면 읽을 수도 없는.

"네 보고서의 주인공인 그 무한이란 사람 말이야. 세계무역센터의 미치광이들처럼 모든 것을 파괴할 준비가 되어 있는 새로운 종족이라고 생각하니?"

오드레는 가엾은 봉디와 똑같은 질문을 던졌다. 그래도 그녀는 보고서를 참조하려고 애썼다. 그녀가 내 보고서를 읽었다는 말은 아니다. 친구 사이니까 그 정도는 알 수 있었다.

"이 사무실이 지긋지긋해. 우리 도망칠까? 마를리에서 한 잔할까?"

"뭐라고?"

"넌 네 차를 타고, 난 내 차를 타고 가자. 오늘 저녁에는 차가 필요하거든. 그럼 조금 있다 봐!"

*

나는 산타바르바라에서 돌아올 때마다 마를리의 테라스에서 술을 마신다. 파리 한복판이지만 완전히 다른 곳이라고 상상하면서. 오드레는 내 뒤를 따라왔다. 내가 자기 같은 여자—여자만을 좋아하는 여자—가 아니라고 원망하지 않을 때면 오드레는 나에게 경탄하는 것 같다. 하지만 모르는 일이다. 크리스테바에 따르면 여자들의 동성애는 내인성(內因性)인 것처럼 보인다. 그게 무슨 뜻인지 알아보라. 오드레는 낙담하지 않고 내 입술에 입을 맞춘다.

나는 무한에 대해 이야기하고 싶지 않았다. 여기 루이 14세의 기마상 앞에서 정화자를 떠올린다고? 교외지역 사람들이 수백 명 단위로 시위를 벌이고 있긴 하지만 프랑스는 문제 밖에 있고 게다가 자살폭탄테러의 피해를 입지도 않았다. 그러니 재촉하지는 말자. 구경꾼처럼 조용히 숨어 있는 게 낫지 않겠는가. 역사는 우리에게 유예 기간을 준 것이다. 어쨌든 이해하려고 노력하자. 우리는 어디에 있는가? 우리는 언제 이해할 수 있을까? 역사 안에서? 역사 밖에서? 어쨌든 이해는 또 다른 이야기다. 내가 이야기를 선호하는지도 모르겠다. 이야기는 지금 여기 마를리 테라스에 남아 있는 유일한 것이다.

황혼은 페이의 피라미드에 황옥 비단옷을 입히고 있다. 한편 역광을 받은 루브르의 석조건물은 남빛으로 어두워지고 있다. 그림자는 곧장 건물을 삼킬 것이고, 밤은 장식처럼 과거를 보여줄 것이다. 관광객들을 위해 조명이 밝혀진, 마분지 극장 같은 피라미드. 박물관이 문을 닫을 무렵이면 관광객은 보기 힘들고 달이 뜨면 완전히 사라진다. 마를리에서의 저녁식사에 익숙한 몇몇 세련된 신사숙녀들을 제외하면.

차량이 많은 대로에서 떨어져 있었지만 다양한 군중들이 오가는, 활기찬 이 구석에서 나는 프랑스가 아무도 모방할 수 없는 취향을 만들었다는 사실을 새삼스럽게 느낀다. (특히 산타바르바라에서 귀국할 때마다.) 그것은 화해와 공포를 곁들인 대혁명이 아니고, 건방진 태도와 가학성 변태 성욕을 곁들인 방탕도 아니며, 가르강튀아의 식욕도, 프라고나르(1732~1806. 프랑스의 풍속화가—옮긴이) 가족의 향기와 색채도 아니다. 그것은 바로크 인간의 방랑자적 불안정성이다. 쉽게 사라지고 변덕스럽고 낙천적인 인간.

베르사유 궁정은 돈 후안의 건방진 태도와 베르니니(1598~1680. 이탈리아의 조각가, 건축가, 화가. 루이 14세의 흉상을 만듦—옮긴이)의 탁월한 재능을 수용했다. 궁정은 요구가 아니라 환상 속에서 여유롭게 자유를 누렸기 때문이다. 바로크 인간 돈 후안은 내면성 없는 코미디언이 될 줄 알았고, 스펙터클—결코 현실과 혼동해서는 안 되는 꿈이나 마법에 지나지 않은—의 장식을 불사르고 가면을 바꾸는 데 능숙했다.

이 경박한 남자는 결국 단두대에서 죽을 만했다. 하지만 현실의 중압감, 고정된 초월성의 짐에 대한 기괴한 우월성! 페이의 피라미드는 이런 의미에서 바로크 양식이다. 그것은 프랑스식으로 변환된 도교신도들의 허공이다. 이 피라미드는 본질을 가지고 있지 않다. 이 불안정한 존재는 구름의 덧없는 반영, 황소 갤러리, 클로드 페로(1613~1690. 프랑스 건축가—옮긴이)의 주랑(柱廊),

바람에 날리는 분수를 결합시킨 것이다.

"무슨 생각해?"

오드레는 내가 바로 옆에 있는데도 산타바르바라에 가 있다고 생각한다.

"내재성이 결핍된 무한이란 사람을 생각하고 있어. 음양의 조화가 깨진 사람이야. 마치 적개심을 품은 두 가면이 부딪히며 끔찍한 폭발을 일으켜 그를 잘게 부수어버린 것 같아. 그는 자칫 정신병원에 갇힐 뻔했지. 기이하게도 파편은 그가 정화의 종교에서 발견한 '무의식적 보호막'에 의해 제지되었어. 내부에서 다 타버린 '동굴의 불'이 외부로 옮겨 붙은 거야. 그의 고약한 복수가 나를 불쾌하게만 하는 건 아니야. 온갖 살인자들을 지면에 고발하기 위해 지구 전체를 편력하는 나, 스테파니 들라쿠르가 말이야. 정말로 산타바르바라의 연쇄 정화자는 나를 매료시키고 있어. 수많은 사람들이 그를 빈 라덴 같은 영웅으로 생각하고 있지. 아랍인들은 자식들에게 그의 이름을 자랑스럽게 지어주고 말이야."

"그래도 너는 모든 테러리스트, 복수자, 자살특공대가 자신의 여성적 분신(分身) 때문에 정신적 문제를 안고 있고, 성적으로도 억압된 동성연애자들이라는 말을 하고 싶은 건 아니겠지?"

"내가 어떻게 알겠어? 정신분석가에게 물어봐야지! 무한은 분명하지. 난 그의 기록을 연구했거든. 내 관심을 끄는 것은 약간 달라. 네 안의 음양을 진정시킬 수 없어서, 혹은 다른 이유—가령 성적, 사회적, 정치적 굴욕—로 너의 내부가 황폐화되었다고 상상해봐. 그러면 더 이상 양심 따위는 없지. 너를 거부하는 굶은 상처밖에 없지. 넌 내부로 도망치고 분격한 너 자신을 구하려고 애쓰겠지. 정말로 너라면 어떻게 하겠어? 투쟁하겠어? 네 자신의 종교를 만들겠어? 다른 사람들의 종교를 전멸시키겠어? 프로작, 졸리안, 컬로프리드 단파르마 같은 우울증 치료제를 복용하겠어?"

오드레는 엉뚱한 질문을 퍼붓는 나를 더욱 좋아한다. 그 때문에 내가 그녀를 계속 괴롭히는 것은 아니다. 그저 나에게는 해결책이 없는 것뿐이다.

"이곳을 봐. 네 주위를 둘러봐. 그래 이곳도 그렇잖아. '세상에 존재하는 모든 것은 변한다. 망설이지 말고 사랑하라.' 이곳을 건설한 사람들은 진실하지도, 확고부동하지도 않았어. 그저 그들에게는 내면성이 없었지. 오직 도미노 복장, 정장, 검은 가면, 임무밖에 없었지. 하지만 그들은 가면과 현실을 혼동하지는 않았어. 그들은 가면을, 가지고 놀기에 적합한 환영으로 생각했지. 그럼 루브르의 건축가들이 종교를 가지지 않았던 걸까? 반대로 완전히 중국인이었던 무한은 정신적 황폐로 가중된 도교의 비본래성(非本來性)을 고정관념으로 메운 거야. 옛날 베르사유의 코미디언들이 오늘날 세계화된 산타바르바라에서 편집증환자들로 대체된 것일까? 마술사들은 교조주의자가 되었을까? 가면무도회의 검은 가면은 민족주의자들과 교권 지상주의자들의 복면으로 바뀌었을까?'

"네 말처럼 편집증환자들은 여기에 있는 우리 모두가 하루종일 놀기만 한다고 주장하겠지. 그들은 '마냥 즐거워하면서 아무것도 믿지 않는 형편없는 작자들'이라고 우리를 비난할 거야."

"너도 잘 알다시피 그들의 주장이 항상 틀리는 건 아냐. 어제 네가 말한 것, 그러니까 신학기마다 텔레비전에서 방영되는 만화영화나 그밖의 이것저것을 떠올려봐. '우리 친구 오드레의 「레벤망 아르티스티크」지를 읽을 때마다 당신의 정화자에게 도와달라고 부탁하고 싶은 생각이 들어요. 이 새로운 인간은 결국 우리를 구원할 거예요. 스테파니, 그렇지 않나요? 하지만 오드레에게는 말하지 마세요.' 냉소주의자인 봉디는 잘 속아 넘어가지 않아. '마법의 섬'의 배우들이 무대를 불태웠을 때, 돈 후안을 태웠던 불이 비본질적이었던 것처럼, 모든 것이 비본질적이라고 말하고 싶었던 거야. 그래서 그들에게 남은 것, 우리에게 남은 것은 스펙터클을 새롭게 다시 만드는 거지. 반대로 무한(無限)은 그의 이름을 이루고 있는 한자가 의미하는 것처럼 '동굴에 불'을 지르며 무(無)의 씨를 뿌렸어. 그것은 스펙터클의 끝이고, 그 이상한 길에서 기승을 부리는 건 죽음이지."

"너 그 모든 것을 쓸 거야?'

"그걸 말이라고 하니? 난 아무 결론도 내리지 않을 거야. 그냥 내가 체험한 그대로 사건을 이야기할 뿐이지. 더구나 르퓌에서 총에 맞은 '집의 불 무한'은 정말로 '새로운 인간', '허무주의에 빠진 이민자'야. 두고 보면 알게 될 거야. 그가 우리를 이길 것인가? 아니면 릴스키가 그의 편집광적인 계획을 좌절시킬 것인가? 이것이 문제로다. 모두의 기대와는 달리 개인적으로는 세바스찬이 가장 흥미로운 사람이었어. 너도 알다시피 세바스찬은 처음 취재를 떠날 때는 전혀 고려하지 않았던 사람이야. 우리 회사가 이 사람 때문에 나를 산타바르바라에 파견한 것은 아니었거든! 내 생각에 세바스찬은 성 아우구스티누스 파의 사람이야. 너도 알다시피 나는 방금 네게 이야기했던 베르사유궁의 바로크 인간보다 그와 더 가깝게 느껴져……. 그에 대해서 더 말하지는 않을래. 파리에서 아우구스티누스 이야기를 할 필요가 있을까? 누구를 위해서? 폴 리쾨르(1913~2005. 프랑스 철학자—옮긴이), 필리프 솔레르스(프랑스의 소설가, 수필가, 1960년 「텔켈」지 창간—옮긴이)를 위해? 사람들은 음모, 정사 따위를 원하지. 대체 악마는 어쩌자는 것일까?'

자부심이 강한 바텐더가 샴페인 잔과 식욕을 돋우는 소르베(과즙, 술, 향료로 만든 일종의 아이스크림—옮긴이)를 쟁반에 담아 들고 우리 곁을 살짝 지나갔다. 그는 서비스에는 별 관심이 없어 보였다. 일본 여자들이 고집스럽게 루이 14세와 페이의 사진을 찍어대고 있었다. 한편 개선문은 장밋빛 색조를 잃고 석양의 희끄무레한 황토색에 잠겨 있었다. 어리둥절한 비둘기들은 아무 생각 없이 아무데나 내려앉았다. 바텐더도 마찬가지였다.

"내 주위에 있는 생각의 지하실에서 단어들의 향료로 방부처리가 된 미라들. 도서관의 신(神) 토트, 달빛 왕관을 쓴 새의 신(神). 나는 이집트 대제사장의 목소리를 듣고 있다……."

"이 대화는 웃겨. 그렇지 않아? 우리는 마치 『율리시스』에 나오는 퀘이커교도의 서재에 있는 것 같아. 지식의 절정. 조이스다운 생략법."

"내가 좋아하는 나의 박식한 여인, 나의 소중하고 우스꽝스런 여인이여! 무엇이 너를 구원하는지 알아? 약간 떨리는 너의 작은 입, 반짝이는 너의 까만 눈동자야. 정말이야. 너의 입과 눈동자를 보면 네가 스테파니 들라쿠르의 서명과 단어를 가지고 장난치는 것을 알아챌 수 있어. 어쩌면 그걸 아는 사람은 나밖에 없을 거야. 어쩔 수 없지……."

오드레는 생략법을 쓸 정도로 무척 기쁜 것 같았다.

나는 마치 그녀가 나인 것처럼 나를 꿰뚫어보는 그녀가 좋았다. 나는 은밀하게 돌아다니는 것을 좋아한다. 나는 진지하게 생각하지 않는 것을 진지하게 소개한다. 그런 나의 빈정거림은, 나의 상사가 그토록 비난하는 나의 명상법이기도 하다. 그것은 현실이 나에게 낯선 것이고, 나도 현실에게 낯선 사람이란 의미일 뿐이다. 너를 걱정시키는, 그리고 네 부러움의 대상인 나의 반장에 대해 말해볼까? 부인하지 마, 오드레. 나는 너를 아니까. 거기에도 운명의 빈정거림이 있지. 단언하건대 그는 자신의 존재감을 느끼기 위해 극적으로 흥분한 여자를 필요로 하지 않는 유일한 사람일 거야. 무척 독특한 태생동물이지. 만일 그가 존재하지 않는다면 나는 그런 사람을 만들어내려고 했을 거야.

하지만 오늘은 이 정도면 충분해. 됐어! 오드레는 어쩌면 그렇게 감상적일까? 감정의 한계가 전혀 없다. 하지만 나의 빈정거림은 오드레와는 정반대다. 그녀가 그토록 좋아하는 끝없는 감성적 수다를 마무리하는 것은 언제나 나다. 오드레식 비극에서 벗어나는 반격. 상냥한 목소리로 이어지는 반격.

"빈정거림이란 그것을 환기시킬 때에만 존재하거든. 그런데 사실 빈정거리는 건 너잖아? 그러니까 빈정거림은 네 것이지. 게임의 요령을 터득한 관객은 카드의 안쪽을 알고 있어. 내 암시가 성공적이면 성공적일수록 나의 기쁨이 더욱 커진다는 것을 아는 건 너밖에 없어. (오드레는 머리를 좌우로 흔든다. 찬성하지 않는다는 몸짓.) 나, 가야 해. 시계 봤어? 나중에 봐!"

우리는 각자 차에 탔다. 초가을 이른 저녁, 루브르는 마분지로 만든 극장처럼 보였다. 나는 아무 할 일도 없었다. 아사스 거리로 가지는 않을 것이다. 단지 오드레로부터 벗어나고 싶었다. 나는 리볼리 가를 지나 에투알 광장과 라데팡스 신도시를 향해 달렸다. 중요한 것은 없었다. 목적지도 없이 운전할 때만큼 외로울 때도 없다.

*

　사람들은 내가 파리에 살고 있다고 생각한다. 하지만 나는 파리에 없다. 이곳에는 자그마한 자갈 밑에 고래가 한 마리씩 살고 있다. 시간은 가장 작은 돌 밑에서 몸을 비틀고, 모든 개인은 복합과거, 즉 한 권의 소설이다. 나의 소설은 나의 비잔틴이다. 빈정거림의 절정은 자신의 비잔틴인 르퀴앙블레에서 죽은 세바스찬이 내 머리에서 떠나지 않는다는 것이다. 나, 「레벤망 드 파리」지의 스테파니 들라쿠르는 모든 사람들처럼 나의 보잘것없는 인생을 이야기하는 대신에 세바스찬에게, 그의 에로틱하고 플라토닉하며 병적인 환상에 달라붙는다. 그 안에는 오십대 주부를 감동시키는 뭔가가 있다. 가령 제리에 대한 나의 헌신. 그리고 산타바르바라에 있는 반장에 대한 조용한 열정. 이 두 가지는 꼭 필요한 것이다!

　목이 잘린 내 친구 글로리아의 아들, 이제는 내 아들이 된 제리―사람들은 '문제아'라고 하지만―는 내가 빈정거림으로부터 보호하는 유일한 사람이다. 자주는 아니지만 가끔, 그러니까 4~5년에 한 번씩 그는 삶에서 도망친다. 그의 어머니는 과장조로 "녀석이 혼을 쏙 빼놔"라고 말하곤 했다. 언제가는 나도 그렇게 말할 수 있을 것이다. 하지만 나는 제리가 스스로 혼수상태에 빠진다고 생각한다. 우리에게는 사소한 일―다가오는 생일, 합창단의 기괴한 목소리, 여자친구 미샤의 연락두절 같은 것―이 그에게는 생명의 난입을 일으킨다. 극단적인 흥분은 발육 정지, 정신적 손상, 의식정지, 호흡정지, 심장 박동의 정지를 일으킨다. 그 아이의 반쯤 죽은 상태가 나를 서서히 괴롭히며 숨을 조인다.

　제리는 병원, 구급차 혹은 전쟁 이야기에 대한 고약한 공포 이외에는 어떤 기억도 없다고 말한다. 라디오나 텔레비전을 켜면 이런 주제들은 피할 수 없기 때문이다. 제리는 인터넷에서 마음껏 서핑하기 위해 부랴부랴 식탁을 떠나 컴퓨터로 도망친다. 그는 인터넷에서는 자유롭게 질병과 전쟁을 피할 수 있다. 더구나 상상의 항해를 통해 두려움에서 벗어난 그는 나에게 들려주려는 듯이 아름다운 테너의 목소리로 노래를 부른다. 분명 그가 만들어낸 노래다.

324

그의 왕국과 그의 몸은 그의 것이다. 수수께끼 같은 제리는 자신의 존재 방식으로 나를 무섭게 하기보다는 경탄하게 한다. 무엇이 되려는 것도, 성공하려는 것도, 타락하려는 것도, 유혹하려는 것도 아닌, 아무 계산 없이 있는 그대로의 존재. '무엇을 위한' 것이 전혀 없는 아이. 엄청난 강렬함과 과도한 예민함 속에서 끝까지 즐겁게 존재하는 것 이외에는 어떤 목적도 없는 존재. 어떤 요구도 없이 모든 음계 속에서 살아 있는 존재.

"엄마가 산타바르바라에 가 있을 때는 별로 잘 지내지 못했어요."

'별로'라니? 이 아이가 또 '우리'를 혼수상태에 빠뜨렸다는 말일까? 분명히 제리는 아무 말도 하지 않을 것이다. 폴린에게 물어봐야 할 것 같다. 그러나 그녀는 외출하고 없었다. 그럼 나중에 물어봐야지.

제리는 오늘 인터넷에 푹 빠져 노래를 부르고 있다. 나는 엉뚱한 생각에 빠져 있는 녀석을 보면 기쁘다. 그가 우리 곁을 떠나면서, 헤어지면서, '무엇인가를 위한' 모든 노력을 포기하면서, 나를 자신의 혼수상태 속으로 이끌면서, '그 어두운 정지'에서 탈출할 때 퍼져 나오는 빛나는 울림, 마치 그 울림처럼 녀석의 엉뚱한 생각들이 떠오른다. 지금 제리는 우리와 함께 머물며 생기 있게 살고 싶어 한다. 또한 애정으로 나를 가득 채우고 싶어 하고 내가 사람들 틈에서 살기를 바라고 있다. 그는 나를 위해 가엾은 세바스찬의 컴퓨터를 해킹할 새로운 방법을 찾아낼 것이다.

"네 탐정 임무는 어디까지 진행된 거니? 도움이 필요하니?"

하지만 그는 거절한다. 우리는 무한의 복수로부터 세바스찬을 구할 수 있다고 생각했다. 아아, 내 힘으로 모든 기적을 이룰 수는 없는 법이다! 제리를 세바스찬의 기이한 삶 속으로 데려가는 것 자체도 이미 대단한 일이지 않은가.

"나 나갈게. 그냥 잠깐 들른 거야. 잘못 주차했어……."

나는 다시 출발했다. 파리와 산타바르바라에서는 생각만큼 외롭지 않다.

봉디는 몇몇 사람들과 함께 나를 비웃었다.

"스테파니의 추리 소설은 가출 이야기일 뿐이야."

그걸 말이라고 하다니! 나는 글을 쓰면서 별로 알고 싶지 않은 있는 그대로의 나 자신을 만난다. 세바스찬 크레스트 존스라고 불리는 나의 닮은꼴, 나의 형제인 십자군 전쟁 전문가는 기억의 광대한 궁전에서 환각에 사로잡혀 있었다. 그는 문제의 기억을 공략하기 위해 모든 것을 사용함으로써 이 추리 소설을 모욕한 것일까, 아니면 이 추리 소설에서 자폭함으로써 자신의 학문을 비웃었던 것일까? 그는 분명히 미치광이다. 또 죄인일 수 있다. 릴스키는 그가 죄인이라고 확신하지만 아무에게도 말하지 않고 자신만 그 은밀한 확신을 간직할 것이다. 수사는 종결되었다. 이제 보고서 작성만 남았다.

나는 어디에 있는가? 나는 지금 랜드로버의 운전대를 잡고 있다. 요컨대 「레벤망」도, 봉디도, 오드레도, 노르디도 없이 혼자 있다. 센 강변도로, 우안, 베르시 방향. 짙은 회색 하늘에 뜬 한 뭉치의 구름은 마치 하얀 백조가 버리고 간 깃털 같았다. 지체아들—다름 아닌 세상의 모든 관광객들—을 위한 보잘것없는 회전목마인 센 강의 유람선 바토무슈는 밤빛이 반짝이는 지저분한 강물을 간신히 가르며 나아가고 있다. 그랑드 비블리오테크(프랑수아 미테랑 도서관—옮긴이)는 퀘이커 교도들까지 낙담할 정도로 황량한 곳에 텅빈 네 개의 입방체 모양으로 지어져 있다. 나는 아랍연구소를 가리고 있는 세미라미스 고가도로에도, 석면을 입힌 쥐시외 상아탑(파리 제7대학교)에도 시선을 돌리지 않는다. 나는 차를 돌려 좌안으로 건너가서 서쪽 오르세 방향으로 달린다. 샹젤리제 대로나 트로카데로 광장에서 간단하게 요기를 해야겠다. 지금 이 시각에 다른 곳에는 문을 연 식당이 없다.

모든 애정 소설은 유혹적인 현실의 환상적인 그림자에 지나지 않을까? 실베스터와 트레이시, 세바스찬 크레스트 존스와 파 창 대신에 안나 콤네나와 에브라르처럼? 갑자기 이 질문이 떠오른다. 세바스찬의 소설은 십자군 전쟁을 비난했고, 생존자들은 예루살렘 수복 후에 평화를 누렸다. 눈에는 눈, 이에는 이. 크레스트는 에브라르 드 파강부터 세바스찬 자신까지 일정한 간격으로 늘어서 있는 무한히 계속되는 세대에 희망을 품었다. 그리고 르퓌에서 필리포폴리스와 산타바르바라까지.

나는 우리 동시대인들의 비극적 운명을 너무 쉽게 조롱하고 있는 것일까? 노르디, 당신이 그렇게 생각한다는 걸 나는 알아요. 당신이 내게 말했으니까요. 누군가가 나를 사랑할 때 내게 그렇게 말한다. 그것은 칭찬이라고 생각한다. 실제로 모든 사람들은 아버지의 부재를 애통해한다. 아버지들은 더 이상 자신들의 자리를 지키지 않고 제 역할도 하지 않는다. 통탄스러운 권위의 붕괴. 학교에서 경찰 그리고 국가원수에 이르기까지! 하지만 우리는 어머니도 그리워한다. 어머니들은 의기소침해지거나, 쉽게 사랑에 빠지거나, 차갑거나, 방탕하거나, 관심이 없거나, 변방에 머무르거나, 죽었다. 다른 모습도 있지만 이 정도에서 그치고 싶다. 간단히 말해서 이것이 어머니들의 모습이다. 즉 어머니들은 자신들의 역할을 조금도 하지 않고 있다. 그럼 누가 걱정할 것인가?

결국 사람들은 성모 마리아를 대신할 것을 만들어내지 못한 것이다. 인공수정, 아동정신의학, 그리고 엄마아빠도 없는, 똑같은 모습의 쌍둥이를 생산해낼 인간복제 외에는! 참으로 대단하다! 놀라운 기술의 진보. 하지만 영혼, 영혼은 어디에 있는가? 더 이상 엄마가 없기 때문에 더 이상 영혼도 없다. 엄마 곁을 떠나는 이주민 혹은 엄마 곁을 떠날 수밖에 없는 이주민은 행복하지 않다. 아니, 결코 행복할 수 없다.

노르디, 내 말을 이해하겠어요? 세바스찬을 포함해서 대부분의 사람들—당신과 나처럼 예외적인 경우에 대해서 이야기하는 게 아니에요—은 행복해질 수 없어요. 이해하겠어요? 당신에게 말하는 거예요. 당신은 어디에 있나요? 비잔틴에? 산타바르바라에? 그냥 보기에 저는 파리에 있어요. 무슨 말이냐고요? 알고 싶나요? 파리의 4분의 3은 산타바르바라에 점령당했어요. 나머지 4분의 1은 이전의 비잔틴처럼 침몰하고 있어요. 풍요로운 박물관과 문명이 흔들리며 무너지고 있어요.

나이아가라. 강 이름인가요? 아니면 이집트 공주의 이름인가요? 조르주 자크 당통(1759~1794. 프랑스 혁명가—옮긴이)은 지네딘 지단(프랑스 레알 마드리드 소속의 축구선수—옮긴이), 데이비드 베컴(영국 맨체스터 유나이티드 소속의 축구선수—옮긴이), 혹은 로베스 피에르(1758~1794. 급진적 자코뱅당 지도자—옮긴이)의 파트너인가요? 생루이는 섬 이름인가요? 십자군 병사는 판사인가요?

퀴즈 프로에 참가하는 사람들은 모두 떼돈을 벌려고 한다. 하지만 그들은 아무것도 모른다. 산타바르바라는 남반구의 함수호(鹹水湖) 가에서 꿈 같은 이틀간의 여행을 보장해 주는 '사문(死文)' 로토에 그들의 기억의 찌꺼기를 팔도록 강요하고 있다. 퀴즈놀이꾼들과는 반대로 '성서놀이꾼', 즉 아버지를 찾는 나의 첫 번째 세바스찬은 과거의 현재에 의해 살해된 살인자다. 하지만 아우구스티누스 파의 놀이꾼, 즉 전자소설과 함께 여행하는 나의 두 번째 세바스찬은 십자군 전쟁에 새로운 가치를 부여하고 전설적인 순례를 재구성한다. 상궤를 벗어난 이주민, 범죄 소설을 즐기는 이 불쌍한 사람은 종신형을 받았을 것이다. 아니, 임신한 여인을 교살한 것만으로도 전기의자에 올라가 죽었을 것이다.

이 몽상적인 교수는 한 가지 존재 이유를 발견했다. 그것은 자신의 재생(再生)이었다. 그는 그저 상상만으로 그리스도의 성묘를 수복하려는 십자군 전쟁과 치열한 전투를 재구성했다. 따라서 이 중세의 전쟁은 그 자신의 변혁으로 바뀌었다. 먼저 에브라르로, 나중에는 르뤼의 수도원에서 울고 있는 세바스찬으로.

나는 지금 혼자서 운전하듯 글을 쓰고 있다. 나는 이곳에서는 얌전하게 있지만 다른 곳에서는 완전히 흩어진 지표들을 감시하고, 생생한 목소리로 친구들에게 말을 걸거나 몽상을 하며 길을 걷는다. 어쨌든 노르디와 오드레는 내 목소리를 알아들을 것이다. 나는 이것이 소설이라고 생각하지 않는다. 프랑스에서 소설이란 성도착자들의 수사학이다. 노르디와 오드레는 내가 퇴폐만을 주장한다는 사실을 알고 있다. 미국인들, 러시아인들은 소설에 자신들의 정신병과 우울증을 담고 있다. 나머지 사람들은 소설 속에서 혼란을 일으키고 오락가락한다.

오래전부터 그리고 지금도 프랑스 사람들은 국가적으로 다른 나라와는 구별되는 특성을 가지고 있다. 그들은 감각과 감수성의 교차로에 자리를 잡고 있다. 그들은 입천장, 피부, 음경, 질, 항문을 애무하는 경이로움, 즉 사람들이 원하는 것을 최대한 끄집어낸다. 시인들, 아이들, 젊은이들, 다양한 부류의 성도착자들은 소설에서 '대홍수의 오페라'를 즐긴다. 프랑스의 정수는 소설이다! 오늘날 소설은 과도하게 넘쳐나고 있다. 스크린에서, 피카르 냉동식품과 전자레인지용 음식 주위에 둘러앉은 재구성된 차가운 가정에서 싱겁게 망가지고 있는 소설.

솔직히 말해서 이런 사람들이 우글거리는 서점에 소설을 던지기 위해서는 분별없는 사람이 되어야 한다. 그렇다면 누구를 위해 글을 쓰는가? 모든 사람들처럼 그들의 부모를 위해 혹은 부모에 맞서기 위해. 마치 인생이 바르게 처신하기 위해서만 존재하는 것처럼 나의 책들은 내게 반듯하게 서 있으라고 한다. 그렇게 나는 스스로 정화될 수 있었다. 무한 같은 미치광이가 믿고 싶어 하던 것과는 달리 최고가 되려는 것도, 타락한 사람들과 행실이 나쁜 사람들을 제거하려는 것도 아니다. 하지만 어디에도 이르지 않는 길에서 자신을 초월하면서 나아가는 것, 서서 여행하는 것이다. 정체성을 찾아가는 여행, 공간을 통해 시간을 거슬러 올라가고 시간을 꼼짝 못하게 붙잡는 여행, 꼭 소설로 진술될 필요가 없는 여행. 그럼 뭐란 말인가? 탐구, 어쩌면 수수께끼.

오늘은 저녁을 먹지 못할 것 같다. 의식 없이 센 강변도로를 빙빙 돌며 몇 시간 동안 파리를 돌아다니다 어느덧 집 근처로 돌아와 있었다. 뤽상부르 정원은 아직 제철도 아닌데 향긋한 보리수 냄새를 풍기고 있다. 과거, 제리와의 산책, 마로니에 숲의 비둘기, 알사스 거리에 있는 나의 집 창문을 벌집으로 착각하고 몰려드는 꿀벌 등으로 풍요로워진 현재 속에서, 그리고 나의 지각 (知覺)―추억―속에서 나의 정원을 부드럽게 감싸는 것은 언제나 보리수의 향기이다. 꽃핀 나무에서 불어오는 향기, 신선함의 향기, 재시작의 향기. 이 향기는 가볍지만 유리, 철, 돌, 나의 피부, 나의 뼈에 쓰며들어 나를 살리고 동시에 나를 해체한다.

나는 랜드로버를 문 앞에 주차시킨다. 몇 시나 되었을까? 시차 때문에 파리에 돌아와서 처음 며칠 동안은 문자 그대로 착각의 나날이다. 꿀처럼 달콤한 착각.

*

"에스텔 판코프? 물론 기억하죠! 지금 파리에 있나요? 정말 깜짝 놀랐어요!"

에스텔이 전화를 걸다니 뜻밖의 일이었다! 나는 간신히 그녀의 목소리를 알아들었다. 신중한 정신분석학자. 그녀는 내게 무엇을 바라는 걸까? 에르민의 친구로 온 걸까? 그렇다면 산타바르바라의 사자(使者)가 아닌가?

"'영혼의 새로운 질병'에 관한 국제학술대회 때문에 오셨나요? 물론 아주 흥미 있는 주제죠! 당연히 우리 집에 들르셔야죠. 저는 아직 두 나라 사이에서 리듬을 되찾지 못했어요……. 쉽지가 않네요. 제가 아직 주소를 말씀드리지 않았나요? 네, 아사스 가에 살아요. 비밀번호 모르세요? 목요일 오후 5시? 좋아요. 마침 그날은 회사로 출근하지 않아요. 외근이거든요. 그럼 목요일에 봐요!"

나는 좀처럼 사람들을 집으로 초대하지 않는다. 그래서 나의 정원은 비밀로 남을 것이다. 하지만 어디에서 에스텔을 만나지? 그녀는 분명 뭔가 중요한 할 말 혹은 듣고 싶은 말이 있을 것이다. 케이크 없이 녹차, 중국차, 재스민차, 그리고 말린 꽃. 이것만으로도 우리 집 옆에 있는 '메종 드라 쉰(중국집)'의 '펠리시테(지복)'라는 차를 떠올린다. 나는 집에 들어가기 전에 그곳에서 신문을 읽고 차를 마시며 가끔은 차를 사고 아무 의미도 없는, 코드화된 공손한 미소를 나누는 것이 좋다.

"에르민을 기억하느냐고요? 어떻게 그녀의 웃음소리를 잊을 수 있겠어요? 그처럼……."

나는 망설였다.

"에르민은 이제 웃지 않아요. 심각한 우울증 때문에 그녀를 입원시킬 수밖에 없었어요. 세바스찬이 죽고 미날디도 살해되었으니……. 하지만 이제 좀 나아졌어요. 지금은 많이 진정되었어요."

에스텔 판코프는 단어를 조심스럽게 골라가며 말했다. 그녀의 입은 가볍지 않을 것이다.

나는 어떻게 말해야 좋을지 몰라 이렇게 물었다.

"에르민은 정신분석을 받아보았나요?"

에스텔은 솔직한 웃음을 터뜨렸다. 그녀의 물망초 같은 작은 눈동자는 얼굴을 가리고 있는 곱슬머리 아래에서 깜찍한 장난기로 반짝거렸다. 그녀는 애교스런 손짓으로 머리를 쓸어 올렸다.

"아, 아니에요! 정신분석을 받을 사람이 아니죠. 그녀는 매춘부 단체와 함께 싸우고 있어요."

나는 에르민이 어디까지 가고 싶은 건지 여전히 알 수 없었다.

"그럼 모든 일이 잘 되고 있네요."

"네, 그녀는 매춘을 자유화하라고 주장하죠. 에르민은 세바스찬이 죽은 것을 알고는 남편이 연구소의 조교인 파 창과 내연의 관계였다고 확신했어요. 당신도 알다시피 파 창은 익사체로 발견되었죠. 그것도 임신한 상태로."

정신분석학자는 두 손으로 머리를 완전히 뒤로 넘기더니 갑자기 자유로워진 물망초 같은 눈동자로 나를 날카롭게 노려보았다.

에스텔이 말을 이었다.

"사람이 어떻게 그렇게 잔인할 수 있는지……. 에르민은 단 한 가지 해결책밖에 없다고 생각했어요. 즉 매춘이죠. 혹시 수 올리버를 알고 있나요?"

드디어 본론을 꺼내는군! 판코프 부인은 동시대인들의 무의식과 육체를 더욱 잘 이해하기 위해 전적으로 혼자서 연구를 추진한 걸까? 아니면 그녀는 산타바르바라의 밀정일까? 그녀는 반장이 알고 있는 것을 내가 알고 있는지 알고 싶은 걸까? 아니면 반장이 왜 알고 싶어 하지 않는지 궁금한 걸까? 릴스키를 궁지에 몰아넣을 수 없어서일까? 왜 들라쿠르의 입장을 고려하지 않는 걸까? 그는 최선을 다해 마피아는 물론 점점 더 강경해지는 정부와 맞서고 있는데, 도대체 그를 어쩌겠다는 셈인가.

르뤼에서 세바스찬이 죽기 직전 내가 그를 보았는지, 내가 그에게 말을 걸어보았는지, 그때 그가 어떤 모습이었는지 알고 싶어서 에르민이 에스텔에게 파리에 가서 나를 만나보라고 간청했다는 것이다. 에르민은 너무도 가까운 친척인 노드롭을 성가시게 할 수 없었다고 했다.

"스테파니, 당신은 저에게 아무 말도 하지 않겠죠. 하지만 저도 나름대로 생각해봤어요. 제가 당신을 만났다고 하면 그것만으로도 그녀를 진정시킬 수 있을 거 같았어요. 그뿐이에요."

에스텔은 정직한 모습을 보이려고 애쓰면서도 호기심을 감추지는 못했다.

나는 더 이상 묻지 않았다.

내가 아무 말도 하지 않을 것이라고? 꼭 그렇지는 않다. 나는 몇 가지는 털어놓을 것이다. 나의 신념을 이야기하지 않고 그냥 그녀를 보낼 수는 없다. 간접적으로나마 누가 에르민과 판코프의 질문에 대답해줄 것인가. 다른 방법이 없지 않은가. 나는 경찰도, 정신분석학자도 아니다. 나는 사물을 있는 그대로 바라볼 뿐이다. 약간 혹은 거의 전적으로 세바스찬의 방식으로.

만일 세바스찬이 자신의 목적을 이룬 사람이라고 말한다면 에스텔은 이해할 수 있을까? 언제나 투사적인 오드레는 '서유럽적인 남자'라고 정정해주었었다. 에스텔은 물망초 같은 눈을 찌푸렸다. 산타바르바라의 정신분석학자는 아마 이해할 수 있을 것이다. 그래서 나는 쓰고 있는 내 이야기를 그대로 풀어놓았다.

샤오 창. 내재성 없는 인간인 무한은 자신의 영혼까지도 황폐하게 한 '집의 불'이었다. 세바스찬은 조상들의 기억까지 '확대된 집'이었다. 시간은 세바스찬과 함께 사라지지 않았다. 과거는 자신을 해체하여 다시 만들어내고 현재는 그런 과거를 삼켜버렸다. 산타바르바라의 범죄적 산물인 가엾은 크레스트 존스는 자신의 가족 소설의 희생양일까? 범죄 도시의 해독제일까? 기억을 되찾은 아우구스티누스 파일까? 승리를 구가하는 지옥 같은 무의식? 아니면 반대로 시간에 맞서 재연된 시간?

"이것 좀 들어보세요. '시간이 과거, 현재 그리고 미래, 이렇게 세 가지로 나뉘어 있다고 말하는 것은 적절하지 않다. 과거의 현재, 현재의 현재 그리고 미래의 현재, 이렇게 세 가지 시간이 있다고 말하는 것이 더욱 정확하다. 과거의 현재는 기억이고 현재의 현재는 직감이며 미래의 현재는 기다림이다.' 이건 당신에게 하는 말이에요. 에스텔, 그렇지 않나요? 마치 시간 분석 같아요. 아닌가요? 그렇게 보여요. 하지만 천만에. 이것은 세바스찬이 남긴 메모예요. 그가 훔친 이 인용문은 그를 시간의 밤 속으로 불러내요. 우리의 역사가는 현재에서 십자군 전쟁을 했던 거죠. 더 이상 낙엽도 없고 방부 처리한 고문서도 없어요. 크레스트는 자신의 기억을 현재로 인식했죠."

"제 동료들과 과학자들은 기억의 이상증진을 편집증으로 진단할 거예요."

"어떤 면에서는 그렇죠. 『고백록』의 작가 성 아우구스티누스는 이미 '끔찍한 신비'라고 토로했어요. 저는 그 작품에서 헛헛증에 걸린 현재의 극치를 보죠. 하지만 현재는, 성급한 정보 소비자이자 몽유병자인 대부분의 우리로부터 벗어나 있죠. 프루스트는 이 공포 속에 수심측량기를 담갔고 천체망원경을 들이댔어요. 한편 세바스찬은 마침내 고통의 조각들을 흡수하는 시간의 영역, 즉 그의 '통과지대' 속으로 완전히 옮겨갔지요. 아버지 없는 방랑객의 불만, 사랑하는 사람을 목 졸라 죽일 때의 경련, 철저한 살인 충동. 저는 역사를 뒤흔드는 것에 대해 말하고 있어요. 마침내 그는 자신의 십자군 소설 속에서 그것들을 초월하죠. 그는 실제로는 불가능하지만 오직 그의 펜 아래에서만 결합되는 '안나 콤네나와 에브라르 드 파강'이라는 짝을 만들어냄으로써 마음을 진정시켰어요. 그것만으로도 이미 대단한 일이죠. 크레스트는 더 이상 요구하지 않았어요. 당신은 그를 비난하고 싶나요?"

에스텔 판코프는 차를 마셨다.

"에르민에게 행복한 외국인은 없다고 전해주세요. 외국인은 항상 모친상(母親喪) 중이니까요. 제 말을 듣고 당신은 놀라지 않았겠죠? 젖먹이도 이 정도는 알고 있으니까요. 노인들은 이 사실을 잊어버렸기 때문에 늙는 거죠. 망명 중에도 멀리 있는 아버지의 야심 찬 후계자로 남을 수 있어요. 아버지는 멀리 떨어진 곳에 서서 우리를 지지하는 존재니까요. 하지만 어머니는! 감수성이 예민한 존재, 개념에 앞서는 취향의 언어, 향료 주머니, 사랑! 그러니 「아가서」를 읽어보세요! 만일 몸싸움이 없다면, 어쩌다가 말싸움이 사라진다면 낙원은 더 이상 존재하지 않을 거예요. 향수를 간직하세요. 에스텔, 모든 방랑자들은 우울하고, 그들의 노래는 비탄으로 헐떡인다는 사실을 알고 있나요?"

에스텔은 미소를 지었다. 내 설명이 육체 전문가를 안심시켰다. 나는 이미 납득하고 있는 그녀를 또 다시 설득하려는 꼴이었다. 그녀는 자신의 환자들 가운데 몇몇은 어머니와의 유대에 새로운 의미를 부여하려 애쓴다고 말했다. 이런 관계 개선에는 도와주는 어머니들이 있다. 물론 아주 드문 일이지만! (나는 그녀에게 말했다. '예를 들면 나의 어머니……' 하지만 판코프 부인은 내 말을 믿을 어떤 이유도 없다. 사실 내 말을 믿지도 않는다. 그녀는 물망초 같은 눈으로 미소를 지을 뿐이다.)

하지만 대부분의 엄마들은 여러분을 꼼짝 못하게 한다. 우리는 거기에서 빠져나올 수 있다고 생각한다. 하지만 엄마들은 여러분을 다시 붙잡는다. 그리고 여러분은 불가능성, 다시 말해서 현실의 벽에 부딪친다. 어머니의 사랑을 받았다고 믿는 남자들—여자는 결코 없다—이 '영웅'이라 불린다는 사실을 알고 있는가? 하지만 이것은 이야기의 시작일 뿐이다. 이야기는 영웅들이 모태를 죽이고 또 서로를 죽이며 끝이 난다. 페르세우스는 끔찍한 메두사의 머리를 자르고, 오레스테스는 클리템네스트라를 살해하고, 오이디푸스는 자신이 엄마와 동침한 사실을 보지 않기 위해 스스로 맹인이 되어버린다. 영웅인가, 죄인인가?

판코프 부인은 초조해졌다. 그녀는 내가 살해된 살인범을 잊었을까 봐 걱정했다. 하지만 천만에, 나는 기억하고 있었다.

"세바스찬은 자신의 어머니를 부끄러워했어요. 제 의견을 알고 싶나요? 트레이시 존스는 그에게 엄청난 혐오감을 불러일으켰어요. 아버지의 의견을 묻지 않고 아들을 낳은 파렴치한 여자에 대한 혐오감이었죠. 이 역사학자는 죽을 때까지 차가운 무관심으로 이 상처를 치료하려고 애썼어요. 복잡한 문제냐고요? 그건 말할 것도 없죠. 당신이 원한다면 하나의 현상, 하나의 경우라고 해두죠. 에스텔, 그의 조카인 반장은 그렇게 확신했어요. 반장이 제게 직접 말했어요. 제 말을 믿어도 좋아요. 우리의 세바스찬은 모친살해자나 마찬가지예요. 저는 생각하는 대로 말씀드리는 거예요. 제 말이 당신에게 별로 충격을 주지 않는다는 걸 알아요. 그렇지 않나요? 당신 같은 메라니 클라인(1882~1960. 오스트리아의 정신분석학자. 대상관계이론의 창시자—옮긴이)의 제자에게는 놀라운 사실이 아니죠! 개인적으로 저는 십자군 전쟁의 이상주의자인 그가 두려워요. 안나 콤네나에 대한 그의 열정은 마음속에서 어머니를 억압했던 죄의식 이외에는 아무것도 떠올리지 않아요. 그렇지 않나요?"

에스텔은 어깨를 으쓱해 보이더니 말을 꺼냈다.

"다른 사람들 같으면 한물간 중년여자들의 기둥서방, 다정한 애인, 영원한

귀염둥이의 역할을 맡음으로써 여자의 가슴에 대한 타고난 욕망을 충족시켰을 거예요. 콜레트를 기억하나요? 이 여자는 '남자 오브제(homme-objet)'나 자살한 사람으로 묘사하기 전에 남자들을 즐겼어요. 『셰리의 종말』, 기억해요? 왜곡하고 싶은 게 아니에요. 엄마 혹은 닮은꼴과의 근친상간만큼 자연스러운 탈선은 오늘날 누구에게도 강한 인상을 주지 못해요."

"하지만 세바스찬은 선택한 게 아니었어요! 아니고말고요! (나는 에스텔에게서 공모자의 모습을 보고서 정말로 놀란 것일까?) 세바스찬이 원한 여자는 순수한 지성으로 이루어진 이상적인 여인 안나 콤네나였어요. 당신이 어느 비잔틴 수도원에서 「성모의 죽음」(마케도니아 오흐리드 지방의 클리멘트 성당에 있는 프레스코화—옮긴이) 앞에 매우 낙심한 얼굴로 서 있는 크레스트 존스의 복제인간들을 발견한다 해도 저는 놀라지 않을 거예요. 동방정교회가 가톨릭 신자, 유대인 그리고 어쩌면 회교도까지 눌러 이긴다 해도 놀라지 않을 거예요! 결국 다시 시작되는 어머니! 그것은 피날레, 지하드의 끝, 역사의 끝일 거예요. 동의하세요?"

나는 판코프 부인이 산타바르바라에서 나의 사자 역할을 해줄지는 확신할 수 없었다. 하지만 아우구스티누스 파인 나의 두 번째 세바스찬이 자신의 소설과 함께 십자군 전쟁에 새로운 가치를 부여하고 공상적인 사랑을 새로 만들어갔다는 이야기를 그녀에게 들려주는 것으로 만족한다. 그녀가 이 이야기를 가지고 자신의 나라로 돌아가서 에르민, 법률만능주의에 빠진 여론, 새로운 영혼의 병을 상대로 그녀가 원하는 것을 이루게 되기를! 나는 대의란 합의되는 것이라고 생각한다. '집의 불', 즉 무한은 세바스찬의 머리를 폭발시켰다. 결국 그렇게 되고 말았다.

에스텔은 나처럼 신문을 읽고 텔레비전을 본다. 현재 놀이를 주도하고 있는 것은 정화자들이다. 실제로 시합에서 이길 가능성은 조금도 없지만 릴스키는 나와 함께 감시를 게을리하지 않는다. 아무튼 세바스찬은 죽은 사람이지만 부활한 사람이기도 하다. 이 기억의 남자는 시작의 남자이기 때문이다. "시작이 있도록 인간은 창조되었고, 그전에는 아무도 없었다." 다시 아우구스티누스. 하지만 나는 오드레에게 아우구스티누스에 대해 아무 말도 하지 않을 것이다. 그녀는 다시 한 번 나를 서양주의자, 그리스도교인으로 치부해 버릴 테니까. 하지만 세바스찬이 십자군 전쟁에 관한 소설로 자신을 다시 만들었던 것처럼 그런 반복적인 순환은 더 이상 없다. '반복적인 순환은 폭발했다.' 모든 것은 그가 수도원에서 눈물을 흘릴 때 다시 시작되었다.

"당신은 그것을 알고 있었죠? 우울증 환자들은 인생이 다시 시작될 때만 웁니다. 그들은 눈물을 흘릴 수 있을 때 자살을 잊고, 자살을 더 이상 생각하지 않고, 그저 존재의 어려움만을 생각합니다. 눈물은 삶인 셈이죠."

세바스찬이 자기 소설 속에서 재평가하고 있는 이 성스러운 그림—성모상 옆에서 그의 마음을 달래주는—에서 유일한 결점은 세바스찬이 행복을 믿지 않았다는 점이다. 아우구스티누스가 싫증내지 않고 반복하는 이 열매, 그의 제자 라캉이 '즐거움(jouissance)'이라는 무거운 단어로 명명한 이 열매를 크레스트 존스는 추구하지 않았다. 그는 과거를 다시 만들고 과거를 현재에서 재현하기 위해 과거를 탐구할 뿐이었다. 그것이 그의 유일한 환희였다. 더 이상 아무것도 없고 기대할 것도 없다. 아무것도! 엄청나지 않은가? 그럼 파리에는, 산타바르바라에는, 필리포폴리스에는, 르뮈에는 무엇이 남을까?

세바스찬이 르뮈앙블레에서 눈물을 흘린 것은 쇠퇴하긴 했지만 거대한 충만함 때문이었다고 나는 확신한다. 어쩌면 그건 내 멋대로의 해석일지 모르지만. 어쨌든 이 서양 남자는 자신의 목적에 도달했다. 세바스찬은 자신의 영광을 주장하지 않았다. 오드레, 난 그렇게 생각해. 혹시 그는 은밀하게 자신의 영광을 다시 발견했을까? 자신의 컴퓨터에서 안나 콤네나와 에브라르를 재창조하고, 산타바르바라에서 흑해와 르뮈앙블레까지 발칸반도를 편력하면서?

산타바르바라의 사자 에스텔은 다시 물망초 같은 작은 눈으로 나를 노려 보았다. 오드레처럼, 노르디처럼 그녀는 내가 그녀의 유머감각을 시험하기 위해 그리고 내가 현재 나의 파리 생활에 흥미를 느끼고 있음을 이해시키기 위해 세바스찬, 에브라르 그리고 안나 콤네나의 이야기를 하고 있다고 생각 했다.

"당신은 추리 소설을 비웃으면서도 추리 소설을 쓰고 있군요. 그리고 산타바르바라가 주도하는 현재의 십자군 전쟁을 비난하면서 십자군에 대해 이야기하고 있고요."

정신분석학자인 에스텔 판코프는 은밀히 나의 말에 찬동하면서도 경계를 게을리 하지 않았다.

"타인과 더불어 자유로워질 수 있는 다른 방법이 없을까요? 빈정거리면서 즐거워하기 위해 플라톤, 키에르케고르(1813~1855. 덴마크의 종교철학가—옮긴이) 혹은 라퐁텐은 필요 없어요. 골의 농부들은 소문난 풍자가들이죠. 에스텔, 제 속내 이야기를 하나 들려드리죠. 저의 아버지는 산타바르바라에서 대사 역할을 하지 않을 때는 염전, 접시꽃, 샤랑트의 유머가 가득한 레 섬으로 저와 동생을 데려가곤 했어요. 레 섬을 아나요?"

에스텔, 나의 별난 방문객이여, 빈정거림이라면 자신 있소이다. 나의 초자아는 여우다. "당신은 이 숲에 사는 동물들의 우두머리입니다." 내가 진술하고 있는 것은 내 생각이 아니다. 나의 말들은 나의 내적 확신과 반대되는 겉모습을 묘사한다. 나는 나 스스로 만든 이 부조화를 즐긴다. 기만일까? 꼭 그렇지는 않다. 나는 일상어 속에, 세속적인 구어 속에 경멸이 내재하고 있다고 강조하는 것뿐이다.

"빈정거림은 세상의 불화에 맞서는 당신의 방법인가요?"

에스텔은 역시 정신과 전문의였다.

"제가 정확히 어디로 가야 할지 모르니까요. 저는 자신의 모순을 무력화시켜요."

나는 정신분석적으로 요약했다. 내가 그녀를 놀라게 한 모양이었다.

"당신은 신자가 아니에요."

에스텔은 언제나 정치적이다.

"만일 무신론이 존재할 수 있다면 풍자가는 철저한 무신론자일 거예요. 분명히 순수한 사람은 아니죠! 단어와 장르를 왜곡하는 자는 순수성 자체를 망가뜨려요. 그렇지 않나요? 예언자일까요? 어쩌면 그럴지도 몰라요. 무엇이 올지도 모르면서 다가올 것을 끊임없이 환기시키는 사람."

나는 철학가 노릇을 하면서 '펠리시테' 차를 찻잔에 부었다.

에스텔 판코프는 나의 빈정거림과 조롱을 혼동할 정도로 정직한 사람일까? 천만에! 나의 애인이었던 스타 앵커가 말한 것처럼 조롱은 우리에게 모든 것이 사기라고 믿게 한다. 나는 그녀에게 그의 성(姓)을 알려주지 않았다. 그에게 성이 있었는가? 이곳에서 오드레만이 내가 누구 이야기를 하는지 알고 있다. 그녀는 속지 않는다. 내가 이해하지 못할 경우 그는 잠자리에서까지 속삭이곤 했다.

"본질적으로 부식시키는 영혼에게는 신성한 것은 전혀 없지. 나는 타고난 신성 모독자야."

처음에 나는 그가 재미있는 사람이라고 생각했는데 결국 그는 언제나 실수만 했다. 나는 그를 믿지 않았기에 결국에는 더 이상 그의 말을 듣지 않게 되었다. 빈정거림과는 아무 관계도 없이.

빈정거림은 사람들을 고양시켜 표현할 수 없는 진실로 안내한다. "노래하겠어요? 그럼 지금 춤을 추세요." 하지만 슬며시 반대편으로 들어가버린다. "당신 마음에 드는 것을 하세요. 하지만 누구도 믿지는 마세요. 물론 나도 믿지 마세요."

인생의 놀이는 더욱 복잡하고 변덕스러우며 익살맞고 장난스럽다. 이것은 라퐁텐의 여우가 산타바르바라의 모든 까마귀에게 말하는 것이다. 반대로 가소로운 남자친구는 나를 깎아내렸다. "내가 당신을 잡았소. 당신은 죽은 몸이오. 나는 아무 가치도 없는 주인이오." 결국 도박꾼이자 신성 모독자인 나의 애인은 스스로 타락하고 말았다. 자신의 뜻과는 다른 것은 물론, 무엇이든 말할 수 있고 따라서 어떤 거짓말이든 할 수 있는 교활한 사람. 그의 분노. 밤의 분노, 경쟁자들과의 악착스런 싸움. 아, 채널 전쟁! 교활한 사람과는 모든 짓을 할 수 있다. 웃고, 사랑을 하고, 여행하고, 돈을 벌고, 빛나게 하고, 싸우고, 고통스럽게 하고, 즐기고, 경우에 따라서는 죽도록 괴롭힐 수도 있다. 이미지들이 나를 괴롭힌다. 당신은 그렇지 않나요? 하지만 그건 사는 게 아니다. 에스텔, 그건 사는 게 아니야! 그러니 남은 것은 오직 글을 쓰는 것뿐이지…….

산타바르바라의 사자인 에스텔은 나를 피곤하게 했다. 정말로. 소송은 없을 거라고 생각한다. 세바스찬은 정말로 자신의 목표에 도달했고, 판코프 부인은 그 증인이다. 에스텔, 우리는 다시 만날 것이다. 물론 나는 무척 자주 당신 나라에 갈 것이다. 솔직히 나는 산타바르바라를 떠난 적이 없다.

*

식은땀이 났다. 열이 있는 것일까? 아니면 불안감이 커져서? 음식을 삼키기가 힘들었다. 목에서 소리가 나오지 않았다. 언제나 들려오는 심장의 잡음, 두근거림, 호흡 곤란. 나의 젖은 손은 헛되이 가방 밑바닥에서 언제나 좋지 않은 순간에 찍찍거리는 휴대폰을 찾아 들었다. 하지만 너무 늦었다. 메시지가 남아 있었다. 또 실패한 태생동물인 나의 상사였다.

"스테파니, 당신을 스토킹하는 게 아닙니다. 아무튼 당신에게 바라는 것은 소설이 아니라 탐방 기사입니다. 구체적인 기사 말입니다. 신판테온교 문제는 어디까지 진행되었습니까? 간단한 일입니다. 내가 당신을 성희롱했다거나 심적으로 괴롭혔다고 말하지 마시오. 알겠소? 난 내 일을 하고 있을 따름이요. 히히히!"

언젠가는 그를 죽여버리고 말겠다. 오드레, 언젠가는 「레벤망 드 파리」 지에서 살인사건이 일어날 거야. 내 말 듣고 있어?

오드레는 내 말을 듣고 있지 않았다. 진지한 얼굴, 앞으로 삐죽 내민 입술, 오른쪽 왼쪽으로 돌리는 다람쥐 같은 눈동자. 오드레는 마를리 카페의 바닥에 두 눈을 고정시킨 채 간신히 들을 수 있는 이상한 소리에 귀를 기울이는 것 같았다. 한 덩어리로 응집된 몸뚱이들이 출구로 몰려가고 있었다. 폭발음이 울렸다. 다시 한 번. "엎드려요!" 사람들이 달리기 시작했고 오드레는 내 팔을 붙잡았다.

"움직이지 말자. 이럴 때는 가만히 있어야 해."

어떤 경우 말인가? 옆에 있는 사람들은 식탁 밑에 쭈그리고 있었고, 다른 사람들은 리볼리 가 쪽으로 도망치고 있었다.

조금 전의 자신만만한 바텐더는 멜바 복숭아와 샴페인 잔을 담은 쟁반 대신에 헤클 기관단총 PS9를 쥐고 있었다. 바텐더는 경찰이었다. 예상했어야 했는데……. 그는 앞에 있는 평범한 누군가를 밀었다. 그는 머리를 박박 밀었고 르두트 차림에 나이키를 신고 있었다. 수갑과 곤봉세례에도 불구하고 상당히 유연한 걸음걸이였다. 턱에서 붉은 점액이 흘러내렸다. 내 옆에 있는 여자는 식탁에서 몸을 일으키면서 "권총강도야!"라고 속삭였다. 갑자기 줄지어 서 있던 경찰들이 권총강도와 '바텐더 경찰'을 에워쌌다. 우리는 오늘 저녁 집에서, 내일 사무실에서 얘깃거리를 갖게 되어 무척 기뻤다.

갑자기 권총강도는 격렬한 경련을 일으키더니 쓰러졌다. 간질 발작?

"반장님, 놈이 뭔가를 삼켰습니다!"

바텐더 경찰의 젊은 여자 부관—경찰복을 입고 있는—이 소리쳤다. 경찰은 최대한 빨리 현장에 도착했다! 경찰이 시민의 눈에 띄지 않고 현장에서 자지 않는 한 그것은 당연하다. 경찰은 치안 불안 때문에 비상근무 중이었다.

"제기랄, 녀석이 독약을 마셨어!"

바텐더는 허겁지겁 핸드폰을 찾았다. 상황이 급박했다. 그는 보다 풍부한 정보가 필요했다.

"잔, 구급차를 불러요. 놈의 무기는 분명히 빅토리아 공장에서 만든 CETME 소총이에요. 바스크 ETA 특공대, 알카에다, 빈 라덴이 사용하는 무기죠. 난 진지한 사람이에요. 웃지 마세요……. 마를리 카페, 페이의 피라미드에서 사람들을 철수시키십시오. 원한다면 루브르 전체, 파리 전체에서 사람들을 피난시켜요."

바텐더는 흥분했다. 오늘은 그의 날이었다.

"네, 반장님."

바텐더는 잔에게 말했다.

"난, 지금 시경과 통화 중이요."

"네, 반장님!"

그는 핸드폰에 대고 부르짖었다.

"다시 확인합니다. 권총강도는 제압되었고 즉사했습니다. 과잉 진압은 없었습니다. 놈은 음독자살한 것 같습니다……. 그런 것 같습니다.…… 연쇄테러의 시작…… 실제로 무슨 일이 일어날지 모릅니다. 언제라고요? 즉각……

내일 여기서…… 물론입니다. 왜 아니겠습니까? 위치는 좋습니다. 제 생각에는 어디든지……. 원하신다면…….”

새로운 폭발음. 이번에는 피라미드 아래서 들려왔다. 가슴이 터질 듯했다. 산타바르바라로 떠나기 전에 초음파 검진을 받아야만 하는데…….

“딸아, 넌 항상 자신을 소홀히 하는구나. 네가 아니면, 내가 아니면 누가 너를 생각하겠니?”

엄마 말씀이 옳았다. 엄마는 이 세상에 계시지 않지만 모든 것은 마음으로 이루어진다. 나는 그것을 알고 있었다. 하지만 실패한 태생동물인 봉디가 나에게 달려들 때는 아무것도 할 수 없다. 나는 나 자신을 소홀히 하고 그저 달릴 뿐이다. 결국 일어날 일이 일어나고야 말았다. 내 심장이 탈이 나고 만 것이다.

두 번째, 세 번째 폭발음. 피라미드는 산산조각이 났다. 유리 파편이 카페를 뒤덮었다. 오드레는 울었고, 나는 돌처럼 굳어버렸다. 이 저주받은 심장 잡음 때문에 목젖은 달라붙었다. 입을 열 수 없으니 단어 하나도, 비명 하나도 내뱉을 수 없었다.

마를리 카페의 단골손님들은 사라졌다. 오드레와 나, 우리 둘만이 꼼짝하지 않고 남아 있었다. 우리 두 유령은 해질 무렵에 세계무역센터가 붕괴되고 루브르가 화염에 휩싸이는 것을 목격했다. 우리는 살았을까? 아니면 죽었을까? 아직 모르겠다. 확인하려면, 감히 생각하려면 혹은 무엇이든 말하려면 누군가를 찾아야 하는데 아직 어떤 생존자도 보이지 않았다.

화재는 동양, 이집트, 그리스, 로마의 고미술품 전시장으로 번지고 있었고, 불길은 외벽을 널름거리고 있었다. 루이 르 보(1612~1670. 베르사유 궁전을 설계하고 루브르 궁전의 건축을 감독했다—옮긴이) 동상은 연기에 휩싸였고 베르니니 동상은 잉걸불 속에서 몸을 비틀었다.

“이 지옥을 반드시 떠나야 해. 손 이리 내. 움직여. 노력해봐!”

오드레는 나를 흔들며 나를 내가 모르는 곳으로 잡아당기려고 애썼다.

지독한 휘발유 냄새가 튈르리 공원을 휩쓸었다. 까만 재는 장밋빛 카루젤 개선문을 덮었고 유령이 된 우리를 검게 만들었다. 나의 입과 폐는 재로 가득

했다. 나는 숨을 헐떡이며 혼수상태에 빠졌다. 오드레가 소리쳤다.

"노력해봐. 내 말 들리니? 자, 달려! 그쪽은 안 돼. 지하철로 가서는 안 돼. 놈들은 언제나 지하철에서 날뛰잖아. 밖에서 달리자. 끝까지."

그럼 어떤 길? 나는 소리 없는 꼭두각시였다. 나는 그저 오드레의 말에 복종했다.

"신사숙녀 여러분, 진정하십시오. 방금 루브르에서 테러가 발생했습니다. 우리는 아직 희생자의 수를 정확히 파악하지 못했습니다. 희생자가 늘어날 가능성이 높습니다. 지금 여러분이 뉴스를 듣고 있는 이 순간에도 우리의 문화 유적지는 연기 속으로 사라지고 있습니다. 피해는 매우 심각합니다. 파리 시 경찰청장이 말씀드리고 있습니다. 우리는 사태를 진압했습니다. 제 말을 믿어도 좋습니다. 세 명의 테러리스트는 사망했고, 그중 한 명은 '사모트라케의 승리의 여신상' 앞에서 자폭했습니다. 그가 주동자인 것으로 보입니다. 또한 우리는 '새로운 악의 십자군'의 전사를 한 명 체포했습니다. 세 번째 범인은 음독자살했습니다. 관할 소방서가 불길과 싸우고 있습니다. 시민 여러분은 집에서 나오지 말고 경계를 계속하기 바랍니다. 시장님과 저는 물론 정부도 사태를 주시하고 있습니다. 산타바르바라를 순방 중인 공화국 대통령은 잠시 후 국민 여러분께 연설할 것입니다. 진정하십시오. 여러분의 시민의식에 감사드립니다. 당황하지 마십시오!"

모든 구경꾼이 사라진 파리의 골목길에서 확성기가 메시지를 전하고 있었다. 파리인들은 어디로 갔을까? 오드레는 쉬지 않고 내 손을 잡아당겼고, 나의 두 다리는 기계적으로 앞으로 나아갔다. 나는 여전히 한 마디도 내뱉을 수 없었다. 부상당한 새처럼 팔딱거리는 이 심장, 이 심장……

구급차가 사방에서 돌진하고 있었다. 구급대원들이 여기저기서 기절한 사람들, 시신들을 수습하고 있었다. 손님들이 떠난 어느 카페에 켜져 있는 텔레비전은 산타바르바라 주재 프랑스 대사의 설명을 전달하고 있었다. 나는 풀크 베이유의 목소리를 알아들을 수 있을 것 같았다. 짙은 연기가 그의 얼굴을 가렸다.

"신사숙녀 여러분, 프랑스는 테러리스트의 표적이 아니었고 지금도 아닙니다. 우리는 악의 세력이 9월 11일 세계무역센터에 자행한 복수로부터 벗어날 수 있도록 필요한 모든 조치를 강구했습니다. 알카에다와 아무 관계없는 평범한 가스 폭발일 것입니다. 조사 중이니 진상이 곧 밝혀질 것입니다. 제가 확실하게 말씀드릴 수 있는 것은 우리 정부와 유럽공동체가 극단주의자들의 도발을 견제하기 위해 모든 조치를 취하고 있다는 것입니다."

나는 로봇처럼 계속 달렸다. 더 이상 풀크 베이유의 목소리는 들리지 않았다. 나는 분명히 그 사람이었다고 생각한다.

또 다시 폭발음. 폭탄이 터진 것 같았다.

"끝났다고 생각하니?"

대답이 없었다. 나는 오드레를 놓쳤다. 도시 전체를 불바다로 만든 루브르의 화염이 나를 향해 다가오고 있었다.

결국 내 입술에서 비명이 터져 나왔다.

나는 눈을 떴다.

어둡고 더웠다. 나는 땀에 흠뻑 젖었다. 밤 3시 반. 내 방은 어디로도 연결되지 않은 터널이다. 나는 라디오를 켜고 뉴스를 기다렸다.

파리는 잠들어 있었다. 여느 때처럼 이곳에서 큰일은 일어나지 않았다. 다만 두근거리는 심장만이 오늘 밤의 사건을 증명하고 있었다.

나는 일어나 창문을 열었다. 뤽상부르 정원의 보리수 향기가 정말로 나를 깨웠다.

*

"여보세요, 노르디, 제가 방해되는 건 아니죠?"

"전혀. 당신도 알잖소. 그런데 몇 시죠? 파리는 새벽 4시네. 그런데 안 자는 거요?"

"네, 안 자요……. 당신은 어디예요? 근무 중인가요?"

"당연하죠. 사무실에 있어요. 끝나려면 멀었죠. 내 말, 못 믿을 거요. 놈이 다시 시작했소!"

"놈이 다시 시작했다니요?"

343

"무한 말이에요. 오늘 아침에 살인이 두 건 일어났어요. 신판테온교의 성운관(星雲館)에서요."

"잘 됐네요……. 앗, 미안해요. 같은 사람, 아니에요?"

"분명히 아니죠. 하지만 그의 복제인간이에요. 녀석은 '무한'이라고 서명된 이메일로 그 사실을 통보했소."

"중국인? 이슬람교도? 산타바르바라 사람? 반세계화주의자, 어릿광대, 포스트 상황주의자?"

"아무것도 배제하지 않고 있소. 그럼 당신은? 당신에 대해 말해봐요. 무슨일 있어요?"

"아무 일도. 테러가 발생해서 루브르가 박살났어요."

"농담하는 거요?"

"아니에요."

"잠깐. 잘 안 들려요. 다시 말해줘요."

"테러가 일어났어요. 루브르의 피라미드 아래에서 폭탄이 터졌어요. 파리는 불탔어요. 악몽이었어요!"

"전대미문의 사건이네……. 아니, 어떻게……. 당신들은 안전하다고 생각했는데……."

"악몽이라고 말했잖아요……. 제가 악몽을 꾼 거예요……. 놀라게 해서 미안해요. 누군가에게 이야기해야만 했어요. 미누샤는 잘 있죠?"

침묵.

"잘 했어요……. 당신 꿈이 나를 두렵게 해요……."

"아직도 웃을 수가 없어요……. 이상한 이야기죠? 나중에 이야기해줄게요……. 더 이상 이곳에 머무를 수 없어요……. 당신이 멋대로 생각할까 봐걱정이네요. 제 자리는 다시 산타바르바라예요……. 상사가 나를 다시 당신나라로 급파할 거예요……."

"할 말이 있소. 무한하고는 상관없이 난 당신을 기다리고 있소. 샤가 당신을 부르네요. 샤의 울음소리가 들려요?"

"샤도 보고 싶어요. 십자군 전쟁은 계속되고 있나요?"

"수사는 다시 시작되었어요."

"악이 어디에서 유래하는지 알 수 있어요?"

"추리 소설은 낙천적 장르죠."

"루브르는 결코 무너지지 않을 거예요. 우리는 비잔틴에 있으니까요."

"우리가 무엇에 대해 말하는지 아무도 몰라요."

"아니, 그들은 짐작할 거예요. 하지만 우리의 침묵은 상상하지 못하겠죠."

"쉿! 말할 필요 없어요!"

"그러니까 갈게요. 내일 당신에게 갈게요. 같은 비행기, 같은 시각."

"마중 나가겠소."

"모든 게 다시 시작되는 거예요?"

"또 다른 여행이죠."

"저는 여행하고 있어요."

"다른 사람들처럼 이야기할 수는 없나요? '우리' 는 여행하고 있는 거예요. 이것만으로도 이미 대단한 거죠."

"하지만 언제까지요?"

"좋은 질문이에요."

작품 해설

이원복 (원광대학교 유럽문화학부 겸임교수)

2004년에 발표된『비잔틴 살인사건』은『사무라이』(1990),『노인과 늑대들』(1991),『포세시옹, 소유라는 악마』(1996)에 이은 줄리아 크리스테바의 네 번째 소설이다. 정신분석학자, 문화 분석가, 철학자, 언어학자, 수필가로 유명한 작가의 다양한 지적 여정은 이미 종합적인 작품을 예고하고 있다. 실제로 추리소설의 형식에 역사소설, 정치와 사회에 대한 풍자 그리고 자서전적 이야기를 결합한 이 독특한 종합소설(Roman total)은 모든 소설 장르, 온갖 지식 그리고 다양한 테마들을 아우르면서 자극적이고 흥미진진한 이야기로 가득 차 있다. 작가는 심오하고 박식한 학식, 날카로운 시선 그리고 섬세한 필치로 현대 도시에서 벌어지는 잔인한 연쇄살인의 이야기와 1000년 전 비잔틴 제국의 역사를 교대로 이야기하면서 이주민, 외국인, 여성, 모성애, 모국어, 궁정식 사랑, 남녀관계, 테러, 전쟁, 스펙터클의 사회, 죽음의 충동 등 그녀에게 소중한 테마들을 촘촘히 심어 놓고 있다.

이 '다음(多音)적'이고 몽환적인 소설은 불가리아어로 '십자가로부터'를 뜻하는 작가의 성(性) '크리스테바'에서 출발한다. 줄리아 크리스테바는 자신의 흔적을 되찾기 위해 불가리아를 여행한 후 어머니와 모국을 회상하며 이 소설을 집필한다. "저는 1995년부터 이 소설을 쓰기 시작했습니다. 하지만 자료를 수집하고 읽고 이 주제에 대해 숙고해야 했기 때문에 시간이 많이 걸렸죠. 저는 단순한 역사소설은 쓰고 싶지 않았습니다. 역사 이야기를 내 자신의 이야기와 결합시키고 우리 모두를 꿈꾸게 하는 시간 여행처럼 소개하고 싶었습니다. 특히 유럽통일, 세계화, 새로운 십자군전쟁 등의 테마와 함께 말입니다. 그런데 9·11 테러가 일어났고 어머니가 돌아가셨습니다. 매우 견디기 힘든 충격이었죠. 마치 느닷없이 고국에 대한 빚을 갚아야 하는 듯했습니다."

이 소설의 시·공간적 배경에는 엄청난 간격이 있다. 마피아와 사이비 종교의 천국이 된 현대 도시 산타바르바라와 최초의 십자군 병사들이 출발한 프랑스의 르퓌앙블레, 현대의 신문기자 스테파니 들라쿠르와 비잔틴 제국의 황제 알렉시우스 1세의 딸이자 최초의 여성 지식인인 안나 콤네나의 지적 만남.

산타바르바라(Santa-Barbara)는 어디에 있는 어떤 도시일까?

'어디에도 없고 어디에나 존재하는' 기이한 도시. 이 도시는 미국 캘리포니아 주 서남 연안에 있는 산타바바라 시나 온두라스 북부에 있는 산타바르바라 주와는 아무런 관계도 없다. 작가가 지어낸 이 상상의 도시는 부패와 폭력의 도시, 좀더 넓은 의미로는 세계화되고 부패된 지구촌을 상징한다. 지도상에서 찾아볼 수 없지만 도처에 존재하는 상징적인 악의 도시.

"산타바르바라는 파리, 뉴욕, 모스크바, 소피아, 런던, 플로브디프 등 도처에 있다. 진리를 추구하는 여러분과 나 같은 외국인들이 돈과 쉬운 인생을 추구하는 마피아에 맞서며 살아남겠다고 발버둥치는 곳은 어디나 말이다."

이 악의 도시에서 자칭 '정화자(淨化者)'라는 사이코패스, 즉 정신질병자(냉담하고 충동적이고 자기중심적이고 무책임한 사람으로 자신의 행동이 타인에게 끼친 피해를 자각하지 못하고 죄책감이나 후회도 느끼지 못하는 성격장애자)는 대표적인 사이비 종교 단체인 신판테온교의 고위지도자들이나 유력 신도들을 차례로 죽이고 희생자의 등줄기에 칼끝으로 숫자 8을 새긴다. 그래서 시사평론가들은 이 연쇄살인범에게 '넘버8'이라는 별명이 붙여준다. 그럼 살인은 8번째에서 끝날 것인가?

이 추리소설의 화자는 프랑스 「레벤망 드 파리」지가 이 특이한 연쇄살인의 신비를 밝히기 위해 산타바르바라에 급파한 스테파니 들라쿠르 기자다. 그녀는 이 사건의 담당 강력계 수사반장인 노드롭 릴스키를 만나 연인관계를 유지하고 함께 미지의 범인을 추적하기 시작한다. 스테파니 들라쿠르와 노드롭 릴스키는 1996년에 발표된『포세시옹, 소유라는 악마』에 등장하는 같은 이름의 주인공들이기도 하다. 소설의 도입부에서 정화자의 일곱 번째 희생자의 시신이 발견되고 세바스찬 크레스트 존스 교수가 갑자기 실종되자 사건은 더욱 미궁에 빠진다. 범인은 살인 직후 '무한(無限)'이라는 이름으로 서명된 이메일을 통해 자신의 범행을 알린다. 숫자 8이 여덟 명을 살해하겠다는 암시가 아니라 누워 있는 8, 즉 무한 기호 '∞'을 의미한다는 사실이 밝혀짐에 따라 정화자의 별명은 '넘버8'에서 '무한'으로 바뀌고 릴스키는 더욱 악몽에 시달린다.

이 소설에서 핵심적인 역할을 하는 주인공은 세바스찬 크레스트 존스 교수다. 산타바르바라 대학교 부설 '이주사 연구소'의 소장이자 릴스키 반장의 외삼촌인 그는 우울증에 걸린 살인범이다. 산타바르바라의 부패를 근절시키겠다는 연쇄살인범과 비밀리에 제1차 십자군전쟁과 비잔틴을 연구하는 세바스찬 교수의 실종 사이에 어떤 관계가 있을까? 이것은 클린트 이스트우드의 모습을 한 릴스키가 자신의 애인이자 소설가의 분신인 스테파니 들라쿠르의 도움을 받아 밝힐 사건이다.

세바스찬의 일기에서 교수의 개인적인 은밀한 꿈을 발견한 스테파니는 연쇄살인범을 추적하는 일을 멈추고 도망중인 세바스찬 크레스트 존스를 추적하기로 결심한다. 스테파니는 직업상으로나 기질적으로 타고난 방랑자이다. 그녀는 자신이 대초원의 기사, 사막의 대상, 공항의 이주자의 부류라고 생각한다. "오직 여행만이 흥미가 있다. 나는 이동하면서 오직 탈향, 가상의 횡단, 관계의 단절 혹은 중단을 통해서 범죄로부터 벗어나는 소설을 쓸 것이다."

세바스찬은 왜 산타바르바라를 떠나는가? 첫째, 그는 실베스터 크레스트가 흑인 종업원 트레이시 존스와 나눈 쾌락의 열매, 즉 사랑받지 못한 사생아로 태어난 것이다. 이 운명의 저주 때문에 지울 수 없는 상처를 입은 세바스찬은 다른 사람들이 행복의 근원으로 간주하는 유년시절을 잃고 이 세상에서 삶의 의미를 상실한다. 결국 그는 다른 세상, 다른 시대에 '거대한 기억의 궁전'을 짓고 잃어버린 행복을 추구한다. 그래서 자신의 존재의 신비, 즉 정체성을 되찾기 위해 중세의 비잔틴을 연구하는 데 몰두하고 마침내 부친과 조상들의 흔적을 찾아 불가리아로 떠난다. 둘째, 세바스찬은 정착민이 아니라 끊임없는 여행욕구에 시달리는 방랑기질을 타고난 이주민이다. 그는 아내 에르민에게 이렇게 말한다. "나는 아주 오래전부터 여행하고 있는 중이야. 여행을 두려워할 수는 없는 일이지. 여행은 피할 수 없는 거야. 이 방법밖에 없으니까." 그는 근본적으로 정착생활에 어울리지 않는 사람이다. 실제로 그는 자유로운 연구와 몽상에 방해되는 정착생활의 무거운 요소들을 싫어한다. 진부한 가장이 되는 게 싫은 나머지 부부생활도 원만하지 않았고 어린이들을 좋아하지도 않았다. 또한 중국인 정부 파 창이 아이를 임신한 사실을 알자 즉시 그녀를 교살하고 스토니브룩의 호수 속에 던져버린다. 언제든 홀연히 떠나는 이주민, 이 세상에 속하지 않는 다른 세계의 사람, 맹금, 맹수처럼 접근할 수 없는 냉혹한 동물 같은 세바스찬.

암흑 같은 이 세상에서 불행하고 고독하며 몽환적인 세바스찬은 조상의 흔적을 더듬는 이 순례가 서자 신분을 구원할 수 있는 길이라고 생각한다. 세바스찬은 제1차 십자군전쟁 당시에 기록된 연대기 『알렉시아스』에 관심을 갖게 된다. 안나 콤네나는 부친의 사후(1118년), 남편 니케포루스 브뤼엔니우스를 제위에 앉히려 했으나 실패한다. 그리고 남동생 요하네스 2세가 즉위하자 어머니와 함께 수도원으로 들어가 남편이 남긴 미완의 역사서를 이어받아 십 년 동안 열다섯 권에 달하는 『알렉시아스』를 완성한다. 세바스찬은 안나의 아버지에 대한 우울한 경탄과 비잔틴식 권모술수, 전쟁에 관한 상세한 묘사, 세심한 지정학적 관찰, 성전(聖戰)과 황실에 대한 가차 없는 비판과 풍자에 매료된다. 또한 안나의 거무스름한 피부와 준엄한 태도의 아름다움, 황제인 아버지를 빼닮은 초상화, 그리고 황녀의 자존심과 날카로운 지성에 탄복한다.

이 상처 입은 이주민의 대여행에 붙들린 스테파니는 세바스찬처럼 곧장 1083년에 알렉시우스 1세의 장녀로 태어난 세계 최초의 여류 지식인이자 역사가인 안나 콤네나의 절대적인 매력에 심취한다. 이 연대기의 발췌와 이 공상적인 연대기 작가의 관점에서 출발한 줄리아 크리스테바는 십자군 원정을 이야기하면서 자신의 내면적 비잔틴의 모습을 그린다. 당시 비잔틴 제국은 아랍인들과 투르크족의 잦은 공격에 시달린다. 알렉시우스 1세가 로마교회에 도움을 요청하자 우르바누스 2세는 1095년 클레르몽 종교회의에서 이슬람교도들에게 장악된 성지 예루살렘을 탈환하기 위해 ― 혹은 그리스도교의 재통합을 위해 ― 십자군 원정을 떠나자고 역설한다. 그래서 제1차 십자군전쟁이 일어난다. 어마어마한 이주민의 무리가 문명의 진주인 비잔틴 제국에 밀물처럼 몰려온다. 탁월한 연대기 작가 안나 콤네나는 '재물 앞에서 언제나 입을 짝 벌리는' 거짓말쟁이 프랑크족 군대 앞에서 비탄에 빠진 부친의 고뇌를 묘사한다. 하지만 세바스찬은 십자군 원정에 새로운 의미를 부여한다. 그는 십자군 원정이 유럽 최초의 통일, 그리고 그리스교회와 라틴교회의 통합의 시도라고 생각한다. "교황은 악에 대항하는 너그러운 선의 십자군이 아니라 초월성, 숭고함, 인종과 문화 간 혼합의 꿈을 이룰 원정대를 파견하지 않았을까?"

세바스찬은 20세기 초 미국으로 이주한 아버지 실베스터의 고향 필리포폴리스 (오늘날 불가리아의 플로브디프)로 간다. 그의 연구의 출발점은 가족의 성(姓)인 크레스트(Chrest)이다. 'Chrest'는 십자가(Croix)를 의미한다. 즉 세바스찬의 선조는 그리스도의 성묘를 해방하기 위해 진격한 십자군 병사들 가운데 한 명이라고 추정할 수 있다. 하지만 언제 어느 지점을 지나간 십자군 병사란 말인가!

세바스찬은 묘비, 파피루스 문서, 우물 등에서 이 부칭(父稱)을 발견하고 교구청의 고문서, 풍문, 민속자료, 전설 등에서 자료를 수집한다. 마침내 노래, 동화, 속담에서 어느 십자군 병사가 필리포폴리스에서 지체했다가 아름다운 밀리차(Miltsa)와 결혼한 사실을 밝혀낸다. 또한 도서관에서 에브라르드 파강이 레몽 드 생질 백작과 르퓌의 주교가 이끄는 오크어 십자군 병사들과 함께 필리포폴리스에 도착한 사실을 밝혀낸다. 크레스트 가문의 시조로 추정되는 이 최초의 십자군 병사는 과연 어느 시대까지 거슬러 올라갈까? 지금으로부터 무려 9~10세기 전! 까마득한 시간의 밤! 세바스찬은 이미 수년 동안 다른 십자군전쟁은 제쳐놓고 오직 제1차 십자군전쟁에만 관심을 갖고 수많은 지도를 대조하며 원정로를 탐색한다. 결국 그는 추정상의 선조가 레몽 드 생질의 부대에서 교황의 특사로서 정신적 지도자 역할을 한 르뤼앙블레의 주교 아데마르 드 몽테유의 조카인 에브라르 드 파강이라고 확신한다.

세바스찬은 산타바르바라 공항에서 밀라노 행 비행기에 오름으로써 그의 고독한 여행은 시작된다. 그의 여행은 작별, 단절, 시련, 훼손, 통과의식, 정화의식, 재생 등 입문의 원리에 따라 전개되고, 세바스찬은 십자군전쟁과 그의 추정상의 조상에게 새로운 의미를 부여함으로써 완전히 변신하고 소생하여 마침내 구원에 이르게 된다. 그의 공간 여행은 동시에 중세로 거슬러 올라가는 시간여행이 된다.

밀라노에서 피아트 팬더 지프차를 빌린 세바스찬은 달마치아 해안을 따라 두라초까지 내려간다. 그곳은 십자군에 참가한 영주들 가운데 가장 정의롭고 가장 신앙심이 깊은 레몽 드 생질 부대의 원정로, 즉 그의 추정상의 선조인 에브라르 드 파강의 이동로이다. 세바스찬은 십자군 원정대의 정신적 지도자인 아데마르 주교가 전쟁의 광기에 휩쓸리지 않은 가장 정의롭고 가장 순수하며 가장 진실한 인물이며, 그리스도교 신앙의 통합, 즉 유럽의 순수성을 추구했다고 추론한다. 그는 달마치아, 세르비아, 코소보, 마케도니아 그리고 필리포폴리스까지 횡단하면서 2000년 연합군의 폭격으로 황폐된 경치를 목격한다. 파헤쳐진 도로, 탄소섬유로 인한 누전, 흑연섬유로 인한 호흡장애, 오염된 농산물은 그의 불길한 여행을 암시한다. 세바스찬은 에브라르가 밀리차를 만나 시조가 되고 정착한 필리포폴리스에서 조상의 흔적을 탐색한다. 교통 요충지 필리포폴리스는 산타바르바라처럼 그루지야인, 유대인, 아르메니아인 사이의 혼혈이 수세기에 걸쳐 끊이지 않는 곳. 도처에서 온 보부상들과 문인들이 이곳 트라키아의 세 곳의 언덕에 있는 포도와 담배를 재배하는 농부들 집에 정착하였다. 크레스트 가는 적어도 몇 세대 동안 정착했고, 그 가운데 실베스터 같은 사람은 어느 날 산타바르바라로 다시 떠났다.

세바스찬은 소피아에 있는 보야나 성당의 프레스코화에 그려진 데시슬라바의 초상화에서 할머니의 모습을 발견한다. 또 보야나의 벽화에서 여러 가지 비극적인 사랑을 만난다. 최초의 순교자 성 스테파노의 내면을 향한 두 눈속에서 천국에 대한 사랑을, 가브리엘 대천사의 얼굴과 몸짓에서 중대한 운명을 알려 주는 사랑을, 피를 흘리는 예수 그리스도의 침울한 사랑을, 그리스도의 수난을 바라보는 성모 마리아의 얼굴에 나타난 비극적 사랑을, 난파된배의 선원처럼 검은 모습으로 부활을 믿지 못하고 지옥에 내려간 그리스도의끔찍한 사랑을.

마침내 세바스찬은 '구원받은 도시' 소조폴에서 지옥을 경험한다. 그는 죽은 사람처럼 2주 동안 입을 열지 않았고 흑해의 검은 파도 속에서 목적지도없이 수영을 하다가 몸이 마비된다. "지옥에서 빠져나오는 보야나의 그리스도처럼 철분을 함유한 모래 때문에 온몸이 새까맸다." 하지만 24시간 동안 해안에 쓰러진 채 완전히 의식을 잃는다. 그리고 다시 동쪽에 있는 메셈브리아,즉 네세바르로 이동한다. 메셈브리아에서, 그는 성모님께 봉헌된 성 스테판성당에서 비잔틴인으로 다시 태어난다. "다시 명랑해진 세바스찬은 완전히비잔틴인, 심지어 그리스인이 되고 발걸음을 멈췄다. 어쩌면 여행의 끝. 결국시간 밖에서 되찾은 시간." 또한 에브라르가 추구하던 평화를 얻는다. "비잔틴이 십자군 형제들과 협력해서 혹은 반대로 맞서서 음모와 조작으로 쇠약해지는 동안, 십자군이 유대인과 사라센인을 추격하면서 동시에 비잔틴을 공격하는 동안, 에브라르는 농부로서 문인으로서 평화 — 당연히 보편적인 평화 — 의 씨를 뿌리고 있었다. 오, 평화, 가장(家長)들의 감미로운 잠이여!'

이제 세바스찬은 불행한 과거의 흔적을 잊고 시간을 초월하며 안락을 찾는다. 하지만 아직은 여행의 끝이 아니다. 그는 십자군의 최초의 출발점인 오베르뉴 지방 르퓌앙블레의 노트르담 대성당을 찾아간다. 아데마르가 성모 마리아께 열렬한 경배를 바쳤고, 성모 마리아의 찬가인「살베 레지나」가 울려 퍼진 곳. 세바스찬은 수도원 회랑 아래서 몸을 숨기고 행복에 잠긴 채 한없이 눈물을 흘린다. 하지만 그는 죽어야 할 운명이다. 그는 정화자 무한이 끔찍이사랑하는 누이 파 창을 살해했기 때문이다. 이때 무한이 쏜 총알이 그의 두개골을 꿰뚫고 지나간다. 이 눈물은 구원이 약속된 참회의 눈물이 아닐까?

이 소설은 비잔틴에 관한 대소설이자 비잔틴의 대서사시다. 비잔틴은 동양의 여러 나라들 가운데 가장 발전되고 가장 세련되고 가장 퇴폐적인 나라이며, 동양이 된 서양이다. 비잔틴은 그리스 문명 이후 야만족이 도착하기 전에 결코 도달한 적이 없는 고도의 문명을 향유하고 동시에 형이상학적 문제로 가장 고뇌에 찬 나라이기도 하다. 천사의 성에 관한 엉뚱한 토론이 벌어지고, 성령이 성부로부터 성자를 통해 온다고 여김으로써 종속관계를 정당화한 곳이기도 하다. 오늘날의 비잔틴은 유럽, 특히 프랑스이다. 유럽은 다른 대륙의 나라들이 부러워하는 가장 귀중한 것, 가장 세련된 것, 가장 고통스러운 것을 가지고 있지만 이러한 것들을 계속 유지하기가 어렵다.

"프랑스 사람들이 너무도 비잔틴 사람들을 닮았을까? 아니면 비잔틴 사람들이 너무도 프랑스 사람들을 닮았을까? 비잔틴은 오래 지속되지 않았고, 프랑스는 쇠퇴하는 중이다. 유럽연합은 알렉시우스 1세의 비잔틴 제국의 부흥, 교황 우르바누스 2세의 로마교회의 영향력 확대, 신성로마제국의 지배력 강화라는 꿈의 유물인가?"

십자군전쟁은 더욱 강하게 다시 재현되고 있다. 오늘날 이슬람의 가미카제, 자살테러는 뉴욕, 예루살렘, 모스크바 그리고 이라크와 아프가니스탄에서 폭탄을 터뜨리고 있다. 9·11 테러에 이어 소설가의 상상 속에서 루브르궁이 폭발한다. 이것이 꿈일까? 결국 이 소설은 유럽이 다양한 종교의 장벽을 극복하고 건설되어야 한다는 평화의 메시지를 전하고 있다.

줄리아 크리스테바는 모국 불가리아를 떠나 프랑스에 귀화한 지식인이다. 크리스테바는 이 형이상학적 탐정소설을 통해 조국 불가리아와 다시 관계를 맺고, 또한 조국과 프랑스의 결합을 시도하고 있다. 그녀는 "글쓰기는 나의 고국에 대한 빚을 갚는 방법이 되었다"고 말하고 있다.

컴퓨터 앞에서 제1차 십자군 원정의 정신적 지도자인 아데마르 드 몽테유의 여정을 상세하게 연구하고 결국에는, 필리포폴리스에서 가정을 꾸리기 위해 원정을 포기했을 추정상의 선조를 찾기 위해 몽테유의 발자취를 향해 뛰어드는 역사가 크레스트 존스가 바로 줄리아 크리스테바다. 또한 『알렉시아스』에서 부친의 통치 연대기와 송가를 쓴 안나 콤네나에게 매료된 스테파니 들라쿠르 역시 크리스테바다. 크리스테바의 엄숙한 이야기, 그녀의 우아한 권위와 완벽한 문장은 이 망명의 감정에 비추어 보아야 이해될 수 있다. 이 망명의 감정은 끊임없는 연구의 동인이자 불안스러운 맥박의 박동이다. 그녀는 언제나 뿌리의 추구와, 이주민의 운명을 선택한 것에 대한 긍지 사이에서 흔들릴 것이다.

이런 줄리아 크리스테바에게 새로운 시각을 부여한 것은 정신분석학이다. "귀향이 결국 단순한 환상이 아니라 위험한 환상이라는 것을 깨닫게 해준 것도 정신분석학이다. 결국 기원에로의 여행은 기원 그 자체보다 더 중요한 것이다." 그녀는 나름대로 'la révolte(반란, 반항)'을 정의한다. 즉 이 단어의 어근인 산스크리트어 'vel'은 '회고'와 '새로운 출발'을 동시에 의미한다.

반항적인 비잔틴 여인 크리스테바. 그녀는 페미니스트가 아니다. 하지만 여성해방은 성취해야 할 문제라고 생각한다. 또한 그녀는 장애자들이 겪고 있는 차별에 맞서고 그들의 사회 동화를 위해 활동하고 있다. 그녀는 이렇게 말한다. "결국 이 반항은 나를 치료하는 일로 이끌게 된다. 정신분석학이 하는 것은 치료하는 일이다. 그러므로 다시 태어난다는 것은 내 능력을 넘어서는 일이 결코 아니다. 나는 단지 존재의 압력에 굴복하지 않으려고 노력할 따름이다."

작가 소개

1941년 불가리아의 소피아 출생.
1965년 프랑스 유학.
1968년 문학박사 학위('소설적 진술의 기원')와 정신분석의 자격증 취득
        1968년 5월 학생혁명 시위에 참가. 「텔켈」지에서 롤랑 바르트, 미
        셀 푸코, 자크 데리다, 필리프 솔레르스와 함께 작업함.
1974년 롤랑 바르트, 필리프 솔레르스, 프랑수아 월, 마르셀랭 플레이네
        와 함께 중국 여행.
1979년 정신분석학자가 됨.
1997년 레지옹도뇌르 훈장을 받고 그녀의 작품 전체에 대해 '프랑스문학
        예술 훈작사(勳爵士)' 작위를 받음.
2003년 자크 시라크 대통령으로부터 '프랑스의 핸디캡에 관한 숙고'의
        임무를 받음.
2004년 핸디캡위원회 창설.

줄리아 크리스테바에 대하여

 기호학자, 정신분석학자, 철학자, 문학 비평가, 문화 분석가, 수필가로 널
리 알려진 줄리아 크리스테바는 1941년 공산국 불가리아의 소피아에서 태어
났고 유년 시절 프랑스 수녀들로부터 교육을 받았다. 고등학교 시절 핵물리

학자가 꿈이었지만 부모님이 공산주의자가 아니라 동방정교회 신자이자 친프랑스파라는 이유로 당국은 그녀가 원하는 핵물리학과의 입학을 금했다. 그러자 크리스테바는 문학으로 진로를 바꾸고 소피아 대학에서 불문학 학사와 석사를 마치고 현대문학 교수 자격증을 받았다. 때마침 동서냉전의 해빙과, 프랑스와 불가리아의 문화협정에 따라 박사과정 장학금을 받고 1965년 성탄절 전날 파리로 왔다.

크리스테바는 누보로망(신소설)을 연구하러 프랑스에 왔는데 당시에 뤼시엥 골드만의 '소설 사회학'이란 강의를 듣고 르네상스 문학의 우아함에 감동을 받았다. 결국 골드만의 지도를 받으며 프랑스 소설의 기원에 대해 연구하고 1968년 5월 '소설적 진술의 기원'이라는 논문으로 문학박사 학위와 정신분석의 자격증을 취득했다.

그리고 1966년 5월 롤랑 바르트의 강의를 함께 받던 제라르 주네트의 소개로 현재의 남편인 필리프 솔레르스와 만나 사랑에 빠졌다. 당시 바르트의 강의실에서는 말라르메에 대한 솔레르스의 연구 논문이 화제가 되고 있었는데, 이를 계기로 크리스테바는 솔레르스가 편집을 맡고 있던 전위적 문학 계간지인 「텔켈」지(誌)에 참여하게 되었다. 1960년에서 1970년대 초까지 프랑스 지성의 주도적 경향인 논리성과 객관성에 입각한 이론 체계에 「텔켈」그룹(바르트, 토도로프, 주네트, 리카르두, 솔레르스, 크리스테바, 플레이네, 리세, 우르빈)은 다각적인 실험 정신을 통해 논리의 불신 및 주관적 과학을 덧붙이고자 했고, 결론을 도출하기보다는 언어 행위에 대한 다각적인 질문과 가정의 설립에 주력했다. 이때 그녀는 공산주의에 관심을 갖고 프랑스 공산당 잡지인 「라누벨크리티크」가 주최하는 심포지엄에 참석하기도 하지만 결국 독단주의적 토론에 싫증을 냈다.

1969년 『세미오티케』(기호분석을 위한 연구)가 출간되면서 크리스테바의 지적 활동이 세상에 알려지기 시작했다. 이어 이듬해 『소설 텍스트 : 변형적 진술 구조의 기호학적 접근』, 『복수적 논리』 등의 저서를 통해 자신의 텍스트 이론과 기호학 이론을 현대 문학 텍스트 및 문화 활동 전반에 적용함으로써 지금까지 인간과 문화, 인간과 언어 사이에 존재해온 고정 관념에 새로운 변형의 필요성과 가능성을 제시했다. 또 크리스테바는 정신질병자들의 언어를 관찰했고, 기호학적 관심은 정신분석적 방법을 통해 확대되었다.

평소에 중국 문화에 호기심을 갖고 있던 크리스테바는 1974년 「텔켈」그룹과 함께 중국 여행을 했다. "나는 중국 문화에 호감을 갖고 있었는데, 마오주의는 한때 민족공산주의를 수립하고자 하는 시도처럼 보였다. 수영과 서예를 즐기는 마오쩌둥은 여자들과 젊은이들을 공산주의 체제 속에 몰아넣음으로써 소련식의 경직된 방식과는 다른 새로운 영감으로 환상을 불어넣을 수 있었다. 이것이 내가 베이징에 매료된 이유였다." 크리스테바는 이상 국가, 즉 국가가 시민들을 돌보고 정치가 다른 방법으로 영혼을 계속 치료할 수 있는 이상 국가를 꿈꾸었다. 하지만 이 여행 후 인류 최후의 종교라고 불리는 정치적 종교에 대한 마지막 환상을 떨쳐버리고 그 과정을 설명한 『중국 여성』을 썼다. 결국 그녀는 이상적인 정치를 포기했다.

크리스테바는 『복수적 논리』에 수록된 몇 편의 논문과 『중국 여성』에서 문화의 소외계층인 '여성 문제'에도 관심을 가졌다. 그러나 그녀의 여성주의는 전통적인 여성해방운동과는 거리가 있었다. 즉 현대 여성주의자들이 갖고 있는 남성성의 대자적 개념으로서의 여성성을 순진한 낭만주의로 보았다. "성별의 차이는 메울 수 없는 심연도 아니고 두 종족 간의 전쟁도 아니다. 남성은 여성 속에서, 여성은 남성 속에서 발견된다. 여성성은 오히려 휴머니즘의 이면이다."

1990년 크리스테바는 「텔켈」지의 행로를 묘사한 『사무라이』를 통해 소설에 입문하고 호평을 받았다. 시몬 드 보부아르의 '레망다랭'이 권력가들이라면 '사무라이'는 사상의 국경에서 모험을 하는 사람들이다. 이 새로운 '세대(世代) 선언'에서 그녀는 구조주의와 정신분석학에 새로운 길을 연 학자들에 대해 이야기했다. 그녀는 중도를 지키고 자서전적 골조와 역사의 흐름, 개인적인 시간과 전설적인 시간을 뒤섞었다. 하지만 부친의 죽음을 계기로 쓴 두 번째 소설 『노인과 늑대들』과 어머니 노릇의 어려움에 관해 쓴 세 번째 소설 『포세시옹, 소유라는 악마』는 상당히 혹독한 비평을 받았다. 그러자 그녀는 곧장 다시 도전했다. 이것이 바로 『비잔틴 살인사건』이다.

첫 번째 소설을 제외한 나머지 소설은 모두 추리소설이다. 그녀는 왜 소설, 특히 추리소설에 집착하는 것일까? 그녀는 추리소설이 비통한 주제를 간접적으로 다룰 수 있는 이상적인 방법이라고 생각하기 때문이다. "소설은 환상 없이 기이한 충만함을 내포하는 침묵, 생략의 리듬과 더불어 즐길 수 있는 제 방식입니다. 침묵을 초월하는 이 충만함은 고통의 상태와 관계되죠. 『사무라이』를 발표한 후 저는 아버지를 애도하기 위해 글을 썼습니다. 더욱 장중한 분위기를 조성하고 더욱 접근하기 어려운 '죽음의 충동'을 깊이 파고들기 위해 추리소설의 형식을 취하게 되었죠. 스릴러는 적나라하게 쓸 수 있게 합니다. 저에게 수사는 낙관주의의 방식입니다. 악을 완전히 제거하는 것은 아니지만 살인이라는 이 근본적인 악이 어디에서 비롯되는지 알 수는 있습니다." 소설가 크리스테바는 정신분석학에 대한 빚을 숨기지 않았다. "심연과 공유할 수 있는 것을 연구한 덕분에 저는 소설에 착수할 용기를 얻었습니다."

크리스테바는 「텔켈」 편집위원과 국제기호학회 회장을 역임했고, 현재는 1983년에 이름을 바꾼 「텔켈」지의 후신인 「랭피니」지의 편집위원, 「세미오티케」의 부주간, 파리 7대학교의 텍스트 자료학과 교수 그리고 종합병원의 정신분석의로서 활발하게 활동하고 있다.

줄리아 크리스테바의 저서들

- 『세미오티케』(기호분석을 위한 연구), 쇠이유, 1969
- 『중국 여성』, 포베르, 1974
- 『시적 언어의 혁명』, 쇠이유, 1974
- 『복수적 논리(Polylogue)』, 쇠이유, 1977
- 『공포의 권력』, 갈리마르, 1980
- 『사랑의 역사』, 갈리마르, 1985
- 『검은 태양』, 갈리마르, 1987
- 『언어, 그 미지의 것』, 파야르, 1988

- 『사무라이』(소설), 갈리마르, 1990

- 『노인과 늑대들』(소설), 리브르 드 포쉬, 1991

- 『영혼의 새로운 병』, 파야르, 1993

- 『느낄 수 있는 시간, 프루스트와 문학적 경험』, 갈리마르, 1994

- 『반란의 의미와 무의미』, 파야르, 1996

- 『포세시옹, 소유라는 악마』(소설), 파야르, 1996

- 『정신분석학의 힘과 한계』

　1권 『반항의 의미와 무의미』, 파야르, 1996

　2권 『내적 반항』, 파야르, 1997

- 「국가 우울증 치료」(필리프 프티와의 대담), 텍스튀엘, 1998

- 『여자다움과 성스러움』, 스톡, 1998

- 『여성의 천재성. 삶, 광기, 단어』

　1. 『한나 아렌트』, 파야르, 1999

　2. 『멜라니 클라인』, 파야르, 2000

　3. 『콜레트』, 파야르, 2002

- 『비잔틴 살인사건』(소설), 파야르, 2004